AF288141

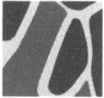

Schattenbaum, eine vertraute
und doch fremde Zeit.

Danke an all jene, die mich inspirieren, mich unterstützen und auf meinem
spannenden Weg durch eine jahrtausendealte Fantasiewelt der Fragen und
Antworten allen Seins begleiten.

Verlag: BoD · Books on Demand GmbH, In de Tarpen 42, 22848 Norderstedt, bod@bod.de
Druck: Libri Plureos GmbH, Friedensallee 273, 22763 Hamburg
ISBN: 978-3-7597-6070-8

Achtung: Die Geschichte beleuchtet unter anderem Abgründe, die auf zartere Gemüter verstörend wirken können.

Inhaltsverzeichnis

✲ ✲ ✲ ✲ ✲ ✲ ✲

Xena Falkenbourg, geboren 1969, am Tag der Erde im nordbadischen Rastatt, war schon als Kind mit der Fantasie eng verbunden. Mit geschlossenen Augen zu sehen? Bunte Lichter, vor dir tanzend? Zu erfühlen, was andere nur ertasten? Tiefer blicken? Nachspüren? Wunderbar, Eiswinde oder Gischt auf der Haut? Im Schwarzwald, in der Pfalz, an der Murg und am Rhein, überall kann die Luft salzig schmecken. Sie liebte Erzählungen über Fabelwesen, Mensch und Tier, mystisch wie unergründlich. Das geschriebene Wort in jedem greifbaren Buch wurde erkundet, gehortet in ihrem Versteck. In der Nacht zückte sie die Taschenlampe, zog die Decke über den Kopf und versank in anderen Welten. Sie bleibt ein kreativer Kopf, der Bücher über alles liebt. Inspirationen? Farbigkeit, Kontraste oder rein banale Trivialität? Egal, der Blütenteppich breitet sich aus und das Abenteuer nimmt seinen Lauf. Das Leben, im Zufall geboren, erzeugt täglich neue Blickwinkel und Abzweige. Stichworte wie Unlogik, Parallelität, Zufall, Schicksal, Verknüpfungen, Kontrapunkte, sowie Klatsch, Tratsch und Ammenmär, verwoben, mit Kneipen- und Küchentisch-Philosophie paaren sich ungeniert und kreieren die Otto-Normale-Welt. Resultierende Gedichte, Ideen, Stichworte werden sorgsam notiert. Sie ist niemals allein, lebt inmitten ihrer Fantasie, streichelt und liebt ihre Geschöpfe und fürchtet zuweilen deren Eigendynamik. Mit ihrer Fantasydrama-Serie »Schattenbaum, eine vertraute und doch fremde Zeit« stellt sie ihre Form und Interpretation der urbanen Fantasyliteratur vor. Ein Drama mit starker Romantasy-Färbung, Lichtspielereien und Genderthematik – wer bin ich – im Fokus, das sich nach Freiheit und Chancengleichheit verzehrt und an das Miteinander appelliert. Die Geschichte basiert auf dem Was-Wäre-Wenn-Prinzip, integriert nicht zuletzt die fränkische Dürer-Komponente und wandert indessen ungehemmt zwischen fränkischen, badischen, schwäbischen und nochmals anderen mittleren Bergen hin und her und zweigt gelegentlich in die höheren Berge ab. Naturverbundenheit, gepaart mit ungezügelter Denkweise, Intuition sowie Empathie und Toleranzbereitschaft, verankern sich mit fantasievoller Wesensart und Kultur in realer Zeitgeschichte. Uralte, tief schlafende Magie wird wirksam wachgerüttelt und schüttet

 ungeahnte Attitüde und Bräuche über Eurasien und Afrika aus. Im Blickfeld Europa, Nordafrika und Naher Osten, im Zentrum Baden-Baden und Umgebung. Der Hauptteil der Geschichte spielt im letzten Jahrhundert, mit Rückblicken bis zurück in die Eiszeit. https://schattenbaum.eu

Von den Anfängen eines neuen Kapitels.
Die Augen für Alternativen weit geöffnet.

★★★★★★★

Falkengau-Thal

„Das ist das Bizarrste, das ich mir jemals vorzustellen, gönnen wollte. Glaube mir das bitte, ich verfüge für gewöhnlich über reiflich Fantasie. Und gelte als anpassungsbereit." Äußert der junge Mann neben dem baumhohen Schwarzbären. In ihrer blühenden Streublumenwiese sitzend, mit dem Rücken zum Menschendorf, das sie umgibt. »Gebäude oder Garten?«, klanglos, nonverbal, die nüchterne Gegenfrage. „Keine Ahnung? Menno, einfach beides." Im Menschenland ist es bitterkalt. Mit Raureif am Morgen und flauschigen Dunstschwaden von jeglicher Wärmequelle ausgelöst, die sich zufällig ergibt. Ein simpler Sonnenstrahl oder ein Hundebesitzer mit kläffendem Wuffi an der Leine, der einem Feldhasen nachjagen möchte? Ihr eigenes Areal übermittelt hingegen angenehme zwanzig Grad, weshalb Lobo nur ein einfaches Shirt trägt. Wie Baumert. Und was betrachten sie? Einen majestätischen Palastbau, kostümiert, wie eine typische mittelhohe altägyptische Pyramide. Der primär monströs, wie er dasteht, jegliche Harmonie erschlägt. Und reine Farce ist, laut Gesichtsausdruck: »Nein! Das ist Murks!« Es klingt nicht belustigt, worauf Baumert insgeheim gehofft hat? Aber dem jungen Mann ist nicht nach Lachen zumute. Schon verständlich, bei allem, was passiert? Und jetzt muss er das hier ertragen? Zwei Gärten direkt nebeneinanderliegend, jedoch entwicklungstechnisch gute drei Monate voneinander entfernt? Optisch, aneinandergeschmiegt, kann es leicht passieren, dass die Grenzlinie geringfügig verrutscht. Wie? Oh, das widert Lobo ehrlich an. Dorfbewohner erwischen dann eine ihrer Blüten und rätseln stundenlang, wie sie bereits so weit entwickelt sein kann? Baumert reicht ihm aus der hohlen Hand ein Schälchen mit Löffel. „Woher hast du das jetzt wieder gezaubert? Seit wir zurück sind, willst du es mir aber pausenlos beweisen?" Lobo grinst versöhnlich. Wo es hier noch vor drei Tagen nichts zu essen gab? In einem betitelten Gasthof? Mit reichlich Anwohnerschaft? Es war jedenfalls für einen geöffneten Betrieb eher doch ungewöhnlich. Murphys ›Herberge‹, wie Baumert den ›Koloss von Thal‹ nennt, um anderes beschwingt unter den Teppich zu kehren, beherbergt ehemalige ›Streunerbuben‹. Sprachlich angelehnt an die menschliche Jugendherberge, wo Gowinnyjen eh allesamt wie Jugendliche aussehen? Ergo, auch keine mangelnde Heimat gemeint, sondern bezogen auf das allseits verbreitete gowinnysche Herumstromern, weil man sich nirgendwo willkommen genug wähnt, es drauf ankommen lassen zu wollen. Eine Rastlosigkeit – angefühlt wie lästiges Ungeziefer im Unterholz – befällt die Westvesten seit einiger Zeit, die allesamt inmitten der Menschenhochburgen stehen. Eine verstörende Welle, die sich über das alte Europa ausschüttet und es innerlich aufzufressen droht? Betroffene Städte sind derweil emsig mit dem

Aufschwung beschäftigt, finden keine Zeit, etwas Wunderliches wahrzunehmen. Derweil demontiert sich der demokratische Grundgedanke und erschlägt darin verankerte Gerechtigkeit. Mitgefühl wird zunehmend irrelevanter. Murphy fängt gleich in der ersten gemeinsamen Woche mit Baumert an, im großen Stil unter den gowinnyschen Herumtreibern aufzuräumen. Jene nach Hause zu beordern, die aus seiner Sicht nach dorthin gehören, weil sie schmerzlich vermisst werden und andere derweise am künftigen Falkengau-Thal anzubinden. Als würden sie ab da von einem Rudel junger Wölfe verfolgt? Oh nein, viel eher, als würden verspielte Welpen um sie herumspringen und zum Gunstbeweis fleißig Stöckchen tragen? Ja, Hoffnung keimt wieder auf. Und dann entscheidet Murphy kurzerhand, im winzigsten Dörfchen, das sich auf die Schnelle finden lässt, Thal bei Gummersbach, seinen Palast einzufügen. Für den es schon ganz konkrete Baupläne gibt. Als habe er die bereits seit Jahrzehnten für diesen Moment ausgearbeitet? Lobo mischt sich in Baumerts Gedankenwelt, „du hast euch anfangs beschrieben, dass ich das Bild eines Wanderzirkus nicht mehr loswerde? Jongleure, die ihre Hände nicht ruhig halten können, immerzu etwas trainieren müssen? Mit Bällen? Tannenzapfen? Feuerholz? Fingerübungen mit Münzen und Messern, wie es auch bei LET-Anhängern weitverbreitet ist? Ihr müsstet euch eng verbunden fühlen?" Er wackelt provozierend mit den Zehen, will nicht nur bloßen Wildwuchs, sondern Fakten erkennen; wo der Fuchs friedlich neben dem Dachs wohnt? Wo die Eule einzieht und welchen Abstand sie zum Specht hält? Dann die schüchterne Anfrage der Biber: „Sind auch wir willkommen?"

Der Koloss von Thal? Für Lobos Augen wirkt er, als würde er kilometerweit in den Himmel hinauf ragen, was nicht ist, denn dann müsste er wenigstens doch einen Kilometer in der Breite nach rechts und links ausufern, was er nicht tut. Deshalb ist es Murks. Es gaukelt nur vor, projiziert Fantasiegestalten, ist nichts davon, nur Prahlerei! Wobei er dem Bijix niemals solche harten Worte an den Schädel werfen wollte. Nein, deshalb wirkt er unzufrieden. Sein Krankenzimmer lag so, dass er den Dorfanger einsehen konnte. Und dann dibbelte dort ein vielleicht siebenjähriges Mädchen auf ihren kleinen, munteren Füßen, solange sie sich unter den alten Bäumen unterhielt und Lobo zeigten sich verschiedene Perspektiven auf ihre Innenansicht! Freigelegte Lungenflügel? Ihm wird bei dieser Erinnerung noch immer übel. Ihr Herz? Wie es fleißig pumpt? Und ihn damit Stück um Stück wieder beruhigt bekommt – es ist offensichtlich pumperlgsund. Jetzt muss er fast darüber lächeln. Die Menschenwelt umgibt sie nicht nur, sie stecken mittig drin fest. Aber das Absurdeste ist, dass sie dennoch eine andere Jahreszeit genießen können? Und niemals bemerkt werden? Und dazu der Umstand, dass sie in

★ ★ ★ ★ ★ ★ ★

dieses Dorf größentechnisch gar nicht reinpassen! Die Bodenfläche des Dorfs dürfte nur gut zehn Prozent ihrer eigenen Bodennutzungsfläche umfassen? Wie geht das? Mathematische Logik? Die kann doch keiner einfach so verknoten? Doch, anscheinend schon. Genauso, wie man Fenster optisch verschwinden lassen kann, denn hier ist nichts erkennbar, als alter, Krisen-geschüttelter Stein, wenigstens zehntausend Jahre marodiert. Risse ohne Ende, tiefe Furchen, in denen ganze Armeen von Krabbelviechern Unterschlupf finden sollten? Schon darum ist es so absurd, seine nackten Zehenspitzen gegen dieses alte Höllengestell strecken zu wollen? Autsch! Dann diese Perspektiven-Pfuscherei? Von wegen kilometerweit in den Himmel ragen? Rechts und links? Das sind maximal dreihundert Meter? Oder nochmals weniger? Nur zweihundertsiebzig? Nein, weniger, nur knappe einhundertzwanzig? Der blanke Witz? Ein Kasperletheater und sogleich kommt der erboste Polizist herbeigeeilt? Aber der kommt hier niemals an, wenigstens nicht im inneren Kern. Und warum wirkt diese Treppe nach oben so mächtig? Sie suggeriert ihm, eine komplette Armee könne da blitzartig hochstürmen und verschwinden? Das Eingangsportal liegt weit oberhalb. Die Treppe, mit tiefen, flachen Stufen und flackernden seitlichen Feuern, um die Schlangen herumzüngeln, müsste mindestens dreihundert Meter in die Tiefe reichen, derartig hoch aufsteigen zu können? Aber so weit sitzen sie vom Gebäudekomplex gar nicht entfernt? Das Portal, ja, das liegt gut im fünften oder sechsten Stockwerk. Die hohe Zarge der Pforte dürfte wiederum den zehnten Stock berühren? Er kennt es von innen, ist bis hinauf in die allerhöchste Etage gestiegen und hat von jeder Einzelnen den sensationellen Blick auf die Welt genossen. Oha, es fühlte sich fantastisch an, als wäre er im Inneren eines himmlischen Turms bis hinauf zum allerhöchsten Dach der Welt geklettert? Frau Holle über den Wolken zu besuchen? Unzählige tausend Meter in die Höhe Treppenstufen erklimmen? Sollte muskulär heftige Reaktionen auslösen? Mal ganz abgesehen von der Zeit, die es benötigen würde? Grotesk, solche Fantasieburg in ein Winzigdorf einzufügen? Aber ja, Murphy liebt wie Emma und er bunte Comics. Von Micky Maus-Heftchen über Superman, Tim & Struppi, Spirou & Fantasio zu Asterix & Obelix – daher muss es rühren? Er schmunzelt bei der Erinnerung an sein allererstes Aufklärungsgespräch mit ihm. „Warum heißt dein Gasthof eigentlich ›Oberbergischer Falkengau-Thal‹? Logisch betrachtet, müsste er doch korrekt ›Oberbergisches Falkengau-Thal‹ heißen?" Riesenaugen gucken zurück, „ein Gott ist für dich ein »Es«? Für mich ist er ein »Er«." Lobo überrascht, „ein Gott? Ich dachte, dieser Winzlings-Ort heißt Thal? Und das hier ist eine richtige Speisewirtschaft? Halt vom Baustil etwas Ägyptisch animiert? Damit würde sich normal der Name von Tal ableiten? Ergo Senke? Und ein Tal ist sächlich, also ein »Es«, die Senke wäre eine »Sie«, wenn du so willst und ›Falkengau‹ als Begrifflichkeit ist für mein Verständnis ebenfalls ein »Es«? Wobei man dazu vielleicht auch »Er« sagen könnte? Oder ist das hier am Ende gar kein Gasthaus? Weil ihr bietet doch Essen für Gäste? Das tut ein Speiselokal?" Nicht jetzt, dass dieser Dialog am Ende Sinn ergeben hätte. Nur, dass Lobo seit diesem Gespräch, dem Bijix, seinem Lebensretter, genauso verfallen ist wie der Rest der Belegschaft. Murphys Charme entzieht sich keiner und Logik hilft am allerwenigsten weiter. Ob Lobo mit dem Lokal-Anspruch etwas erreichen konnte? Nö, nada. Dafür ist ein Ausflug an die Küste erforderlich und eine Rüge vom Holsteiner. Vor dem möchte nicht einmal Micky Maus dumm dastehen. ›Streunerasyl‹, so klassifiziert Murphy seine Nobelherberge, die verdächtiger Weise nicht einmal drei Monate Bauzeit beansprucht haben soll? Oh, wie Lobo sich da zusammenreißen muss, nicht sofort wieder Nonsens-Fragen zu stellen, wo er doch um wichtige gebeten wurde? Selbige Räuberhöhle ist jedenfalls seit gut vierzehn Jahren mit Schwarzbären und Bloonies angefüllt, die sich ab der ersten Sekunde als Familie definieren. Neuerdings erweitert um einen Streuner aus Midgardhausen, an dem versehentlich eine Familie anhaftete, die man erst hinterher bemerkt haben will. Die offizielle Argumentationskette. Denn Bijixs mischen sich nicht ins Geschehen. Niemals. Aber dieser hier tut nichts anderes? Jetzt hat er aber auch gelernt zu kochen und auch, wofür das gut ist? Ergo, ein echter Zugewinn, über den sich Lobo jetzt weniger beklagen wollte. Immerhin weiß er nun, auch seine Eltern und die Schwester werden gut versorgt; er muss sich nicht selbst darum kümmern. — Gütiger Himmel! Da steht schon wieder einer, genauso, dass bei der geringsten Bewegung ein Teil seines Selbst erst hinter ihrem Garten und Riesengebäude zu sehen sein wird? Könnte man den nicht zu diesem einen einzigen winzigen kleinen Schritt bewegen? Dann würden sie sich halt durch die Mauern eines ägyptischen Palasts hindurch unterhalten? Stört die Kommunikation da draußen ja in keiner Form, es sieht nur für sie innerhalb weniger furcherregend aus? Eben blickt ihn die offengelegte Muskulatur einer durchtrainierten Pobacke an? Für normale Erdianer ist es aber ein simples Gespräch auf dem Dorfanger, inmitten einer Wiese, wo man sich nun einmal gerne auf einen kurzen Schlagabtausch trifft? ›Bei Sonnenaufgang vor der Stadt‹? Mit ausdrucksstarkem Säbelrasseln? Ist halt in dem Fall nur der Dorfanger verfügbar und vor einer Stadt kann sich heutzutage ohnehin keiner mehr treffen. Wie das Leben eben spielt, wenn tatsächlich einmal nichts Übleres passiert. Lobo nippt endlich am Löffelchen, Baumert hat unterdessen schwitzige Hände bekommen? Demnach hat er es für ihn aufwendig zubereitet? „Lecker! Auberginen-Mus?" Baumert wartet. „Du hast sie gegrillt? Ganz vorsichtig, in Folie gehüllt und dann mit Zitrone gewürzt?" »Im Ofen gegart. Mit Knoblauch, Zitrone und Olivenöl. Am Ende abgeschmeckt mit Sesampaste,

★★★★★★

Kreuzkümmel und einem Schuss Sesamöl.« „Und wie eine Süßspeise darge-
reicht? Ganz wunderbar, Baumert", lobt Lobo seinen sensiblen Koch. „Es nennt
sich Baba Ghanoush." Ach ja? Jetzt weiß Lobo endlich, warum schwitzige Finger!
Klar, das Rezept konnte nicht nur aus der Türkei stammen, sondern von deutlich
weiter südlich … „Das klingt arabisch? Ich dachte, du seist ein Konar? Leben die
nicht ursprünglich etwas weiter nördlich? In Schlesien … hat einer deiner Freunde
erzählt …" Baumert wartet sichtlich darauf, „das sind allesamt Gürtlerrezepte …"
Lobos Augen weiten sich. Noch ein Mysterium? Wo er die bereits vorliegenden
kaum sortiert bekommt? Oha, das königlich lecker gewürzte Hähnchenfleisch im
Teigmantel mit Salzgemüse war tatsächlich Schawarma, mit Knoblauchcreme
und Tabboulé? Er hat sich nicht getraut, nachzuhaken. Nun, falls dieser Ausflug in
den Garten bewirken soll, dass er anfängt, die bizarre ›Komplexität der Gesamt-
situation‹ – Murphys Worte – besser zu verstehen? Ihm hat eigentlich bereits der
Kurzbesuch der Wandelburg genügt, aber für Baumerts Geschmack hinterfragt er
zu wenig? Nur so darf sich dieser ihm anvertrauen, indem Lobo nachhakt …
Baumerts vieldeutige Anmerkungen. Wie? Hat er vergessen. Ja, genau, Neutrali-
tät, nur darum geht es. — Die erhält sich wie genau? Mit Mathematik oder
sonstiger adäquater Logik hat die örtlich angewendete Methodik sicherlich nichts
am Hut. Aber der große Götterhimmel bleibt friedlich, also bleiben sie aus deren
Sicht innerhalb ihrer Spurrille? Na, dann ist die für einen Bijix aber gewaltig breit
gefächert? ›Entspannt bleiben‹, bittet seine innere Stimme im eigenen Schädel –
als würde die eigene Vernunft plötzlich geistigen Abstand von ihm nehmen
müssen, weil er beleidigt mit dem Fuß aufstampft? Tja, der mystische zerische
Götterhain, wenn der sich einmischt, verrutscht nicht nur die Perspektive. Alles
erzeugt Fragezeichen, selbst ein harmloses Essen aus bekannter Zutat! „Und wie
gelangt man an Gürtlerrezepte? Werden die etwa auf den umliegenden InCos
hochgeladen und ausgedruckt?" Ein schräger Scherz. Bezogenes Winzigdorf
kann sich einen Luxus-InCo bisher nur im Rathaus leisten, einen Einzigen, und
dort mangelt es noch an kompetenter Besetzung, das Edelstück nur anzuschalten
— aber dann wiederum nicht. Kein Witz, sondern bitterer Ernst. Vor den Gürtlern, die angeblich überall im Schatten ihr Unwesen treiben, zittert ganz Europa.
Rein darum, ›verdunkelt die monströse Bergische Kaserne Düsseldorfs Sonnenaufgang und verdüstert den allerletzten Lichtstreifen Friedlichkeit, den man sich
eben noch in den Umlanden vielbunt ausmalen wollte‹, war erst kürzlich in der
Presse zu lesen. Dass Lobo da viel entspannter denkt, vielmehr, sogar unendlich
neugierig ist, soll nicht gleich jeder wissen. Baumert ist sehr verliebt und überprüft
somit nicht gleich alles, gar noch akribisch, was er von ihm zu hören bekommt.

Für Thal bei Gummersbach wurde niemals ein bizarres Palastgebäude errichtet – natürlich nicht –, noch ahnt hier jemand, wer alles ein und aus geht? Verwegen ihre kleine, beschauliche Dorfidylle ohne Passkontrolle durchquert? Baumert schweigt, er möchte Lobos Gedankengang keinesfalls unterbrechen. Es ist zu wichtig, wohin es führen könnte. Was Lobo irritiert, denn sonst kommentiert Baumert alles, jede Nutzung seiner Hände, jede Stirnfalte und Zuckung dahinter. Gedanken liegen für Gowinnyjen offen einsehbar. Sie können sich nonverbal stundenlang schweigend, mit ihm lautstark herumstreiten, und Beobachter würden glauben, sie säßen in friedlicher Harmonie nebeneinander, wären gar eingeschlafen? „Wie entsteht solcher Sphärenriss inmitten eines Dorfs, in dem dann ein gewitzter Bijix seinen Tempel einflechten kann? Gibt es dafür eine Formel, die man dreimal hintereinander laut aussprechen muss, in drei verschiedenen alten Sprachen, in unterschiedlicher Stimmlage? Oder reicht ein Abrakadabra? Ein Sesam-öffne-dich-Spruch? Es ist ja nicht so, dass der Mensch davon noch niemals etwas notiert hätte?" Baumert muss nichts übersenden, das errät Lobo ganz ohne Starthilfe: ›So simpel ist es nicht.‹ „Warum tut er das? Das Wesen des Bijixs besagt doch, sie mischen sich niemals ein? Sind bloße Beobachter, die sich nicht einmal selbst als anwesend empfinden? Die man mit viel Fingerspitzengefühl vielleicht dazu überreden könnte, etwas kurz zu kommentieren? Dafür braucht's aber bereits Jahrhunderte Vorarbeit von anderer Seite? Murphy ist jedoch erst kürzlich geboren? Seine Kontur hat sich bis jetzt nicht einmal richtig stabilisieren können? Sonst würde ich ihn doch nicht als hälftige Comicfigur sehen? Micky-Maus-Augen? Ich bitte dich! Und da springt er jetzt bereits aus der altbewährten Spurrille und konzipiert selbst Aberwitziges? Was alles andere als aberwitzig ist – laut deines Gesichtsausdrucks … du bewunderst ihn dafür? Aber wofür genau? Einen vielgesichtigen Palast konzipieren zu können?" »An seiner Stelle, was würde dich aus der Ruhe bringen?« „Na, wenn etwas geschieht, das keinesfalls sein darf? Er ist ein Zeitseher? Müsste somit längst alles wissen, bevor es überhaupt passieren kann? Nach himmlischem Regelwerk sieht er sich sicher vor Willkür geschützt?" Heiser, »er wurde betrogen«, Baumerts Augen bleiben geschlossen, unter seinen Lidern glitzert es. Ja, ihm ist nach Weinen zumute. »Das, was sein sollte, war nicht.« „Man kann einen Bijix betrügen? Wie das?" Lobos Gesicht zuckt; wie es arbeitet, allein schon dafür liebt er ihn. „Du warst dabei? Was ist passiert? Erzähle es. Bitte." Alles würde er dafür tun, dass dieser junge Mann ihn weiterhin so ansehen kann. Baumert schüttelt sachte sein Kinn, es ist mehr ein Zittern, „es gab nicht viel zu sehen. Nur einfache Mystik am Wegesrand, zu meiner Unterhaltung an imaginären Wänden, Schattenrisse, mit einem schmalen roten Leuchtstreifen vom Rest abgegrenzt? Die gesamte Menschenwelt war ausgeblendet, die Märchenbuchfassung eines Comicliebhabers hurtig darüber geklappt. Er wollte sich von nichts ablenken lassen müssen, seine klaren Ziele erreichen können? Porta Nigra? Trier, sein erstes Begehr von vielen. Der Rheinfall? Sehen, wo die Donau verschwindet? Das Dreiländerdreieck? Die Bundeslade wollte er per se studieren. Vatikanstadt? Im selben Atemzug kam der Gedanke bei ihm an, dass dort vieles unter Verschluss liegen müsse. Troja – ihm zu erklären, dass die Forschung sich widerspricht … wir waren quasi überall in der alten Welt, wo jemals Geschehen tiefer in den Bodengrund rutschte. Er musste alles sehen, mit den Fingerspitzen berühren und mir die Ereignisse schildern, die ihm erdseitig zugetragen wurden. Und dennoch benötigten wir nur eine einzige Woche? Gowinnyjen laufen schnell, aber ein Bijix geht Hand in Hand mit der Zeit. Sie ist wie seine Schwester. Er wollte alles mit aktueller Geschichtsüberlieferung abgleichen, musste sämtliche Unterschiede erfassen. Wollte, verstehen können, warum manches schwerer für die Betroffenen zu begreifen ist als anderes? Er wollte die bekannte Menschengeschichte vollständig studieren, dazu die Geschichte des Götterhimmels und die der Gowinnyjen und er fragte mich andauernd nach weiteren Wesen, die es doch auch noch überall geben müsse? Warum keiner nach ihnen fragt? Sie gar niemand vermisst? Und nein, er meinte nicht die Tiere, denn die zählen für ihn genauso zur Spezies Mensch wie die Natur. Es ist die Aufgabe des Menschen, auf die Erde achtzugeben, sie gütlichst zu umsorgen." Lobo klebt gedanklich am Schattenriss fest, „weil er auf Flammentöne steht? Das kommt in Comicheften echt gut?" Baumert lächelt dankbar, hat sich wieder besser im Griff. „Möchtest du den offiziellen Aufgang ins Gebäude nehmen? Schauen, wie es einen Neuankömmling begrüßt?" »Einen, der nicht ohnmächtig hereingetragen wird?« Lobo schüttelt es. Nein, er wünscht sich genauso unschuldig zurückkehren zu dürfen, wie er zuvor den Garten betrat. Einfach einen simplen Türgriff zu umfassen? Eine Hintertür in eine Bauernstube zu öffnen und alles Wunderliche vorerst dort zu belassen, wo es sich für seinen Verstand gerade nicht richtig zuordnen lassen will. „Glaubst du, jemand könne diesen Dorfbewohnern etwas anhaben?" Baumert muss es probieren, denn Lobo darf nicht in solcher Stimmung von hier weggehen. Dann würde er am Ende doch in einem anderen Lager unterkriechen und er hätte sein Leben lang nur einen feuchten Traum geträumt. „Er kann von hieraus die gesamte Welt beobachten? Wirklich das Dach der Welt betreten? Den obersten Himmel Midgards? Was genau tut er? Die neutralen Kräfte Mutter Erdens analysieren? Neu strukturieren – gar etwaig bündeln? Ist es das, was ich erkennen soll? Aber doch mit dem Einverständnis Shijtarrheims? Der wahre obere Himmel?"

Bären, die keine Bären sind

29252 Asgijahr|Nordrhein-Westfalen, zweite Februarhälfte 1976.

Drei Tage davor heißt es noch beschwingt, „na los? Komm schon, trau dich und steig auf." Baumert klopft aufmunternd auf seine breite Hüfte. Auf einem baumhohen Schwarzbären zu reiten, ist sicherlich nicht jedermanns Ding, aber Lobo zählt zu den unerschrockenen Geistern. Und wer bitte wollte eine Abenteuer-suggerierende Einladung von Baumert ausschlagen? Des Bijixs faltenfreier Merlin? Auch Zauberhausen schwärmt für die interessante Geschichte Camelots, der große Magier Merlin ist überall ein Idol. „Du möchtest deinen Vater kennenlernen? Ich zeige ihn dir. Du musst mir im Gegenzug nur etwas vertrauen." Baumerts einstimmende Sätze – die hätten gewiss ausgereicht, Lobo ein Lächeln ins Gesicht zu zaubern, ganz ohne Magie. Vom Gasthof Falkengau-Thal, noch immer nicht ›Zum Falkengau-Thal‹, im Oberbergischen Land geht es schräg links, leicht nördlich, mitten durch eine gefühlte unendlich friedliche Prärie. Tatsächlich jedoch dicht besiedelt, mit unzähligen abgesperrten Hochsicherheitszonen, die jetzt gerade – optisch – weggezaubert sind? Lobo fühlt sich derweil wie Winnetou auf seiner Iltschi Richtung Düsseldorf reitend, dann dreht Baumert aber urplötzlich scharf nach rechts ab? Rennt ganz bewusst in einem großen Halbkreis ostwärts zurück, aber konsequent seinen Nordkurs haltend? „Ähm?" Lobo hat unzählige Fragen im Schädel, dass er gar nicht recht weiß, mit welcher er jetzt anfangen wollte? Schon laufen sie munter in die Bergische Kaserne hinein, als gäbe es da keine top Absicherung? Und warum steht dieses markante Riesentor überhaupt sperrangelweit auf? Das hat Lobo noch niemals erlebt, dass er da arglos reinschauen konnte? »Wir sind nur noch Schattengespinst und zeitlich wohl sehr flexibel«, schießt es Lobo endlich durchs verweichlichte Hirn. Baumerts Mundwinkel lächeln, was Lobo in seinem Rücken spüren kann. Will heißen, er liest seine Gedanken? Sein Ziehvater Falk hat ihm ein einziges Mal von den mystischen Schwarzbären erzählt. Dann niemals wieder. Also hielt es Lobo für eine Märchengeschichte? Aber es war keine gewesen. Die sind genauso wahrhaftig wie die Eiswolken, mit ihren eisblauen Augen, ihrem bezaubernd glänzendem Haar und dieser auffälligen Schönheit, der sich keiner entziehen kann. Aber der Phyrosier im Falkengau-Thal, der Lobos minderjährige Schwester heiraten möchte, hat sie zuallererst mit hässlichen Brandnarben überzogen? Um sie besser beschützen zu können, behauptet er, und dann hat er sich parallel verliebt? Lobo interpretiert es so: Bist du selbst zu toll, bist du froh darum, wenn die andere Seite ein paar Macken zusätzlich mitbringt – zum Ausgleich? Aber sie ist verdammt noch eins, erst dreizehn! Daran ändert sich auch nichts, wenn man mit einem Schlag weiß, seit wann sie ihre Blutungen hat! Was er bisher nicht wusste und es auch gar nicht wissen wollte.

★ ★ ★ ★ ★ ★ ★

Was geht ihn das an? Sie ist das Nesthäkchen? Die zarte Kleine, jedermanns Liebling und so schützenswert, weil noch so blutjung und darum soll sie es auch bitte schön bleiben; solange es halt geht. Unter Lobo brummt es vernehmlich, rein als Antwort auf seinen Gedankengang, „das sieht unsere Welt aber komplett anders. Ich rede von den modernen Westvesten — Altervesten, der neue Begriff, an den wir uns noch gewöhnen müssen." »Ach, und weil ihr euch so modern wähnt, seid ihr berechtigt, unser Regelwerk zu torpedieren?« „Doch nicht etwa eure Konventionen? Mach dich nicht lächerlich! Menschenrechte und dergleichen mehr? Die meinst du doch? Ihr habt derzeit gültige gesellschaftliche Präventionen längst verlassen! Bürgerrechte? Die gelten nicht mehr für euch. Ihr seid jetzt rechtlose Hasen! Deine Schwester wäre mittlerweile unter Drogen gesetzt, brutal vergewaltigt worden und deine Mutter würde schlimmeres Gift kochen als bisher in den Industrie-Laboren? Im festen Glauben, sie könne damit deine Schwester beschützen? Die Unterwelt ist nochmals um einiges pragmatischer, wünscht sie etwas zu erlangen? Ihr wärt ihnen auf Gedeih und Verderb in die Hände gefallen." Lobos Gedanken kommentieren, »ich wohl nicht mehr«, trübe, »ohne euch wäre ich tot.« „Jawohl", brummt Baumert, nickend. Bisher ist Lobo derjenige, der laut spricht und Baumert denkt nur passgerecht, für Lobo hörbar. Schwarzbären kommunizieren gedanklich wie stimmlich, je nach Lust und Laune und wühlen ungeniert in allen erreichbaren Gedanken, wünschen sie nähere Details. „Schau doch mal, der Mann dort drüben, der aus dem Seitenausgang schlüpft?" Die Innenansicht dieser Kaserne hatte sich Lobo schlechterdings anders vorgestellt? Sie stehen mitten im asphaltierten Innenhof einer der vielen Areale, die im Sicherheitsabstand zueinander, top abgesichert, nebeneinander errichtet stehen und wie einzeln abgeschirmte, kleinere Stadtteile von New York aussehen? Jeweils fünf Häuserblöcke stark? Mit hoher Ummauerung wie Edelviertel im Innenstadtsektor, als könne man auch hier dem nächsten Nachbarn innerhalb seiner Kaserne nur ganz bedingt trauen? Der hinterste Gebäudekomplex über die Gesamtfläche gezogen? Locker achthundert bis tausend Meter breit? Jedenfalls elendig hoch. Es gibt offensichtlich Neben- wie Hinterausgänge? Wie es wirkt, stehen Panzer neben Jeeps, Motorrädern, Fahrrädern und Lkws auf Parkdecks einsortiert? Wie nett, neben einem Panzer sein Rennrad abzustellen? Ob er das unter solchen Umständen nochmals benutzen wollte? Aber klar, Panzer muss man genauso unterbringen. Mhm, aber bitte? Solch absurdes Bild – in Nordrhein-Westfalen? Er hat ohnehin das Gefühl, mittig in einem Hauptquartier zu stehen? In einem Krisengebiet — nur typische Geräusche fehlen? Bombeneinschlag? Zerbersten von toten wie lebendigen Körpern, ohrenbetäubendes Rattern von Maschinengewehren, Wutschnauben und alles übertönendes Kommando-Herumgebrülle unterschiedlichster Stimmfrequenzen? Nein, nichts. Keine Entsetzenslaute, Angst- und Hilfeschreie? Kein Todesröcheln? Alles vollkommen friedlich und ruhig? Ein verschlafener Ort? Irreal! Aber von all dem sollte man insbesondere wissen, hat man nur ein Stückchen weiter in der großen Stadt gelebt? So hoch ist Lobo die Mauer auch nie vorgekommen? Mächtig, ja, aber doch nicht so, dass sie bald dreißigstöckige Gebäude verschwinden lassen kann? Irre, Baumert will ihn wachrütteln, zeigt ihm auf, welchen Horror es bald schon geben könnte? Aber nein, der Schwarzbär, an dem er klammert, wünscht nackte Tatsachen offenzulegen … nur das. Ist Lobo deshalb gedanklich abgeschweift, weil er das alles nicht wahrhaben will? Wie viele Soldaten sind hier um Himmels willen stationiert? Es heißt immerzu Hundertfünfzig tausend? Niemals mehr? Die Hälfte davon könnte allein hier in diesem Kasernenviertel untergebracht werden? Nur in diesem einzigen Bataillon? Aber wie viele dieserart gibt es? So kurz vor ihrer Stadt? Seine Schnellschätzung sagt, wenigstens acht auf jeder Seite des Geländes, das Kilometer lang sein muss und wie tief? Himmel! Bei solcher Meute brauchen sie gar keine Geschütze aufzufahren und machen sie allesamt platt? Ganz Nordrhein-Westfalen, als wäre es nur eine letzte größere Blumenwiese … ein Überbleibsel aus einer Welt, in der man noch von Frieden träumen konnte? Wenn das in Düsseldorf, wer wüsste? Die zittern jetzt schon wie Espenlaub, wenn sie nur an die Kaserne schräg gegenüber denken? Hilfe! Ihm wird flau. Atemnot? Benötigt er dafür andere Gedanken, das Surreale überhaupt verarbeiten zu können? Sein leiblicher Vater ist auch noch einer davon? Ein Militär? Nicht bloß ein sturer, steifer Stadt-Streifen, der vielleicht genauso blind gestellt ist wie er selbst? Nein! Sondern einer von den richtig übel zugeknöpften Kerlen. Ein hochdekorierter Despot! – Lobo ist schlecht, aber er hält durch, wie versprochen. Klammert nur ärger an den baumbreiten Schultern fest und fühlt sich wieder wie damals, als sein anderer Vater, sein Ziehvater, ihn auf Schultern und Rücken durch ihre Stadt getragen hat. Dr. Falk Dürrwegen hatte immerfort nach überallhin Zutritt und da Lobo von solchen Ausflügen wusste, wie unterschiedlich die Welt hinter einer Kontrollstation aussehen kann, wurde er seinerseits Schülerlotse. Einst rein zur sicheren Straßenüberquerung von Schülern gekürt, bezeichnet es heutzutage einen Berufsstand, den man als erfolgreicher Schüler nebenbei ausüben darf. Zuverdienst und frühzeitige Erfahrungswerte werden immerzu essenzieller. Ein von autorisierten Streifen austrainierter, bewaffneter Jugendlicher, der Schutzbefohlene – Kinder, Jugendliche und zarte Erwachsene – innerhalb der Stadtabsicherung eskortiert, will besagen, versiert absichert. Sie vom Elternhaus in Kindergarten und Weiterbildungsinstitutionen lotst? Nachmittags auf den Sportplatz, zur Musikgruppe oder in die Bibliothek, ins Theater, ans Gericht oder zu Freunden und am Abend

✶ ✶ ✶ ✶ ✶ ✶

zurück nach Hause? Schülerlotsen werden bezuschusst, gut ausgerüstet, ausgebildet und über die Stadtverwaltung oder die Kirche vermittelt. Schülerlotsen anzugreifen, wird zumeist ohne großen Prozess mit der Todesstrafe quittiert. Professionelle Personenschützer müssen hingegen eigens finanziert werden und bei Verlust fühlt sich die Justiz nicht zuständig, das heißt, man muss selbst einen Detektiv engagieren, Näheres zu erfahren. Und sie benötigen reichlich Qualifikationen, im Zweifelsfall überlegen sein zu können. Marktplätze für Waffen- und Ausrüstung für diese Klientel ufern immer weiter aus. Unbekannte Kampftechniken, die jeden bekannten Haken abwehren können? Sind immens begehrt. Alles wird immer grenzenloser und zeitgleich fürchtet man das fremdländische Wesen des Söldners, das als besondere Note andererseits gilt. Oft zudem Hautfarbe, Körpergröße und Augenfarbe? Ein Meerblau in Kombination mit Weißblond am Schädel und extremer Schulterpartie? Ui, wer sich den leisten kann, dem küsst wahrlich jeder, selbst stinkige Füße. Eiswolken oder Bloonies genannt, sind nahezu unbezwingbar. Nicht zu überlisten und quasi schneller als der Tod. Aber sie strahlen Eiseskälte aus. Nichts kann sie erschüttern. Sie benötigen weder Gott noch Teufel und sie verachten Angstschweiß. Ja, sich für solchen zu entscheiden heißt, wirklich zuverlässig reich zu sein. Ihnen bleibt man nur einmal etwas schuldig. Dann ist man tot. Ganz unabhängig davon, wer man ist. Die etwas weniger grauenerweckende Version Personenschützer nennt man Schwarzbären, weil sie sehr haarig sind, an die zwei Meter hochragen, mit solcher Schulterbreite, dass allein ihrethalben Türstöcke der Villen epochaler werden müssen. Ein Bloonie gegenüber kann zwar dennoch das Aus bedeuten, aber die beiden respektieren einander und vermeiden im Regelfall blutige Dispute. Was auftraggeberseitig sehr wohlwollend wahrgenommen wird. In puncto bezahlbar – ist eine konstante Geldquelle auch hier sehr zu empfehlen. Ja, hier erfriert man nicht, im Gegenteil kann es leicht zu hitzig werden? Emotionalere Kerle, als Schwarzbären oder Düsterwinde genannt, kann sich kaum jemand vorstellen. Die Mittelschicht kann sich aber lediglich mit Fremdländisch brüsten und hoffen, der Auserkorene wirkt überzeugend anders, dass ihn alle anderen in Ruhe lassen? Söldner aus nicht-europäischer Quelle sind hochbegehrt. Reiche Viertel, ganz bewusst, Neid und Missgunst erzeugend, sind die gefährlichsten, aber sie zahlen zuverlässig für etwaige Frondienste, betreffend Sicherheit. Parallel horten sie Schätze, wovon komplette Gemeinden in ärmeren Gegenden längere Zeit überleben könnten? Ein verwegener Angriff lohnt stets, wird er auch mit Todesstrafe quittiert. Den Tod erleidet man ohnehin zeitnah, ist man erst tief genug abgerutscht. Indessen andere, nur wenige hundert Meter entfernt, darben, leben Bonzen ungeniert in Saus und Braus; Essensreste vergammeln im toten Winkel, oftmals, neunzigprozentiges

Volumenmaß. Nicht einmal den vierbeinigen Streunern vor ihren Haustüren gönnen sie etwas. Nur ihre trauernden Kinder, von denen sie noch zeitweise versorgt werden. Eigene Hunde und Katzen, nun vor die Tür gekehrt, weil sie die kostbar belegten Böden beschmutzen könnten? Ja, sie leben auch ohne festen Wohnsitz noch oberirdisch. Was für Zweibeiner seit Langem nicht mehr gilt. Darum ist diese Chance, einen der Goldbubis zu erwischen, derart verheißungsvoll. Dessen Clan mit einer sauber abgehackten kleinen Zehe zu erpressen, mit der Androhung von Fingerverlust in der Folgerunde? Ihre Elite spielt leidenschaftlich gerne Flügel oder Geige? Genauso Tennis? Karten? Ein mangelnder Finger bedeutet da echter Kummer? Das Motto? Wer seine Rechnungen nicht bezahlen kann, erhält die Quittung — Gleiches mit Gleichem vergolten. Wer auf Tiefparterre in Verzug gerät, wird seit Urzeiten vor den Kadi zitiert. Dort entscheidet sich heutzutage, welches der Kinder geopfert werden muss, dass der Betroffene samt familiärem Restbestand weiterhin als Bürgerlicher gelten darf. Baumert beendet Lobos gesellschaftlichen Düster-Exkurs trocken, „kann man nur sehr hoffen, er hat ausreichend Blagen gezeugt?" Tiefes Schweigen.

„Lobo, magst du gedanklich nicht kurz bei mir ankommen?" Brummt es. Sie können sich stimmlich unterhalten, ohne dass jemand mithört? „Warum fühle ich mich wie in New York? Eine obskure Kaserne." Jetzt, wo er spricht, brummt Baumerts Stimme nur noch in seinem Schädel. »Dein Vater nennt es ›NYdorf‹. Mittlerweile der gültige Ausdruck für Bataillonsunterkunft, mit Wolkenkratzer-Optik.« „Die sind nochmals abgesichert, obwohl sie bereits in top abgesicherter Sperrzone mit riesenhafter Ummauerung liegen? Wer wollte hier eindringen?" »Na, wir zum Beispiel?« „Baumert, ich meine das ernst." »Ich ebenfalls. Willst du gar nicht wissen, was er da betreibt?« „Nö, da vorn wartet doch längst einer auf ihn? Somit misslingt's eh", mit Schulterzucken. Egal? Lobo ist jetzt alles einerlei. Dem Mann vor seinen Augen, der sein Vater sein soll, offensichtlich nicht, „Sten, zum Teufel!" – „Herr Major. Guten Abend. Ich soll Sie begleiten." Respektvoll salutierend und genauso selbstredend hinterherlaufend. Der Major verlangsamt, lässt Sten aufholen. „Was, denkst du, könnte ich vorhaben?" Sten schaut bei diesem zynischen Singsang möglichst unschuldig drein; nicht überzeugend genug. „Gut, ich formuliere neu … was vermutet Christian, dass ich vorhaben könnte? Und hör auf mit dem Rumgetue. Keiner ist heutzutage mehr unschuldig" – Baumerts Stimme, „ist er dir noch immer vollkommen unsympathisch?" Berechtigt, diese Frage, da muss Lobo aber erst einmal ausgiebig nachgrübeln. Ein Streifen mit Empfindungen? Demnach ein richtiger, lebendiger Mensch in Uniform? Und das beim Militär? Die gelten doch nochmals mehr als entkernt … Sten klinkt sich dazwischen, „Sie wollen gelegentlich gerne etwas allein sein." – „Ach? Das ist euch tatsächlich aufgefallen?" Sten schluckt schwer. Er mag diesen Mann und will ihn augenscheinlich beschützen, keinesfalls brüskieren. Aber er hat diesbezüglich klare Befehle. „Ich nehme es dir nicht krumm. Mhm, wo lauert der andere? Du bist kaum allein abgestellt, mich an etwaiger Flucht zu hindern?" Lobos parallele Gedankenwelt, ›er mag Sten ebenso, empfindet ihn als Sohn. Gut, dann gibt's wohl ein paar weitere Geschwister gratis dazu? Der passt auch gar nicht in die garstige Uniform und doch liebt er den Auftrag, seinen Major zu schützen?‹ „Welcher andere?" Himmelblaue Augen! Gänzlich unschuldig. Der Herr Papa hat genauso braune Haare wie Lobo, ordentlich kraus, soweit man es im Halbschatten ausloten kann. Blassblaue Augen, Charisma, das sticht Lobo ins Gesicht. Markante, tiefe Stirnfalte; Grübchen am Mundwinkel; sehr anziehend. Es geht um nichts anderes. Dieser Christian kann nur der Adjutant sein, sonst dürfte er keine Befehle aussprechen, die dem Herrn Major missfallen? Nach Lobos Verständnis vom Militärwesen und eigentlich hat er keines. Wollte nie, welches erlangen. — Das Gespräch der anderen geht weiter, „ich wollte mal wieder unseren Platz aufsuchen, wo Weeko und ich uns jahrelang trafen? Er ist schon so lange weg …" Sten runzelt die Stirn, „Weeko? Sie meinen den Jüngsten vom Brigadegeneral? Sie standen einander wirklich so eng, wie Christian behauptet?" Wie warmherzig der Major lächelt? „Du misstraust deinem Vorgesetzten? Nicht dein Ernst!" Hihi, „ihr fresst ihm doch alle aus der Hand, ihm nochmals mehr als mir." Er wischt sich Tränen von der Wange. „Weeko sah in mir einen Vater. Einen engen Vertrauten. Das tat uns beiden gut und ja, er fehlt mir. Wenn sich unterdessen auch reichlich Nachwuchs finden ließ? Das erste Kind wächst besonders ans Herz? Und wenn es nicht mehr aufgefunden werden will, können Leute wie ich peinlich rührselig werden? Zur Heulsuse mutieren? Das muss nicht gleich jeder mitbekommen." Sten ist verunsichert, „keine Meldung?" Wiederum das warmherzige Lächeln und seine Augen funkeln und glitzern wie Sterne in finsterster Nacht. — »Meine Fresse«, denkt Lobo, »eine Lichtgestalt? Ein Sonnenkind? Er war ein Hoffnungsträger? Und ging zum Militär?« — „Willst du nicht wissen, ob das erblich ist? Lobo, hörst du mich?" „Ein Lichtgeschöpf beim Militär? Sonnenkinder stehen ausdrücklich für den Frieden? Würden niemals freiwillig zur Waffe greifen?" »Das darf nicht alles gelogen sein …«, jammert es weiter. „Es kann überall Sonnenkinder geben, selbst im blutigsten aller Gefechte? Ihr Midgards habt derlei Regelwerk längstens überholt." ›Ächz‹, das muss sich erst einmal setzen, Lobo hört dem Gespräch der Männer im Hof nicht mehr länger zu, also läuft Baumert zurück. Hüpft mit konzentriertem Anlauf und Seitenschwung über das zweieinhalb Meter hohe Gatter, als wäre es selbst mit Rückengepäck nicht weiter tragisch, gar brisant? Nein, ist es wohl nicht, denkt sich sein Rückengepäck, etwas abgelenkt, wie in der ersten Runde. Das Ganze immerhin ernsthaft abgeschirmt von diversesten Maschinengewehren, gekrönt von einem Panzer und anderen brandgefährlichen Waffen, die Lobo nicht einmal dem Namen nach näher bestimmen möchte. Dann erfolgt eine scharfe Linkskurve und es geht direkt auf die große Stadt Düsseldorf zu. Schon von hier aus leuchtet der Himmel, trotz dichten Nebels, den man zuvor nur an der Themse so krass gekannt haben will. Laut einschlägiger Literatur.

Baumert hält auf einem einsamen Felsvorsprung, gut fünfhundert Meter über der Stadt – obschon sie gar nicht aufwärts liefen? Schroff, abfallend; ein paar bequemere Sitzmöglichkeiten, grün umsäumt, Gras, Buschwerk, eine Weide, frisch ausgetrieben. Jetzt, im bitterkalten Februar? Er lädt Lobo ein, sich neben ihn hinzusetzen. „Wo zur Hölle sind wir? Das ist Düsseldorf, ganz eindeutig, aber diesen Felsen gibt es nicht!" Stöhnend, „muss denn immer alles strikt logisch sein, was sich als praktische Lösung anbietet?" Die Gegenfrage. Lobo setzt sich mit großen Augen stumm hin. Der Nebel ließ soeben einiges vom Geschehen am Bodengrund durchblitzen. Wutschnaubende Leute auf beiden Seiten. Eskalationen über zahllose Stadtviertel hinweg. Wild gestikulierend und blindlings herumkrakeelend. Keiner hat sich da unten unter Kontrolle! Die Stadt brennt lichterloh! Eine Seite mit Sperrholzplakaten bewaffnet, die andere mit allem, was verletzen und töten kann? Streifen – Polizei, Feuerwehr, schwer bewaffnete SEKs, Milizen, Söldner, vereint gegen Demonstranten mit Holzplanken! Sprüche, knallbunt auf hauchdünnem Stoff. Ungestüm gegenseitig aufeinander einprügelnd, unsanft von undurchdringlichen Nebelschwaden irritiert und derweise harsch unterbrochen — weshalb es vielleicht noch nicht allzu viele Tote gibt? Lobos Gesicht ist kalkweiß. Baumert legt vorsichtig seinen Arm um seine Schultern, spürt sein inneres Vibrieren. Diese Bilder hielten ihn davon ab, zuerst hierherzukommen. Seitdem ist die Zeit eingefroren, Lobo spürt es. Baumert, „sag mir, was du denkst." »Unnötig, du weißt es.« Lobo ist tief in sich gekehrt. Will nicht gestört werden. – Baumert, „die eigene Stimme hören, kann helfen." Lobo, »ein Wortspiel? Anstelle den Wehrturm aufzusuchen, errichtest du einen naturbelassenen Bergfried, dass keiner mitbekommt, dass ich Rotz und Wasser um meine geliebte Stadt heule? Um all die liebenswerten Seelen, die es dazwischen noch immer gibt? Weil sie verloren sind? Der Tod der letzten, arglosen Haselmaus steht unmittelbar bevor? Und damit werden uns auch einige Vogelarten kurzfristig wegsterben und die Hauskatze benötigt noch mehr Aldifutter … was ist bloß los mit unserer Welt? Was lässt sie so krass entzweibrechen? Allen Liebreiz resolut verdampfen?« Baumert, „das sind eure Freunde – dort unten auf den Straßen. Es hat sich her-

★ ★ ★ ★ ★ ★

umgesprochen, dass sie deinen Vater hinrichten wollten und sein Sohn kommen musste, es abzuwenden? Jene dort unten haben noch nicht vergessen, was Falk Dürrwegen für sie tat und niemals nur ein Dankeschön erwartete? Zur Not die eigene Lohntüte obendrauf legte, falls gar nichts half. Sie fordern den Rücktritt solcher Majorität, die sie nicht länger tolerieren können." Falls man von Kalkweiß ausgehend noch ungesünder aussehen kann, testet Lobo es aus. „Sie werden sie töten! Allesamt, die solche Schilder vorstrecken!" »Was wolltest du tun, es zu verhindern?« Möchte Baumert wissen. „Ich?" ›Ich soll eine Lösung wissen? Ich habe bisher nicht einmal das Einfachste im Leben begriffen? Papa musst du fragen, er wüsste eine Antwort.‹ „Haben wir getan." »Und?« „Er ist in die Knie gegangen, hat sich übergeben und ist zusammengebrochen." »Ohnmächtig? Papa, nein! Der kollabiert nicht, völlig unmöglich … wo alle Not gen Himmel schreit? Seine Freunde, ins offene Messer laufen?« „Sie haben ihn gebrochen. Deshalb wollte er sterben. Weil er keine Kraft mehr in sich fühlt. Es ging nur noch darum, dich gesund an einem sicheren Ort zu wissen und deine Mutter und Schwester mit dir vereint zu sehen." »Er weiß gar nichts von Emmas absurden Heiratsplänen? Und dass seine letzten Freunde in der Stadt alle sterben müssen, lässt ihn kollabieren …«, atemlos. „Wir hoffen auf dich." »Hast du mir deshalb meinen leiblichen Vater zuerst gezeigt? Eine Lichtgestalt? Es geht rein um Gen-Politik? Mut hierfür? Es weiterhin ertragen zu können?« Lobo muss sicher sein, »Aldebaran und die Gürtler«, laut, „die sind tatsächlich real?" Baumert nickt, »den Schreckensfürsten gibt es wahrhaftig. Er stand für Falk Dürrwegens Befreiung bereit, aber, dank dir, musste er nicht eingreifen.« „Was wäre passiert?" »Was denkst du, was passiert, wenn eine mystifizierte Streitmacht«, die letzten Worte sehr langsam und äußerst betont gedacht, »urplötzlich sichtbar wird?« Lobo nüchtern, „unsere Welt rutschte noch weiter aus ihren Fugen … Städte würden aufschreien und die Militärs unisono um Hilfe anflehen, ohne ernsthaft darüber nachzudenken, wohin es führt? Europa stünde schon morgen mitten im dritten Weltkrieg? Ohne zu wissen, wer der Feind ist, gegen den man kämpfen will … aber dennoch habt ihr es erwogen?" Baumert, »wir mussten alle Optionen offenhalten.« „Und konkret?" Achselzuckend: »Aldebaran hat unzählige Verträge geschlossen, viele Freunde allerorts gefunden? Ich denke, er wollte Falk verschwinden lassen.« „Schwarze Magie? Seid ihr komplett irre? Damit verteufelt ihr alles, was Papa jemals erreichen konnte? Ihr hättet ihn besser sterben lassen sollen … als sein Werk mit Pech und Schwefel zu übergießen und anzuzünden." ›Was sie nun mit der Stadt tun.‹

Lobo, „du kannst Berggipfel aus dem Effeff zaubern, die es nicht gibt? Kannst du auch Substanz in die Luft pusten, die dort bislang nicht ist? Und jetzt ganz, ohne dass ich das, wem verrate, dass du's kannst?" Baumerts Augenbrauen ziehen sich eng zusammen, „wie?" Lobos Arme gestikulieren wild … ist doch völlig logisch! „Beruhigungsmittel, gasförmig, per se unbedenklich! Halt eins zum richtig tiefen Einschlafen! Mama sagt immer, ›wir sollten ihnen einfach die Schlafhaube etwas tiefer über die Ohrwaschl ziehen? Gespickt mit frappierenden Gedächtnislücken? Vielleicht kriegen sie dann endlich wieder gebacken, wie sich Erdreich in Natura anfühlt? Kalter Stein, piksende Äste und rutschiges Blattwerk unter nackten Zehen? Außerhalb künstlicher Wandelpfade!‹" Baumert merkt auf, »Tiefschlaf und hinterher verwirrt aufwachen lassen? Und hoffen, dass die mit den Schildern zügiger kapieren, was gelaufen sein könnte, als die ohne? Und hernach kann keiner bestimmen, auf welcher Seite, wer genau stand? Nicht einmal, bezogen auf sich selbst? Das funktioniert bei Menschen? Solcher simple Trick?« — „Bitte!" … mehr braucht's nicht. Baumert schnurrt zufrieden. Lobo hört es gut und seine nassen Augen fangen ebenso zu lächeln an. Er zieht seinen Schnodder energisch hoch und putzt ausgiebig seine tropfende Nase. Um dann breiter zu lächeln und wärmer, bis auch seine Augen zu strahlen beginnen, wie kristallklare Sterne in tiefster Nacht. Ein einziger Kontakt und ein Wunder ward geboren. Hoffnung lebt wahrlich überall, man muss nur hinsehen? Lobo erkennt riesenhafte Micky Maus Augen, ihm zuzwinkern. Mehr nicht; er weiß es, nicht nur Baumert ist dankbar für Mamas Idee. Er begreift, dass diese Entscheidung von einem Menschen getroffen werden musste, nicht von einer Zaubergestalt. Sie suchten in seiner Erinnerung? Wussten längst, dass es dort verborgen liegt … der Schatz des Menschseins? Auch schlichte Haselmäuse zu lieben? Darum heißt es immerfort, der Mensch müsse die Erde retten? Dafür habe sich der Götterhimmel geopfert, die Kugel ins Rollen zu bringen, dass es geschehen kann? Und schlechterdings zerstört der erhoffte Retter alles fein säuberlich, was kreucht und fleucht, was grünt und gedeiht und Luft und Wasser sauber halten könnte? Wachstum wird toxisch erstickt, Insekten artenweise ausgerottet, weil sie lästig sind? Der Kreislauf des Lebens, mit der Axt entzweigeschlagen, als gäbe es nichts zu verlieren? Als bräuchte es kein Morgen? Darum fand sich dieser klebrige Nebel ein, der jede Kontur mit schwarzer Schleimschicht überzieht? Hausfassaden und Bodengrund, gleich welcher Ursprungsgüte, heimsucht? In Gewächshäuser kriecht und Tierfabriken versiegelt, bis sich nichts mehr rührt? Kamine von Fabriken versiegelt und weitläufige Produktionsstätten pulverisiert. In den oberen Etagen lässt er Büroflure ganzheitlich ersticken? Er schert sich um nichts, macht vor nichts Halt. Konvenienz? Sarkasmus, im schwärzesten Sinne … und die Reaktion? Sie bauen nochmals trickreichere Schlupflöcher, Fluchttunnel wie Geheimgänge und Hubschrauberlandeflächen auf Hausdächern, um schwieriger erreichbar zu sein.

★ ★ ★ ★ ★ ★

„Deine Stadt schläft nun. Du solltest dich auch etwas ausruhen." Baumerts Brummen kitzelt seine tief unterste Hautschicht? Gänsehaut erzeugend. Aber nicht vor Kälte, was sein sollte, denn es ist weit unter null Grad? Hier draußen im freien Feld und dann noch so exaltiert weit oben in der Höhe? Bestimmt bis minus 15 Grad, in der Stadt wohl wie üblich nur um die minus sechs bis acht? Bei solchen Schätzungen lag er stets ausgezeichnet. Also, warum friert er dann bitte nicht? Denn das müsste er, im bloßen T-Shirt? Nackige Arme wie Baumert, den wohl sein dichtes Zottelfell wärmt und ja, er lädt zum Kuscheln ein? Nicht nur seine Schwester will in die Familie des Falkengau-Thals fest mit aufgenommen werden? Er ebenso? Aber er bekommt den Chef ab! — Hihi, kichert es in ihm wie irre drauflos und Baumert küsst dieses freche Kichern liebevoll hinweg. Seine Zunge im Hals sucht engen Kontakt und oberirdisch scheint sich wohl Ähnliches abzuspielen. Er hat leider keine große Ahnung davon, hoffentlich der andere etwas mehr? Baumert bewegt sich nicht mehr. Lobo, „was ist plötzlich los? Habe ich etwas Falsches gedacht?" Seine Stimme klingt minimal verunsichert. „Du gehst einfach so davon aus, dass ich schon wissen werde, was ich tue? Von wegen!" Lobo irritiert, „du bist zweifelsfrei der Ältere und damit hattest du Zeit, Erfahrungen zu sammeln." Baumert kichert; klingt beinahe nach einem Winseln? Und endet im massiven Hustenkrampf, der vorerst alle Verkettungen wieder sauber auflöst. „Was war daran derart komisch?" Lobo überlegt, ernsthaft beleidigt zu sein, da wiehert es schon wieder los und keucht nach Luft und muss abhusten, dass er gut abgelenkt ist. Kräftiges Rücken klopfen, beruhigendes Streicheln von wundervoll weichem Bärenfell. „Du weißt ja nicht, wie es ist, für einen Bijix zu arbeiten? Ein Kinder-Bijix, wohlgemerkt, der im vorliegenden Leben ganz sicherlich ein großer Romantiker und Träumer war und dann in einen Bijix verwandelt wurde." Ein letztes, anhängliches Glucksen verscheuchend, „ich war dabei. Hatte längstens beschlossen, den netten Jungen mit den geschickten Fingern an Hämmerchen und Meißel mit nach Hause zu nehmen. Ich hatte ihn seit Tagen im Auge, darauf wartend, dass endlich ein Erwachsener mit Essen bei ihm auftaucht? Aber es kam nie einer? Und alles, was der Knirps aß, hatte er selbst eingesteckt. Auch eine große Wasserflasche? Er war allein und ich beschloss, sein neuer Vater sein zu wollen. Und dann leuchtete dieses Kind plötzlich überirdisch auf und meine Pläne änderten sich abrupt. Plötzlich war nicht ich es, der wen mit sich nahm, sondern derjenige, der von anderer Seite eingepackt wurde? Erst als es darum ging, die Richtung unserer gemeinsamen Reise festzulegen, wurde ich dazu befragt? Aber er hätte auch ganz allein eine Antwort gefunden. So zum Thema Partnerschaft? Er sah dich in meiner Zukunft und meinte, ich könne auf dich warten. Er hat mir nie verraten, wie lange ich warten müsse? Darum musste ich kichern." Zwei Jungfrauen an einem Berggipfel, den es nicht gibt, mit einem Liebesspiel betraut, das keiner von beiden kennt und da es dazu auch nur wenig Anleitung in der Natur gibt, gilt es jetzt ordentlich Fantasie auszugraben? Lobo zwinkert ihm munter zu und schon sind sie wieder so ineinander verwurstelt wie eben gerade noch, und falls das nicht ganz zum erwünschten Ergebnis führen sollte, ist es auch vollkommen egal. Baumert hat längstens beschlossen, nach wohin ihre weitere Reise fortgesetzt werden muss.

Es dauert, bis Lobo erneut in der Lage ist, eine klar verständliche Frage zu stellen. Aber es bricht aus ihm heraus, kaum, dass er wieder richtig japsen kann. „Los, rück schon damit raus! Wohin geht's weiter?" Baumert, »da kommst du nicht von allein drauf? Wir benötigen einen sturmsicheren Partner für die Ambitionen deines Vaters, die Welt retten zu müssen? Wenn wir da nicht schleunigst jemanden auftun, kapselt er sich noch mehr ein und dann dauert es lange. Sehr lange.« Lobo, „und wo willst du, wen passenden finden können? Ich dachte bisher, im Falken-gau-Thal spielt sich alles ab?" Baumert, »für Familienmitglieder, die innerhalb der Spurrille bleiben. Dein Vater hat da aber noch niemals gut hineingepasst und jetzt passt er nochmals weniger in ein Standard-08|15-Muster? Selbst im Zauberspek-trometer. Diejenigen, die zu Hause im Falkengau-Thal geeignet wären, sind alle fest eingeplant? Da besteht keinerlei Flexibilität, glaub es mir. Murphy arbeitet seit drei Jahren konzentriert darauf zu, dass wir perfekt harmonieren? Und Aldebaran hat seine Leute eingeschleust, die nun auf unseren Auftritt warten? Das muss alles reibungslos funktionieren.« „Ein richtig großer Plan also?" »Aber ja, und das, was wir vorhin mitangehört haben, könnte darauf hindeuten, dass vielleicht schon morgen Abend deine Väter zeitgleich bei uns im Falkengau-Thal logieren werden? Das heißt, du darfst dich im Randbereich aufhalten, falls du möchtest und Murphys Auftritt miterleben? Herrlich! Versprochen. Aber du darfst weder lachen noch grinsen. Das musst du fest versprechen.« — Lobos Wangen, hätte er sie nicht schon so ausgiebig abgeküsst, müsste er abermals von vorn damit anfangen? Aber sie müssen jetzt aufbrechen. Also zieht er zähneknirschend seine Packung Feucht-tücher aus der Jackentasche und wird sofort empört angestiert. Baumert, „bitte, entschuldige, dass ich solchen Fauxpas hier vorstrecke, aber die sind wirklich sehr hilfreich; wenn es keinerlei Wasserquelle in der Nähe gibt? Hättest du eine große Wasserflasche bei mir gespürt, hättest du komische Fragen gestellt? Das wollte ich mir ersparen." Lobo, »so etwas gibt es nur in den Luxusvierteln im Laden zu kaufen, nur um es ›laut gedacht‹ zu haben. Warum friere ich eigentlich noch im-mer nicht?« Baumert vergnügt, „weil du verliebt bist? In einen Teddybär?" Nicht nur die Augen lächeln wunderbar, auch dieser Mund … Lobo, „wie sehen dich eigentlich andere? Solche, die ihre Teddyphase schon länger überwunden haben,

✴ ✴ ✴ ✴ ✴ ✴

meine ich? So wie ich? So können sie dich ganz unmöglich sehen." Baumert,
»überzeugend, denn dann hätte niemand wirklich Angst vor uns, willst du sagen?
Unser Volk ist nur im Ausnahmefall ein so plüschiger Anblick. Du siehst uns so,
weil dein erster Kontakt mit einem Schwarzbär-Rücken dein Leben gerettet hat?
Und gleich als Nächstes hörtest du eine Kinderteddystimme, die mittels warmen
Lichts alle Schmerzen fortnehmen konnte und das bis dahin verängstigte Gesicht deines Vaters entspannen half? Und du wusstest, nun wird alles wieder gut
werden. Das ist eher eine Ausnahmebegegnung mit uns.« „Wie läuft es sonst?"
»Das wirst du eigens herausfinden. Ich stelle dir eine unserer Altervesten vor. Eine,
die nicht gar so heimelig an uns klemmt und dir aufzeigen wird, dass es auch bei
uns reichlich Säbelrasseln, grassierende Pulverherde wie Blödsinns-Streitpotenzial
gibt? Es ist wichtig, dass du kein allzu harmonisches Bild von der Gowinnyjenwelt
im Schädel bei dir trägst? Wir können schlimmere Teufel sein als ihr Menschen.«
Lobo, „ich soll erneut aufsteigen?" »Oh ja, bitte sehr.«

Altervesten
29252Asgijahr|Europäische Küste, nach der Flucht 02|1976.
Unterwegs passiert nicht viel, würde Lobo behauptet haben, der tief und fest
schläft. Er wacht auf, als sie vor einer imaginären Türöffnung stehen bleiben, die
keine Türe ist, auch keinesfalls ein simples Loch im Boden wie eine Hobbit-Höh-
le, er hat alles darüber gelesen, natürlich. Nein, es ist eher wie ein Loch im Nichts.
Als wäre alles, was er von der Welt sehen könne, nur bloße Staffage, und hier
habe jemand ein größeres Loch hineingerissen und einen Türstock dahinter
aufgestellt. Licht, und sogar einige Bewegungen, aber nicht ein einziges Geräusch
außer dieser anderen, betont tief dröhnenden Bärenstimme, die nicht sonderlich
erfreut klingt. „Baumert? Du hier?" Pikierte Worte, die ihn aus tiefstem Schlaf
reißen. Baumert hat ihm soeben von frappierender Lautstärke in Westvesten
erzählt, die allesamt von Westkonaren gebaut worden sind. Konare sind äußerst
gesellig und lieben Prügelorgien wie im Hollywood Westernstreifen gezeigt und
hinterher die große Versöhnung oder auch Siegesfeier, je nachdem, wie es eben
ausgeht. Am Ende wird jedenfalls gefeiert und vielleicht nochmals alles zertrüm-
mert? Das Hollywood-Kino zerlegt bevorzugt Kneipen; bei ihnen ist es irrelevant, egal, worum es sich dreht. Es geht um kompakte Muskelmassen, die
regelmäßig gut durchblutet werden müssen? Sport wäre selbstredend eine
Möglichkeit, aber lange nicht so attraktiv? Sie sind eben Prügelbären? Und sie
lieben es, mehrstimmig zu singen? Komplett falsch bis zu etwas melodiöser in
jedweder verfügbaren Brummhöhe und Bärentiefe? Ein Grölkonzert vom
Allerfeinsten; weniger vergleichbar mit herkömmlicher Musik als mit einem

Fußballstadion, klar? Falls eine Türe in eine Burg vor einem offenstehen sollte, wird man kaum verstehen können, was der auf der Türschwelle Stehende sagt.
— Der geweissagte Konjunktiv und dann folgt die nüchterne Realität, „Alter, so ist der Westen!" Einen nochmals dooferen Spruch gab es wohl kaum zu finden? Lobo spürt Baumerts unwirsches Grollen, ansteigend. Nö, das gefällt ihm keinesfalls. Die beiden starren einander zutiefst finster an, bis der andere endlich klein beigibt und minimal zur Seite tritt. Aber ausreichend, dass Baumerts nochmals breiteres Kreuz den Eingang für sie freiräumen kann. Sie durchschreiten donnernden Schritts eine dunkle Vorhalle, von der Lobo schon deshalb nichts erkennen kann, weil er eben erst aus dem Tiefschlaf gerissen wurde. Seit Tagen, der erste richtig tiefe Schlaf? Oder seit Wochen? Seit sie Papa verhaftet haben, glaubt er sich nicht mehr so tief schlafend erlebt zu haben? Und dann ist er auch beinahe gestorben? Das fordert ebenfalls Erholung und jetzt hat er Hunger wie ein Bär nach seinem Winterschlaf und darum ging es doch in Baumerts Geschichten? Dass unmäßig gefressen, wie gesoffen wird? Was das Zeug hält? Etwas, das der Gasthof Falkengau-Thal für befreundete Gäste nicht im Angebot hält. Jedenfalls gab's für ihn, den Patienten, mit Bauchschuss und Blutvergiftung, nichts zu essen? Nachdem Papa sich übergeben konnte, hofft er einfach mal, ihm haben sie zwischenzeitlich gütigst etwas angeboten? Spätestens Emma sollte frech genug sein, sie daran zu erinnern? Denn Mama könnte noch immer unter Schock stehen? Aber Emma ist verliebt und will am Ende nur noch gefallen und keine dumme Göre mehr sein? Oh, es hilft einfach gar nichts, er muss selbst wieder klar denken können und endlich etwas zum Beißen zwischen die Zähne bekommen. „Entschuldigt, darf ich mich setzen?" Lobo stellt unvermittelt fest, sie sitzen beide längstens auf einer Holzbank vor einem eindrucksvoll großen Holztisch. Der restliche Raum ist voll bestückt mit ebensolchen Trümmern, dreireihig, nahtlos, bestimmt je zehn Tische à zwei Meter mal ein Meter fünfzig aneinander geschoben und mit einfachen Sitzbänken und teilweise auch vereinzelten Stühlen davor, voll besetzt? Sechs Mann pro Tisch geschätzt, ergibt nach Adam Riese oder wie immer der heißt, locker hundertachtzig Mann im Raum und doch ist gar nichts zu hören? Vollkommene Stille? Kein Atemgeräusch oder Stuhlrücken; Siesta? Dazu diese elegante Stimme mit minimalem, erdtonalem Säusel-Unterklang, als wollte er, wen betören? Huch! Das sollte er bei seinem Anblick auch besser mal tun? Das ist demnach also die Teufelsfassung, die Baumert gemeint hat? – Genauso, rein gedanklich gekontert, »ja – wahrscheinlich aber meinte er mehr unseren inneren Teufel, als meine Originalaußenansicht, die er bisher auch noch nicht kannte. Ich reise die erste Runde von Alterveste zu Alterveste, uns allen in Erinnerung zu bringen, wie hübsch wir im Ursprung

★ ★ ★ ★ ★ ★

einmal aussahen? Bevor uns Loki freundlicherweise die Tarnkappen-Ansicht überstreifen ließ? Nur, dass wir die Chance bekamen, es als Yolliver außerhalb unserer Heimburgen länger als eine schnöde Woche zu überleben? Menschen werden in Masse recht schnell wütend und mutig genug, selbst einen Teufel wie mich anzugreifen.« Lobos Stimmbänder weigern sich strikt, auch nur ein leises Krächzen preiszugeben. Das war ja bisher die Regel? Einer denkt und der andere spricht laut? – Baumert wirkt so ungemein neugierig? Hingegen wartet der gesamte Rest der ehrenwerten Tafelrunde darauf, dass Lobo wohl lauthals zu kreischen anfängt? Jedenfalls suchen sie einen unverschuldeten Grund, den hässlichen Gevatter wieder loszuwerden? Ergo sind nicht wir die unerwünschten Gäste, wenigstens nicht ganz alleine? Weshalb er sich wohl zu uns an den Tisch gesetzt hat? Denkt sich Lobo und schon steht ein anderer brummiger Bär am Tisch und entlädt ein riesenhaftes Tablett. Drei Teller, Krüge und Karaffe, zu hoch, nichts einsehbar, Schüsseln, vollgefüllt mit super leckeren Bratkartoffeln und Rosenkohl – oh, ist das lange her, dass er so etwas sehen durfte und bei allem Überfluss noch lecker kross gebratene Schweinekoteletts? Er muss aufpassen, dass ihm nicht der Sabber, nein, beim Mensch heißt es Speichelfluss, aus dem Mund tropft? Wie bei Hunden, igitt, so unappetitlich. Die Männer nicken einander nur stumm zu und Lobos Begeisterung wird totgeschwiegen. Herr Teufel fängt höflich an, Lobo von allem, was er anhimmelt, großzügig aufzuladen und dann den Löffel in Lobos verkrampfte Hand zu drücken und gestikulierend mitzuteilen, dass er nunmehr essen könne? Lobo ist erneut irritiert. Baumert rührt sich gar nicht mehr, auch nichts an, hindert Freund Teufel aber auch nicht, ihn zu umsorgen wie Mama? Also, darf er dann wohl essen? Der ganze Raum wartet jedenfalls angespannt darauf, dass er es tut! Gut? Oder besser, na ja, was kann man davon mittels eines Riesenlöffels essen? Rosenkohl! Also schiebt er sich eine dieser glitschig-fettigen Kugeln in den Mund und beißt munter zu und rechnet mit wirklich allem, nur nicht, dass er fast kollabiert vor Genuss! Das letzte Mal, als er selbst dieses Gemüse in die Hände bekam, traute er sich kaum, etwas davon abzuzupfen. Deshalb schmeckte es letztlich grauenvoll bitter und er musste Emma wiederholt großartige Dinge versprechen, dass sie auch nur einen weiteren Löffel zu sich nehmen wollte? Ein Gottesgeschenk, so viele Vitamine auf einmal! Er fühlt, wie er damals vor lauter Seligkeit am Flennen war und seine Nase tropft verdächtig, und Freund Teufel findet in seinem verkohlten Jackett ein sauberes Taschentuch, das den Brand offensichtlich unbeschadet überstehen durfte? Lobo, „oh, danke! Tausend Dank!" Nachdem seine Nase endlich gründlich geputzt ist und er seinen göttlichen Rosenkohl zu Ende kauen konnte. Aber er kann noch immer nicht glauben, dass der so köstlich schmeckt? Butterweich, in triefend-fettiger echter Butter mit Speck und Zwiebeln angebraten, dass du mal besser nicht an deine Figur denken solltest. Aber er vielleicht an seinen Magen? Wann hat er das letzte Mal etwas gegessen? Wie üblich, altes schimmliges, knochentrockenes Brot? Fettig war da gar nichts. Ob sein Magen Delikatessen überhaupt verkraften könnte? Freund Teufel lächelt ihm aufmunternd zu, „trau dich! Sie hoffen darauf, dass du's wieder herauswürgst? Nur deshalb ist es so fettig. Sie brüskieren uns aufs Schändlichste. Aber dein Magen hält es durch, verspreche ich dir. Und ich besuche euch bald einmal im Falkengau-Thal, dass euer Küchenchef endlich kapiert, dass es in einem Gasthof auch etwas zu essen geben muss." Hui, der kann ja richtig reden? Papa wäre entzückt, solch kultivierte Stimme zu hören? Ein Kosmopolit, nahezu überall zu Hause und gewöhnt, auf rauschenden Festen, die Ladyschaft zu hofieren? Bin ich der Ersatz? Nachdem es hier an Galanterie offensichtlich mangelt? Auch an Ladys? Keine Einzige im gesamten Raum! „Was war das für ein Pülverchen, das du darüber gestäubt hast? Könnte hilfreich sein, solches einstecken zu haben?" Zwischen muntere Kaugeräusche geklemmt, denn die Bratkartoffeln lassen sich mit dem klobigen Löffel zerdrücken und demnach stopft er auch sie lässig in sich rein, ohne seine Finger benutzen zu müssen. Er hat sie schließlich noch immer nirgends gewaschen? Igittigitt, wo er so darüber nachdenkt, wonach die derzeit noch immer riechen könnten? Huch! Er spürt Baumerts freches Grinsen und auch Freund Teufel hält es für witzig. Aha, haben wir doch an einem Bach pausiert, weil eigentlich fühlen sich seine Kleider wie frisch gewaschen an? Er hat sich schon darüber gewundert. „Ich bin ein magisches Wesen. Wozu benötige ich Pülverchen?" Lobo, »weil es langweilt, immer alles mittels Magie beizulegen. Du wirkst auf mich wie Mister Universum, der zuletzt etwas abgefackelt wurde, sich davon aber nicht groß stören lassen will. Vergleichbar mit einem Titanic-Überlebenden, der, kaum aus der Schwimmweste befreit, nach dem nächsten Schiffstransfer schreit? Den Untergang nur als unauthorisierte Reiseunterbrechung abtut und sofort Kontakt zur Geschäftswelt sucht? Währenddessen andere noch immer bemüht sind, ihm nötige Pflege angedeihen zu lassen, ihm Essbares in den Mund zu schieben, seinen Elektrolyten-Haushalt mittels Flüssigkeitszufuhr zu ordnen, um sie letztendlich in die Venen einzuleiten, weil er keine Zeit findet.«

„Mit dir zu reisen, verspricht Abenteuer pur. Allein deine Fantasie genießen zu dürfen? Gratulation Baumert, auf ihn hätte ich auch ein Vierteljahrhundert gewartet." »Oh, solange? Du Ärmster. Wie alt warst du denn anfangs? Entschuldige, Freund Teufel, aber das muss ich fürderhin zuerst aufklären.« „Dreizehn", spricht's und verdrückt sich erneut in die Ecke. »Achtunddreißig? Eine Papa-

✶✶✶✶✶✶✶

figur? Ich stehe auf Väter? Aber nein, das stört mich nicht im Mindesten. Ich will's nur de facto wissen. Wie man halt sonst den Nachnamen abfragt und wo der andere geboren ist, ob er Geschwister hat? Larifari Kram. Unterhaltung, die vom hormonellen Begehren ablenkt, hilft; diese hemmungslose Peinlichkeit abzuwaschen? Und zurück zu unserem neuen Freund? Teufel heißt du sicherlich nicht? Entschuldige, meine Dreistigkeit.« — Das Gesicht, ihm gegenüber drückt Wohlgefallen aus, stört sich an gar nichts. »Wie könnte man es beschreiben? Emma will das bestimmt ganz genau beschrieben bekommen … Ähm, verbrannte Haut, ohne jetzt Brandblasen abzuwerfen, eher schon länger im Abheilen begriffen und dann versehentlich verstorben, ohne den Leib darüber zu informieren, dass er verstorben ist? Markante, fast abgelöste Hautfetzen, die nach Muster riechen, das dann aber nirgends aufzufinden ist? Schön geschwungene Augenbrauen und Augenhöhlen, ob es Runzeln oder Falten gab, ist aufgrund schwarzroter Umfärbung nicht mehr auszumachen. Auch der Augapfel hat sein Weiß in Rot eingetauscht. Die Augen sind original gowinnysch, wie Baumerts, Flogers & Co., tiefschwarzes Braun? Oder doch einfach schlichtes Schwarz? Schwierig, aber der erste Kandidat, dem er noch keine tieferen Gefühle entgegenbringt, also muss er es jetzt und hier herausfinden, was es konkret ist? Ein später dürfte es ebenso wenig geben, schon jetzt zweifelt er etwas, noch wirklich unparteiisch argumentieren zu können? Der Mapa-Teufel ist einfach viel zu sympathisch! Ja, genau, das ist es, eben drum sucht er nach Brauntönen, denn Leute, die man gernhat, werfen warme Farben ab? Schwarz liefert das nicht, Braun schon.« „Was ist ein Mapa?" Neugierig eingeworfen. »Berechtigt, gut, ein Mapa ist in einer schwulen Beziehung jener, der Mama-Instinkte auslebt. In Ordnung? Darf ich das für dich so stehen lassen?« „Dass ich ein Mapa-Gen in mir trage? Gerne, hab' mir schon Schlimmeres sagen lassen." Hihi. »Ach wie schön, Mapa Teufelchen kann genauso nett kichern wie Baumert und er? Seine Haut dürfte am gesamten Leib so aussehen? Was wiederum irritiert, denn seine Haare, die sind piekfein in sauberen Dutts am Kopf aufrecht stehend zurecht gesteckt? Fünf aufrecht stehende Kugeln trägt der Herr sauber am Kopf platziert, als hätte wer, exakte Winkel berechnet? Greift man da nicht einfach nur mit einem Gummi in der einen Hand und einem Haarbüschel in der anderen hinein, zwirbelt etwas geschickt herum und am Ende entsteht so ein Kugelding? Jedenfalls wirkt das so bei seiner Schwester, wenn sie solche Dinge entstehen lässt? Aber sie hat lockiges Haar, hingegen Mapa Teufelchen seidenglattes, edelstes Zwirn; wäre es das? Das ist das Augenscheinlichste daran, dass dieses Haar wirkt, als wäre es königlich? Ein Kopfhaar mit Königswürde? Zu lange nichts zu essen zu bekommen, dann mit Liebe überschüttet zu werden und hernach mit einer wilden geschmacklichen Orgie flachgelegt, tja, da fühlt sich Fantasie pudelwohl. – Hurtig zurück zur Kleidung, die ins napoleonische Zeitalter gut gepasst hätte? Dieser immens hohe, steife Kragen, lässt auf einen schlanken Hals tippen, der ein ursprünglich weißes, weiches Tuch umgebunden trug? Das ist jetzt verkohlt wie der Rest, zerfällt aber genauso wenig wie das Lebendopfer darunter? Seine Hände sind hochinteressant? Diese extrem langen Nägel? An eleganten, schlanken, langen, geraden Fingern? Hat er auch den Schwarz-Weiß-Film »Nosferatu« gesehen? Dreißigerjahre Kino? War das Bela Lugosi? Wo gruselige Schattenbilder über die Wände krochen?« – Es schüttelt bedauernd den Kopf, nein, war's nicht. „Demnach Max Schreck?" Weiter gedanklich: »Seine Nägel sind lang, weibisch und wirken pflegeintensiv und etwas unpraktisch? Damit massiert zu werden, fühlt sich dann wie ein tibetisches Nagelbrett an? Oder wo schläft man so unbequem?« – Gehaucht, „Indien." »Das Revers am Ärmel ist ähnlich breit und steif gearbeitet wie der Kragen. Eine Hose ist von hier aus nicht einzusehen. Aber er sieht ungemein gut aus – beweglich, ästhetisch, wie ein sehr sportlicher, ausgesprochen junger Mann, oder wahnsinnig gut ausbalanciert, den man doch besser in keiner einzigen Disziplin unterschätzen sollte? Was hat Papa dazu einmal angemerkt? So in etwa: ›Wenn dir einer begegnen sollte, der wirkt, als könne er es gleichermaßen mit einem Turmfalken, einem Oachkatzl und einem schwarzen Panther aufnehmen? Als würde er jedem Wolf entkommen können und flinker eine Steilwand hinauf hechten als ein Steinbock, dann stehst du einem Waldläufer gegenüber. Höchstwahrscheinlich ist er zudem ein ehrenwertes Klubmitglied.‹ Du verrätst mir sicherlich doch, welchen Klub er meinte?« – „Upps", äußert Baumert von rechts. Mapa Teufelchen lächelt warmherzig, die Mapa steht ihm prima, „der Kry lädt deinen Vater Falk Dürrwegen zu sich ein. Ich sollte euch hier einsammeln und darüber informieren. Aber von dir wusste er bisher nicht viel, was sich soeben geändert hat. Heißt leider, ihr müsst allein zurückkehren, wir treffen uns aber sicher später an der Villa-Grau? Baumert, du weißt Bescheid?" Es atmet konzentriert an Lobos Wange, „du wirst ihn selbst ausbilden? Persönlich meine ich?" Es zwinkert zurück, „nein, ich bedaure, ich bekam gerade einen ganz anderen Auftrag, der nochmals wichtiger scheint? Ein junger Mann in Südfrankreich wartet darauf, von mir entdeckt zu werden? Er hat etwas aus einem uralten Stein gezogen und rührt sich nimmermehr vom Fleck. – Alles gut, Lobo, ihm geht's hervorragend, aber die engeren Freunde des Falkengau-Thals schaffen es erneut, einen Gräulingsplan umzunieten? Vielleicht solltet ihr anfangen, genauso diszipliniert mit euren Gaben umzugehen, wie es andere können?" Wohlwollend ausgesprochen, aber der Dorn sitzt tief. – »Mhm, hallo, Männer? Könntet ihr damit, bitte schön, wieder aufhören? Die grimmigen anderen hundertachtzig

★ ★ ★ ★ ★ ★

Augenpaare im Raum reichen bereits vollends aus, mich das Fürchten zu lehren? Indessen ich einfach zu hungrig bin, diese leckeren Koteletts nicht auch noch kosten zu wollen? Halt mit Fingern? Mir doch egal!«

Noch während Lobo mit seinem Kotelett im Mund kämpft, steckt ihm Mapa ein Säckchen zu und deutet an, dass er weder essen noch trinken sollte, was nicht zuvor etwas davon abgekriegt hat? Und schon ist er weg. Nur ein Augenzwinkern später. Lobo weiß ja bereits, dass Gowinnyjen schnell sein können und Alaniij wie die Teufel rennen, »aber er war doch ein Vampir – falls ich etwas richtig kapiert haben sollte? Baumert, sag schon?« „Ja, ein Vampir und ehrlich, ich wusste es nicht, dass sie so, ursprünglich aussehen? Sie sind unsere Königsadler? Solche stellt man sich doch weniger gruselig vor? Und nein, das ist es nicht, was mich am Essen hindert.“ »Dann können wir den Rest doch einpacken? Bitte, bitte! Unsere Hochzeitstorte?« Jedenfalls muss er Emma davon etwas mitbringen und auch Mama und Papa, die wer weiß, wie lange schon darben müssen? Kinder verkraften eine verderbte Welt viel leichter als Erwachsene, die die Kälte im Blick gegenüber ertragen müssen? Vielleicht kann der Küchenchef im Falkengau-Thal solchen Rosenkohl ebenso gut kochen? Wenn er erst einmal weiß, dass Menschen Hunger haben können? Das fehlt ihm halt bisher an Information. Murphy ist mit anderen wichtigen Dingen beschäftigt und hat vergessen, ihn darüber aufzuklären? „Murphy ist selbiger Küchenchef.“ Upps, also echte Kritik? Von Mapa oder vom Kry? „Ich fürchte, das kam direkt vom Kry. Dr. Ambrosius von Holstein, der graue Prinz. Er leitet den Klub-dp. Du wolltest den Klub wissen? Deus pacis, im Jahre 444 oder 477 vom allererersten Kry bei Avignon in der Provence gegründet. Viele glauben, der Klub wurde zweifach gegründet, demnach in beiden Jahren? Vielleicht einmal im Frühjahr und einmal im Herbst?“ Lobo, »aber dass er Papa einlädt, ist etwas Positives? Du glaubst, er lädt ihn ein, ein Waldläufer zu werden? Und das geht jetzt, wo er so schwach ist?« „Die-Alte-Villa-Grau ist auch ein Sanatorium für angeschlagene Seelen? Er möchte ihm helfen und ja, du ahnst gar nicht, wie groß diese Ehre ist? Ich kenne bisher nur einen einzigen Waldläufer. Sie huschen über uns Sterbliche hinweg, nehmen uns kaum wahr, sorgen aber dafür, dass es zuverlässig einen neuen Morgen gibt. Dass die Sonne uns niemals vergisst, bei allem, was wir an Unheil anrichten? Dein Volk wie meines und selbst die Natur schlägt gelegentlich ungut aus dem Ruder.“ Lobo, »du meinst Mapa? Den Waldläufer, den du bereits kennst? Aber du arbeitest mit einem Bijix zusammen? Ist das nicht auch etwas ganz Wunderbares? Und Aldebaran und seine Gürtler, dass man die steigern könnte, ehrlich, das hätte ich bisher nicht zu träumen gewagt? Wozu zählen dann Sam Melzer und der Junge Graf im Sternenpark, Stefan vG? Der ist doch auch ein Sonnenkind?« „Nein, ist er nicht. Er ist der geweissagte Frövjed, eine ganz eigene Nummer. Sam Melzer ist ein Smolljagd und ja, die beiden erwecken uns ganz den Eindruck, als ginge es gerade damit los, dass sich alle Smolljagds gen Schröderberg neu orientieren? Du musst wissen, sie werden heim gerufen? Die Prophezeiung, ›denn sie werden im dreizehnten Jahre des Frövjeds allesamt nach Hause streben‹. Das heißt für uns anderen, falls es passiert, dass Stefan vG im sechsten Jahr auf Kursroute der AΩ-Mythologie läuft? Das heißt synchron zur Alten-Villa-Grau und dem Klub-dp … unsere große Chance steigt? Ein Überleben wird möglich." Auweia, diese Mythologie! Die sogar sein Vater mit einigem Stirnrunzeln beiseiteschieben will. Weil sie ihm viel zu hochgestochen klingt? Halt wie Ammen-Mär, blumig-feurig-brandgefährlich und doch so schillernd bunt, dass du nicht genug davon bekommen kannst? Und allesamt sind beruhigt, dass es sich nur um eine Fabelwesen-Welt handelt, nichts davon wirklich existiert? Alles wurde lediglich erfunden, Kinder zu erziehen? „Hattest du nicht erwähnt, dass wir hier eventuell auch einen Bloonie treffen könnten? Hier im Küstenrandgebiet gastieren sie sehr gern in euren Altervesten?" Baumert, »ja, aber hier war soeben ein Waldläufer zu Besuch und der hat gründlich durchgefegt, so steif wie sich hier alle geben? Falls Bloonies da waren, sind sie untergetaucht? Wie wohl auch alle anderen Besucher? Ich habe diese Burg noch niemals so peinlich ›reinblütig‹ erlebt wie in dieser Runde? Sie haben offensichtlich herbe Rügen eingefahren? Wer weiß, wen sie alles hereinließen? Llhyssonk ist dafür bekannt, seine Spione überall einzuschleusen? Am Ende hätten wir solchem, deinen Vater anvertraut? Mapa war, glaube ich, rein unseretwegen hier? Sollte vorsorgen, dass deinem Vater nichts noch Übleres widerfährt? Deshalb bestellt er ihn nun zu sich in die Alte-Villa-Grau, weil es zurzeit überall mächtig gefährlich zugeht?«

Im dreizehnten Jahr

29254Asgijahr|Schröderberg, Baden-Baden Balg, Mitte Mai 1978.

Über die Autobahn A5, kurz auf der B3 bis Abzweig B500, dann dieser folgend, ist der Schröderberg ganz entspannt erreichbar. Eine lang gezogene, kerzengerade Anfahrtszone ohne Kontrollinstanzen umliegender Gemeinden. Und genau dann, wenn es rechter Hand in die Schutzzone Baden-Badens führt, in die Weststadt, wird geradeaus das Dörfchen Balg angezeigt. Und linker Hand winkt der Herrenpfädel mit seiner schwungvollen Auffahrt zum vanGeußen-Parktor; von weither, dank exponierter Hügellage, gut erkennbar. Keine vorgelagerte Schutzzone nötigt mit Durchfahrtsgenehmigungen und horrenden Gebühren, man muss erst oben am Parktor zum allerersten Mal Farbe bekennen. Fahnenflüchtige, Abgetauchte, schlechterdings gesellschaftlich Entrechtete treffen hier auf viel Verständnis, werden keinesfalls pauschal abgefertigt wie andernorts. Deshalb wuchert die Schlange davor seit Anfang Mai immer krasser aus, seit der Junge Graf den Park ganzheitlich übernommen und für gesamt zum Sternenpark erklärt hat. Seit Mitte Mai stellt man sich bereits stillschweigend in Reih und Glied auf Höhe von Sandweiher an; circa 3km vor Ziel – ohne zu murren. Und ja, dass beide Straßen recht breit ausgebaut sind, beweist sich als sachdienlich. So können auch weiterhin Fahrzeuge in beiden Richtungen bequem passieren. Früher lief die B3 mittig durch Sandweiher, aber wie fast überall, wurden auch hierzulande, als die Grenzzaunära anbrach, Bundesstraßen wie Autobahnen, falls irgend möglich, nach außerhalb verlegt. Schutz ist allen und jedem wichtig. Selbst, wenn er einem das Sichtfeld zubetoniert; die meisten innerhalb der heutigen Großstädte kennen Natur ohnehin nur noch aus dem Filmstudio nachgestellt. Aber das ist hier vor Ort völlig anders. Denn der Landkreis Rastatt umschließt den Stadtkreis Baden-Badens, an dem sich die Schutzzone Nördlicher Schwarzwald anlehnt und durch alles hindurch führen gleich mehrere Bundesstraßen, die man kaum aus dem Schwarzwald eliminieren wollte. Ganz im Gegenteil. Also hat man hier oben die Schwarzwald-hochstraße für fast gesamt in die Schutzzonen integriert und von der B3 noch vor dem Stadtteil Baden-Oos abzweigen lassen. Indessen die B3 nach Süden, parallel zur Autobahn A5 im freien Feld weiterführt und alle möglichen Bundesstraßen nach Austritt auf dem Schwarzwald, in Freizonen entlassen, quert. Und die B500, als Schwarzwaldhochstraße bekannt, führt eben hier am Schröderberg vorbei in die Schutzzone Baden-Badens hinein. Weiter unten folgt diesem Beispiel die B28, die unter anderem Freudenstadt mit Oberkirch verknüpft, nochmals süd-licher die B294 und B33 und so weiter. Und durchs Murgtal schleicht derweil die B462 bis nach Freudenstadt hoch, von der B28 und der B294 erwartet. Aber zurückkommend zur B3, diese führt alleinig durch Rastatt – wie die B36 – als frei zugängiger Straßenlauf. Innerhalb Rastatts Schutzzonen muss man deshalb weitläufige Unterführungen durchwandern, wo der Schwarzhandel, wie selten, ganz offen blüht und teilweise, mit allem Motorisiertem, lang gezogene Tunnel durchqueren, wo wiederum die Syndikate bereitstehen, gütlichst abzukassieren. Anders ließ es sich ursprünglich aber nicht sinnvoll lösen, entschied seinerzeit der Stadtrat Rastatt, wo ein wanderlustiger Umweltschützer aus Lehrerkreisen feurige Reden schwang. Und da damit, neben entscheidenden Umweltbelangen, auch essenzielle industrielle Bedürfnisse gefördert werden konnten, gab's nur gering-fügiges Veto. Und ja, selbst die reichsten Stadtbürger erkannten die Notwendigkeit zähneknirschend an und zahlten horrende Summen für die Realisierung. Dadurch verfügt Rastatt über zahllose Tore, die man passieren kann, was wiederum dem Schwarzhandel zugutekommt und Exilanten im Untergrund überleben lässt, aber parallel auch den Einfluss der Syndikate stärkt. Das Eine ohne das andere ist leider undenkbar. Innerhalb heutiger Städte einen unabhängig denkenden Kopf zu finden, der keine persönlichen Interessen akkurat durchzusetzen wünscht, wird darum immerzu schwieriger. Allerdings blüht und gedeiht dieser Landkreis wie kaum ein anderer. Mercedes-Benz hält das Murgtal attraktiv, die Schwarzenbachtalsperre sorgt für sauberen Strom wie neuerdings auch die Staustufe Iffezheim am Rhein, die zudem den Schiffstransfer fördert. Die LLpro-Werke sorgen für moderne Arbeitsplätze und industriellen Zuwachs in der Region und einen weiteren Anstieg des Bruttosozialprodukts, womit u. a. die Renaturierung umliegender Flüsse rascher in Gang gebracht werden konnte als andernorts? Wer hier leben darf, lebt somit wahrlich im goldenen Baden. Es gibt natürliche Auwälder am Rhein und im Nordschwarzwald, unzählige Naturwälder, wo die Holzindustrie nur in seltenen Fällen zugreifen darf und da dann eher reserviert reagiert. Denn das bezogene Holz ist für sie quasi wertlos, für den natürlichen Kreislauf aber auf Diamantniveau anzusetzen. Und damit lebt und blüht hier eine Natur, wie man sie andernorts in vergleichbarer Sommer-schwülen Wärmeregion nur noch aus dem romantisierten Kinoklischee kennt. Aber ja, es gibt regelmäßige Mückenplagen in den Rheinauen und an sämtlichen anderen Gewässern, auf die man sogar immens stolz ist und selbst Städtenamen erinnern daran und keiner murrt übermäßig laut. Denn es gibt noch gesunde Bienen und weitere, andernorts längst ausgestorbene Insektenarten auf ihren Wiesen und eine Honigqualität, um die sie ganz Europa beneidet. Wildtiere im Nordschwarzwald, die längst schon komplett ausgerottet schienen. Nur noch in der Stuttgarter Wilhelma ihren glorreichen Auftritt genießen konnten. Ja und jetzt heißt es sogar, der Junge Graf, Stefan vG wolle solche wilden Bestien am Hausberg ansiedeln? Die Urzeit wird also wirklich überall, wo es geht, wiederbelebt? Schon darum wundern sich viele der Möchtegern-Parkianer in Reih und Glied, dass so wenig Presse anwesend ist? Über den Park wird doch tagtäglich auf mehreren Kanälen berichtet? Und das nur nicht, wenn sie in der elendigen Schlange stehen? Sie wollten doch frech in die Kameras winken? Um frei heraus, mit allem Stolz mitzuteilen: „Wir sind noch immer da!"

Man verschiebt zentimeterweise seine Habseligkeiten. Es dauert etwas, diese Menge an Zuwanderern an der Parkpforte abzuwickeln. Sämtliche Anwohner umliegender Gemeinden stehen unter Schock. Erwarten jederzeit, dass es sturmgleich losbricht und restlos eskaliert. Im Frühjahr fackelte bereits ihre Polizeistation-Mitte versehentlich ab und eine Baden-Badenerin wurde beinahe zu Tode gesteinigt. Die Nerven liegen blank, seitdem der Park so viele sichtbar aufnimmt und zuvor nichts mit irgendwem abgeklärt sein muss? Das ist zwar seit jeher so gewesen, aber bis letzten Herbst wollte dort auch kaum jemand wohnen? Was sich indessen ins Gegenteil umkehrt. Plötzlich wollen es alle, die sonst keiner haben will: Exilanten, Vagabunden, Schutzsuchende aus der gesamten Welt; von jenen nimmt Stefan vG seit jeher die Jämmerlinge auf, nun nimmt es aber restlos überhand. Hippies aus der ganzen Welt stehen mit ihren rostigen Campern mittig dazwischen; den Motor abgestellt, müssen sie den jetzt wie Handgepäck händisch weiterschieben? Dazu lachhafte Enten, Käfer, Minis, R4s, nur das aller Klapprigste. Und selbst der Osten streckt seinen Stinkefinger mit einem Trabi vor? Rockergangs direkt hinter Bauernfamilien einsortiert, mit dem gesamten Viehbestand und Haushalt aufgeladen? Asylsuchende aus Schwarzafrika, Lateinamerika bis runter nach Feuerland, indigene Ureinwohner, wie man sie im Karl-May-Kinofilm gerne bewundert, aber doch nicht vor der eigenen Haustür? Inder, Pakistaner, Japaner, Araber, Iren, die doch so streitsüchtig sind? Schotten, deren Englisch keiner versteht, haufenweise Franzosen, von denen es hier schon ausreichend Militärs gibt, dazu Mongolen, Chinesen, Kanadier, Skandinavier, es ist einfach zum Fürchten, sich allein die unterschiedlichen Hautfarben reinzuziehen? Sie alle werden freien Zutritt zur Baden-Badener-Schutzzone erhalten, inklusive Nordschwarzwald und Landkreis Rastatt? Eine Katastrophe! Man rauft sich die Haare, sucht verzweifelt nach Argumenten, wenigstens das abzuwenden? Aber der Park ist juristisch top abgesichert – wird nämlich vom Baden-Badener Oberstaatsanwalt persönlich beraten! Und genießt außerdem seitens der Bundeshauptstadt Privilegien, die keiner nachvollziehen kann? Also haben sie ihren Kripochef überzeugt, er müsse das Dilemma in Augenschein nehmen, und was tut Dorne? Er hilft ebenfalls fleißig mit, die vielen Schwertransporte den steilen Hausberg hinaufzubefördern? Und nicht zuletzt tun es mittlerweile alle Mannen der Kripo Baden-Badens einvernehmlich, mitten dazwischen! Und die Streifen der Rastatter haben weitere Helfershelfer entsendet und auch sie denken nicht im Traum darüber nach, dass ihre Heimstatt vor diesem Gruselkabinett beschützt werden müsste? Es ist schier zum Verzweifeln!

Der vanGeußen-Park schmiegt sich in eine exaltierte Freizone, mit dem Herrenpfädel als exklusive Auffahrt am breit gezogenen Schröderberghang, der nach hinten an der Ortschaft Haueneberstein anlehnt. Seitlich hat sich der Park die letzten Jahre bis an die schmale Verbindungsstraße im Wald des Hardbergs vorgearbeitet; es verbleibt nur ein Nadelöhr, das Haueneberstein über Balg mit der Stadt Baden-Baden verbunden hält. An Balg lehnt der Park ebenfalls gemütlich an. Der 375 Meter hohe Hardberg zählt wie der dahinterliegende Battert mit 569m zur selben Schutzzone wie Ebersteinburg, am Gipfel der Staufenberge. Der Lippersbach säumte bisher mit dem Heßbach eine neutrale Zone zwischen Haueneberstein und Lehnberg auf 183m und den anrainenden Getreideäckern und Wiesen am Schröderberghang, aber das alles inklusive der bewirtschafteten Äcker und Wiesen wurde nun komplett dem Park zugesprochen? Einzig der Eberbach verbleibt noch als natürliche Grenze. Unabhängige Bauern gibt es ja längstens nicht mehr, und der Junge Graf beabsichtigt alles selbst mit seinen Parkianer zu bewirtschaften? Bisher bedeutete das bereits eine Pferdezucht mit Rennbahn und eine kleinere Rinderherde, dazu ein paar wenige Schweine, Ziegen und Schafe und etwas Federvieh? Aber jetzt ufert alles aus; der Junge Graf plant nicht nur sämtliche Exilanten durchzufüttern und für sie ferner eine medizinische Grundversorgung sicherzustellen; jetzt will er zudem einen Bildungspark an das kürzlich eröffnete Krebsforschungszentrum im Bruchgraben anschließen? Hat Verträge mit den Universitäten Freiburg, Heidelberg und Mannheim unterschrieben – nichts mit der Technischen Universität Karlsruhe, wohlgemerkt. Dafür gibt's noch eine Polizeiakademie obendrauf und der Park verwaltet alles? Indes, die LLpro-Werke immer mehr Industrie und Gewerbe anlocken und erweiterte Möglichkeiten offerieren? Schnodder, den man abstreifen konnte, wird am Ende über Stefans Wohltätigkeit wieder zurück ins Bürgertum gelotst? Wer weiß, wer da alles direkt nebenan einziehen wird? Schon klar, das Bruttosozialprodukt steigt! Steuergelder fördern die Infrastruktur und liefern nochmals mehr Potenzial für die Umlande — aber „Heiligs Blechle!" und „Uffbasse!" kreischt's, „es gibt nur badische und unsymbadische!"

„Hey, Kumpel, brauchst du Hilfe? Das sieht richtig heftig aus?" Eine Gruppe besonders langhaariger, Leder und Nieten behangener Silberfüchse, von Kopf bis Fuß tätowiert, eine als eher ernsthafte Bedrohung bekannte Rockergang, ist seit gestern Abend an der Abbiegespur zum Herrenpfädel engagiert. Besonders schwere Transportgüter, der unterdessen reichlich ausgedörrten Gäste in Abrufbereitschaft, den Hausberghang sicher hinaufzubefördern. Und sie sehen so vergnügt drein, als hätten sie seit Langem nicht mehr solches Glück erlebt, an solch wunderbarem Geschehen teilhaben zu dürfen. „Wie heißt du, Freund Zitterbacke?" Oje und wie ihn das freut! „Öhm, ich heiße Öhm, also dann ab jetzt, wenn sie mich aufnehmen sollten." Der Große grinst ihn aufmunternd an und deutet neugierig an, ob er denn kurz spicken dürfte? „Na klar, schau nur rein? Ist halt so das Notwendigste, Werkzeug, Klamotten, eine alte Fransendecke und eine gusseiserne Bratpfanne; ich bin so gespannt, wie man damit kochen kann?" Ähm? „Entschuldige, aber das ist ja gar nicht meins? Es stand herrenlos am Straßenrand und da ich selbst nichts bei mir führe, habe ich es mitgenommen? Das war doch hoffentlich nicht falsch?" Oh, er klingt minimal ängstlich und Micha streckt ihm seine Hand aufmunternd entgegen, „du ohne Reisegepäck, ich ohne Namensidee, denn Micha kann ich doch sicherlich nicht mehr heißen? Du kennst die Regeln, Namen sind exklusiv. Öhm ist aber sicher einmalig. Killi, was, denkst du, sollten wir besser mal reinsehen? Wenn das herrenlos herumstand, könnte es auch Unerfreuliches enthalten? Nicht wenige Anwohner im Umfeld würden uns gerade allesamt am liebsten tot umfallen sehen." Öhm wird leichenblass und kippelt etwas und Killi schiebt mal eben seine starke Schulter hilfreich dagegen und fängt genauso neugierig an, die fremden Habseligkeiten zu inspizieren. Ein Glück, kein Essen darunter. Das würde verdammt nach Falle riechen. Typisches Werkzeug, viele krumme Nägel darunter, gebrauchte Schrauben, fein säuberlich in Schraubgläser einsortiert, halt jemand, der Ordnung zu halten wusste und vielleicht am Müllplatz der Reichen sein Sammelsurium eingesammelt hat? Jedenfalls kann man mit all den Dingen noch viel anfangen, muss sie vielleicht wieder zurechtbiegen, zuvor etwas anglühen, dass nichts bricht, aber, taugliches Material. Ergänzt um akribisch gepflegte alte Habseligkeiten. Eine gute Wahl des jungen Öhm, es fürderhin mit-zunehmen. Allerdings rätselt Killi seit guten fünf Minuten, wie solcher schwäch-liche Dürrhans das alleine diese elendig lange Straße entlang schieben konnte? Nun, jetzt ist er jedenfalls völlig am Ende, steht kurz davor zusammenzuklappen, weshalb sie ihm helfen wollten. Micha zieht flugs einen Hocker unter dem Haufen vor und stellt ihn so hin, dass Öhm angelehnt sitzen kann. Jetzt wird gründlich herumgewühlt und schließlich hochwichtig der vanGeußen-Ohrstecker mittels Handmoduls aktiviert. „Was gibt's? Hast du einen Namen gefunden? Oder kramst du lieber nach Spitzenhöschen?" Micha reißt es herum, er schaut geschockt hoch zum gerade mal gut erkennbaren Tor, aber wer dort steht, ist unmöglich auszu-machen. Aber umgekehrt kann der Kerl sehen, dass sie Reisegepäck durchwühl-len? „Hab halt gute Augen, sag schon, was vermutest du? Er wirkt weder wie ein irrer Meuchelmörder noch Kinderschänder oder Massenvergewaltiger, gar Sprengstoffattentäter. Nicht mal wie ein armseliger Taschendieb." Korrekt, möchte Micha bestätigen, was der andere längst weiß, also schluckt er's eiligst runter. Killi meint, „Entschuldige, Pille, wo ich mich neunmalklug einmische, aber die Dinge standen verwaist am Straßenrand, wo Öhm sie mitnahm. Aber was ich hier sehe, ist keine Sperrmüllsammlung, sondern ein gut sortierter Freiberufler, der seinen Lebensunterhalt mit kleineren Reparaturen erwirtschaftet. Solcher lässt seine Grundausstattung nicht achtlos im freien Feld herumstehen? Wir sollten besser nach ihm suchen und dem guten Öhm derweil ein verdientes Nickerchen gönnen. Das war für ihn einige Nummern zu schwer und er hat es ganz alleine bis hierhin geschleppt, genauer gesagt fleißig weitergeschoben." – „Frag ihn nach einem Namen für deinen Kumpel." Öhm wird krebsrot und ganz aufgeregt und kippelt fast vom Höckerchen herunter. Er schaut Micha konzentriert an, betrachtet die vielen kleinen Details und verqueren Bilder an ihm und beißt sich schließlich an einem kleinen Krabbenfischkutter fest und meint, „Crab. Toller Name, nicht wahr?" Dieser grinst und nickt. Die sonore Stimme im vG-Ohrstecker: „Und nun den Öhm obendrauf auf den Karren lupfen und her mit euch."

Öhm ist viel zu verängstigt, einzuschlafen, deshalb ist er am Ende noch wach. Pilles Augen strahlen ihn kurz an – das war dann wohl der medizinische Basischeck, und flugs taucht ein eseliger Hampelmann-Hund auf, der Öhm am Ärmel packt und hinter sich herzerrt. Indes, die anderen noch eben ihre Theorien über den Verbleib des ehemaligen Besitzers abgleichen. Pille, „hab schon, wen losgeschickt, etwas herumzufragen, ob sich einer erinnern kann, ab wann der Karren am Stra-ßenrand stand. Öhm meinte, es war bei Sandweiher? Dann entfällt die Theorie, es könne vom Bahnhof-Oos herüber gestellt worden sein? Dort kommen viele an, aber nicht alle schaffen den Weg zu uns rüber. In Schutzzonen wird leider genauso viel gemordet wie außerhalb, wo es ohne Strafverfolgung bliebe. Der Adrenalin-schub hält es attraktiv? Ein Beobachter könnte das Zubehör des Opfers herüberge-schoben haben für einen Mittellosen wie Öhm? Stehen genügend Ausgehungerte in Reih und Glied. Bei Sandweiher könnte es ein Wagen entladen haben, und den könnte jemand bemerkt haben. Es sah doch ordentlich aus, nicht wie Raubgut? Das hätte Öhm euch doch erzählt?" Killi, „warum fragen wir ihn nicht einfach?" Crab, „denke mal, der liegt inzwischen Arm in Arm mit dem Eselhund und ist weggedämmert. Was Warmes hat er sicher schon länger nicht mehr im Magen gehabt und solchen schrägen Freund mit anderthalb Ohren im Arm, höchst-wahrscheinlich noch nie?" Killi, „sollen wir beim Suchen helfen? Wir könnten die anderen hinzuziehen, überall herumfragen?" Pille ist ehrlich: „Ihr wisst ja, dass nicht alles Gold ist, was glänzt? Rocker zählen nicht zum allerbeliebtesten Men-schenschlag? Tut mir leid, aber ihr würdet nur ordentlich verstören und kaum eine sinnvolle Antwort im Gegenzug erlangen, wenn gerade ihr nach jemandem sucht? Die meisten, die hier ankommen, haben bislang nicht richtig darüber nachgedacht, wo sie gelandet sind und was man hier per se erwarten könnte. Toleranz, beispiels-weise? Selbstredende Hilfestellung für jeden, der sie benötigt? Freundlichkeit, ganz gleich wie lästig jemand erscheinen mag und wie müde man selber ist? Nur weni-ge, die an der Auffahrt mithelfen, zählen zu den Neuankömmlingen? Ich muss zu meinem Leidwesen eingestehen, dass nur ihr direkt mithelfen wolltet? Und nicht alle kommen hier völlig erschöpft an, wie euer Freund Öhm. Will sagen, die meis-ten sehen sich noch immer mitten im Zentrum stehen und erwarten, dass andere es endlich kapieren. Diejenigen werden alle weiterziehen. Bereits morgen oder

★ ★ ★ ★ ★ ★ ★

erst in ein oder zwei Wochen, wenn andere wiederholt dazu auffordern, sich auch einmal etwas einzubringen … wir können nur aufnehmen, wer sich und seine innere Einstellung revidiert und entsprechend anpasst." Killi grinst frech, „euch ist die Haarlänge und die Körperbemalung eurer Altruisten völlig gleich, Hauptsache sie mutieren schnellstmöglich zu tauglichen Workaholics und stören sich weder an Hautfarben, Dialekten noch unbekannten Gottheiten, die verehrt werden." Pille zwinkert, „ich hätte da eine Idee. Würde euch gerne kurz etwas zeigen. Kommt mal mit." Es geht rein ins Parkdeck, wo ihre Bikes unterdessen stehen sollten. Dieser rotschöpfige Schrauberling Wolfram hatte da etwas angedeutet und sie alle ihm ihre Schlüssel vertrauensvoll in die Hände gedrückt, denn die Not vor dem Tor schien wichtiger, als für eine Unterkunft zu sorgen. Darum hat der Mann nun eine Idee? Eine echte Chance, nicht bloß eine Gratis-Mahlzeit? Sie wollten doch etwas verändern, deshalb sagten sie sich von den Brüdern los? Vielleicht dafür? Diese Chance, die vielleicht dauerhaft solches Glücksgefühl ausschütten ließe wie heute, wo sie richtiggehend einvernehmlich den anderen Gruppen zuarbeiten und wirklich helfen konnten und von keinem einzigen abgelehnt wurden.

„Wolfram ist übrigens ein Smolljagd mit Kfz-Meisterbrief, zum Thema rotschöpfiger Schrauberling? Aber ja, ich neige auch zu Kosenamen." Hihi, Crab kapiert, »ich darf nur Öhmchen zu ihm sagen, wenn ich ihn hernach ernsthaft küssen will?« Aber achtlos verführt wird an diesem Ort keiner, das kann man auch überall nachlesen. Liebe wird mit Samthandschuhen berührt. Jeder, der damit anders verfährt, packt seine Siebensachen wieder ein und geht. „Wir waren schon mal Anfang Mai hier, sind kurz durchgefahren? Wollten sehen, wie's hier so aussieht? Und ja, da sah das alles noch gänzlich anders aus. Scharenweise Umzugswagen schoben sich schwer schnaufend eure Auffahrt hoch, die Luft ordentlich verpestend? Genauso normale Pritschenwagen, die direkt am Bahnhof-Oos Fracht abluden, und kleinere Lastautos und Pkws, schwer befüllt, dass die Achsen kräftig am Boden entlang schrappten? Traktoren, übervolle Anhänger und Viehkarawanen, gutmütig hinterher trabend? Wohnmobile, knallbunter Eigenausbau, echt fetzig. Hippies aus der ganzen Welt landen hier zuhauf, als gäbe es keinen besseren Ort, sich neu zu orientieren? Trotz Workaholics, die über das örtliche Tagwerk bestimmen? Ist genauso bekannt wie euer erst kürzlich verbreiteter exquisiter Haselnussgeist oder Sam Melzers Anmerkungen zur politischen Lage oder zum Wetter. Alles erlangt Aufmerksamkeit, was dieser Park tut? — Ochsen- und Eselskarren, Pferdefuhrwerke, beladene Radfahrer und die ersten Fußgänger, mit Hand- und Rückengepäck wie Karren, die sie teils zu fünft den Berg hochhieven mussten? Auch wir benötigten einige Gedenkminuten." Das mit dem Smolljagd lässt sich bestimmt ein andermal aufklären, denkt sich Crab. Das klingt alles immens spannend, was dieser Park für sich reglementiert und des Weiteren wertschätzt. Als habe er ganz eigene Werte definiert? Jedenfalls formen sie einen neuen Zeitgeist, der immerzu mehr inspiriert, ihren eigenen zu überdenken — Geld ist halt doch nicht alles? Nur schnöder Mammon. Nichts, was glücklich machen kann, gar Zufriedenheit sicherstellen? — Pille sieht ihm mitten ins Herz, „kannst du Grollzaarisch?" Öhms Gesicht taucht wie aufs Stichwort auf, „du suchst, wen, der den Minzel-Mick rufen kann? Und die Schatten wegtrompeten?" Haha, Crab, „klar, kennst du das! Ist hier unten eigentlich kaum bekannt?" Tiefer Blick in Öhmchens Augen, ja, er ist bereit. Egal, für welches Abenteuer, von seiner Seite kann's losgehen. Pille, „na dann, mal los – schaut euch euer Quartier an. Müsst halt nochmals gezielt Hand anlegen, aber es ist alles da, was man braucht." Ähm, räuspernd, „ganz vergessen, Dinki zeigt euch oben im Schloss die Rumpelkammer, da könnt ihr etwas für die Innenausstattung zusammensuchen. Es gibt in der Nähe auch eine echt brauchbare Müllkippe? Dort landen viele nützliche Dinge, etwa eine Spüle mit richtig gutem Wasserhahn plus Unterschrank, oder halt Einzelteile? Ein Herd, der sich leicht reparieren ließe und Nostalgie zum Umfunktionieren, da stehen hier viele drauf? Wolfram leiht euch gegebenenfalls einen Pritschenwagen. Aber zuvor inspiziert erst einmal, was es im Haus schon alles gibt, was keiner mehr braucht." Crab zurück, „Dinki ist also doch ein Esel? Warum benimmt sich ein Esel, als wäre er ein verspielter Hund mit Gummiknochen? Eines Tages bricht er sich noch was?" Pille zuckt wild mit den Schultern, verdreht seine Augen wie irre verliebt, „also da fragst du mal echt den Falschen!" Soso und wo steckt die Süße? … als gäbe es dafür Regelwerke, die alles auflisten könnten? Killi lacht grölend drauflos. Und schon steht ein bunt-lederner Kurzhaar-Biker vor ihm, nicht so der typische Shopperfahrer. Auch keine Tattoos erkennbar. „Hey, suchst du etwa Arbeit?" – „Man sagt, ich müsse hier bei Crab, Öhm oder Killi vorsprechen?" Etwas steifbeinig, pikiert, er durfte soeben herausfinden, wer Öhm ist. Dinki hat quer durch den Raum nach ihm trompetet – eindeutig ein Esel! Und alle flehten drauflos, dieses enervierende IA-Herumgetröte doch bitte gnädigerweise herunterzudrehen, „ist etwas zu laut!" Ja, das ist Dinkis Angebetete! „Vorsprechen? Ich hab' mich nicht verhört?" Es gackert auf der anderen Seite haltlos als Antwort und muss zunächst kräftig abhusten. „Entschuldige, ein Dinki wurde mir auch wärmstens empfohlen. Ich wusste doch, dass ich veräppelt werde." Killis Gesicht versteinert. „Ähm, nochmals Entschuldigung – ihr würdet diese Ulknudel entscheiden lassen, wer hier mithelfen darf und seine Lady dauerhaft unterstellen? Einen Hund, der ernsthaft glaubt, er wäre ein Esel? Ist echt 'ne heiße Biene, die er da anschmachtet, aber die ist doch längstens vergeben, hab' ich mir sagen lassen?"

Killi nickt, „such dir 'ne passende Arbeit und bring deine Lady herunter, dann sehen wir weiter. Drüben gibt's Bier, falls du magst und bring dem Öhm eine Spezi mit." Und weil er's tut und eine Möhre für Dinki unterjubelt, ist alles korrekt. Dinki wie Öhm schütteln ihm die Hand. Was Wuffis lernen können, kann Dinki allemal und nochmals besser. Und der Neuankömmling hat schon schnell einen weiteren Kumpel angelockt, der seinerseits auf Hubbelrath-Comics abfährt — ihr neuer Gassenhauer, „kannst du Grollzaarisch?" Und wie es dann los trompetet! Ja, der neue Mann schlägt vor, sie sollten Abonnenten suchen gehen und eine Prämie mit dem Düsseldorfer Verlag aushandeln. Und schon wedelt eine neue Fahne an der Parkmauer. Man ist bereit, jedem schrägen Abenteurer eine Chance einzuräumen; das kommt fürwahr bestens an. Träumer sind hier fürderhin willkommen.

Eine Tiefgaragenetagenhalle? Vergleichbar mit einer Fabrikhalle? Also quasi ein hell erleuchtetes Loft bis zur aller hintersten Wand, mit phänomenalem Blick über Baden-Badens Dörfchen-Kultur, den kleinen Flugplatz und sogar den neuerdings hochwertig kultivierten Bruchgraben, ohne die Natur dabei allzu stark einzuschränken? Das macht ihm freilich keiner so schnell nach. Stefan vG, ein Naturbursche, der Wort hält. Zurück zur gigantischen Aussicht — Richtung Fremersberg auf der gegenüberliegenden Talseite. Ein märchenhafter, grüner Bergkessel. Was die Fantasie der Römer bereits hinreichend beflügeln konnte. Und rechts davon der Rhein! Dass man den von hieraus so derart gut einsehen kann? Da drüben, die Rheinstufe Iffezheim, erst jüngst eröffnet; derzeit in aller Munde, wo es erst kürzlich diese riesenhaften Überschwemmungen überall gab? Aber die Ecke hier blieb komplett verschont. Strenggenommen dürfte man das von hieraus gar nicht sehen können? Iffezheim müsste genau im toten Winkel liegen? Manche Dinge sind manchmal schon etwas merkwürdig! Der Turm gegenüber, warum zwickt ihn der so anmaßend in die Nasenspitze? Aber da blinkt doch etwas? Crab ist schwer beeindruckt – wie verzaubert und spürt, wie Pille genau das alles bei ihm bewirken will. Dass er es zuerst gutmütig annimmt und dann sofort anfängt, sich logische Fragen zu stellen? Weil es eben nicht sein kann. Weil man Logik nicht zurechtbiegen kann, gar noch Blickwinkel, wie man sie idealerweise benötigen könnte. — Eine ewig breite Fensterfront, mit wie vielen Einzelkomponenten, deckenhoch – Himmel, wie hoch ist das hier? Fünf Meter Minimum? Siebzehn Fensterelemente; über wie viele Meter gezogen? Bestimmt hundertdreißig, wenn das mal ausreicht. Und in der Tiefe? Bestimmt knappe fünfzig; an der Wand Wasseranschlüsse und sämtliche benötigten Leitungen vorbereitet, Wasserzu- und Ableitungen gleich mehrfach, alles wie vorbestellt. Da kann jeder eine eigene Schlafkoje auf Hochparterre für sich herrichten! Seine Ungestörtzone, mit Schreibtisch ergänzt und Kaffeemaschine samt Miniküche, denn Weiterbildung wird an diesem Ort wahrlich großgeschrieben. Der Hammer, allein sich vorzustellen, auf wie viele unterschiedliche Treppenformationen sie allesamt kommen könnten? Bei ihrer umfänglichen Fantasie? Ihrem besonderen Hang, niemals irgendetwas relativieren zu wollen? Eigentlich sind sie allesamt ambitionierte Künstler, seit jeher gewesen … Gas, Strom, Telefon und was ist das da bitte sehr? Das hat Crab noch niemals gesehen? „Der neueste Schrei, falls du einen InCo befragen solltest. Unser Haus ist complètement vernetzt." – „Vernetzt?" Ein Ausdruck, den andere bisher nicht einmal gehört haben! Von wegen, einen InCo befragen? Nicht einmal hier sollte das klappen. Aber, wer weiß? — Pille ist die Trockenheit in Person. Als wäre nichts besonders, alles hundsgewöhnlicher Nonsens, seitdem er, Crab, zugegeben hat, ein Altruist mit Workaholic-Ambitionen werden zu wollen? Es reicht aus, den Himmel zu loben und schon geht besagte Türe auf und du wirst zur Besichtigungsrunde eingeladen? — Plötzlich sieht er es, Schneeflocken, wie sie frech und gänzlich unbeschwert im Aufwind wirbeln? Und das bei schweißtreibenden, knappen 30 Grad? Das ist doch sicherlich ein schlechter Scherz? Pille findet es jetzt auch nicht komisch, wie beruhigend. Sieht konzentriert, mittig in den Turm gegenüber hinein. Wo es eben noch blitzte. Heißt das, der Herr Nachbar dort drüben spielt mit dem Wetter? Das sind Luftlinie mal locker drei Kilometer bis da hinüber und noch gute 200 Höhenmeter obendrauf, aber Pille erweckt den Eindruck, als habe er just Blickkontakt? Upps. Es heißt ja, dass es zuweilen etwas spuken soll? Aber Crab dachte doch bisher, es fände nicht gar so offensichtlich statt.

Herr Fremersberg gegenüber
29254Asgijahr|Bikerlodge im Park, Mitte Mai 1978.

Sehe ich etwa durch Pilles Schädel? Denkt sich Crab, mit grässlicher Gänsehaut überzogen. Er fühlt sich gegenüberliegend an einem Bildschirm stehen und Bilder des Parks bewundern und kommentieren. Upps, wollte ich da wirklich so tief einsteigen? Freund Pille? Könnte ich das vielleicht nochmals kurz überdenken? Aber nein; Pille verneint, ohne etwas zu tun und Crab begreift, dass sie derzeit ganz für sich alleine sind. Alle anderen haben ihre Ebene verlassen. Stehen zwar noch herum, sind aber wie eingefroren. Nur Pille und er können Gedankenaustausch betreiben. So etwas inszeniert keiner aufwendig und lässt dich dann mit schwacher Argumentation außen vor. Kannst du komplett knicken. Da musst du jetzt durch, allerliebster Crab. — Der Park ist aus seinem neuen Blickwinkel betrachtet derzeit eine Großbaustelle. Nun, Crab könnte dazu überhaupt nichts sagen, denn er hat selbst nur die B500 und dann den Herrenpfädel, der nach oben führt, näher betrachtet? Dann klar, den Großparkplatz oder wie immer man den Hof nennen wollte, wo sie ihre Neuankömmlinge medizinisch abklopfen, also mit versiertem Röntgenblick, begutachten. Was ihnen zur Gänze ausreicht, ansteckende Krankheiten entdecken zu können. Sie bitten viele in ihre Zelte und nehmen vielleicht sogar Blut ab und schauen in ihre Hälse? Klopfen sie ab und kontrollieren Puls und Atemgeräusche? Wenn sie hernach wieder herauskommen, sehen sie jedenfalls wie runderneuert aus. »Waschstraße«, als Stichwort, gibt es jetzt überall? Erinnert Crab etwas daran, denn sie sehen nicht nur viel gesünder aus, sondern wie komplett frisch gewaschen. Bekommt man Kleidung am Mann mit dem Föhn wieder trocken? Huch, er wollte es an sich selbst lieber nicht ausprobieren müssen. Klingt unangenehm. Aber ja, starker Husten, Schnupfen, Halsschmerzen, Probleme der Ohren und Augen schienen erledigt zu sein und Verbände trugen nur noch jene, denen man richtigen Gips verordnet hatte, weil sie echte Brüche aufwiesen. Also ja, Hinkebeine gab es vielfach. Und dabei waren die ganz alleine den steilen Berghang hochgekrabbelt? Fragt man sich schon, wie das mit gebrochenen Oberschenkelhalsknochen, Schienbein oder Fußgelenkknochen möglich wäre? Keinen wundert irgendetwas, alle nehmen es artig an, als wäre es die Extraportion Lebertran, mit der man ohnehin gerechnet hat und nun wird es halt wahr. Und Punkt. Logik stört manches Mal nur, macht alles nur kompliziert. Somit nagt dieses Stichwort »Großbaustelle« jetzt doch an ihm, kitzelt in jedem Moment, wo er eine Denkpause einlegen kann. Sie stehen ja mitten im Aus- und Umbau ihrer künftigen Bikerlodge. Alleine der Name reißt es raus? So ging's los, „Dinki, was zur Hölle, ich bin Crab, verwechselst du da nicht etwas?" Nein, tut er nicht. Auf geht's zur Rumpelkammer, wie befohlen. Das Schloss ist der Oberhammer. Also ehrlich, was solcher Graf alles wegwirft und dann zu faul ist, es wirklich wegbringen zu lassen? Ein ganzes Museum kann man damit bestücken, und genau das tut wohl Stefan nebenan. Lässt alles durchpusten und verteilt das Zeugs im gesamten freien Raum. Sind ja reichlich neue Mitbewohner angekommen und die brauchen mehr als nur Staub in ihrer Wohnstatt. Aber für sie ist wirklich viel übrig geblieben, die reparaturbedürftigen Stücke und Krempel, aber da konnten seine Freunde und er seit jeher mit Zauberhand kleinere Wunder bewirken. Solche minimal zweckentfremdeten Museumsstücke bringen doch erst richtigen Charme in die Bude? Ein von der Decke baumelndes Schlagzeug als Idee? Selbstverfreilich nur Sonderexemplare, aber wer weiß das schon so genau und wenn? Sieht unwahrscheinlich schick aus und glänzt und glitzert in ihrem Sonnenpalast und schreit nach Musik. Ihre Deckenbeleuchtung formen des Nächtens Discokugeln daraus, nur nochmals viel besser. Und wie im Edgar-Wallace-Krimi mit asiatischer Note ein riesenhaftes Klangbecken am großen Eingang zur Lodge mit Riesenschlegel? Wo du genauso gut hereinfahren könntest, was sie aber tunlichst vermeide werden. Der Motor wird draußen abgestellt. Das haben alle geschworen. Erst hernach das Tor geöffnet und das Bike sauber an seinen vorgesehenen Platz geschoben und dann, ja, dann, braucht ein Biker zunächst ein Bier. Es gibt auch alkoholfreies, einige haben da ein Problem und genau solches gilt es nun gründlich zu bessern. Die zweite oder bereits dritte Haut gründlich herunterzupellen, zu sehen, was man mit ihr alles Duftes anstellen könnte?

Eine schicke Küche entsteht und zudem eine ultraschicke Bar, kein Bikerklub ohne wäre von Wert. ›Chaiselonga‹, ›Antika‹ und ›Nostalia‹ als mögliche Sitzunterlage, wo eine Pokerrunde für die Namensfindung herhält. Ihr Billardtisch ist mittlerweile auch repariert und Tischfußball und Tischtennis stehen verfügbar, natürlich Darts, Würfel und fünf Kegelbahnen. Solche Räumlichkeit verpflichtet. Sie schweben im siebten Himmel. Woraus sie ihren Boden zusammenstellen? Acryl-Wandelteppiche, davon spinnt nicht nur die Oberliga der Siebzigerjahre, alle tun es, bezüglich dessen, was sie im Boden versenken wollten. Wie witzig wäre es? Klar stehen da manche auch auf Gruselkabinett, gehört mit dazu. Freddie Mercury Platten aufgelegt oder die Stones, The Doors, AC/DC, Janis Joplin oder aber Klassik? Sogar ein Wagnerianer mit Shopperleidenschaft fand sich eines Tages bei ihnen ein. Und ganz ohne braune Socken und natürlich schloss er sich ihrer kleinen Liga an. Im Übrigen können sie mittlerweile auch eine kleinere Band grundausstatten, alles da, was man benötigt, baumelnde Requisiten, von der hohen Decke, selbstverständlich nur eingehängt. Klampfen, dass deine Augen kaum schaffen, trocken zu bleiben, Eigenbau, Improvisiertes, Klarinetten, Posaunen, ein halber Kontrabass, der in der Ecke arrangiert, in ein Regal integriert wurde. Ein Klavier, schon ordentlich heruntergewirtschaftet, aber es klingt fetzig. Sie haben so viele Hammer-Ideen in diesem Raum vereint und nochmals mehr geschickte Finger, die das auch bauen können und zum Klingen und Leuchten bringen. Wo sie derzeit schlafen? Rein in Hängematten, nahe der umfänglich ausgestatteten Keramikabteilung, damit nicht noch mehr Boden zugestellt ist, der noch gar nicht versiegelt werden konnte. Pille hat ihnen tolle Dinge empfohlen, die unter Acryl wie warm wirken und im Winter der Kälte ihren Auftritt vergeigen. Und dann haben sie dünne Rohre in den Wänden und Böden verlegt, die im Winter mittels heißer Luft durchgepustet werden? Oder so ähnlich. Ist nicht sein eigenes Fachgebiet und die, die sich auskennen, nutzen immens komplizierte Begriffe, gestikulieren wild herum und fertigen nochmals kompliziertere Zeichnungen an, dass ihm das vollkommen wurscht ist, wie es heißt und funktioniert. Hauptsache, es tut. Denn diese geniale Zinkwanne, also die, werden Öhmchen und er einweihen. Ganz alleine … allerdings stehen die Wetten derzeit 23 zu 2, dass es auch einen

★★★★★★

Dinki in der Wanne geben dürfte! Hihi, zum Herumkichern reicht's. Nein, Crab muss nicht alles genau verstehen. Nur, dass Pille meint, es könnte klappen und sich königlich über sie amüsiert und stetig betont, wie richtig er mit seiner ursprünglichen Einschätzung doch lag. Und ja, er kommt oft hier runter zu ihnen und Crab empfindet ihn als engen Freund, auch wenn er kaum etwas über ihn sagen könnte. Außer vielleicht, dass er bisweilen ziemlich gruselig ist. Immerzu alles rascher weiß, als der betroffene Denkende den Gedanken zu Ende denken konnte und dennoch nicht neunmalklug wirkt, sondern klüger als alle anderen zusammen. Wovon es an diesem Ort ohne Ende Leute gibt. Genies, eines dieser essenziellen Stichworte schlechthin, möchtest du die sogenannten Tafler kategorisieren? In diesem Gremium gibt es auch sehr viele Schutzbefohlene. Geistig hängengebliebene oder bereits so geborene, auch körperlich eingeschränkte ohne Ende und dazu schwer gequälte Seelen, die noch immer fleißig am Entkrampfen arbeiten, obschon manche davon schon sehr lange hier leben sollen. Und nein, ausdrücklich – nur, wer ihnen gegenüber genauso viel Respekt zeigt wie dem allergrößten Genie in der Sammlung, darf sich längerfristig einrichten. Ein untersetzter, recht durchsetzungswilliger uralter Bursche, der dennoch wie ein Kind wirkt und laut Pille bald als Professor Stein bekannt sein wird, sorgt für all das, wofür sich sonst kein Zuständiger finden kann. Pille sagt, er wäre ein Bijix. Und nein, Crab fand noch immer keine passende Gelegenheit, seine unterdessen schon recht lange Liste an unbekannten Begrifflichkeiten zur Sprache zu bringen.

Und na ja, die Hippies in der Etage darunter sind nun wohl komplett wieder ausgezogen? Pille behält leider in verdammt vielem Recht. Schade, da waren einige dazwischen, die genau solche Instrumente spielen konnten und Stimmen ergänzten, die ihrer Band noch fehlen? Und ein Viertel ihrer Fensterfront haben sie jetzt nach deren Vorbild in einen Wintergarten verwandelt, den man im Sommer bis oben hin öffnen kann. Dann ist es eine überdachte Terrasse und sie könnten eine Grillparty feiern? Aber die Idee kam bei Pille nicht so gut an, er meinte, das sollten sie oben am großen Hof tun. Da könnten dann alle Parkianer teilhaben und sie hätten auch im Nu die noch fehlenden Musiker für ihre Band zusammen und außerdem sollten sie die andere Hausband dazu einladen und so weiter. Man kann hier kaum einen Gedanken zu Ende denken, denn er wird quasi mitten am Weg von tausend anderen Gedanken überrannt und am Ende kommt etwas gänzlich Anderes dabei heraus als ursprünglich angedacht und alle sind nochmals mehr begeistert. Gemeinschaft, es gibt einfach nichts Wertvolleres als Kameradschaft und Freundschaft. Nicht nur Partylaune teilen, sondern gemeinsam produktiv sein und am Ende auf dieses Gemeinding stolz sein können? Crab hätte niemals geglaubt, dass ihnen so etwas tatsächlich gelingen könnte. Aber es kann und keiner mokiert sich über etwas, wenigstens über nichts, das den anderen verletzen würde. Öhmchen und er, das geht gar nicht in der Szene und doch tut es das hier und die Mädels, die die anderen Kerle mitbringen, sind mittlerweile auch nicht nur heiße Flittchen, auf neuen Stoff aus? Das war allerdings ein immenser Kraftakt, das erste Mädel hereinzulocken, das nicht sofort nach Pülverchen kramen wollte. Aber das gibt es hier nicht. Am gesamten Schröderberg nicht. Pille sagt, gegenüber in Baden-Oos gäbe es ein reichhaltiges Angebot im Industrieviertel und da schleichen unendlich viele Parkianer hin. Pille glaubt, die würden allesamt bald schon weiterziehen. Aber nun gut, WG-Tick, nennt es der Park oder waren das wiederum die anderen? Egal, solange es funktioniert, kann bunte Wohngemeinschaft der absolute Oberknaller sein. Kegeln, Billard, Würfeln, Kartenspiel, Ausbau. Und alles ist gut. Und dann kommen diese Minuten dazwischen, wo Crabs Gedanken erneut davon stiefeln. Zurück zu jenem Moment hier unten, als er das Blitzen im Fremersberg zum allerersten Mal wahrnahm und wusste, der Mann dort drüben ist nicht nur ein schnöder Nachbar. Exakt dann steht er erneut neben Pille an ihrem Fenster und sinniert, was Herr Fremersberg alles im Sternenpark bewundert. Ob man das als Ausspionieren bezeichnen könne, oder eben nicht, ist eines ihrer ersten Streitthemen. Streit, weil es sich nicht beilegen lassen will. Pille erzählt ihm immerzu alte Geschichten, ihn abzulenken, anstelle wirklich Stellung zu beziehen. ›Mapa‹, als Lieblings-Stichwort. So wurde er von jemandem genannt, weil er so fürsorglich war. Damit will sich Crab aber nicht abspeisen lassen, „nur, weil dich mal jemand ›Teddy‹ genannt hat, wirst du doch nicht zu einem Kuscheltier!" Pille betrachtet frech, vergnügt seinen felllastigen Brustkorb. „Ja, gut, kam daher." Er schiebt unwirsch sein T-Shirt neu zurecht. Ohne fixierende Lederweste darüber streckt er oft mehr vor, als ihm recht ist. Aber sie müssen neue Westen besticken lassen. Ein Silberfuchs, der eine Haselnuss umschlingt, ihr neues Logo und ja, auch der Name — reine Übersetzung – ist nigelnagelneu wie ihr Leben. „Ich war damals noch kein Teddybär. Das Gegenteil. Lief mit den anderen voll auf Kurs und hielt mich nur feige raus, wenn sie einen zu Ende zerlegten. Deshalb bleibt man aber nicht unschuldig! Nur, weil man erst in der zweiten Reihe steht! Im Gegenteil fühlt es sich noch verderbter, noch grausamer an, als hättest du ihn ganz allein seinem Schicksal überlassen? Noch hämisch über seine Qual Schabernack betrieben … du hast ihn inmitten aller Pein allein gelassen! So widerwärtig."

Pille will es also laut ausgesprochen hören, denn wissen müsste er es längst, wie er seine Gedanken lesen kann? Crab zittert innerlich. „Was hast du gesehen und lässt dir keine Ruhe? Du hast es noch nicht berichtet? Warum?" Auweia, wie beschreibe ich Absurdität? Luftblasen, die keine Luftblasen waren? Huch, jetzt wird's spannend, ob er dir jemals wieder etwas glauben wird? Ohne den Wahrheitsgehalt sofort zu überprüfen? Oder tut er das eh? „Also, ich erzähle dir keine Geschichten, nur, was Herr Fremersberg hier gesehen hat und darüber nachdenken musste. Er diskutiert mit seinem Leguan, der über seinen Schultern liegt und offensichtlich den lieben langen Tag schläft, nur darauf wartet, ihm zuzuhören. Und mit einer Kellerspinne, derzeit handtellergroße 22cm, die heißt Rudolph und der Leguan Jupiter. Dann gibt es einen geistig eingeschränkten Buben, der skandinavisch wirkt, ist vielleicht neun oder zehn Jahre alt, er heißt Bogi und sieht in ihm einen Vater. Dann kommt dieser Araber regelmäßig vorbei, stellt sich dazu, hat mit ihm Sex und dann rennt er die Umlande ab, kontrolliert alles und jedes und verändert Absicherungen. Nebenbei rettet er ein Kind vor dem Ertrinken und eine junge Frau vor ihren Vergewaltigern, einen alten Mann vor Taschendieben, Kinder vor einer fiesen Falle, weil sie einen Pilz entdeckt haben. Er heißt Salim und ich mag ihn richtig gerne, auch diesen netten Bogi, der begeistert langbeinige Spinnendamen in den Ecken von der Wand pflückt und in Schraubgläser mit Löchern im Deckel steckt und sie dann im großen Korb hinausträgt. Das sind wohl immerzu dieselben und der Herr Fremersberg neckt ihn damit, dass er ihnen langsam auch Namen geben könne?" Crab weiß genau, dass das nicht das ist, was Pille ausgesprochen zu hören wünscht, aber er muss sich erst einmal Mut anquatschen; warmlaufen. „Hinter dem Schröderberg, der offensichtlich keinen richtigen Gipfel hat, gibt oder gab es einen Lehnberg, der direkt an der Ortschaft Haueneberstein anlehnte, die sich dahinter bisher sicher fühlte. Direkt davor der Lippersbach und der Heßbach, der da in den anderen fließt. Erst südlich davon, kamen die ersten Äcker und Wiesen, die man dem Schröderberg zugeordnet hat. Als der Stefan Anfang Mai alle Grundstücke am Schröderberg erwarb, fühlte man sich noch nicht bedroht. Aber das hat sich geändert. Denn Stefan hat auch den Lehnberg und die beiden Bäche ›annektiert‹, wie es die Nachbarn nennen. Dieser Lehnberg ist zwischenzeitlich verschwunden. Einfach nicht mehr da. Das hat mich erschreckt, muss ich zugeben, und Herr Fremersberg hat zynisch reagiert. Und seine Freunde wurden still." Ui, mal schauen, wie es ankommt. Upps, er will wirklich noch mehr? „Also, das war so. Sie haben angefangen – deine Freunde – das Erdreich vom Lehnberg zu kratzen. Ich fand, das sah skurril aus, denn was erwartet man denn, wenn man eine erdige Bergspitze von der Erde befreit? Ein Loch entsteht oder eben ein frei liegender Stein? Ich habe darauf getippt, dass sie vielleicht einen weiteren Kletterfelsen freilegen wollten, … es heißt zwar, die ganzen KletterfelsTürme im Park wären allesamt künstlich entstanden, aber vielleicht stimmt das ja gar nicht? Hab' ich mir jedenfalls dazu gedacht. Aber Herr Fremersberg war anderer Meinung. Der wartete auf etwas, als könne ein Berg anfangen herumzu-schreien, wenn man ihn zu sehr nackig macht? Also ja, ich sah demnach belustigt zu und wartete gespannt ab, was als Nächstes passiert." Crab muss sich eine Flasche Bier aus der Kühlung fischen, will er das überleben. Und einen kräftigen Schluck trinken. „Mauerwerk tauchte auf! Sie tippten sofort auf die Römer und wurden richtig hektisch, und ich hatte das Gefühl, ab da konnte keiner mehr zusehen. Doof, aber so war's. In Haueneberstein war jedes Dach voll besetzt. Auf den besonders steilen saßen sie halt nur oben am Sims, an flacheren schnürten sie sich an Kletterseilen fest und sonstiger Quatsch mit Hängematten, wo sie zu dritt oder vier drinsaßen, nur um eine exzellente Sicht zu erhaschen. Ich weiß nicht, was die erwartet hatten, aber sicher keine römische Ruine und die bekamen sie ja auch gar nicht zu sehen. Plötzlich guckten die drüben allesamt in die Röhre! Du kennst das doch? In der Nacht? Programmende? Du hast das Ende deines Films verpennt und wachst verstört aufgrund dieses doofen Piepens auf? Genau, so sahen sie drein, fragten sich gegenseitig, was sie dort tun. Das war ein Tohuwabo-hu, bis die alle wieder von den vielen Dächern heruntergeklettert waren und nein, es hat sich offensichtlich keiner verletzt. Aber euer Herr Nachbar Fremersberg, der ließ sich nicht an der Nase herumführen. Der wusste noch genau, was er gesehen hatte und ging vor Vergnügen in die Knie und bekam einen türkischen Raki von Bogi in die Hand gedrückt. Bogi macht sich wohl immerzu Sorgen und bei Raki, den er serviert, geht sofort die Türe auf und Salim kommt herein. Den trinkt er wohl sehr gerne und falls der Herr Papa ernsthaft in Gefahr wäre, würde er sich darum kümmern können. So denkt Bogi." Hochgezogene Augenbrauen ihm gegenüber. Das wollte Pille wissen, ›hat er es gesehen‹? Ja, hat er. – Stich-worte, Crab, was genau hat er dazu gesagt? Pilles Stimme in seinem Kopf, nur das, wie es oft passiert. „Stichworte? Beim Erstkontakt vor Ewigkeiten nannte er den Park ›Alhambra versus Streublumenwiese‹. Was das zeitliche Ding betrifft, dazu kann ich nichts Näheres sagen. Klingt halt reichlich unlogisch? Als wäre er zeitweise nicht ganz richtig im Kopf? Aber das ist es wohl nicht … gut, die ver-steckte Ruine unter Erdreich quittiert er mit ›Bijix Humor vom Allerfeinsten‹ und gratuliert zur Inszenierung. Hollywood-reif für sein Ermessen. Weniger witzig fand er dann dieselbe Pointe unten an der Karlsruher Straße. Ich konnte da nichts erkennen, aber wegen seiner zischelnden Empörung, denke ich, ihr habt auch dort alte Ruinen ausgegraben und die verschwanden wohl nicht, sondern erden jetzt eine stabile Park-Umsäumung? Ach ja, bezüglich ›nach vorn raus‹, er meint, den Marienpfad unberührt zu lassen, wäre eine vortreffliche Entscheidung. Er betitelt es als ›alpine Bruchkante‹, in die der Kreuzgang eingearbeitet ist. Der läuft hier wohl direkt nebenan entlang? Jedenfalls fühlte es sich so an, als wäre ich hier mit

✶ ✶ ✶ ✶ ✶ ✶ ✶

meiner Fensterfront mitten im Zentrum der bezeichneten alpinen Bruchkante."
Pille weiß genau, wann und warum Crab Wiederholungen einfließen lässt. Oh,
Mann, wie könnte ich bitte? Aber es hilft ihm nichts, Crab muss es einfach so er-
zählen, wie es ankam. „Er sagte eben noch zufrieden ›Na, so ist's mal recht.‹ Und
dann plapperte er drauflos, als redete er tatsächlich nur mit sich selbst, also ich
zitiere dann mal: ›Aber da? Jupiter, siehst du das auch? Herr Schröder erhebt sich?
Setzt sich ungeniert neu zurecht! Das Schloss sieht jetzt viel größer aus und die
vormals flache Rennbahn ist nun schwungvoll in einen Berghang eingearbeitet?
Aber, das fällt doch auf? Das kann man doch nicht einfach verändern? Wobei?
Die neue Ruine ist verschwunden! Die aus dem Nebengipfel! Einfach wusch und
weg! Ei der Daus – das würde ich mich in meinen Schattentälern kaum trauen
zu tun … aber, nun ja, ich bin auch kein Bijix. Nur sprachlos. Jupiter ebenso.‹"
Bitte keinesfalls Kommentare oder gar Nachfragen, sagt sein Gesichtsausdruck.
Autsch, denkt sich Pille, deshalb wollte er damit nicht herausrücken. Er benötigt
selbst eine Streicheleinheit; das steckt fest. Crab guckt ihn süffisant an, „er meint,
der Schröderberg wäre jetzt gut auf über 300 Höhenmetern angelangt. Damit hat
der den Hardberg schon fast in der Tasche stecken?" Minimal zynisch klingend.

Nebel zieht durch die Straßen
29248Asgijahr|Nahe am Stadtwald, Nikolaus 1972, früher Nachmittag.

Benrath. Lobo und seine sechs Jahre jüngere Schwester Emma beeilen sich, nach
Hause in die Schimmelpfennigstraße zu gelangen. Sie freuen sich auf den Nikolaus, der bald da sein würde. Da beginnt es aufs Stichwort zu schneien und Emma
jubelt, „wir kriegen eine weiße Weihnacht, juchhe!" Als sich die Form aller
Schneeflocken verändert und parallel düsterer Nebel aufzieht. „Lobo? Wie spät ist
es denn urplötzlich? Hast du nicht gesagt, wir sollten bis drei Uhr zu Hause sein?
Weil Mama sagt, ›er hat nur einen Nachmittag, deshalb muss er zu manchen
Kindern früher kommen‹? Aber um drei Uhr ist es doch noch nicht dunkel; was
ist das für ein Nebel? Hast du so was schon mal gesehen?" Sie meint die seltsam
glitschigen Schneeflocken, die tropfen und nicht schneien wie sonst üblich, sie
sind auch nicht mehr filigran und bezaubernd kristallin, sondern ähneln tropfen-
dem Pech – igitt-igitt! Lobo schaut angewidert nach oben, aber da ist gar nichts zu
erkennen und doch ist seine Schwester bereits voller schmieriger schwarzer
Flecken? Ihr Anorak vollkommen eingesaut, hingegen sein eigener noch immer
makellos himmelblau, ohne jeden Fleck? „Das ist doch völlig meschugge!"
Bekommt er eben noch aus wundgescheuerter Kehle gesprochen, da sinkt er
bereits auf die Knie hinunter. Immer noch mit himmelwärts gerichtetem Blick,
der nur wundervoll weiße, glitzernde Flocken sehen lässt und doch scheint es der

einzige lichte Punkt daselbst zu sein? Hier, genau da, wo er ist? Er erinnert sich, wie Vater ihm einst davon erzählt hat. Eine alte Legende nannte er es schelmisch, „diese AO-Mythologie, die ist schon etwas abgehoben", ja, Falk Dürrwegen steht mehr auf Tatsache, denn Legendenwerk. Aber, „es soll einen alten Gesang geben, der besagt, dass am Tag, an dem sich weißer Schnee in Finsternis wandelt, das Erbe der Alten Griechen an den Teufel übergeht"; Lobo sitzt mit kalkweißem Gesicht vor seiner kleinen Schwester, die begreift, dass ihr Bruder stark fiebert. Richtiggehend glüht, also tut sie, was ein kleines Mädchen, an solcher Stelle tut. Sie kreischt wild drauflos, dass praktisch innerhalb von Sekunden sämtliche Lichtquellen der Schimmelpfennigstraße, auf sie und ihren Bruder gerichtet sind und der Schnee in den Händen ihres Bruders schmilzt dahin. Tropft hinunter auf seine Knie, aber nichts verfärbt sich, wie sonst überall. Alles um und an Emma ist mit schwarzem Schleim überzogen. Nur ihr großer Bruder nicht. So typisch — wie er halt ist! Heldenhaft, strahlend, wie Lanzelot oder sonst ein edler Ritter der Tafelrunde. Emma will sich nicht festlegen müssen, welcher Strahlemann-Held ihr Bruder ist, „einerlei!" Emma erkennt, wie alle in diesem Moment, dass der schwarze Nebel diesem stattlichen Krieger nichts anhaben will. „Lobo, du musst aufstehen! Du hast Fieber und brauchst einen heißen Tee! Nun komm schon hoch und hör auf, solchen Unsinn zu erzählen. Was haben die Alten Griechen mit Pech zu tun, das jemand über Düsseldorf ausgießt?" Eine berechtigte Frage, und Lobo kapiert, dass er tatsächlich am Boden kniet, indessen Emma vollkommen verdreckt ist und an ihm herumzerrt, weil er sich scheinbar nicht mehr rühren will? Seit wann? Und warum ist er selbst komplett sauber? Was passiert hier? – Derweil tauchen die ersten eingesauten Nachbarn vor ihm auf und auch sie zerren jetzt massiv an ihm herum und geleiten Emma schon mal direkt nach Hause. „Wartet! Bitte, ich komme mit." Endlich folgen ihm seine Beine und hieven sich mühsamst hoch und fühlen sich an, wie eingeschlafen. Wie lange hat er da um Himmels willen gesessen? Ihm ist gar nicht kalt? Aber Emma sagt doch, er würde fiebern? Friert man da nicht? Im Schnee sitzend? Während alle anderen in flüssigem Pech sudeln? Irre! Er fiebert definitiv … im Treppenhaus glücklich angekommen, sauen sie sofort alles ein. Und ja, das lenkt die Nachbarschaft gütlichst von ihm ab. Seinem noch immer völlig unbeeinträchtigten Äußeren. Ist ja auch etwas unheimlich. Sie schleichen sich also in den dritten Stock hoch, noch bevor einem der Nachbarn einfällt, nachzufragen, ob zu Hause, wer auf sie wartet? Das ist leider wiederum nicht der Fall; Lobo will vermeiden, dass jemand sorgenvoll mit ihnen hochkommt. Dann dürfte es für die nächste Zeit nur noch ein einziges Thema in Benrath geben: »Das Wunder von Benrath.« Auweia, da müsste er sich fürwahr etwas dazu einfallen lassen? Dass ganz Düsseldorf und womöglich der gesamte

Ruhrpott von diesem Nebel heimgesucht wird, ist ihm instinktiv klar, wie dass er vielleicht der einzige Immune gegen diese Krankheit sein könnte? Eine Krankheit, die Pech vom Himmel regnen lässt? Klingt derart absonderlich, dass er bald selbst glaubt, er müsse Fieber messen. Aber er ist nicht krank, im Gegenteil, hat er das Gefühl, dieses Pech wolle ihm persönlich mitteilen, wie kaputt ihre Gesellschaft ist. Und wie dringend sie geheilt werden müsse. Aber, sapperlot, er ist doch erst fünfzehn Jahre alt! Wie könnte er etwas gegen gesellschaftliche Misere ausrichten? Da spürt er Emmas Blick, der ihn fixiert. „Mit wem redest du? Außer mir ist keiner mehr da und das, wie du redest, ist eine mir unbekannte Sprache. Nur mal so, falls du's nicht bemerkt haben solltest. Ich spreche eine andere. Und nein, es ist weder Englisch noch Französisch, Russisch, Kroatisch oder sonstiger europäischer Klang. Nein, kein Slang, etwas Uraltes. Seit wann sprichst du uralte Sprachen? Nur einmal so angefragt, ich bin immerhin deine Schwester und schon neun Jahre alt? Da kann man so etwas schon einmal mitteilen, ohne sich deswegen die Zunge abbeißen zu müssen." Ja, Madame ist minimal beleidigt. Wohl zurecht; er hat eine alte Sprache gesprochen? Welche denn? Außer Altgriechisch kann er nur noch Latein, aber das hätte sie erkannt. Sie liebt es, wenn er Marc Aurel herauskramt, »das Universum ist Wandel« oder aus dem antiken Griechenland ein paar kluge Phrasen im Originalton vorträgt? Homers Ilias wollte sie schon komplett rezitiert bekommen, da war sie noch keine sieben. Seine Schwester ist genauso ein wunderliches Geschöpf wie er, aber jetzt ist sie eindeutig total verdreckt und so, wie sie aussieht, kann er sie unmöglich mit hineinnehmen? Da putzt er morgen noch und das geht nicht. Mama hat dafür genauso wenig Zeit. „Ich soll mich ernsthaft hier, vor der Wohnungstür, ausziehen? Du brauchst dringend einen heißen Tee!" ›Klar, du hast recht, klingt nicht sehr fein …‹ „Nun, du könntest deine Jacke und die Schuhe ausziehen und ich ebenso und dann husche ich schnell rein und hole uns einen großen Beutel, wo wir alles hineinstopfen? Was hast du darunter an? Doch, eine Jeans, oder? Es ist nichts mehr gut erkennbar. Und einen deiner langen Pullis? Die Mama als Minikleid bezeichnet? Wäre jetzt gewiss praktisch und eine wollene Strumpfhose unter der Jeans? Dann könntest du alles darüber sorglos ablegen, ohne dich nackig fühlen zu müssen?" Klar, genauso läuft's. „Du erinnerst dich also doch noch an mich, wie beruhigend." Trällert Emma zufrieden drauflos. „Was meinst du?" Emma schaut überrascht auf, „in unserer Schule ist doch die Heizung ausgefallen? Habe ich dir heute beim Frühstück erzählt? Da zieht man sich warm an." Nein, keine Ahnung, Lobo erinnert sich an nichts. Nicht mal des heutigen Wochentags, nur, dass eben Nikolaus ist und Papa so langsam über den Balkon einsteigen sollte. Rein nach der Dunkelheit draußen bemessen. Denn an sich ist es erst ab circa sechs Uhr nachmittags so dunkel wie jetzt? Also könnte es dann doch noch etwas dauern und bei dieser Pechattacke da draußen fällt dieser Part ihrer Adventszeit wohl für dieses Jahr aus? Schade, Emma hat sich immer über den krummbeinigen, kugelrunden, uralten Mann am Krückstock gefreut, der mit seinem langen Bart dennoch urplötzlich aus dem Nichts auftauchen konnte? Sie weiß ja bis heute nicht, dass Papa oft auf diesem Weg nach Hause kommt? Ihr großes Geheimnis. Denn Emma darf noch nichts darüber erfahren, wie grausam ihre Welt unterdessen nur hundert Meter weiter gestrickt ist. Wie brutal, insbesondere zu Kindern. Gerade junge Mädchen und zartere Buben müssen darunter besonders leiden. Neun Jahre alt, ist viel zu jung, solchen Gräuel kennenzulernen. Dieses Pech am heutigen Tag reicht auch vorerst als Ernüchterung. Emma hat genau erkannt, wie sehr es ihren Nachbarn in den Magen gefahren ist. Vor allem auch, dass es ihn nicht traf. Nur alle anderen. Er hofft darauf, dass der Schaden, den dieses Pech nun im gesamten Umfeld ausschütten wird, ausreichend für Ablenkung sorgt, dass keiner über seine spezifische Rolle in dieser Mär nachzugrübeln beginnt?

„Du erinnerst dich wirklich an gar nichts mehr?" Emma ist deutlich unzufrieden mit ihm. Worüber haben sie nur geredet, das ihr jetzt so bedeutsam erscheint? Er kann kaum nachfragen, wo sie jetzt schon so angefressen ist? Sonst will sie ihm nur wieder Tee kochen, ihn am Ende noch ins Bett stecken? Aber zunächst muss das Zeug alles durchgewaschen werden – wie oft er das wohl durch die Maschine jagen muss? Und erst noch das Pech aus Emmas Haaren entfernt? Grauenvoll, die wunderschönen Locken so verschandelt sehen zu müssen. Und Mann, ist das klebrig! Aber kaum fasst er richtig hinein, schmilzt es unter seinen Fingern hinweg wie Schnee auf warmer Haut. Somit, sofort ab, mit Emma unter die warme Dusche, sie hinter dem Duschvorhang und er davor und dann seine beiden Hände mit Shampoo in ihren dichten Haaren herum hantierend, dass Schwesterherz schon rasch alles nur noch monstermäßig witzig findet. Und das Bad wird parallel gründlich überflutet. Aber Emma ist wieder sauber geputzt, wie es sich gehört, und kann sich frisch anziehen und dann das Bad trocken wischen, währenddessen er etwas Leckeres zubereitet und Tee kocht, wie längstens beantragt. „Du hast mir von deiner allerersten Gerichtsverhandlung erzählt. Oder war's so 'ne Plenarsitzung? Ist doch eh alles fast dasselbe? Heute früh — erinnerst du dich endlich wieder daran? Damals, als das elfte Gebot verabschiedet wurde? Du standest zwischen den Presseleuten nahe an der hinteren Wand, konntest dich aber an einem Gitter etwas hoch hangeln und deshalb sahst du doch recht gut über den gesamten Saal hinweg? Du warst nur ein Jahr jünger als ich jetzt? Allein diese Vorstellung, ich müsste in solch schrecklichem Saal eingepfercht stehen und stundenlang

✶ ✶ ✶ ✶ ✶ ✶ ✶

immens wichtigen Rednern zuhören müssen? Richtiggehend gruselig, die Vorstellung." Lobo erinnert sich bestens. Wie, als wäre es erst gestern passiert? Sein erster Eindruck von der echten Erwachsenenwelt, wie sie kein Kind kennenlernen sollte. Er steht seitdem unter Schock. Handelt noch immer frei aus dem Bauch heraus, gerade so, wie er es während dieser Plenarsitzung für sich beschlossen hatte. Unbeirrt, egal, wer, was zu ihm sagen mag, auf sein eigenes inneres Flehen als allerletzte Instanz zu hören. Als habe ihm damals eine gute Fee ins Ohr geflüstert, sie wäre immer bei ihm, würde ihm mit Rat und Tat zur Seite stehen, er müsse nur auf seine innere Stimme hören und alles würde gut werden können? Ein großräumiger Sitzungssaal im Bonner Parlament. Kein Justizgebäude, nein, sondern das Regierungsgebäude selbst, und Papa durfte nicht nur beiwohnen, sondern zudem seinen kleinen Buben mitbringen? Ja, Dr. Falk Dürrwegen war einstmals der gefeierte Star Nordrhein-Westfalens und der mächtigen Stadt Düsseldorf, die nunmehr Schritt um Schritt vor ihm zurückweicht? Aus eben denselben Argumenten, wie sie ihn zuvor zum Helden kürten? Denn er wehrte den Einfluss der Syndikate erfolgreich ab, erkannte jeden hundsgemeinen, hinterlistigen Angriff sofort und dadurch blieben sie lange Zeit unbehelligt. Indessen andere Städte bereits im Würgegriff lagen und gnadenlos ausgequetscht wurden? Jedoch konnte der Ruhrpott sich bis rauf nach Düsseldorf, dank Dr. Falk Dürrwegen, lange Zeit unabhängig beweisen. Was sich in letzter Zeit leider gegenextrem entwickelt hat. Seinem Vater bereitet derweil allergrößte Sorgen, das Gute könne ganz aus ihren heimischen Straßen verbannt werden, wie es rundum geschieht? Damals, 1972, war er noch naiv genug zu glauben, dass die Stadtväter Gutes verfolgen würden und ihm nur in manchen Momenten der richtige Blickwinkel verborgen bliebe, sie richtig verstehen zu können? Nein, Papa wollte niemals glauben, dass sie tatsächlich käuflich sein könnten. Dass sie ihm die ganze Zeit über nur zuzuhören bereit waren, weil sie wiedergewählt werden wollten? Nur rein das. Eigentlich ist ihnen das alles schon sehr lange, komplett Schnuppe. Wen, es trifft und warum? Völlig belanglos, da es zumeist nur um einfache Leutchen geht, keine relevanten, die etwas entscheiden könnten, gar verändern? — Emma drängt sich zwischen die Zeilen, „das war am zwölften April 1965, hast du doch gesagt? Du hast mir auch mal von einer Legende erzählt oder war es ein Märchen? Ein Held, der am zwölften April geboren wird und alles in strahlendes Licht tauchen kann? Erinnerst du dich wenigstens daran?" Lobo grinst, Klein-Emma, die man einfach nicht aus dem Kopf streichen kann. Sie findet stets einen Punkt, wiederum wichtig genug zu werden, selbst wie der große Star, alle Blicke zu bündeln. „Du meinst den Frövjed? Ja, du hast recht, dasselbe Datum. Deshalb waren wir damals dort. Papa war beunruhigt, wollte sichergehen, dass sie keinen Schindluder betreiben? Dieses

Datum unbedingt mit dem Christentum verankert sehen zu müssen? Als könne man das allmächtige Schicksal austricksen? Ein Mitglied der Ursprungsfamilie; der allererste Hermaphrodit? Ob das von Bedeutung ist? Ich denke doch! Diese Tochter trickst keiner so leicht aus." Ui, Emma liebt es, wenn er zynisch wird. Diese Momente, in denen er sich grau, uralt und weise fühlt? Arroganz? Ja, sie steht ihm zuweilen prächtig. Wenn man etwas in dieser Stadt rasch erlernen kann, dann ist es genau das. Aber diese graue Eminenz in ihm? Wie klingt die erst? Das passt dann wenigstens hervorragend zur glorifizierten Fassung des Bruders in Emmas Augen? Nun, sie ringt bisweilen damit, dass er kein Siegfried von Xanten sein kann, weil der ja frühzeitig sterben musste? Durch schmählichen Verrat! So empört! „Aber mein Bruder wird das keinesfalls tun!" So der Beschluss seit jeher und wehe dem, der seiner kleinen Emma widersprechen wollte.

„Jeder Sitz war besetzt und direkt dahinter drängelten stehende Beisitzer; aus ganz Europa waren sie angereist." Emma kennt den Hintergrund – dieses absurde Bestreben, über die Religion Stärke zu erlangen? „Sämtliche Gänge voller aufgeregter Stenografen, ja nichts zu verpassen, weiter oben Presseleute und ganz zuletzt an die Wände gequetscht, Klatschspalten-Reporter? Damals, als ehrenwerter Boden noch akribisch blank poliert wurde und Stolz in allen Blicken prangte." Emma schaut ihn aufmerksam an, „du willst sagen, damals glaubten sie noch an etwas? Es gab noch Hoffnung?" Lobo schließt die Augen. Gab es die? Hoffnung? Eigentlich seit Langem nicht mehr. Sie waren nur deshalb so blindgläubig, weil etwas bewusste Blindheit hilft, Träume zu bewahren …. „Bonn. Die Regierung beim Beschluss, das elfte Gebot als Pflichtinhalt der reformierten Bibel festzulegen. Und die Nutzung älterer Ausgaben ab da strikt unter Strafe zu stellen? Rasch stand das Gebot auch im Grundgesetzbuch. ›Du darfst kein Unleid zufügen, wider deinen Nächsten, noch dir selbst.‹ Die ›OUT-Bibel‹, rechtskräftig seit ebendiesem zwölften April 1965, ein Gemeinwerk der ›Vereinigten Christen Europas‹ unter dem politischen Banner der OUT, die europäische Partei für Ordnung und Tradition. Katholiken, Griechisch-Orthodoxe, Russisch-Orthodoxe, Lutheraner, Calvinisten, Baptisten, Anglikaner, Presbyterianer und Unmengen kleinerer christlich fundierter Glaubensgemeinschaften schlossen sich einvernehmlich zusammen. Ein Kraftakt Roms, der die Vatikanstadt wieder einmal in schillerndes Licht tauchen konnte. Alle Christenmenschen unter einen Hut gebracht, Juchhe! Ein Volksfest wie am amerikanischen Unabhängigkeitstag; eine Kirmes in jedweder Dorfgemeinde; rauschende Siegesfeiern europaweit? Als habe man einen weiteren Weltkrieg beilegen können? Einem unterschwellig lodernden Brandherd, endlich zum eigenen Vorteil alle Nährstoffe entzogen? Sie waren

★ ★ ★ ★ ★ ★ ★

allesamt so offenkundig überglücklich? Du kannst dir nicht vorstellen, wie grotesk diese verschwitzten Gesichter wirkten? So irre verstörend, als wäre man mitten in einer Meute Durchgedrehter stecken geblieben und müsse mit dem Allerschlimmsten rechnen? Keiner von denen wirkte noch bei Verstand! Sie waren so vollgepumpt mit Adrenalin und genauso Kokain und ähnlichen Muntermachern und Aphrodisiakum … sie rochen so intensiv nach Alkohol, wie ich es bis dahin noch niemals gerochen hatte. Und natürlich Sex; der lag verstörend süßlich in aller Luft? Du weißt doch, wie Hunde auf diesen Geruch reagieren? Die hatten eine wilde Orgie hinter sich liegen. Waren zugedröhnt und kaum mehr als Regierungsbeamte, Stenografen oder seriöse Berichterstatter erkennbar. Gar als gläubige Leute, die ihren Glauben mit Respekt betrachten? Nichts davon war mehr übrig geblieben. Vater hatte sichtlich Angst um mich, deshalb konnte ich sein Gesicht nicht sehen. Er versuchte unentwegt, einen nochmals neuen, denkbaren Fluchtweg zu entdecken. Die Bewegungen in dem überfüllten Raum waren ihm viel zu emotional, viel zu unkontrollierbar? Somit war er froh darum, dass ich etwas hochklettern konnte, damit konnte er mich leichter greifen und flüchten, wenn alle nochmals irrer werden sollten? Ich vermute wenigstens, dass das sein eigentlicher Plan war. Und ja, er wollte mich, soviel es irgend geht, davon sehen lassen – mein eigenes Urteil darüber fällen lassen? Er wollte, dass ich genau in jenem Moment, im Alter von nur acht Jahren, lerne, eigenständig und unabhängig zu denken? Nun, es ging ein Glück nochmals glimpflich aus. Sie bejubelten jeden einzelnen Schritt, die Unterschriften aller Länder und aller Glaubensrichtungen im Raum, den direkt anschließenden Beschluss, das Gebot ins Grundgesetzbuch aufzunehmen. Und diese freie Interpretation genau dafür zu nutzen, diejenigen fürderhin wirksam ausgrenzen zu können, vor denen man bereits seit Jahren erzittert? Damit meine ich nicht die imaginären Gürtler, die es überall unter uns geben soll? Bestens getarnt und genauso durchsetzt, von Moslems und Juden und nochmals ganz anderen religiösen Richtungen, nicht zuletzt Naturreligionen, die auf Hochkulturen wie uns häufig wie Hexen- und Teufelsanbeter wirken? Nein, ich glaube nicht, dass einer dieser anwesenden Durchgeknallten, so schändlich zugedröhnten, sich vor einem löwenschlangigen Schreckensfürsten mit einer wilden Araberarmee fürchtete? Es waren viel realere Ängste, die sie antrieben, den Kerngedanken ihres Ursprungsglaubens mit Pech zu übergießen und allesamt freimütig — selbst vor einem offenen Pulverfass verharrend, zu entzünden? Diese nackte Angst, ihnen könne jemand das Steuerruder aus den Händen reißen? Ihre Privilegien gar noch beschneiden? Machtbefugnisse und Reichtum gar für sich beanspruchen? Oder sie etwa dazu zwingen, etwas an die Armen weiterzureichen? Etwas von ihrem immensen Stolz, ihrer gefühlten Selbstherrlichkeit aufzugeben? Eine Schande für die Menschheit, die ich als Achtjähriger mit aller Wucht zu spüren bekam. Am liebsten hätte ich wild herumzuschreien angefangen und mit dem Fuß aufgestampft, wie du es früher oft tatest, wenn dir etwas vollkommen gegen den Strich ging? Oh ja, ich sah dich, meine bärbeißige zweijährige Schwester vor mir und liebte dich dafür, dass du so echt, so lebendig bist und mir solchen Mummenschanz niemals zumuten würdest? Europa hatte sich selbst in Brand gesteckt. Alles nicht typisch europäische, dazu verdammt, jämmerlich unterzugehen? Nur, dass solche Taktik niemals aufgehen kann? Das heißt, es war offensichtlich, dass das auf uns alle gräulich zurückfallen würde … eine Fußballweltmeisterschaft als gültiger Vergleichsmoment? Falls man allen überschwänglichen Jubel des Siegerlandes auf alle Teilhabenden ausweiten könnte … wer nicht mitfeiern wollte, musste direkt untertauchen? Eine andere Meinung zu äußern, bedeutete den direkten Tod. So viele starben in diesen Wochen. Massensuizid in Kirchen, auf Feldern, auf Friedhöfen, in Kindergärten und Schulen. Bauernfamilien, die ihren Kleinsten das Genick brachen oder ihnen den Hals durchschnitten? Alle frommen Menschen reagierten, als habe man dem Teufel das Zepter überreicht? Du hast keine Vorstellung davon, wie nackt und kalt sich Angst selbst im glühend heißen Hochsommer anfühlen kann? Und wir haben uns davon noch immer nicht erholt. Im Gegenteil, fühlt es sich oft so an, als wäre damals der Anfang vom Ende gewesen? Der klare Entscheid, es mit der Gegenseite zu probieren, denn der Herr da oben mag dummerweise alle Erdlinge." Emma stört ihn nimmermehr. „Ein höllisch gescheiter Schädel, solches zu fabulieren? Was heißt denn ›unleidig‹ gleich? ›Kaum zu ertragen, enervierend‹. Damit hat's aber gar nichts zu tun! Auch nichts mit ›unleidig sein‹: leicht verärgert • ungehalten • verstimmt • wenig erfreut • jemandem Gram sein • verschnupft • angefressen • indigniert. Fakt ist: ›Unleid‹ kann man nirgends nachschlagen, man kann sich nur auf seinen eigenen gesunden Menschenverstand oder auf Logik berufen, kommt es zur Anklage, eine ›Missetat‹ wissentlich oder auch unwissentlich begangen zu haben? Eine Absichtsbezeugung ist nämlich nicht vonnöten, die Ernsthaftigkeit solcher Klageschrift zu unterstreichen. Und Verstand und Logik haben eh keine Bewandtnis mehr, seit ›Verbrechen‹ als ›Missetat‹ gilt."—Emma muss es noch genauer wissen, „was ist passiert? Erklär's mir. Ich verstehe es nicht. Warum haben sie zugestimmt? Solch eine Eskalation riskiert? Weil jemand Drogen verteilt hat? Doch nicht dein Ernst! Warum fürchten sie andere Religionen so arg? Weil sie keine eigene mehr haben? Weil sie ihren Gott verloren haben? Ist es das?" Sie schaut ihren Bruder erschüttert an, „es ist somit eher die andere Denkweise, die sie fürchten? Diese Denkweise, die entsteht, wenn man solche innere Stärke fühlt? Eine Stärke, die man als Einigkeit bezeichnen könnte? Als Gemeinschaftlichkeit? Eine Einheit, die selbst-

★★★★★★★

redend zu dir steht, weil sie genauso fühlt wie du? Diese Einheit, die in unserer Hochkultur vom ewigen Streben nach Geld und Macht sukzessive vernichtet wurde? Eine Stärke, die es einfach in den höheren Regionen nicht mehr so leicht zu finden gibt, weil dort die Luft dünner wird? Eine Stärke, die sie selbst kaum mehr definieren könnten, deshalb fürchten sie sich? Tatsächlich vor dem großen Unbekannten, das nicht käuflich ist? Letztlich fürchten sie sich davor, am Ende ganz alleine dazustehen? Gegenüber, der Teufel, der Einzige, der bis zuletzt bei ihnen bleibt und sie am Ende genau dafür hämisch verspotten wird? Sie fürchten sich davor, Schande zu empfinden; dass ihnen vor sich selbst speiübel werden könnte." Ja, meine liebe Emma, ich verstehe es wohl auch bis heute nicht viel besser als du jetzt mit deinen neun Jahren? Wie kann man nur so handeln? „Sie wollten aus dem Christentum eine Brandmauer formen und damit alle Andersgläubigen ausschließen." Emma, „aber dazu muss man noch wirklich glauben können? Vertrauen können? Das willst du sagen? Dass sie gar nicht mehr gläubig sind? Die Christen Europas glauben kaum mehr an Gott? Das kann so aber nicht sein?" Nein, so krass kann es das fürwahr nicht. Aber die erflehte Brandmauer zog sich dennoch nicht hoch. „Weißt du, was Blasphemie ist? Das werfen uns Extremisten vor." – „Nicht wirklich. Aber wir haben kürzlich in Religion über die Jeschiwa gesprochen? Wie die Juden bis heute an ihrer Hochschule darüber diskutieren, ob Gottes Wort richtig verstanden wird? Welche Wahrheit ist die korrekte, ob es vielleicht Interpretationsprobleme geben könnte, erst jüngst oder seit Langem? Sie analysieren und hinterfragen alles und jedes? Unser Lehrer, der selbst sonntags von der Kanzel predigt, meint, sie debattieren über jedes Komma und jeden Punkt, ob er richtig gesetzt ist und nicht am Ende die Bedeutung der Worte verändert." Eine tief faltige Stirn, Lobo gegenüber, „wenn ich mir darum Sorgen mache, würde ich doch kaum meinen Glauben als politische Waffe einsetzen wollen? Das willst du mir sagen? Während Juden wie Moslems zumeist voller Respekt die Worte des Herrn betrachten — einerlei, wie wir es bewerten, was die besagen – formen wir parallel eine Waffe daraus? Solches würde kein ernsthaft Gläubiger jemals tun? Gebote Gottes für seine Zwecke nach Gutdünken verdrehen? Denn das tun wir mit diesem elften Gebot? Dichten etwas hinzu, das ausgelegt werden kann, wie man es gerade brauchen kann." Lobo wird kalkweiß, „Emma, um Himmels willen! Bitte, das hast du niemals gedacht! Und wirst es auch nie wieder tun! Gar noch laut aussprechen! Versprich es mir." — Emma versteht mehr, „du glaubst, mein Lehrer schwebt in Lebensgefahr, nur, weil er uns von der Jeschiwa erzählt hat?" Oh, Emma, ich fürchte, für ihn ist es schon längst ausgestanden … sie ist wohl noch weißer als er. „Du hast von einem toten Priester gehört, der an meiner Schule unterrichtet hat? Bitte, bitte, sag mir, dass das nicht stimmt!" Dicke Tränen, anstelle von Nikolausfreuden, Orangen, Vanille, Nüsse, Lebkuchen und Schokokrümel. Nein, einen verzauberten Advent gibt es für dieses Kind dieses Jahr sicherlich keinen mehr.

Direkt nach dem bedrückenden, stillen Essen geht es aber unbeirrt weiter. Wissbegier, eine ansteckende Krankheit und ja, das ist Falk in ihren Genen wie in Lobos. ›Ein Mann, der keinen Punkt alleinstehen lassen könnte‹, so drückt Mama es oft aus. „Jetzt sag mir, was das bedeuten soll … von wegen ›alter Gesang‹ und so? Es geht dabei um unsere Demokratie?" Nachdem er noch immer nicht freiwillig reagieren will, fährt sie schon wieder unbeirrt und zunehmend in Rage gebracht fort. Tränen wie Schnodder landeten unbarmherzig im bereitliegenden Küchentuch — sie ist provokativ, schnippisch gestimmt. „Alter Gesang, ›der besagt, dass am Tag, an dem sich weißer Schnee in Finsternis verwandelt, das Erbe der Alten Griechen an den Teufel übergeht‹ – was bitte schön heißt das nun konkret? Dass unsere Demokraten in der Führung ihre Herzen beim Holländer Michel gegen klobige Steine eingetauscht haben? Damals in diesem Saal ging es damit los? Der Holländer Michel ist also ein Synonym für die Syndikate, die uns gnadenlos gängeln? Deshalb muss jeder in diesem Sternenpark Baden-Badens ›Das Kalte Herz‹ von Wilhelm Hauff lesen? Dass wenigstens die Parkianer kapieren, was in unserer Welt vor sich geht? Es ist also fürwahr eine kleine Rettungsinsel inmitten von blankem Chaos, Gottlosigkeit wie in Sodom und Gomorrha? Aber warum sollte jemand das tun? Oder geht es wirklich nur darum, dass du ohne Gefühl viel leichter sachlich nüchtern bleibst, was sie in der Zeitung immerzu schreiben? Dass es dringend notwendig wäre, mal den ganzen Gefühlsdusel beiseitezulassen und den Gegebenheiten ganz offen ins Gesicht zu schauen? Sich einzugestehen, dass es kälter geworden ist? Weil Wirtschaftswachstum und steigendes Bruttosozialprodukt auch bedeutet, dass es stetig bergaufwärts geht? Und da wird die Luft rauer, umso höher man steigt? Alles andere ist nur Augenwischerei … Blablabla, man müsse zunächst alle Gedanken gründlich durchforsten und alles nach Relevanz, nach konkreter Wichtigkeit sortieren, um dann resolut dem klaren Verstand folgen zu können …" Sie schaut ihn direkt und hoch konzentriert an, „warum das noch immer gelesen wird? Dieser Bockmist, der heutzutage gedruckt wird? Warum wird es den Leuten davon nicht grottenschlecht?" Oh, sie ist wirklich erst neun. Manchmal ist es kaum zu fassen, was sie alles begreift? „Das heißt, der schwarze Schleim merkt an, wie wir uns unterdessen von seiner Seite anfühlen? Nur noch Pech, das die Erde darunter verdorren lässt? — Es geht um die absurden Hasentreibjagd-Scheine, die du via Glücksfee zugespielt bekommen kannst? Sind mitnichten Feldhasen, die sie von Klerikern abgeschirmt, in den Umlanden jagen?"

Und der Teufel tanzt in der Nacht

29252Asgijahr|Düsseldorf, Benrath, vor der Flucht 02|1976.

Seitdem ist es in den Herbst- und Wintermonaten weltweit bitterkalt geworden. Selbst in den wärmeren Regionen gefriert die Luft, soweit im Umkreis von dreißig Kilometern auch nur eine winzige Menschensiedlung auszumachen ist. Die zynische Interpretation einer Neunjährigen scheint sich flächendeckend bestätigen zu wollen? In Nordrhein-Westfalen gibt es zurzeit heftige Minusgrade, am frühen Abend beginnend, gut bis minus 16 oder 18 Grad, jede Nacht fallend. Manche Nächte noch tiefer und gegen morgen beruhigt es sich wieder etwas, pendelt sich am Ende tagsüber bei knappen Minus 10 Grad in den wärmeren Stadtregionen ein. Als es damals damit losging, war aber exakt die perfekte Temperatur zur Adventszeit, frohlocken zu können und auf eine weiße Weihnacht zu hoffen? Aber kristalline Flocken, weich und bezaubernd, unschuldig, durch zarte Lüftchen schwebend, gibt es seitdem nicht mehr. Dieser Nikolaus 1972 setzt aller weißen Romantik ein abruptes Ende. Auch Bräute trifft es! Weiße Nicht-Jungfrauen erreichen den Altar nur noch Kuh-fleckig. Als könne Mutter Erden die ständigen Lügen und Ausreden, die blasphemische Möchtegern-Frömmigkeit nicht mehr länger ertragen? Ursprüngliches, aus Wasser geformt, verändert sich drastisch, verliert sämtliche Grundstruktur. Erst durch den natürlichen Filtrationsprozess im Mutterboden kann Wasser wieder zu Wasser werden. Trinkbar und nicht toxisch. Allesamt so verstörend, dass Lobo oft innerlich zu erfrieren scheint, kurzzeitig extrem fiebert, ohne körperlich krank zu sein. Auch sein Vater reagiert hochsensibel, als habe auch er direkten Zugang zu Mutter Erdens Gefühlen? Sie trauert – weint auf ihre Weise, indessen betroffene Städte es schon nach guten drei Monaten als gegeben hinnehmen und die Presse instruieren, es nirgends mehr zu erwähnen. So einfach geht das in der heutigen Zeit? Man befiehlt und es geschieht, schnipp! Kaum einer traut sich mehr Unabhängigkeit zu beweisen – einen ganz eigenen Gedanken laut zu Ende zu denken? Nein, das ist wirksam unter Strafe gestellt. Unter dem unleidigen Titel ›Unleid‹ nüchtern und vollkommen unsachlich zusammengefasst. Derweil dreht Mutter Natur ihren eigenen kleinen Horrorstreifen am europäischen Festland. Von Gibraltar bis nach Moskau hoch. Das können auch die Sowjets mit ihrem Propagandawahn gegen die freie Marktwirtschaft nicht mehr übertünchen. Bei jeder Berichterstattung ist es exakt zu sehen, dass auch der Rote Platz von schwarzem Pech überzogen ist. Genauso heruntergekommene Arbeiterviertel wie prachtvolle Schlösser und Villen, umsäumt von Edelgärten, von überall tropft dieser klebrige schwarze Schleim des Nächtens hernieder. Wer im Umfeld von industriellen Hochburgen und Ballungszentren seine Schutzburg nachts verlässt, wird gnadenlos eingesaut. Also werden Eheleute wieder häuslich und sittsam, begatten den Ehepartner und Seitensprünge sind nur noch tagsüber, während der üblichen Bürostunden möglich. Teure Restaurants überleben anfangs noch mit zügig installiertem Lieferservice, auf den man aber schon rasch entsetzt verzichtet, denn der Dreck auf den teuren Teppichen steht in keinem Verhältnis. Also engagiert man weiteres Dienstpersonal und wirbt den Koch samt netter Bedienung seines Lieblingsrestaurants ab und die verarmte Gemeinschaft außerhalb atmet wieder etwas erleichterter auf. Denn plötzlich gibt es überall leistbaren Wohnraum mit absolut exklusiver Grundausstattung auf neuestem Stand und dazu bestens gepflegt. Etwas, das es schon lange nicht mehr gab, einen Arbeiterhaushalt, mit funktionierender Heizung und Strom fließt und sogar das Telefon kann bimmeln? Ja, ein steigendes Glücksgefühl zieht in die Nachbarschaft ein, während die Palastgärten der Edelviertel unter triefendem schwarzem Schleim verdorren. Und nochmals mehr Insekten und alle Jäger, die sich von ihnen ernähren. Nur ursprünglich heimisches Gesträuch wie Grünzeug übersteht. Im Frühjahr 1973 versuchen die besser gestellten europäischen Stadtteile gemeinschaftlich zu retten, was zu retten geht, aber ihre preisgekrönten Wandelpfade sind keinen Pfifferling mehr wert. Nur, wer sich seinen Edelboden überdacht anlegen ließ, genießt noch diese hochgelobte Möglichkeit, seine Gefühlswelt mittels Fußstimulanz zu bereichern. Und schon rasch, man ist schließlich flexibel gestimmt, haben sie im Haus ihr Kneipp'-sches Becken angelegt und ebenso allesamt auf Hallenschwimmbad umgesattelt. Somit Unmengen an Arbeitsplätzen, die in den vergangenen Jahren nach neuen Mitarbeitern Ausschau hielten und vorhandene Geldreserven wieder etwas mehr Richtung bürgerliche Mittelschicht verschoben. Die zuletzt zunehmend verarmte. Überlebende Restaurants sattelten auf Bratwurstbude um, einfachen Kneipenbetrieb oder verwandelten sich in Boxhallen oder Kampfsportzentren für dünnere Geldbeutel. Andere mutierten zu Volkshochschulen und Bibliotheken, Musikschulen für ärmere Mitbürger, Gebetshäuser oder Kramläden, mit Krimskrams bestückt, wo genauso Flohmärkte veranstaltet werden und Tauschbörsen stattfinden. Die Alternative zum Schwarzmarkt, wo Syndikate ihre Hände aufhalten? Zudem muss man anmerken, dass dieses Pech bevorzugt Edelklamotten penetriert. Je älter, verwaschener und abgetragener ein Kleidungsstück äußerlich wirkt, umso weniger bleibt an ihm schwarzer Schnodder haften? Jetzt nicht, dass das für Lobos Klamotte gelten würde, damals wie heute, weil er verschont bleibt? Hier gibt es offensichtlich des Weiteren Argumente, für die sich nunmehr keiner interessieren mag? Zu entdecken, dass man nicht mehr zu den Bettelarmen zählt, empfinden die Betroffenen ferner als unglaublich tröstend. Und mehr unbequeme Fragen werden derzeit in den enger besiedelten Regionen kaum gestellt. Eine abstrakte Kulisse ist somit bald überall existent. Schwappt auch rasch auf umliegende kleinere

★★★★★★★

Dorfgemeinden über. Ab einer bestimmten Einwohnerzahl, einer ausgedehnteren Flächenversiegelung, behaupten viele, wobei es auch schlicht der jeweilige Industrieanteil im näheren Umfeld sein könnte oder aber das erhöhte Aufkommen von nichtsnutzigen Luxusgütern in den betroffenen Haushalten? Der sehr einseitig und schlicht vollkommen ungerecht verteilte Reichtum einer gesamten Region? Denn rund um den Sternenpark BBs gibt es keinerlei schwarzen Schnee. Der gesamte Schwarzwald, wie Großteile der nördlichen badischen Rheinebene, bleibt verschont? Als könne ein einziger guter Geist eine ganze Region immunisieren? Vor diesem Krankheitsvirus bewahren? Der da wäre? Grassierende Habgier? Egomanie? Mangelnde Empathiefähigkeit? Exzentrik oder schlichte menschenverachtende Kaltschnäuzigkeit? Welches Argument führt zur rigorosen Artenausrottung? Da gibt es wohl viele, in Summe. Keiner möchte sie näher spezifizieren, sich gar festlegen müssen oder mit dem Finger auf einen Schuldigen deuten. Denn das haben alle rasch kapiert, das ist kein Einzelverschulden, das hier seitens Mutter Natur quittiert wird. Das trifft sie alle hart und schwerer mitten ins butterweiche Herz, als sich das zuvor jemand ausmalen konnte. Überhaupt noch eines zu haben? Ein peinlich, verweichlichtes Herz? Die kultivierte Menschenwelt erhält nunmehr eine direkte Antwort auf all ihr Jammern und Stöhnen, und keiner könnte behaupten, die Menschheit habe sich diese Antwort nicht redlich verdient? Lobo ist die letzten Wochen nur noch zynisch gestimmt. Seit sie seinen Vater verhaftet haben, sieht für ihn alles nochmals schwärzer aus, als es in Tatsache schon ist.

Emma sitzt ihm stets in Gedanken gegenüber, indessen sein Sarkasmus täglich unerträglicher und bodenloser wird. Aber sie hört ihm dennoch geduldig und verständnisbereit zu. Oft ist es so, dass er die realen Momente gar nicht mehr richtig von den rein virtuellen trennen kann. Also hat er sich angewöhnt, vieles in makabren Bildern auszudrücken, selten konkret auszusprechen, was er denkt. Nicht, dass er glaubt, jemand könne seine Gedanken abhören? Nein, so krank ist er längst nicht, wie diese Neurotiker, die überall herumlaufen und Paranoia schieben? Wie die Amis, die hinter jedem zweiten Busch einen Kommunisten mutmaßen? Nein, er fürchtet weder Grünzeug noch Kommunisten, noch Gürtler, die überall im Land getarnt herumschleichen sollen, noch Schwarzbären. Ja, Papa hat ihm einmal von ihnen erzählt. Eigentlich schon oft Anmerkungen fallen lassen, aber einmal war es eine richtige kleine Geschichte, und Lobo, der Geschichten seit jeher liebt, spitzte die Ohren. Kuschelige Teddybären, minimal prügelsüchtig, super stark und verfressen, das sind sie. Wobei Papa auch erwähnt hat, dass sie manches Mal monatelang gar nichts essen und dann eine Fressorgie in die nächste überlaufen lassen, als gäbe es keinen Morgen, um den man sich sorgen müsse? Ja, diese Teddys können entspannen und mal wirklich loslassen. Das braucht man dringend, wenn man ständig so viele Sorgen mit sich herumträgt. Was er seit jener Plenarsitzung tut. Er bewarb sich direkt im Anschluss als Schülerlotse, schrieb sich bei den Streifen zur Ausbildung ein. Außerdem bei der Feuerwehr, dem Rettungsdienst und beim DLRG. Klettern konnte er längst und Fallschirmspringen und ja, natürlich einen Wagen lenken oder ein Moped, jedwedes Gefährt, für das seine Beine und Armlänge ausreichte, ›kalt durchstarten‹ – will besagen, auch ohne zugehörige Fahrerlaubnis, Papierkram oder Schlüsseldienst zum Laufen bringen. Er arbeitet in der Schülerbibliothek und wird mit knapp zehn Jahren Sprengstoffexperte und Profischütze und intensiviert seinen seit Sandkastenzeiten engagiert betriebenen Kampfsport. Als Sohn des regionalen Helden, der jeden in Not geratenen retten kann, muss man sich einiges einfallen lassen, nicht gar so dumm dazustehen. Jeder erwartet ein Wunder bei seinem Anblick? Klar, liefert man da ab, was man eben liefern kann? Und seine Mutter arbeitet im heißesten Labor der Stadt, kocht die heißesten Süppchen? Über die sie per se nicht sprechen darf, also dreht es sich nicht nur um schnöde Medikamente? Wer weiß, welche Drogen und biologische wie chemische Kampfstoffe dort alleine entwickelt werden? Oder geht es rein um Silberkugeln, die Zaubergestalten umnieten könnten? Denn diese verballhornte Angst, vor den Gürtlern und deren imaginären Zauberkräften, wird nicht gar so sorglos zur Seite geschoben, wie viele behaupten. Lobo glaubt, dass sie da so einiges herstellen, was man als argloser Bürger besser nicht genauer wissen möchte. Auch nicht, ob sie es bereits irgendwo ausprobieren? Versuchslabors, Laborratten? Wer weiß, was es noch alles im Verborgenen gibt? Angeblich gibt es keine Gefängnisse mehr, sie waren unrentabel? Insassen wurden in jeder neuen Runde krimineller als zuvor? Aber als Laborratten wären Straftäter sicherlich sehr nützlich? Oder für Arbeiten einsetzbar, wo eine hohe Todesrate gemutmaßt wird? Das hatte der Mensch in jedem Zeitalter gut drauf, sich als Unmensch, als kaltschnäuzige Bestie zu beweisen? Krieg benötigt man nicht, es reicht aus, unerträgliche Angst zu haben, sich verbissen auf einen Disput vorzubereiten.

Emma, „jetzt erzähl mir endlich davon!" Oh, schon wieder eines dieser Gespräche, wo ihm der zugehörige Faden fehlt? „Was genau? Das musst du schon konkretisieren?" Wirft er wichtig ein, wie eben ein verantwortungsbewusster älterer Bruder reagieren würde. Aber diese Dirn will keinen Alkohol probieren oder an einer Zigarette ziehen, gar einen nackten Männerkörper begutachten, nein, diese Dirn will die Unterstadt besichtigen gehen und dabei keine menschlichen Hasen kennenlernen, sondern Prinzen! Ja, auch sein Schwesterherz schwärmt für Prinzen. Keine Märchenprinzen per se, sondern die aufmüpfigen

★★★★★★

hochwohlgeborenen Söhne und Töchter der oberen Zehntausend, die seit einigen Jahren ihr Unwesen in der Unterwelt treiben. Zünftig kostümiert treten sie dabei auf, bühnenreif, mit Gesichtsmasken wie beim venezianischen Maskenball. Sich selbst zu Bettlern denunzierend oder zu Märchenbuchgestalten oder Comicfiguren, denn all das wird vom schwarzen Schleim verschont, solange die Staffage zum Auftritt auch passt. Als würde Mutter Natur ihrerseits Applaus geben wollen? Wohl für das, was sie in der Oberstadt gerne lausbübisch anstellen? Sie räumen bevorzugt Kaufhäuser des Nächtens aus, verschieben sämtliche Waren, Kleidung, Mobiliar, Werkzeuge, Lebensmittel, Schreibartikel, Buchwaren in die Hasenbauten der Exilanten unterhalb der Städte, oder auch in die in reiner Erdkultur angelegten Höhlenbehausungen außerhalb. Was die dort allerdings mit einer ultramodernen Einbauküche anstellen könnten, ist minimal fragwürdig? Aber derweil hört man schon davon, dass ihre Strommasten tatsächlich von versierten Exilanten angezapft wurden? Es tauchen schließlich immer mehr wirklich gut ausgebildete Fachkräfte unter, genauso hoch qualifizierte Mediziner wie Ingenieure und haufenweise Lehrer und Politiker, haufenweise Sozialisten, Marxisten und sonstige Freigeister darunter; sowieso alternative Zeitgeister, verträumte Hippies und alles, was ein Bürgerlicher unter ›Andersweltmänner‹ einzusortieren pflegt. Dazu zählen auch moderne Frauen, die sich auf Frauengrundrechte berufen. Somit könnte es da bald noch einige weitere unschöne Überraschungen geben? Und ja, seine rebellisch gestimmte Emma gehört zu jenen, die diese umtriebigen Sprossen glorifizieren, wie sie es mit ihm seit jeher tut. Somit gibt es jetzt wenigstens noch ein paar weitere Helden neben dem eigenen Vater und Bruder zu finden. Schon beruhigend. Aber ja, sie will nicht wahrhaben, dass die Nussknacker eine grobschlächtige Form von Orgien in der sogenannten Unterstadt zelebrieren, sich nicht nur peinlich unzüchtig dabei geben, sondern wirklich alles konsumieren, was man zum Zudröhnen finden kann? Und die Entrechteten, die dort ihr klägliches Dasein fristen, besorgen ihnen all das, was sie für ihre rauschenden Partys benötigen. Alles natürlich auf Vorbestellung und bestens abgesichert, dass ja kein falsches Element unter den Zuschauern auftauchen möge. Aber woher weiß er das alles? Weil er bisher niemals abgewehrt wurde. Eines derer Punkte, auf die er immens stolz ist. Überall bis zu einem gewissen Grad akzeptiert zu werden. Als grundsätzlich anständig gelten zu dürfen? Eine Seltenheit in ihrer Zeit. Genauso sein Vater; und Emma strebt dieselben hehren Ziele an. Und ja, die Prinzen bezahlen für alle Dienstleistungen fürstlich. Versuchen damit all das Unleid wiedergutzumachen, wenigstens das geschehene Unrecht, etwas abzumildern, das die eigene Gesellschaftsschicht an armen Seelen tagtäglich anrichtet? Und sogar die abgebrühtesten Streifen zum Kotzen bringen kann? Er hat es oft genug mit angesehen. Also nur diese ständig wieder aufkommende krasse Übelkeit, die teilweise noch tagelang an den Betroffenen haftenbleibt. Ihnen die Mägen zuschnürt und nicht einmal Alkohol zulassen will. Was, um Himmels willen, könnte ein abgehärteter Streifen gesehen haben, was ihn oder sie so nachhaltig körperlich wie seelisch gewissermaßen ohnmächtig stellt? Aber dennoch nicht kollabieren lässt? Was wohl rein am Training solcher üblen Tatsache liegt? Also passiert es oft. Kein gutes Zeichen, für gar nichts. Dass man als Zögling eines mutmaßlichen Mittäters nicht genug Frondienste ableisten kann, wieder für den Moment frei durchatmen zu können, ist umso verständlicher. Sicherlich ist nicht jeder Elternteil ihrer Elite als mitschuldig zu betiteln, wenigstens nicht im vollen Umfang. Viele Dinge und fürderhin blind durchgewinkte und nicht genauer hinterfragte und damit bedenklich-tolerierte Fakten führen aber letztlich zu solch schrecklicher Tatsache. Dass die Nachkommenschaft respektive in die Knie zu drohen geht, wird ihr erst richtig bewusst, welches finstere Erbe sie anzutreten vorhat. Aber es nicht zu tun, verändert rein gar nichts. Gibt ihren Platz nur an einen skrupellosen Erben oder anderweitig in diese Höhenregion aufgestiegenen Emporkömmling frei und alles wird nochmals finsterer. Wer es schafft, nach dort oben, ohne brutalen Ellbogeneinsatz zu gelangen, der müsste ein Supergenie sein, der nochmals intelligenter in jedweder Disziplin ist, als alle anderen? Und wer, bitte schön, ist global ein Überflieger? Alle, die Lobo kennt, haben echte Spitzen im System stecken, genau wie er selbst? Aber ein globaler Überflieger war bisher nirgendwo zu finden. Wobei Papa ihm einst von ganz besonders schönen, blonden Männern erzählt hat? Auch darüber hat er nur gelesen und es genauso wenig glauben wollen wie die Geschichten über die Schwarzbären. Eiswolken nennt man die und ja, er meint, laut Legendenwerk wären diese dazu befähigt und, dass sie selbst nicht besonders groß sind, stört ebenfalls nicht, denn ihre Schulterbreite sei genauso unmäßig wie ihre Kraft. Ja, solchen würde er genauso gerne kennenlernen wie einen felllastigen Schwarzbären. Schwarze Lockenpracht? Ja, das wäre ganz was für ihn? Leider erwartet die Außenwelt von einem wie ihm, er würde sich eine wohlgeformte Frau aussuchen und bezüglich Familienplanung schnellstmöglich loslegen? Denn Helden-Gen, wie er es wohl innehat, stirbt dennoch jung? Auch wenn Schwesterherz, das für ihn anders geplant hat. Im Zweifelsfall ist sie gerade nicht anwesend, wenn es passiert? Das Schicksal kann jeden austricksen, falls es nötig ist … und hernach, ergo, nach dem großen Besäufnis samt Drogentour und der nochmals größeren Völlerei und Rumhurerei mit ihresgleichen, wird ausschweifend Danke gesagt. Also, wohlgemerkt, keine Huren in Abrufbereitschaft, sondern genauso höhere Töchter wie Söhne, die sich

✶ ✶ ✶ ✶ ✶ ✶ ✶

da in schwülstigen Gruppensex-Orgien gegenseitig unsittlich werden lassen! Und ja, die jeweiligen Gastgeber werden mit allem möglichen Raubgut überschüttet, ob es nun sinnvoll ausgewählt sein mag, oder nicht, diese Dinge, die in solchen Nächten urplötzlich verschwinden, tauchen niemals wieder auf. Also ist zumindest doch die gute Absicht wohlwollend aufgenommen worden? Und die rebellischen Prinzen, die sich davor fürchten, künftig genauso zu eiskalten Despoten zu werden wie ihre Väter und Mütter, können sich noch für diesen einen winzigen Moment wie Robin Hood fühlen und Reichtum heldenhaft großzügig umverteilen? Mehr trauen auch sie, sich nicht gegen das System zu unternehmen. Denn wer heutzutage seine Privilegien einbüßt, geht mit der restlichen Rattenschar bereits beim nächsten stärkeren Gewittersturm unter. Literarische, nette Beispiele finden sich unter anderem in ›Watership Down‹ von Richard Adams, wie passend, 1972 erschienen. Oder George Orwells ›Animal Farm‹ als Parabel auf die Geschichte der Sowjetunion aus dem Jahr 1945. Alleinig der bloße Besitz ist hinter dem Eisernen Vorhang unter Strafe gestellt. Ist wohl als Vorbild für die Durchsetzung der OUT-Bibel dienlich gewesen? – „Wohin du wieder geistig entschwebst, nur weil du mich nicht fürstlich ausführen willst? Weil das ja viel zu gefährlich für ein zerbrechliches Püppchen wie mich wäre." Emma spielt wieder einmal beleidigte Diva. Oh, er hat wiederum unkontrolliert laut gedacht? Wie peinlich, so langsam muss er das besser in den Griff bekommen. Schon bald dürfte seine Emma anderen Interessen nachstreben, als ihrem großen Bruder beim Denken zuzuhören. Wem er ab da seine unausgegorenen Thesen auftischen wird? Das könnte schon rasch lebensgefährlich werden.

Nur ein paar Stunden später sitzt Emma endlich an einem zünftigen Aussichtsposten und betrachtet mit runden Augen das animose Treiben im großen Saal. Der Saal ist natürlich nur eine leergepumpte Unterwassergrube der Unterstadt. Grob beschlagener Stein, alles grau-in-grau im Ursprung und dann zog der erste Farbtopf von der Müllkippe hier ein und Picasso machte sich ans Werk. Allesamt unter Benrath gelegen, nahe dem Rheinbecken. Am Ende direkt unter dem Schlossgarten? Lobo könnte derweil nichts ausschließen. Es ging verdammt oft um eine weitere Ecke herum, Berg rauf und runter, dass er nicht einmal mehr grob abschätzen könnte, wie tief unten sie derzeit sind? Ob hier abgebaut wurde? Vielleicht schon vor Jahrhunderten? Der ganze Ruhrpott ist unterhöhlt. Und ständig findet sich neuer Anlass, neue Gruben auszuheben, Tiefgaragen? Auch ein erst kürzlich einsetzender Trend, der unterdessen wieder wie weggewischt ist. Jetzt, wo es im Baugewerbe nur noch um ergänzende Sicherheitsprogramme geht? Und jeder Pfennig wird in Wachtürme und Schallisolierung und Mauerwerk investiert? Nicht einmal mehr Neubauten sind drin. Ihre Heimstatt war wohl mit eine der letzten großen Straßenzüge, wo sie drei- und vierstöckige Häuseranlagen installiert haben? Deshalb sind sie so begehrt. Ja, hier am Rhein siedelt genügend Industrie ständig neu an. Da gibt es Arbeitsplätze ohnegleichen, sollte man meinen? Und da man sich nur wenig Mühe gibt, untergegangene Existenzen würdig zu begraben, gibt es auch ständig neuen praktischen Wohnraum für die Ratten, die man heutzutage netterweise als Hasen tituliert. Die hier unten den Syndikaten schutzlos ausgeliefert sind. Dass die eine solche Macht ausüben, will keiner der Bürgerlichen oberhalb begreifen; leider, denn dann würden sich viele diesen Schritt nochmals genauer überlegen. Aber wo läge die Alternative? Im freimütigen Opfergang oder aber im Verkauf eines ihrer Kinder an diesen herrschenden Abschaum? Damit zerbricht deine Seele, falls du denn noch über eine verfügst. Nein, selbst, wenn sie alles exakt wüssten, wie grausam es tatsächlich ist, würden die meisten betroffenen Seelen genauso blindlings handeln. Sie hoffen schlicht, dass es noch irgendwo Erbarmen gibt? Mitgefühl und Verständnis? Und natürlich, gibt's das, aber ob man so lange durchhalten kann, bis es einen und die trauten Seinen im modrig-feuchten Verlies entdeckt, bleibt die große Frage …

Emma reißt ihn aus seinem Trübsinn. „Was zur Hölle sehe ich denn jetzt?" Sie wirkt gar nicht so geschockt, wie sie bei diesen Worten offensichtlich klingen möchte? Eher hochgradig daran interessiert, wie man bei solcherart Verrenkung, Penetration gutheißen könnte? Etwas kriminell und minimal lebensbedrohlich sieht es für ihre Augen aber doch aus? Und wohl nochmals interessanter, ja, das ist Lobo klar, der sich weigert, genauer hinzuschauen. Emma nimmt sich nichts, gönnt sich die gesamte Bandbreite allen ungezügelten Geschehens. Widerlich, denkt der Bruder und verzieht das Gesicht, aber Schwesterherz will es wissen. Unbedingt, gnadenlos. Also gut … wie auch anders … „Was genau meinst du?" Auweia, er braucht sich gar nicht zu bemühen, qualvoll zu klingen, er tut es. Vielmehr grässlich jämmerlich, denn Emma muss beinahe über seine Stimmlage lauthals losprusten. Kann es eben noch in ein anzügliches Grinsen ummünzen, mit glucksendem, ersticktem Kichern im Hintergrund. Ein Glück weiß man eh, dass sie da sind. Denn damit hätte sie derweil jeder Wächter im Visier. „Mein Bruder ist wahrhaftig ein Puritaner, im Sinne der heutigen spöttischen Nebenbedeutung!" Hihi, kichert es etwas heiser, „der allerletzte, den es noch gibt! Einen extremeren Moralisten als dich dürfte es nur schwer zu finden geben? Mann! Wie kannst du nur so verklemmt sein? Du bist doch sonst ein mutiger Mann? Warum interessierst du dich hier für nichts und hast offensichtlich noch gar keine Ahnung davon? Sex? Du weißt aber schon, wofür der gut ist?" Emma starrt ihn hoch amüsiert an. „Du hast, ehrlich, noch nichts ausprobiert? Und du fummelst auch nicht an dir herum?" Wie jedermann behauptet, ergänzt ihr anzüglicher Blick. Wer, bitte schön, redet denn über ihn? Über solche Thematik? Emma ist aber noch lange nicht fertig, „das tun alle jungen Männer? Und das muss auch genauso sein! Was könnte ich dir dazu an tollen Geschichten erzählen! Du würdest es nicht glauben. Warum muss ausgerechnet mein Bruder so schamvoll gestrickt sein? Ist das nicht viel eher das Frauending? Wenigstens früher gewesen, als es noch keine Aufklärung gab?" Sie will es offensichtlich wissen? Die gesamte Bandbreite von Ausreden für seine Zurückhaltung jetzt und hier aufgezählt bekommen? Weiter geht's mit der eiskalten Dusche. „Also bin ich so unanständig, zum Ausgleich, dass wir nicht am Ende als asexuell oder unliebsam prüde gelten müssen? Das wäre ja oberpeinlich! Wo Papa und Mama übereinander herfallen, sobald sie glauben, wir wären sicher um die Ecke gebogen? Die warten ja nicht einmal ab, dass wir unsere Zimmertür zugezogen bekommen! Rammeln bereits mitten im vollen Waschbecken, zwischen den Tellern am Esstisch, während wir noch spitzfingrig unseren Türgriff umklammert halten? Und du bist so gänzlich verkrampft? Bei dieser Babyvorstellung hier?" Wie bitte? Was zur Hölle redet Emma da? Sie hört dabei zu, wenn Papa und Mama? Und er weiß nichts davon? – Emma, munter, „also bei mir wirkt es wohl gegenextrem, so, als müsse ich jetzt unbedingt mitziehen? So rasch es eben gerade geht, ohne den nächstbesten Jungen direkt anspringen zu müssen … jedenfalls ist das wohl der Grund für unseren dritten Stock? Da kann keiner direkt hineinschauen? Aber na ja, Mamas Brüste dürfte dennoch jeder der Nachbarn wiedererkennen können, so oft, wie sie die splitternackt an die Fensterscheiben drückt?" Nun, sie hofft wohl noch immer auf Reaktion seinerseits, aber er ist derweil zur Salzsäule erstarrt. Sodom und Gomorrha gibt's ja ebenso in Düsseldorf, wie man sieht? Dann sicherlich auch alttestamentarische Salzsäulen? Autsch! Emma hat wohl noch ein paar anzügliche Details nachzureichen? „In ihren Warzen stecken Ringe", oh, sie genießt sein Elend, „das sieht so heiß aus? Und wenn Papa sie dann erst von hinten nimmt? Wie dick die werden?" Huch, er steht tatsächlich immer noch aufrecht … „Können sich wollüstig, trotz üppiger Hängebrust, aufrichten? Mit schweren goldenen Ringen drin …" Lobos Stoßgebete werden einfach nicht erhört. Womit hat er sich nur so versündigt, diesen Albtraum hier durchleben zu müssen? Emma ist doch ein anständiges Mädchen? So etwas würde sie niemals solchermaßen schamlos in den Mund nehmen! … aber, die Emma hier vor Ort, genießt diese Schamlosigkeit in vollen Zügen … „Penetriert derweil ihren Po und zieht ihre Schenkel weit auseinander, dass alle Elemente ihrer Scham ganz offen bewundert werden können? Halt direkt hinter der Scheibe auf dem schmalen Sims! Mama wird so feucht, dass Papas Mittel- und Zeigefinger praktisch aufgesaugt werden! Sieht aus wie ein Vakuum, das sie gierig verschlingt!" … Anregungen für diese Gruselgeschichte gibt's sicherlich da unten an beliebiger Stelle? Emma beschreibt nur, was sie aktuell sieht? „Und dann hält er aber richtiggehend fest; quetscht ihren Kitzler zwischen seinen glitschigen Fingern ein, dass sie direkt anzüglich zu kreischen beginnt." Und wenn das doch auf Mama und Papa bezogen stimmt? Sie sind zumeist schon reichlich ungehemmt, jetzt, wo Emma das offen thematisiert … „Der Kugelstecker im Kitzler fixiert seine Finger. Oh, so laut ausgesprochen könnte ich direkt bei mir Hand anlegen! Müsste da nicht mehr viel tun? Derweil donnert sein Schwanz bis zum Anschlag in ihren Anus! Immer und immer wieder, so hart er eben kann! Sie glüht richtiggehend, schleckt die Fensterscheibe lüstern ab oder saugt an Papas Finger der anderen Hand. Während er ihre Knospen lutscht und gierig darauf herumkaut." — Jetzt hat er wohl einen Part verpasst? Wie könnte er von hinten? Hilfe! Bitte, lass es ein Albtraum sein! Ich habe sie nicht nach hierher gebracht! Bitte! — Wen meint er eigentlich? Normal spricht er in solchen Momenten mit Schwester Schicksal, aber die ist ja Hermaphrodit und darum sicherlich genauso ungezügelt wie hier alle vor Ort … „Ihr Gesicht? Seines ist ja nur selten zu sehen. Eigentlich nur beim Stellungswechsel, ganz kurz. Animalisch sieht es jedenfalls aus! Viel heißer noch als all das da unten, das du als so anstößig empfindest." Nein, es gibt kein Entrinnen … „Du musst nur unseren Eltern zusehen, danach benötigst du keine Aufklärung mehr. Und ihre kräftigen Warzen stehen noch immer gerade nach vorn ab, so heißblütig wird unsere Mutter, wenn Papa nur seinen Reißverschluss unauffällig unter dem Küchentisch berührt!" Oje, da unten lutscht eine Busenträgerin eindeutig lüstern an einem Riesenschwanz, währenddessen ein anderer Kavalier sie von hinten rammelt. Sieht aber nach natürlichem Zugang aus, nicht das andere … Emma sieht es offensichtlich auch und überträgt munter auf Mama und Papa … „Sie lutscht ihn wie wild, wenn er es zulässt. Sie liebt es königlich, wenn er in ihrem Mund kommt. Und er küsst sie danach, bis er wieder ganz hart geworden ist, und dann geht's erst einmal richtig zur Sache!" Oje-oje … „Weißt du, wie interessant ihre Muschi gestaltet ist? Und jetzt nicht nur in puncto präziser Rasur und kleinerer Tattoos?" Sie will ihn brüskieren! Es geht gar nicht um Mama und Papa, es geht um ihn! „Eine desinfizierte Nadel über der Kerze zum Glühen bringen, vorher Gummihandschuhe überstreifen und dann durch ein Ohrläppchen schieben … ujujujuj … ich bin ganz schlüpfrig geworden. Und Mama hat so gequiekt … solchen Laut hatte nicht einmal ich, zuvor gehört!" Oh weh, wenn sie jetzt auch noch ihre Hose öffnet, dann darf er doch bitte kollabieren? „Im Anschluss, das war dann mein Erster!" Sie wartet auf Reaktion, aber Bruderherz hofft noch immer darauf, ohnmächtig werden zu dürfen oder wenigstens stocktaub. „Orgasmus, falls du das nicht selber herausfindest!" Wird gnadenlos nachgeschoben. „Dass allesamt drauf abfahren, kann ich seitdem ehrlich gut verstehen!" Immer noch nichts, also denn, weiter geht's … sie muss es wissen, „mehr noch gequietscht, also ja, es klang solchermaßen wollüstig, dass Papa sie hernach nochmals ärger gerammelt hat als sonst, dass mir sehen, wie hören verging." Oh, bitte Emma, komm zum Schluss … „Das sah beinahe so unmäßig aus, wie das da unten – gerade jetzt? Die beiden Galans müssen sich da aber auf einen Rhythmus einigen, dass da nichts kaputtgeht? Hast du gesehen, wie sie gebaut sind? Ist mir entgangen – aber zwei gleichzeitig im selben Frauenunterleib? Dass das echt geht? Ich dachte, ein Finger sei da schon extrem?" Also war das doch mehr geflunkert als tatsächlich beobachtet? Himmel, ich danke dir! „Das sieht jetzt schon etwas bedrohlich aus? Lobo! Jetzt sag doch auch mal was dazu!" Oje, was habe ich mir bloß dabei gedacht? Sie hier herzubringen? Lobos Magen säuert noch stärker – er hätte besser mal solche Beutelchen aus der Apotheke gegen Sodbrennen einstecken sollen! Aber woher sollte er denn wissen, dass das so eskalieren könnte? – Emma schaut sich tatsächlich Mamas Kätzchen ungeniert an? Denn da war etwas darunter, das sich hier nirgends findet. Sie hat wirklich Mama beim Sex am Fenstersims gesehen! Und fiel dennoch nicht tot um! An der Fensterscheibe? Von außen? Und demnach von unten? Oder etwa vom Garagendach aus? Da steigt sie doch so liebend gerne hoch? Über die Mülleimer, ziemlich einfach zu realisieren. Hat er ihr das nicht beigebracht? Hilfe! Ja, das wäre ihr mal echt zuzutrauen! Seine unverbesserliche Schwester! Himmel, eine wie sie dürfte niemals so etwas sehen! Und erst noch Zuhause! Wer sieht da sonst noch zu? Was um Himmels willen treiben ihre Eltern nur? Wie unvernünftig kann man in deren Alter noch immer sein? Er dachte doch bisher, solche Geilheit lege sich im Laufe der Zeit? „Im Übrigen, in beide Öffnungen – falls du's doch noch wissen wolltest? Allerdings muss man die Reihenfolge korrekt wählen, sonst wird's unschön. Solltest du dir besser merken. So prüde wie du dich gibst! Hinten rein, heißt, Säuberung erforderlich. Sofort, nicht erst gemütlich hinterher, wie bei aller weiteren Nutzung? Da kann man's sonst auch mal aussetzen und zieht dann nur alle umliegenden tierischen Schnuppernasen wie magisch an? Sieht ja immer irrsinnig witzig aus, wie die sich dann gar nicht mehr abwehren lassen wollen? Ein richtig gefährlicher Bluthund, der dir nicht an die Kehle springt, sondern deinen Schwanz durch deine Hose gierig abschleckt?" Lobo schielt richtiggehend! Zauberhafte Bäckchen! „Himmel, Emma, ich bitte dich", erklingt endlich sein formvollendeter Bariton, „ich flehe dich an, nicht so …" Ja, klar, ihm fehlen komplett die Worte, Emma übernimmt, „direkt zu sagen, was ich denke?" – „Nein, ich wollte vielmehr anzüglich sagen oder auch primitiv, gossenmäßig — ich weiß nicht? Du klingst wie eine erbärmliche Straßengöre, wenn du so redest.

Was denkst du, wie lange es dauert, bis das mal, wer quittiert?" Ja, Emma kann es überdeutlich sehen, er glaubt tatsächlich, sie würde so offen zu anderen sprechen? „Lobo! So rede ich doch mit niemandem? Auch nur jetzt mit dir, dass du endlich etwas lockerer wirst? Denn das ist bedenklich, was du da betreibst! Sex gehört zum Leben dazu, davor kann man nicht flüchten? Und wenn man's versucht, endet es im Unheil! Glaub mir das bitte – nicht nur Mädchen werden vergewaltigt! Das solltest du dir dringend merken. Du siehst viel zu gut aus und hast entschieden, zu viel Heldenglanz an dir haften, als dass es nicht massenhaft Neidhammel geben könnte? Dir eins reinzuwürgen, würde denen allen königliches Vergnügen bereiten." Lobo schaut sie verschämt von der Seite an. Also war sein Ursprungsgefühl doch richtig! Ein Glück, er bekam gerade eine Heidenangst um sie. Sie macht sich rein um ihn Sorgen? Seine möglicherweise vorliegende Frigidität? Funktionsstörungen gibt es schließlich überall? Sein nicht vorhandenes Sexleben als Indiz? Er macht sich durchaus auch ernste Sorgen; kann er dazu nur anmerken. „Lobo, weißt du eigentlich, wie sie das bei Jungs machen? Die reißen dir brutal den Arsch auf! Das muss hernach aufwendig geflickt werden und dann weiß es jeder! Und parallel lutschst du sämtliche Schwänze hinterher wieder sauber! Jeder will bei solchem Prozess zweimal kommen dürfen!" So wie sie ihn ansieht, glaubt sie das? Ja, das klingt auch wirklich plausibel … „Dabei sind sie zugedröhnt und besoffen, dass sie kaum mehr aufrecht stehen können. Und dementsprechend, klappt es nicht gar so gut, wie angestrebt! Du, das Opfer, bekommst ihren Frust voll ab! Fieseste Tritte, Schläge, Auspeitschungen mit dem Ledergürtel … das meine ich! Stell dir vor, sie spreizen deine Beine? Wenn das hinterher noch zum Pissen taugt, kannst du froh sein. Ausgeschlagene Zähne, Augenverlust oder nur eine gebrochene Nase, ausgekugelte Schultern, gebrochene Rippen, Beine und Verlust von Fingern und Zehen! Abgeschnittene Brustwarzen, sollen derzeit beliebt sein! Es gibt Sammler für Obszönitäten! … so salzig wie das Zeugs schmecken soll? Das weiß ich nur vom Hörensagen, keine Sorge, mich hat noch niemand so berührt. Nicht einmal geküsst. Ich weiß, worauf man als Mädchen achtgeben muss. Glaub mir das. Nur du weißt nichts um deinen offensichtlichen Balanceakt auf dem Trapez! Dir bluten längst die Fußsohlen und du merkst es nicht! Sie werden das Seil unter dir entzweischneiden, deine Unschuld zerbersten lassen, dass du monatelang kotzen musst und wer weiß, ob du dich jemals erholen kannst? Im Gefängnis brechen sie derart! Das weiß ich aus zuverlässiger Quelle. Glaub mir, es ist lebensnotwendig, unsere heutigen Arrestzellen niemals mit eigenen Augen sehen zu müssen? Nicht einmal Papa könnte solche Gräuel verwinden, und er ist weitaus stabiler gestrickt als du. Das weißt du hoffentlich?" Kurze Pause. Auch Emma muss mal Luftholen. Irgendwann geht's dann aber weiter, nur etwas sanfter, „Schatz? Du bist in solch großer Gefahr, ganz konkret, und ich wüsste einen gangbaren Weg, der dich retten könnte? Sie tuscheln bereits über dich! Planen es bereits konkret, dich von deinem hohen Sockel in den Dreck herunterzuzerren? Und nein, sie wollen dich lediglich brechen, keinesfalls töten. Ist wohl besonders wichtig, dass solche hehren, leuchtenden Geschöpfe wie Papa und du sichtbar angepisst durch Scheißberge robben und dabei gefilmt werden, und solche Filme kannst du genauso wie grauenerweckende Kinderpornos am Schwarzmarkt kaufen gehen? Gruppensex wie das da unten, jetzt, wo neun, oder sind's derweil zehn, ineinanderstecken und alles, was sie haben, außer ihren Gesichtern, freimütig vorstrecken, ist vollkommen harmlos. Das ist Softeis, verschämtes Eis am Stiel Herumgeschlecke. Tumbes Herumtüddeln, gegenüber dem infernalen Höllendrama, in dem solcher Süße, wie du, auftreten darf.‟

Es gibt Gespräche, die sämtliche Rahmenhandlung nichtig machen. Der Schleier fällt von ihm ab, nimmt seine Unschuld. Gierige Blicke, die ihm so oft in letzter Zeit begegneten, bleiben aus. Sind wie weggewischt? Waren sie nur Einbildung? Aber Emma ist sich in allem sicher, sonst hätte sie ihn nicht derart brüskiert, dass er wach wird. Sie weiß ja nichts von seinen Büßergängen zum Gerichtsgebäude? Sie planten, etwas zu unternehmen, was nun hinfällig geworden ist? Weil er nicht mehr länger unschuldig wirkt? Noch passender ›engelhaft‹? Das wollten sie aus seinen Augen wischen? Arglose Unschuld? Wie verkommen muss man sein, solches nicht ertragen zu können? Sind sie selbst Opfer? Wurden gezwungen, zu dem zu werden, der sie jetzt sind? Das würde ihm viel erklären. Aber dennoch haftet kein schwarzer Schnee an ihm, nur, dass es jetzt keiner mehr bemerkt. Als trage er fortan eine Tarnkappe? Schwester Schicksal? Sie ist nicht nur eine virtuelle Persönlichkeit, sondern echt? Könnte die Sorgen seiner Schwester ernst genommen haben? Und seine Unschuld fürsorglich abgewaschen? Dass ihn keiner mehr demütigen muss, gar brechen will, wie sie es in den nicht mehr existenten Gefängnissen mit Inhaftierten tun? Hoffentlich ist das nur Hörensagen. Sein Vater … morgen ist die Gerichtsverhandlung. Davor muss er ein weiteres Mal seinen Antrag auf Besuchsrecht einreichen, kniend und demutsvoll diese Gnade splitternackt erflehen. Sie haben ihn mehrfach genötigt, vor ihren stinkigen Füßen im Staub nackig niederzuknien und ihre dreckigen Stiefel zu küssen. Warum nackt? Angeblich reine Vorsichtsmaßnahme … deshalb muss er sich vor zwölf Männern und drei Frauen langsam und züchtig entblößen. Es muss wirken, als wäre es sein allerschlimmster Albtraum. Und wenn sie mit seiner Vorstellung nicht zufrieden sind, wiederholt er es so oft, bis sie es sind. Die Stadt dürfte ab morgen für sie Geschichte sein. Bitter nötig. Wer weiß, was sie erst Papa im Gefängnis angetan haben?

Der Gedanke, mit dieser Schande Sex haben zu wollen? Streng genommen müsste er sich jetzt anhören, was sie zu sagen hat? Am Ende will sie ihn mit einer ihrer Freundinnen ins nächste Bett befördern und die würden merken, dass er anders ist. Nein, er kann sich auf nichts einlassen. Er vollzieht wie gehabt sein Kampftraining und begleitet andere als Schülerlotse. Alles ist Routine. Worauf es ankommt? Ruhe zu bewahren. Papa muss gerettet werden, von ihm, sonst ist keiner da. Morgen muss Emma ihre Mutter durch die Unterstadt lotsen, ohne dass sie jemand bemerkt, und am Ende durch den Burggraben schwimmen und im vorbereiteten Erdloch ausharren, bis Papa und er sie abholen kommen können. Das dürfte etwas dauern, da sie nicht nur die Streifen der Stadt auf den Fersen haben werden, sondern zudem Militärs; Profischützen und versierte Hasenjäger; primär draußen im freien Gelände gewieft, er hingegen ist es in den Rheinlabyrinthen. Will heißen, er ist in den verqueren Untertunnelungen am Rheinbecken nahezu mit allem vertraut. Tunnel, die bei jedem Wellengang kurzzeitig unter Wasser stehen, aber nie so lange, dass du als Profi nicht gut überleben kannst. Sein Vater kennt das ebenso gut und darum wird es funktionieren und alle werden es wissen, dass sie zum Rhein geflüchtet sind, gen Südwest. Emma und Mutter werden aber nach Nordosten flüchten und nahe an der Stadt einen halb eingestürzten Hasenbau nutzen, den keiner sonst freiwillig benutzen wollte, weshalb er von keinem mehr kontrolliert wird. Er ist mittlerweile ein ebenso versierter Stratege wie sein trickreicher, dreifach diplomierter wie promovierter Herr Papa.

Rechtsprechung heute

29252Asgijahr|Justizpalast Düsseldorf, vor der Flucht 02|1976.

Der Plenarsaal Düsseldorfs, das, was die Öffentlichkeit von Justitia zu sehen bekommt. Jemand tagt, stimmt etwas ab, richtet über Paragrafen, warme oder kalte Faktoren, Bürgerliche, Exilanten, Flora und Fauna, Bodenschätze und sonstige Subjektivität, einerlei. Lediglich Pinatz – die derzeit gültige Schreibweise – nicht zu ausländisch. Der Schmiergeld-Skandal, eine nichtige Kleinigkeit, geschehen in den Unweiten eines großen Universums. Erdnüsse – als wären sie jemals bedeutungslos? Alldieweil andere Haselnüsse vorziehen. Außer man verweilt gedanklich bei Charlie Brown, Snoopy, Woodstock und diesem anderen Herrn Schroeder? Aber im Mittelwesten Minnesotas ziehen mehr und mehr Grautöne auf, wie eben überall. Eine gänzlich andere, eine neue Welt und doch derselbe stinkige Schlamm. Nur eine andere Sicht, ein neuer Blickwinkel, der Fokus leicht verschoben, die Linse neu justiert. Ferner genauso grau in grau. — Hier ein Saal wütender Despoten, über neunzigprozentiger Männeranteil, mit ihren Fäusten der Luft drohend, hochrote Köpfe, ekelhaft verschwitzt, ihren Hemdknopf oben längst

★ ★ ★ ★ ★ ★ ★

geöffnet, die Krawatten gelockert. Die weiblichen Dekolletés nebendran unschön verrutscht, überall verschmiertes Make-up bis runter zu den Warzenhöfen, die lange nicht mehr so sexy sind, wie Frau es wünschen wollte. Ihre schimmernden Seidenstrümpfe, durchzogen von hässlichen Laufmaschen. Stinkiger Schweiß durchdringt teures Pariser Parfüm. Hemdsärmelige Männer wie Bauarbeiter, ihr Seidenbrokat unfein hochgekrempelt. Kostbare Manschettenknöpfe liegen längstens im schwarzen Schlamm am Boden. Festgetreten, verloren und für unnütz abgetan. Ganze Familien über Jahre damit grundversorgt, einfach, gedanklich hinfort gefegt? Das hatte ihr Besitzer ohnehin niemals geplant. Dicke Arme, fette, hässliche Hälse, Doppelkinn, aufwendig gestaltete Bartkunst vom Meisterbarbier. Ertappt, alte Begrifflichkeit, Nostalgie, wie reizvoll dieser Seitenausgang scheint? Gerne würde man abdriften, doch wulstige, verzerrte Münder halten einen gebannt fest … es tropft, widerlich … Spucke, Schweiß? Igitt! Was? — Lobo hat sich die letzten drei Wochen unzählige Verhandlungen dieserart reingezogen. Nichts unterschied sie im Groben, gar noch im Feinen, nichts machte eine davon bedeutungsvoller als den gräulichen Rest. Denn der Angeklagte, die Gruppe von Angeklagten, die bedrohte Natur oder Wesensart, worum es halt ging, waren das Unwichtigste von allem Relevanten. Wurden behandelt, als wären sie längstens tot. Nicht nur schon aufgegeben, sondern längst der Vergangenheit zugehörig, für die sich hier vor Ort niemand mehr groß interessiert. Weder für ihr Schicksal noch ihr Leid oder gar ihren Schmerz? Einzig für die vielleicht verfügbare Familie, denen man die enormen Prozesskosten aufhalsen möchte? Wie könnte man bei solchem Desinteresse, solcher abschreckenden Nüchternheit gegenüber richtig und falsch auf ein Wunder hoffen, dass es mit einem Mal gänzlich anders verlaufen könnte? Nur, weil man den Menschen liebt, den es betrifft? Deshalb – jetzt versteht es Lobo – tauchen so viele unter, wollen es fürderhin gar nicht erst genauer herausfinden, denn sie glauben schon lange nicht mehr an solches System, das sich selbst die Grundlagen des Rechtsstaats entzogen hat. Wissentlich und ganz gezielt. Gerechtigkeit nur noch mittels vorhandener Geldmittel aufwiegt? Also nicht mit Gold im herkömmlichen Sinne, sondern anstelle dessen mit Kommastellen am Bankkonto, mit Machtinteressen und schnödem Mammon, Privilegien und sonstige Bodenlosigkeit wie Sex, Drogen, Glücksspiel oder Bonuspunkte an irgendwelcher absonderlichen Stelle, wonach man eben gerade süchtig geworden ist? Vielleicht sind es auch einfach nur Medikamente, die einem die ramponierte Gesundheit flicken hilft oder aber, etwas ganz Pikantes und derzeit sehr Begehrtes wie das Anrecht auf freie, uneingeschränkte Hasenjagd vor der Stadt? Nach Gutdünken abknallen zu dürfen, wen und was man will? Natürlich nur innerhalb eines vorgegebenen, begrenzten Terrains, mit strengen Fristauflagen, unter kostenpflichtiger, moralisch weitestgehend unbestechlicher Aufsicht, die sich gebührentechnisch dafür gewaschen hat. Die Stadt nimmt sich nichts, gönnt sich jeden Zuverdienst und der Klerus, der gemeint ist und beauftragt wird, nicht weniger. Einen Krieg mit der eigenen Armee riskiert keiner, gar eine despektierliche Jagd auf Uniformjacken? Aber ja, man kann sich zweifellos Rechte erwerben, auch solche, nach Herzenslust töten und brandschatzen zu dürfen.

Heldenbruchkanten
29252Asgijahr|Arrestzellen Düsseldorfs, vor der Flucht 02|1976.

So still hier unten, betonverschalte Wände unter einem Justizpalast, der sich anmaßt, auf römische Bausubstanz zurückgreifen zu können? Einzig, um sich die Schande nicht eingestehen zu müssen, als Stadtväter komplett versagt zu haben? Lobo ist zum Heulen zumute. Wie lange er für dieses Recht, ihn besuchen zu dürfen, kämpfen musste? Hat er überhaupt noch eine Stimme übrig behalten? Und wie sieht er aus? Zorn rot? Aufgedunsen, empört oder nur verzweifelt? Nichts davon darf Papa sehen. Aber diese Betonwände, er besser auch nicht! Das ist alles Betrug! Sie sind gar nicht unter dem Justizgebäude, denn solche Betonguss-Verschalung schaffen sie nur, wenn obendrüber noch nichts gebaut ist. Er ist hier unter der Parkgarage, unmittelbar daneben. Und Himmel, ist das gut zu wissen, dass das so ist. Das heißt nämlich, dass das Justizgebäude gewissermaßen direkt an einer Stadtteilmauer anlehnt, wenn das auch optisch auf allen gezeigten Bildern retuschiert wird, aber das erklärt so vieles! Deshalb können sie seit Jahren die Zugangstunnel zur Unterstadt nicht entdecken, weil sie sich selbst mit gefälschtem Kartenmaterial betrügen? Ist das mal komisch? Wenigstens eine Person zieht daraus horrende Vorteile, klar, wahrscheinlich einer, der so viel Pfusch zu verantworten hat, dass es das Ganze wert ist. Aber damit wird sich etwas anfangen lassen. Ein paar Zugangstunnel kennt auch er und auch, wie man da schnellstmöglich wieder herauskommt, ohne die Geflüchteten, die dort untergekrochen sind, in Gefahr zu bringen. Er muss Papa von diesem Gebäude aus durch mindestens fünfzehn verschiedene kleinere Schutzzonen lotsen und natürlich ohne, dass auch nur eine Kontrollstation passiert wird? Oh Mann, wäre es nur ein Spiel, wie spannend wäre es, solche Aufgabe zu meistern? Aber es ist bitterer Ernst und alle werden ihnen auf den Fersen sein. Jeder Streifen der Stadt, ergänzt um Söldnermannschaften, sogar die friedliebende Feuerwehr hilft bei solchen Hasenjagden mit? Wo mit Hasen zweibeinige Ex-Bürgerliche gemeint sind? Keiner informiert sie darüber, wer derjenige ist, der gerade versucht abzutauchen. Mit dieser Taktik schaffen sie es, dass sich Brüder gegenseitig in den Tod jagen. Ja, es gelingt, bereits seit Jahren. Denn jeder Bürgerliche versucht Pluspunkte für seine Familie zu sammeln, denn

★★★★★★★

Minuspunkte fallen ganz von allein an und diese wiederum auszugleichen, wird immerzu schwieriger. Nur, wer seine Ellbogen konsequent einsetzt und keinerlei Gnade und Mitgefühl kennt, ist in solcher Welt noch halbwegs sicher. Nein, dazu wollten sie niemals zählen und jetzt ist Schluss damit. Mama und Emma fliehen zusammen, während sie beiden die halbe Stadt hinter sich herjagen lassen. Emma kennt die Schlupflöcher nach ganz draußen. Sie wird Mama dorthin leiten und bald sind sie allesamt wiedervereint, und wie es dann weitergeht, wird sich zeigen. Wohl unter neuem Familiennamen? Egal, sie haben alles zerstört, was wert war, und jetzt ist es Zeit, den eigenen Hals zu retten. Einen, wie Papa, finden sie nicht wieder. Selbst schuld! Zum Teufel mit ihnen.

Dieser eine Schritt, durch diese schreckliche, stahlverstärkte Tür, mit unzähligen Sicherungen? Wie ein Banktresor gefühlt und dann betritt man die Gruft! Kabinen, gut, einen Meter zwanzig tief, mit einer mutmaßlichen bruchsicheren Plexiglasscheibe? Scheiße, er kann nicht einmal erkennen, wie man die öffnen könnte? Lobo ist schockiert. Kleine Löcher ab gut einem Meter bis zwei Meter Höhe, so arrangiert, dass sie die Glasfläche nicht instabil machen, nur eine Unterhaltung aus unterschiedlicher Körperhöhe mit dem Gefangenen gestatten. Lobo sucht konzentriert die optimale Stelle für sich, denn er muss seine Finger durch diese elendigen Bohrlöcher schieben können, um dieses Grauen zu überstehen. Ein zwei Meter langer kahler Gang, der an mittelalterlichen Gitterstäben, in Deckenhöhe, endet. Eine metallene Pritsche auf einer rechtsseitigen Stufe justiert, mittels Eisenketten wie ein Regal an der Wand eingehängt. Dahinter, die Betonstufe als Sitzbank fortgeführt, mittig ein Loch, der Abort, ein simples Plumpsklo ohne Deckel, Zeitungspapier, der einzige Lufthaken, eine winzige Option sich festzuklammern? Anstelle dessen für die Reinlichkeit? Kein Zellstoff, Handtuch, Laken oder Kissen und Decke in Sichtweite. Kalte, graue Sterilität, wo nicht einmal Kellerspinnen einziehen wollten? Eine fühlbare Boshaftigkeit, die Lobo tief ins Gebälk fährt. Papa darf das nicht merken, schießt es ihm durch den Kopf, der macht sich auch so schon entschieden zu viele Sorgen. Und natürlich werden sie belauscht. „Kannst du dich noch an Rudolph erinnern? Wäre doch schön, solchen Kumpel hier zu haben?" Fragt er impulsiv, so unvermittelt in den Raum hinein. Die Hände seines Vaters umfassen vorsichtig die Stangen, streicheln sie sanft, als könne er Lobos Schultern und Arme berühren, seine Wange zärtlich streicheln. Er hat Mühe, zu sprechen, seine Stimme in Gang zu bringen? Er hat versucht, nicht zu schreien, deshalb wirkt er wie stumm? Sie haben ihm die Brustwarzen zerfetzt? Diese Latzhose ist so geschnitten, dass Lobo bis hinunter zu den roten Schamhaaren alles sehen kann. Eigentlich steht sein Vater praktisch nackt vor ihm. Dieser schäbige Stoff hat seine ganze Haut angekratzt, tiefe Risse entstehen lassen, Wundbrand an nicht wenigen Stellen, keine wirklich schlimmen Verletzungen, aber diese Schmerzen dürften dennoch ausreichen. Seife und Zahnbürste drapiert, also soll es so aussehen, als könne er sich pflegen, was aber reine Farce ist. Es gibt keinen Wasserhahn und von oben tropfendes Wasser würde bei dieser trockenen Raumatmosphäre sichtbare Feuchtstellen hinterlassen, die es aber nicht gibt. Sie lassen ihn nicht nur verhungern, sondern zudem verdursten. Sie vergewaltigen ihn und peinigen seinen Leib. Weil das alles noch immer nicht reicht? Er ist so darum bemüht, dass Lobo keine Rückschlüsse ziehen kann, dass Lobo schlecht wird. Oh, eigentlich ist er blindwütend und ja, jetzt sollte ihm besser nicht der Falsche in die Arme laufen! „Wie geht es ihm denn? Ich habe schon länger nicht mehr an ihn gedacht. Wie groß ist er unterdessen?" Oh Papa, danke. „Er rennt jetzt gern mit solchen verrückten Frisuren herum, du weißt schon? Eine Hand ins Haar, die andere verzwirbelt ein Haargummi und alles, was dann noch heraushängt, wird am Ende mit Wasserfarben bemalt? Das sieht irre aus. Aber macht gute Laune." – „Er lässt doch hoffentlich seine Finger von Emma?" Gut, die besorgte Papa-Nummer haben wir damit abgehakt. Und er hat begriffen, dass Emma nichts weiß, wie er es sich wünscht. „Hat sich dein Handgelenk wieder erholt? War ein heftiger Schlag drauf." Er glaubt, ich müsse die Frauen verteidigen? Gegen wen? Himmel, dann müssen die nochmals rascher abtauchen, wenn sie bereits jetzt Gefahr laufen, unangekündigten Besuch zu bekommen? Dann muss er vor der Verhandlung nochmals nach Hause und sie sofort losschicken. „Du glaubst, ich würde solche Gruselfigur mein holdes Schwesterlein anfassen lassen? Im Leben niemals." Ja, was redest du, wenn du nichts reden kannst? Scheiße, völlig egal, diese Arschlöcher sollen ruhig hören, dass er sauer ist … was sie eh längst wissen. „Wen von uns wollten sie haben? Sag mir nur das, Papa? Bitte." Flüsterleise. Mehr braucht es nicht, dass Papa kapiert, dass er zurückkommen wird. Was er zwar offensichtlich nicht will, denn er möchte sterben? Aber nein, Papa, die kriegen dich nicht. Nicht heute! „Übrigens eine nette Beschreibung: Dr. Falk Dürrwegen, geboren am zehnten Februar 1942 in Düsseldorf, Anwalt, Politiker, Stratege, Diplomat, Psychoanalytiker, Zehn-Kampfprofi – das werden sie wohl nie kapieren, dass es auch ein Zen ohne H gibt." Voller Verachtung gesprochen, wie einer sprechen würde, der der Gegenseite nur grobe Dummheit unterstellt, sich nicht einmal im Ansatz echtes Übel oder Bösartigkeit vorstellen könnte? Eben ein Privilegierten-Sohn, in Watte verpackt aufgewachsen und bis er schlechterdings kapiert, wie böse die Welt wirklich sein kann, werden sie ihn längstens gezähmt in ihren Reihen einsortiert haben. Ja, das nennt sich Strategie und das hat Lobo von der Pike auf gelernt. — Sein Vater ist für den Abschied bereit, „sag bitte

Mama, dass es mir leidtut." Verdammt, Papa! „Was?" Brüllt es leidenschaftlich aus ihm heraus, „dass du bist, wer du bist? Und diese Hölle, die jetzt über unsere Stadt hereinbrechen wird, solange Jahre verhindern konntest? Mama liebt dich dafür ... hat dich immer geliebt. Allein zuzusehen, wie du Tauben fütterst, hat sie geliebt. Bei allem zuzusehen, was du tust. Sie hat immer nur um dich Angst gehabt. Immer nur das. Dass ... sie haben uns verboten, darüber zu sprechen. Damit gedroht, Emma würde etwas passieren ... es tut mir so leid. Ich würde so gern kommen und als Zeuge für dich aussagen, aber Mama sagt, ... entschuldige, ich muss jetzt gehen. Ich liebe dich unendlich und Papa, bitte glaube mir, es könnte keinen stolzeren Sohn als mich geben!" Die Außentür öffnet sich direkt und er ist draußen und so rasch durch das grauenvolle Treppenhaus nach oben gerannt, wie es nur geht. Dort muss er sich übergeben. Sie sehen alles, was er tut. Sie mussten es sehen und glauben, dass er sich richtig verabschiedet hat.

Falk starrt wie gebannt auf die Glasscheibe mit diesen dicken Blutflecken von den Fingern seines Jungen, der versucht hat, nicht loszuschreien oder gar noch bitterlich zu heulen. Wie er es jetzt tut. Falk ist wie betäubt. Lobo will ihn nicht gehen lassen. Er möchte ihn retten, aus der Zwangslage befreien, wo er sukzessive innerlich sowie geistig verblutet. Verrottet? Ein passender Ausdruck für Irrelevanz – unbedeutender Nonsens? Er ist längst gestorben. Hat keine Kraft mehr übrig? Warum konnte er ihm das nicht sagen? Sie werden Lobo töten für das, was er vorhat. Oh Gott, er muss unbedingt wieder Kraft auftanken können. Sein Sohn darf nicht sterben. Nimmermehr!

Der Zukunft beraubt

29252Asgijahr|Benrath am Stadtwald, die Flucht 02|1976.

Eine ultra moderne kleine Stadtwohnung, mit knalligen Nylonvorhängen vor dem Sandkasten unterm Küchenfenster. Schrilles Mobiliar und bizarre Arrangements am Fensterbrett, plakative Lampen von der gestreift tapezierten Decke baumelnd. Zwischen knallbuntem Kunststoff, immer etwas durchschimmerndes Chrom. Ein Grill auf der Anrichte, daneben Toaster, Eierkocher, Küchenmaschine. Hier kann ordentlich gekocht und gebacken werden, Ofen wie Grill wirken fleißig genutzt, genauso die Herdplatten, die wohl eben Abendessen zubereiten wollten, dann aber wieder abgedreht wurden. Planänderung, Essen fällt aus. Wohl dauerhaft für diese Wohnidylle und bezogene Familie? Eine moderne Einbauküche in cremeweiß, gebogene Türen, Endsechzigerjahre-Flair, Chromgriffe, das Geschirr orange-farben, aquamarinblau und knallgelb, passend zur Tapete, die penetriert. Zitronen, die man riechen kann? Rote Tontöpfchen in Makramee-Hängearrangements, ätherisches Öl. Eine quietschbunt bezogene Ecksitzbank, die wohl Geschirr- und Handtücher, Lappen und Servietten und weiteres Zubehör sorgsam verborgen hält? Aber der Wellensittichkäfig fehlt, ebenso keine Hunde- und Katzenrequisiten zu entdecken? Der erste Blick bleibt trügerisch, will suggerieren, was es gar nicht gibt. Die Hausrückseite ist sehr interessant. Genau dort hört ihre Stadt auf. Endet am kleinen Sportplatz mit vorgelagertem Birkenhain und dahinter der große Wall vor dem Stadtwald im freien Areal, wo es massenweise Hasenbauten geben soll. Hier vom dritten Stock aus bedingt einsehbar, was ansonsten kaum geboten wird. Es gibt keine Hochhäuser in Stadtrandnähe. Die könnte keiner schützen. Wachtürme wie Burggraben samt Geschützen in bester Sichtweite für ein simples Fernglas. Der leere Parkplatz davor betont diese Skurrilität, dient des Nächtens bereits als kleiner Todesstreifen, den nur ein Mutiger unerlaubt queren wollte. Aber die Kinder dieses Haushalts verbrachten zahllose Nächte in den hochgewachsenen Baumkronen, beobachteten genauso neugierig das Treiben im freien Stadtwald wie ihr Herr Papa den Wachwechsel der Wächter. Ja, Neugierde ist hier förmlich zu riechen, nochmals stärker als Zitronenaroma. Betrachtet man sich die Balkone auf der Ostseite genauer, wird rasch erkennbar, dass selbst ein geschicktes Kind im ersten Stock auf Hochparterre einsteigen könnte. Oberhalb natürlich kaum; völlig undenkbar. Darum hat Falk Dürrwegen exakt hier im dritten Stock Quartier bezogen. Ein perfekter Blick auf alle Absicherungen und Bewegungen; das Treiben auf den hohen Zinnen studieren – ist vom darüberliegenden Flachdach nochmals besser einsehbar. Natürlich kann man dort oben auch rotzfrech grillen, was sie regelmäßig tun. Jeden Verdacht abzuwehren, er würde dort oben aus purer Neugierde herumschleichen. Nein, er spielt Federball mit der Tochter, übt Elfmeterschießen mit dem Sohnemann und hat sich einen kleinen Schuppen aufgestellt, wo zudem eine Tischtennisplatte und Bestuhlung für Grillfeten eingelagert sind. Ja, der ehemals gefeierte Held Düsseldorfs genießt seine Privilegien ganz offen. Kommt darum auch mit seiner eher eng geschnittenen 3-Zimmerwohnung bestens zurecht, der ein typisches Wohnzimmer mangelt. Aber es herrscht Flexibilität im Haushalt, das heißt, entweder wird das Elternschlafzimmer kurzerhand zur Familienkuschelzone umfunktioniert und der Fernseher aus Lobos Zimmer mal eben herübergeholt, oder der riesenhafte Esstisch in Emmas Zimmer für ein Festmahl mit Kinoflair genutzt. Ebenso mit dem Fernseher aus Lobos Zimmer. Warum steht er da überhaupt? Weil die Kinder dort lernen und spielen und weil Emma auf dem Sofa bequem übernachten kann. Die Eltern sind nur selten Zuhause, der Vater ständig auf Achse und offizieller Erkundungsrunde oder mit Verhandlungen im Justizgebäude oder in Nachbarstädten oder in den Umlanden unterwegs und die Mutter leitet eines der wichtigsten Labore der Innenstadt. Also erzieht der

★ ★ ★ ★ ★ ★ ★

große Bruder die jüngere Schwester und ernährt sie über seine Schülerlotsen-Aufträge. Und parallel studiert er und trainiert Lotsen-Anwärter wie sein Schwesterherz und wurstelt überall im Bürokratischen fleißig mit herum. Denn er hat früh erkannt, was Macht bedeutet und schlechterdings alles bewirken kann. Er lernt, die Geheimnisse des Vaters zu bewahren und dessen besondere Tricks. Weiß bereits als Achtjähriger, dass der krummbuckelige Opa im Advent durch keinen Kamin rutscht, um sie besuchen zu können, sondern gemütlich in der Dunkelheit an den Balkonen hochklettert; eben sein Vater, der ihm von der Pike auf alles beigebracht hat. Warum Lobo ihr Essensgeld verdienen muss? Weil die Familie Dürrwegen seit Jahr und Tag alles Greifbare in die Unterstadt schafft oder zur Verteidigung ihrer in Not geratenen Nachbarn und Mitbürger nutzt. Wer somit Selbstlosigkeit mit Dummheit gleichzusetzen pflegt, trifft hier mitten ins Schwarze.

Emilia, „Emma, bitte!" Sie fetzt von der Küche ins Kinderzimmer mit Sandkastenblick. Der riesenhafte Esszimmertisch als Schreibtisch und Ablage genutzt, das Bett als Couch getarnt. Hinter der Tür hat sie mittels Kartons, Holzelementen und buntem Plastikkram einen Abenteuerspielplatz für Spielzeugfiguren errichtet. Der neueste Schrei darunter, Playmobil Piraten; mehrstöckig, mit Dachgarten. Ja, das Töchterchen spielt wohl noch, jedoch nicht mit Puppen. Das ist alles Jungenspielzeug. Aber Hanni & Nanni lachen aus dem Bücherregal, neben Lucky Luke Heften. Oh, seltene Spirou & Fantasio Hefte vom Carlsen Verlag, André Franquin kennt man hier also auch? Natürlich Asterix mit Kumpel Obelix, ein Stapel Tim & Struppi und Karl May als Sammelwerk, Lurchi-Bücher, ebenso die Heftchen aus dem Salamander-Schuhgeschäft. Eine größere Murmelsammlung in einer offenen Lebkuchenblechdose vom Nürnberger Christkindlesmarkt. Ja, die Familie genießt Privilegien und darf in diesen unruhigen Zeiten, obzwar nicht zur Elite zählend, auf Besichtigungstour gehen und in den Urlaub fahren? Die Stuttgarter Wilhelma grüßt, wie der Karlsruher Zoo, von den Regalen mit Andenken und ein gerahmtes Eröffnungsbillett, mit getrocknetem Heidekraut liebevoll verziert, vom niedersächsischen Safaripark Hodenhagen im Mai vor zwei Jahren. Dafür bedurfte es gute Beziehungen, Hut ab! An Abwechslung mangelt es offensichtlich kaum. Die Dirn benötigt nur keine Puppen, sammelt lieber Gummitiere und Matchbox-Autos? Ein Bild vom Bruder, wie er eine Auszeichnung einheimst, beide als Pfadfinder, DLRG Schwimmabzeichen, Bronze, Silber und Gold, nicht bloß ein Seepferdchen, Wanderabzeichen aus Bayern und Tirol neben Sanitäter-Manschetten vom Roten Kreuz. Alpentouren mit Rucksäcken, die das Mädel glatt zu erschlagen drohen? Aber nein, sie trägt die Schlafsäcke, er das schwere Gepäck. Sie will genauso zäh sein, und er hält sie sorgsam im Blick. Sie klettern, reiten sattellos auf Pferden, gewinnen bei Rennradrallyes und beim Hindernislauf, tanzen am Eis und fahren Rollschuhe, am Skateboard und Ski-Langlauf. Geschichte, Politik, Mathe, Bio und Religion neben Heidi und Gritli und zwölf Bänden der Fünf Freunde. Max & Moritz neben Homers Ilias platziert.

„Wirklich nur das Allerwichtigste! Das darf nicht nach Fluchtgepäck aussehen. Nicht im Ansatz so riechen? Nimm alles von Wert mit, was du im Kleinformat finden kannst? Sinnvolle Tauschware. Damit überstehen wir in der Unterwelt einige Zeit unbehelligt. Dein blödes Zopfgummi interessiert keinen. Das ist bedeutungslos. Dort, wo wir fortan leben müssen." Emma klingt stink beleidigt. Würde sie jetzt kräftig mit dem Fuß aufstampfen, würde sich keiner wundern. Sie schwankt zwischen verwöhntem Nesthäkchen und moderner, abgebrühter Überlebenskämpferin. „Ich bin bereits dreizehn, Mutter, falls du es bis jetzt nicht bemerkt haben solltest? Kein kleines Kind mehr. Folglich rede nicht mit mir wie mit einem Neugeborenen! Das blöde Zopfgummi, wie du es nennst, ist superstabil und äußerst praktisch. Es ermöglicht mir, mich jeden Tag anders zu frisieren, ohne dass ich dafür mehr als das doofe Band benötige? Nenne es gute Tarnung, wenn dir das lieber ist! Du wirst noch froh sein, dass ich es eingesteckt habe. Wie um diese doofe Weste, die tatsächlich ein Shirt ist und dazu ein wundersam wandelbares? Leicht aufgeknöpft oder offen getragen, hochgesteckte Ärmel, mal das Muster innen, dann wieder außen und sogar sexy, kann man es arrangieren, wie bei einer Straßendirne und im nächsten Moment ein biederes Klostergewand daraus generieren? Das Ding ist nicht nur mega, es ist auch wertvoller als alles, was du höchstwahrscheinlich in dein ultrapraktisches Wäschepaket reinstopfst? Glaube mir auch mal etwas. Ich lebe schließlich in derselben Stadt. Nur dankenswerterweise außerhalb deiner schützenden Laborwände? Somit weiß ich wohl mehr vom Verstecken-Können als du!" Emma ist irritiert, dass ihre Mutter sich solche Sorgen macht. Dass sie überhaupt den Wahrheitsgehalt ihrer Flucht kennt, ist für Emmas Gefühl schon erstaunlich genug. Aber dass sie jetzt auch noch organisatorisch mitwirken möchte, gar das Kommando übernehmen? Wie stellt sie sich das denn vor? Sie hat doch bisher nicht einmal den schwarzen Nebel richtig bemerkt? Wie sollte sie aus ihrer Stadt herausfinden können? Gar noch unbemerkt bleiben? Irre, ihr überhaupt nur zuzuhören. Aber alles andere würde sie noch mehr verunsichern, also spielt sie weitestgehend mit, markiert das brave Mädchen, das sie für Mamas Augen eben noch immer ist. Die unwissende Dirn, die genau das tut, was der große Bruder ihr sagt. Meinetwegen, dann befolgt sie halt Lobos Anweisungen, Hauptsache Mutter mischt sich nicht andauernd ein!
— Vielleicht weiß Mutter tatsächlich, wo Vater ist? Nicht nur Lobo? Das würde

✦ ✦ ✦ ✦ ✦ ✦ ✦

ihren labilen Zustand erklären? Wie brandgefährlich es ist, was immer es auch ist, wurde Emma genau in dem Moment klar, als Lobo ihr mitteilt, sie müsse ihre Mutter aus der Stadt herausbringen. Lobo würde sie beiden niemals alleine ziehen lassen, wenn es anders zu lösen wäre. Das heißt, Lobo muss Papa parallel befreien und damit hetzt die ganze Stadt hinter den beiden her und wird schon rasch hier Zuhause bei ihnen auftauchen? Da müssen sie längstens untergetaucht sein. Auweia, der Moment, auf den sie so lange wartet – sich endlich zu beweisen!

Emma weiß nicht, wie übel es wirklich um ihren Vater steht. Wo er ist, ahnt sie inzwischen vielleicht, aber nicht, wie nahe daran, nie wieder heimkehren zu können. Und nein, sie hat auch bei allem keinerlei Vorstellung davon, wie gefährdet sie erst ist, wenn sich herumspricht, dass ihr Vater sie nicht mehr beschützen kann? Dass man fortan zugreifen darf, wann immer man mag? Stark ist sie nämlich nicht. Nur biegsam und ordentlich hochgeschossen und dazu verdammt selbstbewusst und darum sehen die meisten in ihr bereits eine junge Frau und kein pubertierendes Kind mehr, das sie streng genommen noch immer ist. Stets behütet, von starken, einflussreichen Eltern abgeschirmt und von einem gewitzten Bruder gegen den Rest verteidigt, der die Familienbastion dennoch erstürmen konnte. Aber sie behält andererseits auch recht. Was weiß sie, ihre Mutter, tatsächlich über die Gefahren dort draußen? Sie lebt schon derart lange hinter bestens abgesicherten Laborwänden und kaum kommt sie mal hinaus, ist sie sofort erkennbar die hübsche Ehefrau des stärksten Abwehrspielers der Stadt? Wer wollte seine Finger nach ihr ausstrecken? Keiner. Ihre Kinder mussten damit zurechtkommen, oft für lange Zeit ganz auf sich gestellt zu sein. Lobo, mit seiner Frühreife und Kräften wie ein Erwachsener und dazu trickreich und in allem trainiert, was man trainieren kann. Ja, die sechs Jahre älter, erwiesen sich oft als bitternötig. Mehr, als ihr, der Mutter, lieb war. Denn ihr Sohn ist genauso wenig unsterblich wie sie, seine Eltern? Er ist nur zäher als die meisten, die um ihn herum aufwachsen und gewohnt sind, dass andere Sorge um ihre Sicherheit tragen? Falk sagt, Lobo wäre genauso wehrfähig wie ein Straßenkind, das unter widrigsten Umständen die Unterwelt überlebte und sich den Weg hinaus in die Freiheit graben konnte? Und auch dort einen Weg findet, zu überleben, ohne alles, was den Menschen vom Tier unterscheidet, über Bord werfen zu müssen? Was viele tun, die überleben wollen. Sie mutieren zu Piranhas, Krokodilen, fiesen Giftnattern, Schlingpflanzen oder nur Hornissen, die rücksichtslos kalt über ihre Gegner herfallen und sie ausbluten lassen. Lobo bleibt, wie sein Vater, bei allem Mensch. Egal, wogegen er auch bestehen muss. Eine Beichte wird hernach niemals notwendig. Sie sieht es ihm an, wie sehr ihm oftmals das Herz blutet. Ob dessen, was er mitansehen musste und nicht verhindern konnte? Er ist so derart gefühlvoll gestrickt. Genau wie Falk. Sein Abziehbild in jünger. Sie sehen sich auch ähnlich, sucht man danach? Die Haare hat Lobo von ihr. Kräftiges Kastanienbraun, minimal kraus, exakt so, dass du niemals etwas toupieren brauchst, nur kurz den Kopf kräftig schütteln und dir ein Gummi greifen und fertig sitzt die Frisur und sieht prächtig aus. Wie bei Emma. Nur, dass sie goldblonde Locken trägt. Also nicht nur leicht krauses Haar. Nein, richtige goldene Locken? Von wem sie das geerbt haben mag, wissen die Götter. Falk war einstmals straßenköterblond wie die meisten deutschen Jungs, dachte sie damals, als sie ihn zum allerersten Mal sah. Blassblaue Augen, auch nichts Eindrucksvolles, nur eben sehr sympathisch. Käsige, minimal haarige, sommersprossige Haut? Also, es gab bei weitem Attraktivere. Aber keinen Einzigen darunter, der sie so leicht zum Lächeln bringen konnte, ohne dabei auch nur im Ansatz komisch zu sein? Es war wie eine Wärmewelle, die, von ihm ausgeschüttet, ihr Herz eroberte? Sie einfach immerzu dazu bewegte, hinzusehen. Egal, wie belanglos es schien, was er betrieb? Innerhalb einer Stunde wurde ihr zumeist klar, wozu es diente, und jedes Mal musste sie lächeln. Oh ja, sie studierte ihn gründlich. Er fütterte schon damals nicht nur die Tauben im Park, wie es aussah. Immerzu war alles perfekt getarnt! Sie könnte nicht sagen, wie viele er damit schon damals retten konnte? Kinder, die der Untergrund sonst aufgesaugt hätte und mit ihnen Fußball gespielt? So nennt es Falk und will ihr bis heute keinerlei nähere Details liefern. Auch nicht, wie sich seine Haarfarbe in karmesinrot ändern konnte und warum seine blassblauen Augen nun mit strahlendem Grün aufwarten? Seine schale Begründung? Weil sie für solche Frivolitäten viel zu zartbesaitet ist, behauptet er, ohne rot zu werden! Wie jetzt auch ihre kleine Tochter? Mann, was denken die eigentlich alle von ihr? Dass sie nur ein hübsches Püppchen ist? Dass man sie vor der Wahrheit beschützen muss? Was denken die denn, wie es in den Labors zugeht? Was das für ein Spießrutenlauf jeden Tag aufs Neue ist, auch nur seinen Arbeitsplatz heil zu erreichen? Sie als wohlgeformte Frau, viel zu zart und hübsch für den hässlichen Kittel, unter dem sie sich tagtäglich verbirgt? Oh, ja! Da waren schon immer einige darunter, die ihr den gerne ausgezogen hätten und nicht bloß, um ihre Aufgaben, ihren wichtigen Posten und vor allem ihr Gehalt zu übernehmen? Nein. Das Interesse lief da auch in ganz andere Richtungen weiter. Aber sie hat auch ein paar kleinere Tricks parat. Nichts wirklich Brisantes, nur Lästiges und damit genauso wirksam wie eine starke Faust mitten ins Gesicht? Frauen mussten seit jeher lernen, allein zurechtzukommen. Ohne ihre starken Männer, die eh kaum zu Hause sind? Heutzutage hängt dein Leben davon ab. Das reicht in jedem Fall aus, jede Motivation in dir wachgerüttelt zu bekommen, dein phlegmatisches Selbst direkt zur Superaktivistin umzuformen? Lobo steht urplötzlich unvermittelt direkt hinter ihr. Sie zuckt mächtig zusammen. Aber sie hat ihn doch zu Falk ins Gerichtsgebäude geschickt? Er muss seinen Vater dort herausholen? Bevor der sich opfern kann? Genau das hat er vor. Dieser elendige Idiot! Von wegen straßenköterblond und blassblauer Blick? Das muss auch ein solch elendiges Tarnding gewesen sein, wie alles an ihm! Ein Kobold war und ist er und nun erkennt man es auch direkt! Wie sie ihn dafür hasst! Oh ja, und vergöttert, herzzerreißend liebt. Schon darum, weil er glaubt, die würden sich tatsächlich an ihren Grundsatz halten, die Familie eines zum Tode Verurteilten unangetastet sein zu lassen? Wie naiv er doch noch immer ist? Ein ewiger Tagträumer, der mit seinen dummen Träumen anderen so viel Hoffnung schenken kann? Dieser Idiot! Wobei er genau das am allerwenigsten ist. Er will ihr bloß Luft verschaffen, dass ihr gelingt, die Familie parallel verschwinden zu lassen? — Aber natürlich kriegt sie das hin! Auch ganz allein, mit ihrer zart gebauten, kampfwütenden Emma? Sie wischt ihre Tränen resolut weg. Lobo muss bei Falk bleiben, seinen sinnlosen Opfergang abwenden. „Lobo. Was willst du jetzt hier? Ich sagte dir doch, dass dein Vater dich bitter nötig braucht! Sonst stirbt er." So hysterisch wollte sie gar nicht klingen, wie es rüberkommt. Lobo inspiziert derweil ungeniert den Rucksack Emmas und ihren eigenen genauso unverfroren. Ja, verdammt noch eins. Er hat so viel von Falk, dass wirklich gar keiner vermuten wollte, dass er gar nicht dessen leiblicher Sohn ist? Wie nah man sich erst kommt, geht es einem ans Eingemachte? So nah, dass sogar gänzlich unterschiedliche Charaktere verschmelzen können, dass man kaum mehr sagen könnte, wo der eine anfängt und der andere aufhört? Oh ja. Sie liebt die beiden wie wahnsinnig. Und deshalb schiebt sie solche Panik. Auch nur eines ihrer Kinder verlieren zu müssen, fühlt sich grauenvoller als der gefürchtete Tod selbst an. Und Falk? Wer würde den einen einzigen Mann freiwillig loslassen, der es immer wieder schafft, einem ein munteres, ein glückliches Lächeln abzuringen? In einer Zeit der tief düsteren Traurigkeit? Ihre Welt, die sich immer mehr einem stinkigen Morast angleicht, dekoriert von einmaligen, preisverdächtigen Blumenkübeln, Kunstgegenständen in den Gärten vor den Häusern, von denen du ganze Familienstämme in der Unterwelt auf Jahre versorgen könntest und nobel ausstaffieren? Und hier stehen diese nutzlosen Dinger herum und werden stetig und emsig aufpoliert und stellen klar, wer hier der Herr ist und wer nebendran nur noch zum Gescherr zählt? So sieht es nämlich aus. „Du musst ihn dort rauslotsen? Während der Verhandlung? Wenn er anfängt, alle madig zu machen, mit seinem ewig korrekten Denken, seinen Friedensapostel-Allüren — sie hassen das! Noch mehr als ich, wenn er mich damit piesackt? Genau damit wird er sie fuchsteufelswild machen und unkonzentriert sein lassen und für sich eine Chance suchen, es selbst in die Hand zu nehmen. Da musst du eingreifen? Ihn genau an jenem Punkt dort rausmanövrieren? Wo er bereits weiß, wie er es anstellen kann, sich selbst zu richten? Dafür muss er sich von den Fesseln befreien? Das tut er niemals, machst du ihm klar, was du planst, … er weiß, dass er dich damit in Lebensgefahr bringt, wenn er es zulassen sollte? Also darf er nichts ahnen. Nicht einmal, dass du da bist. Sonst rührt er sich ebenfalls nicht. Weil er nicht will, dass du so etwas mitansehen musst? Also du musst ihn genau dann auf dich aufmerksam machen, wenn er versucht sich selbst zu richten? Keine Sekunde früher! Auch wenn sich das jetzt nach ewigem Risiko anhört! – Es ist genau das, was dein Vater an solcher Stelle selbst planen würde, wollte er einen, wie sich befreien und müsste um keine Konsequenzen bangen? Das zumindest liegt auch für heute vor. Keine Konsequenzen! Egal, was herauskommt. Er ist bereits zum Tode verurteilt. Schlimmer kann's nicht werden und du und deine Schwester und ich unterliegen demselben Schiedsspruch, wenn wir abtauchen und sie auf ihrem elendigen Strafmandat sitzen lassen. Ergo? Wir haben nichts zu verlieren, nur sehr viel zu gewinnen? Sag ihm, er muss einen Weg aus der Stadt finden, der zu den Mörder- felsen führt. – Du kennst sie bisher noch nicht? So nennt sich eine spezifische Steilkante im kleinen Steinbruch südlich des Kißbergs, noch oberhalb des Stinderbachtals? Nördlich von Erkrath, noch weit oberhalb der Düssel. Dein Vater kennt das, weiß darüber genauestens Bescheid. Sag ihm, dort müsst ihr hingehen! Da kann dein Vater es so deichseln, dass alle glauben, ihr wärt tödlich abgestürzt? Weil man sich dort auch nirgendwo so leicht verstecken kann – außer man kennt sich so gut aus wie dein Vater? Schon so viele starben vor Ort. Beim Versuch dort hinunterzusteigen oder aber konkret, weil sie sich absichtlich in den Tod stürzen wollten, es jedoch für die Lebensversicherung nach Unfall aussehen lassen mussten. Die Felsen sind brüchig, überhängig und so unberechenbar, dass dieser Wunsch zumeist selbstredend aufgeht? Da legt dir Gevatter Tod persönlich seine Hand auf die Schulter, behaupten viele. Beweist ihnen, dass das exakt so stimmt und mir, dass ihr schlauer seid als der Tod? Packt sie an ihren Schrumpeleiern! Diese hundsgemeinen Despoten, die unsere geliebte Stadt verkauft haben — in Geiselhaft nehmen ließen." Lobo nimmt seine tränenüberfließende Mutter fest in seine Arme. Drückt sie herzlich an sich und streichelt ihren Rücken. Wie Falk es immer tut, falls sie Angst bekommt. Lobo hat es so viele Jahre miterlebt, wie diese Frau panische Angst haben kann und hernach nochmals stärker aufsteht, als man sie jemals zuvor erleben durfte? Ja, sie wird es schaffen. Aber das, was sie gesagt hat … Lobos Gesicht versucht seine Überraschung zu verwinden. Drückt demnach Bedenken aus, schon darum, dass das eigentlich sein Plan für die Frauen ist, kurz hinter Gerresheim in den vorbereiteten Hasenbau zu kriechen …

✶✶✶✶✶✶✶

wie kommt sie darauf, dass das auch für Vater und ihn sinnvoll sein könnte? „Wenn wir erst einmal draußen im Feld sind, rufen sie sofort das Militär? Da breche ich doch nicht ausgerechnet da durch die Abwehr, wo die Bergische Kaserne steht? Und suche genau südlich davon den Freitod? Das klingt viel zu hirnrissig, als dass das jemand glauben könnte! Und das Heer hat richtig gute Leute? Denen müssten wir da draußen auch entkommen können? Das sollte doch deutlich schwieriger sein, als im bekannten Terrain auf der anderen Seite unterzutauchen? Ich meine, am Rhein? Da gibt es unendlich viele Schlupflöcher? Warum sollten wir also solches Risiko eingehen? Die haben echt gute Scharfschützen? Wenn die erst einmal auf uns anlegen, treffen sie auch." Emilia, „weil niemand mit Irrsinn rechnet? Wie du sagst! Das ergibt keinen Sinn und genau deshalb wirst du es tun. Versprich es mir? Und sorg dafür, dass sie keinen Grund finden, auf euch anlegen zu müssen? Militärs sind Menschen! Sie werden ihnen erzählen, dass ihr richtig schlimme Finger seid? Da trauen die euch jede Schurkerei zu, aber doch nicht Trick-17-Manier, wie ihr beiden es draufhabt? Eine Taktik, die jeder erkennen kann, der sie gelernt hat. Der jeder, die Absicht ablesen kann, keinem anderen als sich selbst schaden zu wollen? Das werden die Militärs als Grund bewerten, nicht unbedingt nachschauen zu müssen, ob ihr wirklich tot seid? Die hassen es, wenn die Stadt sie linkt. Und genau das werden sie bei euren Finten recht schnell vermuten? Dass sie verarscht werden; ihr keine Bösen seid!"

Die wilde Jagd quer durch die Stadt? Lobo taucht sofort unsichtbar mit seinem Vater ab, kaum sind sie aus der Justiz richtig draußen. Falk hat sich wie ein Kobold vor aller Augen seiner Fesseln entledigt, und keiner merkt es? Hat sie fuchsteufelswild gemacht, Fehdehandschuhe rundum verteilt, verbale Kopfnüsse hinterher geschoben? Ihre frappierende Dummheit, mit virtueller, bunter Farbe, in obszöne, peinliche Bildhaftigkeit verpackt, an die Wände gepinselt? Zynisch ihren morschen Bretterzaun vorm Hirn zerfetzt, sich darüber mokiert, was für erbärmliche Babys sie noch immer sind? Autsch! Solchen will keiner als Gegner sehen. Diplomatisch war rein nichts, ein Jurastudium hätte er dafür auch nicht benötigt. Er wollte schlicht, dass sie ihre Professionalität über Bord werfen? Nicht das Publikum wird undiszipliniert, sondern die Richter selbst fangen maßlos an, überzuschäumen und unkontrolliert herumzutoben? Wer wollte dem Gericht Einhalt gebieten? So schnell findet sich da kein Autorisierter und deshalb bricht das wilde Chaos aus und genau da ist der Gefangene urplötzlich nicht mehr zu sehen? Wusch und weg, wie wegretuschiert aus einem Bildnis. Und schon schleichen sie wie die Wiesel im Zickzackkurs Richtung Ausgang und ein Zwinkern später sind sie gänzlich im toten Winkel abgetaucht? Ein Schattenwurf eines

ramponierten Asphalts, aber tatsächlich? Ein sehr geschickt getarnter Zutritts-
punkt zur Unterwelt. Klar finden sie den schon wenige Stunden später, aber der
Gang führt nach nirgendwo hin, nur sauber ins Nachbarviertel hinüber und dafür
fallen ihre besten Hasenjäger bereits am ersten kritischen Punkt aus? Gratulation,
Lobo, erstklassig gelöst! Es dauert, bis sie wiederzusehen sind. Am Rhein bei
Volmerswerth, wo wirklich gar keiner von ihnen derzeit hinwill? Sie müssen
diese Richtung wenigstens wahrscheinlich sein lassen, sonst gefährden sie am
Ende die Frauen auf deren Flucht. Außerdem weiß jeder, der Lobo kennt, von
seinen ganzen Tricks in den Rheinlabyrinthen. Das sollte somit klappen können.
Die gesamte Stadt ist mittlerweile hinter ihnen her, aber keiner ahnt, wo sie gerade
sein könnten. Deshalb rennen alle Mannschaften wild hin und her und querbeet
durcheinander, bis sie einander in die Arme laufen und dann kehrtmachen und
in die andere Richtung weiterrennen. Der Auftakt war einfach zu gut, damit
ging jede antrainierte Koordinationsfähigkeit der Verfolger-Mannschaften den
Bach hinunter. Und die Stadt verfügt über ausreichend Stadtviertel und nochmals
ergänzende Schutzzonen, da kann man solches Chaos schon ordentlich pfeffern
und würzen. Was genau im Einzelnen bekommt Lobo gar nicht mehr mit, das
übernimmt Falk, als er Lobos Taktik begreift. Mit einem Mal kriechen die beiden
dann bei Gerresheim aus dem Burggraben und ja, Mama Dürrwegen hat recht,
genau da vermutet sie fürwahr keiner? Gegenüberliegend die riesenhafte Bergische Kaserne, vor deren hohen Mauern alleine die gesamte Stadt Hochachtung
hat. Da ist das Unterholz per se etwas ungepflegter und eignet sich hervorragend,
Richtung Kißberg weiter zu schleichen. Nur müssen sie zuvor durch die Militär-
reihen schlüpfen, die die Westseite Düsseldorfs im anderthalb Meterabstand
abdichten? Aber ja, es gelingt. Man könnte sagen, genau diejenigen, die da eben
noch ungut im Weg herumstanden, mussten einen Störfall etwas nördlicher
untersuchen und übersahen versehentlich die zwei vorbei hoppelnden Hasen? Der
filmische Effekt, mit den geworfenen Steinen, klappt also tatsächlich? Oder könnte dahinter Absicht stecken? Die Dame weiß Bescheid und hat, wo angerufen?
Wohl kaum, Telefone wurden bereits in den Sechzigerjahren flächendeckend von
Geheimdiensten abgehört? Selbst der naivste Laborkittel weiß Bescheid. Nein,
hier verbirgt sich offensichtlich ein anderes Geheimnis, und Falk hat es erwartet.

Eine verteufelte Zickzack-Jagd, und am Ende starrt ein kalkweißer Falk seinen
Jungen an. Sie sind soeben die Mörderfelswand heruntergerutscht, wie andere
das im Treppenhaus am Geländer meistern. Schroffes Gestein wie hier — beeindruckend! „Lobo. Hilfe, ist alles in Ordnung? Du blutest … lass mich das kurz
anschauen. Und hör auf, vor mir zurückzuzucken? Sie können uns hier unten

nicht sehen? Auch nichts hören, solange du nur achtsam deine Zähne zusammen lässt? Also jammern oder schreien ist nicht. Aber ich muss dich jetzt versorgen. In Ordnung?" Falks gesprenkeltes Käseweiß wird wachsfarben, als er erstmals die Chance erhält, sich nach Lobo richtig umzudrehen, seit er die Führerschaft übernommen hat, denn Lobo wankte plötzlich, wollte von seinem geliebten Rhein nicht mehr Abstand nehmen. Was Falk verhindern muss, denn Emilias Worte klingen in seinen Ohren nach, er spürt instinktiv, dass sie da noch einiges Ungesagtes dazwischengeschoben hat. Was er nur entdecken wird, wenn er sich auf ihre Pläne einlässt? Das tut er immer. Blind, blond und blauäugig, seine 3B, wie früher kommentiert, was ja für heute aus unerfindlichen Gründen so nicht mehr gilt. Lobo fängt sich gleich anfangs eine Kugel ein, direkt am Ausgang des Justizgebäudes. Wohl, weil Falk noch zu sehr mit sich ringt, ob er ihn überhaupt mitnehmen will? Nicht lieber hier nur irgendwo gut verstecken? Lobo aber entscheidet für sie beiden. Und los geht die wilde Jagd, von Deckung zu Deckung, erst südlich Richtung Rhein bei Volmerswerth, um dann die gesamte Strecke im Wasser wieder zurückzulegen, um dann bei Pempelfort, nördlich vom Ausgangspunkt, nach Nordost überzuleiten. Immerzu im Schatten bleibend und die Hauptstrecken durch enge Kanäle kriechend, um dann das Schlupfloch durch die allerletzte Außenmauer zu passieren und durch den gefluteten Burggraben ins freie Gelände zu gelangen? Schon sieht Falk die Militärs vor sich, aber die legen erst gar nicht groß auf sie an? Kapieren tatsächlich innerhalb von Sekunden, dass da etwas nicht ganz stimmt. Jagen sie dann aber beflissentlich weiter, weil sie sich genauso vor einer höheren Instanz verantworten müssen. Der Befehlshaber bleibt besonnen, bewusst defensiv. Und meldet vielleicht nicht sofort, wo er die Hasen entdeckt? Mit solcher Taktik auf der Jägerseite konnten schon viele Hasen glücklich entkommen. Es war nicht zu übersehen – der Mann wollte das alles so gar nicht, musste aber wenigstens der Form halber die Jagd ernsthaft betreiben? Emilia. Er unterschätzt seine Frau noch immerzu! — Emilia wusste es; welche Chance sich hier bieten könnte. Woher nur? Sie war seit Jahren nicht mehr außerhalb der Stadtabschirmung unterwegs und doch wusste sie es, ahnte es, dass es eine einmalige Chance bietet? Oh, Mann. Und er wollte tatsächlich aufgeben? Es seiner Familie ganz alleine überlassen, sich künftig durchs Leben zu beißen? Das hier draußen nochmals um einige Nuancen härter ist? Aber Emilia hat davor keine Angst. Nur darum, dass er sterben könnte. Wo die beiden jetzt sind? Emilia glaubt sicherlich, er, ihr Mann, kenne sie genauso gut wie umgekehrt? Aber da täuscht sie sich. Leider. Jetzt wird es zu einem ›Leider‹, denn bisher empfand er es immer als spannend, wenn sie ihn wiederum vollkommen überrumpeln konnte? Ihn derart überraschen, dass es ihm die Sprache verschlug. Er liebt es aufrichtig, sie als sein größtes Geheimnis zu betrachten? Wo er doch nahezu alle anderen als peinlich durchsichtig empfindet? Sich selbst eingestehen zu können, dass er keine Ahnung darum hat, was sie denkt? Schon alleine dafür vergöttert er sie. — Warum er nichts von dem, was sie tut und liebt, versteht? Nun, das geht schon damit los, dass er praktisch das Gegenteil von dem verkörpert, was sie als ehrenwert, schön und attraktiv bezeichnet? Nicht nur auf sein Aussehen bezogen, eigentlich auf den ganzen Mann. Er kämpft, aber sie stellt den Frieden über alles? Gemeinschaft und Harmonie? Er steht seit jeher bedingungslos für seine Meinung ein? Unruhestifter nennen ihn viele, ein Tunichtgut, ein ewig Uneinsichtiger, einer, der ständig neue Kriegsschauplätze entstehen lassen muss und nicht kapieren will, wie viele er damit ins Elend stürzt, was er völlig anders sieht und nicht einmal darüber nachdenken möchte? Weil er auch ordentlich hochmütig ist, selbstherrlich überzeugt, dass nur er alleine das Richtige tut? Dass nur er kapiert, was für alle das Beste ist? Sie glaubt, sein Starrsinn würde das Übel heraufbeschwören? So krass wäre es ohne sein Zutun gar nicht? Denn die anderen müssen wiederholt eins nachlegen, nur um ihn überzeugen zu können? Und damit wird es täglich finsterer? Für alle, nicht nur für sie, seine Familie? Er zieht alle mit seiner Verbissenheit hinunter in den allertiefsten Abgrund? So beziffert seine geliebte Emilia all sein Handeln und Wirken? Und jetzt mussten sie seinetwegen ihr Heim verlassen? In die grässliche Hölle der Unterstadt abtauchen und sich fortan nochmals grässlicheren Zwängen unterwerfen? Sie hätte sein Opfer nur annehmen müssen! – Heult es in ihm! – Verdammt! Dann wäre Lobo auch gar nichts passiert. Dieser verdammte Bauchschuss. Kein Durchschuss, wie er gehofft hat. – Sie hätte sich nur einen ihrer unzähligen solventen und integren Verehrer krallen müssen? Heiraten und sich von diesem vernünftiger gestrickten Mann beschützen lassen? Samt Kindern? Aber nein. Genau hier muss sich seine neunmalkluge, so anpassungsbereite Emilia als Rebellin beweisen! Will nicht akzeptieren, dass ihr hässlicher Mann sich zu viele Feinde mit seiner Rechthaberei eingehandelt hat und nun zur Kasse gebeten wird …

Lobo, „hör endlich auf herumzujammern. So schlimm ist es gar nicht? Klar, steckt die Kugel noch drin? Und wenn? Die holst du später raus? Und gut ist? Sobald wir Feuer machen können. Irgendwo ist das bald möglich? Glaub mir. Du schnippelst das doofe Ding raus und brennst die Wunde aus. Ich weiß, dass du so was sauber hinkriegst. Also hör schon auf, dich verrückt zu machen? Sie haben uns nicht erwischt und genauso wenig Mama? Du hättest Emma hören sollen, was sie Mama alles an den Kopf geworfen hat, von wegen, sie müsse beschützt werden." Er lächelt voller Liebe und Stolz, „unsere kleine Blage hält auch schon einiges an Trickserei parat, was ihr so leicht keiner zutrauen wollte? Die beiden schaffen es!

Was hattest du eigentlich vor? Wolltest du dir an Gitterstäben dein Genick brechen? Und jetzt heulst du, weil du wohl lieber gestorben wärst, als mir eine Kugel herauszuschneiden? Komm! Wennschon liegt es an mir, hier herumzuflennen? Du bist unversehrt, weil man solchen wie dich nicht erwischt? Da solltest du bei mir etwas nachbessern? So gut wie du bin ich noch lange nicht." — „Entschuldige bitte, Lobo, du hast ja recht. Ich muss nur etwas herunterkühlen und alles wird wieder gut. Die oben werden zügig abziehen. Deshalb müssen wir nur die Blutung stoppen. Etwas zunähen. Später machen wir Feuer, öffnen die Naht, versorgen die Wunde sorgfältiger, brennen aus, nähen erneut zu, alles, was halt nötig ist und die Nachversorgung erledigt den ganzen Rest? Wo's weitaus besser passt. Vorerst also mit Kugel? Es hilft nichts. Zur Not müssen wir einen richtigen Arzt auftreiben. Du darfst nur nicht am Weg verbluten? Was, verflucht noch eins, bei einem Bauchschuss möglich ist? Gar so simpel ist es leider nicht. Wir haben keinen Alkohol – der einzige Treffer auf meiner Seite! Scheiß, was-wäre-wenn. Scheiß verdammter Konjunktiv!" So rasch bekommt er seine Tränen nicht kontrolliert. Wie auch? Das sieht richtiggehend übel aus? Und dann dieser Schmuck? Lobo hat ernsthafte Probleme? Und er, sein Vater, weiß nichts davon? Das Problem besteht schon längere Zeit. So, wie er damit umgeht? Dieses Bauchkettchen, derart stramm gezogen? Dann das Teil am Oberschenkel? Schmerzvoll, ganz bewusst? Er ist schwul, klar, das ist es aber längstens nicht. Er bekämpft sich, bekämpft seine Lust? Und Emilia und er treiben es nebendran wie die wilden Karnickel, direkt vor seinen Augen! Himmel, was ist er nur für ein schäbiger Vater! — Aber die Männer oben ziehen sich endlich gen Norden Richtung Kaserne zurück. Wie als erlösende Antwort auf seine vielen unschönen Suggestivfragen? Jedenfalls eine gute Wahl für sie hier unten und eine nochmals bessere Ablenkung für den Moment. Damit bleibt der Süden mehr oder weniger unbewacht und dahin zu entweichen, wäre nach oberflächlicher Betrachtung die vernünftigste Strategie, aus diesem Loch zu entkommen. Falls die Stadtstreifen nichts von der Wunde mitbekommen haben? Denn sonst kommen die am Ende von Süden, auf sie zugeschlichen, durch das strauchige, uneinsichtige Gelände zwischen den Dörfern? Genauso vom Neandertal aus Südosten aufwärts? Falls dieses tatsächlich unbewohnt sein sollte, was so oft infrage gestellt wird, dass er es niemals näher erkunden wollte. Denn das, worüber da spekuliert wird, klingt verdächtig. Es könnte zwar genauso das fahrende Volk meinen wie die Gürtler, aber letzteren will er persönlich niemals näher kommen müssen. Warum hat er davor regelrecht Angst? Weil sie Teufel unter sich beherbergen? So erzählt man sich seit Jahrhunderten? Hexen wie Teufel sowie Schwarzbären, falls die nicht nur Legendenwerk sein sollten, gibt es sie da zuhauf? Nein, vielen Dank. Ihm reichen die vielen Schattenseiten der Menschen vollends aus, mehr Teufelei muss er fürwahr nicht kennenlernen. – Bluthunde? Spätestens hat er den Stadtleuten beigebracht, Hunde wirksam einzusetzen? Das haben sie bestens drauf. Auch andere bringen viel zustande. „Lobo, tut mir leid. Aber wir müssen auf Nordkurs umschwenken. Und hoffen, dass die Armee uns gewogen bleibt. Dass sie nachsichtig bleiben und begreifen, wie wir denken, und auch unsere Gegnerschaft." Lobo, „nach Norden? Bist du komplett verrückt? Der Süden oder Südosten stehen uns doch offen? Warum willst du da nicht hingehen? Weg von dem Scheiß hier? Konkret, Richtung Neandertal? Schön weit abgelegen vom üblichen Trubel? Da soll es nochmals ganz andere Optionen geben, habe ich mir sagen lassen? Was genau weiß ich nicht, aber es klingt für meine Ohren verheißungsvoll … was spricht dagegen? Die Stadt hat sich wieder verdrückt? Das tun die doch immer, sobald die Armee übernimmt? Also klar, dass der Westen uns nichts einbringt, da laufen wir wiederum denen in die Arme. Aber der Osten? Da dürfte derzeit niemand zugegen sein … an Mettmann vorbeischlängeln?" Falk, „Mettmann? Wie bitte … und die Felswand hier über uns? Siehst du die gar nicht mehr? Wie willst du, so angeschlagen, da wieder hinaufklettern können? Das bekommen andere im gesunden Zustand kaum hin und du willst es mit einem Bauchschuss leisten?" Lobo, „besser als die Armee daran zu erinnern, dass wir für Zielschießübungen freigegeben wurden? Falls du wirklich nicht nach Süden willst, wo es nach offensichtlicher Freiheit riecht? Auch nicht ins mystische Neandertal, wo das freie Volk lagern könnte oder sind es doch die Gürtler? Die würden mich sehr interessieren. Für meine Nase riecht das richtig gut." Falk, „Neandertal? Lug und Trug ist dort. Verführung? Es stinkt toxisch nach Mystik und schwarzem Schlick? Weißt du, auf welchen Teufel du dich dort einlassen würdest? Für meinen krummen Zinken ist das nichts, keine Chance. Und von Süden her? Würde ich spätestens, als versierter Jäger, meine Leute mit Bluthunden hochschicken, Hasen wie uns im Geäst aufzuscheuchen? Einer war bestimmt dabei, der meine Finten kennt und sich erinnert, wie Erfolg versprechend sie gewöhnlich sind." Lobo schaut ihn lange an. Ja, sein Vater hat recht. Hier herunterzurutschen, ohne schreien zu dürfen, war weitaus mehr, als er glaubte, hinzubekommen? In einer halben Stunde geht ohnehin nichts mehr, finden sie nicht bald eine Lösung, die Zuversicht enthält? Zähne zusammenbeißen und es mit Klettern probieren? Scheint der einzig wirklich sinnvolle Weg? Damit rechnet keiner. Absolut niemand. Das kriegt auch keiner sonst hin? Die Felsen hier sind überhängig, das heißt, man muss Profi sein, will man da hinauf? Ohne Sicherung. Scheiße, das wird gewiss hart? Er benötigt etwas zum Draufbeißen, sein Konzentrier-mich-Oberschenkelschnürband hilft nichts mehr weiter. Er spürt nichts. Vater hat es längst bemerkt? Alles. Er macht sich enorme Sorgen? Würde er umgekehrt wohl genauso tun. „Gegen

★★★★★★★

die Schmerzen einen wirklich richtig straffen Verband um die Wunde, bitte. Dann kann ich es schaffen, aber wir müssen wirklich sofort damit loslegen …"

Drei Stunden später. Lobo, „kennst du jemanden aus der Bergischen näher?" Er versucht, seine Tränen abzulenken, die ihm über die Wangen kullern. Er hat sich am Beißknochen festgebissen, dass Falk Probleme hat, das gesplitterte Holz wieder aus seinem Kiefer herauszupulen. Aber er hielt durch, ohne umzukippen. Unsagbar wichtig. Hier im Gelände kann Falk ihn unmöglich tragen. Damit wäre jede Deckung verspielt. Sie spüren beide, dass da immer noch diverse Leute herumschleichen. Mettmann südlich umrundet, streben sie nun östlich zur Kalksteingrube. Kaum zu glauben, was sein Sohn alles aushalten kann? Er kommt wirklich nach ihm, wie Emilia behauptet. Mit dicken Tränen in den Augen. Ein Kämpfer wie Falk, wenig tröstlich. Im Gegenteil erwartet sie täglich, dass auch der Sohn an die Wand gestellt wird. Direkt neben dem Vater. Die Kugel steckt richtig tief. Samt einiger Baumwolle. Das Ganze hat Falk von außen zugenäht und mit einem nochmals strafferen Verband fixiert. Andere würden alleine darum kollabieren. Falls er nicht innerlich verblutet, steht eine richtig üble Blutvergiftung ins Haus? Medizin. Einen guten Arzt, bitte schnell! Wo zur Hölle sollte er den finden? Die gehen in die Stadt? Beziehen Quartier in Krankenhäusern oder landen beim Militär? Aber Lobo hat recht. Sie dürfen nicht darauf pochen, dass die Militärs defensiv bleiben? Das wäre zu offenkundig und würde den Befehlshaber samt Leuten eigens in die Bredouille bringen? Falls der Mann so gut ist, wie er wirkt, hat er selbst einiges zu verlieren? Einem Fahnenflüchtigen erkennbar zu helfen, wäre undenkbar? Falk ist so müde, „du willst wissen, ob ich Strauß kenne?" Ja, Konversation hilft. „Den zuständigen Brigadegeneral? Ja, das tue ich. Der ist schon so lange hier, dem kann man gar nicht ausweichen. Ein knallharter Hund. Das Gegenextrem von sympathisch im Außenbild. Seine interne Polizei, der Obmann, das war auch so ein finsterer Spießgeselle, wie du sie dir in Nazifilmen als KZ-Aufseher vorstellst? Aber den hat er vor einiger Zeit urplötzlich ausgetauscht. Der neue Mann soll dagegen ein ziemlich Korrekter sein. MP-Major Graditzer? Aber ich habe ihn noch nie gesehen. Der steht nicht so auf Außenpräsenz wie sein Vorgänger. Schon deshalb vermute ich, die Geschichten über ihn sind wahr." Lobo, „Geschichten?" Falk, „dass er deutlich mildere Urteile fällt, als sein Vorgänger? Falls er das aber zu offensichtlich tut, muss Strauß ihn wiederum austauschen." – „Das klingt, als wäre Strauß gar nicht so übel? Dass er nur so tut?" Falk, „ich habe immer öfter das Gefühl, dass egal, wo du hinschaust, nichts mehr tatsächlich so ist, wie es scheint? Er ist ein Brutalo. Der seine Söhne vor aller Augen auspeitschen lässt und es auch selbst gern tut. ›Nett‹ ist ganz sicher das unpassendste Attribut für die Beschreibung seiner Person. Aber dennoch glaube ich – wenigstens etwas – dass seine Motive hinter all der Scharade, die er betreibt, keine komplett verkehrten sind. Aber ich kann mich auch täuschen." Lobo, „weil er den Graditzer geholt hat?" Falk, „da laufen auch Majore unter seinem Befehl, die etwas ›anders‹ agieren. Es ist mehr ein Gefühl, als dass ich Beweise vorliegen habe? Aber dieser Mann heute hat diese Annahme oder Ahnung immens bestärkt? Auch wenn er nur unfähig gewesen sein könnte? Uns nicht erwischen zu können? Ich bilde mir ein, vom Dienstrang einen Major gesehen zu haben? Aber solche gehen niemals selbst auf Hasenjagd? Alleine das irritiert mich gewaltig? Es ist einfach so, dass ich glaube, es gibt unterdessen überall Unterströmungen, die darauf hinauslaufen, dass sich eine gänzlich veränderte Zeit formiert? Mit neuen Männern und Frauen an vorderster Front und sogar Frauen an exponierter Stelle? Richtig starke Persönlichkeiten, die von allen akzeptiert werden können? Die ein Karma mitbringen, an das du glauben kannst? Wo du nichts infrage stellen möchtest? Ich spüre, wie die Luft jeden Tag etwas hoffnungsschwangerer wird? Wie sie Stück um Stück minimal wärmer wird? Weniger jetzt im Sinne der Celsiusgrade, mehr instinktiv. So als würde Mutter Erde selbst ihr Herz für uns weit öffnen wollen? Noch immer an uns glauben können? Trotz allem, was wir ihr antaten, ihren anderen Kindern und uns selbst tagtäglich erneut antun? Sie glaubt dennoch an uns? Dass wir im Grunde gesehen, Gute sind? Häufig nur fehlgeleitet, irritiert, den falschen Göttern frönend, vom richtigen Weg abkamen? Auch wenn das alles unsinnig, vollkommen unlogisch klingt? Ich glaube, ein ganz neues Kapitel unserer Geschichte leitet sich gerade ein? Aber vielleicht ist es auch nur der ewige Träumer in mir, der mir solche Bilder eingibt, dass ich nicht verzage? Ich weiß es nicht." Er wischt sich diskret eine Träne von der Wange. „Deine Mutter behauptet immer, das ewige Kind in mir würde mir diese Träume bewahren? Sie wünscht mir sehr, dass es niemals erwachsen werden muss."

Ein dröhnend tiefer Bass direkt von hinten links. „Das klingt sehr sympathisch." Herrje! Rein vom Stimmvolumen muss das ein gewaltiger Brocken sein, der dort plötzlich hinter ihm steht? Dagegen dürfte er selbst peinlich schmächtig wirken, und das geschieht nicht allzu häufig. Falk fühlt eine gewaltige Wärmestrahlung in seinem Rücken. Sonst ist es aber bitterkalt. Minusgrade. Frühjahrsatmosphäre, wechselhaft, etwas schwankend, gegen Abend zuverlässig eisig. Strauchwerk im ersten zarten Aufblühen begriffen? Umsäumt von teilzersetztem, matschigem Laub, das nach der Schneeschmelze zurückblieb. Trotzig überdauerte? Man muss sorgsam auf seine Schritte achten, dass nicht jeder überlaut durchklingt? Komplett geräuschlos kann man eigentlich kaum sein? So verschieden struk-

★★★★★★

turiert wie der Bodengrund allerorts ist? Man muss seine Geräusche denen der Natur besonnen anpassen? Sie unscheinbar einflechten; sich bescheiden in ihrem Schatten bewegen? Zumindest ist das seine Tonart und die seines Sohnes? Aber die letzten Minuten war kein Laut zu vernehmen? Keinerlei Knacksen, kein Rascheln, kein Windhauch? Es war so still, dass er glaubte, nur sie wären ganz alleine noch hier? Und dann steht plötzlich solcher Riesenbrocken direkt hinter ihm und es ist trotz seiner trainierten Ohren nichts, wirklich gar nichts zu hören?

„Dein Sohn sieht so aus, als bedürfe er sachkundiger Hilfestellung? Weiterer, meine ich. Das Zeugs, das du ihm in die Wunde reingestopft hast, dass er dir nicht nach innen verblutet, das müsste schleunigst herausgeholt werden? Das bekommt ihm nicht." Falk ist wie erstarrt. Stiert sein Gegenüber wie gebannt an. Erkennt ein bärenhaft breites Lächeln, von Schultern umsäumt, die einfach gesehen zum Fürchten sind? Also sollte der zur falschen Seite zählen, davon gibt es derzeit ja wirklich ausreichend viele, sind sie geliefert? Er hat von jenen gehört, sie sollen überall herumstreichen? Dennoch hat er bislang niemals auch nur einen Einzigen von Weitem gesehen? Sie betiteln sich eigens als Schwarzbären, falls man sie fragt, wer sie denn sind? Sie versuchen es gar nicht erst, sich als Mensch zu verkaufen? Das können sie kaum sein. Völlig unmöglich. Und doch, wo er jetzt konkret darüber nachdenkt? Also wäre der Kerl nur ein Stückchen kürzer, dann würde er ihn schlicht für einen besonders haarigen Südländer halten, halt etwas größer bemessen als sonst üblich? Aber dieser Kerl dürfte knappe zwei Meter hochragen und seine Schultern auf jeden Fall zwei-Waschmaschinen-breit sein, wenn das mal ausreicht? Seine Kleidung sollte demnach sonderangefertigt sein? „Du überlegst, wie du dich im Gegenzug erkenntlich zeigen könntest, wenn ich deinem Jungen helfe? Überlegst, dass ich spezielle Kleidung benötige und vielleicht auch Waffen? Ob wir an versierter Mitarbeit interessiert wären? Glaube mir, Falk Dürrwegen, Doktor der Psychologie, wenn wir deine Hilfe benötigen, geben wir dir Bescheid. Zunächst müssen wir aber deinen Jungen wegbringen. So, dass uns keiner groß bemerkt? Also, ihr beiden müsst ab jetzt genau das tun, was ich euch sage? Weiter drüben warten meine Brüder. Mit ihnen zusammen erwischt uns so leicht keiner. Also, habe ich euer Wort? Dass ihr mir keine große Panik schiebt oder gar noch albern anfangt, um Hilfe zu rufen?"

„Hallo Bruderherz. Was für einen Süßen trägst du denn da mit dir herum? Der sieht ja mal niedlich aus!" Diese Stimme klingt wie die eines verspielten kleineren Buben; wie Singsang für Falks sensible Ohren, trotz dröhnendem Unterton. Ein Volumen dabei herauszuhören, dass er sich praktisch sofort fragt, was man da so alles mit anstellen könnte? Er ist schließlich Mensch und die denken stets praktisch? Er dürfte wunderbar singen können? Akustisch auch ganz ohne Mikrofon und Boxen jeden erreichen können, den er will? Sein Bruder ist weniger begeistert. „Floger, bitte. Er ist kein niedlicher Welpe, sondern ein junger Mann. Reiß dich am Riemen." Der Bruder hilft ihm, den besinnungslosen Lobo vorsichtig abzuladen. Die Stimme Belgros hat ihn schlichtweg schachmatt gesetzt. Ein kurzes Zucken, ein überraschter Augenaufschlag war noch drin, dann schlossen sie sich. Falk hat mit seiner Märchenstunde letztlich Erfolg. Er wollte ihn etwas ausruhen lassen, aber Belgro hat dennoch recht? Das ist kein gesunder Schlaf? Seine bohrenden Ängste waren berechtigt? Alleine hätten sie es niemals geschafft? Floger schnurrt ihn ganz sachte an, „könntest du mich bitte direkt anschauen? Falk? Also du müsstest dich genau hier hinknien und stabil auf deine Hacken setzen. Ja, genau so. Und jetzt lege ich dir den Jungen in den Arm, also er soll auf deinen Knien sitzen und du greifst ihm unter die Arme und sorgst dafür, dass er ganz ruhig liegen bleibt? Gut so. Es wird jetzt gleich etwas hell? Erschrick dich bitte nicht. Das Licht brauche ich, dass ich ihm helfen kann? Aber es kann keiner sonst sehen, keine Bange? Mittger und Belgro schirmen es komplett ab. Das haben wir schon oft gut hinbekommen? Darum müssen wir eng zusammenrücken. Danke schön. So ist's fein." Und wusch – ein strahlendes Leuchten vor Falks Augen, dass er wahrlich Mühe hat, keinen Laut auszustoßen? Das wäre ungünstig gekommen? Denn sie sind nicht mehr länger alleine? Er hat die Stimmen gehört? Das Licht sehen die auch … das kann man nicht übersehen? Hilfe, bitte, lasst meinen Jungen das überstehen! Und Flogers Gesicht lächelt ihn im Gegenzug beruhigend an, während seine Hände auf Lobos Bauch liegen und mit ihrem Leuchten selbst die Sonne neidisch machen sollten? Er kann nicht viel von Lobos Gesicht sehen, da er sich nach hinten beugen sollte, also Lobo mehr oder weniger ab seinen Oberschenkeln auf sich drauf liegen hat? Der Boden ist viel zu kalt. Lobos Gesicht entspannt sich zusehends. Nimmt wieder gesündere Farbe an. Aber seine Augen rollen noch immer wie irre unter seinen Lidern? So deutlich konnte er das noch nie erkennen? Ärzte öffnen die Augendeckel ihrer Patienten, um es sehen zu können? Er erkennt, hier von außen, dass Lobos Pupillen sich weiten und wieder zusammenziehen, im wilden Wechsel? In seinem Körper geht so richtig viel ab? Er spürt es, wie das Leben in ihm pulsiert, um sein Anrecht kämpft, sich erhalten zu wissen …

Stunden später. „Was ist das für ein merkwürdiger Ort?" An Belgro gerichtet, den offenkundigen Anführer der drei Brüder. Die Diskussion darüber, ›wohin bringen wir den Patienten‹, ließen sie ihn nur auszugsweise anhören. Was wohl auch gut so war. Es ging darum, dass sie einen möglichst naheliegenden Ort benötigen, wo Lobo gut versorgt werden kann. Flogers Strahlung hielt nur die

Blutvergiftung kurzfristig etwas auf, ließ leider nichts ausheilen oder gar komplett ›verschwinden von dem Ort, an dem es nichts zu suchen hat‹. Bei minder schweren Verletzungen können Fremdkörper sogar restlos von Phöx-Kräften aufgelöst werden und allesamt gut ausheilen lassen. Was die Brüder ihm de facto in halbwegs verständlichen Stichworten mitteilen. Bedauerlicherweise klappt es in diesem Fall nicht. Hier müssten auch sie aufschneiden und händisch herausfischen und ordentlich desinfizieren und hernach wieder ordnungsgemäß vernähen. Was keiner von den Dreien richtig gut drauf hat. Deshalb diskutieren sie um naheliegende Burgen und entscheiden für den Suerlänner Balken bei Attendorn. Nicht sehr weit entfernt und dank ihrer engen freundschaftlichen Beziehung zu Klosser, einem Familienmitglied dieser ansonsten konkurrierenden Westveste, dürften sie dort auch samt Reisegepäck willkommen geheißen werden. — Was jetzt alles rein gar nichts mit der gestellten Frage zu tun hat, mit der sich Belgro beschäftigen wollte und auch fleißig tut. Nur das Ergebnis entspricht nicht seinen Erwartungen. Das Gebäude ist wohl ein anderes, als sie anstrebten? Suerlänner Balken? Von wegen! Nichts dergleichen, ein anderer Ort. Sie haben sich verlaufen? Was soll das? Wer lenkt hier ihre Schritte um? Ist es etwa tatsächlich derjenige, den Belgro bei diesem skurrilen Anblick verblüfft vermutet? Ultramodern ist das hier jedenfalls nicht und eigentlich hätte es das sein sollen? Ihr Kumpel Klosser gibt so lautstark damit an, dass seine Hausburg im Gegensatz zu allen anderen bekannten Altervesten im Grundton ultramodern sei? Eben angepasst an ihre Zeitlinie, wo alles, was geht, modernisiert wird? Das Markenzeichen der Siebzigerjahre schlechthin. Wo es bei den Midgards dann aber abrupt zum Stillstand damit kommt, weil Sicherheit höher wiegt? Gerade in den größeren Städten versucht man dennoch möglichst viele moderne Lichtpunkte zu setzen, und da Attendorn eher eine Kleinstadt ist, bemühten sich die hiesigen Schwarzbären besonders, ihrerseits ein leuchtendes Zeichen zu setzen. Wo es auch nur für andere Schwarzbären und sonstige Zauberwesen sichtbar ist. Egal, ›Stolz ist Stolz und muss auch in der haarigen Abteilung gepflegt werden‹ – ja, wie garstig klingt das denn? Igitt! – Falk ist seinerseits auch fleißig am Grübeln … es ähnelt ein wenig einer etwas kleiner geratenen ägyptischen Palastanlage vor guten vier Jahrtausenden und scheint tatsächlich eine Dorfgaststätte zu sein? Für welche absurde Kundschaft? Hier draußen im Nirgendwo? Bei solch spleenigem Konzept wird es auch kaum eine Speisekarte für Otto Normal geben und anderes kann sich heutzutage doch kaum mehr einer leisten? Gerade hier am Land nochmals weniger als in den reichen Innenstädten? ›Ach komm schon, Falk!‹, versucht er sich selbst zum Grinsen zu bewegen, ›ein wenig Schrulle ist doch herrlich erfrischend‹ Es wirkt so makaber! Eine Wandelburg der Gürtler?

Nennt sich deren Chef deshalb Löwenschlange, weil er ein Komiker ist? Dann hätte Lobo mit seiner Einschätzung recht und er mit seiner ewigen Angst … Hilfe! Aber die Brüder kennen den Bau nicht und der ist so einzigartig? Für 1976 und Nordrhein-Westfalen? Wer den schon einmal gesehen haben mag, verwechselt ihn sicherlich mit gar nichts. Belgro scheint doch ein kluger Kopf zu sein? Wie kann er sich so verlaufen? Als Gowinnyjen – die sollen doch sagenhaft sein? Ausgerechnet an solch bizarrem Ort aus dieser Nebelbank aufzutauchen? Es war nicht der schwarze Nebel, der heute Nacht auch gar nicht vorhanden war? Warum? Eine ausgezeichnete Frage. Seit drei Jahren kommt er jede Nacht aufs neue auf. Aber heute Nacht klebt auch der Boden nicht oder das schwarze Zeug in den Ästen? Alles wie komplett abgetrocknet. Fällt ihm jetzt erst richtig auf? Vorhin hatte er keine Zeit, darüber nachzudenken. Er war wochenlang eingesperrt! Schiebt es darauf, dass ihm vieles merkwürdig erscheint – sie stolperten soeben mitten über einen Dorfanger und die Bären kapierten dennoch nicht, dass sie sich verlaufen haben? Sie wollten nach Attendorn? Da sieht es anders aus. Das weiß sogar er, Falk Dürrwegen, ein Mensch. Wobei er sich erinnert, ständig das Gefühl gehabt zu haben, sie hätten schlagartig die Richtung gewechselt? Wären vielmehr ständig vor- und zurückgerannt? Wie irre? Verrückt. Er schob es auf seine eigene Erschöpfung. Das bisschen Kraft in ihm, das er seit Lobos Besuch aufbauen konnte, musste schließlich einiges abfangen. Und dann auch noch echte Schwarzbären als Krönung obendrauf?

Falk klingt verunsichert, „Belgro? Hörst du mich? Sagtest du nicht vorhin, wir würden zu einem befreundeten Arzt gehen, der meinem Jungen helfen kann? Und der ist etwas weiter weg und deshalb muss auch ich getragen werden, weil ich so weit nicht so schnell laufen könne? Aber das war doch gar nicht wirklich weit? Soweit hätte ich auch rennen können, ohne schlapp zu machen? Wir sind doch nur gute zehn Kilometer weiter östlich vom vorherigen Feld? Oder irre ich da? Na ja, vielleicht auch fünfzehn Kilometer weiter östlich, aber doch nicht weit weg, wie du es ausgedrückt hast? Und nach Krankenhaus oder Arztpraxis sieht das hier nicht gerade aus? Eher nach einer ausgefallenen Museumsanlage? Oder – ich weiß nicht? Hier auf den Dörfern hätte ich ein solches Gebilde jedenfalls niemals vermutet, und es ist auch noch so bizarr beleuchtet und dennoch einsam gelegen? Und dann aber mittendrin im Dorf und dennoch ist keiner hier?" Floger guckt ihn schon die ganze Zeit hoch interessiert an. So wie man wohl einen süßen Welpen betrachten würde, der niedliche Bewegungen vollführt? Falk ist jedenfalls minimal irritiert, kann diesen Blick nicht richtig einordnen. Also erbarmt sich Belgro, bevor noch alles aus dem Ruder läuft, „Floger, beru-

★ ★ ★ ★ ★ ★ ★

hige dich. Alles gut! Lass es raus." Floger platzt sofort drauflos. Stört sich nicht im mindesten am mitleidigen Tonfall des großen Bruders. „Ihr tragt in euren Gefängnissen so komische Kleidung? Das verstehe ich nicht. Diese Sandalen an deinen Füßen sehen wirklich nicht sehr praktisch aus? Deshalb dachte Belgro wohl, es wäre besser, dich ebenso zu tragen? Bevor du dich damit noch ernsthaft verletzt?" Es klingt leicht zerknirscht, denn das Handeln seines Bruders zu kritisieren oder auch nur erklären zu wollen oder zu kommentieren, steht ihm offensichtlich nicht zu? Aber Falk ist dankbar darum, seine Frage beantwortet zu sehen. Und auch, dass er für seine Verhandlung ein richtig geschlossenes langes Hemd anziehen durfte, das ihn bis zu den Oberschenkeln einhüllt. Das Martyrium des Gefängnisaufenthalts hat ihn so dünnhäutig werden lassen. Am liebsten würde er in lauthalses Schluchzen ausbrechen, so sorgt er sich um Lobo und dass es längst zu spät für ihn sein könnte? Und alles nur, weil er so unbedingt gerettet werden musste? Aber wie hätte er Lobo sagen können, dass sie ihn längst gebrochen haben? Dass es zu spät ist? Er hätte es auch gar nicht verstanden. Kennt ihn nur als extrem widerstandsfähig. Immerzu standhaft, egal, wie schlimm es auch kam. Niemals hätte er selbst glauben können, dass sie eine Bruchkante bei ihm entdecken könnten? Aber sie haben. Und dieser Floger fühlt es und möchte ihn nun trösten, dass er vor ihrem Arzt nicht zusammenbricht? „Keine Sorge, Floger, ich reiß' mich zusammen. Euer Arzt kann sich ganz auf meinen Jungen konzentrieren." Anderes könnte er sich niemals verzeihen. Und schon klammert er erneut fest, stammelt unsicher … „Entschuldige Belgro, das will mir nicht in den Schädel. Am Dorfanger? Die wirkten alle so neugierig, als warteten sie auf etwas … aber uns haben sie dennoch nicht bemerkt? Wir sind denen fast über die Zehen gestolpert? Und dieses Gebäude sehen sie auch nicht? Hier wohnt ein Arzt? Der Lobo helfen kann? Er gehört zu euren Brüdern? Ein typischer Arzt ist er wohl eher weniger … es wirkt so kauzig, dieses Monument hier mittendrin?" Eine Antwort gibt's nicht. Nur eine Zeitreise ins Ägypten vor 4000 Jahren, mitten am westfälischen Dorfanger. Eine Einlagerung, die keiner sieht? Klar bekommt man da tiefe Stirnfalten. „Ist das etwa eine Wandelburg? Ich habe darüber gelesen, aber ich hielt es für ein Märchen …" Falks Stimme klingt minimal zittrig. Ein Hexenhaus aus Lebkuchen hätte ihn nicht ärger erschreckt.

Dunanui verschwägert mit Camelot
29252 Asgijahr|Thal bei Gummersbach, nach der Flucht 02|1976.
Lobo ist am Grübeln. Dieser Teddybär, der ihn in seinen Gedanken besuchen kommt und helle Lichter auf seinem Bauch anzuzünden weiß, die sich so wunderbar anfühlen — er glaubt, ihm die Welt zeigen zu können, wie er sie noch niemals

gesehen hat? Seine niedliche Stimme? Bei solcher Baumhöhe und Schulterbreite? Er bettet vertrauensselig seinen weichen Kopf auf Lobos Oberschenkel und schläft tief und fest ein? Träume sind etwas Wunderbares. Demnach möchte er ihm einen verborgenen Blickwinkel auf die Welt zeigen? Dass er nicht mehr so zynisch sein muss? Das würde gut zur Stimmlage passen; dieser Singsang? Lobo liebt Harmonie. Nein, der würde das anders ausdrücken; das klingt zu intellektuell, das passt zu keinem Riesenbären-Jungen? Er meint etwas völlig anderes? Nun, vielleicht rein virtuell? Da gibt's weniger Schwierigkeiten mit Kontrollhäuschen, die wegen fehlender Sondergenehmigungen monieren, dich nicht durchlassen wollen? Selbst ein Schülerlotse stößt da zuweilen an seine natürlichen Grenzen? Es kam leider öfter als guttut vor, dass er erst einmal untertänigst um ein Telefongespräch ersuchen musste, seine Auftraggeber darüber zu informieren, dass in seinen Papieren – wider Erwarten – doch noch ein kleinerer Eintrag fehlt? Jedenfalls könne er den Sohn dort nicht abholen, wo der bereits auf ihn warten sollte, solange wie er hier schon diskutieren muss? Am Ende ist er dort derzeit völlig ungeschützt? Jeder ist diesbezüglich nur am eigenen Auftrag interessiert, um die Schutzbefohlenen selbst geht es zumeist gar nicht mehr. Nur darum, wie lange sie dir wohllöblich Einkommen verschaffen? Das wissen ihre Eltern, Anverwandten, Liebhaber, Ehegatten, Arbeitgeber? Somit bewirkt solcher Anruf zuweilen echte Wunder. Solchermaßen, dass jene, die einen eben noch arrogant zwangen, vor ihnen im Staub herumzukriechen, plötzlich selbst auf die Knie fallen und um Gnade flehen? Rührt daher sein Zynismus? Weil das nichts von netten Leuten erzählt? Weil solches System zum Kotzen ist? Seine Emma dagegen? Ein Wirbelwind und oft verstörend offen. Ehrlich, in einer Heftigkeit? Dann lasziv, dass du als ihr Bruder zittrig werden kannst? Und das mit dreizehn? Als Kleinkind offensichtlich zu viel Marlene Dietrich konsumiert? Möglich, die verehrt er sehr. Mann, diese Dirn ist so heftig, dass er sich deshalb wohl nie für Mädel interessiert, denn die Beste ist viel zu eng mit ihm verwandt? Eine bodenlos miese Ausrede für heterosexuelle Indifferenz? Ja, Zynismus führt auch zum Hang, nichts mehr ernst nehmen zu wollen. Alles mit spöttelndem Blick zu betrachten? Damit wird alles zunehmend bekömmlicher. Was ist das hier nur für ein seltsamer Ort? Dunanui, ein altägyptischer Gott, über den hat er vor zig Jahren etwas gelesen, aber leider alles wieder vergessen. Der hat hiermit etwas zu tun? Und ein Katzengott namens Bastet? Ein so verrücktes Tier, das ernsthaft einen drei Meter langen Schwanz um seinen Bauch knotet, der angeblich hilft, aus den Labyrinthen der Welt herauszufinden? Jedenfalls hat sie – klar, eine Sie – diese Erklärung bei ihm abgeliefert. Sie wolle diese Schleppe so haben, wie sie ist. Eine Braut tut das ja nur ein einziges Mal? Ein begleiteter Pfad, oftmals keine hundert Schritte? Dazu ihre merkwürdige

★★★★★★★

Dreifarbigkeit? Hat sie selbst ausgewählt! Ujujujuj … hier gibt es viele nette Dingelchen, dass man sich beinahe wie in einem Kinderzimmer eines historisch interessierten, besonders fantasievollen Kindes wähnt? Wunderbar. Der Gedanke, dass Kinder über einen magischen Raum bestimmen könnten, das Wesen selbst steuern? Nicht, dass es dann merklich friedlicher wäre oder gar gerechter, aber wenigstens verständlicher und ehrlicher? Erkaltete Herzen gibt es bei Kindern nicht gar so viele wie bei Erwachsenen. Demoralisiert, wie sie oft sind? Es wäre schön, etwas verstehen zu können. Eine Empfindung auf der Gegenseite zu fühlen? Dann wollte er vielleicht wieder aufwachen? Das wünschen sich alle, die ihn besuchen kommen und so besorgt sind. Aber wer bitte schön wollte einen perfekten Traum verlassen? Wo ein Ansprechpartner schon bereitsteht, wann immer er sich einen wünscht? Micky Maus stumme Augen? Und Lobo hört Fragen in seinem Kopf und lächelt bei jeder seiner Antworten? Ein Kind, das ihn nochmals mehr zum Schmunzeln bewegt wie seine rotzfreche Emma … „Bist du ein weiterer Bruder von Floger?" Ja, so heißt der Kinderteddy, der auf seinen Beinen schläft! Jetzt fällt es ihm ein. Schwester Schicksal, stimmt sich jetzt wohl ganz auf seine Traumbilder ein? Oder halluziniert er? War wohl echt heftig, das Zeug, das ihm Micky Maus zuletzt eingeflößt hat? Stark nach Honig schmeckend? Met? Wo Camelot mit Dunanui schäkert, könnte Balder für den Durchblick sorgen? Micky Maus spielt nochmals mit glanzvolleren Lichteffekten als Kinderteddy Floger. Oh ja, hier möchte ich bleiben, du nette Fee. Könntest du das bitte für mich regeln? Auch, dass sich Papa wieder ganz erholen kann und Mama und Emma schnellstmöglich herfinden? Emma würde so begeistert sein? Ein Lebkuchenhaus ist es zwar nicht, aber aus Märchenhausen stammt es allemal. Ob das die Gürtler sind? Denn das freie Volk sind sie nicht, das hat er zu oft besucht, um sie nicht wiederzuerkennen. Sie würden ihn auch umgekehrt kennen, indessen diese Teddys ihn genauso neugierig betrachten wie er sie umgekehrt. Er hört ihm beim Denken zu, klar, er ist schließlich ein Schwarzbär. Entschuldige, Freund Teddybär, ich habe vergessen, dass ihr Gedanken lesen könnt? Waren reine Märchenbuchgeschichten? Wollte ich nicht glauben, dass das alles existiert? Wie heißt du? Oh Mann, ich würde so gern durch dein Fell streicheln, darf ich das? Belgro? Da bin ich eingeschlafen, kaum dass ich auf seinem Rücken saß, sonst hätte ich das längst ausprobiert? Er hätte bestimmt nichts dagegen gehabt? Floger erst? Ein Teddybär zum Abknutschen. Verrate mir bitte sehr, wer du bist? Ich fühle eine Vertrautheit zwischen uns, die so gar nicht sein kann? Ich habe dich doch noch niemals gesehen? „Ich wollte dich nicht stören. Hallo Lobo, schön, dass du wach bist? Wie fühlst du dich? Lass mich nur schnell das wissen, dann komme ich auf deine Fragen zurück." »Bist du der große Merlin, den Floger angekündigt hat?

Er sagt, wir würden Freunde werd…e…n…« Lobo schläft erneut ein, so tief und ruhig wie seit Langem nicht mehr. Diese Stimme – so unendlich wohltuend und vertraut und wie Baldrian für seine wirren Gedanken. Er träumt von ihm, Merlin? Hat Floger wirklich diesen Namen genannt? Er erinnert sich nicht mehr. Aber es passt zu Camelot, das pausenlos durch seinen Schädel schummert. Weshalb er so überzeugt ist, Emma könne sich wohlfühlen. Sie kennt alle Ritter der Tafelrunde. Er muss hingegen wiederholt nachschlagen; vergisst es, ein ums andere Mal. Vielleicht, weil er es liebt, über Emmas Lieblingswelt nachzulesen? Und Micky Maus, wie er erst dazu passen will? Hier wurden wohl alle Jahrtausende in einen großen Kochtopf gepackt und Walt Disney als Würzmittel mit aller Liebe untergerührt? Demnach könnte man auf Bambi treffen und Baloo? Klar, mag er Schwarzbären. Baloo ist seit jeher sein großer Liebling. Einen Arzt mit Super-Heilkräften stellt man sich zwar normal etwas erwachsener vor und weniger comiclastig, denn er sah wirklich wie Micky Maus aus? Gut, seine Ohren waren nicht gar so groß, eher sogar ziemlich normal, aber seine Augen? Riesenhaft und mit wirklich so lang nach oben gezogenen haarlosen Lidern, wie bei dieser oder niedlichen Comic-Maus? „Es tut mir leid, dir mitteilen zu müssen, dass ich eine Entscheidung in deinem Namen traf, die mir nicht zustand. Die ich aber keinesfalls bereue. Du warst im Begriff, dich zu kastrieren, was ich nicht zulassen kann." »Und schwupp, da ist sie zurück? Die Traurigkeit, mit all ihrer Schwülnis, ihren angeblich so tiefen Gefühlen, die nur auf Sex aus sind, auf oberflächliches Rammeln und Adrenalin erzeugen. Weil uns das jung und lebendig hält? Eine Ichbezogenheit, unsympathisch wie überall.« „Du verurteilst meine Welt, weil ich dich heil und unversehrt erleben möchte?" »Oh, du stehst auf Drama? Inzestuöse Geschwisterliebe? Was ist bitte daran schützenswert?« „Du suhlst dich in Selbstmitleid. Das nenne ich peinlich und genauso abstoßend. Aber, falls du es wissen willst, jeder ist verpflichtet, seinen Auftrag im Leben bestmöglich zu erfüllen, und du hättest deinen beinahe komplett ruiniert. Nur das habe ich verhindert. Dass dein labiles, humanes Erbe alles von vornherein zum Scheitern verurteilt? Gemeinsam könnten wir das Schiff am Kentern hindern, aber dazu müssen wir lernen, nötigenfalls komplett selbstlos zu werden." »Welches Schiff? Welches wir? Welches Erbe hätte ich sonst noch im Angebot? Du glaubst, ich habe eine Bestimmung zu erfüllen? Deshalb habe ich überlebt? Es bis hierher geschafft?« „Richtig." »Dann klär mich bitte auf, erzähle mir mehr davon. Ohne Wenn und Aber. Und ich zürne dir nicht; und versuche im Gegenteil dankbar zu sein. Aber dafür muss ich das Ganze verstehen können. Auch dein blinder Glaube, ich wäre nicht – eines Tages – unkontrolliert über Emma hergefallen? Das wollte ich vermeiden.« „Gar nichts davon stimmt. Du wurdest von schwarzer Magie in einen Albtraum

★ ★ ★ ★ ★ ★ ★

gezwängt, aus dem es für dich nur noch diesen einen Ausweg gab? Das ist aber Irrsinn, den jemand in deine Gedanken eingepflanzt hat. Du liebst Emma mehr als andere Brüder, ihre Schwestern, weil du auch Mama und Papa für sie warst. Du hast sie großgezogen, ihr Werte vermittelt, sie unabhängiges Denken gelehrt? Wohl der fantastischste Zug an dir, dass du es verabscheust, selbst als Vorbild zu gelten? Du möchtest, dass jeder sich ständig reflektiert und immerzu nach Fehlern und maroden Stellen in jedem System sucht? Nicht, um Unwägbarkeiten zu schaffen und das große Abenteuer zu fördern? Nein, sondern, um begreifen zu können, wie Natürlichkeit funktioniert und wo deren Schandflecken liegen? Hauptsächlich wohl rein darin, nüchtern funktionieren zu wollen? Erst der Mensch fügte dem Faktor Leben Gefühle hinzu? Seitdem kennt es Liebe wie Hass, Verrat wie Treue, Selbstlosigkeit wie Egoismus? Je stärker ein Gefühl ist, umso gefährlicher ist sein Gegenextrem, ohne das es nicht existieren kann? Und darum gilt es, Toleranz zu erlernen, weit über deine eigenen Fähigkeiten hinaus, Respekt empfinden zu können. Ambiguitätstoleranz gemeint.“ »Hört, hört, hehre Ziele, Herr Zottelbär. Und wo bitte schön passe ich da ins System? Wenn es darum geht, das Schiff am Kentern zu hindern? Da wäre ich schon gern involviert.« „Jetzt gibt's sarkastische Ohrfeigen, weil ich wage, mich wohlfeil einzumischen und eine eigene Meinung mitzubringen? Die darf somit nur Emma haben?“ »Emma, wo ist sie?« „Hörst du sie nicht? Sie füllt unseren Dunanui-Tempel mit Fröhlichkeit und lauthalsem Lachen? Musik für meine Ohren. Aber nein, sie weiß nichts darum, dass du dem Tode entkommen musstest, der schon lange lüstern seine Finger nach dir ausstreckt, denn deine Seele wollte in der Spurrille seiner höllischen Majestät nicht funktionieren. Deshalb dein Versuch, dich zu kastrieren. Du wolltest seine Pläne vereiteln und hast damit beinahe auch unsereiner …“ »Der Teufel regiert Düsseldorf? Hast du 'nen Knall? Mag sein, dass das ziemliche Deppen zuweilen sind, aber immer noch nur doofe, verblendete, geldgeile Menschen! Teuflisch ist da gar nichts. Nur der schwarze Nebel bemüht sich darum, unsere Sicht für gesamt düster sein zu lassen. Unsere Hoffnung resolut zu vernichten …«, heult es lauthals aus Lobo. Nein, er wollte nicht aufgeben. Hat es gar nicht bemerkt, wie nahe er dran war, sie allein zu lassen. Das wollte er niemals … »was hast du getan? Du meinst diesen Mist zwischen meinen Beinen? Konntest du das wieder runter pulen?« „Den Überzug samt Manschetten; der Schmuck selbst ist ein Teil von dir geworden. Gehen wir da mit der Beißzange ran, gibt's keine Nachkommenschaft und die bist du der Welt schuldig, genauso wie ich.“ Lobo glaubt zu träumen. ›1976 spricht einer davon, man wäre verpflichtet, sich fortzupflanzen? Wo man gerade erst dezidiert herausfindet, welchen Brachialschaden die Erdkugel bereits genommen hat? Niemand möchte sich bessern, gar einen Schritt zurücktreten? Nur jene, die nichts besitzen, empören sich laut. Deren Aufschrei bewirkt aber nichts, hilft keinem weiter? Liefert nur weitere Argumente, die Legislative darin zu bestärken, solche Protestler stummzuschalten. Denn sie stören die Harmonie.‹ „Und schon höre ich nur noch Bitterkeit? Hast du alles Lachen an deine Schwester verschenkt? Du bist ein Smolljagd!" »Wie witzig das klingt …« „Du steckst bis zum Anschlag voller Komik, Unsinn und Blödelei!" »Ich?« Er verwechselt mich … „Du bist der geborene Kobold, solltest wie ein Hofnarr umherziehen und selbst jeden Düsterwind zum Schmunzeln bewegen wollen? Und jetzt versucht ernsthaft ein Düsterwind dich an dein Ursprungswesen zu erinnern, weil er sich schon so auf diesen Kobold gefreut hat, der bald an seiner Seite schlafen wird und allen Kummer von ihm abwaschen kann." »Was ist ein Smolljagd? Schwarzbären sind Düsterwinde? Den Ausdruck habe ich schon einmal gehört, aber da ging's nicht um Märchen … ich erinnere mich nur dunkel … es ging um eine teuflische Armee, die sich gegen die Menschheit im Schatten aufstellen könnte? Die AO-Mythologie? Darüber redet man zuweilen in der Stadt? Im Rastatter Schloss, unweit des Schröderbergs, versuchen sie alte Aufzeichnungen zu entschlüsseln? Davon habe ich wohl etwas zu viel aufgeschnappt, das ich nicht hören sollte? Deshalb fühlt es sich so an, als wäre es von einer schwarzen Wolke umwoben? Wer kann so etwas in meinen Gedanken erzeugen? Dass ich mich daran nicht mehr erinnern möchte … fast schon klaustrophobisch auf den Gedanken selbst reagiere … ich zittere wie Espenlaub? Nur, weil ich dir davon erzählen will?« „Das ist es, was dich im Justizgebäude verführen wollte. Eine dunkle Macht, die durch die Gänge deiner geliebten Stadt kriecht und Leute infiziert. Täglich werden es mehr." »Wie kann ich helfen, es aufzuhalten?« „Indem du dich für Emmas Vorschlag öffnest." »Emmas Vorschlag sollte mich davor bewahren, vergewaltigt zu werden, was bereits auf andere Weise passiert ist, sie aber nicht weiß? Wie könnte das helfen? Das Gedöns hängt noch an mir? Damit erschrecke ich jedes Mädchen? Wer wollte solchen abartigen Kerl berühren? Freiwillig und gar noch dauerhaft? Und ich glaube, dass das Mädchen, das sie meint, auch viel zu jung ist? Emma fühlt sich schon reifer, als sie tatsächlich ist. Sie pubertiert kräftig und ist in einem Klassenverband, wo die anderen wenigstens drei Jahre älter als sie sind? Ich habe sie so früh schon ausgebildet, dass sie gleich in die dritte Klasse kam und dann hat man sie direkt im nächsten Schuljahr ins Gymnasium gesteckt. Meine Absicht. Die Schulhöfe sind deutlich besser abgesichert, da sie viele Eliteschüler aufnehmen und die muss man heutzutage gut in Watte packen, sonst ziehen sie weiter und ohne deren Geld geht jede Schule den Bach runter? Gute Lehrer erzeugen Kosten, müssen konstant auf neuestem politischen wie wirtschaftlichem Standard trainiert bleiben, dass sie dem System nicht widersprechen? Die technische Weiterentwick-

★★★★★★★

lung dieser Tage? Wie sich ständig alles verändert? Die biologische Verarmung? Weiterbildung kostet; ein Problem der Schulen? Ein Direktor läuft den ganzen Tag umher, Spendengelder aufzutreiben, Schutzwachen und Sonderausrüstungen bezahlen zu können? Und seine Wissenschaft und Technik auf dem neuesten Stand zu halten? Das heißt, er benötigt immerzu die klügsten Junglehrer, die eben erst fertig mit der Ausbildung wurden und die müssen seinen grauen Eminenzen im Lehrerzimmer beibringen, dass zukunftsorientiert sein, alles bedeutet und Tradition nur dahingehend wichtig ist, dass man auf ihr aufbaut? Aber sie ist nur noch Fundament, nichts weiter. Wir rennen in eine Zukunft, die uns täglich neu die Beine zu brechen sucht und dabei klarstellt, was wir alles am Streckenlauf vernichten, welchen Brachialschaden wir anrichten, den keiner mehr beheben kann? Und doch laufen wir unentwegt weiter, weil Stehen bleiben nochmals zügiger den Tod fordert? Das riskiert keiner. Dafür aber die Zukunft der eigenen Kinder, die wir pulverisieren? Ja, es gibt nur wenig Heiterkeit in mir. Ich habe versucht, Emma so leichtfüßig wie möglich zu halten, das hat wohl alle Lachreserven restlos aufgebraucht.« „Nein! Die Traurigkeit hat seine höllische Abscheulichkeit in dich gepflanzt; er versucht, den Smolljagd zu eliminieren. Aber wir werden seine Wurzeln herausreißen, versprochen.“ »Erzähl mir von Emmas Idee, bitte, dass ich vorbereitet bin.« „Du hast Angst?“ »Ja, klar, habe ich Angst. Welche Frage!« „Du weißt, dass Bündnisse und Verträge längerfristig Sicherheit, Frieden und Ruhe bewahren helfen?“ »Du redest von Eheverträgen der Fürstenhäuser der vergangenen Jahrhunderte? Dafür wäre heutzutage ein simpler Straßenköter wie ich ernsthaft geeignet? Welcher einflussreiche Schwiegervater wollte denn einen so ramponierten Schwiegersohn akzeptieren? Mal abgesehen davon, dass ich weder Macht noch Reichtum mitbringe?« „Einer, der einen Bund mit den Altervesten eingehen möchte.“ »Altervesten? Diesen Namen hat sich doch Murphy einfallen lassen? Oder war's Floger? Wer sind die Altervesten? Wohl nicht nur der Falkengau-Thal? Warum der ein Er ist, habe ich bis jetzt auch noch nicht kapiert. Die Augen ihm gegenüber grinsen schelmisch, klar, ein Murphy!« „Er musste uns bisher zum Lachen bringen? So viele Smolljagds gibt es leider nicht. Schon darum brauchst du dringend Kinder.“ »Und damit würden wir beiden klarkommen?« „Eine Frau und zwei Männer, meinst du? Warte es ab, bald zeigt uns Stefan vG im südlichen Sternenpark, wie das funktioniert. Er zeigt uns allen völlig neue Wege auf, in jeder Beziehung.“ »Und das weißt du woher?« „Ich bin ein Bjord und sehe viele Bilder und die werden nicht nur von einem Schmetterling beschützt, den jemand versehentlich zertreten könnte, der davon erfährt? Sie werden von der Zeit selbst behütet, die uns Einblick auf ihr Innerstes gewährt.“ »Schwester Zeit? Entschuldige bitte, dass ich so heftig aufstöhnen muss, aber ich dachte doch, dass ich hier mit Schwester Schicksal rede, sei so mein schräges Ding, mit diesen Unwägbarkeiten klarzukommen? Diese Absurditäten, die sich anhäufen, seit ich den ersten Teddy gesehen habe, der sich als Schwarzbär betitelt und anderen vorgaukelt, er wäre nur ein etwas größer gewachsener Südländer? Halt minimal haariger als üblich?« „Als Scherz gemeint? Das lobe ich mir." »Man tut, was man kann, auf der Ersatzbank, zum Prinzen erhoben, der heilige Bündnisse schließen helfen könnte … mit wem? Falls Zwischenfragen an der Stelle erlaubt sein sollten?« „Ach, du wirst rasch wieder zynisch werden, aber du willst es ja unbedingt wissen." »Von wegen, Düsterwinde könnten nicht selbst etwas herum spötteln? Du kannst es allemal.« „Ich bilde mir auch etwas darauf ein. Also auf mein besonders humorvolles Wesen — ist eher selten in der Bärenabteilung? Aber, Scherz beiseite, denn du willst reinen Wein eingeschenkt bekommen. Weißt du, dass deine Emma mit praktischen Miniwaffen ausgestattet ist? Sehr nützlich für solche, denen es etwas an geeigneter Muskulatur mangelt? Und ja, sie hat zudem gelernt, damit behände umzugehen. Wie übrigens auch andere Besitzer solcher Waffentechnik, die gerade in den Gymnasien rundum verteilt wird und seitens der Obrigkeit nicht nur toleriert, sondern respektive gefördert." Lobos Augen könnten kaum runder aussehen. Warum weiß er davon nichts? „Du sagst gar nichts? Ich warte schon auf die empörte Frage ›wer mischt sich da in meine Erziehungspolitik‹? Oh ja, ich empfinde es als witzig!" »Ulknudel!« „Emma war eine der Ersten, praktisch das Versuchskaninchen und sie hat unseren Möchtegern-Bündnispartnern bewiesen, dass es Mittel und Wege gibt, selbst als Mafia einen Schuldirektor positiv beeindrucken zu können? Wir leben in grauen Zeiten und wer tatsächlich die schwärzesten Socken trägt, ist manchmal schwer auszuloten." Reichlich unbekömmlich, was ihm da heiß serviert wird? »Ich soll in die Mafia einheiraten? Ernsthaft?« „Es gibt unterdessen überall Unterströmungen, die man niemals außer Acht lassen darf. Du hast bestimmt davon gehört, dass Rocker und Freikorps anfangen, unsere ungeschützten Wegstrecken außerhalb der Schutzzonen abzusichern? Hätte sich vor einem Jahr sicherlich noch keiner zu träumen gewagt; aber es ist passiert und hält vor. Das heißt, das Wesen der Zeit heißt Veränderung. Wohl für gesamt? Eines Tages, falls es fortwährt, engagieren die Städte die Syndikate, sie vor den städtischen Streifen zu beschützen? Spätestens dann erstickt das letzte Grinsen in jedermanns Gesicht und es bedarf jeder Menge Smolljagds, dass wenigstens noch Kinderlachen darunter durchzuhören ist." »Das klingt verzweifelt? Du traust dieser Entwicklung nicht? Ergo der neuen Rockergeneration und den sich veränderten Freikorps? Du hältst das alles für Lug und Trug? Warum schlägst du mir dann ein Bündnis mit einer Mafia-Familie vor?« „Weil ich dauernd hin und her schwanke und mich endlich hierin stabilisieren möchte. Die Familie

Bellamo stammt aus Sizilien und hieß ursprünglich Belami – ›guter Freund‹ – sie sind mutmaßliche Normannen, die das Massaker im vierzehnten Jahrhundert überlebt haben. Du hast davon gehört? Die halbe Insel wurde gebrandschatzt und verwüstet, Tausende abgestochen oder auf Galeeren verfrachtet. Wo sie sich tot rudern durften? Keiner kehrte jemals zurück. Die Insel wurde abermals neu aufgebaut. Und ein paar einfühlsame Yolliver-Bären siedelten dazwischen an. Gut getarnt mischten sie sich mittig darunter. Westkonare würden wir sie heute vom Wesen nennen, aber es waren keine Konare, sondern Alanij aus dem Urkenvielt. Eine schon damals recht eigenwillige Traditionsburg, die dennoch nur wenige Yolliver abwirft. Was wir auf einen einzigen Schwarzbären zurückführen. Junos Changier Belarr. Sein Rufname sehr gern ohne ›s‹ ausgesprochen, ihn zu ärgern; er soll es in Ehren tragen und der römischen Göttin huldigen.‹ »Von welcher Zeit sprichst du jetzt? Von heute oder von damals?« „Von aller Zeit, denn der Gute scheint noch immer putzmunter zu sein? Bekam langlebige Gene ab, das gab es in unseren Reihen früher häufiger. Ist aber sehr selten geworden.‹ »Er lebt noch? Gut, dann mag das so sein. Er könnte diese Yolliver dorthin befohlen haben? Dann waren das gar keine Abtrünnigen? Denn das heißt doch Yolliver? Dass sich jemand gegen seinen Ursprung wendet? Habe ich vor Urzeiten gelesen … frag nicht, wo, wann und in welchem Zusammenhang.« „Wir vermuten, dass er ganz gezielt, die Bevölkerung unterwandern ließ, gut getarnt, dass keiner die Bären bemerkt.‹ »Du glaubst, die Belami-Bellamos stammen von diesen Alanij ab? Das willst du sagen? Dass wir damit vielleicht ein Bündnis mit einer Traditionswandel-burg eingehen? Die, die uns ansonsten feindlich gegenüberstehen? Falls man der AO-Mythologie wenigstens etwas glauben möchte?« „Ja, das ist der Grundgedan-ke.‹ »Aber das ließe sich nicht etwa zuvor noch gütlichst abklären?« Oh, Lobo schaut so unschuldig drein, wie er irgendwie kann. Ja, er hofft noch auf ein gültiges Argument, aber sein Gegenüber scheint davon nichts hören zu wollen. Der überarbeitet auf Basis dieser erfreulichen Möglichkeit bereits sämtliche Strategien. ›Ui, das könnte also wirklich Tatsache werden? Er und eine Frau? Und Emma kennt sie und betrachtet sie am Ende als Freundin? Dann muss er auch noch eine glückliche Ehe führen? Hoffentlich ist die nicht so heiß drauf wie seine Mutter?‹ „Du hast noch Fragen?‹ »Ist das ein Scherz? Natürlich! Du hast mir noch immer nicht gesagt, was ein Smolljagd ist? Nur, dass sie viel Humor mitbringen. Also ist Emma auch ein Smolljagd? Denn sie hat ehrlich den Schalk gefressen. Von welchem Elternteil haben wir das geerbt?« „Nein, nur du bist ein Smolljagd. Emma nicht. Auch keiner eurer Eltern.‹ »Wie bitte? Ich wurde adoptiert? Möchtest du das sagen?« „Nein, deine Mutter hat dich ausgetragen. Aber du hast ihrerseits nicht viel geerbt. Das ist bei Zauberwesen so üblich, dass wir nur sehr wenig von unserer menschlichen Seite übernehmen …" »Du hast eine menschliche Seite? Deine Mutter war Mensch?« „Ja." »Weiß mein Vater davon? Falk, meine ich?« „Ja, er weiß es, der andere aber nicht." »Oh, bitte, du erzählst mir jetzt alles darüber. Sofort.« „Du meinst, wenn ich jetzt schweige, kann ich mir einen anderen Heiratskandidaten für meine Mafiapläne suchen gehen?" »Im Ernst? Du treibst darüber Witze?« „Dein Zynismus ist so tief verwurzelt, dass ich dir Schlimmeres hätte vorschlagen können und du würdest noch immer grinsen können." Grrr! „Gut, ich bin ja schon ganz artig. Also ja, die Bellamos, die sich als normannische Mafia-Familie verstehen, sind schwer von Schwarzbärenblut durchzogen. Aber es gibt auch Normannen darunter, wie diese Tochter, Bellarose, die seit dem letzten Schuljahr in Emmas Klasse ist und die schwächer gestrickten Gymnasiasten wehrfähiger sein lässt. Sie ist dreizehn, genauso wie Emma. Der nächste Happen, der dir unbekömmlich erscheinen mag, aber leider notwendig ist? Denn wir können keine fünf Jahre darauf warten. Wir benötigen dieses Bündnis jetzt und nicht erst irgendwann später? Das Mädchen hat wie Emma seine regelmäßigen Blutungen bereits seit über vier Jahren. Sie ist demnach als Frau vollständig ausgereift." »Upps, ich träume das doch nur? Ihr seid also wirklich so sachlich, nüchtern gestrickt, wie in Papas Märchenbuch angemerkt stand? Selbst Floger? Der wirkt so gefühlvoll, wenn er seinen Kopf auf meinen Beinen bettet? Der würde solche Tatsache doch wenigstens weniger derb ausdrücken?« „Entschuldige, bitte, aber das ist immens wichtig." Kurzes Räuspern, „wir vermuten, dass der Einfluss der Schwarzbären die frühe Reife bewirkt hat, wie du bei deiner Schwester? Du wolltest sie beschützen? Das bewirkt manches Mal unser Unterbewusstsein – gerade, wenn es selbst entscheiden kann, wie es helfen möchte." »Der Zauber in mir hat Emma frühreif sein lassen und sie ist bereits wie eine erwachsene Frau? Aber sie spielt noch mit Gummifiguren? Liest Jungmädchenbücher wie Hanni & Nanni? Das tut doch bitte schön keine erwachsene Frau?« „Sie muss gesellschaftlich plausibel klingen können? Gerade als Mädchen, mit dauerhaft abwesenden Eltern, muss sie fehlerfrei funktionieren? Das weiß sie als junge, gewitzte, moderne Dirn nochmals viel besser als du als unabhängig denkender, junger Mann."

»Erzähl mir von diesem Mann in Emmas Gedanken. Er ist plötzlich übermächtig? Überschattet jeden meiner Gedanken? Steht er etwa vor der Tür? Ich ahne schon länger, dass es nicht mehr allzu lange dauert, bis es passiert, aber doch nicht gleich in den nächsten fünf Minuten? Bitte erzähl mir etwas Nettes von ihm … kennst du ihn näher? Magst du ihn? Zählt er zu deinen engeren Freunden? Woher kommt er? Wo hat sie ihn kennengelernt? Ich muss doch nicht Abschied von ihr nehmen – sie lebt weiterhin nahe bei mir? Bitte, ich bekomme gerade unglaubliche Angst,

★★★★★★★

das Wichtigste in meinem Leben zu verlieren, wenn sie weggehen sollte … mag ich ihn?« „Er ist Phyrosier, will heißen, ein so klar formulierter Demokrat, wie du in ganz Midgard, so rasch, keinen Zweiten finden kannst. Außer, du wühlst in uralter Geschichte bei den Griechen? Gleichwohl waren die schriftlich sicherlich leidenschaftsloser als mündlich? Einen emotionsfreien Griechen könnte ich mir kaum vorstellen. Will ich auch gar nicht, denn ich mag Gefühle, liebe den gesamten heißblütigen Süden, der damit bis zum Anschlag vollgestopft ist. Die Nordlichter mit ihrer Nüchternheit haben jedoch schon sehr viel Leid vermeiden geholfen? Aber auf selber Basis Kummer und Schmerz erzeugt? Es fällt mir somit nicht ganz leicht, eine emotionsfreie Aussage zu formulieren, die sich nicht sogleich in den eigenen Hintern beißt." »Magst du ihn jetzt oder weichst du mir beflissentlich aus?« Lobo ist irritiert, was will er ihm sagen? Zum Teufel, Gefühl oder Nüchternheit, Hitze oder Kälte, das ist Emmas Ding, damit muss sie zurechtkommen? Aber, gut, so lässig kann er darüber nicht einmal nachdenken. Denn sie ist … die Kleinste … das Nesthäkchen … seine Schutzbefohlene? Sein Schwesterherz! Und selbst, wenn er mit seiner Fürsorge diesen frühen Reifeprozess ausgelöst haben sollte – wofür es bisher keine Beweise gibt – ist sie erst 13! – »Eine Kalklatte? Meinst du das? Mit Nordlicht? Warum jetzt nochmals ein anderer Begriff? Ein klar formulierter Demokrat? Gilt hoffentlich auch für Weiblichkeit? Nein?« – Hilfe, quietscht er gerade so erbärmlich im Inneren? – »Bitte, Freund Merlin, das tust du mir doch jetzt nicht auch noch an, ganz nebenbei mitzuteilen, dass Eiswolken eiskalte Patriarchen sind, die in keiner Form den Zeitgeist gutheißen? Das hieße für Emmas Zukunft ja nochmals mehr Gewitterwolken, als selbst in eine Mafia-Familie einheiraten zu müssen? Gibt's da nicht vielleicht noch einen Alternativvorschlag? Oder ist das auch bereits in Stein gemeißelt? Und auch daraus ergäbe sich ein Bündnis, das der Falkengau-Thal bitter benötigt und auch darauf kann er kein bisschen länger warten? Wie, verflixt noch eins, heißt der blöde Kerl und du – wie heißt du? Rück endlich damit raus, denn Merlin weigere ich mich, dich weiterhin zu nennen. Der ist in Emmas Welt ein glorreicher Held! Diesen Status musst du dir erst noch verdienen. Und das Ganze bitte, bevor ich ganz in Tränen zerfließe! Und dann stellst du mir meinen leiblichen Vater vor und diese andere Welt, die Floger mir als Märchen angekündigt hat. Aber ja, ich erinnere mich an schauerliche Elemente bei den Gebrüdern Grimm? Die gibt's dann wohl überall?« „Lobo, ihr werdet glücklich sein. Versprochen. Du wirst deine Bellarose auf Händen tragen, wie zuvor deine Schwester? Dein Schwager heißt Gylfi, wir nennen ihn den Phyrosier. Er ist der älteste Bloonie, den ich kenne. Falls du Erfahrung mit Vernunft in Einklang bringen möchtest? Keinem wird etwas fehlen. Die Welt, die ich dir zeigen kann — ein Bruchteil eines unendlichen Universums? Du wirst es lieben. Und keine Nachhilfestunden benötigen. Sie nennen mich Baumert. Geboren wurde ich als Eugen Blum im Flämischen Siebenstein in Brüssel. Eine Wandelburg, die die spanische Alhambra seit vielen Jahrtausenden frech kopiert.« »Ach ja? Wie viele Jahrtausende denn genau? So alt ist sie ja gar nicht? Du grinst lediglich?« „Magst du erneut auf einem Bären reiten? Ich zeig's dir. Alles." Lobos Augen leuchteten auf. „Los, komm schon, steig auf", Baumert klopft einladend auf seine Hüfte.

Germanicus am Rhein
29252Asgijahr|Düsseldorf unter dem Justizgebäude, 02|1976.

Ein schachtartiges Zellenkonstrukt wie in den Etagen darüber, nochmals entfernter von Sonne und lebendigem Leben. Eine exponierte Gruft, das Mittelaltergitter vorn, anstelle der kalten Plexiglasscheibe. Keine Besucher; der zwei Meter lange Gang wird von technischer Gerätschaft vereinnahmt, auf der Betonstufe, bis zur Decke hinaufreichend. Dasselbe Bettgestell, aber hier mit hauchdünner Matratze etwas bequemer, zudem ein Kissen und eine dünne, angenehm weich wirkende Decke. Die Kleidung des Häftlings lässt ihn nicht halb nackt erscheinen, er kann die Träger lösen, sich richtig waschen und die Toilette aufsuchen. Sein Kopfkissen ist als Sichtschutz drapiert. Hinten an der Wand, ein niedriges Bodenbecken, die Duschwanne, mit Gummipfropfen für Fußbäder. Kaltes Wasser? Immerhin. Auch er muss sein Lesematerial für Reinigungszwecke nutzen. Viele Zeitungen, nicht bloß eine. Jedoch erkennbar, dass er sorgsam haushalten muss, denn er benötigt viele Berichte für die Arbeit. Eine Rechenanlage, drei Meter auf zwei Meter, die ordentliche Winde erzeugt und die triste Stimmung etwas auffrischen hilft. Ein Trost, Wind auf der Haut zu spüren. Er träumt davon, unter grünen Laubbäumen zu stehen, am liebsten wäre ihm eine Kastanienallee oder ein Birkenhain? Und dem Gesang der Vögel in den Ästen über sich zu lauschen? Ein Eichhörnchen mit Nüssen zu verwöhnen? Einen neugierigen Hasen im Gebüsch hinter sich zu fühlen oder ist es gar ein frecher Rotfuchs? Eine fette Henne zu entdecken und daneben einen Schusterpilz? Eher untypisch und schon arbeitet seine krause Stirn, um sich dieses Phänomen erklären zu können. — Stapelweise Disketten in den Regalen und auf jeder Ablage, ergänzende Tonbänder, haufenweise Bildmaterial, ein Rechenschieber, Bildschirme an der Anlage mit Preimuk-Logo? Eine riesenhafte Pinnwand gegenüber, unterhalb weiterer Rechenanlagen im Dauerbetrieb. Mit ausgedruckten Kurven, teils beschriftet, verstörende Jahreszahlen zu lesen. Schreibpapier und kostbare Zeichengeräte, die erkennbar machen, dass er dieses Material nicht gegenüber, am Abort, benutzen sollte. Fühlbare Verbotsschilder, die keiner nötig hatte, aufzuhängen? Man begreift es auch ganz ohne. Kein einziges Buch, wo andere Wissenschaftler in ihren Büros

✶✶✶✶✶✶✶

ganze Bibliotheken nach Themen sortiert, in hohen Regalen verwahrt halten? Diese fühlbare Kälte, eine Grausamkeit, die Betongrau nochmals karger und rauer werden lässt. Die Zelle wird ansonsten mit aller technischen Raffinesse verwöhnt und die Gerätschaften sind sogar neu-modern miteinander verbunden – vernetzt? Das Zauberwort, wo man schlechterdings erst richtig begreifen lernt, dass es eine nochmals bessere Lösung als die Schreibmaschine samt Blaupause für Öffentlichkeitsarbeit, Ausbildung, Kommunikation und Archivierung gibt? Das LLpro-Logo, die Haselnuss, flächendeckend zu sehen. Ein exklusiver InCo-Arbeitsplatz vorn am Gitter. Der Individual-Computer überflutet seit drei Jahren Europa. Ein Gemeinschaftswerk von Projekt Blau und LLpro, das eine in Rastatt angesiedelt, Preimuk Karlsruhe zuzählend, das andere ein argloses Ingenieurbüro im Baden-Badener Stadtteil Balg, das seinen Standort sorgsam verbirgt. Rein zufällig angrenzend an den Sternenpark Stefan vGs. Wobei Preimuk ebenso mit Genies auffährt. Die Lichtgestalten Dr. Konrad Thiele und bekannter Mäzen, Dr. Theobald Gruber, finden dieser Tage viele neue Freunde, denn die heranwachsende Jugend spielt mit ihren Figuren ab Sandkastentagen. Den Chemiebaukasten gibt's dann ergänzend zur Einschulung für den Sohnemann. Das bezogene Projektteam wartet derweil markant schwarzbärig auf, mit sommersprossigen Rotschöpfen und netten Menschen abgerundet. Sie alle wissen nichts von diesem Mann in Düsseldorf, den sie sicherlich sehr mögen würden. Vor allem wohl seine Auswahl an bevorzugten Gesprächspartnern, warmherzig belächeln könnten? Dessen Heimstatt ins blanke Erdreich gezwängt, ganz ohne Betonverschalung, nochmals spröder und kälter wirkt, vor allem auch, weil seine Technik ungeniert Zukunftsmusik spielt: Glasfaser — eine Erfindung, die erst in dreißig oder vierzig Jahren laut Traijnks-Weissagung angedacht war? Man hofft wohl verbissen, dass Schmetterlinge dagegen immun sind?

Er sehnt sich inbrünstig nach Kloß, mit Soß, mittelfränkisch? Ja! So wertvoll die Arbeit, so schlicht sein inniger Herzenswunsch? Eine Sammlung von Momentaufnahmen huscht über seine kalten Wände, zeigt ihn in verschiedenen Altersstufen, wie er im Laufe seiner Knechtschaft verschrumpelt, immerzu zerknitterter wirkt. Ihm mangelt Tageslicht. Er erleidet in seiner vernetzten Edelgruft den schleichenden Tod. Wie alt war er anfangs? Anfang, Mitte zwanzig? Jetzt, tagesaktuell, wirkt er so zerknittert wie ein gut hundertjähriger Bijix — aber nein, er ist keine zerische Schöpfung, keine Zaubergestalt, nur ein siechender Leib. Besonders hager, halb verhungert, so grazil gebaut. Ein ehemals geschickter Kletterer? Seine Figur lässt auf eine drahtige Jugend rückschließen. Erinnerungen von typischen fränkischen Klettersteigen kriechen über seine Wände, über die ein Jugendlicher lachend hinweg huscht, von einem anderen draufgängerisch verfolgt? Kein Hochgebirge, nein, aber zum Halsbrechen reicht's vollends aus. Die Hersbrucker Schweiz. Da, der Prellstein, mit einem Mahnmal des örtlichen Wandervereins? Der junge Mann, wie lange ist es her, dass er bei dieser gepflegten Bergwachthütte aus der Wasserflasche getrunken hat? Rosige Wangen, ein junger Mann, bereit für das große Abenteuer? Gegenüberliegend eine Feierlichkeit mit Blasmusik, eine Kranzniederlegung? Kniebundhosen mit typisch bunten, sehr dicken, wollenen Wanderstrümpfen oberhalb der festen, ledernen Bergschuhe. Das Jahr ist in den kühlen Herbst übergeflossen. Bunte Blätter im Aufwind. Mitte, Ende Fünfzig? Nein, Nazis hat er nicht aktiv kennengelernt, wenn nur als Kleinkind. Mitte, Ende dreißig, das kommt hin, fühlt sich richtig an. — Ein übermütiger Geißbock im Berg, lausbübisch, sympathisch, jung und so arglos. Als wäre allesamt nur simpler Waldboden, nicht schroffer Felsen, blanke Wände, die auf langer Strecke mit viel Geschick überquert oder umrundet werden müssen, zwischendrin auf luftigen Metallpflöcken balancierend? Wer in seiner Jugend über den Höhenglück-Steig im Hirschbachtal hinweg huschen konnte, den darf niemand in ein dunkles Keller-loch sperren! Er verrottet in solch toter Umgebung. Es ist das Sonnenlicht? Seine Haut leidet, eine Mangelerscheinung. Ein erhöhtes Bedürfnis nach Sonne, das man ihm im Keller Düsseldorfs nicht zugesteht. Es interessiert keinen, wie lange er noch überleben kann. Denn dass er stirbt, wissen sie. Er weiß es ebenso gut. Armselig … Midgards verrotten innerlich, benötigen keinen bösen Holsteiner Michel, ihnen ihr Herz abzuluchsen und durch ein steinernes zu ersetzen? Stefan vG leitet alle Parkianer an, Wilhelm Hauffs ›Das kalte Herz‹ zu lesen. Midgards merken vielerorts gar nicht mehr, dass sie noch über eins verfügen – so kalt ist es! Aber keinen interessiert's. Ist es deshalb so uninteressant, weil es nur andere be-trifft? Nicht denjenigen selbst, der vor Ort entscheidet? Auch keinen seiner Kinder und Freunde? Wobei Kinder der edleren Bezirke mittlerweile auch bedenklich aufmüpfig wirken? Es ist seit Jahren offensichtlich, dass solcher Prinzenaufstand denkbar wäre! Und doch hat sich nie jemand näher dafür interessiert, tut es weiter-hin nicht, sie packen nur die eigene Brut nochmals herzloser und brutaler an? Aber das funktioniert nicht! Jede Logik schreit wutschnaubend auf! Sonnenklar, dass sich spätestens Privilegierte niemals damit abfinden werden, gleichermaßen wie Gewöhnliche unter Nonsens und ferner liefen abgelegt zu werden? – Ein Klima-forscher, der die privilegierte Oberliga Nordrhein-Westfalens mit schockierenden Daten versorgt. Nicht, dass wer planen wollte, die prognostizierte klimatische Ne-gativkurve abzumildern, nein, sie wollen nur wissen, ob es sie persönlich schmerz-lich treffen könnte und dafür entsprechend gerüstet sein. Sie suchen diejenigen Plätze auf Erden, wo das Klima nicht gar so schändlich im Dreieck zu springen

★ ★ ★ ★ ★ ★

droht? Wollen rechtzeitig genug, Grundstücke erworben haben, sinnvolle Schutzburgen errichten und das Gesamtwerk mit anderen Auserwählten vernetzen?
Gemeinsinn? Ein kläglicher Restbestand von Gefühl.

Für manche ist das Universum ein Universum.
Für andere nur ein stupider, dehnbarer Begriff.

Das Universum als die Gesamtheit aus Raum, Zeit, Materie und Energie. So
definiert sich, was sich unendlich wähnt und James T. Kirk und den spitzohrigen
Spok zusammenführt. Ein Russe in führender Position, und es gibt exponierte
Frauen. Die Serie sucht zu verbrüdern, Einigkeit zwischen den Völkern zu säen.
Aber, Gefühl ist weder käuflich noch kann es intellektuell erzwungen werden
oder per Sozialplan befohlen? Auch im Weltall kursieren hanebüchene Ideologien, Verständnislosigkeit, offene Fragen ohne Antworten, Neid, Missgunst
und Habgier. Und man fürchtet sich, zieht genauso dicke Mauern hoch, baut
Wachtürme und rüstet auf. Vergräbt behände Bomben im Erdreich, sich sicherer
fühlen zu können? Und dann zerreißt es ein achtjähriges Mädchen im Wald, weil
sie einen Steinpilz im Unterholz zum Essen mitnehmen möchte? Die Schulka-
meradin überlebt, die sich so eben noch darüber mokiert hat, dass die Familie der
Toten so kläglich arm ist, dass eine Achtjährige für Mittagskost sorgen muss? An
anderen Tagen hatte sie Kräuter und Beeren gesammelt, und auf ihren Stullen
in der Brotdose finden sich immerzu selbst gekochte Marmeladen und delikate
Relishes? Stefan vG hat die Familie zwischenzeitlich im Park aufgenommen und
ihre Rezepte ins Taflerkochbuch übertragen. Die Tafler, zu denen jeder Parkianer
zählen möchte? Ein uneingeschränkt vertrauenswürdiger Mitbewohner, der mit
dem Junggrafen Stefan vG speisen darf und selbstredend freizügig diskutieren?
Der Traum vieler, die über Stefan vG und seinen engen Freund Sam Melzer in der
Presse gelesen haben. Unzensiert heißt es. Aber selbst der Park kauft Stimmen.
Soweit ist es mit Midgards Ehrlichkeit bestellt, dass ein ›Unzensiert‹ bedeutet, ein
Grafensohn hat für diese Meldung bezahlt und alles andere, das nicht als ›unzensiert‹ gilt, demnach ›zensiert‹ ist? Immerhin lohnt es nachzufragen, denn es gibt
noch immer eine Gewaltenteilung, spöttisch als ›geteilte Frömmigkeit‹ betitelt.
Innerhalb bürgerlicher Gemeinschaft geschieht schließlich nichts, ohne Zustim-
mung der Kirchenväter. Sie verfügen, wer offiziell sprechen darf. Seien es Katholiken, Orthodoxe, Protestanten, Anglikaner oder kleinere Gebetsgemeinschaften,
ganz gleich, erst mit ihrem Einverständnis manifestiert sich Macht und wählt
ihre Vertreter. Aus den großen Bündnissen, Verbänden, Parteien sowie Ideologien, allesamt mit Sitz im Westeuropäischen Parlament (WP) in Brüssel: OUT

(Ordnung und Tradition), die starke Gemeinschaft der Christen Europas. – LAR (Liga der Aufgeklärten Republiken), unter der Hand ›gemäßigte Demokraten‹. – VEP (Vaterländische Einheitsparteien), die ›Radikale‹. LAR und VEP übernehmen Mitglieder der NDE (Neue Deutsche Einheit), als sich der europäische Einheitsgedanke ab April 1965 verselbstständigt. NDE-Wähler empfinden sich zwanzig Jahre lang als die ›wahren Demokraten‹. Der bisherige Obmann Fürst Dr. Lars-Dietrich vonKorben führt fortan die VEP, mit Stammsitz in Brüssel und Bremerhaven. Damit gründet sich im Spätsommer 1969 die Westeuropäische Zentralbank (WZB) in Bremerhaven und im Frühjahr 1973, insbesondere infolge des schwarzen Nebels, der Westeuropäische Flottenverband (WFV) in Oslo, das Westeuropäische Militärhauptquartier (WMHQ) in Lyon und der Oberste Westeuropäische Gerichtshof (OWG) in Florenz. – ASG (Allianz für soziale Gerechtigkeit). – DAF (Demokratische Arbeiterfront). – EVU (Europäische Volksunion), als ›marxistische Gemeinschaft‹ getriezt, in Kurzform ›MarGe‹, ihrem Obmann Sam Melzer geschuldet, ein offensiver Gegner des verbissenen Hechelns um größtmöglichen Profit. Weitergeleitet zu Kosename ›Margy‹, mit y-Chromosom verfeinert, da ihr Frauenanteil schier den obersten Himmel zu küssen sucht, deshalb auch schlicht ›Eva‹ genannt, oder trocken ›die politische Eva, die moderne Frau des Herrn Eden‹. – GO (Grüne Offensive). – EULE (Ehrenhafte Union für ein Liberales Europa). – Klub-dp|deus pacis, der streng genommen hier gar nichts zu suchen haben sollte, aber dennoch Sitze in Brüssel belegt und weitere Vertreter nach Oslo, Lyon und Florenz entsendet. – BdGV (Bund der Grauen Vesten), hat sich eben erst geäußert und lässt bisher offen, wer sie im Einzelnen sind und welchen Einfluss sie künftig suchen werden. – Die Alterveste, nur wenigen bekannt und viele weitere. Die Alterveste tritt nochmals schräger auf als alle gesellschaftskritischen Comics zusammen, die dieser Tage ihr Debüt geben. Ein Kinder-Bijix gilt als Namensgeber und eine bizarre Glückskatze als Schutzheilige? Und selbstverständlich darf man bei alldem, die royalen Unterströmungen Europas nicht übersehen, die etwas verdeckter agieren. Wie etwa die Royalen Russen Europas, die Kürzel ablehnen und seit den Neunzehnhundert-Sechzigerjahren außerhalb der Reichweite des langen Arms Moskaus fleißig Anhänger an sich binden. Noch die Eloysa-Blauen, „ihr Kartenspiel soll ›viele Jahrhunderte‹ alt sein", munkelt es. Andere behaupten, ›viele Jahrtausende‹ träfe diese spezielle Wahrheit auch nur annähernd. Und wo finden sich die imaginären, so gefürchteten Gürtler? Warum bleiben sie in solcher Auflistung komplett unerwähnt? Weil es Schattentäler nur in albernen Märchen oder unter fliegenden Teppichen gibt und Tote per se nur auf dem Friedhof. Angeblich wurde dem Schreckensfürsten seinerzeit auferlegt, „verliere niemals deine fürstliche Contenance. Nur, weil du der bist, der du bist,

★★★★★★★

wurdest du für diesen Weg ausgewählt." Ob sein Mäzen allerdings umsichtig genug war, nicht nur die nähere Vergangenheit wie Zukunft seines Protegés zu überprüfen, sondern auch die fernere gründlich zu durchleuchten, ist ungewiss.

„Hallo, Germanicus! Wie schön, dich wiederzusehen? Hab' mir deinethalben schon ernsthaft Sorgen gemacht … was treibst du nur? Seit Tagen durfte ich dich nicht sehen. Hast du so leckere Beute gemacht, die du mir nicht vorzeigen willst? Kein Problem. Ich gönne es dir. Würde auch gern etwas fränkischen Kloßteig naschen dürfen? Und dazu eine einfache Bratensoße? Könnte gern aus Pulver angerührt werden, ist mir völlig egal? Ich bin schon lange nicht mehr sonderlich anspruchsvoll? Nur noch neugierig, wie die modernen Konserven, die es jetzt überall geben soll, schmecken? Ob solches Sauerkraut geschmacklich noch etwas mit dem zu tun hat, das meine Oma früher eingelegt hat? Oder Salzgurken? Die letzten Gartentomaten in Salzlake und dazu alle Sorten Rüben? Oh ja, das war immer so lecker in den Wintermonaten, zum restlichen kalten Braten? Eine zünftige Brotzeit mit viel frischen Zwiebeln, leckerer Leberwurst und Stadtwurst mit Musik? Und jedes Mal überlegte man, im nächsten Jahr nochmals mehr einzulegen? Gibt es das überhaupt noch? Eigentlich sehne ich mich noch mehr nach unseren Nürnbergern im Weggla, die man sich hierzulande nicht einmal richtig vorstellen kann? Aber ja, diese Gegend macht richtig gute Pfefferbeißer, muss ich ehrlich zugestehen. Und die Erbsensuppe ist der Oberhammer. Mhm, Kartoffelsalat? Mama wäre davon entsetzt und Oma würde sich wohl über ihr Gesicht kaputtlachen? Darin könnte ich jedes Mal für ganz eintauchen, so lecker, mit all der vielen Mayonnaise und Eiern in rauen Mengen, die ich mir kaum vorzustellen wage? Und hier packen sie's in die Gefängniskost. Nun ja, ist natürlich keine selbst gemachte Mayonnaise, aber dennoch? Wie absurd ist das nur alles." Weiter geht's im selben Stil wie andernorts, wo man sich mit einem achtbeinigen Rudolph unterhält. Gedankenabrisse, die für den alten Kameraden hinter den Empfangsgeräten bestimmt sind. Sein Rudolph antwortet genauso wenig. Hört einfach nur grimmig, in sich gekehrt und still zu. Genießt es aber, wahrgenommen zu werden. Und nicht abgelehnt. „… der Matjes erst letzthin, angeblich direkt vom Hamburger Hafen – mir läuft noch immer das Wasser im Munde zusammen. Und wie schaffen sie es immerzu, die richtige Kartoffelknolle auszuwählen? Jaja, das ist auch bei uns in Franken bekannt, dass es da ganz verschiedene Knollen geben soll und sie zudem sehr unterschiedlich schmecken können? Aber dass sie's tatsächlich tun, hätte ich früher nie geglaubt? Wie wohl Omas Kartoffelsuppe mit diesen verschiedenen Knollen unterschiedlich schmecken könnte? Also, Oma wusste immerzu jeden Geschmack zu verfeinern? Sie hätte sofort angefangen, gänzlich unterschiedliche Gewürze oder wenigstens doch Mengen zu verwenden … leider kann ich sie nicht mehr fragen, und Mama hatte das so nie drauf. Kocht eben typisch nach Rezeptvorgaben? Benötigt kein Fingerspitzengefühl wie Oma? Ob Mama noch lebt? Du könntest es nicht doch probieren, einen deiner Kumpels mit dem Auftrag nach Fürth zu schicken, nachzusehen, wer da noch ist? Wie es ihnen geht? Kellerspinnen gibt es doch wirklich überall? Ihr fallt keinem groß auf, müsst nur aufpassen, dass euch keiner versehentlich zertritt? Wenn ihr schlechterdings so groß seid. Mhm? Ich frage mich oft, ob du schon groß genug bist, eine kleinere Maus fangen zu wollen? Ich bilde mir ein, dass ich da letzthin ein leichtes Piepsen gehört habe? So schlaftrunken wie ich war … falls ich recht hatte … oh Mei, schon kullern sie ungeniert meine Wange hinunter. Kitzeln mein Kinn. Entschuldige, mit einer Maus sprechen zu können, hätte ich sehr genossen. Aber du warst wohl schneller? Schnief. So ist das Leben, spröde, wortkarg und genauso düster der ewige Tod." — Warum nennt er ihn Germanicus? Liebt er die kraftvollen Ströme des Rheins, wie es Rheinkinder tun? Der römische Germanicus unterstützte Tiberius bei der Sicherung der Rheingrenze nach der Varusschlacht. Zinks Fantasie ersinnt ständig neue Bilder, malt sie kunterbunt an oder entfärbt sie genauso wieder, je nach Gemütslage. Das Thema ›Sicherung‹ übertragen auf seine eigene Knechtschaft? Die ›Grenze‹, die Tiberius beschützte, überträgt sich eins zu eins auf die unendliche Neugierde seiner Düsseldorfer Auftraggeber. Offensiv nach Sicherheit strebend, wollen sie alles bis ins winzigste Detail exakt skizziert bekommen, stellen Fragen um Fragen und wirken überzeugend umsichtig? Um tatsächlich nur ganz sicher sein zu können, nichts bei allem zu übersehen? Gar nichts missverstanden zu haben? Dass die neue Heimstatt, ihre Rettungsburg, auch ja keinen Schaden nehmen möge, geht es erst einmal richtig los, ungemütlich heiß zu werden, dass das Grundwasser absinkt und Küstenrandgebiete wegbrechen? Die Polkappen schmelzen und der Golfstrom umkippt und alle Natürlichkeit nur noch am schlichten Durchdrehen ist? Eisstürme in Orkane überleiten, um direkt in Gluthitze überzuwechseln und zwischendrin sintflutartige Regenfälle niederprasseln zu lassen auf ausgetrockneten, rissigen Bodengrund? Wasser, das nirgendwo abfließen kann, weil der Mensch den Boden in den Ballungszentren in den nächsten dreißig bis vierzig Jahren nahezu komplett versiegelt und nur in etwa die Hälfte der heutigen Tier- und Pflanzenarten noch existieren?

Liebhaber der Haselmaus

29252 Asgijahr | Lefay-Tunnel Düsseldorfs, drei Wochen früher 01|1976.

Ui, eine weitere Röhre? Und nicht bloß ein alter Abwasserkanal? Nein, eher ein Stollen? Nur mangelt es an üblichen Stützen? Keine Holzverschalung wie im

★★★★★★

traditionellen Untertagebau, auch kein Betoneinsatz oder ähnlich zeitgemäßere Methodik, einen schlicht gegrabenen, gesprengten oder ausgeschlagenen Gang abzusichern? Einsturzsicher? Ja, eigentlich schon. Richtig stabil angefühlt, dass man glauben mag, dieser Ingenieur hat es wahrlich drauf? Wie entsteht solcher Eindruck? Betrachtet man eine Tropfsteinhöhle genauer, zeichnet sie sich durch glatte, fließende Konturen aus. Jahrmillionen ›steter Tropfen höhlt den Stein‹, schleift ihn ab und lässt ihn zuletzt wie samtweich erscheinen. Ein Samtweich in verschiedensten Rot-, Gelb-, Weiß- und Brauntönen, auch Grautöne und schwarze Flächen darunter, die von auffälligeren Krafttönen übertüncht werden. Wer sich interessiert, dem erschließt sich ein Meer an Informationen über vergangene Zeiten und nebulöseste Existenzen und Ereignisse. Im Gestein festgehalten, die Urzeit archiviert? Lobo und Emma erkundeten unzählige Höhlen. Schon darum, weil Lobo sehr früh begreift, dass dort unten ein Fluchttunnel auf sie wartet. Einer, der täglich neue Optionen bietet, aber von Korrosion niemals unbeeinträchtigt bleiben wird, denn hier ist gar nichts stabil, alles befindet sich im steten Fluss. Und darum ist auch alles immerzu denkbar und möglich. Sie beiden würden bei solchem Anblick sofort in heftigste Spekulationen eintauchen, rätseln, wer es gewesen sein könnte und warum es so stabil aussieht und doch teilweise rein sandig ist? Kein kompakter Felsen, weder schroff noch poliert, sondern natürlich durchsetztes Erdreich, Lehm, Sand, Steingemisch wie die gesamte Region? Aber es ist keine Jahrmillionen alt, musste sich demnach nicht verdichten? Nein, es wirkt, als wäre es frisch gegraben und dennoch haftet ihm Ewigkeit an? Verspricht Stabilität wie eine Tropfsteinhöhle? Einsturzgefahr somit nur in vakanter Lage. Plattentektonik? Geodynamik? Kometeneinschlag? Themen der Natur wie der Mensch, der insbesondere obendrüber Kriegsspiele veranstaltet, für fortwährende Erschütterung sorgt und vorbehaltlos Gewichtigkeit auftürmt? Ein Wolkenkratzer wiegt anders als ein zweistöckiges Haus, eine rustikale, hölzerne Krämerbude, ein mittelalterliches Fachwerkhaus oder selbst eine monumentale Kathedrale? Aufwendigste Gebäudekomplexe der Vergangenheit verteilten ihre Massen weitläufiger, als das heutzutage üblich geworden ist. Wo abgesicherter Raum nur noch begrenzt verfügbar steht und zumeist schon mehrfach genutzt wurde? Und man findet dennoch keine Zeit für einen strategisch durchdachten Rückbau? Nein, man schüttet lieber Beton in unnütze Hohlräume und Ritzen und glaubt damit, einen soliden Untergrund geschaffen zu haben, auf dem man seine eigenen verschrobenen Pläne verwirklicht und schon kurze Zeit später wegen Geldmangel wieder aufgibt? Und schon folgt der nächste Fantast mit ebensolchen wirren Projektplänen, denn es muss allerorts zügig vorangehen? Wachstum ist es, das jedes Land dieser Welt anstrebt. Auf Kosten von allem und jedem, das es ansonsten auf Mutter Erden zu erwähnen gäbe … ist das etwa die Innenansicht Jörmungandrs? Die Weltenschlange, die sich im Anbeginn um die Erdkugel legte und mittlerweile etwas tiefer vergraben sein könnte? Aber nein, so tief liegt dieser mutmaßliche Stollen dann auch wiederum nicht und man kann auch hören, dass es direkt nebenan weitere Röhrensysteme gibt? Aber der Mensch war noch niemals so unachtsam, solches nicht vorab zu prüfen? Außer vielleicht Bankräuber, Gefängnisinsassen, Untergrundaktivisten oder Soldaten und Überfallkommandos im Krieg oder heutzutage Exilanten, die sich spontan einen Fluchttunnel graben? Aber jede Zielgruppe würde zuvor Erkundigungen einziehen, bevor sie solch aufwendiges Projekt angeht? Also, nein, die waren es nicht. Kein Mensch kann solchen Tunnelgang graben. Eigentlich auch kein Tier, außer, man schaut bei den Allerkleinsten genauer hin, denn die können es seit jeher leisten. Haben keinen Stress mit Schwerkraft, benötigen kaum Physik oder Mathematik. Wer beispielsweise Maden für den Fischfang züchtet, kennt es gut. Winzig wie sie sind; dementsprechend ist ihr Höhlenbau für menschliche Augen ohne Sehhilfe kaum erkennbar; aber hier, durch ebendiesen Gang, lief soeben ein junger Mann? Sehr konzentriert, mit leicht eingezogenem Schädel, der umliegenden Geräuschkulisse lauschend, schlich er selbst nahezu unhörbar vorbei. Huschte wie ein Schatten durchs Licht, denn es ist hell, wenngleich es über keine Lichtquelle verfügt? Tageslicht-hell? Nö, aber auch nicht zappenduster, wo sonst natürliche Dunkelheit auf Netzhaut trifft. Und ja, es gibt Sauerstoff? Also liegt es keinesfalls tief unten oder aber zapft von anderer Quelle Frischluft ab?

Ein zart gebauter jüngerer Mann mit derartig massivem Sturmgepäck? Das trägt er hoffentlich nur über kürzere Distanzen? Ist das eine Tube Zinksalbe, die aus der Seitentasche keck herausspitzt? Juchhe, ein Gutmensch! Darum wirkt der gute Zink doch einigermaßen gut versorgt? Dessen Spitzname genau hierher rührt. Klamme Luft und viel zu wenig Bewegungsspielraum? Zinksalbe kann da zuweilen Abhilfe leisten. — Soso, er wird nicht seitens der Stadtväter umsorgt? Was ihm erkennbar bewusst ist und wohl dieses zauberhafte Lächeln bewahren hilft? Deshalb kann er noch immer romantisch sein und träumen? Die Bilder der Klettersteige, seine schönen alten Erinnerungen, die über kalte, nackte Mauern huschen? Hofft er wohl auf Kloß mit Soß in einer der nächsten Runden Sonderabfertigung? Falls dafür der Junge ganz alleine verantwortlich zählt, gibt es das wohl eher nicht. Der wirkt so, als wolle er klammheimliche Geschenke überbringen und dazu zählt ›duftfrei‹? Oh, liebster Zink — man wollte es ihm wahrlich gönnen. Aber wie ist er überhaupt dorthin geraten? Direkt angeworben hat ihn sicherlich keiner, das wäre rückverfolgbar gewesen und jemand hätte ihn aufspüren können? Einen

Wissenschaftler solcher Güte lässt man sich nicht freiwillig rauben. Sie haben ihn demnach entführt? Oder durch Zufall entdeckt, weil er ganz offen unbequeme Fragen stellen musste? Andeutungen machte, die ihnen kritisch erschienen, und deshalb sperrte man ihn vorsorglich weg, bevor ihm die Falschen zuhören? Und da man ihn damit eh festgesetzt hatte, konnte man ihn nicht mehr unbeschadet laufen lassen, also kam eins zum anderen und eine Kellergruft wurde für ihn hergerichtet. Nobel ausstaffiert, dass es einen Wissenschaftler wie Zink motiviert hält? Unsummen mussten freigeschaufelt werden, die es in dieser Metropole per se gibt; eine Gruft, mit dem neuesten technischen Schnickschnack verwöhnt werden? Wissenschaft erfordert exakte Berechnung. Detailliert spezifiziert. Schlicht, alles zum anberaumten Thema. Oh, da wurde schon viel recherchiert. Die Industrielle Revolution als der grundlegende Auslöser und alles an Folgepaketen, inklusive heftiger Krisenzeiten wie enormer wirtschaftlicher Aufschwung, der die moderne Art der grobschlächtigen Zerstörung letztlich ermöglicht hat. Aber überall klemmt ein kleiner ›Kieselstein-Zufall‹ dazwischen und der löst die erste kleinere Vibration aus, die zur Kettenreaktion führt. Das gesamte Feld muss akribisch erforscht werden, wo sie es jetzt begreifen wollen und Maßnahmen einleiten, die wenigstens sie vor Brachialschaden bewahren helfen kann. Allesamt natürlich Fakten, die fortan offen negiert werden müssen und der Presse diesbezüglich schnellstmöglich ein stabiler Maulkorb übergestülpt. Mitnichten wollen sie etwas von ihrem Samt und ihrer Seide mit anderen teilen, gar die Luxuskarossen in ihren Garagen seltener nutzen können oder auf Ausflüge mit ihren flotten Sportmaschinen am Flughafen verzichten? Keine Kontinentalflüge mehr buchen oder den Einkaufstrip nach New York absagen? Womit ihre Frauen auf Monate zufriedenzustellen sind? Hilfe, nein! Das ist es allemal wert und Umweltverschmutzung, Beeinträchtigung des biologischen Gleichgewichts, globales Artensterben aufgrund gravierender Luft- und Wasserverschmutzung, ein obszönes Ozonloch wegen praktischer Sprayflaschen im Supermarktregal? Bitte schön! Wen interessiert das? Langfristiger Schaden? Na und? Jeder ist interessiert, das Optimum an Komfort in seinem persönlichen Himmelreich auszukosten. „Mehr ist leider Gottes nicht drin." Ein lässiges Achselzucken als pauschale Antwort. Und ihre Kinder? Werden ebenso erwachsen und können das selbst regeln, wie es der heutige Herr und Meister seinerzeit von seinen Vorgängern übernahm, und jetzt profitieren alle. Heute, jetzt. Was morgen ist, steht auf einem ganz anderen Blatt Papier. Autsch! — „Jörmungandr, sind das am Ende doch deine Nebel?" Spielst du nur etwas mit der Logik herum? Benötigst du gar keinen außersphärischen Raum? Nee, denn dann wären nochmals ganz andere unterwegs und nicht nur ein einzelner Junge mit überladenem Rucksack und zig vollgestopften Taschen. Aber warum würde jemand, der offensichtlich helfen kann, andere nicht darüber informieren? Weil es Geheimnisse gibt, die niemals geteilt werden dürfen? Weil sie sich dann als Luftblasen erweisen würden und wie Traumbilder zerplatzen? Jörmungandr also nicht und doch fühlt es sich beinahe identisch an? Wie eng verwandt? Es pulsiert offensichtlich in denselben Venen, pocht mit demselben Herz, atmet dieselbe Luft, haucht dieselben Nebelgestalten aus? Eine Silhouette, eine virtuelle Lichtzwirbelei — eine Fata Morgana der Wüstenlande in tiefem Erdreich, unter altem Gestein verborgen, ein besonders umtriebiger Geist? Ein neues, mystisches Avalon? Ein Kinder-Bijix borgt sich seinerseits Zauberer und Schwert aus und weitere Mystik folgt lautlos nach? ›Lefay‹? Ein hilfreiches Tunnelsystem. — „Schss! Du musst ganz leise sein. Sonst nehmen sie dich ihm wieder weg. Nicht piepsen oder quieken, versprich es mir bitte. Er würde sich so über eine kleine Maus wie dich freuen, das hat er so oft erzählt, wenn ich ihm seine Salbe durchgeschoben habe. Also, bitte, glaube mir das. Leise sein ist das Allerwichtigste. Dafür bekommst du auch ein Maissäckchen, ganz für dich alleine. Keiner wird dir etwas wegnehmen. Ich lege es dorthin, wo keiner außer uns beiden hinreichen kann, und dazu bekommst du diese Kaffeesahne-Töpfchen? Gut? Und nicht gleich alles auf einmal! Geh mir ja sparsam damit um. Dass dich ja niemand an der Duschwanne beim Trinken ertappt! – So, nun Achtung, es ist gleich so weit? Ganz leise und nicht quieken. Bitte!" Aber das Mäuschen ist so aufgeregt, denn es hat alles ganz genau verstanden. Keine Katze wird es mehr jagen können und Andrin oft vorbeikommen und ihm auch mal Nüsse mitbringen oder einen Brotkrumen, viele Leckerli und keiner wird sie ihm wieder wegnehmen? Und er einen Freund haben, der ganz viel Zeit haben wird, ihm spannende Geschichten zu erzählen? Es wird der Himmel für eine kleine Spitzmaus sein! Der Mäuserich ist so aufgeregt, seine neue Welt zu erkunden und rennt sofort aufgeregt quiekend los, obwohl Andrin ihn doch pausenlos ermahnt hat? Aber er hat noch niemals Weihnachten erlebt? Und Andrin sagte doch, das sei wie Weihnachten und alle Erdenkinder könnten sich kein schöneres Fest als dieses vorstellen … acht krumme Beine werden plötzlich aktiv. Knüpfen behände und rasch, ein sehr geschmeidiges, dehnbares Netz.

Der stille Lehrstuhl Lefay

29229Asgijahr|Ilverich, Lefay-Tunnel, Himmelfahrt, 22. Mai 1952.

Himmelfahrt? Warum da? Ist das Leben so verwegen oder nur bestechlich seitens der Schwester, die behände Ränke schmiedet, Vater Zufalls Steckenpferd schaukeln zu lassen? Ihn ausbalanciert, genug zu halten, sich auf ihre Pläne einstimmen zu wollen? Kennt man den Zusammenhang, die Geschichten aus dem goldenen Vreemarr, wundert man sich sowieso nur wenig. Ein dubioses Martinskraut am

Schwarzmarkt zu suchen, mit sagenhafter Heilkraft laut Märchenfibel, gehört damit beinahe schon zur Otto-Normalwelt eines Schuldirektors, dessen Lehrstuhl als ›Trojaner‹ betitelt wird? Weil er Alte Griechen lehrt und ehrt, Holzarbeiten wie Pferde liebt und alternative Lösungswege sucht? Man denkt beherzt, „Shijtarrheim? Ich hör dir trapsen." – „Worüber grübelst du so beharrlich?" Ein melodischer Tief-Sopran bohrt sich behände unter seine hässlich schwülstige Denkerstirn. ›Alt‹ kann er diese jugendliche Frauenstimme kaum nennen. Sie kneift ihn in die Nasenwurzel, unterhalb asynchroner Geheimratsecken, ein so schräges Gesicht, mit beeindruckender Ziegennote. Er lächelt in ein wunderschönes; ein akkurat edel geschnittenes Jungmädchengesicht. „Halt! So bin ich keineswegs!" Über sich selbst empört. Hier mit einer liebreizenden Maid zu flirten, indessen seine Ärmsten zu Hause so leiden! „Sag mir, was es ist, das du suchst, vielleicht kann ich dir helfen?" Eine Feenstimme, deswegen weder noch – nicht tief noch hoch? Warum stört sie ihn? »Bitte, du gute Fee! Meine Frida liegt schwer siechend in den Kissen und muss vielleicht bald sterben, und der fiebernde Andrin spricht auf gar nichts an, was wir probiert haben … er ist noch so klein und durfte das wahre Leben nie richtig kennenlernen und soll schon wieder gehen müssen? Er wurde brutal in eine enge Luftröhre zum elendigen Sterben gestopft? Dass er weitere in den Abgrund reißt? Erbärmlich! So ist das Leben nicht. War es niemals! Nein, ich glaube nicht an falsche Götter! Wir helfen ihm – Bruder Leben? Schwester Schicksal versöhnlich zu stimmen, eine neue Chance für den Buben einzuräumen … Frida schickt mich, nach ›Martinskraut‹ zu suchen: ›Am Schwarzmarkt der Altstadt oder unter Carlstadt, Pempelfort oder Friedrichstadt, wo es doch, laut Legendenwerk, mehr Hamburg zugeordnet wird‹. Sagt dir das etwas?« — Hat er tonlos gefragt? Frida behauptet, er würde intuitiv das Richtige tun, wäre es so weit. Jetzt? Er hat nichts geschnupft, ehrlich? Sie lächelt warmherzig, hat ihn gehört? Dann ist sie tatsächlich eine Fee? Er flirtet nicht, sondern erbittet – entgegen aller Logik – die Hilfe einer Zaubergestalt? Oder dreht er durch? Das könnte er sich wenigstens verzeihen. Beides. Selbst Karl-Franz würde es verstehen, sollte er davon hören müssen, wie tölpelhaft, peinlich sein grauköpfiger Vaddern in der Unterwelt herumstolpert und am Ende mit halben Kindern schäkert? Oje, ausgesprochen klingt es fürchterlich. »Bitte, gute Fee, antworte mir, dass ich das schmähliche Gefühl verscheuchen kann …« „Direx! Jetzt weiß ich, wie ich dich nennen möchte. Es dauert etwas, einen passenden Namen zu finden." Professor Dr. Hans vonVelden guckt ernüchtert; fühlt sich nochmals mehr bei einer elendigen Sünde ertappt. „Schau nicht so schuldbewusst", lacht es. „Ich bin die, die ich sein soll. Eine gute Fee, die du zu finden trachtetest." Eine feste Stimme, ohne, dass sich Lippen bewegen müssen? Ergo hört er sie im Schädel …

wie? „Ich stamme aus Hamburg, habe dort dein Flehen gehört. Darum bin ich flugs herbeigeeilt und natürlich kann ich eurem Andrin helfen und etwas Fridas Pein abmildern." »Es ist wirklich unheilbar? Das wollte ich ihr nie glauben. Sie sah so unverwüstlich aus! Sie kennt es genau? Diese Macht, die sie im Schatten festhält? Du kennst es ebenfalls und kannst es genauso wenig abwehren?« – Oje! Ihr Blick, sie bedauert, „leider steht es mir nicht zu, sie zu befreien. Auch noch andere als ich greifen in die Schicksale der Erdenkinder ein und ich darf sie umgekehrt genauso wenig stören. Nur so können wir nebeneinander existieren, dass wir einander respektieren." »Die Welt steckt weiters voller Magie? Fridas Andeutung? Erinnerungen an Ammenmär, dachte ich?« Die Fee hat den Schalk im Blick, nochmals dreister als Frida. Sind da verborgene Sommersprossen? Er sucht sie stets, ist jemand so munter wie Frida. Grüne Augen, unbändige rote Lockenpracht, nein! Karmesinrot! Immens wichtig, es klar zu umreißen … »du verstehst es? Ist Frida ein Kobold? Sie behauptet es, was mich zum Grinsen verleitet. Wieder munter werden lässt, falls ich den Glauben verliere. Zynismus mich mattsetzt. Wie eine dunkle Wolke. Trostlos angefühlt. Deshalb schnupfe ich? Sie ist ja nicht überall und bald ist sie gar nicht mehr.« Seine Augen schließen sich. Es ist überdeutlich erkennbar. Früher hat er schwer gelitten. Vor ihrer Zeit. Sie tut ihm unendlich gut. Und jetzt hat er unbändige Angst. »Sie ist mein Segen. Meine Quelle unerschöpflichen Trosts und deshalb glaubte ich doch, optimistisch sein zu können, als ich den kleinen Buben sah? In der Unterstadt – von wegen! Früher lag sie wenigstens oberirdisch! Heutzutage bezeichnet dieselbe Nüchternheit, klamme Löcher im Bodengrund, wo Entrechtete wie Ratten hausen. Allenfalls nennen wir sie nicht auch noch so … aber Hasen?« Heult er lautlos weiter. Ein blinder, nach innen gekehrter Blick. Er ist ernüchtert – hundemüde. »Unsere Welt ist bitterkalt geworden. Indessen munkelt es, eine Klimakrise käme, alles, was ist, in Bälde zu verdampfen? Sie hat somit genug von ihren Kindern? Ist zutiefst enttäuscht und streicht uns ab? Aber mich friert es? Und hält mich gefangen. Dieses Grauen, das wir neuerdings als Leben definieren? Solange Frida bei mir ist, ist alles erträglicher … sie ist wie lebendige Hoffnung? Der stete Tropfen Nektar, der alles Leben laben kann? Und nicht nur, weil ich sie liebe …«, aber nein! Sie will nichts erklären. Nur ebendarum das, was er jetzt wissen muss. „Auf dir und Andrin hat noch niemand seinen Fingerzeig gelegt und genauso wenig auf Franzen. Jetzt gehört ihr allesamt zu mir." Karl-Franz, unser großer Sohn … oh weh, einer Fee zu widersprechen? Aber es stimmt? Karl-Franz wird es nicht gutheißen, anders genannt zu werden? Er ist stolz und hadert ohnehin mit der halben Welt? „Keiner wird euch anrühren, außer, ich lasse es zu. Bezüglich Franzen ist es notwendig. Er tauft sich bald um. Du wirst sehen. Aber mich wird er nicht wahrnehmen." »Ich soll dich

★ ★ ★ ★ ★ ★

vor ihm verbergen?« „Franzen muss seinen eigenen Weg finden, ungestört. Ohne Irritation!" »Wie kann ich ihm helfen?« — Sie hat die Zeit längstens angehalten. Es ist so still, hier, inmitten der großen Höhle, durchzogen von schwarzem Rauch unzähliger Fackeln, Kerzen, dazu Brandtonnen mit verschiedenstem Müll. Überfüllt mit Leuten, die weniger zartbesaitet als oberhalb am Markt, um Preise und Tauschkriterien feilschen. Unterstützt von Fäusten, Flüchen, Boshaftigkeit. Wen, zu verstehen, der nicht schreit oder droht, was die Konzentration immens fördert, erfordert Aufmerksamkeit. Er war selber abgelenkt? Wie konnte er sie bemerken? Jetzt regt sich nichts mehr, kein Flackern von Flammen, nicht einmal schwarzer Rauch zuckt noch. Die stete Brise Frischluft, die überall durchzieht? Sie ist komplett verschwunden und dennoch fühlt es sich nicht schal an? Es fühlt sich hingegen an, als stünden sie ganz allein in einer Nebelbank, die nichts Gruseliges an sich hat, sondern vielmehr bezaubert. – Ihn verzückt und unendlich tröstet. Zu wissen, dass Frida das alles bereits weiß? Darauf vorbereitet ist? Dass er sich ihrethalben nicht ängstigen muss, wie sie sagt, und er niemals glauben wollte? — „Du wirst ihm ausreichend Freiraum zugestehen und viele Möglichkeiten offerieren. Sämtliche Kontakte dazu nutzen, hier wie andernorts. Dafür sorgen, dass er anfangen kann, die Welt zu erforschen, wie sie aus seinem Blickwinkel ist. Er wird ein eigenes Bild von ihr zeichnen." »Mit Einblicken auf das schmähliche Tagwerk unserer Stadtväter? Er begreift es sofort! Wird mit blankem Entsetzen darauf reagieren? Lug und Trug? Diese plumpe Scharade von wegen, es wäre für unser Vorankommen, unsere ständige Weiterentwicklung unerlässlich! Sie hamstern und horten und würden für den eigenen Vorteil einen ganzen Kindergarten eiskalt an den nächstbesten Teufel verschachern? Unabhängig davon, ob eigene Kinder und Enkel betroffen wären? Jammern, wie Heulen, wurde samt Empathie abgeschafft. ›Solch Ding, peinlich Schwacher, wird uns nicht in die Knie zwingen‹, die Parole der Bonzen. Früher war ihnen wenigstens die eigene Haut und damit bis auf wenige Ausnahmen, die Familie heilig. Ich weiß nicht, wie es geschehen konnte, dass auch das verloren ging? Erbärmlich … das Klimading, vor dem alle zittern? Weshalb keiner etwas darüber erfahren darf? Es gibt gar keine Zukunft mehr? Wir sind längst verloren? Auch ganz ohne Höllenbrut, die dereinst gegen uns in den Kampf zieht? AO-Mythologie? Habe ich etwa das Alpha verpasst? Kämpfen wir längst in diesem Krieg? Mit Geld anstelle Waffengewalt? Wir frönen dem Mammon! Das ist die Antwort? Du zweifelst? Etwa an meinem Verstand? Glaubst, es stünde nicht gar so düster? Ob ich zugedröhnt bin? Frida, sie erkennt überall Hoffnung … Karl-Franz? Er hat es geerbt. Ist kein solcher Jammerlappen, wie sein alter Herr. Kein Dürrhans und Hänfling, der sich gegen nichts wehren kann, gar wen verteidigen? Karl-Franz hat es allemal drauf.

Wie Frida. Wurden alle beide mit Sieger-Gen geboren! Bestehen gegen alles und jeden und doch sind sie die Friedfertigsten, die ich kenne. Viele Lehrer tendieren zur defensiven Haltung, sind eher Theoretiker, denn Pragmatiker. Karl-Franz ist jedoch weder noch. Aktiv, immerzu? Als Stratege, Diplomat – tolerant. Und gesetzt den Fall, verständnisbereit, weil es den Frieden bewahren hilft? Respektvoll gegen alle und jeden, selbst dort, wo es ihn erschaudern lässt? Nur, weil es das Miteinander stärkt? Vielleicht auch, weil es nicht näher beziffert werden kann? Dieses äußerlich übel wirkende Unbekannte? Nein, er neigt nicht zu raschen Urteilen, er sucht stets zuverlässig nach Gerechtigkeit und Ausgewogenheit. Diese Balance, das Ding der Justitia, das keiner mehr verstehen will. Weshalb sie wohl ihre Siebensachen gepackt hat und ausgewandert ist? Vielleicht schon seit Langem? Vielleicht bereits in den Kriegsjahren? Oder nochmals davor? Am Ende der Weimarer Republik? Als klar wurde, dass der Mensch an sich selbst gescheitert ist? Ist sie mit unserem verloren gegangenen Glauben unterwegs? Suchen sie gemeinsam einen Ort, wo ihnen noch zugehört werden könnte? Und deshalb finden wir sie nirgendwo? Weil es den nicht mehr gibt … Geld regiert allerorts. Wir frönen diesem vermaledeiten Laster! — Denkst du, es gäbe so viel Gräuel, wenn unsere Despoten es nicht freimütig zuließen?« „Mach dir keine Sorgen um Franzens Seele. Sie wird niemals von Hass zerfressen sein. Im Gegenteil. Er wird für Linderung sorgen, ständig neue Wege ersinnen, um zu helfen. Wie es seine Eltern im Verborgenen halten. Aber nichts eurer großen Geheimnisse darf zu ihm durchdringen – er muss blind bleiben, auf sein Herz vertrauen, wenn es so weit ist! Und ihr sollt umgekehrt nichts Näheres über sein Handeln wissen. Denk daran! Du musst reagieren, wie es natürlich wäre! Denn es gibt keine weißen Hexen in Midgard! Versprich es." ›Ella Mondschein‹ in den stillen, samtig weichen Nebel gehaucht. »Ein wunderschöner Name, aber ich darf ihn nicht kennen?« „Nicht einmal beipflichtend nicken, falls ein anderer ihn ausspricht! Dafür verberge ich deinen Filius vor meinesgleichen. Ihn und die Seinen." Sein abruptes Luftholen schmerzt, als wäre er beinahe ertrunken. Ihre Stimme in seinem Ohr streichelt diese Pein hinfort. „Frida hat ihr Schicksal wunderbar erfüllt. Einen gütigen Mann mit großem Herzen und viel Weitsicht gefunden und ihn am Ende ihrer Tage geschickt in die Arme einer weißen Hexe getrieben? Mit Martinskraut!" Grinst es verschmitzt unterhalb einer frech gekräuselten Nasenwurzel, „meine Idee! Im frühen Mittelalter, wo ich so drüber nachdenke? Heute, tatsächlich erstmals genutzt." Hihi, kichert es in diesem zauberhaft hellen Gesicht in der umfließenden Schattigkeit und ihm tropft der Schweiß nur so von der Stirn, obzwar es hier unten bestimmt unter Minus 10 Grad haben sollte? Weshalb man zwar leicht erfriert, aber genauso auch sämtliche Krankheitserreger, die damit halbwegs kontrollierbar

✶ ✶ ✶ ✶ ✶ ✶

bleiben. Nur etwas Reinlichkeit und Kräutermedizin reichen oft aus, üble Infekte zu überstehen. Wäre da nicht andererseits die erbitterte Kälte? Heilquellen, so passend, hier unten überall installiert, im richtigen Moment durch die Höhlendecken auf die Patienten zu tropfen, um Fieber zu lindern? Und dann erfrieren sie aber häufig, weil sich Decken und Kleidung vollsaugen und vereisen? Und keiner da ist, sich zu kümmern? Bruder Tod schlägt lautlos zu, ohne unangenehme Nebeneffekte. Nur Eiseskälte? Aber er schwitzt grauenvoll und zeitgleich überkommt ihn diese absurde Wärmewelle und er begreift, warum alles sein muss, wie es ist, und blendend harmoniert? Trotz grässlicher Unlogik im Unterton. Es gibt wahrhaftige gute Feen, die sich ›weiße Hexen‹ nennen? Vreemarr, das mystische Götterreich existiert? Und Shijtarrheim, als die gerechte Seele der Welt … oder er hat sich übelst infiziert und halluziniert? Hat er doch etwas geschnupft und erinnert sich nur nicht mehr? Wie viel müsste das gewesen sein? Und wer hilft nun seinen Liebsten, wenn er ausfällt? Jault er weiter und erwacht abrupt, weil jemand sanft an seiner Schulter rüttelt und ihn liebevoll streichelt und beruhigend liebkost. Er liegt in seinem riesenhaften Fürstenbett. Von altem, nutzlosem Tand umgeben, wie Karl-Franz es verächtlich klassifiziert. Ihre wichtige, ehrenwerte wie standesgemäße Wohnstätte in Ilverich. Ein winziges Dörfchen, nur eine kleine Gruppe Häuser um ein Landhaus gruppiert, das rein aufgrund seiner ehrenwerten Anwohnerschaft in den großzügig bestückten, glorifizierten Schutzraum Meerbuschs, linksrheinisch Düsseldorfs, integriert werden wird – bald ist es so weit, 1970 passiert es. Ähm, und welches Jahr haben wir jetzt? Er ist, gelinde gesagt, minimal irritiert – wer, bitte schön, erzählt ihm das? Er fiebert gar nicht mehr … ganz sicher nicht. Wenigstens das. Aber dieser Gedanke, der ihn stupst, hat recht … über Meerbusch wird Ilverich unterirdisch, wie oberirdisch, mit dem umfänglichen Stadtkreis Düsseldorfs verknüpft. Die Bonzen im Umfeld? Nimmermehr wollte man sie ausschließen und genau darum ziehen Frida und er hierher. Sie weiß immerzu alles! Warum sollte er sich wundern? Ihrethalben erwirbt er einen heruntergekommenen Herrenwohnsitz, ringsum eine Handvoll Bauern und Handwerker? Der alte Landadel war abgewandert und es blieb lange Zeit unbewohnt und wurde für einen umsichtigen Schuldirektor mit Rücklagen und kleinem Lehrstuhl an der Universität leistbar. Er hatte immerhin siebzehn sparsame Jahre in Gießen zugebracht? Als Student fasste er den Beschluss, nichts vom schnöden heimischen Mammon zu benötigen und ja, es galt, ab da, neue Verdienstmöglichkeiten auszuloten, indessen er parallel studiert? Spielgeld, sein erstes Ansinnen, Schach, Karten, Würfel, Wetten. Alles baut auf Logik auf und ist somit berechenbar. Er ist ein Genie. Seine Frida, prädestiniert für alles und jedes, wo er scheitern könnte, ergänzt sich ab Sommersemester 1938. Da ist er als unermüdlicher Student im achtzehnten Semester. Hat neun oder zehn Diplome eingeheimst, zwei Promotionen und unzählige Aufträge an den Lehrstühlen, die gut honoriert werden, bei gleichbleibend winzigem Quartier. Frida arbeitet als Stenotypistin und studiert Lehramt Sport und Mathematik. Er trifft sie im Psychologischen Institut, keine Ahnung, was sie dort wollte. Er, untersetzt wie klapperdürr, frühzeitig verwelkt, ergraut, mit Geheimratsecken und tiefen Runzeln entstellt; sie, eine baumhohe Traumfrau, renovieren zusammen einen riesenhaften Herrensitz ohne Hilfestellung! Allein der Dachstuhl? Fünfzig Meter oberhalb einer bunten Wildblumenwiese? Seitdem ist er schwindelfrei. Musste er, sonst hätte es Frida alleine gestemmt. Das ließ sein Ehrgefühl nicht zu. Damit sorgen sie für Unterschlupf für gefährdete Familien im Umkreis. Kaum ist ihre Umgebung gründlich entnazifiziert, müssen die ersten Verschonten untertauchen, weil Klerus oder Fiskus beflissentlich Jagd auf sie machen und alles an verfügbarer Habseligkeit konfiszieren. Hat man erst angefangen, die ungestüme Jagd zu lieben, gibt sie einen nicht wieder frei. Jagen macht süchtig. Viele kommen für kurz bei ihnen unter, alle, die er rechtzeitig aus der Stadt lotsen kann. Frida sagt, „sind sie erst bei uns angelangt, findet sie keiner mehr!" Aber nicht auf Dauer, dafür sind ihre Erträge nicht fett genug. Er muss sie unterbringen, wo sie sich eigens versorgen können. Ja, es gelingt. Und nicht rückverfolgbar. In ganz Nordrhein-Westfalen bis rüber in die Pfalz, nach Hessen und ins Saarland, Frankreich, Benelux, in die Niederlande und nach Dänemark, natürlich Bremen, Hamburg und Hannover, selbst im ländlichen Niedersachsen und Schleswig-Holstein verfügt er über gute Kontakte. Überall findet er Ansprechpartner, die bereit sind, für ihn und seine Schützlinge ihr letztes Hemd zu teilen. Freundschaft, diese Begrifflichkeit, die unterdessen kaum mehr Anwendung findet, justiert den Kernpunkt seines Daseins. Deshalb hat sich Frida in ihn verliebt, „du könntest selbst den Teufel davon überzeugen, wieder Harfe spielen zu wollen …" – Ja, das alles ist kaum zu glauben. Frida zufolge – 1938 gesprochen, „ich darf nur ein kurzes Glück mit dir teilen. Aber es wird traumgleich werden, und wir einen Sohn haben, den du nochmals mehr lieben wirst als mich. Glaube mir das …" Alles möchte er ihr blindlings glauben. Nur nicht, dass sie wieder gehen muss … immerzu kullern ihm dicke Tränen über die rauen Wangen, gelangt er an diesen Punkt. ›Müsste er je zwischen ihnen entscheiden, er würde den Sohn wählen‹, behauptet sie. Frida, sie kennt ihn viel besser, als er sich selbst! „Andrin? Wie geht es ihm? Wie werde ich jetzt entscheiden? Wo wir nun zwei wundervolle Söhne haben? Frida! Bitte, erinnere mich! — Des sodd mr nedd ibers Gnia brecha! Em Leba nedd, soddigs – bitte, verlass mich nie … bitte …" Es schwäbelt in seinem Unterbewusstsein. „Die Heimat wirst du nie ablegen, sie wohnt in dir; fest verankert, mit den Genen vertäut", flüsterte früher seine Großmutter. Eine rheinische Braut gefunden zu haben, verankert ihn ein Glück linksrheinisch stabil, sichert ihn vor dem lockenden Ruf der Vergangenheit. Mitte der Sechzigerjahre lauter und eindringlicher werdend, als die Führerschaft in der Heimat wechselt und sich der falschesten Seite verpflichtet. Wäre er heimgekehrt, wäre dann die radikale Neue Deutsche Einheit (NDE) unter Fürst vonKorbens Zepter ausgebremst worden? Und nachfolgend die OUT (Ordnung und Tradition), schon der Name reicht aus, ihn übelst aufstoßen zu lassen! Wie konnte der sich frei reden? Ohne Verlust an Besitztum und Macht? Judengold, eine gesamte Bank hat er sich einverleibt und keiner fordert Vergeltung … wie? Sie verfolgen Kriegsverbrecher weltweit? Finden sie in den absurdesten Verstecken? Aber Fürst vonKorben kann keiner etwas anhaben? Frida warnt ihn, „eine dunkle Macht schirmt ihn ab. Du darfst niemals deine Hand gegen ihn erheben, sonst sterben unzählige Seelen, für deren Rettung du ausersehen wurdest. Versprich es mir!" Was wäre aus der fanatischen NDE ohne ihren starken Verbündeten im Süden geworden? Sein gestrenger Vater für lange Zeit und dann – wohl künftig, falls er wieder im Jahr 1952 angekommen sein sollte – sein Großneffe? Er mochte dessen Vater, als er noch ein kleiner Bub war, aufrichtig. Ein ruheloser, wissbegieriger Geist, der alles und jedes auskundschaften musste. Niemals Ruhe gab, bevor er in die allerletzte Ritze Einblick nehmen konnte? Er hat ihm tausende tiefgreifende Fragen gestellt? Wenn er nicht am Ende dafür verantwortlich ist, was aus Hans vonVelden wird? Ein ewig hungriger, wissbegieriger Student über dreiunddreißig Semester? Mit Anfang zwanzig bereits solchermaßen ergraut und verlebt, staubig bis in die tiefsten Hautschichten, schrumpelig und faltig wie ein greiser Mann, dass keiner bei seinem Anblick Forderungen stellt. Nicht einmal Parteimitglied muss er werden. Sie belassen ihn unbehelligt, studieren aber fleißig seine Hausarbeiten, sammeln seine Erkenntnisse, die er oftmals nicht veröffentlichen darf. Jedoch darf er alles schlüssig zu Ende denken und ausformuliert niederschreiben, und nur das ist ihm dieser Tage wichtig. Niemals wieder zu vergessen? Ja, Frida, sie ist es, die ihn bescheiden sein lässt und vernünftig wie umsichtig. Aber ohne sie? Sie hätten ihn wohl gemeinsam mit anderen Querulanten abtransportiert und im Lager als nutzlos wegsortiert und entsorgt. Daran glaubt er fest. Sie leben in Gießen, mit Kind in ihrer zierlichen Stadtwohnung, Frida, die Stenotypistin und mutmaßliche Spionin. Für wen? Ähm? Er ahnt mehr, als konkret zu wissen, seit er Frida kennt. Es sind aber keine Menschen, die ihn abhalten, provokante Fragen zu stellen, Veto einzulegen? Vielmehr ist es eine Macht, daran interessiert, die tiefsten Gräuel der menschlichen Seele offenbart zu sehen. Erst hinterher, als es ausgestanden ist, dürfen sie weiterziehen. Sein Vater beordert ihn bürokratisch geschickt nach Stuttgart. Nein, niemals! Er würde erkennen, was Frida ist und Mutter wie Sohn töten lassen. Hans muss die Gegenrichtung wählen. Nur etwas, dass sein Vater es nicht durchschaut … ihn nur der Heimat entwachsen wähnt. Am Stefanitag, Mittwoch, den 26. Dezember 1945, beziehen sie die Ruine Ilverichs. Karl-Franz ist mit sechs Jahren längstens lese-, schreib- und diskussionsfreudig und im neuen Jahr ist er für gefühlte fünf Minuten in der ersten Klasse in Meerbusch, vielleicht für eine knappe Zeitstunde in der dritten Klasse, bis Hans kurz nach halb zehn angerufen wird, ob er lieber den lateinischen oder den altgriechischen Zweig für den Sohn wählen möchte? Das Hohenzollern-Gymnasium an der Königsalle Carlstadts, entfernt genug vom Sankt-Theresa der Altstadt, dass sich Karl-Franz eigene Gedanken machen kann. Humanistisch, ergo, ein gewachsenes Gymnasium, auf dem Heinrich Heine einst Schüler war, gegründet 1545 als herzogliche Landes- schule, mit alten Sprachen — per se, in beiden Fällen. Frida muss ihm gar nichts erklären. Hätte er entschieden? Wohl Krefeld? Sein eigener Vater dominierte als Herrscher der alten Schule; er musste sich zumeist, ganz allein mit ihm herum- schlagen. Einen Studienort zu finden, mit deutlichem Abstand, war einst sein größtes Glück. Carlstadt liegt aber nah genug, dass er Karl-Franz von der ersten Minute an so viel Freiraum zugestehen kann, wie nötig, ohne seine Aufsichts- pflicht zu verletzen. Die zerbombte Innenstadt, mit Schwarzmärkten und einer augenscheinlichen Verschmelzung von Bedürfnissen, bietet reichlich Nährboden für einen neugierigen, unerschrockenen Jungen wie ihn. Er ist winzig im Verhält- nis zu den Klassenkameraden, die wenigstens fünf Jahre älter sind, aber schon jetzt, steckt er als Kürzester alle in die Tasche, und nur seine Beinlänge verhindert im Sport, dort gleiches zu tun. Oh, es könnte keinen stolzeren ›Vaddern‹ geben. Karl-Franz ist hochbegabt, seine freie Kunstinterpretation und sein betörendes musikalisches Talent faszinieren wie rasante Schachzüge und Glück beim Pokern mit Karten wie Würfeln, dass ihn niemand bedrängen will. Allesamt das Gefühl bekommen, er wäre der Schützling einer um Weiten stärkeren Macht, dass es gesünder ist, blindlings zu akzeptieren, was es auch sein mag. Ob dessen tatsäch- lich, jemand an Magie und Teufelswerk denkt? Eher doch nicht. In dieser Zeit sind alle desillusioniert genug. So ernüchtert, dass Aberglauben kurzzeitig nur wenig Zuspruch findet. Man ist am Boden aller Tatsachen angelangt. Kalt und nackt angefühlt, lässt es jedermann zittrig frösteln.

Babygeschrei? Oh, wünschenswert wäre es wohl, aus Sicht der betroffenen Eltern, laut Gesichtsausdruck? Denn sie stimmen ihrem Filius wohl in allen Punkten demutsvoll zu, erklären sich aber dennoch nicht. „Wozu bitte sehr benötigen wir einen Palast solchen Ausmaßes? Vier Luxusetagen à wenigstens vierhundert

★★★★★★

Quadratmetern reine Wohnfläche mit jeweils acht bis neun Metern Deckenhöhe? Da kannst du überall zwei Zwischenetagen einziehen? Wobei unsere Tiefparterre, die betitelte Gesinde-Etage, alleine ausreicht, von viel zu groß zu sprechen? Im Übrigen die fünfte Etage, mit bloßen vier Metern Raumhöhe, wenigstens das. Die Küche? Da könntest du gewiss für fünfzig Leute kochen? Oder für fünfhundert? Dazu dieser Garten? Wir könnten uns eigenes Getreide anbauen, nicht bloß Gemüse, Kräuter und Obst, wovon ihr in Gießen gesprochen habt? Wir kriegen sogar eine kleine Rinderherde unter, Pferde, Ziegen, Schafe? Sogar Stallungen stehen bereit und vereinzelte Unterkellerungen, die wir mit etwas Geschick in perfekte Kühlkammern verwandeln könnten? Das Backhaus da draußen, mir laufen Tränen übers Gesicht? So einzigartig ist das alles. Aber, bitte, wer wollte das jemals warm kriegen können? Alleine vom drüber Nachgrübeln bekomme ich Frostbeulen! Das Dach? Es so überhaupt zu nennen, ist vollkommen absurd. Der Dachstuhl darunter? Habt ihr den ernsthaft begutachtet? Wie der noch steht und das Haus nicht bei jedem Regenguss komplett vollläuft, ist mir ein Rätsel? Gleiches zum Thema Stallungen? Alles müsste wurmstichig, morsch und baufällig wie ekelhaft gammelig sein und doch steht es noch? Es mufft nicht einmal modrig? Und die Scheiben glänzen, als wären sie frisch poliert? Das tat keiner, ich wollte es schwören … als habe es geduldig auf uns gewartet? – Wofür zum Kuckuck? Um es am bloßen Verfall zu hindern, muss es gepflegt wie beheizt werden! Ich habe ein Fachbuch zum Thema Restauration in Gießen erworben! Ihr kennt es. Ich spinne nicht, ganz ehrlich! – Vielleicht benötigt das alles ein Fürst für sein Hofgeschwader, Berater, Diener und Wachen samt Familienanhang et cetera, aber doch nicht wir? Du quartierst doch nicht deine Lehrkörper bei uns ein? Oder willst du nur Leute beschäftigen, die in Not geraten sind? Bitte schön! Selbst, wenn du das vorhaben solltest, würde das so rasch nicht klappen! Im direkten Umfeld von Edel-Meerbusch? Da kannst du kein erkennbares Asyl aus deinem Nobelpalast formen? Die wollen dich besuchen? Rauschende Partys feiern? Von wegen Hängematte in der Küche, falls der Gast zu betrunken zur Heimkehr ist? Das könnt ihr hier knicken. – Falls es ehrlich nicht anders geht, gewöhnt euch bitte rasch ans Frieren! Abisolieren gerne, aber ohne warme Gemütlichkeit! — Wälder für nichts abzuholzen, spätestens da spiele ich nicht mehr mit! – Reicht es nicht aus, einen Lehrstuhl am Schuldirektorat anzuhängen? Ehrlich? Muss sich Mama ab jetzt ernsthaft mit Porzellantässchen herumquälen? Teekränzchen mit abgespreiztem kleinen Finger und Bridge?" Als würde solches Getränk gewiss abartig schmecken? Tiefe Nasenrunzeln bezeugen es. Und Bridge ein ödes Spiel sein? Wo er es sogar bravourös beherrscht? Es geht Karl-Franz aber nicht um chinesisches oder Meißner Porzellan, um Darjeeling oder Kaffee oder gar um Brot und Spiele?

Nein, die Engländer mag er aufrichtig. Aber das innere Gedöns der eigenen Hochkultur nicht; entsetzliche Verlogenheit, die ihm in Meerbusch eiskalt ins Gesicht schlägt? Jeden Menschenfreund zum Zyniker umformen ließe? Und nur, weil er als Straßenjunge auftreten musste? Provokant, wie ihn die Studentenstadt Gießen werden ließ. Ja, harte Zeiten für Eltern, die ihrem schlauen Filius nicht alles explizit und detailgetreu erklären können. Wobei das mehr an der bedachten Mutter, als am Vater liegt, der gerne sehr offen ist, soweit er kann. Aber ja, die benötigte Zeit? Stellt oftmals ein Hindernis. Als er 1938 über Frida stolpert, verändert sich viel für Hans. Bittere Galle auf seiner Zunge; seit er nur denken kann, ist ihm speiübel … weshalb er so früh schon kauzig wirkt. Sie lehrt ihm zu ertragen, nicht mehr alles hinunterzuwürgen und dabei innerlich zu vergiften. Er lernt leise und schmerzfreier nachzudenken. Seine heimatlich-elitäre Welt verschweigt zu viel. Auch, als die offizielle Gesinnung vergleichbar konditioniert ist, bleiben sie zurückhaltend. Schon darum, weil nicht alle Familienmitglieder sauber auf Kursroute einpendeln wollen. Hans als einer derer, die man infolge samt und sonders verleugnet, behände unter dem nächstbesten Teppich und Dielenbrett versteckt. Aber das kehrt er um — schwebt gekonnt, wie von Zauberhand — an allem vorbei. Zwar hänflich dürr, aber ein geistiger Überflieger, den die selbstverliebte Nazidiktatur ungeschoren belässt. Stets ein bedächtiger, achtsamer Theoretiker, der alles fein säuberlich zu Papier bringt und niemals eine Richtung diffamiert. Damit laviert er sich nötigenfalls im Zickzackkurs durch sämtliche kritischen Instanzen, bis er den angestrebten Zielpunkt in der Tasche stecken, hat. Abitur mit Auszeichnung, fünfzehnjährig? Tief faltig, mit Anfang zwanzig auf verrunzelten eins sechzig? Kauzig, klapperdürr, krummbeinig und extrem weitsichtig; untauglich fürs Heer wie etwaigen Paukboden. Somit wird er von keiner Seite groß behelligt. Er bleibt still, ist kaum zu bemerken und noch weniger zu sehen, fast, als wäre er nur aus Schatten gesponnen? Und dann erblickt er sie in Gießen – seine viel gelobte Universitätsstadt – eine groß gewachsene Sportstudentin, Lehramt, aber als Nebenfach Architektur gewählt, zudem Mathematik, was wiederum sinnig scheint. Latein und Französisch ergänzt, dass keiner mehr begreifen kann, worauf es abzielt. „Mhm, entschuldige bitte, du nennst dich Frida?" Ja, wäre er nur circa zehn Zentimeter größer gewachsen, könnte er jetzt eingehend ihre Kurven bewundern. So wie es jetzt für ihn aussieht, ist es ein mächtiger, überhängiger Felsen, an dem er mühsamst versucht, seinen Blick vorbeizulotsen. Den muss er, ein Glück, nicht erklimmen, denn sie setzt sich hilfsbereit nieder und schaut ihm fröhlich ins Gesicht. „Oder sollte ich besser demütigst, um eine passendere Anredefloskel bitten, gnädiges Fräulein? Mir wurde leider kein Familienname zugetragen, nur Frida …" Sie grinst rotzfrech, ergo ist es nicht ganz verkehrt? Ja, was tust

✶✶✶✶✶✶✶

du, wenn deine Körperlichkeit nicht die geringste Chance auf Wirkung bietet? Du trumpfst mit Unsinnigkeiten auf, nötigenfalls mit allem, was es in dieser Sparte zu finden gibt. Oh, sie ist so bezaubernd! Und gehört nachweislich keinem. Das weiß fürwahr jedermann, den er belauscht. Und jeder in jedem Raum, den diese Göttin der Lust betreten hat, ist von ihr wie verzückt. Sieht nur noch sie. Als wäre es vernünftig, wenn man erstmals über einen ausgiebigen Spaziergang nachdenkt, einen vereisten Alpengipfel anzuvisieren? Aber, wer nichts wagt, der nichts gewinnt? Dreist wurde er bereits geboren und hier gibt es so viel zu gewinnen, dass er nicht einmal wüsste, es in passendere Worte zu fassen. „Du bist Hans von Velden aus dem Schwabenländle? Parteilos, freigeistig ungebunden, aber keiner verübelt es dir? Du bist korporiert? Eine harmlose Schülerverbindung in Stuttgart, überhaupt nicht steil und weitestgehend unparteiisch, weshalb sie vor Kurzem ohne Gedöns im Stillen aufgelöst wurde? Unpolitisch liegt derzeit nicht auf Linie … du studierst, analysierst, kommentierst und unterrichtest alles, was unsere Führung interessieren könnte? Weil du Motive wie Zielrichtung zu ergründen suchst?" Es ist still geworden, so als wären sie ganz alleine? Immerdar. Er steht bereit, nun tatsächlich breitbeinig, sprungbereit angefühlt, mit leicht gesenktem Blick in ihr intelligentes Gesicht. Diese moosgrünen Augen? Hat er so etwas Wundersames je zuvor gesehen? Weder die Farbe noch diese Art, wie diese Augen ihn anschauen … sie erkunden alles an ihm, inspizieren seine geheimsten Gedanken, Wünsche wie Träume und bewerten allesamt für sehr gut. Ja, sie spricht ihm wortlos den Gutmenschen zu — verleiht ihm spitzbübisch das Prädikat ›wertvoll‹ und warnt ihn zeitgleich, niemals darüber zu reden. Weiterhin still und gänzlich unvoreingenommen, sachlich und nüchtern alles Weltgeschehen zu begutachten und schriftlich niederzulegen. — Gefühlt? Vergeht eine Ewigkeit, als wäre ihr allererstes Gespräch niemals beendet worden. Er steht mittlerweile vor dem zwei Meter dreißig hohen, aber halb so breiten Türstock ihrer neu bezogenen Studentenbude, mit schäbigem Treppenhaus und steinernen Stufen, solchermaßen ausgetreten, dass man als geschröpfter Mieter schnippisch auf Bauzeit der Römer tippen wollte? Überdeutlich aufzeigend, dass man, selbst in Stein gemeißelt, allesamt verkehrt machen kann … er, ein frisch gebackener Winzlings-Ehegatte, der mit seiner durchtrainierten, turmhohen Braut in Weiß die neue heimische Schwelle zu übertreten sucht? Natürlich mit typischem Etagen-Klo, jedoch ist der neue Wohnsitz auf unmäßigen 19,7 Quadratmetern mit Wohnküche und separatem Schlafzimmer bestückt. Zuvor schlief er in der Küche, neuneinhalb Quadratmeter absolute Freiheit, nach dem heimatlichen Schlosspalast, wo selbst Atmen reglementiert wurde? Neuerdings also elitäre Bonzenbude, laut studentischer Benotung, befragt man keinen aus der Elite. Der er im Ursprung entstammt, aber auf Stütze des Herrn Papa verzichtet. Weshalb er anfänglich viel Zeit am Spieltisch zubringt. Karten, Würfel, Glücksspiel, bevorzugt Strategie, insbesondere Schach. Da heimst er sich rasch einen Titel ein und darf dann auch ganz offiziell Geldpreise einstreichen. ›Sie muss getragen werden, alles andere bringt Unglück!‹, schießt es ihm entsetzt durch den sonst so oberklugen Schädel – aber bitte schön, wie denn nur? Sie hilft … „Gut, ich halte mich jetzt kurz entspannt am Türstock fest, alldieweil du deine Arme unter mich schiebst und mich ganz förmlich hinüberträgst? Vielmehr hindurch, ergo, diese besagte Zarge? Dann darfst du mich fürderhin auf eigenen Beinen weiterlaufen lassen. Sollte funktionieren und als gültig anerkannt werden können." Sie unterdrückt wie stets ihr amüsiertes Kichern. Wann hat diese Frau nicht über ihn gelacht? Eigentlich tut sie es ununterbrochen und er liebt sie auch noch dafür. Unendlich.

1928, als alles weltweit zusammenbricht, kassiert er ein Abiturzeugnis, das allem Verstand trotzt. In Sport Magna cum laude, ansonsten eine blütenreine Summa cum laude Landschaft. Katholische Religion? Er, als Atheist? Nun, er glaubt an alles, das sich eigendynamisch bewegen kann? Insbesondere den freien Willen. Somit ist er wohl eher ein Anhänger von Naturreligionen und bunt bestücktem Götterhimmel, der ausreichend Raum für Verfehlung lässt, als einem monotheistischen Glauben anzuhängen, mit einem erzürnten, gestrengen Vater im Zentrum? Vor seinem konnte er eben erst entkommen. „Gerätesport, Turnen, Handball", seine Antwort auf das stete Kopfschütteln bezüglich der Zwei. „Handball? Weil Sie allen zwischen den Beinen durchlaufen können? Keiner so tief hinuntergreifen kann?" Hoho! Er erträgt unzählige Schmähungen, ob seiner Gestalt. Mit solchem Zeugnis steht er drüber und alle Türen offen. Somit fordert er von seinem Vater einen Studienplatz in klassischer Philologie, Gräzistik und Latinistik, alles beides, unbedingt. Er will seit jeher nach Gießen, nicht nur wegen Altgriechisch, womit er den Baron ködert. Da es als Alternative nur Berlin gegeben hätte und schon Gießen als viel zu weit entfernt bewertet wird; da nicht kontrollierbar. Sieg auf ganzer Linie, sein Wunsch wird zähneknirschend durchgewinkt. In dieser Universitätsstadt wartet alles und jedes auf ihn, das er jemals interessant fand. Klassische Philologie ab Sommersemester 1928 (SS28), ergänzt um Komparatistik – Vergleichende Literatur- und Kulturwissenschaft, dem sich ab Wintersemester 1929 (WS29) Geschichts- und Kulturwissenschaften und Germanistik mit anschließen. Ab Vordiplom in den ersten beiden Fächern im vierten Semester, SS30, ergänzt sich Latein wie Griechisch/Altgriechisch (WS30), mit so vielen Überschneidungen, dass er es kaum registriert. Er stellt fest, dass es gut ist, wie es ist, dass er aber noch immer nicht richtig ernst genommen wird, ›weil er offensichtlich nicht rechnen kann?‹ ›Von Kämpfen kann bei ihm ohnehin nicht die Rede sein.‹ Diese oder frechen Thesen aus Kommilitonenkreisen, weil er sich anscheinend nichts aus den Naturwissenschaften zutraut? Dem kann ohnegleichen abgeholfen werden. Nach dem Vordiplom in Germanistik nach drei Semestern, im fünften, ergo dritten Winter, schreibt er sich im sechsten Semester, SS31, zusätzlich in Mathematik ein, zu beweisen, auch gut rechnen zu können. Der offensichtlich erfolgreichste Streich seines bisherigen Daseins; ab da werden ihm gut bezahlte Universitätsposten noch und nöcher angeboten. Am Ende promoviert er in Mathematik und in Psychologie, das er zwischen alles und jedes klemmt, denn damit erzeugt er Gänsehaut bei seinen Widersachern. Was ihm nur recht ist. Psychologie schmiegt sich selbstredend dazwischen, dass er es ebenfalls kaum bemerkt – nur Frida überdeutlich, die er hier in seinem achtzehnten Semester, SS38, kennenlernt. Er hatte sich gerade erst in Geschichte und Politik eingeschrieben, als vierzehntes und fünfzehntes Studienfach und zig Diplome in der Tasche stecken. Zwischenzeitlich unterrichtet er an diversesten Lehrstühlen, in erster Linie seine Lieblingsfächer aus der Philologie, per se inklusive Germanistik, sowie neuere Sprachen und Komparatistik, und hilft im mathematischen Sektor aus, falls Not am Mann ist. Seit Kriegsausbruch schreit es aus sämtlichen Rohren und ergänzenden Ecken. Eine frisch installierte Rohrpost in sämtlichen öffentlichen Gebäuden verbreitet immer rascher glorreiche Siegesmeldungen und sorgt allerorts für glänzende Augen, die bald keinerlei kritische Worte mehr zulassen, gar Fragen stellen wollten. Am Abend rauschende Feiern und fleißiger Kokaingenuss, man will ja nichts von der Heldennummer verpassen? Dass ihre Nachbarn verschwinden, ganze Viertel deportiert werden … sie hören gar nicht mehr zu. Schon zuvor war es schwierig, durchzudringen? Aber jetzt, mit all dem Adrenalin im Blut? An der Universität bleiben es Laufburschen, die durch die Flure eilen, ebenfalls zugedröhnt. Man träumt vom Endsieg und sucht, seinen künftigen Palast angemessen aufzustellen. Judengold wandert von Tasche zu Tasche, vorherige Besitzer werden am Güterbahnhof verladen. Nur wenigen gelingt die Flucht. Professor Hans vonVelden schreibt sich bärbeißig in neue Studienfächer ein und schreibt, korrigiert und kommentiert Referate, Hausarbeiten, Protokolle, Diplomarbeiten und bereitet neue Kurse vor. Schroffe Sprüche wandern durch die Flure, ›ein Schlag auf den Hinterkopf fördert das Denkvermögen‹. Wer nicht besteht, wird eingezogen. Das fördert das Denkvermögen ungemein und lässt die Selbstmordrate in den Himmel schießen. Schon dafür braucht er praktische Psychologie, so viele junge Männer, die dringenden Zuspruch benötigen, weil sie Todesängste ausstehen? Sein Argument bei allem, was er tut, „ab einer gewissen Vielfalt kommt es dann eh nicht mehr groß drauf an“. Die Jahre bis Kriegsbeginn, leise nachgeschoben, „solange es mir zuverlässig die Waffenstudenten vom Hals hält?" Autsch! Er verplappert sich im fünfzehnten Semester während seiner Doktorarbeit in Stochastik. Nein, Mathematik ist nicht sein Lieblingsthema! Voll genervt, weil keiner kapiert, worauf sich eine Zeitungsente beziehen will? Testanten und Spektanten, hämisch durch den Kakao gezogen und dabei wirklich so alles richtig versaut! Die Pointe ersäuft sich im Tränenfluss! Diese Begrifflichkeiten, mit denen Engelsruher aufwachsen? Seitdem machen sie Jagd auf ihn. Egal, ob dessen seine Paukbodentauglichkeit offen angezweifelt wird? Keiner ahnt von seiner engen Verwandtschaft mit dem gefürchtetsten Paukanten im Land, Aurelius, der Paukboden-Schreck. Nur ein mittlerer Riese, heißt es ja, aber oha! ›Mittlerer Riese‹, als zänkische Umschreibung einer eher kurzbeinig geratenen Person, die dennoch eindrucksvolle Größe präsentieren kann. Schon alleine darum muss Hans seiner Heimstatt dauerhaft entkommen, denn der finsterste Demokrat, den man sich nur denken könnte, entsendet auch in diesen Tagen pausenlos seine Lakaien nach Engelsruh und sucht offensichtlich engeren Kontakt zu knüpfen. »Hilfe! Herr, bitte verschone mich!«, sein tägliches Stoßgebet, seit er zu denken gelernt hat. Welchen Gott er da auch immer meinen mag? Ist ihm einerlei, aber er muss sich damit auseinandersetzen, da die Führung sich engagiert und eine These vertritt, die wahrhaftig gottserbärmlich ist. Alles, was passiert … also schreibt er sich im dreizehnten Semester, WS34, in Katholische Religionslehre und Ethik ein. Schriftgut aus dieser Ecke, von ihm verfasst, wird per se vorsorglich zensiert. Selbst Neutrales, ein Affront sondergleichen. Aber ihm bereitet es keinerlei Schwierigkeiten. Als erarbeite man bereits konzentriert Verteidigungsstrategien? Für den Fall der Fälle? Fürst vonKorben leistet keinen Kriegsdienst, zieht sich derweil nur diskret in seine Villa zurück. Sieben lange Jahre hält sich auch Engelsruh im Abseits und kein Einziger im heimischen Baronat wird eingezogen. Keiner von ihnen wird Parteimitglied, indessen parallel das Vereins- wie Verbindungswesen eh Stück um Stück demontiert wird. Entweder geschickt verschmolzen und damit vereinnahmt und aufgelöst oder nur simpel aufgelöst? Die Partei bietet schließlich ausreichend Raum und Fläche, treu und ergeben mitzulaufen?

„Herr Professor? Störe ich?" Ein windiger junger Mann, wie er einst selber war. Noch immer voller Hoffnung, es könne zu Ende gehen, bevor alles Gute von der Erdkugel gewischt ist? Nun, als Haushaltshilfe ist er sicherlich nur wenig zu empfehlen, wenn er dem allgemeinen Grau-in-Grau noch immerzu Farbtöne zuordnen möchte? „Professor vonVelden? Dürfte ich Ihnen womöglich eine Tasse Kaffee kredenzen? Richtiger, echter Bohnenkaffee? Ehrlich? Meine Oma hat ihn vorsorglich verwahrt. Nur ein leises Munkeln und sie glaubt wieder daran …" Tränen überströmen ungeniert sein Gesicht. Hans erinnert sich nicht an den Namen des

★★★★★★

jungen Mannes, noch die konkrete Fachrichtung, nur, dass er tatsächlich einer seiner eigenen Studenten ist. Ein künftiger Germanist oder Philologe? Oh, er weiß es im Moment nicht. Im fünfzehnten Jahr an der Universität hat er bereits Gott und die Welt kennengelernt, begrüßt und wieder verabschiedet. Harry Frommermanns Arrangements für die Comedian Harmonists, ›Veronica, der Lenz ist da‹, ›Wochenend und Sonnenschein‹, ›Mein kleiner grüner Kaktus‹, er hat sie fürwahr geliebt. Hoffnungsvolle Momente. Heutzutage weiß er nur, dass er das alles nur ihrethalben aushalten kann, nur, weil Frida bei ihm ist und wegen seines Jungen daheim, der hoffentlich eine bessere Zeit als dieser junge Mann hier erleben darf? Er weint, weil seine Oma noch Hoffnung hat? Dafür einen Schatz aus der Bodenluke hervorzuzaubern, zu feiern, dass vom Menschsein tatsächlich etwas übrig geblieben ist? Aber das, was übrig geblieben ist ... mitnichten! Sie glaubt, ihr Enkel könne überleben? Wie er es für seinen Buben erfleht? Er, Hans von Velden? — Dieser Kaffee aus dieser Thermoskanne? Hat er jemals etwas Besseres probiert? „Professor von Velden, ich wollte Sie nicht traurig machen ... im Gegenteil?“ Schon muss er lächeln, Hans' Überlebensgeist meldet sich zurück. „Alles gut! Keine Sorge. Es schmeckt nur so wunderbar? Jetzt kann ich meinem Jungen seine Frage beantworten. Er hat mich erst kürzlich gefragt, warum alle diesem echten Bohnenkaffee hinterherjammern? In dem Moment konnte ich seine Frage nicht beantworten. Ich spürte nur bittere Galle auf meiner Zunge und dachte bei mir, egal, wie edel es auch sein mag, ich könnte es eh nicht mehr schmecken? Aber nein! Das stimmt überhaupt nicht? — Oh ja, es gibt noch Hoffnung ... selbst für meinen traurigen Gaumen? Und natürlich für solche jungen Männer wie Sie. Lange dauert es nicht mehr. Glauben Sie an ihre Großmutter. Ältere Damen hat man in früherer Zeit befragt? Als Orakel? Sie hatten so viel aus dem Hintergrund gesehen, wo man gründlicher beobachtet, als direkt involviert zu sein ...“ Was Frida zu dieser These sagen wird? Das war doch positiv gedacht? Darum bittet sie immerzu? – Der junge Mann hat etwas auf dem Herzen ... nicht das Übliche, nein, er möchte wissen, ob noch andere in der Lage sind, Pläne zu schmieden? „Entschuldigung, Herr Professor, ich würde sehr gern etwas fragen, das mir nicht zusteht. Weil es privat ist.“ Hans zuckt mit den Schultern, „klar. Was könnte netter sein, als sich die Welt ein wenig bunter anzumalen? So farblos wie sie geworden ist.“ Er lächelt warm, hüstelt, oje, das klingt gar nicht gut. Er muss sich bald verabschieden ... ein ernstes Lungenleiden? Tuberkulose? Unheilbar. Er ist so zart gebaut. So liebenswert. Seine Großmutter wollte ihn nur noch einmal lächeln sehen, dafür wurde der Schatz geborgen? Für ein simples Lächeln ... ein Glück hat Frida ihm beigebracht, tränenfrei lächeln zu können. Was vorhin misslang, aufgrund der Überraschung. Jetzt hat er es aber wieder gut im Griff. „Was werden Sie nach dem Krieg tun? Also, gesetzt den Fall, Oma behält wirklich recht, lerne ich eine Heilerin kennen und die kriegt das mit meiner Lunge wieder gut hin? Aber zuvor müssen wir kapitulieren … das hat sie ehrlich gesehen. Falls sie recht behält, könnte es in ein paar Monaten vorbei sein." Die Heiligen Drei Könige? Er ist wahrlich einer davon. Hans' Gedanke, als er unversehens eintritt. Er hat den geweissagten Stern gefunden und überbringt nun ehrerbietend seine Geschenke … „Ehrenfried? Gero? Philologie, Alte und Neue? Ja, ich bin wieder auf Kurs … was ich tun wollte, wäre morgen dieser vermaledeite Krieg zu Ende? Ich kehrte so rasch es nur geht zurück an die Schule? Hier komme ich so oft zu spät an. Falls ich die Chance bekomme, kümmere ich mich künftig um die Jüngeren? Und sorge dafür, dass sie durchhalten." Oh, damit hat sein Gesprächspartner nicht gerechnet. Erstaunt, „Sie würden tatsächlich die Universität verlassen? Aber Sie sind einer unserer besten Professoren? Im Schulbetrieb kann ein Lehrer nur wenig bewirken? Halt, Wissen vermitteln wie Sie hier. Aber das genügt Ihnen nicht? Sie möchten wirklich helfen können? Demnach wollen Sie eine Schule leiten?" Er ist atemlos, muss mehrfach übel abhusten. Sein Taschentuch ist Blut-durchtränkt. „Darf ich umgekehrt die leckeren Kräuterbonbons meiner Frau anbieten? Und zudem ein frisches Taschentuch? Mit meinem Monogramm? Als kleine Erinnerung an diesen Moment? Ihre wunderbare Geste, mich mit echtem Bohnenkaffee zu verwöhnen? Die Kräuterbonbons sind übrigens Eigenkreationen, auf Honigbasis, mit Ingwer und Eukalyptus. Sie helfen mir, wenn mich der Husten plagt." Sie schmecken ihm, tun ihm wohl. Hans schiebt die schöne Lebkuchendose hinüber, die Frida ihm morgens zugesteckt hat. Wohl für diesen jungen Studenten? So schön, dass auch er wieder einmal etwas helfen kann. „Direktor spielen? Ja, davon träume ich des Nächtens, liege ich wach und grüble? Wälze mich in meinen Kissen. Nicht mehr ständig zu spät kommen zu müssen? Diese traurige Seite des Lebens, dass es den Tod impliziert? Eine Tatsache, die man leider lernen muss, zu ertragen. Es zu akzeptieren? Dass alles ist, wie es eben ist; anderes hilft nicht weiter. Als Direktor werde ich zwar kaum mehr unterrichten können, aber dafür meine Frau, die seit Ewigkeiten als Stenotypistin im Bürgeramt buckeln muss? Sie lassen sie nicht gehen? Das ist hoffentlich bald ausgestanden."

Frida sorgt vor, dass die Kräuterbonbons in Gero Ehrenfrieds Leben nimmermehr ausgehen. Ab Umzug nach Ilverich verschickt sie regelmäßige Pakete per Post und dann scheint es sich zu verselbstständigen. Ja, Frida ist für Hans' Augen ein wahrer Engel. Aber als es darum geht, ihr einen Lehrposten an einer weiterführenden Schule anzuvertrauen, zucken alle erschrocken zurück. Beinahe so, als mache sie ihnen Angst? Als habe sie freiwillig im Amtsgebäude gearbeitet? Das tat sie wohl tatsächlich? Im Auftrag? Eine so überzeugende Frau könnte man kaum zwingen,

etwas zu tun? Es sei denn, es dient einem höheren Ziel … wem? Hans meidet
solche Fragen wie böse Schatten und andere finden es offensichtlich nicht heraus.
Beobachteten nur über Jahre eine Baumfrau, nahezu täglich das Amt betreten,
und am Nachmittag in der Universität verschwinden. Sie muss unzählige Vorlesungen verpasst haben? Lieh sich andauernd Mitschriften der Kommilitonen
aus, auf dem Laufenden zu bleiben? Dass sie am Ende dennoch einen brillanten
Abschluss erzielt, erzeugt diese Frostbeulen und sie lassen sich nicht mehr wegwischen. Ehrgeiz, der hart bestraft wird? Hans wird hingegen nach Düsseldorf an die
Heinrich-Heine-Universität berufen, mit wärmsten Empfehlungen. Ein kleinerer
Lehrstuhl für Klassische Philologie. Und da nebenan ein Direktorenposten am
Sankt-Teresa-Gymnasium in der Altstadt frei wird, schnappt er sofort zu und holt
Frida an seine Schule. Wie man dieser Tage sein Lehrpersonal zusammenstellt,
wird dann eh eine ganz eigene Geschichte. Unendlich spannend, insbesondere
bezogen auf das Attribut ›attraktiv‹, dem eine gänzlich neue Bedeutung zukommt.
Nicht ganz im Sinne des ursprünglichen Gedankens, leider, sondern mit markanten qualitativen Unterschieden. Für jene gesprochen, die finanziell mitentscheiden,
wo ihr Zögling zur Schule gehen darf? Dass ein Direktor kaum mehr Zeit findet,
an Konferenzen teilzuhaben, die er eigens einberuft, ist eine der vielen Schattenseiten ihrer neuen Weltordnung. Weiterbildung in eigener Sache betreiben zu
können oder selbsttätig eine Klasse betreuen? Lachhaft, allein der Gedanke.
Deshalb hat sich Hans seinem kleinen Lehrstuhl verpflichtet. Das steht über der
Tätigkeit als Direktor und damit kann er vieles seitens seines Stellvertreters
erledigen lassen. Aber weiters nicht das Erstrebenswerte tun – Schüler unterrichten, wofür ein Lehrer studiert. Die Zeiten sind beinhart und nur für Flexible
erträglich zu nennen. Und falls man noch in dem Glauben von der Uni abgegan-
gen ist, dass es rein auf ein sauberes Führungszeugnis in Verbindung mit guten
Noten ankäme, befindet man sich urplötzlich im großen Irrtum. Jetzt zählt
nochmals wichtiger, dass man die große Unschuld überzeugend mimen kann und
für Düsseldorf gesehen, gutes Englisch spricht. In anderen Städten kann es auch
Französisch oder Russisch oder eine Kombination aller drei Sprachen sein. Dann
rutschen erst Noten und blütenreine Westen in den Fokus. Aber im Bühnenspiel
zu überzeugen und beispielsweise Mathematik gut unterrichten zu können, hatte
bisher nichts miteinander zu tun. Eine ehrliche Haut zu sein und ergänzender
Menschenfreund, für einen Lehrer unerlässlich, forderte einen spätestens in den
Kriegsjahren zu gewaltiger Kompromissbereitschaft auf. Damit ist die blütenreine
Weste als Kriterium für gute Lehrerauswahl hinfällig geworden. Das sehen die
mitmischenden Alliierten aber leider ganz anders. Sie suchen nach Machern, die
eine eingestürzte Ruine in einen funktionierenden Betrieb umzuwandeln in der

Lage sind, und eigentlich ist ihnen egal, wie das vonstattengeht. Sie müssen ein Land wieder aufbauen helfen, das schlimmste Verbrechen beging? Wer möchte die Deutschen dieser Tage als Menschen betrachten? Ihnen Respekt erweisen? Hatten sie ihn umgekehrt, als sie entscheiden durften? Das heißt, die wirklich guten Lehrer werden erst einmal allesamt aussortiert. Und damit rückt diese neue Generation Qualitätsmerkmal in den Fokus. Passende Mimik mit Fremdsprachenkenntnissen zu kombinieren und die Bereitschaft, sich als grundlegend bösartig einstufen lassen zu können? Die steigende Selbstmordrate, vor der Hans zu entfliehen sucht, ist ein weiteres Mal genau vor seinem Blick. Wiederum muss Frida ihren Mann aufrechthalten, der einzuknicken droht, morgens nicht mehr aufstehen kann? Wer die ersten Nachkriegsjahre übersteht, erlebt eine Phase der stetigen Entkrampfung einerseits und andererseits sieht er zu, wie sich neues Elend bildet und auszugrenzen lernt. Schon rutscht ein neues Kriterium in den Blickpunkt, für spendierfreudige Eltern attraktiv werden zu wollen? Private Gelder auftreiben zu müssen, das tatsächlich leisten zu können, was man als höhere Schule verspricht? Bereitwillig, Zöglinge bei sich aufzunehmen, die nicht nur am Rande der Legalität entlang schrappen? Wenn dafür die Sporthalle kostenfrei abgerissen und neu errichtet wird? Labors neu ausgestattet? Neueste Technik, gratis den Physikunterricht bereichert – als Abonnement über vertraglich garantierte soundsoviel Jahre? Eine komplett ausgestattete kleinere Schulbibliothek als Spende? Neue Bestuhlung? Sonstige Klassenzimmergrundausstattungen nigelnagelneu? Oha, es finden sich unendlich viele triftige Gründe, warum ›schwierigen Zöglingen‹ unbedingt eine weitere Chance zugesprochen werden muss. Sie, nötigenfalls sogar durch die Abiturprüfung getragen werden? Zugedröhnt mit Drogen und Alkohol? Wer die Prüfungsbögen tatsächlich ausfüllt? Hans möchte es gar nicht so genau wissen. Ist nur froh, dass er damit Lehrer engagieren kann, die diese Berufsbezeichnung wirklich verdienen. In anderen Zeiten wären sie auf Händen getragen worden? Ja, und jetzt standen sie kurz davor, als Entrechtete aus der Stadt gejagt zu werden. Dafür gibt es auch an seiner Schule kriminelle Schüler. Diebe, Schläger und versierte Betrüger und nochmals übler, mutmaßliche Vergewaltiger? Und die möglichen künftigen Opfer wissen auch noch darum, dass sie Opfer werden könnten? Angst, die sich nochmals massiver ausbreitet. Parallel etablieren sich Syndikate mittig dazwischen, und weder die Alliierten noch die eigenen Leute planen sie wirklich abzuwehren? ›Hand aufhalten‹ entwickelt sich zur gängigen Grundlagenfinanzierung einer Schule. Man lernt, mit Augenbinde zu sehen und Mittel gegen stete Übelkeit zu kultivieren. Medikamente, Drogen, Alkohol, Sex, sonstige Luxusartikel und Waffen bleiben die begehrtesten Güter am Markt. Allein das Budget für Sicherungsmaßnahmen steigt jedes neu anbre-

* * * * * * *

chende Jahr um weitere zehn Prozent an. Unterdessen sind nicht einmal zehn Prozent aller benötigten Lehrposten adäquat besetzt. Je stärker Syndikate, Kartelle, Mafiosi und sonstige Klubs den Schwarzmarkt dominieren und die Machthabenden schmieren, umso verwegener werden die Versuche, selbst bestens abgeschirmte Schulhöfe zu erreichen. Und wer beschützt die Kinder vor ihren Schulkameraden? Wer, vor den Lehrern, die diesen Posten niemals bekleiden dürften, aber tun? Kinder? Sie sind in jeder Hinsicht die Zukunft. Sie kontrollieren zu können, ist alles, was zählt – wollte man meinen. Aber letztendlich geht es doch rein um gesellschaftlichen Zutritt. Über ihre Kinder kommt man in die geheimsten Winkel der Erde, erlangt wohl gehütete Informationen, die anderweitig unerreichbar bleiben würden? Deshalb gibt es seit Ende der Vierzigerjahre bereits wehrfähige Schülerlotsen, die bessergestellte Familien engagieren, ihre jüngsten und zartbesaiteten Familienmitglieder durch ihre Städte zu eskortieren. Warum keine direkten Personenschützer? Einerseits, weil man die komplett eigens finanzieren müsste, indessen der Schülerlotse regelmäßig seitens der Streifen – uniformierte Ordnungshüter – weiterqualifiziert wird und andererseits die Kosten im Hauptteil von den Städten übernommen werden. Und was nicht wird, kann als Betreuungskosten, bei entsprechendem Einkommen, steuerlich abgesetzt werden. Was aber keinesfalls für Söldner gilt, die Elite der Personenschützer. Die normal als Ausländer gelten, oftmals einen anderen Gott verehren oder nur andere Propheten und Interpretationen und sich dazu erkennbar fremdländisch kleiden; schlichtweg gesprochen, vollkommen anders sind. Und eben eine Ideologie vertreten, die keiner nachvollziehen möchte. Und dann die Sprachbarriere als weiteres Kriterium? Die Alliiertenkriterien können sie noch erfüllen, aber die der Einheimischen bleiben häufig auf der Strecke. Hingegen sind Schülerlotsen getaufte, aktive Christen, im Regelfall familiär mit ihrer Gemeinde eng verwoben. Die Kirchenämter sponsern solcherweise Engagement, spendieren Ausbildungsmaterialien, benötigte Ausrüstung, sprechen Empfehlungen aus und vermitteln einvernehmlich. Bürgerwehren versuchen weniger gut betuchte Viertel abzusichern und oft gelingt es, Schülerlotsen der Nachbarviertel einzubinden. Das heißt, am jeweiligen Zutrittspunkt werden Schützlinge weitergereicht. Damit können Kosten breiter aufgefächert werden. Zusammenhalt, das schwebende Zauberwort. Aber letztlich führt es nur zu Vetternwirtschaft und die fördert das kriminelle Hand-in-Hand-Spiel; ab Anfang der Sechzigerjahre zunehmender Drogenmissbrauch, zuvor Alkohol und Zigaretten, was deshalb aber leider nicht abnimmt. Im Gegenteil. Mitte der Sechzigerjahre geraten Medikamente wiederum stärker in den Fokus, weil Krankenkassen immer weniger Kosten übernehmen und ein Arztbesuch für ein benötigtes Rezept wenigstens teilweise ›privat‹ finanziert werden muss und zudem die benötigte Medizin. Wer sich eine Privatversicherung leisten kann, zählt schnell zur Elite, wonach jedermann strebt. Das heißt dann aber auch, man spart gewaltig, greift man direkt auf Schwarzmarktangebote zu und nutzt den schulischen Pausenhof für Tauschgeschäfte? „Harte Zeiten" als gängiges Argument. Was nicht nur die allgemeine Gesundheit nachhaltig schädigt und Leute in Massen abhängig werden lässt. Wofür sich keine Krankenkasse zuständig sieht. Ja, als Direktor einer höheren Schule schlägt man sich mittlerweile mit gesellschaftlichen Problemen herum, die dort einfach nicht hingehören. Seit Mitte der Fünfzigerjahre arbeiten die Bundesländer in diesem Punkt zusammen. Ab Anfang der Sechzigerjahre ergreift es ganz Westeuropa. Hand-in-Hand. Man bietet einander Hilfe an. Innerhalb des nächsten Jahrzehnts lernt man dann auch, es einigermaßen bruchsicher verpackt zu bekommen. Man sucht einvernehmlich Kompromisslösungen, das Niveau einer Schule aufrechtzuerhalten und dennoch den Forderungen spendierfreudiger Eltern nachzugeben und Schüler wie Lehrkräfte aufzunehmen, die man freiwillig niemals haben wollte. Parallel müssen weitere Kollegen abtauchen, weil sie banale Rechnungen nicht mehr bezahlen können? Wirklich gute Fachkräfte mit erstklassigen Papieren? Nur, weil sie unbestechlich bleiben wollten, dafür aber zu wenig verdienen? Steigende Preise, überall. Es wird zum Spießrutenlauf für die Moral, ein ehrlicher, steuerzahlender Mitbürger bleiben zu wollen. Professor Dr. Hans vonVelden löst seine Probleme elegant, indem er zum einen neue Papiere aus dem Hut zu zaubern lernt und zum anderen ein Zwischenquartier für Entrechtete und Gefährdete anbietet und sie weitervermittelt. Anfangs ausreichend weit entfernt, dass man nicht mehr versehentlich über sie stolpert. Als neuerdings Schutzzäune zu wachsen beginnen, wird die Reiselust samt Interesse an fremder Kultur und Lebensart ohnehin in ganz Europa im Keim erstickt. Nur noch versiert abgesicherte Gruppenreisen finden fortan statt, zum Hauptteil über die grassierende Vereinskultur angelegt. Ausschweifender Tourismus, noch in den Fünfzigerjahren erträumt, abgelegene Gegenden dennoch gut ernährt zu wissen, bleibt größtenteils komplett aus. Das, was es auf diesen Gruppenreisen zu sehen gibt, ist absolut ›Firmen-abhängig‹. Will besagen, es kommt ganz darauf an, von welcher Seite der Reiseleiter geschickter geschmiert wird. Alles ist ordentlich vorsortiert und je nachdem, entweder auf Hochglanz blank-poliert oder entsprechend gegenläufig, abstoßend verderbt? Flexibilität wird zum Lebenselixier und stetem Muss. Beständig, neue Mittel und Wege zu suchen, nicht noch mehr Landflucht die Städte überfluten zu lassen? Die letztlich vorsorglich ihre Tore fest verschließen; damit geht es mit massenhaft Obdachlosen auf ihren Landstraßen los, die man zügig zu Hasen erklärt und ihre Notunterkünfte zu Hasenbauten. Brutstätten für Bandenkriminalität, worüber man geheimen Zutritt zu Gemeinden

★ ★ ★ ★ ★ ★ ★

und Versorgungsmitteln erlangt. Ende Mai 1952 beginnt Hans vonVelden einen Tunnel zu graben, der sich nochmals versierter an bestehenden Tunnelsystemen vorbei laviert, notzuversorgen und Rettung anzubieten. Warum sein Tunnel nicht einmal von jenen wiedergefunden werden kann, die darüber entkommen konnten oder in Gemeinden eingeschleust wurden, könnte keiner erklären. Es bringt ihm den unterschwelligen Titel ›Professor Lefay‹ ein. Sein Lehrstuhl an der Uni bleibt aber offiziell ›der Trojaner‹, einfach zu perfekt. Dass er niemals verraten wird? Nun, ›Lefay‹ ist wohl die korrekte Bezeichnung für das, was tatsächlich passiert? Dieser Nebel, den Hans vonVelden bei seiner ersten Berührung mit Ella Mondscheins Feenwelt wahrnimmt, sorgt für kurzzeitige Amnesiewellen und das reicht letztlich aus, dass keiner ihn verraten möchte. Denn keiner könnte erklären, wie es vonstattengeht? Ella Mondschein tut sicherlich noch weitaus mehr, aber Hans will davon nichts genauer wissen und Andrin ebenso wenig.

„Wie viele derartige Tunnel gibt es?" Ein fließender Gedanke. Fand dieses Gespräch tatsächlich im selben Jahr seiner Ankunft statt? Hans glaubt, sich so zu erinnern, auch wenn es absurd klingt. Herbst oder Winter 1952? Der Bub, der am zähen Gedankenstrang kaut, ist streng genommen noch immer vierjährig, aber seine Gedanken längstens sämtlicher Altersstruktur entwachsen … „Nur in Europa?" ›Veto!‹ Direx zittert richtiggehend, warum schließt Andrin die restliche Welt resolut aus? „Weil die Kraft des Nebels, diese verzauberte Energie, die uns alles durchscheinend macht und damit logisch, transparent gestaltet, die stammt doch aus Vreemarr? Woher sonst? Das ist der lebendige Götterhimmel, der uns seine Hände hilfreich entgegenstreckt, wenn wir unsererseits helfen möchten? Er spendet uns Licht, dass wir sehen können, Wärme, wenn wir zu frieren drohen, frische Luft, falls nötig? Er lotst uns immerzu nach dorthin, wo wir dringend gebraucht werden? Anderen raubt er die Erinnerung an die Tunnel; anders ist es nicht erklärbar? Rein logisch, bleiben wir schlechterdings im geschützten magischen Areal des eigenen Gartens, der sich weit in die Welt erstreckt? Tatsächlich liegen die Grenzmarken Meerbuschs hinter uns und wir haben den Rhein unterquert? Franzens Fischköderzucht im Keller? Seine Maden? Deren Hausbau wir für eigene Zwecke nutzen? Deshalb müssen wir leise sein? Dass uns niemand hört? Schallisolierung gibt's keine. – Wie sonst? Selbst, wenn wir auf Tunnelsysteme anderer zugreifen könnten, sie quasi spiegeln und bei uns integrieren, kämen wir niemals so rasch so weit, ohne hilfreiche Hand von außerhalb unserer Sphäre? Zurückgelegte Kilometer, beeindruckende Wegstrecken, die keiner von uns zeitlich oder muskulär bemerkt?" Oh, er beeindruckt seinen Herrn Papa, denn dieser Bub nennt ihn nicht läppisch ›Vaddern‹, sondern liebevoll ›Papa‹. In Franzens Abwesenheit; da Hans fürchtet, Franzen könne eifersüchtig sein? Aber Andrin weiß, ihn zuverlässig einzuwickeln. Franzen, der noch bis vor Kurzem keinen Grund erkennen wollte, gar eine Notwendigkeit dafür sah, etwas selbsttätig aufzuräumen oder beim Abspülen in der Küche von sich aus Hand anzulegen? Nein, man musste ihn um alles und jedes bitten, dass er es tat. Seine offensive Kritik am vorliegenden Palastbau. Wo sie anfangs in einer winzigen Etagenwohnung gut zurechtkamen, aber dann musste das Monstrum her? Teuer erworben und saniert werden? Tausende Quadratmeter Wohnfläche auf sechs Etagen, mit Dachstuhl, für drei Leutchen? „Seid ihr komplett irre geworden?" Pures Entsetzen. Und nein, er bleibt konsequent. „Hierin investiere ich keine einzige Sekunde. Denkt euch etwas Vernünftiges aus und ich bin dabei!" Von ihrem geheimen Werk erfährt er nichts. Frida hält Hans davon ab, einer Hexe gegenüber eidbrüchig zu werden. „Er muss eigene Rückschlüsse ziehen. Wenn wir jeden freien Gedanken für ihn zu Ende denken, manipulieren wir? Das will keiner von uns beiden? Ihm vorgeben, was richtig und was falsch ist? Sein Herz wird es selbst herausfinden, nur dann steht er stabil, wenn's drauf ankommt. Das ist so, bei uns Karmesinroten … glaube mir. Ein Kobold mag es nicht, wenn andere für ihn vordenken." Von wegen karmesinrot! Franzen hat braunes, leicht krauses Haar wie er und genauso wenig moosgrüne Augen wie Frida, und doch, wo er jetzt darüber nachdenkt, würde das vieles erklären? Alles, was ihm die letzten Jahre hart aufgestoßen ist? Er dachte zeitweise schon, er müsse seinen Magen untersuchen lassen! Sodbrennen. Unmengen bittere Galle und am Ende war es immerfort gut nachzuvollziehen? Der Bub, der es auslöst, ist nur wenigstens fünfzig Jahre zu jung? Daran ändert sich nichts! Aber klar, das ist es. Sein Sohn ist genauso eine Zaubergestalt wie seine Frau. Deshalb wirkt er so kräftig und verständnisbereit, er schlichtet bereits als Zweijähriger verkeilte Kinderschlachten im Umfeld? Mit zwei gegen Fünfjährige, die ihn in die Hosentasche stecken können? Am Land wie in der Stadt ist da viel geboten. Oh, in Gießen erschreckt er seinen Vaddern häufig. Merkwürdigerweise nur ihn, Hans, denn alle anderen fanden es in Ordnung? Ab und an wird kurz applaudiert, aber nie so, als wäre es ein Wunder? Wegen Karl-Franz ziehen sie aufs Land und suchen einen riesenhaften Besitz, den man von Grund auf sanieren muss, dass er bezahlbar ist. Und Beschäftigungsgrundlage für Karl-Franz bietet? Ihr wunderlicher Filius muss gut verborgen werden. Heimunterricht? Ja. Hans plant, an den Nordostseekanal zu reisen. Dort lebt ein gelehrter Adeliger, den sie den ›Grauen‹ oder ›Holsteiner‹ nennen. Nochmals andere nennen ihn untertänigst ›ihren Prinzen‹ und ja, sie knien vor ihm nieder. Aber er hat nichts mit der Erbfolge am Hut, das überprüft Hans vonVelden bereits als Jugendlicher. Und ja, der könnte helfen. Er setzt sich offensiv für Sonderregelun-

★ ★ ★ ★ ★ ★ ★

gen ein. Hat wohl ein seltenes Hautleiden, weshalb er immerzu alles bedeckt halten muss? Im heißesten Sommer trägt er wallende Gewänder, die dem Gegenüber allerhöchstens Einblick auf die Nasenspitze gewähren und die wirkt unter der mächtigen grauen Kapuze ebenso grau. Daher der Name. Selbst seine Augen sollen bizarr funkeln? Silbrig? Autsch! – Was zudem für ihn spricht? Baron von Velden in Engelsruh, sein kühner alter Herr, fürchtet sich vor ihm. „Wie wunderbar", dachte er schon als kleiner Junge und Fürst von Korben, der politisch aktive Banker Bremerhavens, betrachtet ihn als ernst zu nehmenden Gegner – und nochmals mehr Pluspunkte. Warum fährt er nicht? Weil Frida sich einschaltet, „er hat mit dem Klub-dp bereits ausreichend zu tun. Da sollten wir mit unserem Eltern-Pillepalle nicht stören. Aber du könntest unserem Poltergeist beizeiten von ihm erzählen? Alles, was du über ihn aufgeschnappt hast? Du weißt doch, hungrige muss man stetig gut füttern …" Oh ja, und wie er das weiß. Der erste renovierte Raum im riesenhaften Besitz wird flugs in eine Bibliothek mit Schlafkojen umfunktioniert. Es sollte eigentlich ein Wohnzimmer werden und für Besprechungen und Planarbeiten nutzbar sein und natürlich auch zur Essenszubereitung dienen, aber das hätten die Bücher nicht gut vertragen. Also wird nochmals drei Monate länger in der anrainenden Scheune gekocht und abgewaschen. Sie selbst? Mit Gartenschlauch; gegenseitig, gänzlich im kalten, zugigen Freien stehend? Im tiefsten Winter. Das gefällt ihrem Schreckgespenst; in Lobeshymnen offenbart, musikalisch via Eigenkomposition auf der Zitter begleitet. Die stammt vom Schwarzmarkt Krefelds. Wo der Sohnemann mit Vadderns Fahrrad, mit stabilem Eselskarren anmontiert, einkaufen geht. Selbigen Karren samt zotteligen, umgetauften, sturen Esel ›Priamos‹, bringt er von seinem ersten Ausflug mit. Woher die Mittel stammen? Gute Frage, die sich Vaddern in Gießen zu oft stellen musste, deshalb der überstürzte Umzug. Es fehlt nie etwas? Weder Ersparnisse noch mögliches Tauschgut. Sein Sohn ist kein Dieb! Nimmermehr. Frida lächelt nur innigst. Somit schiebt er es ein ums andere Mal beiseite. Tröstet sich damit, dass Karl-Franz wie er ein Glückskind bei Wetten ist? Er pokert gewieft und spielt Schach wie Skat, Mühle, Dame, Backgammon, was es halt gibt? Er könnte über Flötenspiel, Gesang, bühnenreifes Rezitieren die Leute spendabel stimmen? Akrobatik? Trickkunst? Oh, er hat einiges drauf, wovon Hans zu seiner Zeit nur träumen konnte. Ansonsten bleibt selbiges Wunderkind aber chronisch zynisch, auf deutlichem Abstand zu Vadderns Untaten und schwenkt erst auf Versöhnkurs um, als Frida ihn nach Neujahr 1946, hinter Hans' Rücken, einschulen lässt. Damit überschlagen sich die Ereignisse, entfachen gewaltige Kräfte. Sie ziehen am Stefanitag 1945 nach Ilverich und doch ist Karl-Franz unzählige Male in Krefeld einkaufen? Bereits zur Einschulung stapeln sich Bücherberge in sämtlichen

Trockenregionen des Anwesens, dass das nur heißen kann, den Esel samt Karren erwirbt er gleich am ersten Morgen? Aber Hans könnte schwören, dass sie schon unzählige Wochen renovieren, als der Esel eintrifft und seitdem bei jeder Essensbereitung Möhren verschwinden lässt, Äpfel, Grünzeug? Er sieht höchst zufrieden aus und als ›Achilles‹, ein dreifarbiger Riesenhund, einzieht, wundert sich keiner mehr über irgendetwas. Ziegen folgen in groß, mittel und winzig, freundliche Schafe, die den Naturwiesenerhalt stützen. Ein Esel, ganz allein, hätte das schließlich nicht vermocht? Und dann kommt ›Erna‹ mit ihren drei Kälbern an und am nächsten Tag der Herr Papa, der ganz dringend weitere Ehefrauen benötigt. Das erkennt Karl-Franz sofort und bringt gleich ein ganzes Dutzend prachtvoll gewachsener Jungkühe mit, die allesamt noch kalben müssen, dass sie Sohnemanns Wunschtraum einer eigenen Milchproduktion erfüllen können. Was sich dann binnen weniger Wochen umsetzen lässt? Hans sieht Ostern 1946, bei Regenwetter, erstaunt in einen prall gefüllten Stall, voller pumperlgsunder Kühe, Schafe, Ziegen und Schweine. Ihr Riesenhund, der ursprünglich ein Rüde war, hat Welpen geworfen? Überall waut, wufft und miaut es. Meckert frech zurück, i-at zufrieden, muht und grunzt gutmütig. Und dann kräht es plötzlich zur Morgenstunde und Hans atmet erleichtert aus, als habe er seit Wochen die Luft angehalten? Denn ohne Hühner kann sich Karl-Franz keinen Bauernhof vorstellen. Das hört sich Hans seit bestimmt drei Jahren fortwährend an. Wer ihre Tiere versorgt? Die Ställe reinigt und sämtliches, benötigtes Zubehör organisiert? Frida arbeitet an seiner Schule mit vollem Stundenplan und sind sie abends zu Hause angelangt, muss weiter renoviert werden? Bis in die tiefen Nachtstunden. Sie haben erste Flüchtlinge im suggestiven Innenhof einquartiert? Mehr ein absurder Witz, denn reale Tatsache. Aber zweckdienlich. Das riesenhafte Haus, sechsstöckig, auf Tiefparterre startend, mit marodem Dach, wo es dennoch nicht reinregnet. Eine einmalige Kombination von kompliziert ineinander verschachtelten Dachstühlen, teils mit Stroh gedeckt oder Ziegeln, die nächste Parzelle rein mit Schrott, dass er trotz Statikverständnis, er hat hierin immerhin promoviert, nicht herausfindet, wie das geht? Dicht zu sein? Schneemassen im Winter tragen zu können? Gewitterstürme zu überstehen? Das müsste, laut seines Verständnisses, beim geringsten Windstoß wegfliegen? Das Haus bis zum Dachstuhl, bei geschlossenen Fenstern, volllaufen? Wie Franzen es anfangs anmerkt. Exakt das! „Geschickt angelegt, könnten wir bei jedem Regenguss ausreichend Wasser für mindestens drei volle Badewannen sammeln? Boiler mit Regenwasser volllaufen lassen? Direkt hier drunter geschoben, wo es eh keine Erklärung für Stabilität gibt?" Als zynische Anmerkung; Frida setzt behände eins drauf. Sie schlägt vor, die eine marode Stütze direkt herauszubrechen und Rums! Kommt der betroffene Dachstock herabgestürzt und verursacht einen Staubwir-

✶✶✶✶✶✶✶

bel, der ihn für gefühlte Stunden blind und hustend setzt. Seine Brillengläser allein wieder klar geputzt zu bekommen? Er poliert und poliert, indessen Frida hin und her huscht. Mehr erkennt er nicht, deshalb müht er sich noch verbissener. Als er sich endlich mit einsatzbereiter Sehhilfe aufrichtet, sieht er den Bodengrund sechs Etagen tiefer vor sich und stürzt vor Schreck beinahe ab. Zumindest denkt er das, denn Frida kringelt sich. Endlich nimmt sie seine Hand in die ihre und schiebt ihn sachte vorwärts, dass ihm Angst und Bange wird. „Komm, mein großer Held!" ›Den ich mir unter den Arm klemmen möchte …‹ Ein Glück, denkt Hans, spielt sie auf meiner Seite! „Hasenfuß!" Kichert es rotzfrech und „Wumms!", donnert er schwungvoll gegen eine massive Mauer, die für ihn gar nicht existiert. Eine blutige Nase infolge, leicht angebrochen und hernach nochmals schiefer im Anblick, überzeugt ihn davon, – wie stets – keine Fragen stellen zu wollen. Sie haben jetzt also eine umlaufende, durchsichtige Balustrade geschaffen? Um einen innen liegenden Hof, den es zuvor nicht gab? Somit ist er auf keinem Bauplan verzeichnet? Falls sich in den zerstörten Stadtarchiven noch etwas Brauchbares auffinden lässt? Es hätte sie Unsummen wie Zeit gekostet, die Trümmer zu durchwühlen, weshalb Frida großzügig darauf verzichtet. Sie hat Architektur studiert, er nur Mathematik, als einzig passendes Fach zum Thema. Als eines der vielen Argumente, ihrem Urteil zu vertrauen und andere Logik beiseitezuschieben. Der Hof, den er nun sieht, aber andere nicht, auch nicht Karl-Franz, den kann er betreten – das beweist sie ihm kurz drauf. Es fühlt sich ebenso bizarr an, wie die Balustrade entsteht. Um den Zauberhof gibt es rasch Wohnraum, sechs-etagig angelegt wie das restliche Haus, dessen riesenhafte Etagen nun nur noch ein Drittel so groß sind. Das Monstrum schrumpft sichtbar, wird schlank und rank und Karl-Franz kommentiert es gar nicht? Nimmt hin, dass er sich wohl anfangs bei seiner Abschätzung getäuscht haben mag? So gutmütig kennt er seinen Sprossen gar nicht, aber Hans ist unendlich dankbar dafür. Denn dieses Mysterium zu erklären, würde ihn überfordern. Ihr Zauberhof mit Wohnareal wartet mit stabiler Außentreppe und voll funktionsfähigen Wasserleitungen wie Elektroherden auf. Die Abzüge der Kamine benötigen genauso wenig Starthilfe, noch erzeugt irgendetwas davon Kosten, die auf einer Rechnung auftauchen würden. Dennoch mangelt es nie an Frischwasser, noch gibt es jemals Abwasserprobleme oder auch nur Verstopfungen? Ende der Fünfzigerjahre verschwinden die Etagenklos selbstredend und die bisherigen großzügig geschnittenen Zweizimmer, bestehend aus Wohnküche und Schlafraum, ergänzen sich um eine Keramikabteilung; anfangs nur mit Badewanne, dann rutscht die Waschmaschine daneben und Anfang der Siebziger eine Dusche und ein zweites Waschbecken und ab da gibt es zwei Schlafräume. Und klar, in den Stadtarchiven findet sich per se nichts über ihren

Symbolismus unterm Schattenbaum

☉	Elementarkraft	☉	Wesenburg	☉	Schattenburg	☉	Jörmungandr
☉	Zeitlose	☉	Krieg	☉	Gleichgewicht	☉	Weltengericht
☉	Recht weltlich	☉	Recht geistig	☉	Alte Pforten	☉	Wächter
☉	Magier schwarz	☉	Magier weiß	☉	Hexe schwarz	☉	Hexe weiß
☉	Gowinnjen	☉	Yolliver (pro)	☉	Yolliver (kontra)	☉	Throne
☉	Funkenträger	☉	Flammenhüter	☉	Aschereiter	☉	iHsztuu
☉	Schattentor	☉	Schattenwache	☉	Gibraltar	☉	Telfviyn Drós
☉	Thirnanugg	☉	Dej Drós	☉	Geheimnisse	☉	Aufklärung
☉	Geisterwelt	☉	Nijuwagara/Gariij	☉	Natürlichkeit	☉	Angrbodas Reich
☉	Helheim	☉	Kyrnatak/Náströnd	☉	Náströndiij	☉	Viele Welten
☉	Ljossalfheim/Vakuda	☉	Vreemarr	☉	Vakudaglut/Krymanie	☉	Eloysa
☉	Valyk	☉	Qunaan	☉	Ophar	☉	Taghir
☉	Rahar (Ljh)	☉	Kemopes	☉	Yandur	☉	Xuan
☉	Vanaheim/Kweijds	☉	Norrkoweijkds	☉	Waradinheim	☉	Tephériie
☉	Jötunheim/Nexuu	☉	Schwarzrosen	☉	Kleeblätter	☉	Weltenbund
☉	Antarrheim	☉	Svartalfheim/Hævoqs	☉	Hadesthron	☉	Pallyros
☉	Hadyr	☉	Toliphar	☉	Cyoliin	☉	Nudhji
☉	Unaalid	☉	Rahar (Svh)	☉	Rahdjim	☉	Toleranz
☉	Shijtarrheim	☉	Shijkuaijkarr	☉	Tiyr	☉	Wulftiyr
☉	Mijnntiyr	☉	Jahntiyr	☉	Jahnwulftiyr	☉	Tephiyr
☉	Kweiyr	☉	Kemiyr	☉	Chartiyr	☉	Xantiyr
☉	Midgard	☉	Bartómag	☉	König-der-letzten-Tage	☉	Mijnns/Menschen
☉	Schutzzonen	☉	Paragrafen	☉	Korbaner	☉	Veldaner
☉	Unterstädte	☉	Syndikate	☉	Freikorps/Paramilitärs	☉	Rockergangs
☉	Wissenschaft	☉	Anwärter	☉	Durchläufer	☉	Hubbelrath
☉	Nussknacker	☉	AOnisten	☉	Krieger-des-Lichts	☉	Thronberater
☉	Girlpower	☉	Bürgerwehr	☉	Schülerlotsen	☉	*terrasentica* (fgE)
☉	Westkonare	☉	Altervesten	☉	Traddis & LET	☉	Gerüstet
☉	Jixlheim	☉	Vlysaheim	☉	Smolljagds	☉	Grüntalheim
☉	Krynaheim	☉	Waldläufer	☉	Klub-dp/deus pacis	☉	Broken Lights
☉	Sternenpark	☉	Eissterne	☉	Zoranier	☉	Tempeltänzer
☉	InCo & Bontur	☉	Bruchgraben	☉	Sorrenszier	☉	Schwarzbärte
☉	AOnisten-Freunde	☉	Hexenvolk	☉	Mohnblumen	☉	vGAG/LLpro-Bündnis
☉	Niflheim	☉	Eisthron	☉	Eiskönig	☉	Eiswolken
☉	Muspelheim	☉	Waldthron	☉	Waldkönig	☉	Düsterwinde
☉	Minotaur	☉	Wolf	☉	Alanij	☉	Lenäer
☉	Konar	☉	Vampir	☉	Myrmidon	☉	Werydon
☉	Alanydon	☉	Lenydon	☉	Konydon	☉	Vampydon
☉	Mithrasheim/Gürtler	☉	Schattenläufer	☉	El-Bachirs	☉	Binheim
☉	Grauer Pakt	☉	Sulfier	☉	Hornissen	☉	Eisenlegion
☉	Schwarzkralle	☉	Vladheim	☉	Wolfsheim	☉	Geußheim

Palastbau, überlebende ehemalige Bewohner finden sich niemals ein und etwaige, bei Nutzung anfällige Rauchwolken, werden nicht bemerkt. „›Wohnhaft in Zauberhausen im Dörfchen Ilverich unweit von Düsseldorf, das er mitrenovieren durfte!‹ Wenn du das bitte sehr auf meinen künftigen Grabstein schreiben könntest …" Sein trockener Kommentar. Derweil sein Bub intensiv darüber nachsinnt, wer künftig seine Milchprodukte abnehmen könnte? Interessiert an frischem Schaf- und Ziegenkäse wäre und Eiern? Schon rasch legt er die ersten Gemüsebeete im Garten an, eingezäunt. Alles mithilfe des Eselskarrens realisiert und mittlerweile angeschafftem, eigenem Fahrrad, denn er benötigt nichts und wiederum nichts, baut aber beständig an seinen Projekten weiter. Warum benötigt er ein eigenes Fahrrad, wo Vaddern tagsüber unterwegs ist? Weil er Vaddern überzeugen will, selbst in die Pedalen zu treten. So windig wie er wirkt? Ihr Wagen ist derzeit ein Kleintransporter. Ordentlich rostig, er musste günstig sein? Natürlich ein Pritschenwagen und daher weniger kleidsam für einen Universitätsprofessor und Schuldirektor mit Palastansprüchen. Ein Fahrrad ist da schicklicher.

Wie Frida ihren wissbegierigen Bub überzeugen kann, seine Erträge im Kühlraum einzusortieren, ohne Fragen zu stellen? Er versucht es, natürlich. Aber gegen Fridas Schalk, ihre Lachsalven, wenn er keinesfalls aufgeben möchte, bleibt er machtlos. Ja, kaum sind die Milchkannen, Schalen mit Käse, Eiern, frisch gebackenen Broten, Brötchen und Kuchen in den Regalen abgestellt, greift Fridas magischer Innenhof behände darauf zu. Alsbald sind auch Obst- und Gemüseweckgläser und diverseste Marmeladen und Soßen einsortiert und ihre Gäste werden abwechslungsreich versorgt. Es verschwindet alles, was man als Überschuss bewerten kann, niemals mehr. Dass sich Karl-Franz nicht am Ende sorgt und glaubt, er müsse mehr produzieren? Immerhin geht er zur Schule und verdient in der Innenstadt alles Geld, das er für seinen Produktionsbetrieb benötigt? Wie ist es leistbar? Fragen über Fragen und Hans schnurrt nur so, wenn er mal eben etwas Zeit findet, darüber nachzugrübeln. Ja, eine einfach gestrickte Welt würde ihn langweilen. Ebenso den Sohnemann, der sein Angebot stetig erweitert. Als der erste Düsseldorfer von Relishes erzählt, gibt es auch das. Selbstredend. Weckgläser mit ausgefallenem Kompott, Ratatouille wie italienische Nudelsoßen, mit verschiedensten Kräutern, richtig ausgefallener Würzung; seine Fantasie tüftelt. Grießbrei und Milchreis eingeweckt? Mit und ohne Direktzugaben von Obst und süßer Soße. Obstkaltschalen auf Drei-Sterne-Niveau. Delikatessen. Waldpilze, Bärlauch- und Basilikumpesto und weiterer Kräutermus. Als sie ausgelotet haben, wer im Falle dessen fürs Schlachten zuständig wäre und passende Sekundärliteratur im Regal steht, wird die erste Räucherkammer eingerichtet. Ab da gibt es auch

Kartoffelpüree mit Speck und Zwiebeln in Lecker-Soße, im Schwitzbad im Topf zu erwärmen. Mittels Schöpfkelle, den Püree entnommen, erfasst zudem Soße, die leutselig darüber schwimmt und nur darauf wartet, auf Gabel oder Löffel zu treffen, umgerührt zu werden. Wahnsinn! Bratkartoffeln? Mit und ohne Speck, wie Zwiebeln, ergänzt um Knoblauch, wie Lauch oder Kohl? Sorgsam beschriftet, mit Aufwärmanleitung. Natürlich kann man alle möglichen Fertiggerichte in Weckgläsern haltbar machen und in die Unterkünfte von Hungernden tragen? Gulasch mit viel Paprika, scharf oder mild gewürzt, mit Pellkartoffeln – mehr als Gulaschsuppe zu verstehen? Mhm! Ragouts, Eintöpfe. Im Herbst 1946/47 lernt Karl-Franz, Sauerkraut einzulegen. Seine Gurken? Salzig, sauer, pfeffrig, mit Knoblauch? Grünkohl, Wirsing, Spitzkohl wird mit Hack oder fleischlos mit Reis wie Kartoffeln vermengt. Oh ja, es gibt neuerdings einen Reishändler in der Stadt. Karl-Franz füttert mit sechseinhalb Jahren komplette Familien durch.

Der Findelsohn Andrin ist von Düsseldorf genauso wenig wegzudenken. Hans fühlt es intensiv, wäre er je bereit gewesen, ins Schwabenländle heimzukehren, wäre Andrin nicht hier. Er wäre nie bei ihm angekommen. Frida, nicht friedlich eingeschlafen – sie hätte ihn nie bemerkt? Franzen gäbe es gar nicht? Und falls doch, wäre er ein vollkommen anderer Bub und würde weiterhin Karl-Franz heißen und wäre nie zum Neuen Heer gelangt? Unmengen hängen von den kleinen Entscheidungen ab, zur Stunde getroffen. Abzweige, die keine Umkehr bewilligen; bindend für alles und jedes mitentscheiden. Für weitaus mehr als bekömmlich scheint? Direx fragt sich das, all die Jahre, die wie Herbstlaub in sanften Winden an ihm vorüberziehen und immerzu lächelt ein freundlicher Blick durch sie hindurch. Frida muss bald schon gehen, aber sie hinterlässt ihm nicht nur diesen versprochenen, wundersamen Sohnemann, sondern derweil an der Zahl zwei und außerdem eine Zauberfee im Hintergrund. Mehr gedanklich als tatsächlich elementar. Und doch weiß Direx, auch Andrin kennt sie. Sieht sie, riecht sie, berührt sie unzählige Male … oh ja, als sie ihren Tunnel graben! Eine Scharade vom Allerfeinsten, die er niemals offen kommentieren darf. Auch das musste er der Zauberfee versprechen und genauso seiner Frida, die den besagten Tunnel niemals betritt und dennoch alles darüber weiß. Sie steuert alles, selbst, wenn sie kraftlos in den Kissen ruht, entgeht ihr nichts. Es verhält sich aber derweil so, als würde sie alle Kraft an den kleinen Andrin übertragen? Als wäre er der Ersatz für die sterbende Mutter an der Seite des großen Sohns, auf den ein glorreiches Schicksal wartet und darum sein wahres Aussehen verborgen hält? Sogar den Schalk in ihm verbirgt? Eine Frida ohne diesen schrägen Humor? Undenkbar und doch gilt es für Franzen, der wahrlich geschwind zu seinem neuen Bildnis überwechselt. Sich selbst vollkommen neu in Stein meißelt. Obschon bereits zuvor unerschrocken und bis ins Mark eigenwillig, kann er weitere Farbpaletten kreieren. Seine Kritik gegenüber der egoistisch orientierten Otto-Normalwelt kennt keine Grenzen. Er besucht Krefeld anfangs so intensiv, weil es sonst keiner tut. Als er es testet, kennt sein Vater keine Schule in Krefeld, gar den Bürgermeister oder Kollegen in vergleichbaren Direktorien? Man sollte doch meinen, dass man in einer neuen Stadt angekommen, bei solch schwieriger Lage, an gute Lehrkräfte zu gelangen, sofort Kontakt zu umliegenden Schulen sucht? Aber nein, Vaddern hat andere Ziele im Blick. Muss erst einmal seine Außenwirkung ordentlich aufpolieren und einen monströsen Herrenwohnsitz herrichten, dass er in den oberen gesellschaftlichen Kreisen willkommen geheißen wird? Pfui Teufel! Wie viel bittere Galle er damit im Magen des Sohns erzeugt, ist ihm wohl schnurzegal? Was daraus erwächst? Franzen, der Unzähmbare, ein Bärbeiß, den keiner je in die Presche schlägt, gar in die Knie zwingen könnte. Nun ja, es ist einfach, mit blauem Blut und dazu mit sechs Jahren schon eindrucksvoll hochgeschossen und mit außerordentlicher Muskelkraft versehen, solches für sich einzufordern. Selbst in dieser Zeit, denn Direx sorgt für gebührlichen Respekt und Franzen selbst enttäuscht ohnehin keinen. Viele erwarteten einen Hänfling und werden von einem ›Drachenbezwinger von Xanten‹ überrascht. Ja, als hätte sich sein blaues Geblüt den erforderlichen Tatsachen angepasst? Waren die vonVeldens jahrhundertelang für ihren kläglichen Körperbau bekannt, der wenigstens als überaus zäh galt, werden sie in jüngsten Tagen von formvollendeter Kämpfermanier verwöhnt. Als Schüler war Hans Mitglied einer Schülerverbindung und fand das auch in Ordnung. Sie blieben unpolitisch, wenigstens weitestgehend und verhielten sich allen ernstzunehmenden Streitthemen gegenüber neutral. In seinem studentischen Umfeld sah das aber gänzlich anders aus und ließ ihn schnellstens Abstand suchen. Der Einfluss der vonKorben-Anhänger kriecht in Gießen wie in allen Universitätsstädten aus sämtlichen Ritzen und fühlt sich menschenverachtend bedrohlich an, von ›unpolitisch‹ keine Spur. Im Gegenteil. Fürst vonKorben ist per se kampferprobt – nur am Paukboden, den Krieg hat er ausgesetzt. Nur wirtschaftlich greift er zu … wie? Ohne anzuecken? Eine Heldengestalt, mutig wie unerschrocken und versiert in jeder Kampf- und Waffentechnik? Romane werden geschrieben, niemals direkt über ihn, das ließe er nicht zu. Also glorifiziert man eine vergleichbare Figur. Warum er kein Nazi war? Weil er dann tot wäre? Von den Alliierten hingerichtet? So blieb er unschuldig an dem Gräuel? Wo er heutzutage mit keiner Wimper zuckt, den Tod zu befehlen? Die Familie war schon zuvor vermögend und einflussreich. Im Bankengeschäft mischen sie aber erst seitdem mit. Er schmiert gut, heißt es. Weiß, wem er etwas schuldig ist? Jahrgang 1916, war er im besten Alter, drei Jahre jünger als Hans? Disziplin und Ehre fordert er ein. Werte, die Korporationen zu vermitteln suchen, die auch Hans bis heute uneingeschränkt wertschätzt. Hans sieht sich verpflichtet, wertfrei, neutral zu bleiben. Als Sohn einer Familie, die ansonsten dem Gegenteil frönt. Korps, Burschenschaften und Landsmannschaften bieten auf ihren Häusern günstige Unterkunft, Gesellschaft für jene, die fern vom Zuhause studieren, vor Ort ohne Familie und Freunde sind. Sie bieten Unterstützung, wenn's schwierig wird. Im Zweifelsfall findet sich stets ein bereiter Bundesbruder, weiterzuhelfen. Was im Gegenzug gefordert wird, ist unabdingbare Treue sowie Pflichterfüllung. Man agiert wie eine Großfamilie. Klingt ehrenwert und ist es häufig auch. Politisch kann es jedoch leicht zu einer Gratwanderung führen, äußert man sich verständnisbereit gegenüber anderen Kulturen, Bräuchen, Religionen und Ansichten. Das Ding mit dem Paukboden? Einerseits Einstellungssache, andererseits eine Möglichkeit, Körper und Geist in Einklang zu bringen, seinen Mittelpunkt auszubalancieren, sich von Innen zu stärken. „Was für jede regelmäßig ausgeübte Sportart gilt", ergänzt Frida. Oft erscheint es fast, als würde hinter jedem Gedanken seine Frida lauern? So, als wäre sie schon alle Zeit dagewesen, nur er hat sie erst 1938 im psychologischen Institut wahrgenommen? Dass er zuvorderst ordentlich laufen lernt und ihm erst dann der Kobold zugestanden wird? Um sicherzugehen, dieses wertvolle Geschöpf nicht der falschen Person anvertraut zu haben? Somit hatte er sich bereits bewährt? Wann fängt es an, dass er Kommilitonen tröstet und beruhigt, Vorschläge unterbreitet, wie man sich gegen Übergriffe besser schützen kann? Über Versteckmöglichkeiten philosophiert er nächtelang, Möglichkeiten, sich davonzuschleichen? Mit wem spricht er? Es bleiben keine Erinnerungen zurück. Als er in Gießen ankommt, sucht er insbesondere Kontakt zu Menschen, die seine Familie grundlegend ablehnt. Und das, wo ihr Baronat solchermaßen kräftige Farben abwirft? Ein astreines weißes Mädchen paart sich mit einem augenscheinlichen Wikingernachfahren, und was schlüpft bei der Geburt? Ein schwarzhäutiger Bub mit Schlitzaugen? Dass er keine Sommersprossen aufweist, zu blonden Haar, ist eigentlich alles. Ja, ihr Baronat konnte da schon häufig mit Überraschungen aufwarten, die man sich kaum logisch erklären könnte. Und keinen stört's. Fast, als sehen sie es gar nicht? Man muss nur mal eben in Engelsruher Häusern wühlen gehen: Bauersleut und Handwerker, die Familienalben und uralte Notizen und Zeichnungen verwahrt halten, die man vielleicht einer Familie wie den vonVeldens zutrauen würde? Witzig? Der einfachste Bürger Engelsruhs verfügt über einen soliden Schulabschluss; seit fünfhundert Jahren. Wunderlich, aber Tatsache. Es brennt ja doch mal? Und andere sind nicht gar so rasch vor Ort? Er fand als Kind ausreichend Zeit, in gegebener Asche herumzustöbern. Somit hat er schon damals in Spukhausen gelebt? Was wundert ihn heute ein Innenhof mit gemauerter, durchsichtiger Balustrade? Ist jetzt auch nicht so viel wunderlicher als konsequente Schulbildung ab dem fünfzehnten Jahrhundert für ein Winzigdorf, dessen Einwohnerzahl immerzu um die 300 liegt? Nur minimal schwankt. Ganz ohne Seuchen und Kriegsbeteiligung. Indessen im Stuttgarter Stadtarchiv einiges zum Thema verzeichnet ist, das Engelsruh nebenan nie berührt hat. Tja. Und nein, er fand keine Hinweise auf Wunderheiler oder dergleichen, keine Hexen oder sonstige Magie. Damit sah es in Stuttgart auch anders aus. So, als läge Engelsruh auf einem anderen Kontinent? Fühle sich nur so an, als wäre es derselbe? „Was soll ich dir dazu sagen? Dass ich es nicht glauben kann? Das wäre gelogen." Dicke Stirnrunzeln ihm gegenüber. Frida, ja, sein Gedanke ist am Ende angelangt.

Ihre monströse Stadtvilla, mit unzähligen Geheimnissen; von seiner rotschöpfigen Ehefrau gehütet. Frida hat nicht nur den Schalk gefressen, nein, auch für alles und jedes das passende Händchen! Eine umfassendere Anpassungsfähigkeit hat Hans niemals erlebt. Sie erscheint ihm, wie eine Dampflok, die viel zu früh in die Geschichte eingelassen wird, bereits die Römer irritiert und dann der passgerechten Neuzeit schon wieder Jahrzehnte vorauseilt. Als müsse das Leben ausgleichen, was ihm an Länge mangelt? Dicke Tränen hinter nochmals dickeren Gläsern. „Könntest du meine Weitsichtigkeit etwas abmildern? Nur, dass ich auch ohne Brille geringfügig etwas erkenne?" Was antwortet der heimische Kobold? Grinst spitzbübisch und meint, „ich liebe deine Augen! Und so wie sie jetzt betont werden, sind sie das Größte an dir …" und damit lacht sie sich schier kaputt, bis sie übelst Bauchschmerzen bekommt und Direx putzt schweigend seine Brille; ob er verulkt wird? Frida hat es drauf, jede seiner Unzulänglichkeiten auf die Schippe zu nehmen, gleich dermaßen, dass er selbst herzhaft lachen muss. So als wäre es viel zu trivial, wichtige Lebenszeit damit zu vergeuden? Aber für andere ist Aussehen alles? Seine obere Hautschicht hängt mit Mitte zwanzig bereits kläglich von den nackten Armen, als könne sie sich nicht mehr mit dem Rest verbinden? Wie ein uralter Mann, der im Leben vielfach zwischen klapperdürr und kugelrund hin und her wechselte? Seine Außenhaut hatte das ewige Wechselspiel mit einem Mal satt und verlor seine Elastizität. Mhm. Aber er, mit seinen damals 25 Jahren, hatte noch niemals fette Jahre erlebt? Sein Körper wirkte, als könne er sich fette Jahre gar nicht vorstellen? Als wäre sein Organismus unfähig, Polster für schlechte Zeiten anzulegen? Als würde sein ewig aktiver Geist sämtliche Energie sofort in Gedanken umsetzen und selbst in kargen Zeiten niemals aufhören, auf Hochtour zu laufen? Weshalb er so früh grauköpfig und faltig war und Geheimratsecken bekam? Als Schutz vor den Nazis, die auf der Uni nicht nach alten Männern, sondern nach befähigten, agilen Soldaten Ausschau hielten? Er wurde jedenfalls niemals gemustert. Warum? Gute Frage. Er stellt sie niemals. Will es einfach nicht wissen, ist nur schlicht dankbar. Genau da hört sein steter, aber dennoch nur minimaler Haarausfall abrupt auf, als der Krieg vorüber ist und keiner mehr nach Kriegsdienern sucht. Und auch, als habe er sein Ziel erreicht, so auszusehen, wie man sich einen kauzigen Professor vorstellt? Weil er so ist, muss er vieles nicht näher erklären. Es wird genervt durchgewinkt, weil man gegen solche Argumente keine Antithese findet? Ähm, gedanklich zurück zu Fridas immergrünem Daumen, und gegebenenfalls, in jede Grundfarbe überwechselnd. Sie kann hervorragend mit kauziger Rustikalität umgehen, ein wirres Gespinst von Gemahl innigst lieben. Frida, sein Wunder. Und dann erzählt ihm eine gute Fee am Schwarzmarkt oder im Traum, sie wäre eine weiße Hexe und könne nicht nur seinen Andrin heilen, sondern vielmehr das Werk seiner Frau fortführen? Hernach findet er niemals Zeit, nachzugrübeln. Denn kaum ist diese traumgleiche Begegnung passiert, überschlagen sich die Ereignisse. Somit ahnt er viel mehr, als dass er es tatsächlich weiß, wann und wie es zustande kommt. Wann und wo, wer ist? Und vor allem auch warum? Die Zeit – nicht einmal sie, scheint noch linear und vernünftig in eine Richtung zu fließen. Vielleicht darum, kommt er niemals zu spät, außer, es gereicht ihm zum Vorteil? Was er erst erfährt, ist es bereits passiert. Keiner kann ihm Absicht unterstellen? Wie seltsam? Frida sieht ihn an und dabei könnte er schwören, er habe sie zuletzt vor über zwanzig Jahren gesehen? Und doch sieht alles im Zimmer genauso aus wie soeben davor, wo sein Andrin bestimmt an die dreißig Lenze zählte und dennoch nur wie ein allerhöchstens Siebzehnjähriger aussieht? Zum Zeitpunkt dieser Frida hier, kommt Andrin als schwer kranker Vierjähriger an! Sie steht neben seinem Bett, als hätten sie ihre Rollen getauscht! Hält für ihn eine Tasse Grüntee bereit, mit einem ordentlichen Schuss frischer Zitrone, mit Honig gesüßt. So schrullig, deswegen, weil sie beide Grüntee lieben und ihn ›verschandeln‹, haben sie sich das allererste Mal kaputt gelacht und verliebt. Ein kauziger, peinlich dürrer Mann mit krummen Haxen und tiefer Stirnfalte und eine herum witzelnde Rotlocke, mit moosgrünen Augen und so viel Sommersprossen, dass er sich bis heute fragt, warum ihre Hautfarbe als ›weiß‹ gilt? Sie ist ›sommersprossig‹? Warum halten alle daran fest, dass es unter den Milliarden Sommersprossen weiße Haut geben müsse? Schon lacht er herzhaft und muss ordentlich abhusten. Upps, Frida nimmt ihn in die Arme, hat längst sein Bett hochgeklappt, sein Kopfkissen aufgeschüttelt und bequem in seinem Rücken platziert und ihn deutlich hochgezogen – anders kann es nicht sein. Er selbst tut nichts dergleichen. Und doch sitzt er urplötzlich aufrecht im Bett, das nicht wie Fridas Seite direkt passend zum Patientenkörper hochgeklappt werden kann, sondern deutlich

★★★★★★

komplizierter. Eine Sparfassung. Wo Franzen sich seit jeher darüber mokiert, dass sie in einem Palast leben? Aber nicht im alten England; Viktorianisch oder Elisabethanisch? Frauenfeindlichkeit gibt's ja keine. Zurück zum Kraftakt, er war's nicht. Solche Anstrengung, da müsste Frida jetzt den Arzt rufen? Er fühlt sich derart geschwächt, wie üblich bei schwerer Grippe und sehr hoher Temperatur, und passt zu Andrins Zustand, als er aufbricht? Er konnte sich unmöglich selbst aufsetzen und Frida war die letzten Tage sehr erschöpft? Weshalb er den todkranken Bub mitnimmt, ihn quasi mitnehmen muss? Ihn als Zeichen versteht? Er kennt Frida! Weiß, wie sie Wunder bewirkt! Genau das. Ein Wunder. Sie würde nimmermehr einen Bub wie Andrin sterben lassen? – Wie sie schaut, war es auch Karl-Franz nicht – jetzt weiß er wieder sicher, dass sein Bub noch seinen Taufnamen trägt. Er ist gar nicht hier, sondern in der Schule und er selbst, Hans, ist heute krankgemeldet. Deutet ihm Fridas Gesicht an und ja, das hat er ganz alleine zustande gebracht, auch, wenn er sich jetzt an nichts erinnert. Sagt ihr Blick! Nicht nachfragen, sagt er außerdem … „Andrin?", krächzt er hustend. Oh ja, er hat sich etwas eingefangen, aber Frida fängt schallend zu lachen an, kriegt kaum ihre Worte verständlich ausgesprochen, „du müsstest dein Gesicht sehen! Herrlich …"

Trauerarbeit

29229Asgijahr|Moosgrüne Ilvericher Palastwände, nach Fronleichnam 1953.

„Vaddern?", klingt überrascht, „du, hier?", ›auf mich wartend‹ Der Teil, den er gern weglässt. Franzen wie er selbst. Sie beiden sprachen bisher mehr mit ihr als miteinander. „Es ist lange her, dass du mich besucht hast." Direx' Herz weitet sich, ›ja, er liebt mich. Wie konnte ich zweifeln‹ „Mama sagt, möchte ich dich fühlen, muss ich dich nur kennenlernen? Alles sei simpel, völlig unbeschwert? Sie sagt, du seist ein netter Bub? Du würdest mir gefallen … ich vermisse ihr Lachen? Sie hat mich immerfort ausgelacht. Ihr Schalk war so viele Jahre um mich, dass ich die elendige Stille kaum ertrage …" Dichte Tränen rollen ungeniert über seine grauen Wangen … endlich. Er kann auch wieder tief Luft holen, atmen wie ein Lebendiger. War er das gar nicht mehr? Franzen sieht ihn an. Von wegen blassblau! Darunter sind sie moosgrün, Frida, du hast recht … „Welche Augenfarbe steht eigentlich in deinen Papieren?" Franzens Mund versucht gleichermaßen auszuatmen wie zu sprechen und nicht überrascht auszusehen. Es misslingt. Frida! Sie spukt nicht nur im Haus, genauso in seiner Gedankenwelt. Sie ist hier. Natürlich. Ein Kobold nistet sich in sämtlichen erreichbaren Poren ein. Kriecht nötigenfalls unter die Tapete. Deshalb ist er, Hans vonVelden, hier im Zimmer seines Sohnes? Ihm das zu sagen! Sie, die Franzen so vermisst, ist noch hier. Lässt seinen Mund auch denken, falls gewünscht? Ja, Koboldmanier, sie steht ihm genauso zu Gesicht wie seiner Mutter. Oh, aber dieser ungläubige Blick? Der ist aber von ihm, Direx, eindeutig! Also ist auch von ihm ein bissle in den Wunderknaben gerutscht? „Nett, sich im Gesicht des anderen zu entdecken? Frida hat es mir geschworen, dass auch etwas von mir zu finden sei. Ich müsse nur tief genug buddeln." Franzen weiß noch immer nichts mit ihm anzufangen. Sie fühlen einander nicht … wie kann das sein? „Andrin? Du fragst dich, ob du dir Sorgen um ihn machen müsstest?", wo ich jetzt hier bei dir im Zimmer sitze? „Schon, ja, wo ist er?" Immerhin lächelt er. „Was fühlst du, wo du an ihn denkst?" Der richtige Ansatz. Nicht mit Tränen wird er diese Pforte öffnen können. „Ich sehe einen Tunnel vor mir … mystischen Nebel? Aber er ist doch erst gerade fünf? Oder galt das nur für gestern noch? Er sieht so viel älter aus, mit diesem riesenhaften Rucksack am Rücken? Er singt leise vor sich hin … ich kann's nicht recht verstehen, aber es könnte ein Schlager sein?" Grübelnd, „er singt ›In Spanien werde ich Bella Bimba, Bella Bimba, in Spanien werde ich Bella Bimba genannt …‹, das scheint ihm zu gefallen?" Auch seine Augen sind feucht … es freut ihn, dass er den kleinen Andrin fröhlich singen hört. „Jetzt ist er bei Hans Albers und Heinz Rühmann angelangt? Die mag er, das wusste ich bereits: ›Wer hinterm Ofen sitzt und die Zeit wenig nützt, schont zwar seine Kraft, aber wird auch nichts erreichen. Wer aber nicht viel fragt, und geht los, unverzagt, für den gibt's kein Fragezeichen und dergleichen, bitter schafft: Jawohl, meine Herr'n, so haben wir es gern. Und von heut an gehört uns die Welt …‹ Das Lied höre ich oft von ihm." Und es gefällt dir wunderbar, ihn das jetzt singen zu hören? An einem unbekannten Ort, den du erfühlen kannst, aber nicht weißt, wo er liegt? Nur, dass der Junge, der kleine Andrin von gestern, nicht mehr wie ein kleiner Bub wirkt … „Entschuldige, jetzt heule ich genauso. Ich dachte, ich könne gar nicht weinen? Das tun Männer nicht? Sagen alle." – „Du meinst am Görres in der Oberprima? Da hat man seine Tränen überwunden? Plant demnächst, seinen Platz in der Welt einzunehmen?" Franzen schaut ihn konzentriert an. Sucht Kritik. „Du bist anderer Meinung?" Hans lacht, was Franzen irritiert, „mit deiner Mama zusammen zu sein, hieß von der ersten Sekunde an, die Welt mit neuem Blick zu betrachten. Ich glaube, dieser allererste Moment unserer Begegnung ist noch immer nicht vorüber … ich fühle Dankbarkeit in mir, dass sie sich niedergesetzt hat? Meinethalben? Als ich auf sie zugegangen bin, war mir nicht klar, dass ich womöglich früher hätte stehen bleiben sollen? Ich sah auf meine Füße, indessen ich mutig schwadronierte. Wollte nicht peinlich rot werden? Dann sah ich hoch und zwei wohlgeformte Hügel über mir und musste mich weit nach hinten lehnen, dass ich ihr Gesicht sehen konnte? Ober peinlich!" Franzen lacht ebenfalls, ja, Mama und mich nebeneinander, darüber muss jeder lachen. „Sie hat sich rasch hingesetzt, dass ich nicht umkippen musste. Es wäre abträglich gewesen, einen

Schritt zurückzutreten. Alle sahen zu." – „Sie war stolz auf dich." ›Weil ich es wagte?‹ „Das hat sie erzählt?" Sein Blick wärmt bis tief ins Mark. Sie ist wahrhaftig seine Mutter. „Andrin – entschuldige; ich glaube, dass ich mir keine Sorgen machen muss. Aber, müsste er nicht zur Schule gehen? Jetzt, egal, wie alt er ist – er ist ein Junge? Real existent? Ich bilde ihn mir nicht nur ein?" Auweia, da triffst du einen wunden Punkt, wo ich selbst hadere … „Du? Du haderst mit dieser Frage? Du weißt nicht gewiss, was er ist?" ›Atemlos? Wie? Sodele, wasele? Das Biable in mir?‹ „Manches Ding?" Franzens Blick! „Wo ist sie? Ich dachte, sie wäre im Bett – aufgebahrt? Aber ich finde sie nirgends … du hast sie doch nicht wegbringen lassen? Ohne, dass ich mich verabschieden kann …" Gelinde gesagt, vorwurfsvoll … entsetzt? „Junge!" Was soll ich sagen? „Was du sagen sollst? Wo sie ist? Das würde helfen." Der Gang nach Canossa … „Buße?" Mehr kriegt er nicht ausgesprochen. Tränen – die Brille auf der Stirn, er sieht eh nichts mehr. Egal, warum, ändert nichts. „Berühre die Wand? Sie ist hier? Überall. Ich höre sie atmen? Sehr leise klingt ihr Lachen durch? Nur, weil ich dir das erzähle, wird sie deutlicher? Wir müssen über sie sprechen, dass sie niemals aufhört zu sein." Franzen sitzt an der Schreibtischkante seines ›epochalen Drums‹, wie er alte Möbel bezeichnet. Er steht auf, geht auf die Wand zu und berührt sie mit beiden Handflächen. Er fühlt sie … „Was hat es mit den Trümmern auf sich? Ich hab nie gefragt, warum ihr Monster in dieser Menge hier reinschieben musstet?" Sein Blick bleibt in sich gekehrt, die Hände liegen an der Tapete, streicheln, wie er Mamas Hand gern berühren würde. „Sind wirklich nur siebeneinhalb Jahre vergangen, seit wir hier eingezogen sind?" Als Orientierungshilfe? ›Ich denke schon.‹ „Du denkst nur? Sie konnte dich gleichermaßen freischweben lassen wie mich? Ich dachte, das geht nur, weil sie meine Mutter ist?" ›Oh nein, wer sich auf sie einlässt, der schwebt. Und nicht nur, weil sie baumhoch gewachsen ist.‹ „Narretei! Nicht eleganter auszudrücken? Weshalb ich nie über sie sprach? Verstehst du, was ich meine?" ›Du hast keinem je von deiner Mutter erzählt?‹ Er schüttelt den Kopf, „nein! Ich musste ins Sankt-Theresa, um mir sicher zu sein, dass sie real existiert." ›Angefühlt, wie eine Fata Morgana, nur, dass man sie berühren konnte? Ohne hinzufassen?‹ „Du hast ehrlich mit ihr geschlafen? Biologisch, sexuell, meine ich? Wie ein Mann mit seiner Frau schläft? Ganz natürlich?" ›Fragst du, ob Mama aus Fleisch und Blut war?‹ „Ja, Himmel, ich fühle sie in der Wand … die Tapete als Haut, Bluse, Nachthemd, je nachdem, welche Erinnerung ich aufrufe? So fühlt sich die Wand an … Bikini? Huch, freizügig! Das hat sie getragen? Habe ich das gesehen? Jetzt tue ich es, überdeutlich, mit Schleifchen oben zwischen den Brüsten und unten am Höschen? Ihr wart alleine? Das war sicherlich kein Ort mit vielen Besuchern?" ›Nein, ich bin zu verklemmt. Mama hat mich ausgelacht, weil ich mich so anstelle. Hab' mich kaum getraut, bei diesem Anblick, die Hose runterzuziehen.‹ „Du dachtest, der da unten reagiert?" Lacht es. Er hat noch immer die Augen geschlossen, ferner seine Handflächen an der Wand und wandert nun mit seinen Eltern durch den Wald. Beide sind klatschnass, haben sich die Kleidung über das Badezeug gezogen. Es ist eh warm, dass es rasch trocknen wird. „Die Möbel? Sie wurden verschenkt, weil sie so sperrig sind? Wohnraum wurde eng? So viel war zerbombt? Alle mussten zusammenrücken? Keiner fand Platz? Wir haben Kartoffeln eingetauscht? Oder deine Marmeladen, Milch? Eier? Den Großteil der Küchenausstattung haben wir mit Eierlikör bezahlt. Kannst du dich erinnern? Im Februar 1946? Mein sechsjähriger Filius, derart stolz, in der Sexta Altgriechisch und Latein zu lernen? Weißt sicher noch, wie du zwischen den Klassen von der Sexta bis zur Quarta hin und her wechseln musstest? Weil du's zeitgleich lernen wolltest, nicht bis zur Untertertia warten, wo du Englisch und Französisch gewählt hast, wiederum pendelnd, bis sie es Mama daheim fortführen ließen. Dein Stundenplan war nicht mehr koordinierbar? Du hast nichts ausgelassen? In Chemie? Du lagst wie ein Jagdhund auf der Lauer? Alkohol, Gärprozess, Fermentierung, ein Götterhimmel? Das breite Wissen direkt greifbar und die Lehrer fanden Zeit, freuten sich über Fragen, konnten sie ausführlich beantworten. Du hast übergesprudelt vor Durst … ›Ihr Sohn lechzt nach tiefgründigstem Wissen, wie man es sich nicht wunderbarer vorstellen könnte‹, stand im ersten Halbjahreszeugnis als Anmerkung." Franzens Augen leuchten, Direx fühlt es überdeutlich. Geschlossen, Tränenfluss, aber er ist glücklich mit dieser Erinnerung, indes er Mamas Arme streichelt, die jetzt ein handgestrickter Winterpullover bedeckt, mit schickem Elchgesicht vorn und an den Armen Geweih. Oh, das waren wahrhaftige, kalte Ostertage. Der neue Herd konnte sich nicht mit dem Kaminschlot einigen? Sie stritten energisch, wer fürderhin für Rauchabzug zuständig sei? „Vertragt euch endlich!", Karl-Franz von links. Hans hat sich oftmals gefragt, wer hier wen großzieht? Schallendes Gelächter infolge? Wunderbar. Das hieß, ein kaltes Osterfest in einer frisch eingerichteten Küche? Der einzige Raum, wo man gemütlich beisammensitzen konnte? Außer der Bibliothek? Aber wer wollte Ostern im Bett feiern? Bitterkalt, kein Kochen möglich, nur im Stall, wo keiner sitzen möchte, weil Schnee durch alle Ritzen weht? Ihre Nase erfrieren lässt? Bis Mama in der Karfreitagnacht die Sprossen hochklettert und das verrußte, sperrige Vogelnest auf Höhe der dritten Etage entdeckt? Sie steigt hinauf und bugsiert es zum Dach hinaus. Fünfzig Meter im engen Kaminschlot? Klaustrophobie kennen Baumfrauen nicht! Nach unten verwehrt es sich gegen alles? Lässt sich nicht reduzieren. Sie probiert alles. Am Ende die schmalere Schneeschaufel! Den Stil geschickt zwischen die Sprossen eingeklemmt, dann schiebt sich der Amboss ›Baumfrau‹ dagegen und bugsiert das elendige Drum zentimeterweise höher und höher. Es rußt in alle Stockwerke, jedweden Raum. Die Lüftungsgitter zu verschließen, hilft überhaupt nichts … sie sind schwarz wie die Raben, samt neu zusammengestellter Kücheneinrichtung, als es endlich ausgestanden ist. Fachleute? „Könnten es auch nicht besser hinbekommen", Fridas munterer Spruch. Ein Schornsteinfeger wäre ehrlich kostspielig gekommen. Bei solchem Monsterbau? Ergo gilt es, Eigeninitiative zu entwickeln. Und hernach allen Schaden wieder zu beheben. Sämtliche Möbel müssen gründlich abgeschrubbt werden und „einbalsamiert", wie Frida es nennt, oder aber mit Farbe behandelt. Die Küchenmöbel? Dreifach weißeln ist nötig, bis es wieder strahlt. Der Ruß sitzt in sämtlichen Poren. Stoffe werden ausgetauscht. Wochenlange Reparaturarbeiten. Aber seitdem reicht eine minimale Küchenglut aus, das Gebäude warmzuhalten. Als müsse man die ewige Flamme nähren und sie würde – ähnlich einem Kachelofen über den Schlot – ihre Wärme an sämtliche Wände weiterreichen? Frida, „du respektierst andere Berufe, wenn du Hand anlegst, fühlst, wie es sich auf nackter Haut anfühlt?" Franzens Grübchen am Mundwinkel, wie sehr er sie liebt? Strenggenommen fühlt er sie derzeit nur – zu feucht, etwaige, verfügbare Brillengläser zu benutzen.

„Ich habe übrigens einen weiteren Namen? ›Direx‹, Mama gefällt er gut. ›Hans‹ bietet kaum Spitznamen, die erfreuen … wo ich obendrein ein windiger Kümmerling bin? ›Hänschen klein‹, nee! Da bin ich schreiend weggelaufen. Die bloße Andeutung? Mein Bruder summte es andauernd – ich hätte ihn so gern erwürgt!" Franzen überlegt, ob er fragen könnte … „Selbstredend darfst du fragen. Mein Bruder war anderthalbmal so groß. Nicht gar so schmächtig, aber spuchtig genug, dass auch er sich nur zu Hause eine kesse Lippe leisten konnte? In der Stadt wurden wir ohne Ausnahme vermöbelt und ausgeraubt. Also wurden wir Bundesbrüder? Jeder Einzelne, sobald es ging. Auch darum wird unsere Familie frühzeitig eingeschult? Keine Frage. Wie oft lachten wir darüber? Mit dem Couleurband an der Gürtelschlaufe, unser ›Wimpel der Freiheit‹, den jeder von uns tagtäglich trug, rührte uns keiner mehr an. Korporierte galten als ›Bessere‹. Als könnten wir sekundenschnell ein Geschwader von richtig strammen Burschen herbeizaubern? Via Fingerschnippen? Sie hatten urplötzlich Angst, sich mit den Falschen anzulegen." Franzen, „eine schlagende Verbindung?" ›Nö, gab's in Stuttgart nicht.‹ „Heißt das, hier schon? Schlagende Schülerverbindungen? Davon reden wir?" ›Glaubt man dem Tratsch‹, „die Rhenania soll ziemlich steil sein; jedenfalls besitzt ihr Stammlokal einen Paukboden? Das Gebäude wird seit anno dazumal in Verbindungskreisen vererbt. Gerede, aber ich denke, es stimmt." Franzens Augen fixieren ihn. ›So guckt Frida, wenn sie's Punkt für Strich wissen will. Nicht bloß oberflächlich.‹ „Du vergleichst Augen? Ihre waren einmalig …" ›Sind … mein Sohn! Deine ebenso. Schau in den Spiegel? Ich habe bisher nichts bemerkt. Erst vorhin …‹ Franzen hat keinen Nerv, „einer meiner Klassenkameraden ist bei der Rhenania. Er hat einen eindrucksvollen Schmiss auf der Wange und erzählt Blödsinn, wenn jemand Fragen stellt. Will heißen, es wird nicht offen zugegeben? Unter der Hand, soso … er studiert künftig mit mir; thematische Überschneidungen, du kennst das eh? Und ja, er hat mich gefragt, ob ich am Verbindungswesen interessiert wäre? Ergo, dem studentischen … mein Alter hielt sie wohl bisher ab, mich anzusprechen? Sollte ich ablehnen?" ›Auweia, mein Vater würde schon ob der Frage lauthals jubilieren? Schaffst du's, dich nicht reinreißen zu lassen? Gehirnwäsche – man kriegt's kaum mit, dass was passiert und Wumms!‹ „Ich muss auf der Hut bleiben? Aber du würdest es verstehen, falls ich da meine Nase etwas tiefer reinstecken wollte? Fürst vonKorben, ich weiß, dass du ihn kennst. Er ist gefährlich. Seinen Feind zu kennen, war seit jeher eine gute Strategie? Wenn ich es schaffe, so still wie du zu bleiben, könnte ich über den Weg viel herausfinden? Diese formidablen Knoten, Überkreuzungen und gelegentlich komplizierten Verstrickungen, die man vereinzelt mit einem verzwickten Strickmuster verwechseln kann … zu wissen, wie die Spinne ihr Netz knüpft? Syndikate, überall mittig drin, ich frage mich zuweilen, ob unsere Oberliga da nicht mitmischt? Hochwohlgeborene Von-und-Zus haben offiziell keine Privilegien mehr? Dennoch mischen wir überall mit? Ergo, existieren sie unterschwellig weiter … Reichtum soll systematisch umverteilt worden sein? Spätestens die Nazis haben beflissentlich vorgesorgt, dass keiner übrig bleibt, Beschwerde zu führen? Keine tollen Taschen, nur andere? Die Alliierten haben zudem umgemodelt? Bälle neu zugespielt und nun tut es Israel ganz offiziell, Wiedergutmachung einzufordern? Wie kann jemand bei solch prekärem Hintergrund, obsessivem Hickhack, derartigen Schwankungen, seine Macht innehalten? Ungestört? Warum haut diesem Fürst vonKorben keiner auf seine gierigen Finger? Der blanke Hohn fürs Justizsystem – wir müssten uns derart schämen? Aber es tut keiner … wir haben es verlernt, Schande zu empfinden?" ›Glänzend formuliert und berechtigt – deine Empörung darüber wie deine Sorgen. Ich forsche meinerseits ein Leben lang und sehe ständig neue Netze mit trickreichem doppeltem Boden entstehen, sich geschickt irgendwo dazwischen klemmen? Das hört wohl nie mehr auf, solange wir so blind dem schnöden Mammon verfallen bleiben? Unser Verderben. — Wer gut vernetzt ist? Wie die fette Made im Speck sitzen bleibt, könnte beizeiten etwas asynchron fließen lassen? Mitunter dezidiert etwas umlenken, was immer sich gerade bewegen möchte? … das schwebt dir vor? Nicht nur spielerisch am Gespinst zu zupfen, wie ich es gelegentlich tue? Ein brandgefährliches Spielfeld …‹ „Du weißt hoffentlich, dass ich da

★ ★ ★ ★ ★ ★ ★

nicht brav mitzuspielen gedenke?" ›Oh, Franzen, und wenn es das Einzige wäre, das ich wüsste, wäre ich schon überglücklich, dein Vater sein zu dürfen.‹

„Kennst du ein verlässliches Mittel gegen Alkoholwirkung? Wo ich jetzt in einen kultivierten Saufklub eintreten möchte? Intellektuell auf Höchstniveau mitzuspielen, gedenke? Das könnte sonst leicht unliebsam verlaufen? Ich versehentlich mehr ausplaudern, als ich parallel erfahren kann? Ein klarer Verstand, den Komiker nur vorgaukeln, so etwas schwebt mir vor …" ›Auweia! Wie erfahren bist du bisher im Possenspiel? Und was empfiehlt Frida? Das ist nicht dein erstes Gespräch zum Thema, ich rieche es förmlich … und hoffe sehr, sie war die erste Wahl? Falls ja, könnten wir es austesten? Schnaps, Bier, Wein, Likör, wie gehabt, im hintersten Kellerabteil. Eigene Prozente sind mittlerweile umfänglich ergänzt. Lass dich mal überraschen. Weißt ja eh, allesamt Interna? Und ja, dein Birnenschnaps ist echt lecker und dein diesjähriger Kirsch macht dem Schwarzwälder ernste Konkurrenz? Ein anständiger Korn – ich bin sehr stolz auf dich. Bring alles mit und eine Auswahl Frankenbier, misch es aber ordentlich durch, ich will alles probieren, wo wir uns fürderhin dafür Zeit nehmen.‹ — Nur zwanzig Minuten später. Klar, kann sein Sohn das locker auf einmal hochtragen? Er musste runterwärts fünfmal laufen? Äußerst bedächtig und nicht bloß wegen Altersschikanen. Wie Franzen erst grinst? „Du bist 'ne Schnapsdrossel? Bier scheinst du auch richtig zu mögen? Das ahnte ich nie? Dachte eher, du wärst ein gelegentlicher Rotweingenießer, sehr trocken, bevorzugt Rhône-Weine oder ein südlicher Italiener oder Spanier, zum Essen wenige Schlucke? Ansonsten eher konsequent abstinent? Wollte schon fragen, ob's einen spezifischen Grund gibt? Meine Herren! Die Biersorten? Naturtrüb, rauchig und leckere Kellerbiere und was nicht alles? Willst du einen Laden eröffnen? Direkt neben der Uni oder mehr bei der Schule? Als Nebenverdienstquelle für einen deiner Lehrkräfte? Kannst ihn wohl nicht adäquat bezahlen?" ›Ist mehr für seine Ehefrau, die etwas dazuverdienen muss und nebenbei die Welpenparade hüten? Du weißt schon? Eine größere Ansammlung aus verschiedensten Ecken?‹ „Hund, Ziege, Esel und ein bis zwei Eigenproduzierte? Dieserlei Ecken?" Vadderns Schulterblätter zucken, sein Gesicht bleibt neutral. Franzen, „Handelsbeziehungen zu Winzlingsbrauereien? Das lockt sämtliche Schleckermäuler aus den Umlanden an? Das planst du also – die Elite handzahm, gefügig? Rundumtausch von Gefälligkeiten?" Franzen lacht verschmitzt, „ein exquisiter Edel-Spirituosenladen in der Altstadt, direkt neben dem Sankt-Theresa? Sollte das gelingen, ließe es locker eine Kindergrippe ergänzen samt passendem Schuppen mit Frischluftzufuhr für diverseste Haustiere, die keiner ungeschützt lassen will? Stellplatz für Fahrräder mit Anhänger und kleinere Karren? Esel, Pferd, Ochse wie Mensch?

›Huf, Schuh und Pfote‹? Falls ich richtig kapiere? Ehrlich? Auweia, du hast viel vor, dich abzulenken, dass du nicht frierst? Aber da darfst du nicht nur eine Mama mit Kind hinterm Tresen haben, das weißt du? Die Schutzwachen deiner Schule reichen nicht aus? Viel zu gefährlich! Du brauchst gewiefte Söldner? Abwehr zuzüglich Geschäftssinn, kein Glaubensding bezüglich Alkohol und Fleischsorten." ›Die Fleischsorte dürfen sie nur nicht essen? Vielleicht ebenso wenig damit handeln? Aber drauf aufpassen, ist doch wohl erlaubt? Gleiches in puncto Alkohol? Standfest müssen sie halt sein, sich nicht verführen lassen von verbotener Substanz? Der vorgesehene Platz integriert Schlafkojen, Großküche, Toiletten, einen Waschraum, wo nicht nur eine Badewanne reinpasst? Alles im Angebot.‹ „Wie vielen verschaffst du Arbeit und Papiere?" Sein Blick, wie gut er tut. Franzen, „bitte, du musst wenigstens einen Schwarzen beschäftigen?" Wohl mehr eine konkrete Forderung als eine Bitte … oh Junge! „Die Frau zieht mit Kind und Kegel hinter und überm Laden ein. Ihr Gatte arbeitet an meiner Schule als ›Studienassessor für Indigene Philologie in Ausbildung‹. Hälftiges Gehalt, indessen er parallel Schüler unterrichtet? Kikuyu aus Kenia? Sie sprechen Bantu? Er ist der dritte Schwarzafrikaner an meiner Schule, die anderen beiden stammen aus Äthiopien. Aus Sansibar, Angola und Nigeria erwarte ich des Weiteren aktuellen Zuwachs. Wir unterrichten seit neuestem ›Philologie und Entwicklung afrikanischer Sprachen‹ am Sankt-Theresa? Ich kann demnach aus jedem Sprachfeld und ethnischem Hintergrund Mitarbeiter anheuern? Mit Familienanhang und allesamt erlangen Bürgerrechte, damit auf Wunsch eine Doppelstaatsbürgerschaft? Allein in Kenia gibt es sieben größere Stämme, mit faszinierender Sprachkultur, die das Prädikat ›beachtenswert‹ laut Oberschulamt verdienen? Das Europäische Oberschulamt hat hierin verfügt, auf mein Ansinnen hin? Hast du die Nachrichten gar nicht mitverfolgt? Keine Zeitung gelesen? Professor Lefay ist berühmt? Unterstützt von Frida, klar, unsichtbar wie stets. Du kennst mich, ohne sie käme ich keinen Hügel rechtzeitig hoch, aber mit ihr erklimme ich alpine Steilwände? Und lerne am Ende fliegen? Wer weiß? — Sehr junge, beeinflussbare Männer, weich genug im Kniegelenk, sich untertänigst einzufügen? Die Familie nur, dass man ordentlich Druck ausüben kann? Gar nichts ist gratis …" Heftiges, inneres Stöhnen, verborgen hinter tiefem Schweigen; nonverbal ergänzt, ›Schweine bleiben Schweine, immerdar, auch wenn sie noch so leutselig in die Kameras grinsen! Illustrierte, die man gelesen haben muss? Alles Bockmist!‹, laut: „Ein blütenreines Führungszeugnis als Voraussetzung, weshalb sich alles wie Kaugummi hinzieht. In den Ländern geht es heftig zu? Einen Unbedarften zu finden, ist schwierig, nahezu unmöglich, derweil du hundert wunderbare Anwärter ablehnen musst? Ausschließlich Männer, die Folgen des Frauenwahlrechts liegen unserem despotischen Patriarchat noch schmerzhaft quer? Mehr Ungemach vertragen sie derzeit nicht. Bis ich Frauen beschäftigen darf, die ihre Blutungen noch haben, aber keine Bräute Christi sind, das dauert wohl noch etwas." — Es wird ein ganz wundervoller, harmonischer Abend und, da auch Direx die ausgefeilte Trickkiste seiner Frida bis in die Tiefen testen muss, wird zwar alles Verfügbare durchprobiert, aber die betroffenen Hirnwindungen bleiben klar wie der Hochprozentige auf ihrer Tischplatte. Sie mixen fleißig Cocktails – heizt die Stimmung auf, beeinträchtigt aber keineswegs ihr Denkvermögen. Kopfschmerzen gibt's hernach standesgemäß; glaubhaft, ihre Scharade. Ja, Franzen kann nun Fuchs werden und sich durch sämtliche bundesbrüderlichen Statuten ungefährdet lavieren. Umfänglich genießen, was die Verbindungswelt attraktiv gestaltet. Kultiviertes Saufen auf Höchstniveau. Crambolus, „keiner raubt dich mehr aus? Du hast die Brüder um dich wie eine Schutzburg angefühlt, undurchdringlich. Niemand nutzt etwaige Hilflosigkeit aus? Du weißt doch, falls dein Hirn abschalten sollte … passiert! Immerzu findet sich ein Bruder, der sich kümmert, dich heimfährt?" Und zum Ausnüchtern hernach auf den Paukboden, zuvor etwas Aufwärmgymnastik und ein kurzer Streckenlauf durch die Straßen bis zum nächsten Park. Sie haben es wahrlich drauf, alte Werte zu vermitteln und Familiensinn wie stabilen Zusammenhalt in ihren Reihen zu erzeugen, dass selbst der kritische Franzen binnen kurzer Zeit seinen Hut vor ihnen zieht.

Die Tatsache der fühlbaren Mutter in jeder Hauswand verwindet Franzen nicht gar so leicht. Dass ihr Körper verschwunden bleibt? Vaddern nichts darüber weiß? Eine unverdauliche Kost für einen Sohn, der damit hadert, selbst nicht bloß aus Fleisch und Blut zu bestehen. Das, wo er sich in die Höhle des Löwen wagen will? Eine Höhle, der sein Vater ausweicht, aus Sorge um Frau und Kind? Ist es verzeihlich, eigens furchtloser aufzutreten? Vielleicht sollte er vorab eine Stippvisite nach Engelsruh unternehmen? Die wissen eh, dass ihr Anverwandter mit Familie in Düsseldorf lebt? Das ist schließlich kein Geheimnis, nur bisher irrelevant, für die familiäre Bagage, die vorzieht, Söhne und Töchter während der Ausbildung im Blick zu halten? Wenn Franzen seinen Vater betrachtet, was man über ihn munkelt, kann er dem Herrn Baron in Engelsruh nur beipflichten. Will man Verfehlungen ausschließen? Obacht halten! Was ihm, Franzen, jetzt zugutekommt. Er kann sich uneingeschränkt auf eine ehrenwerte und standfeste Familie berufen, wo immer er hingerät? Sie glauben ihm seine hochherrschaftliche Abstammung samt Gesinnung, wo er nun ein nachweislich Steiler ist und für die zierende Wangennarbe wird sich eine passende Gelegenheit finden. Bei den ersten Mensuren, auf die er nochmals energischer zuarbeitet als alle anderen, die aufgenommen werden – so das Gerede –, geht es aber leider schief. Nicht einmal eine Kopfnarbe; seine

Gegner schneiden erbärmlich ab. Es fordert ordentlich Disziplin und Muskelkraft, seinen Paukarm mit schwerer Klinge oberhalb seines Kopfes zu justieren und gleichermaßen geschickt auf jedwede Bewegung zu reagieren, einen ernsthaften Angriff gar zu parieren? Den anderen Arm am Rücken, in der Gürtelschlaufe eingehakt. Schon aus Gleichgewichtsgründen, sinngebend. Dank seiner Körpergröße ist er oft gezwungen – er trachtet nach Anerkennung –, etwas weicher in den Knien zu liegen; sprich, seinem Gegner nicht als kompakter Baumstamm entgegenzutreten. Dietrich vonBern, der auch recht hochgeschossen gewesen sein soll, bringt ihm den bundesbrüderlichen Biernamen ›der Berner‹ ein, mea culpa, mea maxima culpa, nicht seine Idee, aber es gefällt ihm außerordentlich gut. – Warum schuldig bekannt? Weil er seine Mutter im Ohr hört, wie sie eindringlich bittet, es auszuschlagen. Warum? Verrät sie leider nicht. Indes er noch grübelt, ob oder besser nicht, ist es bereits passiert. In diesem Umfeld darf er wirklich nicht betrunken sein. Vreemarr? Dietrich vonBern zählt somit dazu? Das ist es; und er hat sich soeben als gleichermaßen zugehörig bekannt? Mist! Jetzt muss er in jedem Fall nach Engelsruh reisen und sich eine etwas ausführlichere Baronats- und Schlossbesichtigung angedeihen lassen als üblich. Und den Spätburgunder Weißherbst gebührlich lobpreisen, der das Einkommen der Verwandtschaft sichert, dass sein Possenspiel, auch politisch, dingfest bleibt. Keiner darf daran Zweifel hegen.

Wie stoße ich eine fest verschlossene Türe auf? Wo derjenige auf der Gegenseite als extrem dominant gilt? Wie gehe ich damit um, wo ich selbst rechthaberisch und eigenwillig bin und seitens meiner Eltern niemals ausgebremst, gar groß kritisiert wurde? Fragen, die Franzen durchs Hirn schießen. Nach diesem ausschweifenden Familienwochenende mit einem mitteilsamen Vaddern, wie er ihn nie erlebt hat. Eine spukige Mutter hinter der Tapete und mittlerweile in jedem Möbelstück, lässt er es denn zu. Dafür musste sie zuvor sterben, jener Punkt, der hakt, inakzeptabel bleibt; er sucht den Schuldigen? Seinem menschlichen Ursprung nachzuspüren, sieht er als willkommene Abwechslung, jedes Mal, wenn die spukige Wandnummer Frostblasen auslöst. Selbst im Hochsommer gibt's keine Brandblasen. Derweil steht er fleißig am Paukboden und sorgt dafür, falls er sich nicht trauen sollte, seinen Geburtsnamen zu nennen, über seine Burschenschaft Zutritt gewährt zu bekommen. Pfingsten, sein Zielpunkt, das schwäbische Schlosstor via Fehdehandschuh aufzustoßen. Ein prachtvoller Paukboden spricht man dem Schloss Engelsruh zu und zu Pfingsten eine umfängliche Zuschauerschaft, dass es kaum eine bessere Gelegenheit geben könnte. Dass kaum eine Mensur innerhalb der Schlossmauern ausgetragen wird, verrät indes keiner. Wohin zielt sein Interesse? Fürst vonKorben ins Blickfeld zu rutschen. Dieser Mann muss ihn einfach sehen! ›Arro-

★★★★★★★

ganz ist die schlimmste Todsünde‹, erklingt die bekannte, mitunter etwas beleh-
rende Stimme an Franzens Ohr. Franzen genervt, „sagt bitte wer?" Natürlich laut,
denn dieses geisterhafte Herumdümpeln geht ihm gerade gewaltig auf den Sack!
Collodi, der Bundesbruder neben ihm, zuckt minimal zusammen, dann sammelt
er sich und verwickelt ihn in ein Otto-Normal-Gespräch, um keine fünf Minuten
später seine Biervaterschaft anzubieten. ›Upps, gewonnen‹, denkt sein Hirn. „Sobald du einen Biervater gefunden hast, wirst du zur Mensur zugelassen", erklärte
ihm einst Crambolus. „Der pure Wahnsinn, als habe dir wer ins Hirn geschissen",
so drückt es sein freundlicher Mauergeist zu Hause aus, dem er immer weniger
zuhören mag, denn ihm persönlich gefällt seine Idee zunehmend besser. Er ist
vierzehn und wird bereits als gestandenes Mannsbild betrachtet! Hat ein Spitzen-
abitur in der Tasche und alle umliegenden Universitäten umschmeicheln ihn vom
Allerfeinsten. Genauso entsenden Verbindungen ihren erfolgversprechendsten
Akquisiteur. ›Im Mittelpunkt aller Aufmerksamkeit, Lockrufe noch und nöcher,
wem das nicht schmeichelt und zu Kopfe steigt, in jungem Alter, ist kein Mensch‹,
denkt Franzen beschwingt und klopft an den nächstliegenden Mauerstein. Wie im
Mittelalter auf Holz geklopft wurde, um Baumgeister zu beschwichtigen? Seine
Welt arbeitet auf Betonbasis? Ob es schon passende Geister geben mag? Stein-
geister allemal! Oh weh, er schlägt alle eindringlichen Warnungen aus. Wie viele
Fehdehandschuhe er allerdings rundum verteilt, bis er sich einerseits erfahren
genug wähnt, Kuckuck im schwäbischen Nest zu spielen – er sucht Verbündete?
Und andererseits Fürst von Korben gebührend begegnen zu können, könnte er
kaum sagen. Gefühlt steht er bald ein- bis zweimal pro Monat vor einem Kontrahenten. Es zählt zur Qualifikation; er will zügig geburscht werden? Zumeist ist es
purer Übermut, nichts, das zur Wertung gereicht, mit gleichermaßen Waghälsen
gegenüber, die nur selten bis zur Burschung durchhalten. Mut ist nämlich nicht
alles. Ob die auf Schmiss aus sind oder nur auf Adrenalinschub, will er gar nicht
wissen. Er wird süchtig. Was es auch sein mag, viele fahren drauf ab. Ist es wirklich schon Herbst, als der Erste als Termin „Pfingsten auf Schloss Engelsruh"
vorschlägt? Irrelevant. In diesen Kreisen kennt keiner die bürgerliche Identität des
anderen. Das liegt hauptsächlich daran, dass sie zeitweise verfolgt werden. Die Ur-
burschenschaft gründet sich 1815 zu Jena und versteht sich als ›Zusammenschluss
der Studenten‹; der Student als Bewohner der Burse, ein Bursarius, gilt bis Anfang
des neunzehnten Jahrhunderts als allgemeiner Begriff für Student. Die badische
Revolution 1848/49 fordert lauthals den freien studentischen Gedanken. Das Lied
›Die Gedanken sind frei‹ bleibt in Erinnerung. Ein Unterfangen, dem Franzen sich
lautstark anschließt. Er verlässt ab dato als Franzen das Haus und mutiert ›vulgo‹
zum ›Berner‹ von der blauen Vandalia Düsseldorfs. Die Couleurfarbe ergänzt,

weil es zudem die gelben Vandalen gibt. Eine eher gemäßigte Landsmannschaft, die Mensur auf Freiwilligenbasis hält. Nichts für ihn, sein stetes Argument: ›vonKorben‹ fand bereits in Schülertagen eine schlagende Verbindung und legt allergrößten Wert darauf. Wem er dort alles begegnet? Collodi, sein renommierter Biervater, stellt ihm Pinocchio vor, im bürgerlichen Dasein eventuell Vater und Sohn? Jedenfalls offensichtlich enger verwandt; der ältere Bruder dürfte Geppetto sein? Crambolus – der Biersohn von Perseus –, sein verschworener Kommilitone, ist der Biervater von Mistofolus. Die eigene Burschung wurde vorerst ausgesetzt, weil er seine enge Verwandtschaft nach Engelsruh verschwiegen hat. Ihr Seniorcharge Dareios ist empört, obzwar das Bürgerdasein keinerlei Bedeutung haben soll? Pankratius, sein Bierurgroßvater, stellt ihm Bodgwer, den Drittchargierten vor. Diethelmi, mit dem trinkt er sehr gern und philosophiert indes über die alten Griechen und das Wesen der Demokratie als glorreichstes Erbe der Menschheitsgeschichte. Mit Lindwurm träumt er von barbusigen, schlüpfrigen Nixen; mit Rheinfall davon, dereinst unerschöpfliche Goldschätze bei Worms zu entdecken. Und mit Löwenherz vom heldenhaft altruistisch veranlagten Robin Hood, den dieser mit Lili Marleens Laterne zu tarnen sucht; in diesem Umfeld ist Homosexualität weiters eine Todsünde, die häufig genug tödlich quittiert wird. Er schmachtet nach dem unbekannten anderen Ufer und glaubt, Franzen tue es gleichfalls? Hilfe! Mythologie, Philosophen, tyrannische Despoten und glorreiche Helden, große Namen aus Kunst und Literatur, Streitbare aus aller Welt werden vorgekramt, geht es um ehrenwerte Biernamen. Fantasiegestalten geben sich die Ehre. Nur kürzliche Kriege werden übersprungen. Ein Nazi würde seitens der Alliierten aufgespürt und vor Gericht gezerrt? Nein, danke, derzeit gibt's keine offensiven Nachahmer, nur, dass jeder das Horst-Wessel-Lied selbst im Tiefschlaf mitträllert, hört er Worte wie ›Kam'raden, die Rotfront und Reaktion erschossen, marschier'n im Geist in unser'n Reihen mit‹. Was ja unter Umständen auch etwas Positives verlautbaren könnte? Auszüge, primär die gezielt kurzen, wirken oft gänzlich unschuldig: ›Der Tag für Freiheit und für Brot bricht an‹, klingt gut. ›Zum letzten Mal wird Sturmalarm geblasen! … die Knechtschaft dauert nur noch kurze Zeit!‹, ist im ersten Moment auch nichts Verkehrtes, belässt man die Auslassungszeichen, wo sie im passenden Beispiel sind? Gleiches argumentieren viele, wenn sie melodisch-leidenschaftlich ›Bomben auf Engelland‹ abwerfen? Feindschaften gibt es schließlich überall, sie sind gewachsen und entschwinden nicht urplötzlich? Man erträgt bis zu einem gewissen Maße ohnehin jeden gedanklichen Mist. Winkt Blendwerk behände durch und übersieht Verschleierungen, weil man glaubt, es stütze den Frieden? Nein, Feigheit ist der Hauptgrund, Schutz der eigenen Person und Macht. Aber ja, weil es zwar urplötzlich keine Mitläufer mehr gegeben hat, aber dennoch sämtliches Gedankengut in den Köpfen bleibt und die Leidenschaft für braune Socken ungebrochen ist, hasst man die Deutschen. Wer kann es verdenken?

Schloss Engelsruh

29230Asgijahr|Engelsruh, Schwaben, Pfingsten 1954, Anfang Juni.

„Du bist ein despektierlicher Hippie? Das heißt, du gaukelst uns etwas vor? Warum sollte dich sonst dein Vater vor uns verbergen?" Da ist er, der herzensgute Großpapa, einzig um das Wohlergehen seines Enkels besorgt. So in etwa hat sich Franzen seine Begrüßung vorgestellt. Provokativ und diffamierend. „Er lässt dich herzlich grüßen." Nur Stolz beeindruckt solch gefiederten Gockel! „Wo du mich als Hippie betitelst, erwartest du sicher keinerlei Kniefall? Wie rücksichtsvoll, derweise nett von dir? Sonst müsste ich dir jetzt meinen Sekundanten nennen und wir uns am Paukboden wiedersehen?" Oh, und wie er darauf abfährt! Der anverwandte Alte Herr ist genauso süchtig nach Ehrenstreitigkeit. Ja, damit hat sich Franzen einigen Respekt verdient. ›Wenn er jetzt noch mitbekommt, in welcher elendslangen Schlange er sich einreihen muss?‹ Oh, Franzen hat Hummeln im Arsch, den Übermut der Jugend im scheelen Blick. Warum? Unter anderem, weil er gehört hat, wie gut der alte Mann darin ist, kleidsame Erinnerungen auf Wangenhöhe zu platzieren? Und wie sehr es allgemein geschätzt wird, wenn man beim Genähtwerden nicht zurückzuckt? Darin ist Franzen gut, Schmerzen auszuhalten, das kann er bereits als Bub hervorragend. Eigentlich nur, weil er zu stolz zum Kleinbeigeben ist. Die Reihenfolge wird standesgemäß korrigiert, ein steifer Begrüßungstrunk schweigend auf Ex genossen. Schon stehen die Sekundanten bereit, den Schutzwams mit lederner Halskrause anzulegen. „Mit Nasenschutz oder ohne?" Verächtlich, wie mitleidig klingend, vom ehrenwerten Alten Herrn dem grünschnäbeligen Spund hingespuckt. Er ist noch Fuchs, nur Anwärter, nichts Ehrenwertes. Großvaddern ist für seine knapp ein Meter siebzig wahrlich beeindruckend? Sein Blick? Selbst durch die Paukbrille noch bis ins Mark des Gegenübers dringend. Alter Adel, der keiner glamourösen Kleidung bedarf. Niemand im Umfeld hält ihm Stand, also muss Franzen es tun? Diesen Augen trotzen. „Per se ohne!", auch wenn ihm eine innere Stimme dringend anrät, dies nochmals zu überdenken. Mit abgehackter Nase wirkt man nur idiotisch und strohdumm. Nichts anderes mehr. Die akademische, kurze Mensur in der Frontstellung, sieht eine gleichermaßen breit gespreizte Fußstellung der Paukanten vor, am Boden markiert, die indessen nicht verlassen wird. Man trifft seinen Kontrahenten mit ausgestrecktem Arm, riecht seinen Schweiß, hört ihn atmen, fühlt dessen Kraft wie Konzentration. Lässt man Angst zu, ist der Ehrenkodex bereits besudelt. Nichts darf erkennbar sein. Die Paukanten strecken ihren Paukarm nach oben, leicht angewinkelt über dem Schädel, und fixieren den anderen Arm am Rücken. Indessen die Sekundanten, einander gegenüber, als ihre rechtlichen Vertreter, im Ausfallschritt, in Habachtstellung. Ihren Paukarm, geschützt von Polsterung, eine stumpfe Klinge, leicht angewinkelt, mit der Spitze am Boden. Den anderen Arm ebenso abgewinkelt hinterm Rücken angelegt. Des Weiteren gibt es Schlepperfüchse, die während der Pausenzeit den Paukarm der Paukanten stützen. Der Unparteiische wird von den Sekundanten vor der Mensur aus einer dritten, neutralen Partei ausgewählt. Ein Waffenstudent mit umfänglicher Erfahrung mit dem Comment, idealerweise auch als Sekundant. Er hat das Hausrecht im Pauklokal, sorgt für commentgemäßes Verhalten. Sanktionierungen sind ihm im Regelfall allerdings nicht gestattet; lediglich der Schiedsspruch, zweifelt ein Sekundant die Rechtmäßigkeit einer Handlung an. Seine Entscheide sind in jedem Fall ›sakrosankt‹, unanfechtbar. Es gilt, ein Unparteiischer darf hernach nicht aufgrund einer möglicherweise fehl getroffenen Entscheidung kontrahiert werden. Der Paukant folgt den Kommandos seines Sekundanten und spricht währenddessen nur mit ihm. Einige Comments erlauben Halterufe bei Problemen mit Schläger oder Schutzausrüstung. Die stumpfe Klinge des Sekundanten fährt sofort energisch dazwischen, seinen Paukanten vor dem Kommando „Los!" vor unerlaubten Hieben zu decken. Nach „Halt!" springt der Sekundant schützend ein. Ein Testant, berechtigt, Regelverletzungen anzumelden, die der Sekundant übersieht, steht neben dem approbierten Paukarzt und dem Protokollanten, ergänzt um Spektanten, allesamt Waffenakademiker, Füchse, Burschen wie Alte Herren. Parteiische jeweils auf der Seite ihres Paukanten. Allein die vorbereitende Aufstellung schießt Franzen Unmengen Adrenalin ins wallende Blut. Er ragt gute zwanzig Zentimeter über den Kopf seines Großvaters und geht deshalb etwas weicher in die Knie. Eine ehrenwerte Geste, die einige Alte Herren mit anerkennendem Zunicken quittieren. Sein Großvater hat wohl nicht mit so viel Schneid seinerseits gerechnet? Er wirkt … wie? Aufgeschlossener? Neugierig? Nun, jedenfalls ist der unbedachte Moment längst ausgestanden. Der Fakt, dass Franzen sich ihm nicht angekündigt hat, muss ihn schwer getroffen haben? Seinen Enkelsohn, ein augenscheinlicher Wikinger aus dem hohen Norden, den er mit einem Mal zwischen über fünfhundert Gästen entdeckt? Wie er ihn erkannt haben mag? Franzen weiß es nicht, seine Ähnlichkeit mit dem Vater ist kaum an Äußerlichkeiten auszumachen, eher an ihrer typischen Attitüde, todernst wirkend, zynische Anmerkungen am Stück abzufeuern? Also hätte er genauso unentdeckt bleiben können? Jedoch wusste er es sicher: Er wird sofort bemerkt. Erfühlt von Großvaddern. Er wollte brüskieren. Ihn bestrafen, weil Vaddern glaubt, seine Liebsten vor diesem verbitterten alten Knochen verstecken zu müssen? Wie wütend er deshalb

✶✶✶✶✶✶✶

ist, wird ihm erst hier bewusst. Franzen hat offensiv darauf abgezielt, den Herrn Baron zu unkontrollierter Handlung zu verleiten? Von solch stolzem Mann eine Entschuldigung einfordern zu können, würde ihm wohl bekommen. Ein Mann, der möglicherweise seine Mutter attackiert hätte? Als er endlich geistig bei der Tatsache angelangt, dass er dem offensichtlich gefürchtetsten Paukant gegenübersteht, schluckt er den Mist abermals resolut hinunter. Collodi als sein gewiefter Sekundant, Perseus als aufmerksamer Testant, Pankratius, sein approbierter Paukarzt, Geppetto oder Pinocchio jeweils als Protokollant und Mistofolus als überbrückender Schlepper in seiner Rückhand, wären ansonsten auch schwer enttäuscht. Überbrücken ist übrigens nur erforderlich, weil sein gefühlter Biersohn Asterix erst Schlepper und Biersohn werden kann, hat er, der Berner, die Entfuxifizierung hinter sich gebracht und kann Biervater werden. Fortan im Konvent, für sich selbst sprechen, Ämter in der Aktivitas der Vandalia übernehmen? Consenior Rheinfall ist dafür, möchte seine Aufgabe an ihn weiterreichen und steht derweil mit Diethelmi, Bodgwer, Lindwurm und Löwenherz bei den Spektanten hinter ihm. Vorschriften? Die Welt steckt bis zum Anschlag voll davon. Kaum hat er das aufwallende Ärgernis runtergewürgt, hört er „Los!" und ein rasanter Schlagabtausch oberhalb ihrer Köpfe entbrennt. Es erschallt „Halt!" und Mistofolus schnappt geschickt nach seinem Paukarm. Rechtzeitig genug, bevor ein Muskelkrampf ihn mattsetzt. Ein hämisch wirkendes Grinsen, tatsächlich ein muskuläres Zwicken, verzerrt kurzzeitig sein Gesicht, was Collodi richtig deutet und die Pausenzeit geringfügig verlängert, dann geht's weiter. Großvaddern verfügt über Energien, die man dem kurzbeinigen, weißköpfigen Mann niemals zutrauen wollte. Franzen kämpft verbissen, wie ein Bär gefühlt, in jedem Gang und ist nach dem dritten „Halt!" bereits für ein dankbares Stoßgebet himmelwärts aufgeschlossen. So hart musste er niemals zuvor gegen irgendwen kämpfen? Wem dürfte zuvorderst die Luft ausgehen? Wohl ihm, dem Felsen Goliath, in dessen der zierliche David behände seine Schleuder frisch mit Kieselsteinchen bestückt? Nach Gang sieben fühlt sich seine Lunge an, als würde sie brennen. Sodbrennen, das er zudem kennenlernen darf? Vielen Dank. Blut fließt noch immer keines, somit droht ein „Unentschieden!", das unter vorliegenden Umständen höchst ehrenwert wäre? Aber Gewinnen fühlt sich besser an. Oder verlieren und einen schicken Schmiss fortan sichtbar auf der Wange, sogar unvergleichlich gut? Also, weiter im Text, immer darauf hoffend, rechtzeitig genug das rettende „Halt!" zu hören. Um nicht noch schmählich zu kollabieren? Denn der Weißkopf scheint noch immer so kraftvoll wie in der allerersten Minute? Wie? Franzen kriegt kaum mehr ausreichend Luft und bekämpft ständiges Schwindelgefühl und wachsende Verkrampfungen, die Collodi ungefragt, mit schmerzvoll, exakt platziertem Griff, verscheucht. Massage? Ist die erlaubt? Er weiß es nicht mehr. Alles verschwimmt. Erinnerungen weichen dem Hier und Jetzt, allen Raum beanspruchend. Nein? Weshalb es anders aussieht, als es sich muskulär beweist? Himmel, liebt er den Mann! Laut Statuten darf man seinen Biervater wie ein bürgerliches Familienmitglied ins Herz schließen. Deshalb heißt er so! Runterwärts, seine minimal wippenden Kniegelenke, stehen gleichfalls kurz vor Versagen. Alles an ihm fleht um Erlösung, als plötzlich sein Handgelenk komplett verkrampft und seine Deckung patzt und Wumms fühlt er Wärme auf der Wange, das Zeichen von Blutfluss, so heiß wie ihm insgesamt ist. Und während er zu begreifen sucht und auf das erlösende „Halt!" wartet, rutscht seine Klinge elegant über die Außenkante der Wange seines Großvaters und „Halt!", vorbei und ausgestanden. Jetzt schiebt sich endlich der ersehnte Holzstuhl unter seinen verkrampften Hintern, Mistofolus hat längst seinen Arm übernommen und den Schläger aus verkrampfender Hand genommen, und mehrere massierende Hände greifen herzhaft in seine Muskulatur. Ohne das? Er wäre wohl niemals wieder eigenmächtig aufgestanden. Und das Nächste, was er spürt? Sein Magen! Oh, Hilfe, er stürzt hoch und gänzlich unelegant an allen Spektanten vorbei auf die dahinterliegenden Büsche zu und spuckt alles, was sein Magen findet, mitten auf einen herrlich blühenden Strauch gelber Chrysanthemen oder sind es Dahlien? Oder doch nur Ringelblumen? Bis er sich die Frage ernsthaft stellen kann, ist nichts mehr erkennbar. Autsch! Derart energisch kennt er seinen Magen gar nicht? Aber er hat auch erst ein neues Familienmitglied kennengelernt. Wer weiß, was dem noch nachfolgt? Jemand tupft seinen Mund ab und ein anderer entfernt seine Schutzkleidung, insbesondere die schmierige Halskrause, die einiges abbekommen hat. ›Entschuldigung‹, der Gedanke, reden ist noch nicht drin. Der Stuhl, den er erreicht, steht deutlich weiter hinten. Ist notwendig, dass die Paukanten beider Seiten umfänglich versorgt werden können. Jemand kippt ihm eiskaltes Wasser vorsichtig über den Nacken. Noch immer wird entkrampft, Kleidung entfernt und Flüssigkeit weggetupft. Was hat er eigentlich noch an? Dann endlich ein Glasrand an seinen aufgerissenen Lippen. Er trinkt gierig wie im Delirium auf Ex. Könnte nicht sagen, was es war, nur, dass es ihm das Leben rettet. Hernach atmet er endlich aus und muss dann ewig abhusten, bis sich auch das wiederum legt. Seine Augen können endlich wieder sehen. Die Paukbrille ist vielleicht schon länger weg, aber da lief Wasser an ihm herunter und bächeweise Schweiß? Es dürfte gute 30 Grad haben, Schwitzen sollte erlaubt sein. Großvaddern schaut konzentriert zu ihm rüber, als er das Bild vor sich endlich klargeschaltet bekommt. Wie lange wohl schon? Egal, das, was er sieht, erfüllt ihn mit Stolz. ›Hippie‹ als Beleidigung gemeint, wird er ihn so schnell nicht mehr nennen? Außer, Franzen macht unvorsichtig den Mund auf und lässt raus, was ihm durchs Hirn sprudelt? Aber, sich zu beherrschen, hat er geübt. Unter allen Umständen. Wo es doch voll ins Schwarze traf? Ja, er ist unendlich stolz darauf, ein Hippie zu sein. Sieht darin keinen Drückeberger, weder Duckmaus noch Faulpelz, sondern einen sozial engagierten Menschenfreund. Tolerant bis ins Mark und verständnisbereit einfühlsam. Pankratius versperrt ihm die Sicht. Überprüft den Rest seines Gesichts, ob es noch weitere Wunden gibt? Hat er die wohl schon fertig genäht? Franzen erinnert sich nicht. Klar, im Moment schmerzt selbst das Atmen, dass er deshalb laut schreien wollte, aber viel zu erschöpft ist, es zu tun. Ein Kamm zieht Scheitel um Scheitel, zentimeterweise seine unbeschädigte Kopfhaut zu attestieren. Dasselbe Verfahren gegenüberliegend. Auch Großvadderns Schmiss, tiefer als seiner liegend, gerade so, dass die untere Wangenkante wirksam betont wird. Schick! Den hätte er selbst auch akzeptiert. Gleiches denkt sein Gegenüber. Er ist stolz, sich einzugestehen, „mein erster Schmiss stammt von meinem Enkel. Ein schneidiger, aufrechter, junger Mann, von dem die Welt einiges erwarten kann. Ich bin stolz, sagen zu können, die ersten fünf Minuten durfte ich teilhaben!" Die Männer um Großvaddern reagieren mit Ehrerbietung in seine Richtung. Markantes Nicken, angedeutete Verbeugung. Aber es war nicht laut genug, dass seine Leute hier drüben etwas verstehen konnten. Wie hört es Franzen? Mit der Stimme seiner Mutter. Er weiß es sicher, das sind Großvadderns Worte und deshalb winkt er nun seinen Sekundanten zu sich vertraulich heran und raunt ihm etwas ins Ohr.

Der Sekundant nähert sich untertänigst, entbietet ihm seinen Respekt mit tiefer Verbeugung, „mein ehrenwerter Herr Berner von der höchst ehrenwerten blauen Vandalia aus Düsseldorf, mein Herr Aurelius entbietet Ihnen seinen Gruß und erbittet ein Gespräch auf Augenhöhe und entschuldigt höflichst, seine unziemlichen Bemerkungen." Wow, als Christ wollte man sich da wohl bekreuzigen? Franzen kann den Reflex gerade noch unterbinden. Damit hätte er wirklich alles versaut. Nein, ein kurzes Nicken, dann das frisch befüllte Glas erheben, das er passgerecht zwischen seinen Fingern ertastet, ein kurzes, steifes „Danke" gesprochen und auf Ex das Glas gelehrt und umgedreht, als Beweis. Ja, er hat es ausgiebig geprobt, alle Verhaltensregeln eingepaukt, nicht nur ehrenwertes Fechten. Und stellt jetzt fest, wie immens wichtig es war … er musste sich übergeben? So anstrengend war es allein, gegen diesen Alten Herrn zu bestehen? Er hat Ähnlichkeit mit Vaddern, oh ja, die beiden haben dieselben schiefen Gesichtskonturen, hohe Geheimratsecken, aber ansonsten noch fülliges Kopfhaar, schneeweiß; zu Hause ist es grau-meliert. Vadderns Augen sind braun, aber diese hier? Genauso stechend grün wie die seiner Mutter. Nur nicht in diesem warmen Moosgrün, sondern nur dunkel … wie ein Moosfleck tief im Schatten? Der seit Langem keine Sonnenstrahlen mehr aufnahm? Indes Vaddern zu Hause Unmengen Sonnenlicht in seinen braunen Augen trägt? Nein, nichts an Vaddern ist verbiestert oder so maßlos enttäuscht von der Welt, wie diese Augen wirkten, als sie ihn zum Hippie abstempelten. Aus diesem Blickwinkel betrachtet, eine nutzlose Existenz. Jetzt hat sich dieser tiefe Schatten gelichtet. Gut. Aber nicht nur seinetwegen, Franzen, nein, der blonde erfrischende Frechdachs von vorhin ist erneut aufgetaucht? Soso, das dürfte sein Cousin Conrad-Maria sein, der auch Vaddern ein Lächeln abringen kann? Wohl ferner, weil er ein Halbblut ist? Schwarzes Blut hier? Oh, là lè? So oft kann dieser ihn aber kaum gesehen haben? Der ist ja maximal sechs Jahre alt? War Vaddern in letzter Zeit überhaupt hier? Nicht, soweit er darüber weiß. Aber er hat ihm dennoch genau diesen Bub beschrieben? Allerdings ohne diesen erfrischenden Farbtupfer? Wie geht das? Und dann taucht urplötzlich derselbe Kerl nochmals auf; arisch, weiß, etwas älter. Mit viel gutem Willen, vielleicht Anfang zwanzig? Der Vater? Vaddern hat den Vater beschrieben! Oh ja, klar, der hat seinen Sohn noch auf der Schulbank gezeugt und keine löbliche Partie erwischt, sondern lediglich die Dorfschönheit? Damit konnte er nicht punkten und nun keinesfalls der Erbe werden … aber sein Sohn könnte? Trotz Blutbild? Als Neonazis schneidet ihr aber nicht sonderlich gut ab? Ob Vaddern davon weiß? Oh ja, der Bub könnte erben und das weiß sein Herr Papa … ein solch lichter Moment. Aber er geht vorüber und alles zieht sich erneut mit dichten Schatten zu und der wache Blick ihm gegenüber wird genauso minimal entfärbt, wie alle andere Farbkraft verblasst. Das hat er also doch nicht nur so empfunden, weil er chronisch verstimmt war? Nein, sie stehen im Nebel, selbst die eigenen Bundesbrüder, die sich eben als echte Freunde bewiesen. Wahrscheins sind sie es auch, verbindlich, bleibt er nur, wer er ist? Sie fordern nie den HH-Gruß, gar ein Mitsingen bei brauner Nostalgie? Seine Gespräche über Demokratie umfassten die positiven Aspekte des Themas. Enthielten keinerlei Hasstiraden à la Fürst vonKorben, die man täglich in der Presse lesen muss. Weshalb er diesen Mann ja unbedingt besser verstehen möchte. Vielleicht könnte selbst der Teufel gerettet werden? Hat es denn jemals jemand ernsthaft probiert? Nein, solchen schreibt man ab, verdammt ihn, und deshalb wird es dort, wo er steht, zunehmend dunkler. Er weiß gar nicht mehr, was Licht ist, wie man es spürt? Gefühlte Wärme auf der Haut? Unverwechselbar, mit schwelender Glut oder auflodernden Hass?

Wie oft er schlucken muss und erneut nach Luft hechelt, heftigst abhustet, bis er allein den Intensivkontakt mit Großvaddern verkraftet? Den seit Jahr und Tag amtierenden Bürgermeister einer kleinen Gemeinde im Postkarten-Ambiente? Schwer in Worte zu fassen. Hier ist nichts, natürlich? Allesamt ein Mummen-

★★★★★★

schanz, dass er ständig grübelt, warum sein Mund nicht weit offensteht? Müsste er selbstredend. „Spinnt ihr denn alle?" Sein Entsetzen, das er jedem ins Gesicht brüllen möchte wie ein wilder Ochse. Ein lebendiges Bühnenstück, auf übergroßer Bühne, mittig ins echte Leben gezwängt, als Tourist besucht? Im demokratischen Westen ein Bürgermeister seit zig Jahrzehnten, zuvor war es ein halbes Jahrhundert der Vater, davor der Großvater, der als ältester Sohn die Bürde übernahm? „Hallo? Es gibt Wahlen?" Keine neue Erfindung? Mehr eine vor tausenden Jahren! Hilfe! Ein Weingut, nicht übermäßig groß, in Traumlage samt Erträgen? Ausreichend, dass ein idyllisches Dorf instand gehalten werden kann und seine Anwohner angemessen ernährt, die ansonsten nur auf etwas Tourismus zugreifen? Theater! Ein epochales Schloss, sechsstöckig, Tiefparterre fürs Gesinde wie der Dachstuhl, das kennt er bestens, dazwischen vierstöckig und überhoch der Familienwohnsitz. Pathetischer güldener Glanz, strahlende Scheiben wie zu Hause? „Wollt ihr mich verarschen?" Eine kleine Kapelle mit atemberaubender Orgel, die man sich in einer Kathedrale vorstellen mag? Keiner spricht darüber? Da müsste es Kaufinteressenten ohne Ende geben? Oder lässt sich das Instrument nicht vom Gebäude loslösen, wenn es erst eingepasst ist? Möglich. Klangvolumen? Mhm, Nachtigall, ich hör dir trapsen? Nichts passt natürlich zusammen und falls doch, viel zu gut! Klar, ist es winzig genug, Grundnahrungsmittel eigens erzeugen zu können. Bauernhöfe zwischen Weinbergen, Arbeitskräfte für die Weinlese bereitzuhalten, da gibt es ja parallel niemals Notwendigkeit für eigene Belange? Korn, Gemüse, Obst stellen sich artig hinten an, weil das Weingut bessere Preise erzielt und sogar das Wetter ergeben mitspielt? Nun ja, Schlachtvieh gibt es auch im exakt richtigen Maß, dass ihr Schlossherr zwischendrin auch ausschweifende Feiern veranstalten kann und dennoch weder zusätzliche Arbeitskräfte benötigt, noch ergänzende Nahrungsmittel? Weil alles, was Touristen angeboten wird, im Zweifelsfall verbraucht werden kann? Dann fallen die Märkte aus? Oder sind kürzer als sonst? Laut Umfrage in den vergangenen Jahren nicht. Womit besagte fünf Jahrhunderte gemeint sind. Und das glaubt man? Und ja, es gibt hier auch einen heimischen Steuerberater, Rechtsanwälte, mehrere, immer genau auf das benötigte Themenfeld spezialisiert und mit gut laufender Hauptfiliale in Stuttgart wie beim Steuerberater, dasselbe gilt für den Herrn Notar. Spezialisten für örtliche Besonderheiten. Sie veräppeln offensichtlich jeden und es gelingt? Spätestens da wird Franzens innere Stimme kieksig und versagt ganz. Man ist doch nicht doof, nur weil man am Land lebt? Und nein, ist man nicht. Die Bibliothekarin als Paradebeispiel ist eine Supergescheite, und der Rentner, der versiert Schlossbesichtigungen kommentiert, dürfte früher in einem größeren Museum gearbeitet haben. Der ist phänomenal. Genauso die Kindergärtnerinnen, die

168

allesamt in einer professionellen Kinderbetreuungsstätte für verwöhnte Gören gearbeitet haben müssen, was die allein draufhaben, einem Quengel die arrogante Tonart abzugewöhnen? Ohne Bestechung? Psychologisch begnadet, pädagogisch auf Höchstniveau und geschichtlich könnten sie einem Universitätslehrstuhl entsprungen sein? Am Land? Mitten in der Pampa? Soso, und nebenbei bemerkt, sind allesamt mit grenzenloser Fantasie ausgestattet. Um solches zu finden, muss man ein Weilchen suchen gehen. Hier nicht. Hier muss man nur die nebenliegende Türklinke runterdrücken und steht vor der nächstbesten Sagengestalt, die ungeniert für Verblüffung wie Wundersames sorgt und dafür nur ein vergleichbares Taschengeld benötigt. Und die besten Rezepte für was gerade erforderlich ist, vorkramt und natürlich über alle Tricks bei der Zubereitung Bescheid weiß. Wahrscheinlich kann sie auch einen Radwechsel vollziehen, einen Fahrradschlauch reparieren, ein Baumhaus freischwebend auf dreißig Höhenmetern gemütlich einrichten und natürlich den Ölstand prüfen, Fenster streifenfrei putzen und Sauerkraut und Salzgurken einlegen? Man hat gelernt, Laken wie Bettwäsche fachkundig zusammenzulegen, ohne einen Hotelfachkurs belegen zu müssen und könnte bei Bedarf im eigenen Häuschen wenigstens zehn Gäste einquartieren. Korporierte mieten sich bei Festivitäten im Postkarten-Dorf ein, auch spontan die Stuttgarter. Beispielsweise zum Pfingstkommers, der derzeitige Anlass für ordentlichen Rummel. Indessen rutschen alle örtlichen Familien eng zusammen, genauso im Herrenwohnsitz die vielköpfigen vonVeldens. Franzen ist der Sohn einer Zauberfee, wer könnte ihm einen Wunsch verwehren? Laut kurz überflogener Buchhaltung verdienen sie übers Jahr mit Sonderveranstaltungen ausreichend, weniger ertragreiche Wochen geschmeidig zu überstehen. Konzerte mit der Wunderorgel und Schlossbesichtigungen an den Wochenenden, Weinbergführungen und vier Weinfestwochen. Erntedankfestumzug mit großer Kirmes, eine Woche, dreiunddreißig Tage Adventsgedöns, das gesamte Dorf erfassend, überleitend ins Neujahr, per se werden so heimische Sparsauen fett. Der schulferiengemäße Urlaub am Bauernhof wird honoriert wie ein Nobelhotel in der Innenstadt, mit allen Schikanen? Ob sie gemerkt haben, dass er das gesehen hat? Vermutlich nicht. Jedermann, der durchläuft, wirkt, als stünde er unwissentlich unter Drogen? Das Dorf wirkt wie unter einer Zauberglocke? Ja, das muss es sein, ein weiteres Zauberhausen? Nicht nur in Ilverich spukt's? Wobei es zu Hause laut Vaddern rein auf seine Mutter zurückzuführen ist. Hier zaubert's ebenso heftig. Und er, Franzen, der weniger anfällig für Spuk ist, stellt sich als einziger passende Fragen? Bitte, die müssen doch Steuererklärungen abgeben? Jeder Einwohner, der arbeitet? Das tun alle, wie's ausschaut; mutmaßliche Rentner stehen in der Dorfschenke, im Kaffeehäuschen oder im Schloss hinterm Tresen oder arbeiten in der Küche mit?

Verkaufen im Dorfladen oder am Marktstand? Dekorationsartikel wie Handarbeiten, Spirituosen, Bier, Wein, Schorle, Säfte, Frischprodukte? Gebäck, Gemüse, Obst, Eier, Milcherzeugnisse, Fermentiertes, Tiefkühlware? Tanken ist möglich oder im Kfz-Meisterbetrieb alles Motorbetriebene reparieren zu lassen? Anhänger, Kinderwagen, Fahrräder und Elektroartikel, selbst einen InCo? Wer kann das bitte schön? In Düsseldorf gibt es genau drei Läden mit je zwei Lehrlingen. TÜV? Logisch. Die Einwohnerzahl? Stabil circa dreihundert, seit fünf Jahrhunderten. Erhalt ist das Stichwort schlechthin. Neubau rutscht nur dann ins Blickfeld, falls Vorhandenes nicht gerettet werden kann oder abgebrannt ist. Womit kein neuer Bodengrund erforderlich wird. Wer so rasch entschwindet, wenn Babys geboren werden, ist fraglich? Franzen zittert innerlich, denn die Bürger, die er vor sich sieht, wirken des Öfteren deutlich älter als 43. Die magische Altersobergrenze, die niemals überschritten werden dürfe, wolle man eine Einwohnerzahl stabil halten? Laut einer Fallstudie, ›Zuwachs innerhalb einer Gesellschaft zu unterbinden, die eine steigende Resistenz gegenüber typischer Krankheit, aufgrund bewusster Ernährung und Lebensweise abwirft, bei natürlicher Geburtenrate‹. „Zum dreiundvierzigsten Geburtstag Giftgas? Na denn, Prost, Mahlzeit!" Seine spontane Reaktion, als er darüber liest. Aber selbst das würde die Bevölkerung sukzessiv weiterwachsen lassen, außer man ergreift weiterreichende Maßnahmen? Alle unappetitlichen Thesen wurden dezidiert erörtert. Ihm wurde speiübel. Gezielt? Eingeleitete Fehlgeburten, nicht behandelte Knochenschäden, dasselbe mit Unverträglichkeit, chronischer Erkrankung und Krankheiten, die unbehandelt tödlich enden? Natürlich könnte man auch das Arierprinzip anwenden und versuchen, den perfekten Menschen zu kreieren und alle anderen, die dem Ziel nicht entsprechen, töten? Oder nochmals anders, regelmäßig eine krasse Seuche durch seinen Dorfanger jagen und es dem Zufall überlassen, wer überlebt? Und falls es zu viele sind, nochmals eine weitere Runde Infektionen ausschütten, bis alles wiederum geschmeidig ist, wie gewünscht? Dann geht es darum, dass neues Blut eingelassen werden muss, sonst läuft aus diesem Grund alles an die Wand? Eine stabile Einwohneranzahl zu halten, ist quasi unmöglich. Außer, man greift überall manuell ein und unterbindet jedwede natürliche Entwicklung. Wenngleich man, die Einwohner näher betrachtend, keine Anzeichen von Inzucht findet? Im Gegenteil leben hier Dunkelhäutige neben super Blassen, jeder Farbton, jede erdenkliche Augen- und Gesichtsfassung, typische Wangenknochen, flache wie schwülstige Gesichtspartien scheinen in jeder Familie vorzukommen? Es wirkt, als nähre sich das Dorf seit Jahrtausenden vom gesamten Genpool der menschlichen Spezies? Sämtliche Hautfarben innerhalb jeder Familie – blättert man durch vorhandene Fotoalben und Aufzeichnungen? Jeder Stammbaum legt über fünfhundert Jahre

Zeugnis ab? Aussagefähige Zeichnungen von einfachen Bauern archiviert, über Generationen. Sie zeigen alles vor, man muss nur höflich fragen. Sind arglos wie Kinder. Stabile dreihundert Zweibeiner inmitten eines grünen Hügellandes, indes sich keine 35 Kilometer entfernt eine Großstadt ausbreitet? Aber keine Annäherung an diesen Dorfanger sucht? Hier mischt nochmals eine ganz andere Größe mit. Und, dass es keiner bemerkt, ist nochmals gruseliger.

Und wie wirken die lieben Anverwandten samt freundlicher Nachbarschaft? Ist genauso wenig in Worte zu fassen. Braune Socken tragen sie nämlich allesamt, selbst klein Fritzchen, des Metzgers schwarzhäutige Blage. Das gestaltet gesellschaftliche Bedürfnisse im Regelfall einfacher. Ist man sich politisch einig? Man muss nur über wenig debattieren. Etwas prügel-launig ist man dann aber doch, es soll ja alles authentisch wirken? Ergo gibt es Trickbetrüger, die in Abwesenheit der Touristen, auf verfügbare Nachbarn zugreifen. Wenigstens könnte dieser Teil echt sein? Bei ihrer Prügellaune ist auch kein allzu großes Sportprogramm vonnöten, um sie gewissenhaft zu halten. Man arbeitet ja zudem viel im heimischen Garten, verfolgt man ansonsten einen intellektuelleren Auftrag? Der vonVelden-Clan genauer betrachtet? Die etwas Älteren sind allesamt eher hänflich gebaut und darum erwartet man allerhöchstens Geistesblitze und frühzeitig einen Krückstock, den es oftmals zu sehen gibt. Die Jüngeren wirken hingegen durchtrainiert, obwohl man sie nur fleißig saufen und schlechte Scherze reißen sieht. Viele arbeiten in Stuttgart und verbringen Pfingsten zu Hause, und wer tatsächlich mit Schichtplan arbeitet, hat sich dem Kommers zu Ehren freigenommen. Er, Franzen, wird zur Krönung des Fests erklärt, also zum Pfingstochsen? Nö, zum verloren geglaubten Sohn à la Bibel. Darum geht es? Der vorenthaltene Wikinger-Bruder? Nun, das könnte man alles schon glauben. Sein Urgroßcousin – was immer – gefällt ihm jedenfalls genauso prächtig wie zuvor, dessen Vater seinem Vaddern … Conrad-Maria heißen beide? Nordisch hellblond, kräftiges Haar und in beiden Fällen sieht es echt aus, der Große arisch-blass, der Kleine schokofarben? Ultra helle Vollmilch? Pumperlgsund wie dreist, alle beide überzeugende Landeier? Und klar, der Kurzbein ist besagter Thronanwärter, wird ihm eilfertig zugeraunt. Ihr aller Stolz der künftigen Zeit. Soso. Wie viele Brüder Vaddern hat, bleibt aber unklar, und auch, wie viele Cousins existieren und warum kein Einziger auf den kleinen Sonnenschein eifersüchtig ist? Der Frauenanteil? Im Verborgenen; als könne man die Peinlichkeit nicht näher erörtern? Ihr Clan kann etwa nur Buben zeugen? Er ist mehrfach an einem Punkt angelangt, lauthals losbrüllen zu wollen, kann es aber jedes Mal beflissentlich unterdrücken. Stets die Worte Vadderns im Ohr, „sie sind allesamt humorlos, täuschen anderes nur vor, denk dran und bleib auf der Hut". Vaddern

deutet an, dass es in Engelsruh vorkommt, dass die Stuttgarter Behörden Vermiss-
tenmeldungen aufnehmen. Warum es zu keinen Nachfolgeuntersuchungen seitens
der Justiz kommt, sei eine jener unorthodoxen Fragen, die besser kein Einziger
allzu laut denken sollte. Fürwahr, Vaddern könnte tatsächlich auch infiziert sein?
Ergo, wenn die ihn hier klammheimlich entsorgen sollten, glaubt er am Ende, seine Ehe wäre kinderlos geblieben? Andrin ist behördlich ja nicht erfasst. Ob es ihn
also für irgendwen Außenstehenden gibt? Jedenfalls passt es gut zu Engelsruh, wo
Engel im Tiefschlaf liegen? Nebenbei bemerkt, lernt er sämtliche ernst zu nehmen-
de Korporierte Baden-Württembergs, Bayerns und ein paar Österreicher näher
kennen. Ob Bühnenspiel oder echt, viele treten braunsockig auf. Ab Freitagabend
kommen von überall Vertreter steiler Burschenschaften, Landsmannschaften
und Korps an, auch ein paar dezidierte Schülerverbindungen, die ansonsten eher
unpolitisch agieren und damit uninteressant für diesen exquisiten Maskenball sind.
Ein Glück ist er vorbereitet, was ihn bei einem Kommers erwartet.

„Habe die Ehre!" Eine eher doch windige Gestalt – ein typischer Wedernoch
– taucht in Franzens Blickfeld auf. Wirkt genauso absurd und irreal, wie er sich
selber anfühlt. Was zur Hölle ist hier eigentlich los? „Eine wahrlich berechtigte
Frage, die ich schlechterdings liebend gerne beantworten würde, aber leider nicht
kann." ›Und warum nicht? Wo du anscheinend meine Gedanken lesen kannst,
kann ich ja weiter meine Stimmbänder pflegen, indem ich schweigend laut denke?‹
„Durchaus, da spricht wohl nichts dagegen." ›Außer vielleicht die Tatsache, dass
unser Gespräch keinen Sinn ergibt?‹ „Merkst du's? Deine Stimme müsste kiek-
sen? So fühlt es sich an? Als ordentlich in Mitleidenschaft geraten und doch klingst
du wedernoch? Gleichermaßen wie du mich empfindest? Wedernoch?" ›Weder
irre noch irreal?‹ „Und weitaus mehr … ich spreche hier mit einem Toten, der nicht
tot ist, es aber sein sollte. Denn er hat einen Kampf gegen eine Maschine überlebt,
die äußerlich menschlich wirkt, aber nicht ist. Biologisch, medizinisch." ›Atemstill-
stand? Das habe ich mir also nicht nur eingebildet? Das war real? Mein Herz blieb
stehen und dann lief es einfach wieder an und ich musste nur mal eben 'ne kurze
Runde kotzen gehen und hernach lief alles wieder rund, wie man es als lebendiges
Wesen kennt?‹ „So ähnlich. Inwieweit ich mich da weiter hinauslehne, als mir zusteht, falls ich behaupte, an dir sollte wenigstens ein Teilbereich aus nicht-mensch-
licher Quelle stammen, ist eventuell etwas verwegener als guttut, aber kommt den
Fakten recht nahe?" ›Du willst wissen, ob ich aus Fleisch und Blut bin?‹ „Falls die
Frage gestattet ist?" ›Woher, um Himmels willen, soll ich das wissen?‹ „… verrate
mir, wie wir dieses Gespräch führen und ich verrate dir, warum ich mich noch
immer als Mensch empfinde!" Franzen, „wie bitte?" Ein herrlich erfrischendes

Glucksen, bis es endlich in ein herzhaftes Lachen überleitet, erklingt in Franzens gequälten Ohren. „Entschuldige, aber das habe ich dringend gebraucht. Jetzt weiß ich für meinen Fall sicher, dass ich noch immer lebendig bin, denn mein Zwerchfell schmerzt entsetzlich. Das, als schnöder Beweis, dass, wo Atem ist, auch Leben sein muss? Logik, die hier gegen den sagenumwobenen Götterhimmel anzutreten sucht und wohlweislich nicht ausgelacht wird? … eigentlich nett? Dass wir Menschlein auch mal reine Menschlein sein dürfen und dennoch nicht verspottet werden?" ›Nein, tumber Unsinn! So verhält es sich nicht.‹ „Nur auf deiner Seite. Ich bin – wollte ich behaupten – aus Menschlingshausen stämmig … Midgard genannt. Du scheinst zumindest mit einer großen Zehe auch in meiner Welt verankert zu sein … viel mehr aber wohl eher nicht." ›Weil?‹ „Du durftest eine Schlacht überstehen, die keiner aufrecht stehend überleben kann? Schau dir deinen Großvater da drüben an? Er kann bluten? Das alleine möchte ich als sagenhaft beziffern? Bisher wirkte er bei solchem Kampf niemals menschlich und seine Gegner waren hinterher samt und sonders mausetot." ›Wie?‹ „Herzversagen, übergehend in Organversagen? Hat keiner je herausgefunden, warum sie sich so verausgabt haben. Junge, agile Recken, wohlgemerkt." ›Luftholen nicht vergessen, Franzen, du musst atmen und ferner Durst haben und zittrige Knie dazu, weil du dich gänzlich überanstrengt hast … dieses Gespräch findet gar nicht statt, denn man redet nur auf Erden so miteinander. Aber dort müssen beide Seiten hörbar sprechen. Nicht nur eine. Wobei du das auch schon erlebt hast? Tapeten, die sich wie Pullover oder warme Haut anfühlen? Mauern, die atmen und weise Ratschläge erteilen? Ein Ausflug deines Kopfes, indessen du tatsächlich im Delirium liegst und dein Freund Pankratius versucht, dich mittels Herzmassage wiederzubeleben …‹

Es lächelt warmherzig auf der Gegenseite und ja, er, der Habe-die-Ehre-Mann, spielt mit. Fängt nochmals anfangs an, nur, dass er, Franzen, es in der neuen Runde auch glaubt. Wie rücksichtsvoll der Götterhimmel sein kann? „Du bist also dieser unerschrockene Berner, der es wagt, selbst dem gefürchteten Baron von Velden vulgo Aurelius, commentgemäß die Stirn zu bieten? Meine Verehrung!" Angedeutete tiefe Verneigung, ein Nicken aus seitlich geneigtem Blickwinkel, sekundenweise geschlossene Augen ergänzt. „Dürfte ich mich schlechterdings kurz vorstellen? Habe die Ehre, Grambambl unter Waffenbrüdern genannt zu werden", ein ebensolches, sehr ehrenwertes und formvollendetes Nicken, „und entstamme tatsächlich – ganz abseits aller örtlichen Vorstellungskraft –, dem Bundesland Hessen. Studiere in Marburg Medizin und werde ebenfalls ein kleineres Universum erben, ist es dafür endlich so weit, wie dieser rotzfreche Springinsfeld, der uns hier ununterbrochen zwischen den Beinen durchläuft. Mein persönliches, rein

★★★★★★★

vergängliches Universum enthält eine Privatklinik, die derzeit auf plastische Chirurgie umsattelt, Entschuldigung, spezialisiert. Unsere humanistische Zukunft schlechthin. Alle Ladyschaft möchte doch seit Jahrtausenden die Allerschönste im ganzen Land sein? Und es zudem zuverlässig bleiben? Jüngste Statistiken verlautbaren, dass dem Manne mittlerweile ebenso Eitelkeit angeboren wird … ergo, nicht nur jenen vom anderen Ufer, die auf Frauenkleidung stehen? Nicht bloß, sie befragen spiegelnde Glasflächen? Nö, ›Mann‹ frönt seiner Eitelkeiten! Selbst dann, wenn keine Jungfrau vorbeischwebt." Franzen denkt im Stillen: ›Nö, dem erzähle ich nichts freiwillig! Herrjemine, solche lange Rede wird hier sonst nur am Podium gehalten und bestens einstudiert, vom Zettel abgelesen? Aber das schien, frei von der Leber weg formuliert zu sein? Und klang nicht im Entferntesten angesäuselt, wie alle sonstigen Stimmen im Umfeld? Nochmals einer, der weiß, sich vor alkoholischer Attacke zu bewahren?‹ „Du fragst dich einerseits, warum ich dich duze und nicht erst höflich anfrage, ob es denn gestattet sei? Andererseits, warum ich klinge, als habe ich nichts intus? Nichts konsumiert? Was kaum möglich ist, obzwar es hier reichlich Flüssigkeit im Angebot gibt, aber nichts für Kinder? Sprich prozent-befreit? Trinksprüche und Festtagsreden erforderten so oft, auf Ex auszutrinken, dass dies nicht gegeben sein kann? Dachte ich jedenfalls von dir, bis ich erkannte, dass du anscheinend unsterblich bist und dann hörte, wer du im realen Leben sein sollst." ›Autsch! Was willst du mir jetzt wieder erklären?‹ „Grambambl …", ›höre ich in Tatsache meine eigene Stimme?‹ Franzen, spukt nunmehr im eigenen Kopf? ›Mein eigenes Selbst spielt Spiele mit mir? Na dann mal hurtig weiter. Meine Stimme in meinem Kopf gefällt mir gut.‹ Laut ausgesprochen, „wohl nicht wie der im Lied, Krambambuli mit ›K‹ geschrieben – so wie du es aussprichst? Keine Beziehung zur Wacholderbeere?" Hihi, „nee, nicht zum Wacholder, nur zum Gärprozess. Chemie ist mein Steckenpferd seit der Quarta? Da ging's bei mir damit richtig los. Will heißen, ich kenne eines deiner höchst interessanten Geheimnisse." ›Wie man biochemisch solche Dinge löst? Das glaube ich dir gern. So wollte ich das Thema selbst, aber nicht gelöst haben. Wäre mir zu gefährlich, dass es jemand durchschaut? Trick-17-Manier wird schnell zur Brandbombe, falls es der Falsche … du weißt schon? Aber lächeln muss ich wohl und mich erkennbar geschmeichelt fühlen …‹ „Du bist der Allererste …" Und jetzt lacht er lauthals auf. Nein, er glaubt gar nichts. „Oh, ich beneide dich so um dein Bundesland, weißt du das? Und darum, dass dein Vater solcher Trickkiste hier entkommen konnte? Du kommst freiwillig hierher, weil du neugierig bist? Achte darauf, einen triftigen Grund zu finden, dass dich keiner besuchen kommen möchte? So berauscht sind die alle nur hier vor Ort? Etwas bläst denen allen unbemerkt ihre Hirnzellen weg. Nicht einmal deine eigene Familie kapiert, dass sie complètement plemplem sind? Da steckt nochmals ein ganz anderer Schlaumeier dahinter. Keine Ahnung, wer und von welcher Seite? Aber harmlose Spione wie mich bekämpft Ersie nicht, was ich als beruhigend empfinde und praktisch zu jeder Veranstaltung anreise? Damit erfülle ich mein Soll, was solche Veranstaltungen betrifft, und meine heimisch-familiäre Doktrin lässt mich sonstiges eigens frei entscheiden? Und ja, da führt mich jeder zweite Gedanke nach Nordrhein-Westfalen? Ihr seid gar prachtvolle Prinzen … du weißt jetzt gar nicht, wovon ich spreche? Liest du denn gar keine Zeitung? Ich dachte, du könntest mir gute Kontakte vermitteln? – Prinzenaufstand? Davon rede ich; schau nicht so ungläubig! Du zählst dazu – darauf würde ich alle Eide schwören? Du bist ein prädestinierter Nussknacker! Wie er leibt und lebt? Quasi die lebendig gewordene Buchfassung? Was immer du wünschst? Und, wenn ich dich so anschaue und sehe, was du zu meinem anzüglichen Geschwafel denkst, erinnert mich das doch sehr an MAD. Die Zeitschrift kennst du jetzt aber schon? Alfred E. Neumann, der ist dir sicherlich ein Begriff? Huch, Herrjemine, und ich dachte beinahe, ich würde mir doch meine Finger voll verbrennen? Das wäre mein Todesurteil … jetzt ganz ohne Schmäh. Das ist dir doch hoffentlich klar? Wenn die hier wüssten, was du tatsächlich denkst, würdest du diese Nacht nicht überleben. Ich genauso wenig." Das setzt sich jetzt erst einmal wie Klebrigmasse in ihm fest. Als habe er säckeweise Kastanien aufgesammelt und an die Klebstoffindustrie verschachert? Es dauert seine Zeit, bis Franzen in der Lage ist, seine aufkommende Panik wieder sauber abzuwürgen. Franzen, mutig, ›Ein Verrückter, der dir verblüffend ähnlich sieht, er könnte glatt dein Zwilling sein? Hat mir soeben, nur kurz zuvor, etwas vom Götterhimmel zugeraunt? Habe ich das also nicht bloß geträumt?‹ Grambambl hat ihn derweil vom Paukboden im Garten, mittig im Blickfeld aller Aufmerksamkeiten, sorgsam in eine einsamere Ecke des riesenhaften Gartenareals geschoben, wo sie niemand mehr beobachten kann. Tausendmal besser so. Und ja, er, Grambambl hat noch reichlich viel mehr zu sagen. Jetzt, wo er begriffen hat, auf welchem Niveau Franzen geplant hatte, im hiesigen Glutofen mitzuwirken … „Sei bitte nicht so irre, wie du derweil auf mich wirkst! Du hattest nicht ernsthaft vor, beim Fürsten anzuheuern? Ihn dreist auszuspionieren? Hilfe! Du bist deutlich jünger und naiver als du im ersten Moment wirkst und du hast verdammt nochmal echtes Glück. Denn hier sind zu Pfingsten sonst immerzu Knechte seiner finsteren Majestät, die beflissentlich dafür sorgen, dass der vonVelden-Clan linientreu bleibt? Obzwar derzeit nichts Wichtiges läuft und keiner deiner Sippschaft irgendwo ärger involviert ist, aber das ändert sich bald wieder. Ich fühle etwas herankriechen, kann es aber nicht näher beziffern. Der Fürst engagiert keine normalen bösen Buben … so weit weg vom Heimathafen? Der sucht hier unten

★★★★★★

im Süden nach etwas ganz Anderem. Schlichte Lakaien, wie sie deine derzeitige Familienbande zuhauf bietet, findet er ausreichend vor seiner eigenen Tür. Die kann er dort auch besser kontrollieren. Nein, ich fürchte, er sucht hier im Süden einen starken Partner und deine Familie würde ihm bei ihrer Kontaktfreude sehr munden? Wollte eh behaupten, dass es da schon nähere Zusammenarbeit gab? Aber derzeit ist es noch immer in tiefen Nebeln versunken? Die Abtauchaktion beider Lager? Hat wohl nebenbei auch alte Bündnisse schlafen gelegt? Deshalb schickt er immerzu Leute hierher, zu beobachten, was sich tut. Deinen Vater in Düsseldorf hat er sicher ebenso im Blick? Den kenne ja sogar ich und glaub mir, ich bin in der Scharade nur ein winziger, kläffender Schoßhund, der noch auf seine große Chance wartet. Und bis dato muss ich meine Maskerade überzeugend aufrechterhalten. Bei jeder Kirmes den richtigen Wagen suchen und meinen Platz gegen meine Konkurrenz verteidigen? Die Klinik, die ich erben möchte, hat derzeit weit über fünfhundert Mitarbeiter und mein Vater stockt gerade nochmals ordentlich auf. Am Ende erbe ich ein Unternehmen mit fünfzehnhundert Seelen, die ich retten könnte? Das ist es wert. In dieser Zeit? Da hängen schließlich überall Familien, Freunde und harmlose Nachbarn mit dran, die sich vielleicht ebenfalls retten lassen? Also spiele ich das Spiel mit, soweit es für mich erträglich ist, denn ich weiß, worum es geht? Aber du bist noch erkennbar auf der Suche und deine Tarnung hält derzeit nur Stand, weil die allesamt unmäßig scharf waren, dich, den Sohn des gefallenen Bruders, in ihre Fänge zu kriegen?" Seine Mimik? Franzen überlegt, nicht besser, mal kurz konkret hinzufassen, zu überprüfen, ob dieser quirlige Geist tatsächlich echt ist? „Bruder, du solltest dir dringend etwas einfallen lassen, deinen so positiven Eindruck minimal zu verunglimpfen, dass sie nicht am Ende in dir ihren neuen großen Anführer erkennen wollen? Laut AO-Mythologie soll er ein richtiger König sein? Stell dich ihm bitte nicht in den Weg! Lass sie lieber glauben, dass du zwar Heldenpotenzial hast, aber noch etwas Zeit benötigst, deine Talente vollends zu entfalten? Damit behältst du deine guten Kontakte zur Schattenfraktion, aber ohne direkt in etwaige Spielzüge integriert zu werden? Du erfährst von wichtigen Plänen, wie Personen, die dir weiterhelfen können? Verteile Fehdehandschuhe noch und nöcher, wie bisher? Sie stehen auf unerschrockenen Kampfgeist. Damit beweist du dich als steil und vertrauenswürdig. Aber schwäbische Schmusekurse solltest du aus deinem Repertoire konsequent herausstreichen … sonst erwischt dich der Fürst, der kurzen Prozess mit dir macht. Davon hätte keiner etwas. Nein, bitte, lass dich von den Nussknackern anheuern und scheiß den Despoten, die dich derart empören, ordentlich vor die Haustür. Schleppe so viel Geld und Wertsachen wie du nur kannst in die Unterstädte, versorge die Hasenbauten mit Notwendigkeiten, womit sie weiterhin überleben können und sich vielleicht überbrückend vor dem Einfluss eiskalter Syndikate schützen? Mit etwas Glück finden sie rechtzeitig eine weitere helfende Hand? Rette dort, wo du retten kannst. Aber für den großen Kampf gegen die Schattigkeit selbst, bist du viel zu arglos, solches finstere Zusammenspiel auch nur für fünf Minuten überleben zu können. Lass es bitte bleiben! Spiel nötigenfalls ab und an eine Runde Schoßhündchen, da kannst du ihre Ladyschaft ordentlich piesacken und damit die bösen Buben irritieren? Sie darin ausbremsen, ihre schäbigen Pläne erfolgreich umzusetzen? Nörgelnde Weibsbilder können ein prachtvolles Stilmittel sein? Wobei ich diesen ›Stil‹ gern frech mit ›ie‹ schreibe und sie direkt in den Allerwertesten pikse. Anderes überlass anderen … wobei ich mir sicher bin, dass dein Vater den Grauen bereits kennt? Er ist derjenige, der dich bemerken sollte. Arbeite daran!“

Lemminge und Lefays

29252 Asgijahr|LET-konform nach Ilverich, Februar bis März 1976.

Frei Schnauze, ›manche Dinge muss man laut aussprechen, dass kein Missverständnis aufkommt‹. Mitunter scheint nicht die Tür ins Haus zu fallen, sondern eher umgekehrt? Das Haus scheint sich, gelinde gesagt, durch seine Tür davon schleichen zu wollen? So geschieht es. – Freund Teufelchen, der sich nicht an Lobos und Baumerts Fersen heften kann, obzwar er gerne Murphy, dem eigenwilligen Wirt des Falkengau-Thals, mitteilen würde, dass ein Gasthof impliziert, dass es etwas zu essen gibt? Er hofft, dass Baumert und Lobo das regeln? Jedenfalls reist er zügig gen Süden ab, denn ihn ereilt ein Hilferuf: „Was zur Hölle ist das hier? Ein Schwert? Uralt? Das eigenmächtig aus dem Stein auf mich zuschwebt? Spinne ich jetzt?“ Fragt ein junger Mann laut, der sich schlicht als Maxim bezeichnet, aber laut Geburtsurkunde auf den Namen Maximilian deBougy getauft wurde. Und ja, er ist ein Hochwohlgeborener. Ein ehrenvoller Fürstenenkel, der in der Provence in Orange lebt und derweil keinen groben Unfug plant. Im Gegenteil wollte er eine These seines Großvaters prüfen. Er meint, dass es Beweise für die AO-Mythologie überall zu finden gäbe, man müsse nur seine Augen richtig aufsperren, wolle man sie entdecken. Er formulierte es so, „schau dich nach den interessantesten Steinen in deinem Umfeld um. Suche nicht Schönheit, Anmut, sonstige Oberflächlichkeit. Befrage dein Herz, was es für besonders hält und dann, wenn dein Blick daraufhin an einem hundsgewöhnlichen alten Kieselstein festhält, nimm ihn auf. Denn er plant, etwas mitzuteilen.“ ›Haha‹, Maxims Kommentar, unkontrolliert herausgerutscht, was sein Großvater gutmütig überhört. In der Provence gibt es Unmengen an hochinteressanten Steinen, gerade, wenn man sich mit denen beschäftigen will! Der erste Versuch hinterlässt einen grässlichen Muskelkater, der ihn drei Tage lang quält und gelinde gesagt, etwas mürrisch stimmt. Denn normal sind Großvaters Empfehlungen Gold wert und peinigen nicht? Nun ja und heute ist somit schon sein dritter Versuch, den Sinn-Code der großväterlichen Empfehlung zu entschlüsseln. Beim zweiten Versuch ist er wohl am falschen Ort? Jedenfalls fängt es mit einem Schlag aus vollen Rohren zu regnen an, dass er meint, da oben reinige jemand Schwimmbäder? Da noch Minuten zuvor ein klarer, blauer, wolkenfreier Himmel verwöhnt, schaut er eben kurz hoch, zu überprüfen, wie viele Schwimmbad-Wolken sich auf die Schnelle angeschlichen haben, ihn zu brüskieren? Und was sieht er? Nichts! Ein blauer, wolkenfreier Himmel über ihm und ringsum, und doch kippt derweil jemand Schwimmbäder über seinen Kopf? Und heute? Also ehrlich mal, Großvater, wenn du wüsstest … „Ja, was würde er wohl sagen? Das ist wahrlich eine interessante Frage, was würde er dazu sagen, dass du nur drei Versuche benötigt hast, solch interessante alte Waffe zu finden …“ Freund Teufelchen, der sich ansonsten doch eher als Pille vorzustellen pflegt, grinst ihm frech ins Gesicht. Maxim bleibt der Mund offenstehen. „Ui, ich hab' vergessen, meine Außenkontur zurückzuschalten? Entschuldige, war keine Absicht. Du hast mich ungünstig erwischt?“ Seine Achseln zucken etwas unwirsch, „Famose Pläne, die ich eben geschmiedet hatte und dann musst du mit deinem ollen Schwert herumfuchteln? Klein-Arthus spielen und jetzt suchst du einen Merlin für die adäquate Ausbildung? Nun gut, ich bin bereit …“ ›Und ja, jetzt krieg das schon endlich hin, du Dumpfbacke!‹, fordert er sich selbst in deutscher Sprache auf, denn es klappt einfach nicht? Vielleicht spricht dieser Teil des Götterhimmels kein Südfranzösisch? Also versuche ich's mit heimischer Kost, für die aktuelle Zeitlinie gesprochen? Jetzt klingt er langsam genauso mürrisch, wie der andere eben aussah, als er eintraf, der derweil noch nicht geschafft hat, seinen Mund wieder sauber zu schließen. Lobo hat wirklich tausendmal entspannter reagiert … „Nun, so sei es denn. Dir ist es wohl nicht gestattet, meiner wahren Schönheit ansichtig zu werden.“ Sprach's, indessen die Gegenseite in haltloses Gelächter ausbricht und sich auf sein neu erworbenes Schwert stützen muss und erst einmal ordentlich abhusten. „Nun ja, Strafe folgt auf dem Fuße“, schicke Sprüche helfen Pille nicht weiter, das Teufelchen-Kostüm klammert sich zufrieden fest. Aber seine Persönlichkeit bleibt erhalten, Unmengen an spöttischem Witz. Egal, gegen wen er sich richtet, der Edelmann hat es offensichtlich nicht verdient, also trifft es ihn selbst. Bums! — Menno, der Kerl misst sicherlich knappe ein Meter neunzig? Ausbalancierte Schultern, nicht so übermäßig wie bei seiner Spezies üblich? Einen Waschbrettbauch unter all den nutzlosen Stoffen, dass er besser auf seinen Speichelfluss achten sollte. Diese kraftvollen, aber dennoch geschmeidigen langen Beine dazu? Hui, auf diesen Edelpopo freut er sich jetzt schon. Der muss doch sicher zuvorderst ausgiebig duschen, bevor er ins große Abenteuer aufbricht? Alles an ihm ist das reinste Gedicht, nur für ihn gereimt. „Träumst du? Du weißt aber, dass das zu deinem Teufelsauftritt kein bisschen passt? Solltest du tatsächlich flirten?" Spricht's in astreinem, streifenfreiem Deutsch. Könnte man gut Hannover zuordnen, die klingen oft etwas steifbeiniger? Aber der hier ist es bereits laut Geburtsurkunde. Ein deBougy, der den Fürstentitel erbt, den der gute Aldebaran seit Jahrhunderten selbstgefällig mit sich herumträgt … was sie derzeit kichern? Per se keineswegs bösartig, Aldebaran ist einer ihrer größten. Was der in den vergangenen Jahrhunderten auf die Beine gestellt hat, macht ihm keiner so rasch nach. Behauptet der Holsteiner, wenn er Spöttelei vernimmt. Der hat hoffentlich nicht zugehört? Sonst schickt er künftig andere los, falls es Wichtiges zu erledigen gibt? Nö, diesen Ehrenposten wird er nicht aufgrund peinlichen Hormonstaus riskieren. Autsch! Alles zurück auf Start und ohne stimmliches Liebesgeplänkel … „Ähm, also ja, ich wurde entsendet? Stell dir einfach vor, ich wäre ein Taxi? Und passend zu deinem neuen Spielzeug bei dir angelangt, dir eine verborgene Türe aufzustoßen, dass du endlich weißt, warum alle Stichworte um den alten Götterhimmel und Vreemarr dich immerzu kribbelig machen?" Das war eine standesgemäße Rede. Da kann keiner etwas beanstanden. „Du redest offensichtlich liebend gerne mit dir selbst? Empfindest dich als glamourösen Casanova, nur dein Maskenbildner hat heute bedauerlicherweise frei und deshalb trägst du dummerweise das falsche Kostüm?" Immerhin schneidet er, Pille, in der Version nicht gar so schändlich ab? Er fängt sichtlich an, aufzutauen. Warum ist er so jämmerlich gestimmt? Herzschmerz, das passt nicht! Er ist ein stolzer Vampir und wurde samt und sonders von seiner Herzdame abgelehnt? Ein todschicker Mann, fürwahr! Weit über zwei Meter in den hohen Himmel hinaufgeschossen und wunderbare Schultern, wie Herkules keine anmutigeren gehabt haben kann. Seine wunderbar sanften und so klugen, blauen Augen? Und nein, er trug keinen Bart … kein Gestrüpp verunzierte sein prachtvolles Gesicht! Ist ehrlich, nicht sein Ding. Dieses kratzige Zeugs an den Wangenknochen. Igittigitt! Ja, er wäre es gewesen … schmachtet er noch immer im Andenken an seinen Schutzbefohlenen, der sich einfach nicht in ihn verlieben wollte! Und dabei hatte er schon Schwiegervaddern handzahm auf seiner Handfläche sitzen? Und der ist fürwahr anspruchsvoll und alles nur wegen seiner tief schwarzen Haare und Augen! Die beim anderen Panikattacken auslösten? Ehrlich, viel doofer kann es auch nicht laufen? Dachte er eben noch und wird nun eines Besseren belehrt. Oh ja, der Prinz hat wohl recht, er muss seine ewige Arroganz endlich einmal gezähmt bekommen. So langsam kann er sich auch mit gar nichts mehr herausreden? Denn erwachsen ist er gewissermaßen schon seit guten zwanzig Jahren? Und ja, wiederum übertrieben … ›war nicht so gemeint! Falls, wer mithört? Ich korrigiere, es sind nur zwölf Jahre Erwachsenenstatus, auf die ich mich berufen kann! Entschuldigung. Aber so etwas lässt sich nicht einfach abstreifen? Das ist immerhin Teil meiner Persönlichkeit? Wenn nicht gar das Paradestück – das Beste von allem. Das Sahnehäubchen …‹, oh, schon spürt er wieder, wie er beinahe zu gafern anfängt? Nun, bei Hunden nennt man es sabbern und nein, das ist unappetitlich und jetzt definitiv unangemessen. Aber da ertönt ein rettender Hufschlag? Mhm, wer da wohl so hurtig herbeieilt? Seinen künftigen Fürsten beim höchst erquicklichen Steinchen-Beschwörungsspiel zu stören? … der andere wirkt derweil peinlich berührt? Hört er etwa die ganze Zeit zu? Ein Mensch, der einen Vampir abhören kann und der Vampir kriegt es nicht mit? Wie bitte? Das hätte ja auch mal jemand netterweise mitteilen können …

„Großvater? Du hier?" Maxim deBougy klingt ernstlich besorgt. Warum ist offensichtlich. Der alte Herr steht kurz vor seinem letzten großen Auftritt. Wie schade? Den hätte Pille gerne näher kennengelernt. Ein gestandenes Mannsbild, elegant und fürstlich bis in die tiefsten Poren. Wegen solchen hat man früher den Adel verehrt. Schade, dass es davon nicht mehr gar so viele gibt. — Der Fürst bringt eigene Gedanken mit, „Maxim, es freut mich zu sehen, dass du daran arbeitest. Früher waren auch wir Menschen mit dem Bodengrund tief verwurzelt? Gleichermaßen wie Pilze und Bäume sich verstehen? Es wird Zeit, diese alten Tage wieder aufzuwecken. Ich glaube, sie haben einfach nur Jahrtausende geschlafen und darauf gewartet, dass wir Menschen erneut so weit sind, zuhören zu können. Und zu verstehen." Oh, Maxim liebt diesen Mann aufrichtig. Er fühlt es, seinem Großvater bleibt nicht mehr viel Zeit. Voller Sorge, er, Maxim, könne noch nicht so weit sein, seinen Weg ganz alleine zu gehen? Er sieht das Teufelchen nicht? Genauso wenig das alte Schwert, auf das sich Maxim stützt? Wie sieht dieses Bild wohl aus, wenn man das Schwert herausstreicht? Unwichtig. „Die erste Runde mit grauenvollem Muskelkater quittiert? Wo du derart sportlich bist? Ja, sie prüfen dich. Das war auch hier, bei diesen alten Steinen? Ja, das könnten solche sein, wie ich sie sah. Du wirst denjenigen entdecken, der dir etwas Wichtiges mitzuteilen hat. Dann wirst du wissen, wohin dein Weg führen muss … ich sagte dir bereits, dass ich spüren kann, dass du bald zu einer Reise aufbrichst. Nur, dass ich mich zuvor von dir verabschieden muss, wusste ich nicht. Ich habe mich so auf meine künftige Post gefreut, wie du mir davon schreibst, was du erlebst …" Oh weh, jetzt fangen wir gleich alle miteinander zu heulen an. Ein so toller Mann, der aber keine Vampire belauschen kann; uns offensichtlich nicht wahrnimmt? Kann ich deshalb meinen Normalzustand nicht zurückführen, weil ich unsichtbar für den alten Herrn bleiben soll? Der sich von seinem Enkel verabschieden möchte und jetzt sicher keine

Exkursion in fremde Gefilde und Sphären wertschätzen könnte? — Autsch! Pille spürt, wie der junge Fürst ihn ohrfeigt. Nur im Geiste, aber es tat ehrlich weh! Er könnte schwören, dass seine Wangen jetzt etwas angeschlagen aussehen? — »Du kannst es nicht lassen? Du peinlicher Wicht! Verschwinde endlich aus meinem Kopf. Mein Großvater ist jetzt wichtig. Nur er.« Upps, so hört es sich also an, wenn jemand direkt zu dir spricht? Auf virtuellem Weg? Hat er, Pille, tatsächlich noch nie erlebt. In seiner Welt denkt man lediglich und lässt den anderen großzügig zuhören. Man spricht ihn nicht direkt an. Wozu auch? — „Ich würde gerne mit dir zu Abend essen? Jetzt gleich, weil die Zeit verrinnt. Viel schneller, als mir lieb ist. Meinst du, du könntest dich kurz von hier loseisen? Und deinen Hatatitla direkt rufen? Ich weiß, dass er hier irgendwo ist. Gut, ich habe im Stall nachgefragt. Weshalb ich meinen treuen Freund ein letztes Mal satteln ließ. Versprich mir bitte, dass du ihn auf deiner Reise mitnimmst. Lass ihn bitte nicht zurück. Dann weiß ich, dass ein kleiner Teil von mir dich begleitet …" Oh, es wird zunehmend feuchter. Wirklich Zeit für den Vampir, sich diskret zurückzuziehen. Maxim möchte ihm sein Schwert zuwerfen, »aber nein! Bruder! Das musst du ab jetzt immerzu bei dir tragen. Es wurde für dich bereitgelegt und mein Meister ist darüber nicht sehr glücklich, soll ich dir von ihm ausrichten. Aber er fügt sich genauso, wie du es tun musst. Versprich es!« Zeit für einen poetischen Zwischenstopp in Degens Garten. Dessen Lieblingsdichterin Pille soeben durch den Schädel spukt …

Andrea-Bex Schaumburg: Vom Ist der Bäume.

Es ist unwichtig, wie hoch ein Baum
in den weiten Himmel hinauf ragt
und von welcher Art er ursprünglich ist.
Noch ist seine Kraft von Relevanz
oder gar sein erstaunlicher Stolz darüber,
dass er dereinst als ehrenwerter Baum geboren wurde.
Alles, was zählt, ist, wie viel Licht
er durch seine blattreichen Äste scheinen lässt.

»Ist die Botschaft für mich? Dann musst du sie später wiederholen. Entschuldige, jetzt bitte nicht.« — Ja, Pille, lass ihn endlich in Ruhe. — Selbstbeschwörung? Hat wenigstens früher oft funktioniert? Wo er gerade so wenig auf sich selbst wie auf die elendige Vernunft hören will. Aber es ist dringend erforderlich. Er spürt die gestrengen Augen des Holsteiners in seinem Nacken. Er schwitzt, kein gutes Zeichen für einen Gowinnyjen, der definitiv über solchen biederen Gefühlen stehen sollte.

„Großvater, bitte entschuldige! Tausendmal. Ich bin gerade … jedenfalls eile ich dir sofort hinterher. Hatatitla wartet da drüben … direkt hinter dem Buschwerk. Er hat Klee entdeckt. Also muss ich ihn eh stören. Wir kommen sofort." Wie soll ich das nur alles aushalten können? Erst stirbt Mama und dann auch noch er kurz darauf? Er wollte mir doch noch so vieles erzählen und nun bleibt uns nur noch ein einziges Abendessen übrig? Jetzt habe ich gar niemanden mehr, nur noch einen tollen Titel und viele Hofnarren, die glauben, es bedeute etwas, wenn man artig niederkniet? Nein, sie sind keine Hofnarren, das ist unfair. Sie haben nur einfach ein Leben lang einem wirklich ehrenwerten Herrn gedient und jetzt soll ich sein Nachfolger sein? Ein Bastard, was jeder weiß? Häme und Spott erwarten mich da draußen. Nichts anderes. Und drollige Teufelchen, die sich mir um die Beine wickeln wollen, weil sie bei meinem Anblick rollig werden? Oje. Angehimmelt zu werden, weil man versucht, mit alten Steinen zu sprechen? Ein im Übrigen so passender Gedanke für den alten Herrn. Waren es die Landläufer der alten Gemeinschaft, die mit den Wolken und der Natur kommunizieren konnten? Oh ja, das wäre etwas. Landläufer? Leider gibt es das nicht mehr als Berufsstand. Die nennen mich am Ende Gärtner oder Bauer oder aber schwarzer Hexer, sollte ich über nochmals ganz andere stolpern. Wobei Landschaftsgärtner doch ziemlich gut passen könnte? — Er pfeift durch die Finger und Hatatitla hört sofort, wiehert kurz und bricht direkt durchs Gebüsch auf ihn zu. – Der kürzeste Weg, so typisch. „Er passt fürwahr zu dir, du Querkopf", wie Großvater zu sagen pflegt. Ja, bitte gönne uns ein schönes, langes Gespräch. Bitte! – »Freund Teufelchen, wir sehen uns wieder, in Ordnung?« — Und auf und davon galoppiert, wie Traummänner eben sind. Sie bleiben ein Traum, denkt Pille mit waidwundem Blick. Amors Pfeil, mitten durchs Herz getroffen! – Ist er so drauf, weil er vorhin noch einen wunderbaren Blick auf zwei glückliche Verliebte werfen durfte? — Wie wunderbar er aufgesprungen ist! Seine Steigbügel hat ihm der alte Herr verordnet, aber er beachtet sie nicht, das ist nicht LET-konform. Diese ›Glaubensrichtung‹, läppisch betitelt, favorisiert alte Werte: Ehre, Respekt, Toleranz, Fairness, eine Waffenwahl für Aug-in-Aug-Kampf. Die stärksten beider Parteien tragen den Kampf aus. Keine Schlachtfelder mit unzähligen Toten, keine voll geschissenen Hosen? Es geht um so viel, auch darum, dem Pferd, gegenüber der Automobilindustrie, den Vorzug zu geben und aller natürlichen Frucht aus Wald, Wiese und Garten, der industriellen Konservendose im modernen Ladengeschäft. Sich zu bedanken, dort, wo es herkommt? Bei Mutter Natur, denn sie ernährt mit Geschenken, die überall warten. Seine Augen aufsperren, sein Herz darauf einstimmen, dass die Welt harmonischer wird, ist man nicht nur auf den eigenen Vorteil bedacht? Die AO-Mythologie jammert, dass das Miteinander verloren ging? Es müsse wiederbelebt werden …

›da steh' ich nun, ich armer Tor, und bin so klug, als wie zuvor!‹, Doktor Faustus, den würde er jetzt auch als Trostpflästerchen akzeptieren. Genauso Lex Barker, wäre er denn bereit, ihn, Freund Teufelchen Pille, mit diesem eindringlichen Blick anzuschmachten wie filmisch seinen Pierre-Brice-Winnetou?

Maxim reitet wie der Teufel; der ist ja kein so Verkehrter, wie er soeben anschaulich beweisen konnte. Und da vorn ist er auch schon, sein Großvater, der nicht mehr so wild kann, wie er gerne würde. Allein den Sattel zu besteigen? Mittels schicker Hebebühne. Sein Eldermann kommt glänzend zurecht, stellt sich gerne ungesattelt daneben, mitzuteilen, „also ich für meinen Teil würde mich sehr freuen"; ob er ahnt, dass das ihr letzter gemeinsamer Ausritt wird? „Ah, da bist du ja … danke, dass du mich nicht lange warten lässt. Ich brauche dich, möchte ich unbeschadet von Eldermann wieder absteigen können. Das war vorhin ein echter Kampf gegen steife Beine und noch dazu klapprige, und auch mein Kreuz weigerte sich, mal eben kurz eine kleine Beuge zuzulassen, dass ich mein rechtes Bein über den Sattel hieven konnte? So schwer fiel mir das noch nie. Ein Glück endet es hier und heute. Ich wollte niemals in einem stickigen Krankenzimmer siechend dahinschwinden. Jeden Tag ein weiteres Stückchen von mir einbüßen? Nimmermehr. So wie ich es sehe, werde ich nach dem Essen in meinem Ohrensessel entschlummern. Du sitzt neben mir und versuchst mich mit netten Witzeleien von deinen Tränen abzulenken." Er atmet schwer. Nein, es ist nicht die Lunge oder sonst ein einzelnes Organ, das ihm Schwierigkeiten bereitet. Es ist das Leben, das ihn verlässt, mit der schlichten Begründung, dass es zu Ende gelebt wurde. In Würde und allen Ehren. Und dann folgt der Tod, dem er ebenso würdevoll begegnen möchte. Nun, das Teufelchen war noch blutjung, muss offensichtlich seinen Auftrag noch lernen. Sich zu verlieben, wo er eine Trauerbotschaft überbringen soll? Das passiert hoffentlich nur, ist man sehr jung? Das heißt aber auch, selbst der Teufel wird jung geboren und dann altert er und dann kommt ihm die Galle hoch und lässt sich nicht wieder hinunterwürgen wie tausende Male zuvor? Ab da spielt er keine Spielchen mehr, denn ab da zählt ihm das Leben nichts mehr. — ›Habe ich ernsthaft Tod und Teufel zu Vater und Sohn erklärt?‹ Zu sich selbst gesprochen. Himmel, Maxim, sortiere deinen Schädel! Das würde ihm nicht gefallen.

Totenwache. Maxim sitzt im Ohrensessel neben dem traditionell aufgebahrten Großvater. Bilderrahmen wie Spiegel verhängt, die Fensterläden geschlossen, flackerndes Kerzenlicht in absoluter Stille. Der Kaminsims als Altar. Knisternde Glut auf Kohlebasis, kein offenes Holzfeuer mehr, ist das Leben verblasst … „Er hat es geliebt. Das Knistern der Holzscheite. Aber es ist unangemessen, spottet dem Tod,

★★★★★★★

behauptet die alte Mireille. Ihre Meinung war ihm wichtig." Pille schweigt. „Du willst ernsthaft heute noch aufbrechen? Das ist unmöglich, ich muss hier erst einmal alles geregelt bekommen … ich kann sie doch nicht einfach alleine zurücklassen? Das ist ihr Leben? Sie haben Angst. Davor, was sich jetzt alles ändern wird? Wenn ich einfach weggehe, glauben sie, ich verkaufe alles? Bitte. Ich weiß, dass es einen wichtigen Grund gibt, den du nicht mitteilen kannst oder darfst? Egal, was es auch sein mag, es muss warten." — „Es gibt eine Alterveste, ganz in der Nähe. Ein enger Freund eines alten Freundes lebt dort. Ich könnte ihn herbitten, dass er sich fortan kümmert? Er ist etwas betagter, nicht mehr so aktiv in der Gemeinschaft eingebunden, die ihm derweil zu groß und zu laut erscheint. Er sucht einen ruhigeren Ort, der überschaubarer ist und nicht ständigen Rummel und Holterdiepolter erzeugt. Was eine Alterveste tut. Alleine der Anteil am Jungvolk? Du willst es nicht genauer wissen, glaub's mir. Euer Gut zu verwalten, würde ihm wunderbar gefallen – er ist zuverlässig sowie hochanständig? Und er wird diese Menschen hier ins Herz schließen, wie dein Großvater es seinerseits tat. Er liebt Menschen wie deinen Großvater und auch diese besondere Art, wie sie stets respektvoll bleiben? Wie sie leben, dürfen sie selbst darüber bestimmen? Du würdest immer über alles informiert sein; er, dafür sorgen, sich um alles kümmern. Gowinnyjen halten untereinander Kontakt, auch ohne Technik zu benötigen. Er kann dir jederzeit alle deine Fragen beantworten, dir erzählen, wo sich, wer gerade aufhält und wie es der Kuh Adelaide geht? Dem Hofhund oder dem dickschädeligen Esel? Was der Sohn der Magd im letzten schulischen Mathe-Test fabriziert hat? Sogar, welche Punktzahl und Note er im nächsten Mathe-Test erreichen wird, bleibt alles, wie es ist? Er ist wirklich sehr nett und falls nötig, sehr einfühlsam. Es ist ja noch nicht allzu spät, sie nochmals kurz in die Küche zusammenzurufen?" Maxim guckt ungläubig, „er ist bereits hier?" Pille zuckt demütig mit seinen Schultern. Er muss ihn leider so bedrängen, es geht nicht anders. Hier müssen nur verängstigte Seelen beruhigt werden, andernorts aber sterben sie. Natürlich hört Maxim mit, „was ist eine Alterveste? Gowinnyjen? Vampire?" »Der Götterhimmel? Darum geht es? Dass dieses Schwert daher stammt? Und dein Meister pflegt nach dorthin gute Beziehungen? Alterveste, so nennt ihr eure Wohnstätten? Bezeichnet das ein Dorf? Wie kann ich mir das vorstellen? Und bist du wirklich ein Vampir? Wie die im Buch? Blutsaugen, Fledermaus – Sarg? Dieser Kram? Muss ich mich fürchten?« Nein, er will keine direkten Antworten von Pille, sucht sie viel eher bei seinem toten Großvater. Der wollte, dass er diese Reise antritt und etwas von ihm mitnimmt. Eldermann. Falls es darum geht, einen Test zu bestehen? Als Koordinator schneidet Pille prachtvoll ab. Und keiner außer dem Altervesten-Kumpel sieht ihn und der wiederum erzeugt ein so dankbares Aufatmen aller im Raum, dass Maxim weiß, Großvater wird auch alles Weitere gutheißen. Sie pressen in Packtaschen, was sie direkt mitnehmen möchten. Sie reisen LET-konform. Eldermanns bester Kumpel, der bestechungsbereite Esel Alphonse und Eldermann als die Gepäckträger der Gruppe, denn Pille sucht Pluspunkte, dem Edelmann zu beweisen, dass er noch zu gänzlich anderen Dingen taugt. Ein rolliger Kater um Maxims Beine, der gutmütig lächelt. Er ist mittlerweile viel zu aufgeregt, herausfinden zu können, was hinter dieser verborgenen Türe liegt, die Pille für ihn aufstoßen möchte. Und ja, das Teufelskostüm bleibt erhalten, aber Alphonse hat damit genauso wenig Stress wie Eldermann oder Hatatitla, die wohl allesamt der Meinung sind, Zweibeiner sind eh ein komisches Volk. Aber solange sie für ausreichend Körner, Äpfel, Zuckerl, Möhren und weiteres Grünzeug sorgen, ist alles gut.

„Von der Provence einen grünen Weg nach Düsseldorf zu finden? Kein Problem. Lass mich nur machen." Maxim grinst, ja, genauso hat er sich solche Reise vorgestellt. Pille will ihm das wahre Leben vorstellen, den Grund für die LET-Bewegung nicht zuletzt. „Ein grüner Pfad, der auch etwas Jagd gestattet und gegebenenfalls, dem Winter trotzende Kräuter, Beeren und Pilze auffinden lässt?" Pilles unerschöpfliche Ideen zum Thema sprudeln nur so aus ihm heraus. „Wir kaufen bei den Bauern Kartoffeln, Gemüse und Obst und legen auch mal kurz Hand an, falls benötigt. Jedermann braucht mittlerweile mehr Hände, als verfügbar stehen. Vorübergehend, zeitweise. Aber keiner kann mehr angemessen dafür bezahlen, also tauscht man." Ein lässiges Schulterschnackeln, indessen er urplötzlich weich in die Knie geht und schon fährt seine ausgestreckte Hand nach oben. Halt! „Wir sollten eine Rast einlegen … hast du schon einmal einen Hasenbau besucht? Deine Gelegenheit!" Maxim lernt völlig erschüttert das Bodenvolk kennen, Hasenbauten, mit elendig hungernden, desillusionierten Leuten angefüllt, denen er per se die frisch erworbenen Lebensmittel überreicht und die der Tiere. Er hat niemals solches Elend in ihrer Mitte vermutet. War immerzu, trotz des etwas abseits gelegenen Landsitzes seines Großvaters, doch mehr in den geschützten Bereichen seiner Welt unterwegs. Schwarzmärkte und die dort unmittelbar Lebenden, ja, die kennt er. Die haben es jedoch im Regelfall warm genug und werden ausreichend ernährt, weil sie an dem teilhaben, was geschieht. Damit sehen sie nicht so viel anders aus als die Einwohner der Städte darüber. Aber Hasen in Hasenbauten? Kategorie vier bis fünf des Welt-Elends. Wasserbäuche zu skelettalen, muskelfreien, nur noch mit einer dünnen Hautschicht bezogenen Kinderarmen und -beinen, offene, schwärende Wunden, die sie eilfertig versorgen und ihre eingepackten Mittel bereits im ersten Hasenbau komplett aufbrauchen. Wundbrand, Blutvergiftungen, nicht mehr aufzuhalten? Maxim schließt einfühlsam unzählige Augen. Hilft, die

Verstorbenen nach draußen zu bringen. Gräber zu schaufeln, Worte zu finden, sie würdig zu verabschieden. Schwarze Extremitäten, eigenhändig vom Fürsten sauber amputiert, unter sachkundiger Anleitung von Pille. Ja, es hilft, auf dem Land aufzuwachsen, überall stets Anteil genommen zu haben. Maxim muss nirgends unnötig lang darüber nachgrübeln, weiß er nicht selbst geschwind Bescheid, lässt er sich von Pille instruieren. Er hat wahrlich schon reichlich Erfahrungen in allem und jedem gesammelt. Und jetzt ergänzt sich rasant schnell das Unvermeidliche, das normale, nochmals um einige Nuancen krassere, ungeschönte Leben. Ihr eingepackter Alkohol hält für ganze drei Tage vor. Zur Desinfektion oder Betäubung während einer Operation eingesetzt. Maxim lernt, einen Blinddarm zu entfernen – nun, das ist für ihn neu – und zuvor die korrekte Diagnose zu stellen, worin er schon geringfügige Erfahrung hatte. Er lernt, Mandeln zu entfernen und Zähne zu ziehen. Einfache Kräutermedizin zusammenzustellen und Wunden damit abzudecken. Er lernt behände, Wunden auszuwaschen und auszubrennen. Und trägt, ab seinem ersten Höhleneinsatz, wie Pille, ein praktisches Tuch um den Hals, das man schützend vor Mund und Nase ziehen kann. Und er wickelt sich gleichermaßen behände Stoffbahnen um die Taille, für nutzbares Werkzeug und Hilfsmittel, die fortan bereitstehen. Den Menschen vor Ort beizubringen, was es zum Überleben unter widrigsten Umständen zu wissen gibt? Ja, das sieht er per se als seinen allerwichtigsten Auftrag an. Wo er es teilweise selbst erst herausfindet? Er ist gleichermaßen fleißiger Schüler wie engagierter Lehrer und scheut sich vor nichts, es anzufassen. Allesamt sind sie in Lumpen gehüllt, mit Zeitungspapier und anderem Müll ausgestopft und dazu in alles Erdenkliche eingewickelt. Und natürlich dennoch, bei solcher Winterkälte, halb erfroren. Und ihre Lungen chronisch aufgeraut und halb vergiftet von steter Müllverbrennung in Brandtonnen, ohne deren Wärme sie gar keine Chance hätten. Nur so kann Schnee geschmolzen werden, Wasser abgekocht, zu Tee verwandelt oder mittels jämmerlicher Zutaten Suppe zubereitet werden? Letztlich kennt er solche Bilder längst aus dem Fernsehen, nur dieses Mal ist es nicht weit abgelegen, irgendwo in Afrika, sondern nur ein paar Kilometer vor der eigenen Haustüre … „Hättest du es mir nur erzählt, ich hätte es nicht glauben wollen." Es dauert, ihn zu überreden, sich wiederum selbst schützen zu wollen. Handschuhe über seine klammen Finger streifen zu können? Er hat alles an Kleidung, was er eingepackt hat, längstens weitergereicht. Seinen ledernen Edelsattel wie diversesten Tand und netten Schnickschnack, den er als Wohlhabender selbstredend mit sich herumträgt, tauscht er gegen Penicillin, Alkohol und Schmerzmittel. Kostbare, nicht heimische Kräuter werden schon rasch mit heimischen versiert vermengt und Pasten zur Wund- und Zahnpflege erzeugt. Kräuterteemischungen, besonders wirksam bei Atembeschwerden, oh, er lernt rasch dazu. Liebesgeplänkel ist gestrichen, keine Zeit! Pille begreift rasch, dass Maxims Weg ein anderer sein wird. Und ja, er kann selbst nicht viel tun, nur Maxims Werk unterstützen. Klar, bekommen einige mit, dass es sich um Hexenwerk handeln könnte, was da passiert? Es sind ja nur zwei von vier Händen sichtbar und die sichtbaren wissen anfangs nicht immer sofort, was sie als Nächstes unternehmen müssen. Das Schwert bleibt verborgen wie Pille, sonst wäre es wohl gestohlen worden. Wie ihre gefährdeten Tiere, weshalb Pille Maxim beibringt, am Pferderücken zu schlafen. Und die meiste Wundversorgung im Eingangsbereich durchzuführen. Das schützt auch etwas vor Ansteckungsgefahr. Und sie behalten ihre Weggefährten im Blick. Was ihn erbärmlich runterzieht. Der Mangel an Erholung, dann der Fakt, von jenen ausgeraubt werden zu können, denen man hilft? Unentgeltlich? Tja, Undankbarkeit gehört zum makabren Possenspiel. Pille sorgt für einen Karren, den Eldermann allein ziehen kann, der etwas weniger ruppig konditioniert ist. Hatatitla wird derweil auf ruhigere Gangart eingestimmt und darauf, nötigenfalls Alarm zu schlagen, sollte sich jemand von hinten unlauter anschleichen wollen? Das zuvor von seinem Herrn heiß geliebte wilde Gebaren ist nicht mehr wichtig, fortan erfreut man sich seines klugen Kopfes. Pferde sind eh anpassungsbereit. Sie nehmen Reisende auf kurzer Strecke mit. Rein als Vorsichtsmaßnahme, denn der Klerus könnte längstens auf der Suche nach Schwarzmagiern sein. Pille läuft und gibt die Richtung vor, beständigen, eher unwegsamen Zickzackkurs. Immerzu so, dass etwaige Verfolger es für irre quittieren wollten, dass sie hier durch den Bach geschwommen sein könnten? Wo nur ein Stückchen weiter eine Furt liegt oder gar eine Brücke steht? Nein, solche passieren sie nicht. Indessen schläft Maxim am Karren, oftmals von kurzfristigen Reisebegleitern, Alten, Kindern und Schwangeren umringt. Es kostet Pille reichlich Überzeugungskraft, dass Maxim sich überhaupt noch Schlaf zugestehen möchte. Wo Pille keinerlei Erholung benötigt, nicht einmal essen und trinken muss? Er kann ferner Pilles Stimme in seinem Kopf hören und Pille umgekehrt seine unzähligen Fragen. Somit gibt's in jeder wachen Minute Unmengen an Aufklärungsgesprächen und beinharten Diskussionen. Maxim will alle Zusammenhänge samt und sonders begreifen können und auch, warum ihm niemals etwas davon erzählt wurde? Er hätte doch zugehört und geholfen? Warum sein Großvater blind blieb, der sonst so scharfe Augen hatte und immer sofort bemerkte, falls jemand etwas verbarg? Vieles bleibt ungeklärt, manches Fragezeichen trotzig bestehen.

„Pille!" Upps, nicht direkt! – „Welche Pille? Wir besitzen keine Wunderheilmittel?" Die Stimme klingt zaghaft, aber überzeugt von dem, was sie spricht. Reif genug, zu wissen, was die Begrifflichkeit bedeutet. Und was es heißt, wenn

★★★★★★

jemand ernsthaft in solcher Umgebung nach solchen Dingen fragen sollte. „Entschuldige, tausendmal, war nur ein bescheuerter Gedanke." »Himmel, Pille, wo steckst du? Und warum hörst du mich, wo ich dich gar nicht sehen kann?« Weil ich ein Zauberwesen bin … etwas selbstgefällig. „Ich will euch nichts unterstellen. Ehrlich nicht. Ich sehe, dass ihr keinen Schindluder treibt." Maxim zittert innerlich, ja, Pille kapiert sofort, worum es geht. Blutsverwandtschaft! Ein enger Verwandter von Maxim, den sein Schwert aufgespürt hat? Oder fühlt es Maxim selbst? Zwischendrin glaubt Pille beinahe, Maxim sei nicht bloß ein Fürst der Menschenwelt? Welche Spezies? Mhm? Die einzige Möglichkeit, die ihm vorschwebt, denn ein Gowinnyjen ist er nicht, wäre ein Smolljagd, ein Mischwesen. Halbmensch könnte man sagen. Aber die sind genauso markant wie Gowinnyjen, die es in Schwarz oder Weiß gibt, indes der Smolljagd auffällig rotschöpfig ist, karmesinrot mit grünem Blick. Moosgrün? Direkte Beweise hat er bisher aber keine entdeckt. Er war auch noch niemals im Park. Sam Melzer, Stefan vGs Hauskommunist, der soll solcher sein und auch Ulf Mattes, der Oberstaatsanwalt Baden-Badens, diese Stadt, die mittlerweile europaweit nur noch BB genannt wird. Obschon das zugehörige Kfz-Kennzeichen einer anderen Gemeinde zusteht? Da im Zusammenhang das nächste Stichwort entweder Park oder Stefan vG lautet, bleibt es doch eindeutig. Diesen Ulf hat er im Übrigen bereits getroffen. Er war schon mehr oder weniger rothaarig, aber keinesfalls markant? Eher ein sehr verblasstes Karmesinrot und eh ziemlich spärliches Kopfhaar, was dem Ganzen außerordentlich widerspricht, denn die sollen unbezwingbare Locken haben; so richtig viele davon. Aber seine Augen? Moosgrün, das käme dann schon hin. Tolle Augen, in jedem Fall, aber ansonsten schon eher nur der nette Kümmerling von nebenan. Weshalb er solche Aufmerksamkeit erregt? Ein Kümmerling mit Hummeln im Arsch, der es mal echt drauf hat? Tja, und Sam Melzer im Fernsehen? Der markiert alldieweil den mega mäßigen Parademann. Sollten sie eines Tages einen weiteren Anführer benötigen, wollte er ihn für den Posten vorschlagen. Ein Alphamännchen vom Allerfeinsten. So heiß, wie man als Mann nur sein kann. Und ja, dem würden selbst Gowinnyjen in Scharen nachfolgen. Westkonare per se, so aufgeschlossen wie sie sind. Ansonsten beziffern Gowinnyjen die Farbe ›Rot‹ als ›unreif, fehlerhaft, unfertig‹, gentechnisch so bei ihnen eingepflanzt. Deshalb wohl die kluge Wahl? Was man übersieht, wächst unbemerkt … aber von solcher Farbpracht ist hier nichts zu erkennen … wobei? Jetzt, wo er sich gütlichst aufs Thema einschießt? Da könnte unten drunter Moosgrün lauern? Grau überdeckt? Meine Fresse! – Maxim ist ein getarnter Smolljagd? Da wundert ihn jetzt gar nichts mehr? Einen Meister zu entsenden, den Burschen abzuholen und ihm am Weg das wahre Leben zu zeigen? Smolljagds, verdammt noch eins, die werden gebraucht! Da gibt's kein Wenn und Aber. Hilfe! Wenn das so ist? Was bedeutet es, dass sie in den elendigen Hasenbauten vor Euskirchen einen Bruder von Maxim entdecken? Reisen sie aus diesem Grund auf diesem Weg? Maxim nebendran stöhnt so lauthals auf, dass sein Bruder elendig zusammenzuckt. Sie behandeln zusammen einen kleineren Buben und natürlich glaubt er jetzt, man könne ihm nicht mehr helfen. Dabei ging es doch nur um stärkere Halsschmerzen? »Pille, sag mir bitte sofort, wie ich es schaffe, meinen Bruder einzupacken, ohne dass er sich dagegen sträubt? Er sieht die ganzen elternlosen Kinder hier als seine persönlichen Schützlinge an.« „Auweia, bin ich hundemüde. Mir sind eben die Augen zugefallen! Ich schlafe oft am Weg. Überlasse es den Tieren, den Weg zu finden." — „Du schläfst im Sattel?" ›Willst du ihn als Hüter deiner Schätze anlocken? Klingt wenig glaubhaft‹, meldet Pille. „Mehr am Karren ausgestreckt." Maxim schaut urplötzlich in markante, moosgrüne Augen. Das Grau ist weggewischt. „Ähm, welche Augenfarbe hast du gleich? Entschuldige bitte die unpassende Frage, aber sie sind wunderschön." ›Du solltest etwas schlafen. Der glaubt am Ende noch, so sanft wie du das gesagt hast – na ja, du weißt schon.‹ »Das, was du anfangs dauernd wolltest?«, kontert es frech. Aber der Junge kapiert's richtig, seine Augen schauen klug zurück. Erkennen einen tieferen Sinn in den Worten. Warum? Wie? Halt, ein Smolljagd, der gerade wach wird? „Bist du mein Bruder?" Aus dem Nichts geschossen … Maxim hält die Luft an, dann rutscht es einfach so heraus, „ich weiß nicht genau wie, aber ich denke schon …" Damit müssen beide erst einmal kurz durchatmen. Der Junge muss es wissen, „du hast vorhin überlegt, dass du mich mitnehmen musst, nicht hier lassen kannst, wo ich noch so jung bin? Aber du hast Angst davor, dass ich meine Freunde mitnehmen wollte? Aber die kann ich nicht hierlassen? Spätestens, weil ich mich ihrer annahm, leben sie noch und die meisten sind wieder einigermaßen gesund. Wenn ich sie jetzt zurücklasse, sich selbst überlasse, sterben sie? Am Ende alle? Das willst du sicher nicht verantworten! Aber ich schwöre dir, wohin du uns auch immer bringst, wir werden dort fleißig mitarbeiten? Uns unermüdlich einbringen. Sie sind alle richtig gut ausgebildet, ehrlich! Rein dafür, dass sie hier leben, können sie alle gut lesen und schreiben, haben viel im Hinblick auf Allgemeinbildung abbekommen? Und ja, ich weiß, dass Englisch außerordentlich wichtig ist. Wir sind zwar nicht super, gar gut genug, direkt etwas damit ausrichten zu können? Aber keiner ist mehr hilflos, gar ein blutiger Anfänger, und falls du uns Schulbücher besorgen kannst, bilde ich uns weiter aus? Ich bin gut in Mathe inklusive Bruchrechnen, Deutsch, Englisch, Sachkunde und Geschichte bis zur Französischen Revolution. Andere Bücher habe ich bisher nicht auftreiben können. Ich komme hier nicht so oft raus?" Maxim hat ihn längst ins Herz geschlossen! Ja, genauso stellt er sich einen Bruder vor, den er direkt um-

★★★★★★

armen möchte? Glückselig abknutschen? Wie alt mag er sein? Mit viel Wunsch-
denken vielleicht schon fünfzehn? Der Bub mit den Halsschmerzen könnte neun
sein und das Mädchen mit dem uneinsichtigen Wackelzahn war vielleicht fünf?
Legale Aufenthaltsgenehmigungen für die Stadt und damit Schulen zu erlangen,
dürfte nicht ganz beschwerdefrei sein, aber alles ist möglich. „Wie viele seid ihr
und wie alt, von bis?" Strahlendes Moosgrün und schon wird es wärmer, „ich bin
der Älteste, Liesel ist die Jüngste, du hast ihren Zahn gezogen? Wir sind insgesamt
sieben." Maxim dreht sich seitlich, »wie schaut's aus, Pille? Kriegen wir das hin?«
›Klar doch. Genau dafür bist du hier. Wir müssen aber unauffällig verschwinden.
Du kennst das ja schon, aber die Kinder nicht. Sie müssen zuerst gehen, währenddessen du weitere Wunden neu verbindest und kluge Ratschläge erteilst. Beschreibe ihnen zuvorderst den abgestorbenen Baum, den wir auf der Lichtung im alten
Wald gesehen haben. Dort sollen sie bei Mondaufgang auf uns warten. Ich begleite
sie, sorge dafür, dass dabei nichts schiefläuft, das heißt, du musst hier allein zurechtkommen. Aber, wenn etwas ist, denke nur laut und ich kehre augenblicklich
um. Riskiere nichts, jetzt gilt es für uns, sieben Kinder zu versorgen.‹

Gegen Mitternacht sind sämtliche Kinder im Wagen gut eingewickelt und ab-
gefüttert, umgeben von Nüssen, Äpfeln, Brotresten, gekochten und frischen
Kartoffeln, Sauerkraut, Salzgurken und frisch eingetauschten Decken wie Kissen.
Zwei nette Stoffpuppen und einige kleinere Holzfiguren in glücklichen, verspielten
Händen der lütten Blagen, die sie innerlich längst adoptiert haben. Jetzt dürfen sie
herausfinden, was es heißt, Kind zu sein! Es geht nur darum, korrekte Schritte
einzuleiten? Maxim kennt schlechterdings keine Schwierigkeiten, die sich nicht
lösen ließen. Nötigenfalls halt den Namen einsetzen, kurz telefonieren, eine Bank
aufsuchen und eine schnelle Transaktion in die Wege leiten? Dass jemand ihm ein
klares Nein vor die Nase gesetzt hätte, ist bisher nie passiert. Nach wie vor wirkt
er sorglos. Die letzten knapp drei Wochen hat dieser junge Mann aber ein gänzlich neues Leben kennengelernt und sich so restlos darin fallen gelassen, dass Pille
noch mehr damit hadert, dass der Graue meint, „eure Wege driften auseinander. In
Bälde. Bereite dich vor, dass es nicht allzu peinlich wird." Soso, nicht allzu peinlich? Keine Leidenschaft? Er ist noch keine Hundert Jahre! So alt müsste der Prinz
doch mittlerweile sein? Weise, alt und grau, das sind dessen drei Hauptmerkmale.
Emotionen gibt's dazwischen keine. Aber dafür ist er fair und gewiss korrekt? Ja,
Pille verehrt ihn zutiefst. Umgekehrt ist er aber nur peinlich? Oje, jetzt ist er frustriert. So ehrenwerte Namen, die seinen Prinzen umgeben: Grauer und Holsteiner,
ganz exklusiv für Dr. Ambrosius vonHolstein. Prinz ist hingegen ein verbreiteter Titel – die scheinen wie Pilze über Nacht aus dem gut gedüngten Boden zu

sprießen? Selbst Degen soll ein Prinz sein? Hat er unter der Hand mitbekommen; der Papa von ihrem geweissagten König war ein ungarischer Prinz, dann der russische Prinz, der ebenfalls ordentlich für erdtonales Beben sorgen kann wie der König. Dennoch weiß eigentlich noch niemand etwas Näheres und doch wird der Boden jeden Tag ein kleines bisschen wärmer? Leider nicht die gesündeste Form von Wärme. Nein, nur selbige, die Streit, Neid und Missgunst erzeugt. Hasstiraden auslöst, blanken Fanatismus, nackte Angst und Kurzschlussreaktionen? Gerade, wenn man sich bestimmter Örtlichkeit annähert? Nun, da sind sie jetzt aber schon wieder dran vorbei? Im weiten Sicherheitsabstand. Soll das etwa heißen, wie der kleine Bruder des jungen Fürsten, werden jetzt alle Smolljagds wach und damit wohl mystisch aktiviert? Das hätte, wenn dann, doch vor vier Jahren passieren müssen? Oder hat sich nochmals etwas bewegt, auf das alle reagieren? Auch dieses Schwert im Stein? Das einem alten Herrn kurz vor dem letzten Atemzug noch eben eine Vision sendet, den verwahrten Schatz in die dafür vorgesehenen Arme zu lenken? Dann war das ein Steingeist? Wer von ihnen kann denn mit Erdwesen sprechen? Der Prinz ließ dem Bijix ausrichten, ›die engeren Freunde des Falkengau-Thals schafften es wiederum, einen Gräulingsplan umzunieten‹. Der Rest stammte von ihm. Aber das hatte er mehr oder weniger wortwörtlich eingebaut. Der Graue nennt die eigenen Pläne ›Gräulingspläne‹? Das klingt selbstherrlich! Und ihm, Pille, wirft er Arroganz vor? Gut, er muss noch etwas an seinem Auftritt feilen, der ist noch nicht annähernd so glanzvoll und die Heldentatenliste vergleichsweise dürftig? ›Gut, Ihr habt recht, Majestät, ich gelobe mich zu bessern.‹ — Ach, das ging ja noch weiter … ›vielleicht solltet ihr anfangen, genauso diszipliniert mit euren Gaben umzugehen, wie es andere können‹? Diesen Teil der Kritik hatte er beinahe vergessen? Schelten, davon gab's einfach schon mehr als genug. Selbst dann sollten sie einem anderen gelten. Das will er nicht. Echt nicht. Aber der andere steht über solcher Peinlichkeit? Stolpert nicht über Gefühlsduselei? Hat offensichtlich vergessen, wie es ist, wenn man sich verliebt? Das ist etwas für Jüngere. — Autsch! Maxims Gesicht versperrt ihm den Blick, dass er beinahe stolpert. »Welcher arme Kerl ist heute dran?« Pille hebt das Gesicht – seine lästige Durchlaucht … Ächz! »Oh weh, du löst aktuell deine Peinlichkeiten mittels tiefem Stöhnen? Mhm, irgendwie schade. Wo ich mich gerade an dein ewiges Herumlamentieren gewöhnt habe?« Jetzt laufen sie beide nebeneinanderher, indessen sie entspannt die Zügel ihrer Tiere festhalten, aber die würden sowieso hinterhertrotten. Finden die ergänzte Kinderschar sogar äußerst interessant. Und nicht nur, weil frische Nüsse, Möhren und Äpfel aufgeladen wurden. Ehrlich nicht!

»Dürfte ich dir mal eine richtig doofe Frage stellen?« ›Doofer als sonst? Klar,

★ ★ ★ ★ ★ ★

warum nicht.‹ »Du bist gehässig gestimmt? Darf ich fragen, ob das meine Schuld ist?« ›Nein.‹ »Trocken? Ohne Erklärung? Also, ist es übel? Tut mir leid für dich. Ich werde auch nicht gerne gerügt. Ob du dann Lust auf meine doofen Gedanken hast, ist recht anmaßend zu fragen.« Genauso strohtrocken. Pille guckt rüber, sucht das Fragezeichen, das es nicht gibt. »Die AO-Mythologie ist dir geläufig? Klar, eine rhetorische Frage. Da geht es doch darum, dass wilde Horden aus dem Norden einfallen? Um solche abzuwehren, errichtete man früher einen Wall? In unseren Tagen vergleichbare Kampfsportzentren am Rande des Nordostseekanals? Vermehrt seit Anfang 1973? Interessant, wo gemunkelt wird, im Dezember 1972, wo es mit dem Pechschnee losging, der nicht auf eine kaputte Waschmaschine Frau Holles zurückzuführen ist – da sind sich ja alle einig – soll der geweissagte König entdeckt worden sein? Schon nicht ganz zufällig, vermute ich? Dann gibt es seit 1973 seltsame Vorkommnisse in Nordrhein-Westfalen, die verschiedentlich schwarzer Magie zugeordnet werden, aber keiner so recht sagen könnte, was genau er damit eigentlich meint? Nun, Nordrhein-Westfalen als Bundesland könnte als weiterer Wall agieren? Wir wissen derzeit nur noch nicht so ganz genau, worin dessen Stärke liegt? Der Prinzenaufstand, der seltsamerweise auch nur in diesem Bundesland bis heute stattfindet, hängt aber nicht direkt zusammen? Weil damit ging's ja schon Mitte der Fünfzigerjahre los? Die Nussknacker? Die empfinde ich persönlich als immens spannend.« Ein etwas längeres Schweigen folgt, seitens Pilles gänzlich ungestört. Also erwartet er weitere Geistesblitze? Mhm. »Im Frankfurter Raum geht es im April 1965 mit diesen ganz speziellen Sportkampfzentren los, *terrasentica* genannt, die nicht nur dem Körper leistbare Trainingsmöglichkeiten offerieren, sondern Bibliotheken ergänzen. Eine nochmals umfänglichere gratis Volkshochschule, als man sie in manchen Städten unterdessen finden kann? Wobei diese Wolkenkratzerstädte außerhalb der Schutzzonen liegen und Obdachlosen, Exilanten und Flüchtlingen aus aller Welt Zutritt bieten. Eine fabelhafte Chance, gültige Papiere und einen Arbeitsauftrag an Land zu ziehen? Das heißt, ein rehabilitierter Bürger zu werden? Was auch das Neue Heer seit seiner Gründung anbietet – oder war es erst kurz danach?« Auch dieses Mal kein Kommentar? ›Die Umfirmierung des Heers fällt dann rein zufällig auf dasselbe Datum wie die Einführung der OUT-Bibel? Und zeitgleich wird ein neues Sonnenkind im Park Baden-Badens, Entschuldigung, BBs, geboren?‹ Wiederum eine Schweigerunde, die bleibt, was sie ist. ›Es gibt fünf markante Knotenpunkte mit *terrasentica*-NY-Dörfer im Zentrum, die einen fünfzackigen Stern markieren, in dessen Mitte Pforzheim liegt. Die Pforte des Schwarzwaldes? In dessen Terrain vermutet man das alte Zentrum des Götterhimmels, die glorifizierte Königsveste Vreemarr? Traut man sich ernsthaft, solcherlei Gedanken laut auszusprechen?

Nahe der Rheinebene, aber mit deutlich bergigem Unterbau. Weil es Eiszeit war, als sie hier ankamen. Da wäre ein heutiges Mittelgebirge als Wolkenanker doch zweckdienlich gewesen? Demnach könnte dereinst unser König dort seinen Palast errichten wollen? In einer Goldstadt? Gut geschützt? Empfinde ich jetzt zwar als etwas ernüchternd, wo uns die Liebe zum schnöden Mammon die westliche Seele vergiftet? Aber die Alten Götter nannten ihre Königsstadt auch goldene Stadt? Das gehört wohl mit dazu.‹ Weiterhin nur Stillschweigen, dass Maxim tatsächlich überprüfen muss, ob der Kerl überhaupt noch da ist. Ja, ist er. Also weiter. Denn er scheint einen interessanten Weg zu gehen, dass er so gar nicht unterbrochen wird? ›Die Russen um Sergeij Medwedew sammeln sich derweil bei Bamberg, indessen in Franken ein Ballungszentrum von Kampfsportzentren entstanden ist und fleißig weiterbaut. Industriell haben sie einen richtig großen Happen von Preimuk verfügbar und die Medizin ist ebenfalls ultra stark. Ergo dürfte die Portokasse genug abwerfen können, eine gegebene Absicherung auch längerfristig finanzieren zu können? Das ist dann wohl die Ostabwehr?‹ Maxim sieht derweil ehrlich genervt drein, probiert es ja sogar im Pille-Stil, nur denken. Niemanden dabei direkt anzusprechen … wobei das auch komplett schiefläuft! ›Himmel, Pille, könntest du endlich auch mal etwas ablassen? Einfach im üblichen Stil kommentieren, dass ich mir nicht so bescheuert vorkomme? Einfach nur etwas dazu sagen? Sonst quasselst du doch auch am Stück? Aber wohl konsequent nicht, wenn man darauf hofft? Rein darum geht es? Mich zu brüskieren? Also gut, dann sag' ich halt, was ich denke‹, Bums: »Glaubt ihr ernsthaft, diese vermaledeiten Horden aus dem Osten und dem Norden kommen heutzutage noch zu Fuß? Bitte? Die sind doch nicht komplett bescheuert!« Und laut ergänzt, weil jetzt reicht's ihm einfach: „Für solchen Unschuldsblick trägst du definitiv die falsche Augenfarbe!" Pille, humorlos, „wo mein Maskenbildner freihat, klappt's mit der Optik eh nur mäßig." — Wumms, jemand springt vom Karren runter, „mit wem redest du, Maxim?" Sein Bruder hechelt, ist unendlich wackelig auf den Beinen, definitiv noch reichlich schlaftrunken, aber neugierig. Richtiggehend drollig anzusehen. Tja, was sagt man? „Entschuldige, ich hab' nur laut gedacht. Normal stört das niemanden." ›Ui, klappt nicht …‹ Pilles Kommentare, da sind sie ja endlich wieder. Der Bruder hört leider mehr, als derzeit Maxims Gefühlswelt guttäte. „Ehrlich? Solchen ollen Bären wünschst du mir aufzubinden? Dass du dir selbst mit anderer Stimme antwortest? Erzähl keinen Scheiß. Dann habt ihr euch etwas gestritten. Weil er deine Fragen nicht beantworten will? Deine Gedanken nicht kommentieren … wo sind wir hier eigentlich? Das da drüben … ist das etwa Meerbusch? Da leben doch unglaublich viele Bonzen? Das reinste Villenparadies? Wie lange habe ich bitte schön geschlafen? Wir waren kurz hinter Köln, als ich einschlief? Das könnte ich schwören. Dahinten ist der Rhein? Ich kann ihn hören, samt Hafenanlage? Düsseldorf – die Altstadt? Aber dann schleichen wir linksrheinisch daran vorbei? Das macht doch alles gar keinen Sinn? Denn hierher wolltest du doch? Oder eher nur dein Krisenstab? Und du wolltest nicht widersprechen? Nee, du! Du willst genau nach hierher! Und du wirst bereits erwartet." Eine simple Feststellung, keine Frage. „Du denkst, mit sieben Kindern sollte man nicht gerade auf eine der größten Armeedepots zumarschieren?" Maxims Versuch einzulenken, ihn von weiteren Schlussfolgerungen abzuhalten. Denn davon weiß er gar nichts – er wird erwartet? »Pille? Dein Stichwort!« Bruderherz kichert, „ein Glück sind wir als Streitmacht nicht mal auf Niveau der Augsburger Puppenkiste … aber ja, sei's drum, den Sinn-Code wüsste ich trotzdem gerne?" Maxim bekreuzigt sich innerlich, „er heißt Pille, ist für andere bisher unsichtbar; eine richtige Nervensäge."

Ilverich, ein wildwüchsiger Palastgarten. Hühner watscheln um ihre Beine und ein Esel poltert aus dem gemütlich wirkenden Stallgebäude heraus, ganz ungläubig den Kumpel anglotzend. Kühe, Schafe, Ziegen, rein neugierig, aber auf recht entspanntem Niveau. Hunde und Katzen umringen sie leutselig, klettern, soweit befähigt, eilfertig hoch und beschnuppern den Karren-Inhalt samt schlafender Kinderschar. Schnuppern am unsichtbaren Pille, dessen Tarnung ihm gerade überhaupt nichts helfen will und an dem Brüderpaar, als die Haustüre des Palasts aufgeht und ein runzeliges Männchen heraustritt. Sichtbar weiß eingestaubt. Er versucht, sich mittels eines Stofftuchs herzurichten, etwas sauberer zu putzen, vorzeigbarer für seine Rolle als freundlicher Gastgeber. Sein Gesicht sagt überdeutlich, »Entschuldigung, aber mit Gästen habe ich nicht gerechnet.« „Die kleinen Blagen auf eurem Karren sind doch gut versorgt? Ihre Atemgeräusche klingen so, aber stimmt es auch?" Maxim kämpft noch mit sich, das so direkt zuzugeben … aber Bruderherz ist diesbezüglich gänzlich ungeniert. „Ja, mein werter Herr. Ihnen geht es so gut wie wohl noch niemals zuvor. Ich habe sie aus übelsten Umständen herausgezogen und seitdem versorgt und unterrichtet, dass sie eine Chance im Leben finden. Lesen, schreiben und rechnen. Sie können sogar etwas Englisch sprechen …" Er unterbricht, weil der ältere Herr plötzlich reichlich blass um die Nase wird. Vielmehr aschfahl. Maxim hat sofort seinen Arm ergriffen, vornehm wirkend, er will ja nicht brüskieren und schaut sich nach einem geeigneten Sitzplatz um, indessen ein richtig großer Stein in passender Höhe leutselig auf sie zu kullert. Diese Momente, die man keinem erklären wollte, denkt Maxim und setzt den zittrigen alten Knaben darauf ab. Muss ihn aber sogleich nochmals kurz anheben, denn Bruderherz schiebt ein Hasenfellkissen darunter – es ist bitterkalt – und holt seine Schlafdecke vom Wagen und wickelt ihn ein. Ein tränenreicher

Blick als Antwort. Oh, wie er lächelt. „Ihr seid Brüder? Aber dennoch aus ganz unterschiedlichen Kulturkreisen, wie mir scheint?" Damit schweift sein Blick Richtung Pilles Standort. „Und euer unsichtbarer Freund? Stammt offensichtlich nochmals aus einer entfernter liegenden Gegend ab? Gut, dass ihn keiner direkt sehen kann. Lebensnotwendig, wollte ich meinen? Mit Kindern kann man sich nicht so leicht verteidigen, wird man angegriffen? Das würden sie sicherlich tun? Söldnerheere eiskalt auf euch hetzen? Denn dem Militär sich zu erklären, wäre ihnen wohl zu aufwendig? Dinge, die man nicht verständlich erklären kann, die tötet man lieber vorsorglich? Stellt etwaige Fragen erst hinterher? Er wirkt mehr als nur fremdländisch … schon damit haben sie ordentlich zu kämpfen." Er stöhnt tief, aber nicht aus Kummer, sondern aus übergroßer Freude, dass er beinahe zu ersticken droht. Maxim ist ehrlich besorgt, überlegt schlechterdings ein kleineres Lagerfeuer anzuschüren, ihm einen Kräutertee zuzubereiten? „Entschuldigt, wir haben einen geschürten Herd im Haus und ich bin auch gleich wieder in der Lage, selbsttätig zu laufen und derweil könnte mein jüngster Sohn schon hier angekommen sein und sich um die Höflichkeiten kümmern, indessen ich das alles erst verarbeiten muss …" Maxim zuckt sichtlich, „wir hätten uns natürlich vorher ankündigen müssen? Nicht einfach so Ihr Grundstück erstürmen? Aber ehrlich, nachdem kein Zaun darauf hingewiesen hat, dachte ich ernsthaft, es wäre eine simple Wildblumenwiese … dass solches Anwesen in keiner Schutzzone eingebunden ist? Also selbst bei uns zu Hause würden wir wenigstens einen höheren Zaun außen herumziehen?" – „In Südfrankreich, in der Provence, bei Orange?" Maxim stöhnt innerlich, versucht es unkenntlich zu tun, was bei solchen offenen Augen im Umfeld scheitert. „Ja, aber woher wissen Sie das?" Mehr kriegt er nicht heraus; dass der Herr wie sein Bruder im Pille-Stil seine Gedanken liest, hat er mitbekommen. Ein junger Mann läuft derweil vom Haus her aufgeregt auf sie zu. Konstatiert soeben Decke und blasse Gesichtsfarbe. „Entschuldigung, ich bin Andrin, der jüngste Sohn. Papa, geht es dir gut?" Zunächst kurz den Vater berührend: „Wir bekamen Mitte Februar eine Lkw-Ladung mit Taschen, Kisten und prall gefüllten Koffern aus Orange? Deshalb glaubt mein Vater, dass ihr von dort stammen könntet? Auch wenn ihr – offen gesagt – anders wirkt als das Gepäck?" Maxim muss husten; hüsteln war geplant, aber ja, er ist etwas aus der Übung geraten bezüglich höfischer Attitüde. „Ich habe mich noch gar nicht vorgestellt, verzeihen Sie mir bitte." Eine vornehme Verbeugung, „ich bin Maxim deBougy und der junge Mann neben mir ist mein jüngerer Bruder Felix, den wir rein durch Glück gefunden haben. Er lebte mit seinen Freunden, den Kindern am Wagen, in den Hasenbauten vor Euskirchen. Und mein anderer Freund, Pille genannt, hat mir auf dem Weg nach hierher die echte Welt gezeigt, die ich bisher nicht kannte. So

★ ★ ★ ★ ★ ★

beschämend es auch klingen mag, so betrug es sich. Ich war blind für dieses Grauen und jetzt, wo ich es kennengelernt habe, weiß ich spätestens, dass wir hier gar nicht sein können? Solches Grundstück wie Ihres würde keine Gemeinde der Welt von Schutzgattern ausschließen? Das heißt, Sie sind ebenfalls minimal anders konditioniert? So wie mein guter Pille?" Oh, wie warmherzig der alte Herr schauen kann. Maxim kann sich von diesem Blick gar nicht mehr lösen. Dann folgt die stimmliche Reaktion, „wann wurdest du geboren? Fürst deBougy? Der du deinem Bruder, dem glücklichen Felix, veranschaulichen konntest, was es heißt, ein Glückskind zu sein? Und warum seine Mutter ihn so nannte und dann im Elend zurücklassen musste. Alleine?" Maxim fehlt zwar die Spucke im Mund, aber er muss es wissen, „woher wissen Sie dieserlei Dinge? Oder können Sie nur hervorragend raten?" Direx sieht längst nichts mehr, also hat Andrin seine Brille oben auf den Kopf gesteckt, womit er jetzt quasi blind wie ein Maulwurf ist und dennoch mehr sieht, als andere. „Nun, ich kann auch hervorragend raten. Aber eure Augen, die haben mir alles verraten, was ich vielleicht übersehen hätte." – „Papa? Das sind meine Neffen, willst du sagen?" Andrin klingt erschüttert. Maxim hingegen erschlagen, „Sie sind mein Großvater? Und du, mein Onkel? Du bist definitiv ein Nesthäkchen? Dein Bruder dürfte geringfügig älter sein?" ›Pille, gibt es hier noch weitere Steine, die du herrollen könntest?‹ „Franzen würde mich als ›Großvaddern‹ vorstellen. Ein anständiges ›Vater‹ oder gar ›Papa‹ hat er niemals ausgesprochen bekommen. Er war sechs Jahre alt, als Frida und ich diesen ›Palast‹ erwarben und ihn zutiefst verstörten. Das hat er nie verwunden. Aber es war wichtig, dass ich sein kann, der ich sein soll. Jeder hat eine Aufgabe im Leben zu erfüllen? Meine ist, meinen Sohn gezeugt zu haben und ihm dann so viel Freiheit zuzugestehen, dass er einen ganz eigenen Weg finden konnte. Wir alle, die das Grundstück betreten können, ohne eine Kontrolle zu passieren, sind verpflichtet, dem Leben unter die Arme zu greifen, wenn es am Boden aller Tatsachen anzukommen droht. Ja, wir alle hier sehen uns dazu auserkoren, so viele Seelen wie möglich zu retten? Und ihr beiden, meine Enkelsöhne, kommt heute hier an, Andrin und mich bei unseren Werken künftig zu unterstützen?" Andrin ist farblos im Gesicht, hat definitiv Verständnisprobleme. „Papa, Enkelsöhne? Das impliziert etwas, das nicht gegeben ist! Es niemals war." Direx dreht den Kopf zu seinem Jüngsten, „oh, ich bin selbst zutiefst erstaunt und ringe mit der Erkenntnis, dass mein aufmüpfiger Filius seinerzeit Kinder gezeugt hat, wo er offensichtlich unter Drogeneinfluss stand? Sonst hätte er eure Mütter nie im Stich gelassen! Er weiß nichts davon? War so zugedröhnt, dass er gar nicht mitbekam, was er tut? Das ist zwar nur schwer vorstellbar, aber darum habe ich ihn wohl in die Arme der Bundeswehr gescheucht? Dass er mit diesem elendigen Bockmist aufhört. Ich

fürchtete so, er würde sich umbringen." Maxim ringt um Contenance, „unser
Vater war drogensüchtig?" Direx lächelt schräg, „nein, das denn doch nicht, nur
am Prinzenaufstand federführend beteiligt. Schlimm genug für meinen Magen.
Wobei ich keine Beweise vorlegen könnte. Aber er war nie nur bloßer Mitläufer?
Immerzu strategisch, hochexplosiv — alleine der Gedanke? Entsetzlich! ›Wir
rauben ein Kaufhaus aus und schaffen alles in die Notunterkünfte‹? Ich hatte
panische Angst, es könnte jemand mitbekommen, dass er beteiligt ist? Sie fingen
direkt wieder an, Leute eiskalt, ohne Prozess an die Wand zu stellen! Abzuknallen
wie im Krieg! Niemand verschonend? Einen Fürstensohn, zig führende Namen in
der ersten Runde? Ich zittere täglich, was wiederum in der Zeitung stehen könne?
Und die aufmüpfigen Zöglinge nochmals heißblütiger und extremer aufputschen
wird? Zwischendrin ahndeten sie Nussknacker überall, nicht bloß in größeren
Städten? Bis den Streifen endlich klar wurde, dass die erklärte böse Brut überhaupt
nicht vor Ort lebt, dort lediglich ihr Schmierentheater aufführt? Als Komödie?
Wie man damit droht, ›vor die Tür zu scheißen‹, ›ans Bein zu pissen‹? Unzählige
Varianten, wie sie betroffenen Seelen zu helfen versuchen? Entrechtete, Exilanten,
Hasen – plötzlich zu Flüchtlingen mutiert, die noch kurz zuvor die Anständigen
waren? Nun aber zum Abschaum erklärt sind und in die Gullys gekehrt werden
müssen, dort wie Ratten zu verrotten? Auf den Feldern vor der Stadt erschossen?
Aber Kriminalität in Verbindung mit Drogenkonsum werde ich dennoch niemals
gutheißen." Gut verständlich, Maxim genauso wenig. Sein Vater hockt per se in
der Bergischen Kaserne, am Ende in höherer Position? Das hieße, diese mega
Kampfgewalt könnte doch kein solches Pulverfass sein, wie alle befürchten? Weil
jemand mit LET-Einstellung im Führungsstab sitzt? Das bedeutet aber am Ende
auch, seine Mutter war ein Nussknacker? Hilfe! Ob Großvater das wusste?
– Maxim zittert, „Professor Hans vonVelden? 1954 afrikanische Philologie? Der
intellektuelle Bombeneinschlag? Europa musste sich infolge weltweit öffnen? Man
unterstellte Ihnen, unter Gürtlereinfluss zu stehen? Elf Jahre später, im Frühjahr
'65 schockiert Professor Lefay mit der Behauptung, ein Drittel der Düsseldorfer
leben wie Ratten untertags? Indes das elfte Gebot, seinen Siegeszug feiern wollte?
Kam ernüchternd an; Westeuropa bebte, ein zügiges Dementi erfolgte; seitdem ist
das Thema tabu, reglementiert und zensiert; aber das Militär reagierte, firmierte
kurzerhand in NDH um, rückdatiert auf den Tag des elften Gebots und dieser
Pressemeldung? Sie schmissen ein Drittel ihrer Leute raus und führten flugs
Reintegrationsangebote ein? Westeuropa folgte bei Fuß, dann die Streifen in den
Großstädten und immer kleinere Gemeinden … das waren ebenfalls Sie? Profes-
sor Lefay, ›Professor der Fee‹? Aber Sie wurden dennoch niemals verhaftet?"

Enkelkinder

Das ist dann wohl fürderhin mein Auftritt? – Pilles Stimme. Da ist sie ja wieder? Endlich. Und alle derzeit Anwesenden hören ihn und können ihn wohl mittlerweile auch sehen? Felix versucht derweil, unerschrocken wie Andrin, nicht sichtbar zu zittern. Keiner reißt peinlich sein Maul auf, wie er, Maxim? Von wegen hochherrschaftliche Erziehung und so! Im Untergrund lernst du augenscheinlich schneller, besseres? Pille mischt sich unelegant in Maxims Gedankenwelt, die sowieso jeder mithört, alles wurscht, es wird weggewischt: ›In diesem Palast gibt es doch sicherlich Betten für unsere Zwerge? Ausreichend Nicht-Hunde habt ihr ja, dass ihnen jemand weiterhelfen könnte, falls sie unbemerkt wach werden? Dann fürchtet sich keiner so rasch? Ungewohnte Umgebung und du wirst wach und weißt nicht mal, wo der Abort ist? Hunde, gerade dieserart Kuschelbären, mag jedes Kind und läuft ihm neugierig hinterher, fühlt es sich dazu aufgefordert?‹ Maxim lächelt. Wiederum ordentlich Fleiß-Bienchen verdient. Falls du ein Empfehlungsschreiben benötigst? Gerne. — Mein Thema ist zu heftig, du hast ja recht – aber ich auch.

Andrin und Felix schauen einander kurz an, schon sind sie sich einig und Pille hilft mit, ein Kind schwebt fühlbar, auch wenn Maxim ihn genau sieht. Der Zauber bleibt fühlbar. Gut so, sonst hätte es die letzten Wochen in den Hasenbauten deutlich mehr Irritation gegeben. Nun, damit bleiben die optisch Ältesten vor Ort ungestört übrig und können sich auf Augenhöhe unterhalten? „Andrins Anmerkung … unser Vater scheint sich seitdem wohl eher abstinent zu halten? Was körperliche Nähe betrifft? Fleischliche Lust? Sex." Andrin, passgerecht zurück, „er ist schwul? Vermuten wir jedenfalls. Und das kann er sich bei seinem Familiensinn nicht verzeihen? Das damals hat er verdrängt. Seitdem ist er hochmoralisch wie grundanständig. Kümmert sich, umsorgt und beschützt; verurteilt scharf, hört er von Verfehlungen. Wir haben kürzlich echt üble Filmrollen entdeckt. Er hat kurzerhand – ohne Marschbefehl – seine Jungs losgeschickt und die Stadt von oben nach unten durchkämmen lassen und die Quelle aufgespürt. Überraschungseffekt! Derart dreist war bisher keiner! Die Schuldigen wurden ohne viel Federlesens in die Kaserne abtransportiert und unter Ausschluss der Stadtväter abgeurteilt und hingerichtet. Innerhalb weniger Stunden? Die Umlande stand unter Schock. Sie hassen das Militär ohnehin, aber das war der erste Hinweis, dass es berechtigt sein könnte? Ich hielt es für grandios! Liebe ihn dafür. Die Opferkinder hat er uns anvertraut. Papa konnte sie wunderbar unterbringen. Wir mussten sie weitervermitteln? Unter den Monstern waren Meerbuscher? Unsere Elite-Nachbarschaft? Eine ›Von-und-Zu‹, wie Franzen uns betitelt, als Oberhaupt; sie suchte geeignete

Kinder in den Elendsquartieren aus und ließ sie entführen? Damit wurde erstmals wieder eine Frau prozesslos hingerichtet? Allein deshalb mussten wir die Kinder sofort in Sicherheit bringen. Mit einflussreichen Bonzen legt man sich nicht an? Dass wir involviert waren, hat ein Glück keiner mitbekommen. Franzen hat knallhart auf den Tisch gehauen, weil er sichergehen wollte, dass sie sich nicht herausreden können, gar am Ende freikaufen und davonschleichen? Wie es sonst läuft? Bürgerliche sind unterdessen eiskalt gegenüber Exilanten, gleich, welchen Alters – und ohnegleichen bestechlich? Für deren Augen sind sogenannte Hasen komplett entmenschlicht? Schlachtvieh am Schlachthof? Weniger wert als natürliche Hasen? Grauenerweckend, was abläuft? Auf der anderen Seite entschuldigt sich sein Brigadegeneral bis heute für sein resolutes Vorgehen? Er war schließlich nicht autorisiert? Militärs dürfen Städte nur auf Geheiß der Stadtväter betreten? Das gilt für ganz Westeuropa, auch bei dir zu Hause. Darum geht's. Aber es gab dennoch nur eine kleine Rüge, nichts mehr? Mein Bruder hat dem Frevel seit frühester Kindheit den Kampf angesagt? Als Sechsjähriger fing er an, Lebensmittel für Bedürftige zu produzieren? Indes Papa und Mama, unser Haus in puncto Einsturzthematik umsorgten, erwarb mein Bruderherz seinen ersten Esel Priamos am Schwarzmarkt vom eigenen Geld? Obst- und Gemüseanbau, das ist sein Ding. Alle Gärten hier? Er hat sie im ersten Jahr angelegt und unseren Tierbestand dazu. Keiner weiß, wie er die viele Arbeit zeitlich unter bekam? Und wie er es finanziert hat? Er ist ein Genie, somit könnte er genauso gewettet haben wie musiziert? Seine Gartenprodukte hat er fermentiert. Einkochen, Alkoholgärung, Milchsäurebakterien? Papa konnte mit seinem Eierlikör unsere Küche einrichten? Dann ging's im großen Stil los, Weckgläser mit vollwertiger Mahlzeit inklusive Aufwärmanleitung für Brandtonnen, Holzfeueröfen, Gas- und moderne Elektroherde? Franzen kann blind vertrauen. Nur dieser Palastbau war ihm ein Dorn. Ergo fing er an, Tiere anzuschleppen und Beete anzulegen. Dass das elitäre Monster wenigstens sinnvoll genutzt wird?" Maxim erkennt, dass sein jugendlicher Onkel nur selten laut spricht. Gar Gedanken kommentiert? Ausschweifend?

„Er ist ein Guter?" Maxim entspannt. Drogen? Das liegt ihm quer. Direx mischt sich ein, denn Andrin möchte eins nachlegen. Papa sorgt sich wohl, er könne seine Redseligkeit von Monaten an einem einzigen Tag verbrauchen? Also zieht sich Andrin wieder diskret zurück, legt zuvorderst aber auf Maxims Sitzplatz, ebenso ein großer Stein, den Pille organisiert haben muss, ein weiteres Kopfkissen vom Karren und hüllt ihn in eine Decke ein. Wie einen kleinen Bub. Genauso fürsorglich wie zuvor beim Vater. Auf Maxims dankbaren Blick hin streichelt er zärtlich dessen Schulter und drückt ihn sanft hinunter auf den Sitzplatz. Will wohl heißen, da kommt noch einiges? „Wenn du nur unflätig genug herumstocherst, erntest du vielerlei Namen und noch mehr Andeutungen? Direx, Professor Lefay? Mein Lehrstuhl an der hiesigen Uni ist als der ›Trojaner‹ verschrien? Glaub mir bitte, Maxim deBougy, mein Sohn ist ein ganz wunderbarer!" Maxim hört es augenblicklich … kein Mensch enthalten! „Wir sind Halbmenschen? Von Ihrer Seite oder von wem?" Augenblicklicher Schweißausbruch. Dafür die Decke? Direx hat es erwartet, „Frida, Franzens Mutter, sagte, sie sei ein Kobold? Laut AO-Mythologie und Geflüster über den Götterhain gibt es Gerede darüber, dass es verschiedene Spezies neben den Menschen gibt? Gowinnyjen nennt man eine davon, angeblich gibt es helle wie dunkle. Dein Freund Pille könnte ein Dunkler sein? Ein Düsterwind? Dann soll es Halbmenschen geben, Smolljagds genannt. Karmesinrote Haare, moosgrüne Augen, Sommersprossen? Falls letzteres den magischen Zustand beziffert, war eure Oma eine vergleichbare Atombombe, denn an ihr gab es keine weiße Haut, nur Sommersprossen dicht an dicht. Die man aber dennoch nicht als Hautkrankheit bezifferte. Bei Franzen ist es verborgen. Seine Augenfarbe tritt nur unter besonderen Umständen zutage. So scheint es sich auch bei euch zu verhalten? Deshalb empfindet euch keiner als wunderlich? Was jeder von meiner Frau dachte." Maxim spürt überdeutlich, dass er unbedingt fragen muss. „Weiß er es?" Warum darf er das erfahren, sein eigener Vater aber nicht? „Oh Maxim, manches Mal wünschte ich, Frida wäre nicht gar so geheimnisvoll gewesen. Aber sie war es! Sie hat mir ausdrücklich gesagt, ich dürfe Franzen nicht einweihen, aber Andrin durfte ich. Sie starb kurz nach seiner Ankunft? Wir teilen seitdem die Mysterien." Er schnauft kurz tief durch, dann geht's weiter. Er arbeitet sich auf ein bestimmtes Detail zu, „vorhin haben Andrin und ich an einer Rigipswand gebastelt – wir sind schäbige Maurer? Deshalb der Einsatz von Provisorien? Im Haus ist sie überall. Teilt mit, was sie gutheißt? Rigips? Kennt sie nicht. Da hält sie sich fern. Im Mauerwerk kann man sie wie lebendig ertasten. Ich fürchte mich, herauszufinden, dass meine Wände dafür untauglich wären? Sie hat euch angekündigt? Aber jetzt nicht so, dass ich bei eurem Eintreffen glaubte, sie könne euch gemeint haben? Iwo! Frida sorgt immerzu für Verblüffung. Eine bezaubernde Art, mich aufzuziehen, als Lausbub zu behandeln, dass ich bei allem erwarte, sie möchte nur, dass ich lache? Weil ich ihr wiederum viel zu ernst bin? Wo ich doch weiß, wie Franzen damit kämpft, Männer zu lieben? Ergo sind Enkelsöhne reines Wunschkonzert, nichts weiter. Und dann sehe ich Moosgrün in doppelter Ausführung vor mir und erkenne im nächsten Schritt ein Teufelchen als Reisebegleiter? Hat ja, ein Glück, etwas gedauert, bis euer Pille für mich erkennbar wurde … da saß ich bereits." Er schaut Maxim aufmerksam an, als wolle er keinen einzigen Gedanken verpassen; als müsse er ihn sofort kennenlernen? Verpasste Jahre wettzumachen? Was ist mit

Felix? Warum wartet er nicht auf ihn? „Ich glaube, dass Felix für Andrin herbeordert wurde und du für mich? Dass wir jeweils einen adäquaten Ansprechpartner haben, dem wir alles uneingeschränkt erzählen können?" Maxim schluckt. Fast identische Worte hat sein Großvater einmal genutzt, ihn zu überzeugen, dass alles ist, wie es sein soll. „Entschuldige, wenn ich das unbedingt wissen muss, aber über den Weg, den wir nahmen, kann kein anderer hierhergelangen?" Direx, „du traust dich nicht, du zu sagen? Bitte, ganz gleich, wie du mich ansprechen möchtest, duze mich", leidenschaftlich, dann wieder konzentriert, „du sorgst dich um unsere Sicherheit? Warum?" Maxim zögert, „ich hatte das Gefühl, wir würden verfolgt? Pille glaubt es nicht oder wollte es nur nicht zugeben, dass ich mir keine Sorgen mache? Aber jetzt fühle ich ihn nicht mehr. Will heißen, er schaut nach …" Soweit er von Pille etwas begriffen hat, ist er sehr besorgt. „Ja, er möchte, dass ihr etwas entspannt? Denn er glaubt, es wird bald kälter … wer könnte euch verfolgen?" ›Kälte? Du spürst es, wie sie sich anpirscht? Sie ist anders und wird ebenfalls Grenzzäune überwinden können wie wir.‹ „Nein! Unsere Mauern sind stark. Frida hat sie nicht allein errichtet. Es gibt noch eine weitere Frau in meinem Leben und spätestens, seit Frida zum Steingeist wurde, sorgt sie dafür, dass uns gelingt, was nötig ist." ›Du kannst nicht sagen, wer sie ist?‹ „Ich warte noch auf ein Zeichen? Franzen darf von ihr nichts wissen. Die Bedingung für seine Sicherheit? Für ihn und die Seinen? Ich hoffe, wir dürfen euch ausklammern?" Maxim merkt auf, „wie hat sie sich ausgedrückt?" – „Es war fühlbar und doch habe ich es im Kopf, als hätte sie es ausgesprochen: ›Mich wird er nicht wahrnehmen‹ und auf meine innere Frage hin, wie ich helfen kann, kam, ›er muss blind bleiben, auf sein Herz vertrauen, wenn es so weit ist!‹ Du kannst dir deinen eigenen Reim ziehen." Maxim muss alles wissen, er kann doch jetzt nicht aufhören zu fragen? „Gut", lächelnd, „Und ihr sollt umgekehrt nichts Näheres über sein Handeln wissen. Denk daran! Du musst reagieren, wie es natürlich wäre! Denn es gibt keine weißen Hexen in Midgard!‹ Und als Nachtrag, ›dafür verberge ich deinen Filius vor meinesgleichen. Ihn und die Seinen.‹ – „Keine Order, dass ›die Seinen‹ blind bleiben müssen?" Direx schüttelt den Kopf. „Dann ist es nicht unbedingt erforderlich? Wobei ich ebenso umsichtig sein wollte. Ich vermute, wir werden wegen Pilles Magie verfolgt? Nicht der hiesige Klerus sucht nach Hexen, sondern Schwarzmagier nach unliebsamer Konkurrenz? Darum fühlt es sich so schaurig eiskalt an." Er überlegt kurz, „kennst du den Holsteiner? Auch Graukopf oder der Graue genannt? Sogar als Prinz beziffert? Er lebt am Nordostseekanal und soll dort eine Villa haben? Auf einem Berg in einer ansonsten komplett flachen Umgebung? Ich war noch niemals dort oben, aber wer es war, wird wissen, was ich meine." Direx sieht ihm ins Herz, „du fürchtest um Pille? Möchtest seinen

Meister um Hilfe bitten, weil wer hier sein könnte, wogegen einer allein ohnmächtig ist? Du planst, ihn anzurufen?" Und ob, seine Verblüffung ist echt. Einen alten Zauberer anrufen zu wollen, ist durchaus etwas dreist. Aber warum nicht? Er, Direx, wollte ihn damals auch auf üblichem Weg kontaktieren? Telefone waren noch nicht so verbreitet, also wollte er ein Telegramm schicken? Auch nicht so viel absonderlicher? „Drüben im Stall, wohin Priamos eure spitzohrigen Reisegefährten geführt hat, da steht ein Telefon mit langer Leitung, dann können wir direkt von hieraus telefonieren. Ich habe seine Nummer längst im Kopf – Frida? Sie oder er selbst? Oder die andere sie? Jedenfalls musst du es nur herbringen. Aufstehen ist noch immer nicht drin, und hier ist es gerade angenehm warm? Denn ich denke, dass die Temperatur außerhalb gerade unter null Grad fällt." »Du hast recht«, hätte genügt. Maxim ist bereits am Rückweg mit einem rustikalen schwarzen Apparat – hier wohnt fürwahr ein Nostalgiker. Aber dann muss er nochmals zurück in den Stall, die Tiere wurden nicht nachversorgt. Er hat nur kurz Decken auf ihren Rücken gelegt und sie vergessen. Das Museumsstück funktioniert nicht, kein Freizeichen, bis es Direx erreicht? Eine tote Leitung? Andrin tritt aus dem Haus, sieht besorgt aus. Sie haben es ebenso gespürt. Kein Geräusch mehr, nur noch eigene Bewegungen und die ihrer Tiere. Mutter Erde wurde gerade stummgeschaltet, samt allen anderen Lebewesen. Auf der Landstraße vorbeifahrende Automobile hört man hier genauso wie Hufgetrappel am Asphalt und auf den Wiesen, und die Leute sich unterhalten, oder einen Karren hinter sich herziehen. Totenstille gibt's nicht einmal in der Nacht? Ein Ballungszentrum direkt nebenan? Der Rhein samt Schifffahrt; Hafenbetriebsamkeit bis in die späten Nachtstunden und-und-und. „Großvater? Du musst aufstehen …" Maxim zieht ihn hoch; ist bereit, ihn nötigenfalls über die Schulter zu werfen, zügiger voranzukommen. Schwarze Schatten kriechen am Boden auf sie zu … Direx schaut zum Stall rüber … die Tiere? Zu spät, sie ins Haus zu holen. Die Schatten haben sie beinahe erreicht. Aber dann schreien zwei Esel wie die wilden Bestien lauthals ein kreischendes Ia in die stille Nacht. Die Kühe schreien ihr Muh und die Pferde wiehern stürmisch wie bei einer Attacke, der Hahn kräht aus vollem Hals und die Katzen fauchen bitterböse und die Hausschweine grunzen, wie man es sonst nur von Wildschweinen kennt und die Ziegen? Oh, gegen die wollte man bei diesen Tönen auch besser nicht antreten müssen. Nur die Schafe bleiben absolut still, stöhnen nicht einmal, während sie emsig bemüht sind, die Trägerin im tierischen Geschwader mit ihrem dicken Kopf anzuschieben … Maxim starrt zur Eingangstüre. Oh, wie prachtvoll, plötzlich gibt es eine breite Flügeltür … vorhin sah es schmal und unauffällig aus, ein Seiteneingang, der schlechterdings zur Hauptpforte mutiert ist? Alle stürmen sie zeitgleich hinein und genauso klappen beide Tore wieder zu und werden innen hörbar mit stabilen Bolzen gesichert, die automatisch einrasten. Andrin und Felix sind bereits damit beschäftigt, die völlig aufgelöste Tierschar zu beruhigen. Ein Frauenkörper schleicht über die tapezierten Wände, hebt und senkt Tapeten wie Holzplanken minimal, genauso gut Bilderrahmen und Regale, dass jeder, der aufmerksam ist, ihre Schritte mitverfolgen kann. Maxim berührt spontan die Außenwand neben sich. Warme Haut und muskulöse Arme, wie Eisensträge angefühlt? Ja, eine baumhohe Frau, mit kraftvollen Schultern, auf die man sich fürwahr stützen möchte. Draußen zieht derweil ein mächtiger Sturm auf. Gefühlt, als wäre er überall, sie aber geschützt, wie im Auge des Orkans. Der ringsherum wütet, diesen Palast selbst aber nicht berühren kann …

Familiensinn

29252Asgijahr|Ilverich, Kälteeinbruch, zweite Märzwoche 1976.

„Vaddern?" Wo zur Hölle bist du? Er hat Todesangst. Ihr Hof, wie der aussieht? Da hat nicht die winzigste Maus überlebt. Ein grauenerweckender Trümmerhaufen, in dem Riesen wild herumgewühlt haben müssen? Alles von rechts nach links gedreht, durch die Luft geschleudert? Nichts scheint mehr am Ursprungsort zu sein? Alle Bäume sind bis zu den Wurzeln ausgerissen; zuvor in Stücke zerfetzt, wie man als Kleinkind mit Grashalmen umgeht? Sie gewaltsam zerquetscht? Ungestüm aus dem Bodengrund reißt? Jedem zu beweisen, dass man stärker ist? Ebenso trotzig wie haltlos wütend war derjenige, der hier allesamt zerlegt hat. Wohl am Ende – bitte –, weil er niemanden erwischt hat? Denn das Haus? Der riesenhafte Palast? Den er als Kind brennend verabscheut hat? Der ist nicht einmal staubig? Hat nichts abbekommen? Selbst die Fensterscheiben erstrahlen in steter Sauberkeit? Schon zu Mutters Zeiten musste sie keiner händisch aufpolieren. Oh ja, sie war eine schreckliche Hausfrau! Ob sie deshalb zum Zauberwesen wurde? Weil man Mitleid mit den Sterblichen im Umfeld hatte? Oje, sein schräger Humor, Zynismus laut Vaddern, klingt erbärmlich. Ein Jammerlappen, er? Wie er sich fühlt, wo er sieht, was von seinen geliebten Ställen übrig geblieben ist? Die Tiere? Sie sind tot? Bitte nicht! Mama, ich hab' mich immer auf dich verlassen und du hast mich nie enttäuscht? Stets auf alle aufgepasst? Aber jetzt lässt du es zu … Worte zu finden, nur fürs eigene Hirn, die es beschreiben, ist grausam. Wie mag es sich erst angefühlt haben, hier mittendrin zu stecken? Hilflos zuzusehen? Es ist nirgends Blut zu sehen? Wäre jetzt vielleicht schon schwarz? Getrocknet … alles grün oder grau? Als habe das Leben gegen das Verblassen angekämpft und am Ende aufgeben müssen? Einzig seine Farben in Teilen verwahrt? Aber nicht mehr jene, die es zuvor labte und liebkoste? Wo sind nur alle hin? Der Wirbelsturm hat auch nur hier in Ilverich gewütet! Exakt auf diesem Hektar Land! Als wäre es

★ ★ ★ ★ ★ ★ ★

nicht eh schon, ganz ohne bizarre Vorkommnisse, absurd genug? „Andrin? Wo steckst du?" Er ist unlängst durch die schmale Hintertür getreten. „Seit wann haben wir zwei Esel? Hallo, du bist ja ein ganz besonders netter? Wie heißt du denn? … und Pferde haben wir jetzt auch? Solche Prachtburschen? Da kriegt man direkt Lust, sofort munter aufzusteigen …" Ein vornehmes Hüsteln hinter ihm. »Wohl dein Besitzer?« Franzen dreht sich schwer atmend um und rechnet mit allem, aber dann wohl doch nicht. Der ist ja noch blutjung? „Verzeihung, falls ich überrascht aussehen sollte, aber ich wusste nicht, dass Vaddern Besuch hat und ihr seid auch noch vielzählig? Entschuldigung, wenn ich mich kurz vorstellen dürfte? Ich bin der Sohn, leider in Uniform, die mein Vater zutiefst verabscheut. Aber ich war unterwegs … und ja, ich bin direkt hergefahren und fürchtete schlimmstes, als ich das Grauen draußen sah! Wirklich alles wäre zerstört? Nun, bis auf das Haus, gilt das ja leider auch? Franzen vonVelden, meines Zeichens Major, stationiert in der Bergischen Kaserne. Falls Sie sich fragen sollten, wie ich hereinkam? Ich besitze einen Schlüssel …" Und selbst, wenn ich keinen hätte, würde meine Mutter sämtliche Türen öffnen. „Ich bin ehrlich erleichtert, zu sehen, dass auch mein guter Priamos unbeschadet blieb und wohl auch alle unsere Ziegen, Schafe, Kühe, Schweine und Hühner, soweit ich es erfasse. Aber kein einziger Hund? Nicht einer? Keine Katze? Oder sind auch sämtliche Mäuse nach hierher geflüchtet und unsere Maunzen veranstalten eine Party in den leer stehenden Räumen? Von Achilles und seinen Wuffis beaufsichtigt? Weil mein Vaddern wollte das eher nicht mitansehen müssen?" Kann der gute Mann jetzt nicht bitte kurz etwas sagen? Wenigstens ein kleiner Piep? Ich mach' mir Sorgen! Ehrlich! „Bitte sehr, Sie sprechen meine Sprache! Das kann ich überdeutlich sehen? Wenngleich Sie etwas nach Frankreich riechen? Südliches Frankreich, wollte ich meinen? Ent-schuldigung, das klingt anmaßend, das sollte es gar nicht. Ganz im Gegenteil. Ich liebe Frankreich, insbesondere die zauberhafte Provence … die Ardèche, da bin ich schon vom Pont d'Arc herunter gepaddelt? Im Kajak. Also, das ist mal echt ein Spaß, solche Stromschnellen? Ich war übermütig und hab es viel zu früh im Jahr probiert. Mit Freunden, die nicht gar so auf Tourismus stehen …" Endlich sieht er seinen Bruder. „Andrin, oh Himmel, bin ich froh, dich heil zu sehen!" Eine innige Umarmung, womit er ihn beinahe erdrückt. Dann folgen tausend Küsse auf alles, was er erwischt. „Wie geht es unserem guten Vaddern? Auch gut? Bitte! Euer netter Gast hat bei meiner Uniform leider seine Stimme eingebüßt. Sag ihm bitte, dass ich keinen bedrohe. Egal, welche Umstände ihn hergeführt haben sollten. Ich bin im Moment privat hier. Hab' meine Jungs vorsorglich draußen gelassen. Sie müssen gar niemanden sehen. Falls es unangemessen wäre …" Andrin freut sich umgekehrt genauso. „Ich wusste gar nicht, dass du immer noch so viel reden kannst? Ich dachte, das haben sie dir unterdessen abgewöhnt?" Herzhaft lachend. Oh, es wird gleichermaßen fröhlich zurückgeschleudert. „Du wirst auch immerzu frecher. Nicht älter, nur frecher. Wunderbar. Aber jetzt, beruhige mich bitte: welche Verluste?" Andrin, „lediglich Sachschaden. Davon aber jede Menge. Du wirst es nicht glauben, wie das vonstattenging! Priamos und sein Kumpel Alphonse konnten alle Tiere retten! Haben sich Tapferkeitsmedaillen verdient! Wenigstens ein paar saftige Möhren. Wir hatten welche im Kühlschrank liegen. Wollten kochen … bis auf Maunz und Kläff – die waren hier bei den Kindern. Lagen in den Betten im Tiefschlaf. Haben nichts mitbekommen! Hier drinnen hat man nichts gehört … kamen verpennt herunter getrappelt, als die anderen Tiere hereinstürmten und beruhigt werden mussten. War einiges geboten, sage ich dir. Nicht, dass es bei uns jemals langweilig wäre? Aber so etwas? Ich kann mich nicht daran erinnern." Wie auch, sagt der Blick des Bruders. Das gab's noch nie. „Welche Kinder? Ich bin baff? Zählen die zu eurem stummen Gast?" Andrin muss es wissen, „welche Jungs hast du draußen? Richtige Freunde oder welche von den Streifen?" ›Ach Andrin!‹ „Du weißt genau, dass auch die seitens der Armee, die ich nach hierher bringe, Freunde sind! Nix – mit x – anderes! Klar? Familie! Gewöhn dich dran. Das bleibt so." Andrin schluckt, „Collodi hat angerufen. Wollte wissen, ob du hier warst. Aber die Leitung brach leider zusammen." – „Drüben wollte ihm niemand Auskunft geben? Sagst du mir das? Aber da sind nur Leute im Büro, die Bescheid wissen? Ich hake nach. Wundert mich ehrlich, seinen Namen kennen wirklich alle." Dann fällt es ihm endlich wieder ein, „na, wo ist er denn jetzt? Rück endlich raus? Bei den Kindern? Wo? Die sind doch nicht etwa krank? Verängstigt? Kann ich helfen?" Andrin grinst zufrieden, „nein, sie fragen ihm nur Löcher in den Bauch. Einen Universitätsprofessor? Wo sie bisher zusammen nur fünf Bücher besaßen? Sie fressen ihn quasi auf und er hat sich dazu ins Bett gelegt und schmilzt glückselig dahin. Lediglich zwei Söhne? Dem Manne muss man gönnen, wonach er begehrt! In seinem Alter? Wissbegierige Kinder, die er ganz für sich haben darf …" Franzen lächelt warm. Jetzt kann es Maxim sehen. Moosgrün leuchtet im Hintergrund. Aber seine eigene Stimme will noch immer nicht funktionieren. Einen so munteren Vater hätte er sich, in seinen kühnsten Träumen nicht vorzustellen gewagt. „Meworry?" Es kostet ihn alles, diesen Namen laut auszusprechen … und wie viel unpassender ginge es? Kein bisschen! Freund Teufelchen fällt mit der Tür ins Haus und sieht schrecklich aus … „Hilfe? Pille? Oh, Himmel, was ist dir passiert? Wer war das? Dieser Wirbelsturm … ich fürchtete schon um dich, dächte, ich habe dich verloren? Wollte deinen Meister anrufen? Aber unser Telefon streikt. Gibt keinen müden Mucks von sich. Ohne, dass ein Schaden zu finden wäre. Die Leitungen sind heil geblieben." Andrin

★★★★★★★

widerspricht sofort, „stimmt nicht ganz. Zwischendrin ging's für Sekunden. Hat nur kurz geklingelt, aber ich war dran. Collodi, besorgt um Franzen. Ein Freund. Danach ging nichts mehr." Pille sammelt sich, „Maxim, du willst doch immer, dass ich etwas esse? Hättest du jetzt vielleicht eine Kleinigkeit? Egal, was? Brot, Kartoffeln, Reis, Nudeln, Reste? Flocken, Käse, Milch? Und bitte etwas Hochprozentiges? Und hinterher ein Bier oder einen Karton Rotwein, den keiner mehr benötigt? War eine so elendige Scheiße da draußen! Seid froh, um euren smarten Hausgeist! Ohne den würde hier nichts mehr stehen!" »Pille bitte, wir sind nicht unter uns ...« „Du bist Franzen? Hab dich längst gesehen. Der älteste Sohn des Hauses? Dann kennst du ja die Lady hinter der Tapete. Ist schließlich deine Mutter? Falls du damit gehadert haben solltest, dass es für sie kein Grab samt Priester, Trauerrede und Grabstein gab? Sei froh, dass sie hier eingezogen ist. Deshalb leben hier alle noch. Nur ihretwegen. Fürst von Korben? Du hast ihn hergelockt! Quasi auf die eigene Familie gehetzt! Du Wahnsinniger! Ihn auf dich aufmerksam zu machen? Er hat die Monster entsendet! Deinen Vater plattzumachen. In eure Kaserne kann er wohl nicht eindringen? Die schützt nochmals jemand ganz anderes. Sei froh, dass du so viele Freunde um dich geschart hast." Franzen hält schon längst die Luft an. Strenggenommen, seit das Teufelchen durch die Tür gestürmt ist und von allen mit erleichtertem Aufatmen begrüßt wird. Und der stumme junge Mann kann auch sofort wieder sprechen. ›Er kennt Mutter!‹ Schießt es durch Franzens Hirn. ›Ein Teufel kennt meine Mutter und wird von meinem Bruder gemocht!‹ „Entschuldige, Pille, heißt du? Das ist hoffentlich nur ein Karnevalskostüm? Falls ja, es ist beeindruckend ... Fürst von Korben? Aktuell habe ich nichts angestellt, was ihn beleidigt haben könnte? Ich hab's derzeit mehr mit den Stadtvätern nebenan? Dass die endlich wach werden und von dem Irrsinn ablassen? Im Februar wollten sie einen unserer Helden an die Wand stellen! Einen, der seit Jahr und Tag die Syndikate klein hält? Ein stattlicher Jurist, im Gegenzug zu seinesgleichen heutzutage? Alle mit vollgeschissenen Hosen? Es stinkt erbärmlich. Sein Sohn konnte ihn retten, aber eine Kugel hat ihn erwischt und wir waren gezwungen, die beiden zu jagen, und dann sind sie bei den Mörderfelsen abgestürzt. Ich hab' mich davon noch immer nicht erholt. Wir müssen sie stoppen, die dürfen so nicht mehr länger weitermachen ..." Pille, „könnte es sein, dass einer eurer Stadtväter oder sonstigen hohen Bosse mit dem Fürsten enger verbunden steht? Verwandt oder verschwägert? Oder hast du am Ende einen an die Wand gestellt, der zu ihm zählt? Du hast doch ein paar aus dem Bonzenviertel nebenan abknallen lassen? Weil sie mit den Kartellen Hand-in-Hand arbeiten, übelst schmutzige Füße haben: Kinder schänden? Verstehen wir alles und heißen es gut, wo sich jemand traut, dagegen aufzubegehren. Prima! Aber da muss man sich zuvor ordentlich wappnen! Solche haben gute Beziehungen und du Familie außerhalb deiner Kasernenmauern." Er trinkt das Bier auf Ex aus und setzt dann eine Literflasche Korn gleichermaßen an und hat sie genauso sekundenschnell inhaliert. Dann beißt er in den kalten Braten, ohne zuvor das Messer zu nehmen und etwas abzuschneiden? Nicht nötig, er isst es am Stück. Schleckt sich hernach genüsslich die Fingerspitzen ab. „Ich hab' mich zuvorderst draußen gesäubert? Nachdem ich in den Schuttbergen gewühlt habe? Wollte sichergehen, dass da nichts Lebendiges eingeklemmt ist. Die netten Jungs im Wagen haben mich ferner nicht gestört. Keine Sorge." Dann hinterher den kompletten Topf grüner Bohnen mit Speck und Zwiebeln, eine Portion für fünf bis sechs hungrige Mäuler. „Aber du hast sie in Frieden gelassen? Sie gehören zu mir?" Klemmt sich Franzen besorgt dazwischen, sprungbereit nachzusehen … „Keine Sorge, ist nur mein Bühnenauftritt, ansonsten sehe ich richtig nett aus." Pilles schmatzende Antwort. Es folgt eine recht große Schale Pellkartoffeln. Ungewürzt, mit Schale. Sie schmecken prima. Den Liter heißer Soße kippt er sich hinterher in den Rachen und stößt herzhaft auf. Und müsste jetzt streng genommen einen Blähbauch haben? Fünfter Monat? Diese Mengen passen unmöglich in den dürren Hecht? Seine Schulterpartie ist eindrucksvoll und der Augenaufschlag. Den vergisst man gewiss niemals wieder. Franzen guckt ihn konzentriert an, „kennst du rein zufällig den Falkengau-Thal? Falls ja, dann eventuell auch Murphy, den Wirt? Ich durfte kürzlich seinen Tomatensalat mit Frauenbier degustieren, falls dir das etwas sagt." Pille starrt ihn an, „das wussten wir nicht. Sekunde, bitte", mit ausgestreckter Handfläche gegen alles und jedes. Wie man sich als Telefonierender oft gebärdet, fürchtet man, unlauter unterbrochen zu werden und kann die Stimme im Hörer eh nur schwer verstehen. Pille versteht hingegen bestens. Hält auch keinen Hörer in der Hand. Und dann steht er auf. Eine kurze Verbeugung vor Maxim, „meinen innigsten Dank! Für Speis und Trank, an alle, leider muss ich jetzt weiterziehen. Sehr ungern, glaub mir das. Sorge gut für die Kinder. Für alle. Auch jene, die wir bisher nicht aufgespürt haben. Alles reine Logik? Das kriegst du auch gut ohne mich gelöst? Fürst vonKorben wird euch jetzt vorerst in Ruhe lassen. Wir beschäftigen ihn anderweitig. Es soll ihm ja nicht langweilig werden?" Eine mini kleine Drehung zu Franzen, „mein Meister heißt es gut. Eure Pläne. Und ja, du hast es gut gemacht. Damals, die Empfehlung im Schlossgarten zu beachten. Was dein Vater zwar etwas anders sehen dürfte, aber sei's drum. Es waren übrigens Chrysanthemen, falls das noch immer ungeklärt sein sollte?" Und zack, ist er zur Türe raus. Ja, dieses fürstliche Anwesen nutzt heutzutage seine Hintertür, die Vordertüre wurde, wie der ursprüngliche breite Eingangsbereich, nie renoviert. Maxim, der ihn entdeckt hat, wollte fragen, ob er dort die Tiere einquartieren könne? Mit

★★★★★★

Andrin sprechen. Alles ist praktischerweise aus Marmor und unbeschädigt? Gut, mittels Schlauchs zu reinigen? Und hernach frisches Stroh drauf und Eimer oder Wannen mit Wasser, Grünzeug und Körnern aufgestellt? Bis morgen haben sie passendere Futtertröge aus Holz gebastelt, samt Abtrennung für die Schweine, dass sie nicht Laune auf Hähnchenfleisch entwickeln? Als Franzen unverhofft das Haus betritt und ihn abrupt ausbremst und abgelenkt bekommt. Tja, aber jetzt muss er erst einmal Pille hinterherlaufen und sich anständig verabschieden. Aber draußen hat Pille wiederum diese Lichtzacken an sich dran, das Zeichen, dass er unsichtbar ist. Da kann er ihn kaum umarmen? Wo zwei neugierige Augenpaare im Wagen zuschauen? Pille winkt. Und Maxim lehnt sich mit dem Rücken an die Mauer, spürt ihre Hand seine Schulter sanft streicheln und umarmt im Geiste den guten Freund, und der schmilzt spielerisch dahin. Reißt sich dann zusammen und versucht auch nicht, ihn zu küssen. Maxim lächelt. Hatte er jemals einen solchen Freund wie ihn? Nein. Er hielt sich immer im Abseits. Entweder war er viel zu fein und die Leute wussten nicht recht mit ihm umzugehen oder nicht fein genug, weil nur ein dreckiger Bastard. Und dann findet er Camelots Zauberschwert und stolpert über ein Teufelchen und alles verändert sich? Der eine Großvater stirbt in seinen Armen und kurz drauf schon hält er den nächsten Großvater fest und selbst Alphonse findet sofort einen Freund? Ist das wohl das Paradies? Genau das wollte er sich eben fragen, als plötzlich die Hölle um sie herum losbricht. Fürst von Korben und seine neue Familie mittendrin? Gejagt von … wer ist er tatsächlich? Der eigene Freund, ein schräger, hilfsbereiter Teufelsanwärter, arbeitet für den Graukopf! Der tagesaktuelle Götterhimmel stellt fürwahr alle Logik auf den Kopf. Lagert Mütter in Hauswänden ein, den Sohn samt Familienanhang zu beschützen; wozu er ebenso zählt. Nur sein Vater weiß nichts, ahnt nichts. Pflegt nochmals ganz eigene Geheimnisse? Und hat jemanden kennengelernt, womit er den Graukopf beeindrucken konnte? Ja, wenn das mal keine beeindruckende Basis ist. Eine Plattform, auf der man wahrlich einiges aufbauen könnte … aber träumen ist derzeit nicht gestattet. Ein weiterer Wagen rollt in den Hof. Die haben einige Zauberschlüssel rundum verteilt? Und das bei solcher Feindlage? Ob das gesund ist? Nun, der neue Besucher hat nicht vor, seinen Kompagnon zurückzulassen. Sie stürzen beide aus dem Wagen heraus, rechts und links, blass um die Nasenspitze, bei diesem Hof? Kein Wunder. Hier liegt kein Stein auf dem anderen. Allesamt eingestürzt, zerfetzt und umgefallen. Vom Wirbelsturm erfasst und nur wenige Meter weiter mit aller Wucht herausgeschleudert. Sie nicken den beiden ›Jungs‹ im anderen Wagen zu und dann richtet sich ihre Höflichkeit kurz an ihn, ein fragender Blick mit entsprechend flehender Geste, ›dürfen wir passieren?‹ Und da er sachte nickt, sie sehen so besorgt drein, stürmen sie weiter. Verkeilen sich beinahe im Türrahmen. Der Ältere gut im unbestimmbaren Alter von Direx und der Jüngere? Klarer definierbar, in etwa Ende dreißig? Beide also deutlich älter als die beiden militärischen ›Jungs‹ im Wagen, die schätzt Maxim auf Ende zwanzig. Collodi? Und ein anderer vom Paukboden? Das waren eindeutig stolz getragene Schmisse, ebenso die Wangennarbe in Franzens Gesicht, unter diesen Umständen, der ganz und gar nicht nach Korporiertenwelt riecht? Wie verträgt sich das? Franzen wirkt viel mehr wie ein verirrter Hippie, nur halt im Streifenkostüm? Wie, ›ist halt passiert; ließ sich nicht mehr umlenken‹, seine Art zu reden? Frei von der Leber weg, könnte man es gewiss nennen? Wie er sich einem Fremden gegenüber gibt? Was Pille alles gesagt hat und er kommentiert? Der Sinncode? Sollten das Franzens Freunde sein, sind sie lang nicht so steil, wie sie optisch wirken. Maskerade, schon wieder; wo denn noch überall? Hier spielt keiner wie üblich? Das passiert also, wenn Mütter hinter Tapeten leben? Er geht wieder rein. Hat eindeutig einen wichtigen Teilaspekt des Gesprächs versäumt. Andrin ist längst wieder verschwunden, wohin auch immer. Die Tiere hat er ja bereits gut versorgt, die erholen sich derzeit. Schlafen allesamt. Also kann er hier bleiben und unauffällig zuzuhören versuchen … „Er kann nicht einfach herkommen, wenn das so ist, wie du sagst …“ Franzen schüttelt sachte den Kopf. „Wir alle, bisher im Schatten existierend, müssen uns heute entscheiden. Hü, oder hott? Wo wollen wir künftig stehen? Denn ab heute stehen wir auf einer Jagdliste. Die Frage ist nur, auf welcher?“ Der Ältere ist doch nicht so unbestimmbar, wie er gegen die Helligkeit draußen wirkte. Etwas jünger als Direx? Gut sechzig? Aber noch immer ein gestandenes Mannsbild, dem man besser nicht feindlich gestimmt gegenübertritt. Der kann sich verteidigen. Jetzt steht er immens unter Druck, nochmals mehr als eben bei Ankunft. Er bleibt totenblass, der Jüngere genauso. Sein Vater schüttelt bedauernd den Kopf, „keine Bedenkzeit. Sorry. Er hat den Teufel ausgesendet, meine Familie zu töten! Ihr beiden seid tot, wenn ihr jetzt umkehrt! Wir müssen alle, die euch wichtig sind und keinen verraten, nach hierherholen? Militärisch abgeführt? Dann wirkt es im ersten Schritt, als haben sie nicht selbst entschieden. Das schützt die, die wir zurücklassen. Das ist das, was ihr jetzt entscheiden müsst. Alle beide. Wessen bisheriges Leben beende ich jetzt und hier und zwinge Ersie, fortan ins Licht zu treten? Sich offen für Weiß zu entscheiden? Wo wir so lange als steil galten, ist ›weiß‹ ja keine unwürdige Wahl?“ Sein Hoho mit reichlich sarkastischer Note. Aber denen ist nicht nach Lachen zumute. Das Telefon ringelt. Franzen stürzt sich drauf, „ja?“ Maxim hört die Gegenstimme: „Bist du's? Ehrlich? Oh Himmel, ich danke dir!“ – „Wo bist du?“ Eine ältere Stimme, dieses Mal Collodi? „Auf sicherer Leitung, keine Sorge. Pankratius und Asterix, sind sie gut angekommen? Ich hab' sie losgeschickt … du brauchst Ärzte auf deiner Seite. Gute Ärzte, denen du vertrauen kannst. Heute müssen wir uns entscheiden. Schwarz oder weiß. Grautöne gibt es nicht mehr. Ich denke, du weißt längst, wer den Wirbelsturm gesendet hat? Ich wusste nicht, dass er mit der Hölle paktiert. Ehrlich nicht. Aber ich kann nicht kommen. Meine Söhne stecken zu tief drin und würden auch niemals deiner Seite folgen. Crambolus? Ich denke, auch er bleibt, wo er ist … aber die anderen könnten alle für dich entscheiden. Alle. Nur Pinocchio und ich können nicht. Leider, wo gerade wir sehr gerne wollten. Du weißt es. Ich habe mitbekommen, dass sie keinen erwischen konnten? Ein Hexentanz, ich sag's dir. Gar nicht real, ich hab' Gänsestacheln am ganzen Leib … die toben! Das kannst du dir nicht vorstellen. Deshalb musste ich dich erreichen! Ihr müsst alle sofort abholen, wo auch immer sie gerade sind. Alle, die sicher auf deiner Seite stehen und keinen dort verraten würden. Du weißt, du musst ganz genau nachdenken, wer das im Einzelnen ist? Perseus? Ich weiß es einfach nicht. Geppetto wird seine Kinder niemals verlassen, lass ihn besser in Ruhe. Dareios mochte dich nie, vor ihm musst du insbesondere auf der Hut bleiben. Er wird ihnen alles zutragen, was er über dich weiß. Deshalb musst du schnell agieren. Bodgwer? Vielleicht, frag ihn. Ich weiß, du fühlst mehr als andere. Gerade, wenn du von dort aus anrufst? Dein Mauergeist ist ja höchst aktiv, wie ich gehört habe? Sie hilft dir. Diethelmi, Lindwurm, Rheinfall und per se Löwenherz. Den du nicht fragst, sondern abführen lässt. Sie töten ihn, ich spüre es überdeutlich. Wer sich aus unserer Gefühlsecke bisher tarnen konnte, fliegt auf. Sie bringen alle um. Auch mich. Das weißt du. Aber da muss ich durch, wenn ich nicht möchte, dass sie meine gesamte Familie abschlachten. Das tun sie, versuche ich auch nur, es selbst zu Ende zu bringen. Genickschuss? Steht wohl einem wie mir zu? Meine Frau wird auf meinem Grab tanzen – was denkst du? Hasst sie mich genug? Falls sie es tatsächlich tut, kriegen das einige mit und entscheiden sich vielleicht auch endlich um? Es gibt unterdessen viele Orte, wo man abtauchen kann und so rasch nicht entdeckt wird. Und deine Seite rüstet derzeit auf. Es dauert nicht mehr lange, dann wird es deutlich heller werden. Und selbst in der Finsternis hell bleiben. Ruf deine Jungs an und lass sie abführen, alle, bei denen du dir sicher bist. Und die lass dann weiter entscheiden. Sofort. Du weißt, dass ich genauso empfinde? Es war uns nicht vergönnt. Aber es wird besser werden. Vertraue auf meine Worte, auch wenn sich das gerade völlig anders für dich anfühlen muss … es geht tatsächlich aufwärts … jetzt, wo sich der Teufel bekennt?" Das Lächeln in seiner Stimme? Maxim wird es ganz flau. Die stehen bereits vor seiner Tür? Himmel, dann muss Franzen jetzt einen kühlen Kopf bewahren und seine Leute losschicken? Sonst sind alle seine verdeckten Freunde längst tot, bis jemand kommt? Maxim rennt los. Militärwagen haben Funkgeräte! Er stürzt auf die Jungs zu, dass einer davon direkt herausspringt, ihm entgegeneilen will, „nein! Andere Richtung! Funkgerät! Kennt ihr die Freunde eures Majors? Name, Telefonnummer, Wohnort? Die, mit den Wangennarben?" Der Mann ihm gegenüber schaut ihm gefühlt mitten ins Herz. Nein, nicht wie Pille, nur empathisch. LET-konform. Oh ja, der ist von der hellen Seite. Und er würde für seinen Major wahrlich alles tun, ungebeten. „Gibt es wen in der Kaserne, der Leute abholen lassen kann? Mit richtig steifem Streifenauftritt? Collodi, sagt dir das etwas? Den haben sie eben abgeholt, der ist verloren und möchte nicht gerettet werden. Aber ihr könntet andere retten…" Des Messers Schneide, wie reagieren sie? Der Mann sitzt längst am Funkgerät. „Stelit1 an Brücke, bitte melden. Stelit1 an Brücke, dringend. Ende!" – „Brücke an Stelit1, Verstärkung nach Lefay? Ende." – „Stelit1 an Brücke, alles sicher? Ende." – „Brücke an Stelit1, klar. Ende." – „Stelit1 an Brücke, Wimpel eilt. Panker wie Aster bereits sicher, Col gefallen, Löwe, Rhein, Linde, Helmi, Boder, sofort. Ende." Sein Blick richtet sich an Maxim, „Crambolus eher, nein? Der Name Perseus, weißt du was?" Maxim nickt heftig, „mit Fragezeichen." Er nickt zurück, „Stelit1 an Brücke, bei Perseriph Fremdzugriff abwehren. Muss nachhaken. Ende." Er springt behände aus dem Wagen, rennt zum Haus, kurz dankbar, Maxims Schulter berührend. Der andere, „das war Sten, ich bin Hinrich. Freut mich und besten Dank. Wir wussten nicht, ob wir reingehen sollen? Wie heikel es ist." Maxim nickt ihm zu, „Maxim. Bin gerade erst angekommen und verstehe noch nicht jede Chiffre. Hoffe, ich habe nichts missverstanden?" Es lächelt zurück, „Brücke kriegt das hin. Findet es heraus, falls du etwas missinterpretiert hast. Der versteht mehr, als alle anderen zusammen." Sten eilt herbei, „wir müssen die Toreinfahrt sichern. Die Mauer sieht wohl nur zerstört aus, ist aber nach wie vor unpassierbar. Aber das Tor ist gefährdet. Da kam der Sturm durch… danke Maxim!" Er greift zum Funkgerät, „Stelit1 an Brücke, Ergänzung. Ende." – „Ball7 an Stelit1, der kann derzeit nicht, was? Ende." – „Stelit1 an Ball7, Wimpel nach Lefay. Ausschließlich Lefay! Ende." – „Ball7 an Stelit1, Palastwache unterwegs. Ende." – „Wie bitte? Spinnst du? Keine Palastwache!" Auweia, sie fetzen sich heftig! Immer unkonventioneller, formloser, hitziger, bis Stelit1 endlich entnervt klein beigibt. Parallel kommt die erste Karawane an, zuvorderst ein gepanzerter Militärwagen, gefolgt von Lkws, beladen mit Zivilisten, Koffern, Kisten, Krimskrams, Katzen in Decken oder Jacken gewickelt, Vogelkäfige, nervöse Hunde, wild zusammengewürfelt. Die Leute zittern, Todesangst im Blick – ahnen nicht, dass sie nach hierher gerettet werden.

Bekenntnisse

»Familie? Eine so bizarre Begrifflichkeit.« Collodi klopft ans Lenkrad, das er lediglich mittels kleiner Fingerspitzen ernsthaft berührt. »Du weißt es, mein guter Berner, wie seltsam sie oft anmutet? Spätestens seit diesem Wochenende. Schade, dass du keinen deiner Freunde eingeweiht hast.« Er klingt weder verstimmt noch enttäuscht, nur schwer berührt. Wie er spricht, gänzlich unbeteiligt den Verkehr beobachtend, ganz so, als wäre ihm alles einerlei? Franzen tut es in der Seele weh. Was wirft sie aus der Bahn? Franzen hat es eben erst begriffen. Etwas, das nicht sein kann und doch spricht es Wahrheit? Unverblümt, drastisch, katastrophal. Altersmäßig? Collodi könnte gut sein Vater sein. Wie gerne würde er mit Mutter sprechen? Tapeten streicheln? Ihre Liebe und Wärme spüren? Collodi weiß, woran er denkt. Dabei hat er nie von seiner Mutter unter der Tapete erzählt? »Die Riesin, die dein Vater laut Gerüchten aus Gießen zur Frau genommen hat, sie stammt angeblich aus Vreemarr? Mich dürfte nichts wundern, was du von ihr zu erzählen hast? Aber du hast recht, nicht jedes Ohr darf bei solcher Rede zugeschaltet sein.« Franzen zuckt zusammen, was sein Sitznachbar merkt. Logisch. Sie sitzen zu viert gequetscht auf der Rückbank eines in den Dreißigerjahren stolzen Geschosses – ein Horch853, die Konkurrenz schlechthin zum schwäbischen 540K. Den seine Cousins sogar älteren Mercedes-Benz-Modellen vorziehen? Bezogen auf die prachtvollen Karossen am Schloss-Parkplatz? Auch die Cousins fahren Oldtimer, indes die neuesten Glanzpunkte der Automobilindustrie den älteren Herrschaften zuteilwerden. Und wie ist es auf einer Rückbank aus den Dreißigerjahren? Weiches Leder, wunderbare Polsterung, quasi die Einladung auf Dauer bleiben zu wollen, außer, man teilt sich das Bequemsofa zu viert? Drahtige Gary Coopers, jeder für sich befähigt, laut aktueller schwarz-weißer Wildwestmanier, die Heimatstadt gegen böse Ganoven zu verteidigen und am Ende mit Grace Kelly in den Sonnenuntergang zu reiten. Der gemütliche Wagen ist Collodis Schätzchen aus Studienzeiten. Seine Rebellenschaukel anderweitig naserümpfend betitelt. Ein gepflegtes Museumsstück und selbst für tolerantere Lkw-Fahrer ein unliebsam dahinschleichendes Hindernis auf der persönlichen Rennstrecke Autobahn. Collodi, ein innovativer Ingenieur bei Loesche in Meerbusch, Mitkonstrukteur der 4-Walzenmühle Ende der Vierzigerjahre. Ein Glückspilz im Krieg, unbeschädigt geblieben, keine Kriegsgefangenschaft oder psychischen Schäden. Seitens des Militärs hochgelobt und ausgezeichnet. Alter, Gehaltsstufe und gesellschaftlicher Stand schreien lautstark nach Mercedes-Benz? Neuestes Modell? Die klein gedruckten Details im Lebenslauf hießen allerdings, ordentlich zurückzustecken. Eine unglückliche Ehe, sein Transfer in die Firma und nach Meerbusch. Seitdem bestimmt ihre Familie, welcher Wagen zu welchem Anlass, und andere Details seines Lebens. Zuvorderst der Schwiegervater, seit dessen Ableben die Gemahlin, die ihn nie leiden mochte, sich zur Ehe nötigen ließ, weil sie unerwünscht schwanger wurde. Somit besitzt auch er einen stattlichen 540K – der Schwiegervater förderte Collodis Lieben, wohl als Entschuldigung für die schwierige Tochter? Der Wagen darf heutzutage keinesfalls ins Schwabenländle reisen. Damit hätten sie punkten können? Die Vandalia erlitt aber kürzlich einen schmählichen Punktabzug, als sie den Berner bei sich aufnahm, laut Gemahlin Collodis. Andere schauen seitdem mit blankem Erstaunen in ihre Richtung und man scheint sich nicht mehr wirklich sicher zu sein, dass Korporierte tatsächlich braune Socken tragen? Nicht einmal mehr auf schwarze Füße möchte man sich festlegen? Der Berner, mit seinem europaweit agierenden Herrn Papa, der Marxs Statuten von Gemeinwerk, einen nochmals neuen Sockel unterschieben konnte? Direx ist keinesfalls nur Sozialist, auch kein Kommunist, nein. Die einzigen Wahrheiten, die man ihm fest zusprechen kann, sind, zum einen, dass er ein passionierter Marxist ist und zum anderen, per se ein toleranter und soweit möglich, nachsichtiger und überzeugter Menschenfreund zu sein. Mit wehender roter Fahne wie der rotschöpfige Kerl im Sternenpark Baden-Badens, Sam Melzer. Höchstwahrscheinlich doch ein enger Brieffreund? Die studentisch organisierte Schutzmannschaft vor Direx Büro? Das gesamte philologische Institut erträgt seinethalben eine Passkontrolle. Seine Vorlesungen? Als wäre er die erste Wahl für Attentäter? Natürlich, Blödsinn, weshalb die Schutzmannschaft am Stück offene Diskussion führt, wie der noble Herr denn würdig geschützt werden könne, ohne zu brüskieren? Und weil hitzige Debatten regelmäßig zu neuen Abstimmungen führen – sie sind Demokraten – nur nicht so progressiv wie andere dieser Gesinnung –, ändert sich beinahe wöchentlich das Schutzprogramm. Es gab Wochen, wo nicht nur der Studienpass vorzustrecken war, wollte man passieren, nein, man musste sich zudem in den Finger piken lassen. Etwa als Vorsorge gegen Verseuchung? Weil der geliebte Professor eh so windig wirkt? Lachkonzerte hinter jeder zweiten Ecke infolge; und ja, äußerst kontraproduktiv. Es folgten Speichelproben sowie regelmäßige Taschenkontrollen. Man musste sich mit Magneten abtasten lassen. Dann musste man Einblick auf seine obere Brustregion gewähren. Transvestiten als die allergrößte Gefahr? Das vonKorben-Lager lacht sich schlapp; ihre Kampfansage, ehrlich? Aber nein, das hat wahrlich alles ganz andere Gründe, über die aber niemals klärende Worte verlautet werden. Und Direx, ihr behüteter Professor Lefay? Findet schon anfangs kaum Spucke, also belässt man es. Seinen Sohn fragt eh keiner freiwillig. Der hat es nämlich drauf, jeden, den er möchte, global zu verwirren. Bereits als winziger Sextaner beherrschte er es geschickt, etwaige Gegner in vernebelte Gefilde zu führen. Sie wussten bereits nach drei Sätzen nicht mehr, was sie fragen wollten. Geisteswissenschaftler kurz vor dem Hauptdiplom? Philologen und Psychologen? Keiner ist abgebrüht genug, Franzens Finten rechtzeitig genug zu durchschauen? Sie folgen ihm in den stockfinsteren Wald. Klasse! Die ihn umringenden Vandalen kennen kein edleres Kleinod in ihren heiligen Hallen, wobei es per se massive Gegenstimmen unter den Bundesbrüdern gibt. Wie überall.

Während ihres Gedankenaustauschs teilen sich Lindwurm, Diethelmi und Löwenherz mit Franzen die Rückbank des Horch853, der mittlerweile in die Jahre gekommen ist. Wie alles aus den Dreißigern. Für dieses spezielle Gremium zudem die stur-eingleisig geführte Politik, wenn das nach außen auch minimal anders kommuniziert wird. Warum? Mummenschanz, wo es ausgestanden ist? Dementi! Es ist niemals ausgestanden. Stets werden sich Gründe finden, eine andere Hautfarbe als minderwertig zu betiteln und sich selbst als Herrscher darüberzustellen. Mischpoke, diese Begrifflichkeit, für manche reine Provokation, eine Katastrophe, Galle überschäumen zu lassen, Sodbrennen auszulösen. Ein Genpool, der solche Probleme langfristig eliminieren könnte? Politik sucht täglich, Kräfteverhältnisse zu verschieben, Kriege tun es eindrucksvoll. Eine etablierte Weltordnung runderneuern? Oft verständlich, wären nicht die vielen Toten am Weg … warum sollte sich etwas ändern? Oh, es hat sich viel verändert. Heutzutage können sogar Demokraten gewaltbereiter sein als fanatische Rassisten? Weil sie keinen Monarchen in der Regierung wünschen? Bitte? 1954 ein Monarch in Deutschland? Falls tatsächlich ernsthaft angedacht, dann derart bescheiden, dass die Gefahr, die hier offen bekämpft wird, nicht aus deren Ecke stammt. Nein, es geht um uralte Mythen wie Legendenwerk. Ein Götterhimmel, der urplötzlich in den Fokus rückt, obzwar seine Zeit längstens vergessen war. Aber mit der badischen Revolution 1848/49, als Studierende offen auf die Straße traten und auf das Recht des freien Gedankens pochten, stärkte das nicht nur Korporationen. Nein, ganz nebenbei wurde zeitgleich der Smolljagd geboren, der beste Freund des Menschen. Ein rotschöpfiger Kobold mit Sommersprossen und stechend moosgrünem Blick, der jene unterstützen würde, die auf der lichten Seite stehen. Schriften wurden geborgen, als AO-Mythologie beziffert. Auszüge, die besagen, der Mensch habe die Sorge um das Wohl der Erde von den Göttern geerbt. Sie wären seinethalben abgetreten, dass er sie retten kann: Himmel und Erde, eng miteinander verwoben. Seitdem sitzt im barocken Rastatter Schloss ein Gremium von Wissenschaftlern, diese Schriften zu dechiffrieren. Passagen, im Flüstermodus bekannt geworden, klingen nach jüngsten Ereignissen? Also warten die Ersten fiebernd darauf, dass vermehrt Smolljagds in Sichtweite geraten? Nähere Erkenntnisse über Düsterwinde und Eiswolken zutage treten? Sie bemerken zahllose Berber im Umfeld, Gürtler, seit Jahrhunderten ihre Nachbarn und darunter haarigere Burschen, als im Süden üblich. Der Erste spricht es mutig aus: „Diese haarigen, superstarken Burschen, das könnten besagte Düsterwinde sein?" Und zügig heißen sie unter der Hand Schwarzbären, weil sich keiner traut, ihnen Böses zuzusprechen. Schon fallen die ersten Eiswolken auf, die es ebenso seit jeher vereinzelt gibt. Stets klüger als der Klügste, eisiger als alle Kaltherzen zusammen und doch … vergleichbar mit Mutter Natur? Harte Entscheidungen treffend und hernach wieder versöhnlich gestimmt? Sie fangen an, Eiswolken Bloonies zu nennen, nur für die alternative Begrifflichkeit. Man fürchtet sich, taucht einer auf, zeitgleich sehnt man sich aber danach, niederzuknien zu dürfen und versprechen zu können, Mutter Erde ab dato pfleglicher zu behandeln. Aber wer bitte schön könnte das im Namen der Menschheit versprechen? Man glaubt gewiss, die schönen Männer werden von ihr geschickt. Die große Mutter, dagegen aufbegehrend, ausgebeutet zu werden? Sie, die sich um ihre benachteiligten Kinder sorgt und um ihre künftigen? Die Mutter, die ihren heranwachsenden Kindern eine Zukunft zusprechen möchte?

Pankratius auf dem Beifahrersitz, bisher in sich gekehrt, reißt alle aus ihren Gedanken, „ein Thronerbe, mit blonden Haaren auf schwarzem Untergrund, mit afrikanisch-ausgeprägtem Wellengang in den Konturen? Dazu himmelblaue, nordeuropäische Augen? Wenigstens nicht auch noch ein asiatisches Element erkennbar. Zumindest jetzt noch nicht, dafür ist er bisher zu klein. Er könnte eine eher haarfreie Außenkontur aufweisen? Wäre damit eine Mischpoke – mit unsachgemäß ›wörtlicher‹ Übersetzung – aus allen Genen, denen wir Beachtung schenken? Eisblaue Augen? Behaupten sie das nicht von Bloonies? Vielleicht haben die, die das Dorf in ein Zauberhausen umwandelten, solches Ding tatsächlich drauf? Neue Regeln in der Genetik einzuführen? Das wäre doch ein Spezialeffekt, worüber selbst unsere eingebildeten Amis ins Staunen geraten könnten? Aber kein Einziger im Baronat grinst auch nur? Die halten das alles für stinknormal! Der klare Beweis, dass subversive Vernebelungspolitik betrieben wird. Etwas, worin sich unser Berner zu Schulzeiten seinen Ruf einhandelte. Dass die CIA bei ihm noch nicht auf der Matte stand? Wenigstens der MI5 oder 6? Scotland Yard? Der BND – die sollen mittlerweile auch was draufhaben? Da soll es jüngst einen im Untergrund geben, der ganz fantastisch strahlende eisblaue Augen trägt? Kombiniert mit silberblondem Haar samt Schulterbreite, die anderen direkt das Zittern lehrt." Sich direkt Franzen zuwendend, „deine gesamte steifbeinig-blaublütige Verwandtschaft", gekünsteltes Hüsteln, zuzüglich echtem Räuspern, „verzeih mir, per se nur die direkt um Aurelius versammelten, gelten doch als extrem steil? Und das besagt nach wie vor unbestritten und ausdrücklich, den Ariertugenden nachzustreben? Oder habe ich etwas missverstanden? Das war mein zehnter Besuch in Engelsruh. Zehnmal dieselben Fragezeichen im Dickschädel, ich schwöre es. Und jedes Mal auf der Heimfahrt nage ich am selben Knochen. Aber bis ich zu Hause ankomme, habe ich alles ad acta gelegt und finde nichts mehr seltsam oder komisch? Aber mit dir, Berner, trauen wir uns viel offener, unsere abtrünnigen Gedanken zu Ende zu denken und deshalb will ich es dieses Mal laut aussprechen. Habt ihr das auch gesehen? Das augenscheinlich arische Ehepaar in der Kirche mit dem schwarzen Baby mit Schlitzaugen im Arm? Wie ein Couleurträger abfällig äußert, ›mit wem hat die holde Maid nur rumgemacht? Gleich zwei? Ein Schlitzauge und ein Afrikaner? Aber, wie geht das, zweimal dasselbe Ei befruchten? Ich kenne keine Methodik, womit es möglich wäre? Der Erste gewinnt – etwas anderes gibt es nicht. Und dann stört sich der Herr Papa in keiner Weise, dass es jedermann offen sehen kann, dass er keinesfalls der leibliche Herr Papa ist?‹ Ihr habt mitbekommen, wie er zurechtgewiesen wurde?" Klar, denkt Franzen beipflichtend, grotesk: „Aurelius hat sich abrupt auf dem Absatz umgedreht und mit stechendem Blick erklärt, ›ich hoffe, ich habe mich verhört? In unserem Dorf macht niemand »rum«! Bei uns leben anständige Leute. Etwas anderes würde niemals akzeptiert? Ich musste den eigenen Sohn enterben, weil er ein außereheliches Kind gezeugt hat? Die Schwiegertochter ist nicht meine erste Wahl, was erschwerend hinzukommt. Er hat sie aber geheiratet, Eltern gehören zu ihren Kindern und Großväter haben manchmal das Nachsehen? Gleichwohl ist zuvor kein Eklat je so weit gediehen, dass jemand von außerhalb davon erfahren musste. Ich bin überzeugt, es wird nie wieder passieren.‹" Pankratius, „uijuijui, kannst du superb zitieren! Bühnenreif Stimmen imitieren?" Diethelmi grinst, „Thema Hautfarbe wie asiatische Merkmale spätestens jetzt, säuberlich unter den Teppich gekehrt. Aurelius, nicht etwa aus Toleranzgründen? Nein, sondern aus Unverständnis! Er konnte nicht begreifen, wie jemand diesen unsäglichen Gedanken laut aussprechen kann? Sehen die wirklich gar nichts in ihrem Dorf? Und wer wollte uns soeben manipulieren? Verdammt, geschickt? Wäre ich nicht genau darauf konzentriert gewesen, wäre mir nicht aufgefallen, wie wir elegant weitergeleitet werden …" Pankratius schnauft erleichtert, „danke! Unendlichen Dank! Du siehst es auch. Ich dachte schon, ich spinne …" Collodi, der sich weiterhin um keinen Verkehr scheren möchte, dreht sich unvermittelt zu allen Vieren auf der Rückbank um, dass Pankratius erschrocken zum Lenkrad greift. Und zu den Pedalen stiert, wo Collodis Fußspitzen weiterhin konstant Gas geben. „Freunde? Wie schaut es bei euch aus? Hättet ihr nicht Lust, euch ein paar Tage beim Berner häuslich einzurichten? Ilverich? Soll ganz bezaubernd zu dieser Jahreszeit sein? Ich würde seine Frau Mama, die Riesin, gerne kennenlernen? Sie spukt durchs Haus? In Horrorfilmen muss man über Nacht bleiben. Wir könnten eine Woche freinehmen? Professor Lefay, quasi eine lebendige Sagengestalt und Berners kleiner Bruder Andrin, nicht einen Tag auf einer Schule …" Pankratius schreit aufgelöst, „bremsen, du Idiot! Stau! Da vorn muss ein Unfall … bremsen! Sofort, Vollbremsung … Himmel …" – ein Donnern wie Beben, extremes Quietschen von Reifengummi, das die Luft zerreißt. Ein Aufschlag, der den hälftigen Wagen entzweizureißen sucht. Pankratius klammert, rot angelaufen, irre zitternd, grotesk verdreht am Lenkrad, hat probiert, die Fußbremse zu betätigen, die Handbremse voll angezogen, versucht, auf die Standspur auszuweichen, dass sie nicht die Holzladung des Lkws vornedran abkriegen. Damit ist Collodis Fuß grotesk zwischen den Pedalen eingequetscht. Collodi? Der saß verquer nach hinten gedreht, weil er dem Berner ins Gesicht schauen musste. Seine Fußspitzen weiterhin konsequent an den Pedalen, denn schließlich fährt er den Wagen? Würde das ein normal denkender Mann tun? Franzen hat jedenfalls instinktiv zugegriffen und jetzt rührt sich nichts mehr … Diethelmi wartet auf den Aufprall, genauso Löwenherz und Lindwurm. Pankratius, selbigen überstanden, schaut sie seltsam bewegt an. Begreift mit dem Herzen, weniger mit dem Verstand. Vreemarr? Die gibt es wirklich! Er ist Arzt, somit Realist? Das hier kann es so nicht geben! Der Vorderteil des Wagens hat den Aufprall hinter sich, aber die Rückbank, mit allem, was sie berührt, noch nicht? Collodi sitzt bei ihm vorn, seine Unterhälfte hat den Aufprall abbekommen und deshalb sieht der Berner käseweiß aus, der es begreift wie er selbst. Collodi existiert in zwei Zeitabschnitten, die ihn auseinanderzureißen drohen, „Berner! Bitte! Du musst loslassen …" Franzen hält Collodis Oberkörper an sich gepresst und damit verdreht er ihn nochmals ärger … „Wenn ich loslasse, ist er tot. In deiner Zeit ist er es bereits." Franzen haucht mehr, als dass er spricht, dann holt er das mit der Stimme lautstark nach, „im Handschuhfach! Das Funkgerät, stell Kanal … ein und sag Andrin, dass er einen Piloten herschicken muss. Helikopter! Egal, woher! Sofort …" Pankratius hat den Kanal nicht gehört, der stellt sich von selbst vor seinen Augen ein, er klingt zittrig wie ein kleiner Bub, „hallo?" Dann übernimmt der innere Arzt, „SOS! Hört mich jemand? Horch853 mit Berner sucht Helitransport. Unfall auf der A61 kurz vor Frankenthal, etwas südlich, Schwerverletzter, Rückenfraktur … weiter vorn muss ein Störfall sein … Stau." Antwort erfolgt pronto, „Berner? Verstanden, ich seh' euch, fünf Minuten." Pankratius war Funker im Krieg? Ehrlich? Diethelmi kennt ihn sonst etwas professioneller. Lindwurm äußert sich, „entschuldigt, aber ich könnte vorsichtig die Tür öffnen, unsere Seite hat nichts abbekommen … aussteigen und außenrum laufen …" Franzen und Pankratius schreien drauflos, „Stopp!

✴✴✴✴✴✴✴

Nein, nicht bewegen. Sonst braucht keiner mehr zu kommen …" Lindwurm wirkt wie erfroren, die Panik? Er begreift nichts, kann nichts erkennen. Löwenherz blockiert alles mit ewig breiten Schultern. Normal sind sie gleichgroß, aber hier ist scheinbar die Perspektive verrutscht, denn der nur drahtige, eher schmal gebaute Löwe wirkt wie der leibhaftige Riese, der ihm, dem offensichtlichen Kümmerling in der Sammlung alle Sicht verbaut? Dabei hat dieser dürre Kerl sonst nur breitere Schultern. Nicht viel mehr. Pankratius klingt, als wolle er lauthals losheulen. Er war an der Ostfront als Arzt? Der muss doch im Einsatz viel Übleres erlebt haben? Und funken kann er auch nicht mehr? Warum haben sie überhaupt ein Funkgerät dabei? Und wen konnten sie mit einem Handmodul erreichen? „Das sind doch nur ganz kurze Entfernungen? Wer war da passgerecht? Berners Mutter? Ist die nicht schon länger tot? Collodi plant, eine tote Riesin kennenzulernen? Berners Mutter stammt aus Vreemarr? Dem Götterhimmel? Aber der liegt doch nicht am Oberrhein? Eher auf Höhe des Schwarzwaldes, vielleicht am Kaiserstuhl, heißt es?" Löwenherz rührt sich minimal, flüstert, „wir hören dich allesamt. Bitte, lass das bleiben, mich gruselt es auch so schon genug. Vreemarr? Das brauche ich jetzt wirklich nicht auch noch dazu." Pankratius kommt gedanklich an, „warum zur Hölle kann ich nicht mehr funken? Rein instinktiv? Seit Jahren. Ging mir ins Blut über … weil ich normal einen Kanal einstellen muss, der das nicht selbsttätig tut? Liegt es daran? Berner, hier ist ein Zeitriss? Mitten durch den Wagen? Das ist es? Vordersitze und Rückbank – dazwischen liegt dieser abartige Riss, den Collodi … wen hab' ich bloß erreicht? Mit einem Handmodul? Ist dein Bruder in Frankenthal? In der Pfalz? Soweit weg von Ilverich? Der geht doch niemals aus dem Haus? Aber das war Andrin? Seine Stimme. Ich könnte es schwören. Aber er ist doch immerzu in Ilverich? Verlässt niemals euer Grundstück?" Propellergeräusche, Winden nähern sich von rechts, sind rasch schon direkt über ihren Köpfen, „das kann doch unmöglich unser Heli sein?" Er klingt ernüchtert, als würde ihn nichts mehr wundern. Klar, als Realist? Kippt die Welt über die Kante, ist plötzlich alles drin. Sich demoralisiert zu fühlen, ist nachvollziehbar. Aber er muss seinen Kopf benutzen können, Franzen braucht ihn … „Pankratius, bitte, keine Fragen stellen, nur als Arzt agieren. Collodis Leben, bitte rette es." Das hilft. Die Blässe weicht einem Schimmer Hautton. Blut fließt wieder, seine Lungen gieren nach Sauerstoff. „Wie war das gerade? Lindwurm, du wolltest aussteigen? Berner, spricht jetzt etwas dagegen? Wenn er ganz vorsichtig die Tür öffnet? Wir brauchen weitere Hände? Die werden nur zu zweit ankommen, das reicht nicht …" Franzen nickt, „ja, aber bitte ganz vorsichtig. Denk dran, dass wir praktisch auf einer Schaukel sitzen, die herunterkippen könnte. Dann zerreißt es den Wagen vollends." Was es bedeutet, kann Lindwurm in jedem Gesicht ablesen. Ihm fehlt lediglich die freie

Sicht … plötzlich stürmen Rheinfall und Perseus am Lkw hintendran vorbei, müssen kurz dahinter gewesen sein, trotz reichlich PS. Sie waren auf Stippvisite? Franzen, „Lindwurm, halt, lass es bitte bleiben. Jetzt haben wir ausreichend Hände …" Bodgwer naht von rechts, möchte die Beifahrertüre sachte berühren, wird gleichfalls zurückgepfiffen, also läuft er um den Wagen, die linke Vorderseite liegt offen. Die Wagentüre und einiges Weitere fehlen. Durch die Scheiben konnte er die Gesichter der Kameraden erkennen, wie sie auf Collodis Rückansicht reagieren. Er ist Rettungssanitäter, sein Vater war Unfallchirurg. Was es im Krieg bedeutete? Überall wurde operiert. Auf dem gedeckten Esstisch, zwischen Kohlsuppe und Pellkartoffeln. Er sieht sich als Pankers Stütze, falls benötigt. Außerdem mag er den Berner eh richtig gerne. Franzen vermisst zwei von den Jungs, „wo sind die anderen, Geppetto und Mistofolus?" Rheinfall stöhnend, „im Zug heimgefahren. Wir wollten noch kurz in die Wilhelma, ein paar Tierbilder für die Vielweiberei schießen? Sie fanden es nur dröge. Eine Schnucke, sehnsuchtsvoll wartend, vermuten wir. Sie hatten immerhin eine gute Verbindung? Erstaunlich. Normal ist man ja mit dem Wagen schneller … wie kann er so sitzen? Er ist doch gefahren? Warum hat er sich nach hinten umgedreht? Während der Fahrt?" Ein Glück, die Trage kommt soeben an … „Hallo. Franzen? Ja, du bist es, Berner? Dein Bruder hat mich herbeordert. Gut, so viele Hände verfügbar … hat einer von euch Ahnung? Entschuldigt, das Du … bin unkonventionell gestrickt … ein enger Freund der Familie … ihr seid alle in Couleur? Ui, da würde ich normal schon geringfügig zurückzucken. Mos Thomas, mein Name. Doktor MoTo, wer mich beruflich kennt. Also ihr müsst …" Eine lange Litanei, bis Franzen endlich zum vierten Mal loslassen soll und Pankratius nicht sofort Veto einlegt. Er hat den besten Blickwinkel. Vier Fachleute, zwei Spezialisten und quasi wenigstens zwanzig unterschiedliche Meinungen. Jeder will retten, was so gesehen nicht mehr rettbar scheint … „Wer ist er?" Flüstert Diethelmi diskret in Franzens Ohr. Schulterzucken ist nicht drin, er wäre zu verkrampft, also flüstert's zurück, „keine Ahnung." Löwenherz platzt fast, „ein enger Freund der Familie?" Franzen lächelt warmherzig, „hast du Zweifel? Wo du das hier siehst?" Nein, keiner hat die.

Rheinfall zieht eben los, einen Fahrer für seinen Rennwagen zu finden, sie fliegen im Heli mit. Er ist Consenior, solcher organisiert aus dem Effeff. Jedenfalls kommt er ohne Autoschlüssel kurz darauf zurück und gibt Zeichen für genehmigten Abflug. Heißt, alles mit den Einsatzkräften geregelt, sämtliche Daten erfasst und einen Fahrer fand er zudem. Lindwurm und Löwenherz räumen die letzten Gepäckstücke aus Collodis metallener Vergangenheit ein, schon heben sie ab. Rheinfall, „Unser Ziel? Collodi ist gut versichert, wir sollten die beste Privatklinik

★ ★ ★ ★ ★ ★ ★

anfunken … nur, falls ihr das nicht eh getan habt?" Pankratius will antworten, aber MoTo ist dominanter, „wir benötigen kein Krankenhaus. Ich hab' mich erkundigt. Andrin sagt, ihr wärt vertrauenswürdig? Franzen, stimmst du zu?" Franzen hält die Luft an. Andrin sieht sie? „Könnte ich ihn sprechen?" Klar, sagt die Schulterpartie, die Grübchen am Mundwinkel bemühen sich, nicht allzu amüsiert dreinzuschauen. Er legt Wert darauf, dass Franzen Tuchfühlung zu Collodi beibehält. Was keinen verwundert. Spukhausen? Das hat Collodi gemeint, denkt sich Rheinfall und gewiss, es scheint ja zuzutreffen? Von der toten Riesin, die Collodi kennenlernen möchte, ahnt er nichts. Unterwegs ändert sich nicht viel. Ein Heli lärmt ordentlich, dieser ist sehr einfach gestrickt. Transportiert normal anspruchslose Güter. Franzen, „du bist eingeweiht?" Wer weiß, was dieser MoTo alles von Zuhause weiß? Jedoch umgekehrt? Was weiß er von ihm? Nichts. Aber klar, dass man bei solchem Namen seinen Doktortitel davor ausschreibt? Wer würde einen sonst ernst nehmen? Kann Franzen es tun? Ihn ernst nehmen? So lange wie er schon im Delirium nach Wahrheit sucht, um hernach festzustellen, dass da gar kein Delirium vorlag, er komplett nüchtern war? Ja, lebst du im puren Wahnsinn, kannst du auch anderen vieles glauben, das nach Wahnsinn riecht. »Der Heli ist von den Engländern? Die Deutschen hätten zu viele Fragen gestellt?« Er braucht MoTo nicht direkt anzusehen, der weiß eh, dass er intensiv mit ihm beschäftigt ist. Er möchte wissen, was er weiß und woher? Andrin hat ihm nichts gesagt, nur das Gefühl vermittelt, er könne ihm blind vertrauen und sich – für den Flug – fallen lassen. Seine Konzentration samt Kräften würde bald benötigt werden. Andrin weiß alles? Seit seiner Ankunft in Ilverich? Er war so klein? Aber schon kurz darauf wenigstens ein größerer Jugendlicher! Und dann? Eigentlich nichts mehr, nur, „Andrin benötigt keine Schule", erklärt ein Professor der Philologie, ein Psychologe wie Schuldirektor! Er hat ihn altersmäßig längst überholt! Ja, das hat er wohl immer noch nicht verkraftet … nichts ergibt Sinn. Nur, dass er sicher weiß, Vaddern liebt seinen Adoptivsohn. Gute Ablenkung, denkt Franzen, sich mit dem Blick des fremden Familienfreundes betrachtend. Die Freunde in all das Bizarre einzuweihen, fühlt sich gruselig an. Collodi verlangt es ausdrücklich. Was kann man bereit sein, stillschweigend zu akzeptieren? Missversteht er? Nein, Unsinn. Collodi? Niemals. Tolerant, nichts weiter. Löwenherz betrachtet er ebenso als Sohn wie ihn, Franzen. Söhne dürfen Macken haben. Das Gesetz des liebenden Vaters, der geistig überall Söhne ins Herz schließt, aber keine leiblichen bekommen durfte. Vielleicht gar nicht konnte? Ein stiller Kriegsheld, den andere schon damals im Krieg als genauso aufrecht und fair empfanden, wie so viele es heute tun. Alle, die ihn lieben? Mit Sicherheit. Rheinfall drückt seinen Wagenschlüssel einem Fremden ohne Widerwillen in die Hand? Der Wagen, den nicht einmal die Ehefrau fahren darf? Und er liebt seine Frau, vergöttert sie. Ist jedenfalls noch immer total verschossen und dabei sind sie schon fünf Jahre verheiratet, nach ewigem Händchenhalten, seit der frühesten Kindheit? Vier Kinder. Klar, dass sie deshalb etwas früher als geplant heiraten mussten. Er war noch im Vordiplom und kein wirklich fleißiger Student. Was sich seitdem geändert hat, jetzt ist er ein Einserkandidat. So hätte man ihn zur Schulzeit genannt, ein Streber. Er möchte, dass sie auf ihn stolz ist. Sie musste, mit dickem Bauch, ein Medizinstudium abbrechen. Was er sich nie verzeihen wird. Sie war brillant, wie geschaffen dafür, als Frau? 1950? Andere hätten eine Lösung für den Bauch gefunden. Aber nein, sie sind verrückt nach ihrer Sibylle. Mittlerweile gibt es drei weitere Blagen – alles Mädchen. Er nennt sie seine Vielweiberei. Verrückt nach Kindern? Aber den prächtigen Wagen darf sie nicht fahren, obzwar sie eine versierte Autofahrerin ist? Ohnehin die Traumfrau. In allem gut, ausnehmend hübsch, richtig tolle Rundungen und mit viel Humor ausgestattet. Dagegen sein Porsche 356 Cabrio in cremeweiß? Wo der wohl ursprünglich herkommt? Viele vermuten, er hat ihn gewonnen. An schändlicher Stelle, dass es zu peinlich ist, darüber zu sprechen. Helga grinst, falls wer probiert, über sie schlüpfrige Details zu erhaschen. Franzen glaubt, er wolle noch etwas von der großen Freiheit träumen, die er allzu früh für sein geliebtes Kind aufgab. Helga und ihn wird so rasch keiner auseinanderbringen. Kein Angeber-Porsche! Sobald es knapp wird, dürfte dieser Schatz als Erstes abgestoßen werden. Jetzt, wo er sich um den Freund sorgt und ihm einerlei ist, was aus dem Karren wird? Er weiß, diese Freunde würden ihn nie im Stich lassen. Und deshalb, er umgekehrt, sie genauso wenig. Früher war Helga auf dem Verbindungshaus ein häufiger Übernachtungsgast. Sie haben noch heute einen Schlafplatz, für sie reserviert. Will den jemand nutzen, muss er ordentlich kämpfen, selbst, dreht es sich nur um eine Nacht. Rheinfall taucht mit der kichernden Helga zu jeder erdenklichen Stunde auf und zumeist ist heftiger Alkoholgenuss im Spiel, damit muss ein Bett verfügbar sein. Klar. Aber es gibt noch einen Notbehelf in ihrer Küche, eine Pritsche, wo man allein kaum draufpasst? Dort entstehen ihre Kinder angeblich noch heute? Budengeschichten, sie gehören eben mit dazu, wie feuchte Träume und manche Sentimentalität, wenn man auf engere Freundschaften steht.

Endlich. Ilverich, Franzen fürchtet oftmals, es wäre nicht mehr da, wenn er heimkehrt. Als wäre es ein Baumhaus, das eines Tages im Kaminfeuer landen wird? Jemand könne den geliebten Baum für alt und morsch erklären und abholzen? Ein alter Freund, der sich langsam aber sicher verabschieden muss, weil seine Zeit ausklingt? Ein Relikt der Kindheit, das mit dem steten Älterwerden verblasst? Gleichwohl nimmt die Erkenntnis zu, dass Legendenwerk nur Geschichten sind,

★★★★★★

die jemand vor langer Zeit ausgedacht hat. Die seitdem von Ohr zu Ohr und Mund zu Mund wandern, bis sie, ähnlich einem Menschen, ihre allerletzte große Reise antreten und dann auf ewig in Vergessenheit geraten? Diese Kindheit, die er glaubt, erlebt zu haben, die kann einfach so nicht wahr gewesen sein und sein geliebter Freund Collodi muss sterben, während er darauf hofft, dass ein Geist, der hinter einer Tapete haust, einen gebrochenen Rücken heilen könne? Was ist das nur für ein absurder Irrsinn? Alles hier? Aber Andrin ist bereits am Heli angelangt, da hat dieser kaum den Boden berührt. Das ist gefährlich und man sollte dringend davon abraten, das weiß Franzen wie jeder andere an Bord, aber er macht sich dennoch keine Sorgen um seinen kleinen Bruder. Denn Andrin war schon immer anders und besonders. So einzigartig wie man das nur eben sein kann. Er hält ihn im Arm, drückt ihn fest, spürt jedes bisschen von Andrin, das er voller Sehnsucht an sich presst. Und doch haben sie den Heli noch gar nicht geöffnet? Und dann geht alles so professionell vonstatten und Franzen muss auch gar nichts selbst denken, denn MoTo und Andrin handeln wie ein verdammt gut eingespieltes Team. Als hätten sie das schon tausendmal hinter sich gebracht? Warum nur kennt er den Mann nicht? Denn der kennt hier wahrlich alles? Seine Hunde wie Katzen, alles Getier, das sich nahe genug an das fremde, so gefährliche Vehikel herantraut, begrüßt MoTo genauso herzlich wie ihn, Franzen? Der ist hier wahrlich zu Hause gewesen, für längere Zeit, und es kann nicht gar so lange zurückliegen? Sie steuern auf sein Zimmer zu. Das hat Andrin also geplant? Mama auf diese Weise zu ermutigen, einzugreifen? Ihr mitzuteilen, dass der Mann überleben muss? Er will … was genau? Perseus steht plötzlich hinter ihm, schiebt ihn sachte aus dem Zimmer. Andrin lächelt ihm aufmunternd zu. Er trägt einen ganz anderen Pullover als den, den er vorhin in seinen Armen gefühlt haben will? Liegt wohl auch daran – erinnert er sich –, dass der gar nicht mehr passen dürfte? Den hat er dem kleinen Bruder an dessen ersten Weihnachten unter die verschneite Tanne im Hof gelegt. Ihr jährlich geschmückter Weihnachtsbaum. Denn die muss man keineswegs absägen. Hand verpackt, klar, kein Geschenkpapier. Für solchen Tand gaben sie niemals Geld aus. Oh, es war originell; wenigstens doch einzigartig. Sackmaterial und einfache Schnüre aus eigens angebautem Hanf, dazu Tannenzapfen und Kastanien und Nüsse als Zierrat? Er sieht ihn vor sich, überglücklich lachend. Als habe auch er, der kleine Andrin geglaubt, wie Vaddern, er könne den Bruder ablehnen? Eifersüchtig auf ihn reagieren? Ein Strickpullover in Beige, ein Norwegermuster, ergänzt um einen Elchkopf auf Brust und Rücken. Auweia, die Strickerin wollte dafür richtig viele Gläser Allerlei … so nennt er es, wenn es nicht nur um eine Sache geht, sondern gleich um viel Verschiedenes. Likör, Eier, Kartoffeln, Zwiebeln, Knoblauch und Äpfel und dazu eingelegten Sauerbraten und Sauerkraut und Salzgurken? Er erinnert sich, dass sie auch noch drei Gläser Marmelade haben will? So viel hat er noch nie für einen einzigen Pullover getauscht? Aber sie sehen so hungrig aus? Und es ist Weihnachten? Und er überglücklich? Das erste gemeinsame große Fest für seine Familie, und er glaubt, jetzt fängt es endlich an, wir wachsen! Aber das geschieht nicht. Nie. Wobei, wenn er jetzt so darüber nachdenkt? Das ist doch gerade erst anderthalb Jahre her? Und MoTo? Vielleicht gibt es ja noch weitere wie ihn und nur er, der große Sohn des Hauses, den nichts und niemand von seinem Weg abbringen darf, bekommt nichts davon mit? — Vaddern sitzt an seinem Bett, er, Franzen, mit Lungenentzündung, schlimmes Fieber und er bangt um ihn? Dieser Teil seiner Erinnerung kann auch kaum stimmen? Denn, wenn eine Lungenentzündung ein echtes Problem wäre, wie könnte dann derselbe Haushalt einen durchtrennten Leib lebendig halten? Das heißt, sie nannten es nur Lungenentzündung? Mangels passender Begrifflichkeit, die man offen aussprechen kann? Und das zeitliche Ding … aus einem unbekannten Grund stimmt da plötzlich gar nichts mehr? Oder hat es noch nie gestimmt? Ein Mummenschanz, rein für ihn veranstaltet? Seine Arglosigkeit zu bewahren? In seinem Kopf hat er jahrelange Erinnerungen an Andrin abgelegt, nicht nur bloße zwei Jahre? Warum fällt ihm das heute erst auf? Warum solch ein Eiertanz um ihn? Weil es menschlich klingt? Weil sie ihm ein gutes Gefühl vermitteln wollen, indessen parallel Spukhausen um ihn herum wütet und MoTos und wer weiß, wen sonst noch alles rettet? — Perseus drückt ihm ein Glas Eierlikör in die Hand. Weil er noch so blutjung ist? Fällt es ihnen gerade wieder ein? Drüben am Tisch sitzen die anderen. Diethelmi, Bodgwer, Lindwurm, Löwenherz, Rheinfall, aber da sind noch mehr? „Ist das Asterix, dort drüben?" Franzen findet seine Stimme wieder. Wer ist dazugekommen? Hilfe, hoffentlich niemand … „Keine Sorge, Andrin hat alles im Griff. Er weiß, wer hier ist, und ich glaube, er hat sie selbst hergelotst. Wohl, während wir im Heli saßen? Die zeitliche Reihenfolge kommt mir auch etwas seltsam vor, aber das ist doch für euer Haus vollkommen normal? Sagt jedenfalls Collodi, falls du ihn in solcher Kuschelstimmung erleben darfst? Du weißt, was ich meine?" Nein, Franzen kapiert gerade gar nichts. Kuschelstimmung? Collodi? Ihm gegenüber ist er immer korrekt, reserviert, geradezu väterlich, vorbildlich-konzentriert und bedächtig. Niemals wirkte er weggetreten wie vorhin im Wagen, als der Unfall geschah? Das war nicht er, Franzen könnte es schwören. Perseus spricht von Kuschelstimmung – könnte er so etwas meinen? Deshalb hat Panker auch sofort verständig reagiert? Als kenne er das längst? „Soll das heißen, Collodi macht öfter solche Dinge wie heute während der Fahrt?" Er muss es fragen. Perseus würde ihm am liebsten die Wangen streicheln, wie man es bei kleinen Buben tut. „Du willst wissen, ob wir ihn als so unvernünftig kennen?

✶✶✶✶✶✶✶

Nein, absolut nicht. Er hat niemals ein Leben riskiert. Nicht einmal sein eigenes, wegen der Kinder. Die er keinesfalls ihrer Mutter überlassen will. Er hofft noch immer, sie retten zu können? In seinem tiefsten Herzen denkt er wie ein wahrer Christ? Er will Seelen retten, wenngleich sie bereits bei ihrer Geburt tiefschwarz waren? Du weißt doch, dass das nicht seine eigenen Söhne sind? Ja, du weißt es. Aber sie sind nicht adoptiert, falls du das glaubst. Sie sind ihre. Die Dame springt gerne in fremden Betten herum? Sie macht es ihm nicht leicht. Und seit ihr Vater nicht mehr ist, kennt sie gar keine Hemmungen mehr." Franzen schluckt schwer. Das wusste er nicht. Nur, dass es keine glückliche Ehe ist. Perseus möchte ihm wohl die ganze Geschichte erzählen, „er hat sich bei Loesche beworben. Kam als Versehrter heim. Auch wenn er das schlichte Gegenteil behauptet. Er ist kein intakter Mann mehr. Deshalb hat ihn sein Schwiegervater überredet, ihm dafür den Ingenieurposten zugesprochen. Collodi hatte noch keinen Abschluss und kam nicht infrage. Aber der alte Herr hatte einen Fuß in der Tür und damit durfte Collodi auf der Uni weitermachen und sogar promovieren, was er sich wohl gewünscht hat, und parallel arbeitete er bereits im Betrieb als leitender Ingenieur? Kriegszeiten? Da machten sie für Versehrte einiges möglich. Ich glaube, sein Schwiegervater ahnte nicht, was er ihm mit der Ehe antun würde. Der hatte ihn einfach nur sofort richtig gern und die Söhne waren gefallen? 1940 war keiner mehr übrig, bis auf die unflätige Tochter, die bereits zweifach abgetrieben hatte. Wäre das herausgekommen? Er wäre vielleicht selbst erledigt gewesen? Also suchte er händeringend nach einem Schwiegersohn, der nötigenfalls bereit ist, ein Kind eines anderen, als seins zu akzeptieren und großzuziehen?" ›Wüsste man zu jedem alle Geheimnisse? Wie würde man sie ansehen? Oh, Hilfe.‹ „Du machst ihn überglücklich, weißt du das? Dein Biervater zu sein, ist sein größtes Geschenk. Als wäre er tatsächlich abermals Vater geworden? Du weißt doch, dass er seine Neffen als leibliche Söhne quittiert? Sein älterer Bruder und er, sie standen sich sehr nahe. Der Vater ist jung gestorben und die Mutter im Kindbett, da war Collodi erst elf. Das Geschwister hat nicht überlebt. Sein Bruder war siebzehn und zog ihn groß, ernährte ihn und sorgte dafür, dass sein Schulabschluss für die Universität taugte. Beinahe hätte er es noch geschafft, Collodi vom Kriegsdienst zu befreien. Er hatte sämtliche Schritte eingeleitet. Es fehlte nur die allerletzte Unterschrift, dann fiel er. Und Collodi wurde praktisch direkt eingezogen. Im Hauptdiplom, nur noch das Semester abschließen und die Diplomarbeit, dann wäre alles gut gewesen? Aber die Nazis hatten nur den großen Endsieg im Schädel und Collodi war kein Über-flieger wie dein Vater? Der ja zudem etwas zu hänflich für einen Soldaten ist? Collodi dagegen hat alles, was ein Soldat benötigt, und das konnte jedermann erkennen. Ein künftiger Offizier, wie sie sie dringend an der Front benötigten?

Anständig, mutig und vernünftig gestrickt. Keiner, der unnötige Risiken eingeht, aber einen Riecher für die rechte Chance hat? Schlupflöcher entdeckt, wie kaum ein anderer? Er war ein Sahneschnittchen für die Armee." Franzen ist erstaunt, was Perseus alles erzählen kann. Woher? Collodi kann ihm das ganz unmöglich selbst erzählt haben? „Du fragst dich, woher ich das weiß? Oh, nicht nur du bringst unsere Burschenschaft dazu, gewisse Dinge infrage zustellen? Er tut es genauso intensiv, seit er bei uns ist; es diskutieren dieselben über ihn wie über dich? Somit war klar, dass er dein Biervater werden musste. Keiner hätte gewagt, sich ihm in den Weg zu stellen. Auch nicht, sich dir als Sekundant anzubieten? Denn glaube mir, so kämpferisch wie er dir erscheint, ist er bei weitem nicht. Das Gegenteil, aber das war in den Dreißigern unerwünscht. Gefühle standen nur Frauen zu und selbst denen forderte man damals Sachverstand ab, den sie über ihre Gefühle zu stellen hatten." ›Was studiert er? Mathematik? Franzen könnte es schwören. Lehramt?‹ „Als Lehrer hat man mehrere Fächer, solltest du wissen, als Lehrer-sohn." – „Bin ich heute so durchsichtig?" Perseus lacht ihm ins Gesicht, „nein! Ehrlich, ich staune selbst, was ich plötzlich alles von dir weiß. Entschuldige mein Lachen. Aber ich wundere mich schon die ganze Zeit, warum ich das alles unbedingt erzählen will? Ich glaube fast, Collodi mit seinem ollen Spukhausen? Er hat tatsächlich recht. Hier lebt Vreemarr, der alte Götterhimmel? Und ich fungiere derweil als sein Instrument! Auf dem ein uralter Geist leutselig seine Akkorde findet und spielt. Mehr als Gitarre kann ich nicht. Deshalb dieses Bild." Was denkt man von einem, der so mit einem redet? Dass er unehrlich sein könnte, wohl kaum. Und doch spürt Franzen überdeutlich, dass Perseus deshalb neben ihm sitzt und so viel redet, weil Andrin möchte, dass er klare Stellung bezieht. Denn er gehört derzeit zu den Schwankenden. Aber Andrin glaubt, er wäre ein sehr wertvolles Mitglied ihrer Seite? Und vertrauenswürdig, auch wenn er sich nicht entscheiden will? Bei ihm liegt kein familiärer Grund vor. Soweit Franzen weiß, ist er ein Waisenkind ohne jedwede Verwandtschaft. Der Krieg? Traumatisierte Kinder, die am Ende eingesammelt wurden und nirgends zugeordnet werden konnten. Nicht einmal Dorf oder Stadt? Keiner kannte sie und sie kannten keinen. Hatten alle Erinnerung verloren. Wer es unter solchen Umständen an die Universi-tät schafft, ist sehr ehrgeizig gestrickt. Mutig und bereit, Ziele zu verteidigen. Ja, auch Franzen sieht in ihm einen wertvollen Mitstreiter und einen sehr engen Freund. Aber dieser minimale Abstand, diese geringfügige Kluft, die mitunter einen Kältehauch erzeugen kann, spürt er ebenfalls. Deshalb ist er so erstaunt darüber, dass sein Bruder um ihn so unverblümt und trickreich kämpft? Ihn geradezu einzulullen sucht? Ergibt das Sinn? Jemanden mit so klaren Prinzipien kunstvoll überreden zu wollen? Oder will Andrin ihn einfach nur ablenken von

✶✶✶✶✶✶✶

dem, was in seinem Zimmer geschieht? „Welche Fächer studierst du außerdem?"
Es grinst, „ich dachte schon, du fragst nicht? Erdkunde und Geschichte." – „Drei
Fächer? Hauptfach Mathematik? Das ist eher selten?" Perseus sieht ihn an, kann
sich gar nicht mehr die Grinsefalten wegwischen. „Hast du eine Ahnung, was dein
Vater alles studiert hat?" Ja, der Punkt, wo auch Franzens tränenreicher Blick zu
schmunzeln anfängt. „Habe ich wohl geheult?" Perseus streichelt Franzens
Schultern, wenigstens soll es sich so anfühlen können, denn es ist eher eine
beinharte Fünfpunkt-Tiefenmassage plus knüppelharte Handrücken-Quetsche. Er
ist dermaßen verspannt und verkrampft, dass der andere tatsächlich herauszufinden sucht, was von alldem, Knochen, Muskeln und Sehnen sind? „Wie ein
Schlosshund? Blöde Floskel … übrigens sollte ich dich besser einmal kräftig
durchmassieren, bevor sich dieser Granitbrocken im Schulterbereich noch mehr
verhärtet? Ansonsten müssen wir dich zuvorderst in einem heißen Bad einwei-
chen?" Schon steht er hinter ihm und ertastet den Tatbestand, was versteinert
anmuten mag. Wer auf Mensuren fährt, lernt rasant schnell verkrampfte Schultern
wie Nacken- und Rückenmuskulatur gekonnt zu massieren. Die Über-Kopf-Hal-
tung des Schwertarms peinigt oft. „Könnten wir dabei über Engelsruh reden? Die
Vorkommnisse dort? Du willst mich doch ablenken? Vielleicht kannst du mir auch
Fragen beantworten, die mich schier zu erschlagen drohen?" Perseus ist einfühlsam, auch seine Fingerspitzen, die tatsächlich in Reichweite Massageöl finden
konnten und bereits im vollen Einsatz haben? Franzen wusste gar nicht, dass es so
etwas bei ihnen gibt? Auch hat er nicht mitbekommen, wie der andere ihn offensichtlich entkleidet hat. Er trägt nur noch eine Unterhose und Socken? Also glaubt
Perseus, er müsse zudem seine Beinmuskulatur auflockern? Die hat er im Übrigen bereits mit warmen, feuchten Tüchern umwickelt? Und es riecht intensiv nach
Franzbranntwein … wann ist das nur alles passiert? Er selbst hätte wohl immer
noch in der Küche nach Speiseöl gesucht und seine Beine komplett vergessen?
„Also ja, gerne, ich hab' schon mitbekommen, dass Pankratius sich offen wundert
… nicht nur er war bereits mehrfach dort. Ich genauso und ebenfalls ohne Wissen
der Bundesbrüder. Es ist einfach zu suspekt, was du da siehst und im nächsten
Moment das Gefühl bekommst, jemand wünscht, dass du es schnellstens wieder
vergisst? Ich mag es nicht, wenn jemand unautorisiert in meinem Kopf herum-
wühlt. Und genauso hat sich das für mein Gefühl angefühlt. Doofe Formulierung,
aber mir fällt nichts Besseres ein. Derselbe hat jetzt versucht, eine komplette
Autoladung Vandalen umzubringen, nur, weil ihr euch ebenso wenig eure Erinnerungen stehlen lassen wolltet? Ja, ich glaube fest daran, dass Vreemarr nicht nur
ein Mythos ist und dieser vermaledeite Götterhimmel auch ein paar finstere Teufel
zustande gebracht hat. Und beide Seiten kämpfen nun seit Jahrtausenden darum,

die Menschheit anzuleiten. Aber Shijtarrheim konnte das bisher verhindern. Nur jetzt nicht mehr. Wobei Shijtarrheim noch immer machtvoll ist. Ich spüre es, wie es mich an der Schulter berührt, wenn ich von ihm spreche, nur daran denke? Dieses Zauberhausen, das Collodi eurem Haus zuspricht, hat reichlich Paläste errichtet. Überall im Menschenland dazwischengeschoben, dass es uns wie Nonsens, völlig unschuldig, sogar wie typisch vorkommt. Wenngleich wir etwas mitbekommen, das alles andere als trivial ist." ›Luft holen, Franzen‹, fordert ihn sein Kopf auf. „Du glaubst auch, dass da, wer Genmanipulation betreibt?" Perseus klingt sarkastisch, „mehr Schindluder. Ich glaube, da hat, wer eiskalt ein Versuchslabor eingerichtet und testet durch, was möglich wäre. Und die Engelsruher sind wirklich so brav, wie ihr Baron behauptet. Sie kamen mir bei jedem Besuch wie Kinder vor, gänzlich arglos und naiv, die überhaupt nicht begreifen können, wovon du eigentlich sprichst, wenn du unziemliche Fragen stellst. Sie sehen keine unterschiedlichen Hautfarben vor sich, keine außergewöhnlichen Sommersprossen, extreme Haarigkeit oder gar Wülste am Schädel und im anderen Fall, eine komplett glatte Struktur. Ich glaube fast, die würden ein zweigeschlechtlich geborenes Baby nicht erkennen? Einfach ein Geschlecht sehen und das andere nicht. Genauso etwas suche ich dort? Die Tatsache, dass ein Mann mit Busen herumläuft und keinen wundert es? Das wäre für solches Versuchslabor doch mal ein echter Hingucker? Zu beobachten, wie die Normalos mit schwarzen Füßen in ihren braunen Socken auf solches reagieren? Ist für Arier ja wohl die Abartigkeit schlechthin? Dagegen ist ein Homosexueller nur noch ein bizarrer Paradiesvogel? Und die indianisch wirkende Mutter mit afrikanischen Wurzeln, laut ausnehmenden Rundungen, die ein nordisches Riesenbaby im Arm trägt, das ganz unmöglich aus solcher zierlichen Person herausgerutscht sein kann, ist Pillepalle? Wo afrikanische Rundungen doch normal genau das ermöglichen sollten? Aber bei ihr hat es wenigstens im Beckenbereich nicht geklappt. Dafür sind die Oberschenkel dann aber wieder prachtvoll und der Hintern erst? Oh, wenn man auf Rundungen steht, ein wahrer Hochgenuss. Seit ich das Mädel das erste Mal gesehen habe, verfolge ich sie, sobald ich dort bin. Ist nicht ganz einfach, weil die ja alle wie die Schießhunde aufpassen, dass keiner der Gäste dem Jungvolk zu nahe kommt. Aber ja, ich konnte sie immer entdecken und ihre neuesten Babys bewundern. Glaub ja nicht, die sei Babysitter? Nein, das sind alles eigene Sprossen. Und jedes davon hat sie an die Brust gelegt. Sie hat wenigstens sechs Kinder! Und sieht so phänomenal gut aus, dass du als Hengst direkt aufspringen willst, falls du verstehst …" Perseus stete Begleitung ist eine sehr schmal gebaute Blondine, eher unscheinbarer und auch nicht gar so lüstern wirkend. Schüchtern? Sogar deutlich verkrampft? Wie kommt er an solche Partnerin, wenn er auf das krasse Gegenteil abfährt? Denn

★ ★ ★ ★ ★ ★

das tut er. Himmel, Franzen wartet schon darauf, dass er minimal Abstand nimmt. Aber, nein, der hat seinen Kumpel gut im Griff. Der spurt. „Du stiefelst also jungen Müttern hinterher? Pfui, schäm dich!" Muss Franzen erschrocken ablassen, dann aber sofort neugierig nachschieben: „Und wie sieht ihr Kerl aus?" Perseus hat ihn dort, wo er ihn haben wollte … . „Guter Mann! Den gibt's nicht. Sie hat keinen Partner. Lebt gänzlich alleine mit wenigstens sechs Kindern in dem kleinen Café am Dorfanger, wo sie hinterm Tresen steht und dann immerzu den jüngsten Spross in der Mittagspause durchs Dorf kutschiert – im Kinderwagen meine ich. Ihre anderen Sprossen? Du fragst dich, wo die währenddessen sind? Habe ich nie herausfinden können. Nur, dass sie keine Hebamme ist, die als Milchkuh dauerproduziert … also, wenn du das jetzt denkst? Damit könnte man auch experimentieren? Nein, ich habe zugehört, wie die anderen Frauen darüber sinnieren, wie seltsam es doch ist, dass Annegret immerzu zu Pfingsten ein frischgeborenes Baby hat, wenn all die vielen Gäste ankommen? Als wolle sie fürs Kinderkriegen Werbung machen oder für Kinderwagen oder natürliche Babyverköstigung, Muttermilch? Du kannst dir nicht vorstellen, wie die Ladys herumkichern, ihrethalben? Aber keine davon hält sie für unanständig? Denn das hört man, wenn Frauen das von einer anderen denken. Du weißt doch? Damit könnte die ja eine Gefahr für sie selbst sein? Nein, die halten sie für absolut korrekt. Keinesfalls eine Gefahr, dass ihre eigenen Männer ihr hinterherschauen könnten?" ›Ehrlich, Mann? Du bist total scharf auf die Dirn‹ Franzen schüttelt es richtiggehend. Er wusste gar nicht, dass er selbst ein Moralapostel ist? „Wie heißt deine Lady? Weiß ich nicht mehr." Perseus Hände greifen augenblicklich richtig fest zu und Franzen fürchtet minimal um seine Halswirbel, die alle ordentlich knackend wieder in die vorgesehene Halterung zurückrutschen. ›Puh!‹ „Du meinst offensichtlich meine Schwester Grit? Ich hoffe, einen adäquaten Abnehmer für sie zu finden. Es gibt genügend, die auf Verbindungshäusern wie unserem landen und zu schüchtern sind, selbst eine Braut für sich aufzureißen. Ich wäre gegebenenfalls bereit, das ganze Prozedere einzuleiten? Soll ein Netter sein, klar, aber ansonsten stelle ich nur wenige Ansprüche. Kennst du vielleicht jemanden, der interessiert sein könnte?" ›Uff. Ähm, nein.‹ „Danke, brauchst du nicht laut auszusprechen, habe ich auch so kapiert. So übel ist die Grit aber gar nicht? Oder fade, wie das klang? Schon, ja, derjenige müsste sie etwas aus ihrem Schneckenhaus herauslocken können. Grit kann echt ziemlich witzig sein … sie ist ein richtig feiner Kerl. Eine treue Seele, sehr fürsorglich. Sie wird eine gute Mutter werden." Franzen ist mal ehrlich froh, dass er dafür doch noch etwas zu jung ist. Himmel, der will seine schüchterne Schwester bei ihnen verkuppeln? Er soll aber doch ein Heimkind sein? Vollwaise? Auf die Idee wäre er im Leben nicht gekommen. Auch nicht, dass der sonst eher zurückhaltende Perseus solche ungezwungenen Gedanken im Schädel tragen könnte? Teufel? Genetisches Versuchslabor? Afrikanische Rundungen, nur nicht am Becken? Aber einen prachtvollen Hintern? Ganz ohne Hüften? Wie geht das denn bitte? Jaja, die Anatomie, ein Lieblingsthema, darüber lassen sich Studenten wirklich gerne aus. Aus jeder Fachrichtung. „Wie kommst du zu einer Schwester?" Er muss es einfach wissen, „ich dächte, du seist eine Vollwaise?" Perseus hält inne, war gerade richtiggehend in sein Schulterblatt vertieft. Was grübelt er? Wie er die Schwester erklären soll? Das musste er doch sicherlich schon öfter tun? „Wir kamen zusammen dort an. So etwas verbindet und wir sehen uns auch etwas ähnlich. Zumindest war das anfangs wohl so." Mhm, ›anfangs‹ liegt demnach schon eine weite Strecke zurück? Perseus heißt ja nicht nur wie ein griechischer Göttersohn, er könnte genauso gut einer sein, indessen die Schwester aus heimatlichen Gefilden abstammt. Ziemlich eindeutig. „Ich könnte ein Göttersohn sein? Hast du das ehrlich eben gedacht?" Hihi.

Der lange Atem unter den Wassern
29230 bis 29252 Asgijahr|NRW, Rheinlabyrinthe, 06|1954 bis 02|1976.

Ein immerwährendes, beizeiten wiederkehrendes, intimes Gespräch mit seinem Freund Grambambl in den Wassern des Rheins. Er ist ein wunderbarer Zuhörer. Immerfort verständnisbereit, egal, wie erbärmlich Franzens Bekenntnisse klingen mögen. Wie irreal in puncto Zeitlinie? Grambambl fragt niemals nach, stört sich an keiner Wiederholung oder prekärer Unlogik. Will niemals wissen, wann genau es geschieht. Also kann auch Franzens Kopf es bald nicht mehr richtig zuordnen. Nur, dass er sicher weiß, es geschieht ab genau diesem Punkt, wo er seine Freunde in Ilverich zurücklässt. Bei Bohnensuppe und tiefsinnigen Gesprächen mit seinen Freunden, den Knechten und grauen Eminenzen hinter dem weißen Küchenbüfett. Das wirkt, als wäre es eben frisch gestrichen worden. Dabei war wenigstens doch das, ganz klar Ostern 1946? Aber nein, Grambambl stört es nicht, dass er noch eine weitere Jahreszahl unberührt. Es ergibt sowieso Eintopf. Ein Viel-Jahres-Eintopf und höchstwahrscheinlich zur Gänze ungenießbar, wenn nicht gar toxisch? „Als Karl-Franz von Velden geboren, erwuchs ich bereits als Winzling zum selbst gekürten ›Franzen‹, immerdar, wenn ich stolz war, ob meiner glorreichen Taten? Oha, ich stand zuverlässig auf Heldenepos. Und suchte stets das Abenteuer jenseits etablierter Spurrillen. War ein Rebellensohn durch und durch, bislang zutiefst überzeugt, sämtliche Einflüsse der eingefahrenen elitären Gesellschaft von mir abstreifen zu können? Echt zu bleiben, rein natürlich wie selbstbestimmt? Immun gegen jedwede Verführung und Bestechung? Mich zuverlässig behaupten zu können?" Eine heftige Welle schmettert ihn schmerzhaft an die schroffe

Felswand. Aber Grambambl bleibt sturmsicher an seiner Seite, scheint es gar nicht groß wahrzunehmen … „Um dann herauszufinden, wie garstig Mutter Natur erst mit dir verfahren kann? Sich einen Scheißdreck darum schert, was du für dein Leben selbst geplant hast? Ich bin schwul?" Heult es aus tiefster Seele … ist er das? Franzen? Seine eigene Stimme oder übernimmt zwischenzeitlich Grambambl das Sprechen? Wo er zumeist darum kämpft, seine Lungenflügel mit Wasser vollgepumpt zu bekommen … dass er zu guter Letzt doch noch einen Grund für dieses anzügliche Wimmern in sich finden kann? Aber nein. Nicht gegeben. Diese Lunge folgt ihm nicht mehr! Scheint sich nicht mehr als zugehörig zu empfinden. Atmet einfach weiter, auch wenn da gar nichts ist, was man einatmen könnte … er muss wohl lernen, zu akzeptieren? „Ich fühle mich zu Männerkörpern hingezogen? Egal jetzt, welche Güte, welches Alter oder Attraktivität? Keine Frauenkurven, weder flach noch prachtvoll ausbalanciert wie naturgemäß vorgesehen? Nicht einmal die wunderschönsten Mädchenkörper scheinen mich beeindrucken zu können? Nichts, gar nichts regt sich mehr, stelle ich sie mir erst nackt vor? Aber in adretter, besonders fescher Kleidung – al gusto – oder gar noch in aufmüpfigpikanter Gewandung – ujujujuj –, ist dann alles noch halbwegs denkbar? Ich stehe grundlegend auf Rebellentum? Aber nackt? Ein furchtbares Bild. — Per se nicht das der nackten Frau? Denn Schönheit reizt mich, schon alleine ihres Zaubers halber – Klarheit einer Linienführung – Balance zwischen den Ebenen? Diesem Rausch kann ich immer wieder verfallen, mich an solcher Grazilität niemals genug satt sehen? Nein, solcher Ekstase entkomme auch ich nicht. Aber es deswegen als stimulierend zu empfinden, weil es kurvenreich angelegt ist? Mir gar wie eine selten aparte Knospe erscheint, die ich etwaiger Trophäensammlung unbedingt beifügen müsste, fällt mir nicht ein. Ich bin kein Trophäensammler. Konnte das Jagen nie leiden. Falls dies das Kriterium für Männlichkeit sein sollte, nun, dann versage ich auf ganzer Linie. Mit Grace Kelly in den Sonnenuntergang reiten? Ja, das Bild bekomme ich noch wunderbar hin, auch unter der Laterne stehend, von Lili Marleen zu träumen? Marlene Dietrich? Eine Göttin, oh, ich verehre sie. Aber genauso wiederum jede Form von Kunst, die es überall zu finden gibt? Ein Hundekörper oder ein Haus, ein Busch, selbst ein bizarrer Grashalm kann genauso diesen unendlichen Zauber in mir entfesseln wie ein Frauenkörper. Mich genauso begeistern, munter werden lassen und in allerhöchste Ekstase versetzen? Den Romantiker wach kitzeln? Wobei dieser spezielle Zauber von Männern eher nur peripher ausstrahlt? Da sind es für mein Dafürhalten mehr die kleineren, belanglosen Details, einzelne unerhebliche Zwischenzonen, die ich als atemlos schön, als unendlich berauschend und zauberhaft bezeichnen wollte, selten das Gesamtbild. Das hier eh unwichtiger scheint? Der Übergang eines schlanken Halses in einen kräftigen, geraden Rücken, kombiniert mit einem Dreitagesbart, kann durchaus ausreichen … Schulterpartien? Von Haaren verdeckte Ohren und nebendran bemerkbare frische, besonders sorgfältige Rasur? Ein Oberlippenbart über markanten Lippen geschwungen? Dieser Klecks Bartrest unterhalb der Unterlippe und die dazu passend meist strenge und schmale Lippenführung? Es sind weniger die Einzelheiten, mehr das harmonische Zusammenspiel? Ein Wangenknochen mit seiner leichten Wölbung zur nebenan liegenden Nasenwurzel? Ein Element, wo sich unter Umständen in meiner Hose sofort etwas rührt; postwendend, massiv? Wobei es einfach nur im korrekten Gesicht angelegt sein muss, am zugehörigen Körper, mich zu solcher Reaktion zu verführen? Als würden meine Fingerspitzen sie zärtlich berühren, nicht bloß meine hungrigen Augen? Wenn ich solchen Mann bewundere, ist es so weit, mich fallenzulassen; bar jeder Vernunft. Bei Frauen? Nein, klappt einfach nicht. Kein Element, wenn auch faktisch, strahlend wunderbar, es genau darum berühren zu wollen, erkennt mein Körper als reizvoll genug an, sich deshalb anständig zu bemühen? Darauf anständig männlich zu reagieren? Warum auch? Ist doch einfach nur wunderschön? Da höre ich Musik in meinen Ohren, sehe einen azurblauen Himmel über mir und strahlenden Sonnenschein oder einen aufziehenden Orkan, je nach Gemütslage auch sehr unterschiedliche Farbigkeit wie Bilder? Aber deshalb an Sex zu denken? Sieht mein Körper keinen Anlass gegeben? Nicht die nackte Frau ist das vermaledeite Problem. Nein. Es ist mein Körper, der sich weigert zu funktionieren – die schiere Katastrophe? Da regt sich nichts. Gar nichts. Erst wieder, wenn ich anfange, mir wenigstens doch Fuß und Waden eines Mannes vorzustellen, Haare, wohin du nur blickst, im höheren Alter selbst auf den Fingern und Zehen. Ob ich das sexy finde? Gute Frage? Ich weiß es nicht. Kann es mir nicht vorstellen, aber mein Körper lechzt, pocht … mir vorzustellen, wie sich dieser Fuß von Kindesbeinen an weiterentwickelt, im Teenageralter erste männliche Attribute vorstreckt und dann ins echte Mannsein überläuft? Spätestens bei diesem Gedanken kannst du mit mir wiederum alles anstellen … Sex, Liebesspiel, Wollust? Allerdings sollte mich deine Körperlichkeit nicht von meinen Gedanken ungut ablenken? Gar völlig verstören, weil du obenrum pralle Brüste trägst? Somit auch keine Lösung, die Sache mit der Frau bewältigt zu bekommen. Mist. — Ich bin also tatsächlich schwul? Und soll mich damit jetzt abfinden müssen? Etwas, das in meinen Lebensplan aber nicht reinpasst? Es schreit in mir und heult wie der Schlosshund? Aber es hilft nicht weiter? Nicht raus aus der vermaledeiten Misere? Lotst mich letztlich nur nach exakt hierher … meintest du das?" Oh, Franzen erinnert sich gut an Grambambls Worte.

✴ ✴ ✴ ✴ ✴ ✴ ✴

Meworry pissed off

Angewidert von den Heuchlern und Unschuldslämmern, der Unschuldsthese, die überall leutselig grassiert? Dass das Prinzip der Summenbildung keine ontologischen Verpflichtungen impliziert? „Spinnt ihr allesamt? Habt ihr bei der Äpfel- und Birnenrechnung nicht aufgepasst?" Die große Anamnese? Eine urplötzlich aufgetretene, invasive Blindheit, sich flächendeckend seit dem Zusammenbruch 1928 über Europa ausschüttend? Sich selbst als größtes Opfer stilisierend – als arglos und unschuldig? Aber er, Franzen, erinnert sich bestens, es als kleiner Bub gesehen zu haben! Wie sie jubelten und mitmarschierten, Freudentränen in den Augen! „Um Himmels willen! Davon wussten wir nichts!" Nicht einmal ›fehlgeleitet‹ können sie als Tatbestand gelten lassen, »nein, wir waren niemals dabei!« Sie wussten von nichts! Ja, aber damit nicht genug, es geht nahtlos weiter. Ungeniert? Die freie Marktwirtschaft, mit erneuertem goldenem Kalb in seiner Mitte? Oh, sie lieben es, prostituieren sich seinetwegen auf jede erdenkliche Weise. Von Schamhaftigkeit keine Spur, Partylaune, genauso schwülstig wie in den Zwanzigerjahren davor? Die Zeit dazwischen, wegretuschiert, samt Schuldfrage und ausgeschüttetem Elend, denn dafür kann jetzt ja keiner mehr etwas? Die Wenigen, die dafür sterben? Ein hirnloser Witz. Aber ja, die Alliierten wissen dennoch genau, was sie tun. Das Land muss wieder auf die Beine kommen, Europa wieder aufgerichtet werden? Diese Stabilität benötigen sie alle sehr. Was bedeuten dagegen ein paar Millionen tote Seelen? – „Me worry pissed off?|›Die Sorge macht mich wütend‹? Eine klare Ansage!" Ein erkennbares Murren weiter rechts, „nee, ›me‹ und ›worry‹ müssen eindeutig zusammengeschrieben werden? Ein absolut perfekter Rufname und der schnöde Rest bezeichnet seinen Gemütszustand." Eine andere Meinungsbekundung, „soll ja von einem Ami stammen. ›Me worry?‹, im Sinne von: ›Was juckt mich das?‹, zynisch gefragt? Ein Unbeteiligter, Desinteressierter? Eine dieser moralischen Nieten, die uns die Scheiße hier eingebrockt haben; eine olle Dumpfbacke, ohne Meinungsbild? Die Persiflage des weitverbreiteten Achselzuckers? Mit reichlich sarkastischer Note gewürzt? Jetzt, hier und heute? Solche gab es schon, seit es Kultur gibt und genauso am anderen Ufer!" Ein fideles Hihi: „Upps, ich meinte natürlich, jenseits des großen Wassers, im Amiland." Wiederum die Gegenseite, todernst klingend: „Iwo!", streng gesprochen, „ein astreiner, dreiteiliger Name: ›Meworry‹ als Rufname, ›Pissed‹ als zweiter Vorname und ›Off‹ der ultraschicke Familienname! Somit ›Meworry P. Off‹", kichert es ungehalten drauflos. Eine minimal reifere Stimme, „nein, das alles bezeichnet lediglich seinen ultimativen Protest! Dass er ihnen ans Bein pissen möchte? Den elendigen Unschuldslämmern nach Kriegsende, genauso den neuen Despoten, mit so prekärer

Ähnlichkeit zu den vormaligen Lämmern? Will heißen, einen schicken Namen müssen wir erst noch für ihn suchen gehen? Keinesfalls ein Englischer? Wir kritisieren doch unsere Leute? Wir, die eigenen Kinder? Die Alliierten versuchen nur den Schmodder von unseren Straßen zukehren …" Eine beipflichtende Stimme, „unter dem nächsten Teppich verschwinden zu lassen …" Nochmals eine andere, diese weiblich, noch sehr jung, „›Meworry‹ ist in jedem Fall ein klasse Pseudonym!" Es zieht sich wie rosafarbener Kaugummi durch die Wochenenden. Wirft ständig neue stereotype Blasen auf. Einmal heizt es das Murren zu arg auf, sie fangen an, einander hemmungslos zu verprügeln. Es killt alles. Tumber Wetteifer lässt sie Boxturniere veranstalten, die nicht ohne Folgen bleiben. Die Betroffenen müssen ihr demoliertes Außenbild hernach begründen, ohne zugeben zu können, wie es zustande kam, noch kann man einen Schuldigen vorstrecken. Letztlich will schon fix niemand mehr genauer wissen, was es eigentlich aussagen will. Irrelevant? Hier sind alle rasch so zugedröhnt und alles Thema wird klischeehaft demontiert? Der Protest wird vorerst wie ein lästiges, totes Insekt von der Frontscheibe gekickt, nötigenfalls energisch runter gekratzt. Es gilt, das Gold seiner Ahnen zu verprassen, exakt jenen, die damit die Welt regieren, vor die Füße zu scheißen? Jeglichen Zugewinn in die Arme derer zu legen, die zuvor von denselben Despoten entrechtet und unter den aufgerissenen Straßenasphalt gekehrt wurden. Wiedergutmachung? Liegt schließlich voll im Trend – und lässt sie vergessen, dass sie selbst schon bald genauso zu Arschlöchern mutieren werden. Aber dann taucht dieser Meworry in ihrer Mitte auf und bezieht sich auf eine amerikanische Zahnpflegewerbung? Wie bitte? Diskussionsbedarf pur und der Kerl argumentiert auch noch so obergescheit, dabei ist er noch blutjung? Ganz eindeutig und doch prangt ein Schmiss an seiner Wange? Solche Steile nehmen doch an ihren Orgien nimmermehr teil? Wer würde solchen denn nach hierher einladen? Nationalisten würden auch niemals das Gossengesindel aus aller Welt unterstützen wollen? Das passt vorn und hinten nicht zusammen und doch ist er aus Fleisch und Blut und bringt die allerbesten Ideen ein, eine klare Kampfansage, aller Schandtat gegenüber? Ihren Protest mit neuen Glanzpunkten aufwertend? Und die Mädels stehen auf ihn? Bereits am allerersten Abend vernascht er die heißeste Sahneschnitte in ihrer Mitte und wird einhellig, unter der Hand gesprochen, zum neuen, ideologischen Anführer gekürt. Oh, ja! Denn an seiner Seite fühlt sich selbst bloßes Herumficken wie eine glorreiche Tat an? Damit versauen sie allesamt ihre Gene! Vereiteln die herrschsüchtigen Pläne ihrer Altvorderen? Nur der alte Herr zu Hause, vor dem sie aber bereits morgen früh wieder peinlich kuschen müssen! Ja, so schmeckt Rebellentum gut – wenn es vergessen lässt? Wo jetzt sogar die wahren Altvorderen aus den Archiven gezerrt werden und als etwaige Schuldige herhalten müssen? Klar, an jeder Misere der letzten zweitausend Jahre, versteht sich! Die AO-Mythologie? Plötzlich kennt sie jedermann und wusste seit jeher, was da alles drinsteht, wie es die Menschheit manipuliert? Alte Götter? Sie sind die wahren Schuldigen, sie müsste man an die Wand stellen! Aber, nun ja, genau hier erinnert man sich auch, dass die Menschen nicht immer so unbeholfen waren, wie sie der Christengott werden ließ, mit all seinen strengen Gesetzen. Zauberei? Magie? Hexenwerk? Auch hier in Schwarz und Weiß und wahrscheinlich doch zahllosen Graustufen dazwischen? Oh ja, auf diesen Zug springen alle zeitnah auf. Die einen, wie stets, mit Hetze gegen Unliebsame in ihrer Mitte und andere mit nochmals interessanteren Gerüchten und uminterpretiertem Legendenwerk. Oder wird ausschließlich begradigt? Alte Geschichten, die neue Wahrheiten offerieren? Urplötzlich wissen alle, dass der Holsteiner am Nordostseekanal kein Mensch ist? Dessen Domizil von keinem jemals entdeckt werden konnte? Aber dennoch ist man überzeugt, dass der Mann tatsächlich existiert. Genauso ›deus pacis‹, dieser Adelsklub, der ganz eigene Regeln aufstellt und durchsetzen kann und auch ganz ohne königliches Dekret, Adelstitel rundum verteilt? Und obwohl die Von-und-Zus keine Privilegien mehr besitzen, nimmt ihre Macht merklich zu? Überall in Führungspositionen tauchen ihre Namen auf. Zwar ohne Hinweis auf das Maß ihrer Würde und Herrschaftlichkeit. Da gibt es ja immerhin niedere Chargen bis hinauf zum Landesfürsten? Der Graukopf soll beispielsweise ein Erzherzog sein? Deshalb nennen ihn manche ihren Prinzen? Huch, da zucken einige zusammen, als das klar wird. Heinz vonPreimuk, ein mutmaßlicher Freiherr, gilt als Gründungsvater der Preimuk AG. Die Anfang der Fünfziger in jeder größeren Gemeinde ihr Standbein fest verankert hat und in jeder Wirtschaftsnische vorsorglich mitmischt. Den Alliierten will man zügig beweisen, dass man seine Lektion begriffen hat. Es gilt, Politik vorzustrecken, die keine neuen Gallensteine erzeugt. Die ›Christliche Kooperative‹ diskutiert lange über einen passenden Namen für ihre Partei. Ihr Obmann Christof Vonderwasen stellt in der Presse klar, wie wichtig es ist, sich richtig zu entscheiden. Sie stützen sich auf Tradition, den Glauben im Fokus und schaffen es zügig, Konservative wie Progressive an einen gemeinsamen Tisch zu setzen, mit Demokratie fixiert. Sie nennen es ›Ordnung und Tradition‹ und krönen es mit den Hörnern des Stiers. Obzwar das rückdatierte Gründungsdatum 5.6.1945 im Zeichen des Zwillings steht – oje, die Astrologen schütteln sich. Die Fünf gilt als ihr Glücksbringer und nicht bloß, weil sie eine Primzahl ist. Besagter Tag der Regierungsübernahme der Alliierten. Dazu eben eindrucksvolle Stierhörner auf Schwarz-Rot-Gold. Wer wollte da an ihrer Rechtschaffenheit zweifeln? Die Abkürzung OUT schlägt dann richtig Wellen und löst das Zeitalter der Anglizismen in Westeuropa aus. Es sollte ein erkennbares LET-Symbol sein und diese interessante Wählerschaft ihnen zuspielen. Aber Traddis wie Waldläufer zucken vor moderner Technik eher doch zurück. Und der schon bald ansetzende gnadenlose Wettstreit um den größten Profit, lässt sie quasi erstarren, lockt aber parallel den Klub-dp in die Politik, der die vielzähligen LET-Jünger elegant aufzufangen weiß und klarstellt, dass sie keiner durchschauen kann. Die Deutsche Bank wird seit 1945 offiziell von Fürst vonKorben in Bremerhaven geleitet, der aber noch mehr Aufmerksamkeit durch die Gründung seiner Partei erzielt. Er gilt als radikaler Demokrat und darum übersieht man hier allzu leicht seinen Fürstentitel. Die ›Neue Deutsche Einheit‹, kurz NDE, datiert ihre Gründung auf den Tag der Kapitulation zurück. Auch sie wollen beeindrucken. Womit jeder zweite als Geburtsstunde auf den 8. Mai tippt, was aber nicht stimmt, denn das erste Dokument wurde am 7.5.1945 unterzeichnet, das zweite am 9.5.1945. Und da die Sieben seit jeher Fürst vonKorbens Glückszahl ist, wundert sich keiner. Dass sie eine Primzahl ist und in Kombination mit der Eins (Anzahl Schriftstücke), ein Doppelspiel abliefert, das sich via Multiplikation im Ergebnis wiederum als Primzahl bestätigt, werden hier Kräfte freigesetzt, die wirklich eindrucksvoll sind. ›Plus‹ dazwischen geklemmt, als die schwächste Pulverform, ›Wurzel‹ die vergleichbare Atombombe. Die Reihenfolge: ›Plus‹ • ›Minus‹ • ›Multiplikation‹ • ›Division‹ • ›Wurzel‹. Was der Fürst sicherlich doch vergessen hat, seinen arglosen Schäfchen mitzuteilen? Und ja, er trägt einen stolzen Fürstentitel und wird bevorzugt so angesprochen. Ganz offen, das weiß jeder. Dass er den blutigen Kriegswirren ohne plausiblen Grund ausweichen kann, auch kein Parteimitglied werden musste und dennoch eine Judenbank übernehmen konnte, hinterfragt niemand. Die Macht seiner Familie erzeugt seit Generationen Gruseleffekt und löst zeitweise Dauerzittern aus, was keiner hören will. Sie schmieden ihre Ränke im nebeligen Untergrund, ohne sich rechtfertigen zu müssen. Er ist immerhin Demokrat? „Bitte, faselt jetzt nicht auch noch von einem König-der-letzten-Tage, den der Klub-dp unter Anleitung des grauen Holsteiners zu finden gedenkt?" Und wer hat das jetzt wieder geäußert? Ja, es ist eine Phase der trickreichen Fragezeichen angebrochen, die entweder wachzurütteln suchen oder Gegenteiliges bewirken wollen. Keiner könnte ernsthaft bestimmen, woher sie stammen? Etwa aus Shijtarrheim? Wo Vreemarr nicht mehr ist?

Stärke, haltlos geworden, zerfließt

29230 bis 29236 Asgijahr|Nordrhein-Westfalen, 06|1954 bis 05|1960.

Von einem Extrem ins nächste? Soll nicht weiter schwierig sein. Ausreichend Labilität und man gelangt überallhin, wohin die starken Wasser treiben? Die Rheinlabyrinthe, die freundlichst ihre Kräfte anbieten? So naheliegend, von Ilverich

★★★★★★★

gesehen? Rheinlabyrinthe, ein Zauberwort für Franzen, der sich nach Stärke sehnt, Stärke, die ihn nicht blind stellen will, nicht verleiten, etwas zu tun, was gar nicht auf seiner Wunschliste steht? Wobei die Wunschliste wohl das größte Problem ist? Die Frage, wie gelangt man so rasch von Rechtsaußen nach Linksaußen? Kinderleicht, mit hormoneller Sinnkrise? Danke sehr. Er ist ohnehin zu jung, alles, was passiert, verarbeiten zu können. Noch die Zuneigung, die er überall erfährt, zu verkraften. Er selbst sieht sich in jedem Punkt massiv scheitern und andere jubeln ihm dennoch zu? Ein Verwirrspiel, das plötzlich einfach zu viel wird. Was in seinem Zimmer in diesem Moment geschieht? Die Entscheidungen, die wohl in seinem Namen oder zumindest für ihn getroffen werden? Er möchte nur noch hysterisch schreien und vor allem und jedem davonlaufen. Wer ihm von den unter-irdischen Rheinschwemmgruben erzählt hat? Er kann sich nicht erinnern. Aber genau nach dorthin flüchtet er, noch während seine Küche, angefüllt mit seinen Wimpelkameraden, nach Bohnensuppe riecht. Die er für sie zubereitet und dabei einem seiner Freunde diskret mitteilt, „bitte Freund Knecht, jetzt ehrlich nicht! Viel ungelegener geht gar nicht! Ich hab' die Bude voller Freunde sitzen, die unsere Freundschaft kaum verstehen würden? Also schnapp dir das endlich und dann verdrück dich wieder. Und warte ab, bis es wieder leiser in unseren Hallen ist. Gut, jetzt? Oder muss ich das für dich dorthin tragen, wohin du strebst? Solange we-nigstens du weißt, wo genau das liegt? Ich für meinen Teil weiß es nämlich nicht mehr …" Bodgwer steht plötzlich hinter ihm, berührt seine Schulter. „Sprichst du gerade mit einem Weberknecht? Ich meine, ich weiß ja längst, dass du ein wenig sonderlich gestrickt bist?" Franzen zuckt nicht einmal. Ihm ist gerade alles einerlei. „Hat er einen Namen?" Franzen räuspert sich, schluckt seine peinigenden Tränen hinunter, die der Freund längst bemerkt hat. „Freund Knecht – nichts sonderlich Originelles, vor allem, weil auch alle seine Kumpels so heißen, na ja, bis zu einer gewissen Größe, dann nenne ich sie Graue Eminenz." Bodgwer spürt, dass er ihn verliert, dass das Band zwischen ihnen gerade weit in die Länge gezogen wird. Darum wollte Andrin sie alle hier haben? Weil der Bruder sich heute von ihnen verabschiedet? Aber er wird seine Pflicht erfüllen, noch zehnmal am Paukboden antreten? Bodgwer weiß sicher, dass Franzen kein gegebenes Versprechen brechen könnte. Aber er wird nicht mehr Consenior werden und Asterix benötigt einen anderen Biervater. Sonst würde er schon bald alleine dastehen. „Ich möchte dich nicht bedrängen, Berner, du weißt, dass wir alle verstehen werden, was immer du entscheiden solltest? Aber gib uns bitte einen Wink, wie wir reagieren sollen, dass es sich für dich gut anfühlt?" Rheinfall ist ebenfalls eingetreten und Perseus wie Löwenherz. Und Franzen kriegt das Gefühl nicht mehr abgeschüttelt, dass sie verhindern, dass noch weitere Kameraden seinen Rückzugsort Küche betreten.

„Bodgwer, du wärst ein toller Biervater für ihn. Kannst du es ihm erklären?"
Tränen? Er sieht nichts mehr. Bodgwer übernimmt das mit der Suppe und Perseus
schnippelt an den Kräutern weiter. Franzen hat nur eine Frage: „Bleibt ihr alle auf
meiner Seite?" Er spürt es, sie müssten lügen und das will keiner. Nicht jetzt und
vor allem nicht hier. Rheinfall, „nun, ich behalte einfach das Amt noch eine Runde
länger. Helga versteht es und Collodi wird fortan von einem von uns gefahren.
Bestimmt finden wir kurzfristig einen neuen Fuchs, der als versierter Fahrer und
nötigenfalls Krankenpfleger bei ihm anheuern kann? Wie in alten Zeiten? Damit
sind beide versorgt, er kann sich's leisten und Geppetto und Pinocchio sind rasch
wieder entlastet. Geppettos Kind schlüpft bald? Da wird's bei ihm vorübergehend
recht stressig? Wie viele Blagen hat er damit zusammen? Drei oder vier? Ui, da
weiß man, was zählt. Pankratius wird sich auch um Asterix kümmern, wie wir
anderen. Aber die große Frage: Wie entwickelt sich die Zukunft weiter? Wie
schnell könnte es für uns alle ungemütlich werden? Wer kann es sagen? Erhalten
wir überhaupt eine Option, uns richtig entscheiden zu können? Deine Seite, sie
wird aus meiner Sicht immer die richtige sein und ich schwöre dir, wir alle, die
dein Bruder heute nach hierher gelotst hat, haben seine Einladung richtig verstanden. Und wir werden uns an dieses großzügige Angebot erinnern, falls einer der
unsrigen in Bedrängnis geraten sollte. Und keiner wird es jemals schaffen, einen
von uns zum Verräter zu machen. Will heißen, ganz unabhängig davon, ob du
später noch hier bist, werden wir heute Nacht allesamt einen heiligen Eid schwören
und ihn niemals brechen? Die wenigen Verpflichtungen, die du noch abzuhandeln
hast, werden wir an deiner Seite stehen. Such dir einen Sekundanten unter uns aus,
Perseus bietet sich genauso gerne an, wie ich es tue, der hinter mir steht und nickt.
Und Collodi als dein künftiger Testant? Diese Familie hier steht im Geiste immer
fest an deiner Seite. Unerschütterlich, wohin dich dein künftiger Weg auch führen
mag. Und deinen Knecht-Freunden und Grauen Eminenzen im Haus wird von
unserer Warte genauso wenig ein Leid zugefügt, wie irgendwem, der sich jemals
auf dich als seinen Freund beruft? Ich schwöre es dir bei allem, was mir heilig
ist. Du weißt, was ich damit ausdrücken möchte? Ich bin immens stolz, mich als
deinen Freund sehen zu dürfen. Dich ein kurzes Stück begleitet zu haben."

Stichwort Rheinlabyrinth? Ja, endlich ein Gedanke, der sich befreiend anfühlt und
Grambambls Gesicht vor ihm auftauchen lässt. Der neue Freund, der zu seinem
virtuellen Reisebegleiter werden will? Überwachen, ob er bereit ist, seinen Vor-
schlägen Beachtung zu schenken? Die künftigen Prinzen suchen zu gehen, die
dieser zu bewundern trachtet? Denn es gibt sie so noch gar nicht? Da ist er sich
sicher. Dazu hat er ihn doch aufgefordert? Es geschehen zu lassen? Oh, es war sol-

✶✶✶✶✶✶✶

chermaßen durch die Blume gesprochen, so bizarr angefühlt, dass er nicht einmal ernsthaft sagen könnte, ob der Kerl tatsächlich echt war oder doch nur Einbildung? Von seinen Bundesbrüdern hat ihn scheinbar niemand bemerkt? Auch etwas seltsam, wo sie so besorgt um ihn waren und dann lassen sie ihn nach einem Kampf alleine, wo andere vor ihm gestorben sind? Das alles ist ehrlich zum Gruseln, und dann verfolgt sie ein Schatten und versucht Collodi zu töten, nur, weil er ihn liebt? Dieser Schatten, der wohl einsehen musste, dass er ihn nicht so einfach töten kann und genau deshalb geht er jetzt auf seine engen Freunde los? Ja, er hat gewonnen. Franzen wird keines ihrer Leben mehr riskieren. Nein, er zieht weiter. Eine neue Höhle für sich zu suchen? Wo dieser bösartige Schatten ihn nicht findet. Und nein, er glaubt keinesfalls, dass seine Verwandtschaft in Engelsruh dahintersteckt. Sie sind genauso arglose Opfer, wie seine Freunde von der Vandalia … Aurelius weiß am Ende gar nicht, dass die Paukanten, die er besiegt hat, alle sterben mussten? Dieses kalte Monster, das sein Dorf abschirmt, solchermaßen gruselig einlullt, sorgt schließlich für ordentlich Verwirrung? Blasse Halbwahrheiten, diffus auf jedermanns Geisteskraft einwirkend, dass man sie als Realist einfach nur noch verscheuchen möchte? Genauso versucht Großvaddern, es durchzustehen? Wie hat er es ausgedrückt? ›Großväter haben manchmal das Nachsehen‹. Vaddern wird es verstehen, dass er jetzt nicht auf ihn warten kann. Gar auf das Ergebnis von Collodis Behandlung. Das könnte er nicht verkraften, egal, wie es ausgehen mag. Es fühlt sich an, als habe er versucht, seinen geliebten Freund eigens zu töten? Er muss weg von hier. Alles zurücklassen, was er liebt, und einen gänzlich neuen Anfang suchen. Ja, in den Rheinlabyrinthen, exakt dort, wo es kaum jemand aushalten kann. Weil die meisten die Luft nicht so lange anhalten können? Nur deshalb. Es ist warm zu Pfingsten. Die Kühle des Wassers kann ihm derweil nichts anhaben. Die Kraft des Rheins zu spüren, wird ihn trösten. Zu wissen, es gibt nochmals ganz andere Naturkräfte und er wird jene finden, die seine Freunde vor der Macht der Schatten bewahren? Darum dreht sich alles, die richtigen Verbündeten aufzutun, sie zu motivieren, ihn, Franzen vonVelden bemerken zu wollen? Er zieht los, keine Stunde nach diesem Gespräch in der Küche. Hernach, eine Studentenbude zur Untermiete im Arbeiterviertel zu suchen. Hat wichtigste Dokumente im Geheimfach eines gammeligen Seesacks versteckt. Eingesammelte Kleidung aus einem ausgeräucherten Hasenbau nach polizeilicher Räumung. Niemand war zurückgekehrt, die Lumpen zu bergen? Solches findet sich überall. Seine Grundausstattung für den Neuanfang findet Platz in den trockenen Schlupflöchern rund um die Rheinschwemmgruben. Zu uninteressant, dass sie, wer stehlen wollte? Er benötigt neue Papiere, eine gefälschte Identität und natürlich eine neue Universität. Eine gänzlich andere Zukunft als die bisher geplante. Aber er wird in Düsseldorf bleiben. Hat intensiv das Gefühl, die Stadt braucht ihn und er kann ihr helfen, muss nur zuvorderst noch lernen, ihr Flehen zu verstehen, richtig, von Grund auf. Seinen ganzen ersten Tag der neuen Freiheit verbringt er in den reißenden Strömen des Rheins; lässt sich den Tag über von ihm drangsalieren, gegen die schroffen Felsenwände drücken und solide durchspülen. Und betrachtet es als seine Taufe als erneuerter Mann. ›Me worry?‹ Diese braunhaarige Dumpfbacke mit der Zahnlücke, seitens der Amis eine Zahnpflegewerbung? Dieser Spruch, die Passivität, das Desinteresse an allem, was anderen zustößt? Ja, genau hier fühlt er seine gesamte innere Wut überschäumen, wie sie reagieren möchte, diese Maske sich selbst aufsetzen und in die Gesichter dieser Unschuldslämmer lauthals schreien: Prinzenaufstand! Nussknacker? Wo findet er solche Edelsöhne und -töchter, die mit ihm einvernehmlich schreien möchten? Das, was Grambambl behauptet hat, es gäbe bereits diesen Aufstand, stimmt so nicht. Derzeit ist das, wenn überhaupt, dann nur eine bloße Drogenparty der Reichen und Schönen, die das in Elendsquartieren ausleben und den Erlös solcher rauschenden Festivität den Entrechteten zugestehen, die alles für sie organisieren und heranschaffen. Und zudem für ihre Sicherheit sorgen. Also schon Anständigkeit als Grundlagen-Politik dahinterliegend. Aber nichts, worüber auch nur ein Käseblatt berichten wollte. Und das, was sie da tun? Es zerstört letztlich nur, hilft niemandem auf längere Sicht? Ja, sie versuchen ihren inneren Schmerz abzutöten, darüber, dass sie selbst die Monster von morgen sein werden. Oh, er versteht sie bestens, aber es gibt bessere Wege, sich auszudrücken. Er muss Kontakt finden, sie versiert weiterleiten, dass es wirklich hilft und etwas bewirkt und die andere Seite zum Nachdenken anregt? Das ist bisher so nicht gegeben. Und wenn, dann viel zu dürftig. Ohne Perspektive? Ein Stachel im Fleisch, den man schlicht herauszieht und genauso rasch vergessen hat.

Wie geborgen sein Leben verlief, wie abgeschirmt er in aller angestrebten Freiheit tatsächlich noch immer war? Er fühlt, wie diese Haltegurte weggerissen werden, wie er Stück um Stück härter an die scharfen Felskanten geschleudert wird. Brüchiges Material, das nicht abgewaschen wird, sondern abbricht und echte Verletzungsgefahr birgt. Blut? Er braucht es, das Gefühl, dass er bluten kann, wie andere es tun? Dass er zu Boden sinken kann, wie andere es tun. Schwach sein und erbärmlich heulen kann, wie andere es tun. Er plant, sich normal fühlen zu können? Kein Überflieger mehr sein, dessen Feenstaub andere riechen? Nein, damit ist Schluss. Leute wie Aurelius könnten ihn niemals aufspüren, wäre da nicht dieses besondere Element? Genau das muss weg. Sonst wäre alles nur eine weitere Lüge und sein Kampf verloren, bevor er richtig beginnen konnte? Er darf niemals wieder Leute in Gefahr bringen, nur weil sie seine Ideen toll finden? Ihm auf seinem Weg folgen möchten? Schließlich kann er nicht all seine Freunde in Il-verich abladen, wenn es eng wird? Aber genau das tat er soeben und Andrin hätte ihn nicht einfach gehen lassen, wenn das nicht alles aus seiner Perspektive richtig gewesen wäre. Also, darf er nun vom wahren Leben kosten? Sich blutig kratzen? Und auch mal unflätig Mist bauen? Wie andere? Muss nicht immer stark sein, über allem stehen? Er kann sich zu jenen am Boden setzen und sich erbärmlich hilflos fühlen? „Die Teergruben, die du suchst, darfst du nicht durch die Hintertür des Palasts betreten wollen? Dort hinten gibt es sie nicht. Teergruben betritt man von vorn, ausschließlich. Das macht sie so gefährlich. Für jeden, der sie betritt." Grambambls Worte in Franzens Schädel, als er seinen schmuddeligen Seesack in ein höherliegendes, trockenes Loch in den Labyrinthen stopft. „Nur den gefallenen Prinzen spielen zu wollen? Ist nicht drin. Du musst mehr riskieren, alles, was dich ausmacht, dafür fallen lassen." Blut in seinem Mund schmecken und sicher wis-sen, es stammt nicht von einem blutigen Steak? Wie erbärmlich das mit dem Emp-finden sein kann? „Mit einem Mal gewinnen jene, die einander als Nussknacker bezeichnen, solche Aufmerksamkeit, dass die Zeitungen landesweit exklusiv über sie berichten wollen." Grambambls Worte in seinem Hirn. Wann sprach er das? Schwierige Frage. Vielleicht gibt es ihn tatsächlich gar nicht? Eine Suggestion, als er stur versuchte, zu überleben? Gegen ein Schattengespinst kämpfen musste, das er genauso besiegen konnte wie Aurelius am Paukboden? Oder aber der Mann hat diese Botschaften in seinem Kopf in verborgenen Kammern abgelegt und Franzen stolpert genau dann darüber, wenn er die betroffene Tür endlich in einem düsteren Gang entdeckt und bereit ist, sie aufzureißen? Etwas wird sich verändern, etwas wird er bewirken können, aber vielleicht gar nicht mit Absicht? MAD? Hat Grambambl diese Zeitschrift nicht erwähnt? Eine Dumpfbacke, die die Amis in den Zwanzigerjahren für Werbezwecke entwarfen? Die Zahnlücke? Tatsächlich sagt ›What? Me worry?‹ ›Was – ich besorgt?‹ doch wesentlich mehr? Richtig viel? All das, was ihn madig werden, richtiggehend demoralisiert zurücksinken lässt, resultiert aus diesem grässlichen Achselzucken? All jener, die nur noch das Golde-ne Kalb anbeten wollen? Dem schnöden Mammon nachhecheln? Und derweil alle Probleme und Sorgennöte als lästigen Unrat in den nächsten Gully kehren? Vor die Haustüre gekippt, über die Kanalisation aus dem Stadtviertel befördert und in die Unterwelt gespült? Sie, eiskalt entmenschlicht, in Hasenbauten einquartiert zu wissen, wo man beizeiten zur Jagd auf sie blasen kann? Als Freizeitsport buch-bar? Jene jagen zu dürfen, die gesellschaftlich wie wirtschaftlich nutzlos geworden sind? Rein darum geht es, nur darum: Ist man noch ausreichend von Wert?

Unverblümtes, echtes Leben – resultiert es nicht daraus, dass man gesellschaftliche

Zwänge hinter sich lässt? Franzen will immerfort wissen, wie die Welt draußen, hinter dem dichten Vorhang, außerhalb der hohen Zäune beschaffen ist? Deshalb besucht er als Bub Krefeld, weil sonst keiner aus der Familie dorthin strebt? Aber, was er sich anschaut, ist spiegelverkehrt genau dasselbe, das Düsseldorf und die Jahre zuvor, die Innenstadt Gießens aufzeigt. Weil er nicht gründlich genug hinschaut? Weil man selbst das Sehen erlernen muss? Herausfinden, wie jene fühlen, die auf der anderen Seite leben? Dort nach Luft zum Atmen ringen, nach stetem Freiraum zum Denken suchen? Wen sie lieben, woran sie glauben, wie sie ihr selbstbestimmtes, eigenmotiviertes Handeln begründen? Ob sie überhaupt Fragen stellen oder sich einfach schlicht treiben lassen? Wie viele behaupten und deshalb nur verächtlich nach ihnen spucken? Wahrhaftige Edelsteine – den wahren Reichtum, ihn mutmaßt Franzen hier. Sich niemals wieder verstecken zu müssen? Sich freimütig arrangieren zu können, mit allem, was tatsächlich ist? Whatever it is? Keine Lüge oder Maskerade mehr vonnöten? Keinerlei Betrug? Wunschtraum versus Realität? Sie divergieren des Öfteren, aber dazwischen erfüllt sich bisweilen ein Herzenswunsch auch konkreter und direkt. Im Ergebnis findet er seinen pragmatischen Lösungsansatz in schwulstigen Partys und prallen Brüsten. Anfangs als erbärmlich klassifiziert, lässt es ihn jede seiner Unzulänglichkeiten intensivst fühlen. Es wird zu seinem Allheilmittel gegen unerwünschte Gefühle. Auf wie viele Partys er geht und versucht, sich seine perfiden Wünsche auszutreiben, kann er bald kaum mehr ermessen. Er fängt an, diesen Zustand, seinen Verstand ausblenden zu können, zu genießen. In vollen Zügen. Verantwortung, dieses schwere Los, das er glaubte, ganz alleine – wie Europa auf seinen breiten Schultern – stemmen zu müssen? Nun, einfach über Bord gekippt. Zu wissen, wie es funktioniert, dass man sich restlos verliert? Fallen lässt, um wirksam, schmerzhaft, am allertiefsten Bodengrund aufzuschlagen? Unglaublich viele Festivitäten, praktischerweise im gleichen Turnus wie zuvor seine Ehrenstreitigkeiten, als die dazu fest vereinbarten Termine endlich komplett abgegolten sind und er sich ins stille Innere seiner jammernden Seele zurückziehen kann. Ihm nicht mehr begegnen zu müssen, der das alles niemals erfahren darf? Er negiert in seinem zugedröhnten Schädel die schlichte Tatsache, dass es dafür längst zu spät ist. Alle hatten es begriffen, weshalb er ja vor ihnen fliehen musste? Collodis väterliche Gefühle wären complètement passé – sein stetes Argument –, und er, Franzen, innerlich nochmals abgestorbener, als er es jetzt bereits ist? Das Gespräch bei den mit Kotze überzogenen Blumensträuchern im schwäbischen Schlossgarten. Los geht's: ›What? Me worry?‹›Was – ich besorgt?‹. Eine Kultfigur! Ein passgerechter ›Superman‹ für die Verlogenheit ihrer Zeit, obgleich er den originalen Superman sehr verehrt. Der liebt ja schließlich eine Frau? Ein Held, der Held bleibt und sich nicht in schwülstigem Gefühlsnebel verirrt! Wie seine Peinlichkeit, Franzen von Velden – was wäre wohl geschehen, hätte er damals seinen Rufnamen nicht abgeändert? Alles schummrig, düster, verschwommen, absonderlich und so ungewiss. Erektionsprobleme, die man doch angeblich im Suff bekommen soll, stehen ihm niemals im Weg. Drogen? Jede Menge gehaltvolle Cocktails. Interessiert ihn alles nicht wirklich, so blutjung wie er ist? Fünfzehn und plötzlich sehnt er sich nur noch nach einem Dach, das hoch genug liegt? Am Ende wird er doch zwanzig, aber noch immer lebt dieses niederträchtige, waidwunde Jammern in seiner Brust? Amors Pfeile? Man sollte sich niemals auf Götter einschießen. Oh, Bambi, werd endlich erwachsen! Aber die Mädels sind launig. Es dauert nie besonders lange, bis die erste neckisch an ihrem Röckchen zupft, es verführerisch verschiebt, deutlich lupfend, dass man es auch ja nicht falsch verstehen möge? Ihre Bluse lockend aufknöpft, weil es ihr gar so heiß geworden ist? Stets der Startbefehl für ihn. Er sieht sich immerfort persönlich eingeladen. Zackiger als alle anderen ›Nussknacker‹, wie sie sich betiteln. Unbeteiligte sprechen schon kurz darauf, tatsächlich vom Prinzenaufstand Nordrhein-Westfalens – wie vorhergesagt – und spotten darüber, was die dortige Oberliga wohl angestellt haben mag, dass ihr Nachwuchs so gar nicht mehr parieren möchte? In Bälde eilt ihm der Ruf voraus, der Verwegenste zu sein. Keiner weiß vom anderen, wer Ersie im bürgerlichen Dasein ist, aber auf ihren Zusammenkünften kennen ihn alle. Laden ihn sofort zur nächsten Veranstaltung ein. Immerzu mit schwarz gemaltem Schneidezahn, grotesk verunziertem Gesicht, überzogen mit markanten Sommersprossen, dazu ergänzt sich eine rote Lockenperücke. Er markiert eine Dumpfbacke, die nichts hinterfragt, keinen Zusammenhang begreifen will und deshalb den ewig Unbesorgten spielen kann. Eine Maskerade, trendig und passgerecht zum Gesellschaftsbild ihrer Zeit. Sein ursprüngliches Alias ›Meworry‹, immerzu Erklärungsnot erzeugend und Diskussionselan alle feuchtfröhliche Stimmung erschlagen lassend, wird rasch durch ›Flüger‹ ersetzt und ab Herbst 1956 mit dem Vornamen ›Alfred E.‹ verfeinert. Animiert von der fiktiven Figur Alfred E. Neumann aus dem satirischen Comic MAD, der dieser Tage Aufmerksamkeit erlangt. Alfred E. als Symbol für grenzenlose Dummheit und frappierende Naivität. Netterweise schreiben sie ›Flüger‹ in keiner Fassung mit ›Pf‹. Aber sein Vaddern steigt eines Tages dahinter, wer dieser spezielle Flüger tatsächlich ist. Erkennt jedoch ein Glück nicht auch noch den geistigen Hintergrund seiner unschicklichen Auftritte. Vielleicht hätte er ihn dann gar nicht mehr retten wollen? — Autsch! Sieben Jahreszahlen betroffen, aber zeitweise doch nur knappe sechs? Perseus lacht sich einen ab, nennt es feuchtfröhlich gestimmt, ›Fastensex‹. Die Wahrheit, dieses ewig piksende Fragezeichen im Nacken? Wie konnten sie ihn nur so rasch finden? Vaddern hat erst nach diesem letzten Zeitungsartikel nach ihm suchen lassen und für ihn gefühlt, Alfred E. Flüger, verrann nicht einmal eine Minute? Sieben in fast-sechs? Ob ihm das etwas sagen will? Franzen, er weiß so wenig, aber gleichermaßen unendlich viel.

Das Land mit neuen Streifen
29236 bis 29252Asgijahr|Großraum Düsseldorf, 05|1960 bis 03|1976.

„Herr Major!" Ordentlich strammgestanden, zuvor sauber salutiert, astrein, gerader Rücken, perfekte Haltung. Ein richtig guter und noch dazu sehr kluger Mann? So ausdrucksstark, dass ein anderer als er nichts zu beanstanden finden wollte. Doch Franzens Nasenhärchen kitzelt es. Per se täglich resolut ausgerupft, falls sich solch freches Gestrüpp bei ihm einnisten sollte, und doch fühlt es sich so an. Spuk, Tarnung, Magie? Was es auch sein mag, exakt da zwickt es frappierend. Aber nur, stammt dieser Bote, Kundschafter, Agent, Spion von der hellen Seite. Die dunkle erkennt er als sprichwörtlichen Schatten, als mulmiges Grauen, das denjenigen vor seiner Nase entweder gefangenhält oder aber inspiriert, exakt das sein zu wollen, was die andere Seite passgerecht verlangt? Aber bei diesem speziellen Kandidaten vermengt sich beides einvernehmlich. Ein geplantes Doppelspiel? Jetzt ernsthaft? Was glaubt er, bei ihm auskundschaften zu können? Leutnant Christian Brüggert räuspert sich soft, was unweigerlich zu Softie weiter-leitet und diesen Herrn hier offenkundig zum Schmunzeln anregt. Er hört ihn? Was denkt Franzen? „Herr Major!" Soso? Die Wiederholung soll dich also retten? Und dieses zartfühlende Räuspern dazu? „Stehen Sie schon entspannt. Ja? Sie wünschen, etwas mitzuteilen?" Die Mimik verrät gar nichts und doch könnte Franzen Romane daraus ablesen. Ein hochinteressanter Mann? Und nochmals viel spannender, dessen Possenspiel? Wer hat ihm den geschickt? Ernsthaft, Brigade-general Strauß? Da passt doch hinten und vorn nichts zusammen? „Doch Herr Major, Verzeihung, Herr Major, aber Brigadegeneral Strauß möchte mich für den Posten des Adjutanten vorschlagen." Erneutes, sehr vornehmes Hüsteln. „Herrn Major zu dienen." Franzen piekst derweil zweifelsohne alles, was ihm jemals Hinweise geben wollte. „Und welchem Herrn genau willst du tatsächlich dienen?" Jetzt lächelt er, beruhigt sich sichtlich, entspannt sich. Weil Franzen ihn etwa geduzt hat? Ehrlich? Das ist unterdessen für alle das Indiz, dass er auf Honigschle-cken aus ist? „Jawohl, Herr Major. An dieser Stelle sind Sie wohl recht durchsich-tig? Darum glaubt wahrlich kein Einziger, dass es andere Seiten geben könnte? Ein kluger Schachzug, Herr Major, falls ich das äußern dürfte, so anmaßend wie es denn klingt." Erneutes diskretes Räuspern. Der Auftakt für eine wunderbare Freundschaft. Und wann passiert es? 1967? Sehr früh im Jahr, noch vor Ostern? Als große Ausnahme, denn zumeist geht es dort erst damit los, dass Besonderes,

★ ★ ★ ★ ★ ★ ★

völlig unschuldig, rein zufällig wirkend, wie ein Dominostein den nächsten berührt und umkippen lässt. Immerzu christliche Feiertage, in jedem Jahr, indem ihn etwas Essenzielles ereilt. Nur in ganz wenigen Ausnahmefällen auch mal besondere Tage des Jahres. Wie der Stefanitag 1945, der sie alle nach Ilverich lotste? Und der Valentinstag 1967, der diesen besonderen jungen Mann vor seinen Schreibtisch befördert und auf diese besondere Weise alles durchschauen lässt, was sonst niemals passiert. Und doch geschieht es genau jetzt. Eine Sekunde zuvor noch spürt Franzen, wie ihn die unzerstörbare Keramiktasse auf seinem Tisch zu ›warnen‹ sucht. Wobei? Vielleicht sagt sie auch, ›das könnte dich interessieren‹? Andrin töpfert sie seit Urzeiten und ihn dünkt, Fridas Geist hause in ihnen? Dass Andrin und Vaddern mithilfe solch spitzfindiger Tricksereien ihren Palast überwachen und wohl noch einiges Weitere? Jedenfalls rufen sie sofort an, falls etwas Seltsames vor sich geht, und ja, Vaddern konnte ihm oft manchen klugen Ratschlag passgerecht zuspielen. Denn er ruft nicht immer selbst an. Das könnte gewiss jeder spielend durchschauen? Nein, die beiden glauben bis heute, sie müssten ihm Honig ums Maul schmieren, nur, dass er sich wie bisher wohl und geliebt fühlen kann? Obschon sie ihn in allem ausgrenzen. Aber das könnte auch Mama sein, die überzeugt ist, es wäre gesünder, er kümmerte sich rein um seinen eigenen Scherbenhaufen? Das Puzzle sei schon kompliziert genug? Er solle anderen ihre eigene Bastelarbeit überlassen? Er wollte schwören, dass sie ganz genau wusste, was er als Korporierter betrieb? Genauso jetzt hier als formidabler, bereits prachtvoll dekorierter Streifen? Wo er als überzeugter Hippie jede Form von Waffengewalt ablehnt? Und im gleichen Atemzug, wie er das zugeben möchte, sieht er sich am Paukboden zwischen lauter Extremisten – Nationalisten im spezifischen Fall – eine Mensur schlagen? Wie passt das? Gar nicht. Aber er tut es dennoch bis heute. Denn ein Hippie würde es niemals tun. Das ist schließlich ein gültiges Argument, willst du auf beiden Seiten punkten? Zudem ist er Demokrat, natürlich, nur halt nicht so aggressiv wie die Vaterländische Einheitspartei, in kurz VEP. Fürst vonKorbens umfirmierter Lieblingsspielplatz. Ja und das Militär? War Vadderns bescheuerte Idee – die beste und gleichzeitig fürchterlichste, die der jemals laut geäußert hat. Aber nein, Franzen bereut keine einzige Sekunde. Nun, er lebt jetzt immerhin konsequent abstinent und stellt rasch fest, dass das eine gesündere Variante ist, den Problempunkt zu behandeln. Selbst seine Albträume konnte er überwinden; „Sie kommen! Sie kommen, mich abzuholen!" Höchstwahrscheinlich, weil er freiwillig unterschrieben hat? Denn von Ausmerzen ist bis heute nicht die geringste Spur zu bemerken? Wo er dafür heutzutage überall mitspielen darf? Schach? Oh, reines Kinderspielzeug, dagegen betrachtet. Und nein, das ist es natürlich nicht und doch so viel entspannender. Ja, hier in der riesenhaften Kaserne könnte besagter Kessel überlaufen und ganz Europa in Schutt und Asche legen. Strauß, der Brigadegeneral, ist undurchsichtig, nicht einmal die Tasse seines Bruders konnte daran etwas ändern? Also wandelt auch hier etwas ganz anderes durch die Flure, als alle Welt glaubt? Er könnte eine Marionette und genauso gut der Teufel selbst sein oder etwa ein Gürtler? Die sollen auch verdammt viel draufhaben und der Prinz im Norden? Hilfe, diese Schattensteller sind vielschichtiger, könnte man beinahe meinen, als alle Midgards in ihren gruseligen Graustufen zusammen. „Fürchte ich mich jetzte sogar schon vor Lemmingen?", fragt sich Franzen ein ums andere Mal. „Schwäbisch eingeflochten? Herr Major? Dann stimmt das Gerücht? Es besteht Verwandtschaft nach Engelsruh?" »Dieser Leutnant!« Er zieht die Luft scharf ein … oh, er hat wahrlich gute Leute kennengelernt. In Herborn gibt es auch einen sehr Besonderen, ganz auf seiner Linie. Der über gekochten Kaffee sein Gegenüber untrüglich beurteilen kann. Vielleicht hat sich deshalb Andrins Töpferei jüngst auf Kaffeetassen spezialisiert? Der Mann muss aber genauso seinen Kopf unten halten. Sie konnten sich einige Male gegenseitig aus brisanter Lage helfen. Wie wertvoll das in der heutigen Zeit ist? Wo allesamt mit zugeschissenen Beinkleidern herumlaufen? Das kann unterdessen keiner mehr in anständige Worte fassen. Es gibt nur Hinweise, Indizien, die viel verraten. Kampfsportzentren, die seit Mitte April 1965 überall aus dem Boden sprießen, ziehen solche in Masse an. LET-Liebhaber? Die Fairness über alles stellen; sie vertreten die Meinung, ›Kultur wird erst wahrhaftig, hütet sie Zartheit als ihren größten Schatz‹. Denn das zarte Element in uns ist es, das die Sonne nährt. Sei es über Kunst, Musik, Bewegung oder in Worten fabuliert? Es zu bewahren, ist Ehrensache und das Wichtigste, das es zu schützen gilt. Ob er, Major von Velden, ein Tagträumer ist? Ein hoffnungsloser Romantiker? Oh, er hofft sehr, vor allem auch, dass er es zeitlebens bleiben darf. Ob er Grambambl wieder getroffen hat? Leider nein, nicht einmal mehr gedanklich. Wenigstens erhielt sich das lange Zeit. Wobei er sich bis heute nicht sicher ist, ob der Mann als Mann überhaupt existiert? Und jährlich, wie behauptet, nach Schloss Engelsruh reist und Franzen wiederum, genau nach dorthin niemals wieder reisen wird, so sieht's nämlich aus? Sieben Jahreszahlen, in ›fast Sechsen‹ erlebt, laut Perseus, mit reichlich ›Fastensex‹ garniert – falls sie allein sind. Ja, sie gingen rum. Frivole Jahre. Perseus erklärt sich nie in dem Punkt, bleibt nur Collodis Nachfolger in Sachen Sekundantentum. Ein genauso gewiefter und zuverlässiger Freund wie im ersten Jahr sein Biervater. Der seitdem im Rollstuhl sitzt und wann immer es dessen bedarf, seinen Testanten mimt. Franzen fragt nicht nach. Egal, was es sein mag, es könnte die Unschuld ihrer Freundschaft vernichten? Das No-Go-Thema aufzuwärmen, das seitdem nie wieder angesprochen wurde. Alles auf eine harte

★★★★★★

Probe stellen würde? Oh ja, diesen Bundesbruder trifft er noch immer regelmäßig. Auch die anderen Mensurbegleiter von anno dazumal. Anders könnte er es auch gar nicht aushalten. Und ja, oft ruft Ilverich zuvorderst an und erst auf dem Heimweg wird ihm bewusst, wie lange er nicht mehr in Düsseldorf war? Überhaupt irgendwo war? Die Bergische Kaserne, seit so langer Zeit sein neues Zuhause, ist jetzt nicht unbedingt klein geraten? Aber so groß, dass man Jahre dort verbringen könnte, ohne etwas schmerzlich zu vermissen? Vielleicht merzen das die Kurzbesuche in Ilverich aus? Wo er nur durch Düsseldorf durchfährt? Sich nicht einmal einen Kaffee in der Innenstadt gönnt? Wohlweislich, weil er tatsächlich Angst hat, seine alten Wunden könnten erneut aufbrechen und ihn zu einem Spontanbesuch bei Loesche verleiten? Und was passiert an solchen Wochenenden? Collodi kommt auf ein Stündchen vorbei und am Ende auch seine beiden Neffen mit neuesten Neuigkeiten, ob ihrer Kinderschar zu Hause? Nur Crambolus und Mistofolus sieht er gar nicht mehr, da er das Verbindungshaus nie wieder betritt. Die anderen sorgen aber in Ilverich dafür, dass seine Batterien neu aufgeladen werden und seine Animositäten gegen Streifen diskret reduziert. Er ist Hippie? Streifen? Da wird es einem Hippie schon aus Prinzip schlecht! Es lindert nichts, freiwillig unterschrieben zu haben. Zwangsläufige Konformität erzeugt Sodbrennen. Tatbestand. Und konform ist seine Welt vom allerersten Streifen! Dann aber auch wieder über alle Grautöne hinweg vielbunt? Solche wie dieser Mann hier, ihm gegenüber? Ja, die runden es wohl bekömmlich ab? Bohlen, sein Freund in Herborn, hat es damals versprochen, „es wird besser werden, mein Freund, du wirst es bald schon sehen." Und dann fing Andrin versiert zu töpfern an und Wilhelms Prognose bewahrheitete sich. Und ja, er selbst hat einiges in Bewegung gebracht. Brigadegeneral Strauß trat viele seiner Ideen als Versuchsballons los und unterdessen haben sie sich flächendeckend über Europa ausgeschüttet und bieten wenigstens einem winzigen, kümmerlichen Bruchteil der Exilanten eine reelle Chance, einen Bürgerstatus neu zu erlangen? Vaddern förderte sein Ansinnen, Presse technisch und trat als Professor Lefay in der Tagesschau auf. Diskutierte über die grässlichen Zustände Düsseldorfs, dass ein Drittel der Bevölkerung untertags leben müsse? Oh, es half! Betroffene Städte zeigten anfangs keinerlei Interesse, ihre Hände in diese Richtung auszustrecken. Erst, als die ersten interessanten Durchläufer als Anwärter beim Militär offiziell aufgenommen wurden und kurz darauf ganz regulär als Streifen namentlich erfasst, mit gültigen Papieren ihre Ex-Heimstatt betreten durften? Auweia, ein Schmerz! Karies, mit Bitterpille vermengt? Seitdem bemüht sich die städtische Gemeinschaft, ebensolche unverbindlichen Lockangebote zu entwerfen. Aber ja, es fällt ihnen sehr schwer.

Mittlerweile ist das Jahr '69 angelaufen, im Sommer soll ein riesenhaftes Musikfestival alle Hippies der weiten Welt an einem Punkt versammeln. Eine einmalige Chance, heißt es? Militärisch wurden diesbezüglich ernsthafte Überlegungen angestellt, passgerecht eine kleinere Bombe versehentlich herabfallen zu lassen? Schließlich verpönen sie jegliche Militärkraft? Aber ein Glück gibt es die AO-Mythologie, die brachte sie alle wieder zur Räson! Ja, es ist wahr, die Militärs haben Angst davor, etwas von dieser Mythologie könnte der Wahrheit entsprechen? Man fängt dieser Tage ernsthaft an, Märchen und Legendenwerk für wahr zu beziffern? Sich vor Schatten zu fürchten? Und Franzen begrüßt es, natürlich. Nicht aber das, was ihm soeben in die Hände gerät! „Was zur Hölle ist das denn!" Franzen stehen die Haare zu Berge und wie, als habe der Kerl seine Ohren in allen umgebenden Wänden eingepflanzt, steht er auch schon wieder mit verschämtem Blick neben ihm. Nicht gegenüber, wo er doch hingehört? Franzen guckt nur pikiert und schon bricht es los, „Strauß. Er hat mir befohlen, ›gegebene Unebenheiten in Herrn Majors Lebenslauf beflissentlich und elegant zu retuschieren. Krater resolut auszumerzen, dass nicht einmal ein schüchterner Maulwurfshügel daran erinnert‹. Genauso hat er es ausgedrückt? Ehrlich. Deshalb musste ich grundlegend recherchieren, was er meinen könnte, denn er wollte mit keinen Details herausrücken. Und ja, es fand sich so rasch nix! Aber dann stolperte ich über ›Meworry‹, ›Alfred E. Flüger‹ und ›Karl Düssel‹ und verstand!" – „Und was genau hast du bitte schön verstanden?" Oh, er könnte ihn direkt erwürgen. Es auch noch derart abenteuerlich auszudrücken. Ehrlich! „Die Reporterin Amelia Breitner? ›Die Gazette‹ – glaube ich –, denn Madame schreibt für einige Blätter? Also ja, mutmaßlich ›Die Gazette‹ hat ihr den Auftrag erteilt, über den großen ›Retter der Entrechteten beim Militär‹ zu berichten? Außerhalb gibt es ja auch ein paar Schutzburgen? Eine nennt sich die Russenburg und ziert sich mit dem russischen Thronerben? Witzig, oder? So nah an der Grenze – Bamberg? Sie wissen es? Ist aber allerheiligstes Revier und eigentlich niemandem groß bekannt. Auch nicht Strauß oder jener inspirierten Amelia Breitner? Ich wollt's nur beizeiten erwähnt haben, weil Sie, Herr Major, ebenso Kenntnis haben. Und derweil beabsichtigen, mich zeitnah zu steinigen … seit zwei Jahren gibt es im Nordschwarzwald ein Grünes Tal, das Sie ebenfalls kennen, spätestens über Ihren Majorsfreund in Hessen, für den ich übrigens einen Code vereinbart habe? Das heißt, wünschen Sie fortan Kontakt aufzunehmen, kann das ganz entspannt über seinen befreundeten Leutnant und mich geschehen? Ganz unauffällig und ohne Kontaktaufnahme nach Ilverich. Ihr Herr Vater darf da nirgends hineingezogen werden." Diskretes Räuspern, „die Alte-Villa-Grau, auch ein Interna, worüber die Gegenseite bestens informiert zu sein glaubt, aber bis heute nicht einmal das Gebäude lokalisieren konnte, obschon es auf einem

✶✶✶✶✶✶✶

Hügel im Flachland angelegt ist? Aber es würde ohnehin nicht viel helfen, dort sitzt ja nur der Kopf der Bande … Klub-dp? Den Zusammenhang kennen Sie? Von wegen ›uns kann keiner durchschauen‹? Der Graukopf halt. Ihnen ohnehin gut bekannt und andererseits angenehm berüchtigt? Nur, um mal die richtig Großen erwähnt zu haben. Darüber wird die gute Dame aber kaum berichten. Vermutlich mehr über *terrasentica*-NY-Dörfer? Kennen Sie ebenso gut? Schweinfurt, Augsburg, Winterthur und Zürich, in Frankreich im Kuhdorf Beauçeràt, zwischen Lunéville und Saint-Dié-des-Vosges und bei uns in einem ähnlichen Winzlingsdorf, Braunshorn an der A61/L218, Nähe Cochem? Soweit ich die Lady einschätze, wird sie sich die letzten beiden Rosinen herauspicken und vielleicht noch eine kleine Anekdote zu Winterthur ergänzen? Das dortige NY-Dörfchen ist genauso wolkenkratzerlastig und eindrucksvoll entwickelt wie jene beeindruckende NY-Kleinstadt bei Zürich? Größte Stadt? Da erwartet man nichts anderes. Na ja und daneben gestellt, gilt Ihre Maßnahme zur Rettung der Entrechteten, mit als die eindrucksvollste? Und deshalb ist es derart wichtig, dass niemand einen Brotkrumen entdecken kann, der in ungünstigere Gefilde deutet? Sie verstehen?" Wie oft er bei dieser anmaßenden Rede seine Hacken zusammenschlägt und dazu formvollendet salutiert, könnte Franzen kaum bestimmen. Ihm verschwimmt alles vor den Augen … kein mangelndes Kopfrechnen. Nö, er fühlt sich nur schlichtweg, wie gnadenlos überfahren. Wenigstens mit einem Panzer? Er dachte doch ernsthaft, das, was Vaddern damals betrieben hat, seine Schandtaten zu vertuschen, würde sicher ausreichen? Leider nein, denn die Welt hat mittlerweile gelernt, versiert Bagger zu fahren. Mit denen buddelt es sich gar prächtig? Was der Kerl jetzt schon alles herausgefunden hat? Ihm ist ganz mulmig zumute und schon erschnubbert er Kaffee, direkt vor seiner Nase, den Brüggert wohl zwischenzeitlich reingeholt haben muss? Wann? Seine Rede verlief ohne Unterbrechung? Und doch war anfangs kein Kaffee da – er könnte es schwören. Und jetzt ist er da? „Verzeihung, Herr Major", er plant, sich zu erklären? Wollte es schon so oft und er, Franzen, fürchtete sich davor, was dieser begabte Gedankenleser alles wissen könnte? Nun, heute darf er ihn wohl nicht abblocken? Sonst könnte es fürwahr peinlich ausgehen? „Ich musste absolut sichergehen, dass kein Unautorisierter zuhören kann? Habe soeben alles, was ich finden konnte, für circa eine halbe Stunde blockiert. Leutnant Ducharz, der enge Freund von Major Wilhelm Bohlen in Herbornseelbach, ist auch mein Freund und über das Stichwort ›Eldermann‹, das Sie elegant irgendwo einflechten, werde ich Kontakt aufnehmen und gegebenenfalls aufgetragene, chiffrierte Nachrichten übermitteln? Das wollte ich Ihnen schon oft sagen, aber Sie haben es immerzu verhindert? Dann noch etwas … wo ich um Ihre Gnade bitte: Ich habe Kaffeetassen bei Ihrem Bruder bestellt, die bereits geliefert sind und ich habe sie großflächig im Bataillon rundum verteilt? Das heißt, Sie werden gewarnt – wie, das wissen Sie besser als ich, der ich in dem Punkt nur rätseln kann. Falls jemand bei uns nicht ganz so stabil steht? Sie machten letzthin erst Andeutungen bezüglich Hauptmann Königs? Den habe ich bereits auf dem Schirm und der Brigadegeneral ebenfalls. Aber er wünscht, ›dass wir uns arrangieren, denn wir benötigen dringend ein wenig spürbare Kontroverse‹, Zitat Ende, dass sich niemand veranlasst sieht, sich laut zu wundern? Falls Sie verstehen, was ich sagen möchte?" Herrjemine, sein Adjutant spielt noch immer Handshake mit Strauß? Warum weiß er davon nichts? Andrins Tassen? Die teilen ihm doch sonst alles mit? Aber nicht, dass er im eigenen Büro von seinem eigenen Adjutanten ausspioniert wird? Nun, offensichtlich, weil selbiger Adjutant nichts davon veruntreut? Sondern im Gegenteil, den Schutzwall nur stetig stärker befestigt? Danke Andrin, das hättest du mir nur längst mitteilen müssen. Himmel! Oberleutnant Brüggert, seit drei Monaten, dank seines Einlenkens, etwas früher als üblich, räuspert sich schon wieder. Hilfe, es geht weiter, „erwähnte Dame schreibt in etwa das: Als ihr offizieller Entwurf, den sie mir zur Durchsicht hereingereicht hat: ›Franzen von Velden, Offizier ab der ersten Stunde, dank unzähliger Diplome in seinen Jackentaschen, bildet sich sein ganz eigenes familiäres Umfeld in der Bergischen Kaserne aus. Er engagiert die ersten Frauen, die allerersten Offiziersanwärterinnen, und nimmt die ersten Straßenkinder in seinem Einflussbereich auf, die eine Reintegrationschance suchen. Mit den hochwachsenden Schutzzäunen verschärft sich der Überlebenskampf außerhalb, wird zunehmend härter. Möglichkeiten, anständig, aufrecht stehenzubleiben, werden rarer. Städtische Hüter versuchen zwar, mit adäquatem Angebot anzulocken, ihnen mangelt jedoch die Flexibilität des Militärs, Jüngere zu integrieren. Das Neue Heer schöpft damit die Crème de la Crème vom Straßenbelag ab.‹ Zitat Ende, der offizielle Teil, den Strauß bereits abgewinkt hat." Oje, es geht noch weiter? Aber, nein, er fürchtet nicht um zu viel Aufmerksamkeit, sondern die Kritikpunkte im nachfolgenden Text … deshalb kennt der Brigadegeneral den Teil bisher nicht? Aber Brüggert konnte die Ladyschaft nicht überreden, es abzumildern? Gut, das sollte er sich anhören. Er gibt sein Handzeichen und Brüggert liest weiter: „›Exilantennachwuchs, biegsam wie formbar nach Gutdünken? Mit Potenzial. Um nichts Anderes geht es hier. Soldaten aus Lehm zu formen, ihnen seinen Geist einzuverleiben, eigens dressierte Affen zu dankbaren, geduldigen, treuen Schimpansen im eigenen Hintergrund auszubilden. Macht, die man andernorts so rasch nicht erlangt; aber im Dreck der Straße findet. Allerdings finden Syndikate schnell heraus, dass man auf diesem Weg seine Spione günstig dort eingeschleust bekommt, wo sie einem auf lange Sicht Vorteile verschaffen. Mitte '65 formen sich

»Durchläufer« aufgrund der Initiative Major Franzen von Veldens in der Bergischen Kaserne. Militäranwärter, die durch Einheiten mit freien Ausbildungskapazitäten geschleust werden. Sie erhalten weder Verträge noch Vergütung, werden zu harter Arbeit verpflichtet und erhalten im Gegenzug Kleidung, Ausrüstung, Essen, ein Dach überm Kopf, Anschluss und Ausbildung. Mittels dieses Grundbausteins, der zwischen sechs Monaten und vier Jahren läuft, kann man, hält man durch, neuen Zugang zur Gesellschaft finden. Disziplin, Lesen, Schreiben, Rechnen, handwerkliche Grundlagen, all das wird im Zeugnis aufgeführt, zuzüglich Besonderes wie Sprachbegabung und bürokratisches wie technisches Geschick. Zum Zeugnis gibt es am Ende gültige Papiere samt Einbürgerung. Egal, aus welchem Ursprung. Dafür muss man Schikanen aushalten, bewusste Provokationen, harte Prügel; Ungerechtigkeit, eiskalt und mit voller Absicht verabreicht. Sie abzuhärten und gleichwohl verstummen zu lassen, Überlebenswille auf höchstem Niveau zu erzeugen, Starke von Schwachen abzusondern, Sonderbefähigte für den Eigennutzen sicherzustellen, bevor andere Behörden darauf zugreifen können. Militär duldet keinen Widerspruch, gar Rebellentum, Individualität oder Andersdenkende. Und Speichellecker kann man auch nur bis zu einem gewissen Prozentanteil unterbringen, ohne dass Absicht zu offensichtlich wird. Somit versucht man zu brechen, was nicht freiwillig aufgeben will und Querulanten abzuschütteln. Andere plant man umzuerziehen, dass sie nutzbar werden. Zahm, aus der Hand fressen und trotzdem klug agieren. Ohne dafür ständige Kontrolle zu benötigen. Indessen der Überlebenskampf als Durchläufer an jedem ersten Tag in einer neuen Einheit abgefragt und mit Beweiskraft archiviert wird. Und im neuen, bereinigten Lebenslauf dokumentiert. Daraus resultieren Bewertungen. Die Einheiten geben, sehr konkret gefragt, Stimmen ab, ob sie »Ersie« wiedersehen möchten. Oft entscheidet eine Einheit ganz spontan, dass jemand einen direkten Probevertrag erhalten kann. Major Franzen von Velden verhindert damit in einigen Fällen, dass Jungen wie Mädchen gebrochen werden. Er hält seine Hand über sie und stärkt sie, indessen er ein Gefühl für Familie erzeugt. Durchläufer erlangen auch Unteroffiziersqualifikationen.‹“ Franzen fehlt minimal die Spucke. Autsch! Da liegt noch etwas Arbeit vor ihnen. Sollte das so veröffentlicht werden, wird seine Wohngemeinschaft, wie er sein Bataillon gern bezeichnet, gründlich gefilzt werden? Das wäre prekär, nicht nur für eine Handvoll, eher für mehrere hundert … meine Herren! Brüggert ist klasse. Hätte er das in der letzten Woche gewusst – wie Brüggert –, hätte er wohl die letzten Jungs und Mädels nicht eingesammelt? Feige davor zurückgezuckt? Wenigstens zwei wären jetzt dann bereits tot. „Ersie? Darüber hat die Dame schon einmal ausführlichst fabuliert? Du hast nicht zufällig den Artikel greifbar?“ Klar, hält er den in seiner Hinterhand? Er weiß, zu punkten.

Bei Franzen sortieren sich ab dieser Stunde ›Absicherer‹ charmant als ›Feldwebel‹ ein. Selbstredend geschlechtsunabhängig. Und keiner kapiert's, dass am Ende selbst seine Schreibkräfte und Fahrer Feldwebel sind? Was wiederum nicht dem Major geschuldet ist, sondern seinem umsichtigen Adjutanten Oberleutnant Christian Brüggert, der, seit er bei ihm 1967, vor gut neun Jahren von der weiterführenden Akademie aufschlug, schlichtweg nicht mehr weggelobt werden möchte. Stur und kratzbürstig wird er, plant Franzen, ihm erneut einen höheren Posten vorzuschlagen. Er schätzt ihn aufrichtig. Solche fördert man per se, möchte ihnen Gutes tun? Nun gut, er, der Major, ist mit seinem Adjutanten ja vollends zufrieden und wenn der gute Mann schlicht nicht weiterbefördert werden will? Nicht mehr verdienen muss, was soll's? Die Motive gehen Franzen nichts an. Er kann ihn gut gebrauchen. Knapp zwölf Jahre Dienst hat er militärisch abgeleistet. Erfahrungen schon zuvorderst vielerorts gesammelt. Jetzt sitzt er hier, festgebissen und stur. Die Frau an seiner Seite heißt Leutnant Ingrid Mätzen und erweist sich seit gut zwei Jahren als ebenso stur und bärbeißig, und er hat es mittlerweile amüsiert aufgegeben, das verstehen zu müssen. Selbst seine Schreibtischhengste im Vorzimmer beweisen sich klebrig in jeglicher Fassung, insofern sie nur bereit sind, auch noch als Fahrer für ihn oder einen seiner beiden besonderen Leutnants zu agieren, sich sonst aber für keinerlei andere Tätigkeit interessieren. Sogar gegebenenfalls die Teilnahme an Wettstreits verweigern, weil man sie damit unmotiviert weiterleiten könnte? Oh, Franzen erfährt viel Wundersames, seit Brüggert an seiner Seite ›logiert‹ – wie anders wollte er es korrekt betiteln? Erstklassige Schützen; als Ausbilder sehr empfehlenswert. Aber nein, das wollen sie einfach nicht. Dazu müssten sie nämlich eine Tür weiterziehen? Noch reichlich viele andere Feldwebel verhalten sich ganz ähnlich. Aber nur bei ihm. In seinem Bataillon, NYdorf-2, direkt neben der Militärpolizei platziert und damit als einziges Bataillon in der Lage, seine Schritte nach außerhalb etwas zu verschleiern? Kann sehr nützlich sein. Wie auch immer. — Andernorts sind Feldwebel aber allemal interessiert, weiter aufsteigen zu können. Bei ihm handverlesen ein paar seltene Exemplare. Seltsam wie vieles in der Welt und wiederum sein Gefühl, eine ganz eigene Familie mit seinem Offizierskorps für sich aufgebaut zu haben. Das ist solches Ding, das bei ihm Wohlgefühl erzeugt. Die vier hervorstechenden Feldwebel sind: Jan-Erik Gärtner, Siegfried Kowalski, Hinrich Seefried und Sten Lietzen. Allesamt ehemalige Straßenkinder, woran er sich stets mit einem Lächeln erinnert, bemerkt er ihre Bockigkeit gegenüber anderen. Niemals gegen ihn, seinen Adjutanten oder seine höchst erfrischende Frau Leutnant Mätzen, die schlichtweg Leutnant Mätzen genannt werden will, ihren Frauenstatus unter den Teppich kehrend.

* * * * * * *

›Anwärter – ehemalige Durchläufer mit Probevertrag –, werden gemeinsam mit Wehrpflichtigen aus intakter Gesellschaftsstruktur der Gemeinden, nochmals grundausgebildet. Wobei sie in allem, außer Allgemeinwissen, voraus sind und rascher zum Gefreiten befördert werden können. Mit dieser ersten Machtstellung sollen sie beweisen, dass sie die Chance wert waren. Wer sich bewährt, steigt zügig weiter auf. Die Hölle hat Ersie überlebt; den Himmel zu überzeugen, stellt somit keine allzu große Schwierigkeit dar? Falls Ersie es schafft, Bodenhaftung zu bewahren. Selbstredend, jeder einzelne Schritt akribisch überwacht. All jene, die in der Bergischen Kaserne bei Düsseldorf zu Hause sind. Eine Division aus offen zugegebenen hundertfünfzigtausend Männern und Frauen unter Befehl von Brigadegeneral Strauß, ergänzt vom Luftwaffenregiment Luftwaffenoberst vonHeidens, mit seinerseits offen aufgeführten dreißigtausend Mann. Seine Truppe ebenfalls mit Weiblichkeit ausstaffiert, die ihrerseits Aufmerksamkeit verdient. Dazu addiert sich die Militärpolizei unter Befehl von MP-Major Graditzer mit statistisch erfassten zwanzigtausend Mann, deren Zahl gelegentlich steigt, um hernach wieder zu schrumpfen, mutmaßt er Unruhen. Kurzfristig wie verständlich. Genauso hier adrette Weiblichkeit im Innendienst. Wohlgemerkt, in jeder Einheit ursprüngliche Durchläufer enthalten. Da diese oft für Unruhen sorgen, bezichtigt man sie durch die Bank der Übeltäterschaft. Obgleich sie schon lange keine Durchläufer mehr sind, sondern längstens friedlich integriert. Was sämtliche Kameras wie Abhöranlagen in jeder Ecke belegen können. An Steckdosen, Lichtschaltern, jeder einzelnen Lampe befestigt. Was davon in den Baracken täglich vernichtet wird, ist ebenfalls sagenhaft. Vor allem aber auch, wer das allein finanzieren kann? Am Tag drauf nochmals dieselbe Menge entdeckt, erzeugt Stirnfalten wie Vorsichtsmaßnahmen, die keiner erklärt haben muss. Man kann nie richtig entspannen, rechnet immerzu mit Lauschangriff. Und infolge den Ansturm der Militärpolizei. Deshalb ist es nicht gar so lauschig wie sonst in Wohnanlagen mit Gemeinschaftsküche. Auch wenn sich NYdorf-2 bemüht, Wohnzimmerflair zu erzeugen. Sie alle haben eine harte Schule hinter sich gebracht. Sogar ihr hochverehrter Herr Major aus der Eliteschicht. Allerdings aber nur, weil er nicht artig mitspielen wollte? Bei anderen war es Pflichtprogramm. Kaum einer bekommt die Chance mitzuentscheiden. Wer überleben will, muss hart sein, sich durchbeißen und im Konkurrenzdebakel täglich obsiegen. Die Straße kennt weder Fairness noch Regeln.‹ Oha, denkt Maxim während des Kälteeinbruchs in der zweiten Märzwoche 1976, der eine individualisierte Radiosendung übertragen bekommt. »Pille, bist du das?« Eigentlich sonnenklar, warum. Er stammt aus Südfrankreich? Das liegt elendsweit weg vom lokalen Geschehen und er weiß somit aus Sicht des Übermittlers nicht ausreichend Details bezüglich des NDHs? Weshalb ihm ›Basisinformationen‹ zugespielt werden. Inklusive unterschwelliger Andeutungen. Selbiger jemand möchte, dass er nicht alles eins zu eins für bare Münze nimmt, was medienseitig behauptet wird? Wohl bezogen auf die Größe der Divisionen? Denn darum muss es gehen. Sein Großvater deBougy hat oft angedeutet, dass mittlerweile alle Länder verschleiern, was wirklich ist. Man versucht konkret Schweißausbrüche zu erzeugen, indem man Gerüchte in die Welt setzt und seine Zäune genauso platziert, dass sie ein diffuses Unklar erzeugen? Bei der Bergischen Kaserne wird eh weltweit gemunkelt, dass man mittels deren Streitmacht halb Europa niederwalzen könnte? Also bitte, wer wollte jetzt das wiederum glauben? In Ordnung. Bürger, die gar nichts mit dem Militär zu schaffen haben, fürchten es wie eine biblische Heuschreckenplage. Und nachdem schon die Städte bis runter zu den allerkleinsten Gemeinden mit gestreiften Uniformen überflutet sind, kann das auch wirklich jedermann gut nachvollziehen. In ganz Europa sieht es mittlerweile so aus, zumindest für ihre betitelte Westfront gesprochen. Hier glaubt man auch, es konkret abschätzen zu können. Wie Maxim dieses Thema verabscheut! Nur noch Waffen, Geld und Macht zählen? Jeder muss immerzu besser, schneller, machtvoller sein als der andere? Solcher Frauenanteil im Militär? Ist das der Weg, die Übervölkerung der Erde zu verringern? Dass man Frauen genauso zum Dienst am Vaterland zwingt wie Männer und erst wieder freigibt, wenn es für Familienplanung eigentlich schon beinahe zu spät ist? Will heißen, die Pharmaindustrie muss nochmals bessere Vorkehrungen gegen Schwangerschaften produzieren? Und moralische Aspekte werden zunehmend unwichtiger? Ja, von wegen, bis zur Eheschließung warten? Ist schon bald nur noch ein ganz ein derber Scherz … „Ja, Himmel nochmal! Wie siehst du denn aus?" Direx setzt sich ihm gegenüber an den Tisch und sieht fürwahr erschrocken drein. Hier im großen Gemeinschaftsraum im Ilvericher Palast ist solcher Trubel seit unendlichen Stunden und nimmt einfach nicht mehr ab. Ständig fliegt erneut die Tür auf, die wiederum – passgerecht – zweiflügelig aufwartet. Das heißt, die Mengen an Flüchtlingen können beschwerdefrei aufgenommen werden und ihre Tiere haben derweil ihre neue Stallung im marmornen, ehemaligen Eingangsbereich bezogen und gewinnen ständig neue Kumpels dazu. Wie bereits erwähnt, gut zu reinigen. Maxim zieht sich nun schon seit unzähligen Stunden die ganzen Negativgedanken im Raum rein – er inhaliert Depressionen am Stück und entlastet damit die Betroffenen, die schon rasch deutlich entspannter wirken! Vor allem, als durch dieselben Flügeltüren nach und nach immer mehr bekannte Gesichter schlüpfen und genauso mit Koffern und Taschen wie sie selbst beladen sind. Ja, Andrin hat bereits Unmengen an Räumen mit Schlafmöglichkeiten ausstaffiert. Hängematten in solcher Vielzahl im Haus rundum verteilt, dass sich mancher schon fragt, ob er am Ende vorhatte, nötigenfalls das gesamte Bataillon des Bruders einzuquartieren?

„Hast du Perseus erreicht?" Eine berechtigte Frage von Bodgwer, der wohl schon längere Zeit besorgt nach ihm sucht. Franzen wird ganz flau im Magen. Brüggert konnte ihn genauso wenig erreichen wie er selbst, und in letzter Zeit wirkte er auch recht zynisch, wenngleich er kurzzeitig teilnahm. Deshalb dieser Hinweis, bei seinem Namen – vorsorglich nachzuhaken. Wer weiß, worin er verwickelt ist? Collodi machte Andeutungen, was ihn und seinen jüngeren Neffen Pinocchio betrifft, nur etwas in Richtung Geppettos, den sie tatsächlich auf Verwandtschaftsbesuch außerhalb erwischen konnten und mittlerweile sämtliche Söhne, Töchter und Enkel einsammeln. Sie sind noch unterwegs, ob sie es alle schaffen? Je länger sie brauchen, umso ungewisser ist der Erfolg beschieden. Die andere Seite hat längst mitbekommen, was ihre Seite betreibt. Zählen können die genauso gut? Geppetto soll aschfahl geworden sein, als er vom Abtransport seines Onkels erfährt. Und ja, er bestätigt sofort, dass sie die Familien kaum erreichen können. Wenn, nur jene, die sicher nicht gerettet werden wollen, vielmehr alle ihrer Schützlinge samt Rettungspersonal sofort anzeigen würden. Nein, in Collodis Familie schlich sich mit seiner Ehefrau der Wurm ein und säte Hass und Missgunst. Jeder gegen jeden, das Prinzip, dem sich alle verschworen. Auch die Frauen der Neffen ließen sich infizieren; Pinocchios lebt noch und beeinflusst nach wie vor die Kinderschar. Geppetto ist seit über zehn Jahren verwitwet, in denen sich seine Kinder einigermaßen entgiften ließen. Gäbe es nur Pillen gegen diese Art Übelkeit? Ein hoch dosiertes Vitamin-C-plus-Zink und alles wird wieder gut? Der Verstand befreit und das Herz kann wieder fühlen? Um herauszufinden, wie ihre Spezies auch gestrickt sein kann? Gütig, weise und empathisch? Aber nein, die Pharmaindustrie hat anderes im Sinn. Fördert mit ihrer Medikation mehr Ängste und Neurosen, als sie abzubauen. Geppettos Familie – nur ein Mitglied davon – könnte sie alle in Gefahr bringen? Was soll er tun? Franzen möchte sich am liebsten die Haare raufen, aber das hilft auch nicht weiter und dass er Perseus nicht erreichen kann, macht ihn nochmals verrückter. Und Brüggert meldet sich nicht. Er kann ihn unmöglich erneut anfunken. Wenn das im Nachbar-NYdorf jemand erfährt? Was sie hier betreiben? Und derweil ist es noch nachweislich so? Seine Leute fahren hier noch immer über unsichtbare Zugänge rein? Sprich, sie betreten eine Schutzzone über dubiose Geheimgänge? Laden Unmengen an Leuten samt Zubehör ab und fahren dann leutselig erneut auf eine gut fünfzig Meter hohe stabile Mauer zu und dann verschwinden sie urplötzlich vor aller Augen und sind nicht mehr existent? Funken aber kurz darauf von der Gegenseite, dass sie auf einer außen umlaufenden

Landstraße gut angekommen sind, um dann weiter ihre Runden zu drehen, wie es im Dienstplan eingetragen steht. Die kurze Stippvisite wollen sie elegant unter den Teppich kehren. Allesamt. Aber sie wurden gesehen? Wie sie Leute abholen? Deren Gepäck einladen? Wenn sich da nur einer verplappert? Die Strafen dafür? Oha, die sind heftig. Aber Brüggert meinte, er könne sie überzeugen … wen genau meinte er? In seiner großen Sorge hat er glatt vergessen, nachzufragen? Brüggert schnürt immerfort alle Pakete komplett. Er, der zuständige Major, kann sich parallel um anderes kümmern. Aber dieses Mal sollte er nachhaken? Selten geht es um so viele Leben auf einmal. Und um so gefährliche Gegner? Ein Schatten hat sie attackiert? Daran darf er gar nicht denken. Da zittert ihm sofort das Gestell. – Endlich! Das Telefon scheppert los, er hechtet hin, „ich höre?" Perseus Stimme, gestresst und entnervt klingend, aber wohlwollend, „die Jungs haben jetzt endlich alles eingeladen bekommen. Annegrets gesamten Nachwuchs mehrerer Generationen samt Kegel. Wiffwaffs, Hufträger, Schnurrs und Zwitscherer und kleinere Schweinchen oder Marder oder weiß der Herr? Ich sag' dir's, verlieb dich niemals in solche wundervollen Rundungen, die rauben dir den allerletzten Nerv, wenn's drauf ankommt! Blagen, das Wort nur für solche Schreihälse angelegt, wäre voll gerechtfertigt? Später mehr. Wir kommen." – Franzen stöhnt lauthals in den Hörer, „bitte Perseriph, Grit? Was ist mit ihr?" – „Das weißt du gar nicht? Sie wohnt derzeit bei Bodgwer? Den habt ihr doch sauber eingetütet?" Franzen, „ja, gewiss doch. Was kannst du mir zu Geppetto empfehlen? Er klang zögerlich, als wäre er sich selbst nicht sicher? Habe ich da etwas herausgehört, was gar nicht existiert?" Perseus stöhnt hörbar, „deine Mutter? Kann sie das nicht regeln? Dass alle, die schräg drauf sind, in Tiefschlaf fallen? Dann suche ich die Gürtler im Neandertal auf und frage dort an? Aber bis dahin müssen sie bei euch bleiben können …" Franzen weiß es, andernfalls werden sie getötet. Jetzt, wo sie bereits auf dem Weg sind? „Gute Idee!" Perseus lacht, „als ob du ernsthaft an sie glauben wolltest? Aber ich gebe mein Allerbestes." Sagt einer, der mal eben Nscho-tschi samt allen zugehörigen Mescaleros in einen Kleinbus verlädt und dann hurtig aufs Gaspedal tritt? Und denkt, das fällt so schnell schon keinem groß auf?

Es bleibt nicht unbemerkt. Maxims Radarstation läuft auf Hochtouren und sammelt nicht nur Negativgefühle. Er muss wohl etwas überlaut geäußert haben, dass er seinen Vater bis ins allertiefste Grübchen kennenzulernen wünscht? Solcherlei Wünsche sollte man besser nicht im Umfeld eines Waldläufers aussprechen? Jedenfalls hat Pille wohl beschlossen, ›sie mögen sich erfüllen!‹ An der Stelle somit die Frage dazwischen geklemmt: Wie gelangen die alle unbemerkt durch die exklusive Schutzzonenabsicherung Meerbuschs? Es hat gewiss nicht jeder ein persönliches Teufelchen auf dem Beifahrersitz? Schutzzonen haben doch nicht nur hohe Mauern um ihr Areal gezogen, sondern zudem Schutztürme mit außergewöhnlichem Equipment ausstaffiert? Alleine die aufwendigen Abhöreinrichtungen, die sie ins Mauerwerk implementieren, dass jedwede Erschütterung – ein schwungvoller Hammer reicht aus – sofort gemeldet wird? Dazu Schutzmannschaften, aus der ganzen Welt engagiert, ihre Heiligtümer im Auge zu behalten? Fahren die Leute seines Vaters also wissentlich durch eine extraterrestrische Sphäre? Ohne Fragen zu stellen? Anders ist es nicht realisierbar? Nicht mit irdischer Physik! Tauchen hernach urplötzlich viel weiter nördlich an einer einsamen Landstraße wieder auf und keiner wundert sich, wo die plötzlich herkommen? Wo heutzutage alles wenigstens dreifach abgesichert sein muss und das hier zählt zum Edelparadiesgarten Meerbuschs? Die top abgesichertste Schutzzone der gesamten Region? Wer Geld hat, wohnt hier. Nirgendwo anders. Die Elite sondert sich überall ab, gönnt sich gebührenden Abstand zu Elend und Not, zu Unrat und sonstigem Unerwünschtem. Warum konnte dann solcher Herr wie Hans von Velden einen Palast in deren unmittelbarer Nähe erwerben? Und daraus eine Hippie-Hochburg generieren? Das war wohl dem günstigen Zeitpunkt geschuldet? Weihnachten 1945? Die oberen Zehntausend der Umgebung, die Reichen und Schönen, waren allesamt damit beschäftigt, ihre Marmorböden blank zu polieren und plausibel zu begründen, warum sie zwar Reichtum besitzen, aber Mittäterschaft resolut abstreiten können? Warum sie nicht einmal Parteimitglieder und damit Mitläufer gewesen sein wollen? Dazu mussten sie sich einiges einfallen lassen und nicht wenige kamen vor Gericht und kämpften ihre Kämpfe um Freiheit und Beibehalt des hohen Standards samt der ersehnten Rechte. Und als es endlich ausgestanden war und man sich für den neuen hochwohlgeborenen Nachbarn interessieren konnte, hatte er sein Grundstück schon genügend abgeschirmt? Und man entschied sich, ihm etwaige Peinlichkeit zu ersparen, zugeben zu müssen, dass er halt doch nicht alles so in Ordnung bringen konnte, wie es sich für ihre Liga ziemt? Sie kontaktierten ihn also über sein Direktorat und manche auch am Lehrstuhl. Das war für alle Seiten förderlich, denn er kümmerte sich treu sorgend um die gute Erziehung ihrer Nachkommenschaft? Ja, das klingt für Maxims Ohren plausibel. So könnte es passiert sein. Als dann 1970 der Schutzwall Meerbuschs um Ilverich erweitert wird, integriert man freies Ackerland in seinen Schutzwall und die Ilvericher Anwohner werden – bis auf den hohen Herrn in ihrer Mitte – genötigt, auf Bauernschaft umzusatteln? Jedenfalls wirkt alles so, als wären wenigstens doch Umsiedlungen vorgenommen worden? Fortan exklusiv für allerhöchste Ansprüche Getreide wie Gemüse anzubauen und schmackhaftes Getier auf ihre Weiden zu stellen? Wohl das gesündeste Gut, was es derzeit in den Umlanden gibt? Und keinerlei lästige Hasenplage, die alles ausraubt und scharfen Gifteinsatz erfordert, sie abzuhalten, was wiederum Unverträglichkeiten auslöst, lebt man so verwöhnt, wie die Elite es tut? Derweil Maxims Erklärung für manche Zeitungsmeldungen in Frankreich, die er bis in die jüngste Vergangenheit für seltsam empfand? Wenn man nicht darum ahnt, wer alles in Erdlöchern hausen muss, versteht man viele Folgeerscheinungen falsch. Gift? Angeblich gegen Ungezieferbefall notwendig? Ein Bienensterben infolge, das jetzt auch wieder die Elite dazu ermuntert, andere Mittel suchen zu wollen. Ohne Honig will diese Elite auch nicht sein müssen, wo sie eben erst neue Heilkräfte dem Honig zusprechen wollen? Ein Mittel, ungesundes Zellwachstum zu unterbinden? Ja, für ihre Gesundheit sind sogar die Reichen und Schönen bereit, Abstriche zu machen? Weshalb sich längerfristig auch Naturgärten und Wildblumenwiesen in den Städten durchsetzen werden. Oh Danke, du kluge Biene Maja! Ihrem Kumpel Willy hat sie es letzthin in der Kindersendung genaustens erklärt – die Zusammenhänge und auch die Sendung mit der Maus ist darum bemüht, die Jüngsten über diesen Tatbestand aufzuklären. Luxusgüter? Nicht alles ist schlecht, was aus dieser Ecke stammt. Muss Maxim ein ums andere Mal feststellen. Die große Harmonie wird erst perfekt, wenn sie aus allen Ecken eingesammelt und ausgewertet wird. Durch diese edlen Äcker führt derweil ein lauschiger Landweg nach Ilverich hoch und jeder, der da hochfahren oder -laufen möchte, wird von neugierigen Augen beobachtet. Villen haben ohnehin exklusive Wachmannschaften engagiert, die alles in Protokolle eintragen und in den nächsten InCo eintippen. Der mit dem Nachbargrundstück vernetzt sein dürfte und das wiederum mit dem nächsten, bis auf diesem Kabelweg die Nachricht im Rathaus aufschlägt? Oh, es ist besonders wichtig zu wissen, wer sich für seine Besonderheit Professor Lefay näher interessiert? Denn dass er Hippie-Allüren kultiviert, das ahnt man nicht nur. Jeder hat die hohen Ausländerzahlen in der Philologie, an seinem Lehrstuhl und an seinem Gymnasium bemerkt. Aber der Kerl ist ja leider schlauer als die meisten anderen, und deshalb fand bisher keiner ein Argument, ihn in seinem Bestreben auszubremsen. Andrin hat ein ganzes Archiv bezüglich Zeitungsmeldungen, ob solcher Ärgernisse, angelegt, die Maxim stapelweise durchgesehen hat, indessen er Kümmernis und Sorgen aus den Köpfen der Neuankömmlinge absaugt. Seine Formulierung, denn Teufelchen Pille, überließ es ihm, wie er es benamsen möchte. Überdies gelangt man von Norden gar nicht in ihre Schutzzone hinein. Lediglich auf der Düsseldorfer Rheinseite. Die linksrheinischen Tore sind nicht gar so üppig gestreut, was die Absicherung der Edelschutzzone vereinfacht. Jedoch wie an Grenzübergängen, ultralange Warteschlangen erzeugt. Ein Ärgernis, aber nicht zu ändern. Jede Wagenladung akribisch zu prüfen? Die ganze Stadt könnte vergiftet

✶✶✶✶✶✶✶

werden? Oder in die Luft gesprengt? Eingeschmuggelte Waffen, wer weiß, was anrichten? Unkontrollierte Medikamente gestreckt sein? Und womit? Uijuijui. Oh, ja, ihre Sicherheit, das Nesthäkchen dieser Tage schlechterdings. Mehr noch geliebt als jedes neu geborene Kind in ihrer neuen Welt. Hippies gibt es übrigens keine – angeblich sogar mit ›gar‹ davor, was Direx aber nachweislich dementieren kann. Für den gesamten Düsseldorfer Schutzraum gesprochen, in dem Fall, Meerbusch inklusive. Übliche Hippies leben, wie das Freie Volk, außerhalb solcher Schutzräume, und lernen, sich dort zu arrangieren. Wie man es ihnen stadtseitig ohnehin zuspricht. Gemeint sind unter anderem Mitglieder des fahrenden Volks, Traveller, Tinker, Roma, Sinti, Gürtler – soweit man zweifelsohne bereit ist, deren Existenz anzuerkennen –, Zirkusleute und zudem Schausteller wie Vertreter. Allesamt querbeet über einen Kamm geschert, nur weil man ortsansässig bleiben kann und sich aufgrund dessen als höherwertig definiert? Viele finden innerhalb treue Freunde, bei denen sie zeitweise unterkommen dürfen, im Garten ihre Zelte aufschlagen und ihre Wohnwagen abstellen. Ja, wer kann, sucht unbedingten Anschluss nach innerhalb, weil Ersie sonst leicht komplett ausgegrenzt und zeitnah gar nicht mehr zum Bürgertum zugezählt wird. Will heißen, keine Aus- und Weiterbildung, keinerlei Papiere, keine Zutrittsgenehmigungen, kein legitimer Aufenthalt mehr möglich. Der unbürokratische Weg, ins Reich der Entrechteten zu geraten. Abgelegenere Dorfgemeinden sind aber froh um großzügig verteilte Bestechungsgelder und bieten wanderlustigen Möchtegern-Bürgerlichen ohne städtische Bande zeitweise Unterschlupf an und damit Zugang zu Zutrittsgenehmigungen und sonstigem Papierkram. Sogar rauere Elemente wie Rockerbanden und Freikorps finden hier Unterkunft und Anschluss. Und sorgen für ordentliche Raufereien und infolge reichlich handwerkliche Reparaturarbeiten, das heißt, auch auf den Dörfern ist einiges geboten. Freikorpsler sind ehemalige Militärs, die bei der Auflösung der Bundeswehr übrig blieben, weil das Neue Heer sie nicht übernehmen wollte. Ganz am Ende solcher Litanei stehen dann aber die Exilanten; Obdachlose, die keiner mehr kennen will, weil man sich strafbar macht, wenn man ihnen hilft. Man nennt sie Hasen und jagt sie wie Ungeziefer, stellt ihretwegen fiese Fallen auf, spielt mit ihrem Leid, drangsaliert und quält sie. Sie gelten als Nichtmenschen. Als nicht mehr spezifizierbares Freiwild. – Durch ihren Lebensraum zogen Pille und Maxim von Südfrankreich nach Ilverich in Nordrhein-Westfalen. Und wanderten durch nahezu unberührte Wiesenlandschaft, als sie urplötzlich mitten im Ilvericher Palastgarten standen. Wie geht denn jetzt das? Gar nicht – die korrekte Antwort. Genauso wenig könnte man heutzutage von Norden an Ilverich heran gelangen, ohne zuvorderst südwestlich das Meerbuscher Tor passiert zu haben. Oder aus der Düsseldorfer Seite um Zutritt ersuchen? Aber ja, über so

258

viele Stadtteile hinweg Durchfahrtsgenehmigungen zu erhalten, ist auch nicht ganz trivial. Und am Wasserweg? Wer diese Tore passieren möchte, muss sich nochmals auf ganz andere Unwägbarkeit einstellen. Nein, ein Stadtviertel wie Meerbusch betreten zu dürfen und einen dahinterliegenden, verschwiegenen Ort, am Ende ihrer Edelgärten, also dafür muss man zuvorderst ordentlich strampeln. Sehr viele Pluspunkte angehäuft haben. Nichts wird verschenkt. Dennoch gelangt ein wütender Wirbelsturm in den Palastgarten, ohne eine bodenständige, umsäumende, top abgesicherte Schutzmauer auch nur geringfügig zu penetrieren? Und zerstört exklusiv nur ebendiesen alten Schlossgarten? Absolut nichts vom Meerbuscher Gebiet, an das dieser Sturm vielleicht nicht heranreichte? Wer weiß? Wo er von Norden eindrang, über einen Zutritt, den es nur in den heiligen Mysterien gibt? Via Genehmigung von Direx oder Andrin, auch zeitweise nutzbar für andere Wesenheiten? Dahingegen ist der Wiesenzugang ausschließlich über die Lefay-Tunnel möglich? Von deren Existenz Maxim jüngst erfahren hat. Klar wie Kloßbrühe. Somit schritten sie beiden, Pille, der Waldläufer und er, Maxim, der fürstliche Bastard, mit ihrem vielhufigem Wagengespann durch einen nebeligen Tunnelgang, im Wildblumenwiesen-Kostüm? Gut. Ein charmantes Fragezeichen, das weder Direx noch Andrin bisher aufgelöst bekamen. Somit war es auch nicht der Schattenfee im Haus geschuldet? Denn die würde die beiden doch darüber informieren? Also spukt hier nochmals, wer anderes mit herum und keinen stört's oder irritiert's, weil man hier eh zu allem bereit ist? Nach dem Motto, ›lass' ich mich erst einmal auf Spuk ein, wird alles einerlei, da ja nichts mehr logisch erscheint‹? Nun, es ist aber auch alle Hände voll zu tun!

Himmel, da steht einer? Mitten im immer weiter auswuchernden Esszimmer? Gesellschaftsraum? Der war anfangs nur ein minimal durch ein halbhohes Mäuerchen mit Tresenaufsatz, abgeschirmter Essplatz, mit ausnehmend großem Tisch zuzüglich zahlloser Stühle auf zwei Seiten, gegenüber eine immer länger wachsende, hölzerne Eckbank. Ja, das gesamte Haus beweist sich anpassungsbereit, gastfreundlich und sehr tolerant. Denn die Stühle sind beim Besteigen oder einfachem Hinsetzen immerzu in perfekter Höhe angelegt. Und je nachdem, wer sie sich greift und Platz nimmt, ergänzen sich praktische Ablagezonen für kürzere Arme und Beine, und die Sitzhöhe wächst, bis der Nutznießer bequem an Teller und Besteck heranreichen kann. Und sollte jener Nutzer nochmals kürzere Beine haben, hat sich ein exklusiver kleiner Tisch vor seinen kurzen Armen an Lehnen festgebissen, die samt und sonders dafür sorgen, dass dem Zwergl nichts passiert. Jetzt muss Ersie allerdings auf sich aufmerksam machen, dass er auch etwas zu knabbern bekommt. Nun, es sind genügend Leute anwesend, in jedem

Fall eine helfende Hand finden zu können. Um diesen Einen herum sieht Maxim Sand … er hält einen Pilgerstab in seinem rechten Arm oder ist es ein Hirtenstab? Optisch ein Berber? Im Original, weshalb er etwas Sand mitgebracht hat, dass jeder die Vorstellung richtig interpretiert? Ein Glück schaut er nicht ihn, Maxim, an, sondern den Berner, der wohl genauso perplex dreinschaut? Der Beweis? Sie gibt es? Und wenn es die El-Bachirs gibt? … kein Berber in dem Sinne, wie dieses Wort angelegt ist, reicht über zwei Meter in die Höhe? Seine Schulterbreite? Nun, der rustikale Herd dürfte in der Breite circa einen Meter vierzig messen? Aber des Berbers Schultern verdecken ihn komplett, dürften nochmals gute zehn Zentimeter weiterreichen? Ein Glück ist die Zugangspforte derweise zweitürig angelegt? Damit kann er elegant durchtreten. Auch die Höhe des Türstocks sollte gut ausreichen und ja, ein Glück, ist das kein rustikales Bauernhaus? Da müsste dieser Mann auf Knien durchkriechen? So kann er aufrechtstehen und muss bloß aufpassen, sich in keiner der vielen Hängelampen mit seinem aufwendig gestalteten Haarschopf zu verfangen? Sie haben derzeit nicht wenige Kerzenleuchter im Einsatz? Auf dieser Höhe auch null von irgendetwas abgeschirmt? Normal ist da oben nur Luft zugange? Oder Fliegen? Solche wunderschönen Locken, ja, offensichtlich steht er, Maxim, auf Haarig? Eine Sünde, solches Kunstwerk in Brand zu stecken? Ob er sich selbst als Pilger definiert? Oder wählt er diese Außenansicht, um klarzustellen, woher er stammt? Also ja, die Sahara bietet da auch ein hochinteressantes Legendenwerk? Kyrnatak soll dort unterm Sand verborgen liegen … uijuijui, wie peinlich anzüglich er jetzt grinsen muss. Und es auch gar nicht mehr weggewischt bekommt? Hoffentlich bemerkt es keiner? Am Ende zählt ihn noch jemand zu den Gastgebern und er mokiert sich über einen der Gäste? Schande über dich, Maxim, du strunzdoofer Witzbold, das ist ein Gürtler und so, wie er hier angekommen ist, bietet er Hilfe an. Ein Gedanke naht heran, schiebt sich leutselig über seine eigenen, exklusiv, für ihn bestimmt: ›Ich nehme es nicht übel. Dein Teufelchen-Begleiter ist uns wohlbekannt, samt seinem oberschrägen Humor.‹ „Pille hat mich angesteckt? Danke, Freund El-Bachir, Ihr seid wahrlich mit Weisheit gesegnet, wie in meinem speziellen Märchenalmanach geschrieben steht. Ein Familienerbstück, schon uralt. Wurde nach der großen Katastrophe auf Sizilien geborgen und konnte vor vielen Generationen wieder im Familienhort aufgenommen werden. Ist auch testamentarisch belegt. Weshalb unsere Familie nur wenig Zweifel, ob der Existenz Vreemarrs oder Shijtarrheims hegt. Aufklärung war seit jeher hilfreich … gilt das auch für Eure Brüder? Alle Gürtler am Ende? Das wäre ein Segen und käme nicht ganz ungelegen." Er grinst zurück: »Ob wir aufgeklärt sind, möchtest du wissen, Maximilian deBougy? Fürst deBougy aus Orange – ich begrüße Euch, Sayyidī.« Er hat eine wundervoll klingende Stimme, mittig zwischen tönernem Bass und Bariton angelegt, ein schwingendes Erdtonal integrierend … schießt es ihm verträumt durch den Schädel. Ähm? Wessen Worte sind denn jetzt das? Das Wort ›erdtonal‹ kennt er bisher gar nicht? »Entschuldigung, ich weiß zwar nicht genau, was ›erdtonal‹ umschreiben möchte, aber es fühlt sich passgerecht und wohltuend harmonisch an«, denkt Maxim zufrieden aufstöhnend. Sich laut auf solch bizarrem Weg unterhalten zu können, ohne dass es andere mitbekommen, „das fühlt sich prima an". Oh, er war schon vom Waldläufer-Teufelchen verzückt. Dass es dazu eine Steigerungsform geben könnte, hätte er wohl vor fünf Minuten noch resolut ausgeschlossen.

Und dann folgt der Sand
29252Asgijahr|Ilverich, Kälteeinbruch, zweite Märzwoche 1976.

„Bist du real?" Franzen ist sich bei all dem Trubel hier, seiner ewigen Sorgen und der tief grauen, schmerzvollen, mühsamst verdrängten Trauerwolke in seinem Herzen, nicht sicher, ob er das nur träumt. Ein Berber, laut Kleidung und Hirtenstab, laut Körpergröße und schwarzer Haarigkeit, die oben aus seinem Hemd in aller Heftigkeit kriecht, könnte er ein Gürtler sein. Die Antwort auf Perseus Gedankengang, der im Neandertal eine Lösung erhofft? Was war sein Gedanke an dieser Stelle? Ist er bereit, einen Teil seiner engsten Freunde in ein anderes Tal zu schicken, nur weil vielleicht einer darunter sein könnte, der nicht ganz so aufrecht auf ihrer Seite stehen möchte? Eigentlich ist er gar nicht in der Lage, solche Entscheidung zu treffen. Wo Geppettos Familie die letzte direkte Erinnerung an die große Liebe seines Lebens ist? Von der ersten Minute dem Tode geweiht und doch tröstete jede gemeinsam erlebte Sekunde für alle Pein der letzten 22 Jahre und wird es auf ewig tun. Nein, er kann nicht. Ganz unmöglich. Selbst, wenn dieser Mann wirklich hier ist und solch großzügiges Angebot unterbreiten möchte. Er kann keinen separieren und an einem anderen Ort als alle anderen unterbringen? Wenn er Geppettos Familie hier nicht aufnehmen möchte – und das entscheidet sicherlich nicht er alleine – dann müsste er auch alle anderen weiterschicken und das würde er nicht verkraften. „Du willst alle, die jetzt hier sind, auf Dauer auf diesem Grundstück eingepfercht leben lassen? In diesem Haus? Denkst du nicht, das könnte sich etwas beengt anfühlen? Im Laufe der Zeit?" Er redet? Dann ist er wirklich Wahrheit? Und all das Wissen in seinem Kopf? Der Schatten seiner Mutter hinter der Tapete? Lefay-Tunnel im Garten? Wovon er, offen gestanden, gar nichts Näheres wissen möchte. Nicht jetzt. Alles zu viel. Katapultiert ihn am Ende nur wieder zurück in die Rheinlabyrinthe? Er spürt schon direkt die ewig scharfen Felskanten seinen Rücken malträtieren, spürt, wie das Blut von seinem Rücken immerzu neu weggewaschen wird, aber unablässig nachfließt, als habe

★★★★★★★

er Unmengen davon in seinem Körper? Grenzenlose Vorräte? Wiederum droht er zu zerfließen, und wo das hinführt, weiß er bereits. Nein, keine Option. Dafür ist die Zeit schon zu weit vorangeschritten. Der Mann, ihm gegenüber, lächelt. Er sieht blutjung aus, wie vielleicht siebzehn oder achtzehn, und doch spürt er überdeutlich, dass ihm die Vergangenheit wie die Zukunft gegenüberstehen, der Sand Kyrnataks gemeinsam mit der Lebensweisheit aller Vorzeit – ja! Das wahre Leben steht in ihrer Wohnküche und bietet eine sandige Erweiterung ihres Lebensraums an. Ehrlich? Er spürt, wie sich auf seiner Stirn tiefe Gräben bilden. Denkerstirn? Angeblich steht der König-der-letzten-Tage auf solche Furchen? Getuschel, ihm im Traum zugetragen, wann immer er hier eine Nacht in seinem Bett schläft. Er dachte bisher, er träume von Shijtarrheim? Höre die Leute am Brunnen miteinander tuscheln, in der Schlange stehend, darauf wartend, ihren Krug neu zu befüllen? Ja, sein geträumtes Shijtarrheim verfügt über wenig Fortschritt, gar funktionstüchtige Wasserleitungen? Schon lacht er, hörbar, und begreift, wie sehr er weint. Bodgwer und Rheinfall fangen ihn auf, er geht direkt zu Boden. Fühlt, wie er auf warmem Wüstensand zu sitzen kommt und seine beiden Freunde knien neben ihm und fühlen denselben Sand und sehen nun, mit weit aufgerissenen Augen, denselben Mann. „Er ist auf dem Weg zu euch. Sein Fahrer und er, sie mussten zusehen …" Rheinfall findet zuerst seine Stimme wieder, „Collodi? Kermit? Sie leben? Wobei mussten sie zusehen?" Er muss nicht antworten, sie sehen es an seiner Trauer. Alle, die Berners Leute nicht sichern konnten, wurden hingerichtet? Bitte … fleht es in ihnen. Aber nein, keine Gerichtsverhandlung – gar nichts ist heutzutage erforderlich, kannst du Beweise für Verrat vorlegen. Die VEP weiß, wie man das hinbekommt. Hat Routine darin, ihre Seite gnadenlos umzunieten. Die meisten schicken sie allerdings auf die Straße und lassen sie als Hasen jagen. Damit sind sie fein raus und keiner könnte ihnen Beteiligung nachweisen … Rheinfalls Gedanken implodieren in seinem Schädel. „Ihr habt keinerlei Fragen an mich?" Franzen versucht es mit Räuspern, ja, es ist hörbar, „du warst dabei?" Nein, sein Kopf schüttelt sich minimal, „ich kam zu spät, Pinocchio, wie er bei euch heißt, er fiel soeben zu Boden, als Letzter. Die kleinsten Kinder zuerst direkt nach ihren Haustieren. Sie wollten selbst die Babys jammern, zittern und verzweifelt heulen sehen … so intensive Todesangst, wie ich dort riechen musste, habe ich in den letzten fünfhundert Jahren nicht riechen müssen. … Pinocchio war schon tot, bevor die erste Kugel auf ihn abgefeuert wurde. Neunundneunzig Kugeln trafen alleine seinen Körper und zerrissen den verbliebenen Rest von Collodis Herz … der, den ich retten durfte, war seit Stunden verblutet. Kermit musste nur die letzten Abschüsse miterleben. Sie haben ihn parallel brutal gefoltert, hofften inständig, weiteres herausfinden zu können. Er war kaum mehr lebendig, aber verglichen mit

Collodi? Midgards können fürwahr grausam sein … ja, er kann fahren. Ich bin ein Phöx mit Heilkraft; konnte sogar seine fehlenden Gliedmaßen auf die Schnelle nachwachsen lassen. Die Wunden waren frisch genug. Aber ihre Seelen? Ich könnte ihnen nur die Erinnerung daran rauben, aber das würde ihnen nicht weiterhelfen. Nur ihr könnt das tun …" Er sieht etwas, was ihn noch mehr erschüttert. Er sinkt ebenso zu Boden, auf die Knie und streckt wie beim Gebet seine Arme weit von sich. Liegt bereits mit dem Gesicht im Sand, da hält er eigentlich noch immer seinen Stab in der Hand, der aber längstens am Boden neben ihm liegt … ein Zeitriss? Konnte er deshalb Pinocchio nicht retten? „Er war dein Freund? Du kanntest ihn? Beide? Pinocchio und Collodi? Du hast sie beide als enge Freunde gesehen? Sie geliebt? … Collodi? Er hat es soeben beendet …" Franzen schafft es nicht, das schreckliche Fragezeichen eigenständig zu Ende zu denken. Diesen Satz … der Wirbelsturm? Das hier allesamt geht auf dasselbe Konto? Wer ist der Teufel? Er ist so rachsüchtig … gegen wen oder was? Wie kann er seine Freunde beschützen, wenn er das gar nicht weiß? … gegen das Böse bestehen? Der uralte Jugendliche vor ihm – er hat eine Lösung parat. Aber eine, die ihm, Franzen, noch mehr Angst bereitet. Seinen Freunden nur das mit seiner Mutter zu erklären? Es ist ewig her und doch wirken sie oftmals noch heute verstört. Seitdem der Schutzwall um Ilverich herumläuft und ihre Landstraße unter einem Schutzzaun landete und alle Augen Meerbuschs daran interessiert sind, wer nach hier hochfährt? Ja, seitdem müssen sie sich für jeden einzelnen Besuch auf Spuk einlassen und er spürt jedes Mal diesen Schauder, der sie erfasst. Dabei ist keiner von ihnen im Sinne des Wortes streng katholisch? Nein, eher sehr tolerant und offenherzig für neue Unterströmungen, aber ein brennender Dornenbusch lässt sie doch zusammenzucken. So fühlt sich das an, nur, dass weder Vater noch Sohn herumzündeln? Schlechterdings muss es also ein teuflisches Relikt sein? Und eine Mutter, die unter der Tapete lebt und entzweigerissene Körperlichkeit wieder zusammenfügen kann? Wer bitte wollte da nicht zittrige Knie bekommen? … und jetzt? Wo ihre Heimat schmerzlich verloren ist, folgen die Gürtler? Dazu eine Trauerbotschaft, die er selbst nicht verkraften kann. Collodis Familie? Die paar wenigen, die auf ihrer Seite standen? Deshalb haben sie allesamt bis zum jüngsten Baby ermordet? Vor aller Augen? Selbst Haustiere, nur um die Qual der Jüngsten zu steigern? Welcher Teufel wütet da in seiner Stadt? Und keiner hält ihn auf? Kann ihn aufhalten? „Warum lasst ihr so etwas zu?" Oh, Franzen weiß, wie schäbig es ist, die Schuld einem anderen zuzuschieben, aber die Gürtler hätten doch die Macht? Wenn er es mit seinem Bataillon versuchen wollte, würde er ganz Europa in Brand stecken.

„Du denkst", er steht mühsam wieder auf, nutzt seinen Hirtenstab, „dass wir

263   ★ ★ ★ ★ ★ ★ ★

berechtigt wären, in Midgard einzugreifen?" Ja, er ist bereits ein betagter Mann … jetzt sieht es Franzen überdeutlich. Franzen schüttelt heftig den Kopf, es wird richtig feucht, so weint er. „Nein! Du hast recht, auch ich bin nicht berechtigt und würde nur nochmals alles schlimmer machen … aber so kann es auch nicht weitergehen! Wenn wir jeden, der Gefahr läuft, attackiert zu werden, versuchen, in Schutzräumen unterzubringen? Wer bleibt dann noch übrig?" Der jugendlich, uralte Sandmann, Franzen gegenüber, aus einem mystischen Schattental abstammend, lächelt warmherzig, „ihr Menschen habt euch flächendeckend ausgebreitet. Seid zwar durchwachsen und oft zu sehr, aber doch gibt es genügend darunter, die gut sind? Oha, sie sind oft blind, weil anders kein Überleben möglich scheint? Manches Ding, aus eigener Brutstätte, ist unerträglich? Dazu ergänzt sich Magie von anderer Seite, und dann wollen die einen von hohen Dächern springen und andere sich die Pulsadern aufschneiden? Aber es hilft nichts davon weiter … wir brauchen einen gangbaren Weg, der Teufel rüstet noch immer und der König? Ist bisher nur ein bloßes Gerücht. Die letzten Stunden liegen noch in weiter Ferne. Somit ist noch immer alles denkbar und möglich." Franzen staunt, „du hast eben einen geliebten Freund sterben sehen und kannst solche hoffnungsvollen Worte finden?" Ein wundervolles Lächeln: „Du bist genauso ein Stehaufmännchen, wie wir Gürtler es seit Jahrhunderten sein müssen. Resignation steht uns beiden nicht zu. Wir wurden geschaffen, zu reparieren, wenn etwas entzweibricht? Immerzu nach neuen Wegen zu suchen, das Unmögliche möglich zu machen." Franzen, „was erwartest du?" Jetzt ist es an Rheinfall, zusammenzuzucken, er klingt minimal panisch, „was fragst du da? Er ist ein Gürtler? Berner, das sind Teufel …" Franzen schaut ihm ins Gesicht, „du glaubst an Vreemarr und hältst Gürtler für Teufel? Wieso?" Rheinfall schluckt und springt hoch auf die Beine. Ja, er würde wohl ganz alleine gegen ihn kämpfen, mit bloßer Faust? Rein die Höflichkeit gegenüber Franzen hält ihn davon ab … Franzen ist sofort auf den Beinen, Hilfe, Bodgwer hat sich ebenso zum Kampf entschieden? Sie überlegen nur noch, wie genau sie ihn anspringen wollen? So rasch wie er nur kann, springt er mittig dazwischen – den El-Bachir und seine Freunde voneinander abzuschirmen. Oh, seine Schultern wirken heute geradezu kümmerlich. Er fühlt richtiggehend, wie der Bärmann in seinem Rücken ihn haushoch überragt und seine Schultern, wie eine perspektivische Anomalie über seine eigenen, weit hinausragen. Schwarzbär? Nun, er würde ihn als heimischen Braunbären umschreiben, wie sich die Wärmesignatur in seinem Kreuz anfühlt … nur würde solcher Bär heißeren Atem in seinen Nacken pusten. Und dessen Pranke auf seiner Schulter liegend, fühlte sich weniger angenehm an. Ja, sie sind humanoid. Ahmen den Menschen nicht nur nach, nein, das Wesen Mensch steckt ihnen im Geblüt. Muss es wohl auch, denn ihre Mütter waren Menschen? Aber es ist noch sehr viel mehr? So, als würde sein Ursprung auf denselben wie sein eigener zugreifen? Ist das die Vreemarr-Verbundenheit, die er spürt? Oder wirkliche Menschlichkeit? Grambambl, könntest du nicht mal eben vorbeischauen? Perseus, du bist auch noch viel zu weit entfernt. Christian? Hat er ihm wirklich befohlen, keinesfalls hierherzukommen? Wie dumm kann man nur sein? Plötzlich sind da uniformierte Arme, die seine sanft, aber bestimmt, von der Brust seiner Freunde herunterschieben. Und damit beide, Rheinfall wie Bodgwer, dazu bringen, einen Schritt zurückzutreten und abermals erschrocken aufzustöhnen und sich dann selbstbestimmt herunterzukühlen und wieder richtig zu beruhigen. Ja, dass sie beinahe den Freund angegriffen hätten, hat sie ordentlich ernüchtert. Franzen hält noch immer seine Augen geschlossen. Oh, Himmel, er sieht gerade so viel. Bilder ohne Unterlass, Familienmitglieder, eins ums andere, in ihrem Garten beschäftigt. Pflanzen, pflegen, ernten … so viele Tiere, die überall herumlaufen und einen bergigen Hintergrund? Ein Mittelgebirge, hier in Ilverich und der eigentliche Ort samt Meerbusch weiter südlich, ist dafür verschwunden? Kein Asphalt mehr? Nicht einmal Schotter? Nur Naturkraft? Aber kein Matsch, nur passender sandiger Bodengrund? Das sollte er eigentlich wissen, dass es das hier nicht gibt? Aber auf seinen Bildern sieht er es. Ganz genau und mittig dazwischen Vadderns großer Palast, mit den immerzu strahlend sauberen Fensterscheiben. Er hat eindrucksvolle Seitenausläufer erhalten und einiges an Stallungen dazugewonnen und Getreidefelder und zudem einen Flusslauf – richtig breit, da könnte man fast mit einem kleinen Ruderboot losziehen? Plötze und Rotfedern angeln gehen? Stockfisch, dazu Backkartoffeln am Rande der Glut? Oh, sie müssen unbedingt eine Pfadfindergruppe gründen … vielleicht sogar auch Forellen? Einfach nur ordentlich schwimmen können? Eine richtig gesunde Muskulatur aufbauen? Weniger Adrenalinausstoß aufgrund von Hektik und Panikattacken? Andernorts günstig platzierte Netze aufspannen? LET-konforme Lebenskultur, Fairness auch seiner Jagdbeute gegenüber? Alle Lebensbereiche gleichermaßen wertvoll betrachten dürfen? Da, ein Biberbau, nur etwas höherliegend, durfte den Bach aufstauen? Ein kleiner Waldsee mit idyllisch plätscherndem Wasserfall ergänzt? Karpfen und Aale? Alles möglich? Diese Bilder hat ein richtiger Romantiker entworfen? Dieser uralte Jüngling in seinem Rücken? Er liebt Midgards? Das will er ihm, Franzen, zeigen und ja, Bodgwer wie Rheinfall sehen dieselben Bilder vor sich und ja, sie wollen nicht mehr gegen ihn kämpfen. Im Gegenteil. Sie sehen reumütig drein. Begreifen, dass der Kummer sie so weit getrieben hat, dass sie gegen einen jungen Mann kämpfen wollten, nur, weil sie einen Schuldigen finden mussten, wieder frei durchatmen zu können? Endlich ist Franzen gedanklich so weit, sich für die uniformierten Arme näher zu

✶✶✶✶✶✶✶

interessieren. Es ist Leutnant Bal. Ein enger Freund Christians. Franzen schmunzelt, Brüggert? Er findet wahrlich in jedem Irrgarten eine Passage, die sich nötigenfalls umformen lässt, dass man bequem hindurchgleiten kann.

„Du könntest gar nicht passender ankommen. Zeitriss als Stichwort? Was wisst ihr beiden darüber?" Bal bemüht sich wahrlich ordentlich, wie ein Leutnant zu salutieren. Wie lange er das schon erfolglos übt? Er kennt diesen großen Mann hinter ihm? Ganz ohne Mithilfe seiner Mutter, das hätte er fürwahr überall bemerkt. Einer der beiden steht höher als der andere? Zwanghaftes Unterdrücken von erwarteter Demutsbekundung und ersatzweise Gunstbezeugung? Bal schlittert auf akuter Eisfläche? Oh, bitte, sag mir, dass das jetzt nicht stimmt? Sein NYdorf ist längstens unterwandert? „Da bin ich aber froh, dass mein Instinkt derselben Meinung wie Christian ist. Sonst hätten wir beiden ein echtes Problem." Nein, er schaut seinen Untergebenen nicht an, schaut nur sinnierend in den weiten Raum und irritiert damit Rheinfall und Bodgwer, die noch immer an der – aus ihrer Sicht – deutlich zu harten Schattentalnuss müßig nagen. Lenkt sie ja vielleicht etwas davon ab? Rheinfall findet, wie stets, zuerst eine passende Frage: „Du meinst deinen Leutnant? Bal heißt du doch? Warum könnte der Berner ein Problem mit dir haben und warum sieht das Salutieren bei dir immer nach starken Zahnschmerzen aus? Wollte ich schon ewig fragen? Doch nicht etwa, weil du lieber vor dem Großen hintendran salutieren wolltest? Oder doch eher er vor dir? Und du auf diesen Part ungern verzichtest? Das heißt, du bist genauso arrogant gestrickt wie wir Menschlinge? Also sind wir gar nicht die peinlichste Wesenheit, die es gibt? Ist ja mal beruhigend. Aber dann auch wieder nicht ... du bist ein Gürtler in der Bergischen Kaserne? Darf ich jetzt hysterisch werden und losschreien, wie mir gerade der Sinn danach steht?" Bodgwer ist ein Glück schneller. Springt ihm vors Gesicht und nimmt ihn fest in den Arm. Wie einen jüngeren Bruder. Hat wohl am gleichen Knochen genagt, dass er sogar rascher noch als die beiden mutmaßlichen El-Bachir-Prinzlein reagiert. Die derweil etwas schuldbewusst dreinschauen. Nochmals, ›Ein Glück!‹, gedacht, dass diese Inszenierung hier von vorneherein verdeckt ablaufen durfte. Damit wäre hier jetzt Kriegszustand! Jetzt nicht, dass der Menschenanteil eine Chance gegen die magische Seite hätte, aber probieren würden sie's? Sie wurden ja eben erst gerettet und dieses neue Glück will sicherlich keiner so rasch wieder aufgeben müssen? Seit mindestens 22 Jahren dürfte die Tatsache, dass sie eventuell eines Tages gezwungen sind, unvermittelt aus ihrer Welt zu fliehen, den Älteren bekannt sein. Sonst hätte die Rettungsaktion niemals so zügig durchgezogen werden können. Jeder von ihnen reagierte mit stummem Blick. Ersie wusste ja nicht, welche Seite seine Tür zuerst erreicht hat? Jetzt, ohne Vorbereitung von

Sandgrund zu erzählen, dürfte ausreichen, dass allesamt durchdrehen. Die innere Panik ist noch lange nicht abgeflaut. Wie auch? Sie warten immer noch auf Hiobsbotschaften und Nachzügler? Sehen in den Blicken der sonst Souveränen, dass die auch noch keinen echten Plan haben und selbst auf Aufklärung hoffen. Und diesen Ort hier, den kennen gerade mal eine Handvoll? Alle anderen haben spätestens beim Anblick des umliegenden Gartens weitere Panik in sich aufsteigen gespürt. Selbst der vermeintliche Rückzugsort ist bereits von der Feindseite zerstört worden. Demnach bekannt? Wie könnten sie sich hier nur eine Sekunde sicher fühlen? Logik als das harte Los und Arglosigkeit, der wünschenswerte Segen.

Rheinfall hat sich erneut heruntergekühlt und hustet sogar etwas, als er aus Bodgwers Umarmung kriecht. „Berner, könnten wir nicht irgendwo hingehen, wo wir ungestört sind? Uns wenigstens mal hinsetzen und etwas Trinkbares berühren können? Vielleicht auch etwas zum Essen? Ich konnte vorhin nichts herunterschlucken und ja, ich fürchte, ich muss jetzt erst einmal eine ausführliche Beichte ablegen, bevor es weitergehen kann." Franzen schaut ihn abwartend an, „gut, in Kurzfassung: Ich habe das Gefühl, ihr beiden, Bodgwer und du, glaubt ernsthaft, ich wäre ein guter Anführer für unsere künftige Wohngemeinschaft? Ein Schattental? Oh Hilfe, da friere ich schon beim Klang des Namens. Also spätestens das müssen wir sofort abändern, sonst kann ich gar nicht darüber nachdenken, ohne ständige Gänsehaut parallel bekämpfen zu müssen. Bodgwer, darin bist du doch gut? Einen netten Namen für unser Robinson-Crusoe-Projekt zu finden?" Bodgwer, „aber genauso willst du es sicherlich nicht nennen? Einsame Insel, mit Kannibalenangriff? Ist wohl keine beruhigende Kulisse, unsere Familien vom Friedensprojekt zu überzeugen? Wie wär's mit Villa Kunterbunt? Wo wir eh schattig werden wollen? Und kunterbunt sind wir spätestens, wenn Perseus mit seiner Mannschaft ankommt? Die Farbpracht der Welt in einer einzigen Familie? Ja, er ist wahrlich ein Göttersohn." Franzen räuspert sich, also zuckt Bodgwer zusammen, „du meinst, dieser Wirbelsturm und die urplötzliche Kampfansage gegen uns – könnte mit Engelsruh 1954 enger zusammenhängen? Und Perseus' Raubzug? Der hat aktuell das Fass zum Überlaufen gebracht? Weil es jemand entdeckt hat? Das heißt, die sind hernach nicht alle komplett verblendet, wie wir glaubten? Denn sonst hätte die Annegret doch keiner wiedererkennen können? Aber dann müssen wir das Angebot auf jeden Fall annehmen? Denn dann gilt der Angriff ja nicht nur dir, Berner? Sondern uns allen? Wenn der Teufel aus Engelsruh gerade für die Abschlachtung von Collodis und Pinocchios Familien gesorgt hat? Dann wird er jeden abschlachten, der jemals mit uns freundlich stand? Dann müssen wir nochmals ein paar tausend mehr nach hierher beordern und jene werden noch weitere nachholen wollen und dann könnte sogar ein Gürtler-Schattental-Arrangement beengt werden? Noch dazu, dass wir neuzeitlich orientierte Geister versuchen würden, innerhalb einer mittelalterlich strukturierten Welt zufriedenzustellen? Nur ein paar InCos nach hierherholen und jemanden unter uns zu finden, der das Ganze auf Niveau der Außenwelt halten kann, dürfte da nicht ganz ausreichen? Überlegt nur alleine, was wir bisher alles gearbeitet haben und jetzt sollen wir Kühe melken und Fenster polieren und mit der Sense eine Wiese mähen? Nicht, dass ich unbedingt auf meinen Rasenmäher bestehen möchte, aber so ganz ursprünglich leben zu müssen, scheint mir auch nicht nur das Gelbe vom Ei? Und unsere Jüngsten wollten nie und nimmer auf ihre heiß geliebten Comics verzichten. Hast du schon einmal einen Asterix-Band gelesen? René Goscinny und Albert Uderzo, genial. Genauso wenig wollte einer von uns auf Samstagabend Fußball verzichten? Raumschiff Enterprise? Ehrlich, ich würde den spitzohrigen Spok echt vermissen … aber gut, erst sollten wir das Namensding lösen. Und hernach wohlüberlegt und gut argumentiert weiterdenken." Er räuspert sich kräftig und versucht sein erneut einsetzendes Zittern zu unterbinden, „was haltet ihr von Lefay-Tal? Weil, das ist es für mich. Nichts anderes. Und damit konntest du mich zweiundzwanzig Jahre lang zum Schmunzeln und Frohlocken bringen. Nur anzudeuten, dass es bald wieder ein Treffen geben könnte? Ich habe mich sofort richtig auf die anmutige Dame hinter der Tapete gefreut. Und auf die Tierschar, die einem hier über den Schoß krabbelt, wenn man gemütlich auf der Holzbank sitzt? Ehrlich … habe ich euch schon davon erzählt, dass Elfriede – eine eurer Hennen vor Urzeiten – gerne Eier auf meinem Schoß gelegt hat? Also die saß da dann stundenlang und plötzlich fühlte ich dieses ›Plopp‹ und schon streckte Andrin seine Hand unterm Tisch mir entgegen und ich legte das Ei hinein. Elfriede fand das vollkommen in Ordnung und wollte nur gekrault werden. Das ist schon so lange ein Geheimnis von Andrin und mir? Er meinte immerzu, »lass gut sein, ist unser Ding.«"

„Welche Beichte?" Ganz direkt an Rheinfall, der nur darauf wartet. Ja, sie benötigen eine separierte Sitzgruppe und nochmals ja, es sollte sich anfühlen können, wie all die vielen Jahre hindurch. Eine hölzerne Sitzbank mit einem Stapel Kissen in Reichweite und ausreichend vielen einfachen Holzstühlen gegenüber. Und einen so großen Tisch und Tresen daneben, dass man Vorräte ohne Ende verfügbar hat und trotzdem den Tisch für Planungsarbeit mit Landkarten und zahllosen Schreibblöcken und Zeitschriften wie Büchern nutzen kann. Oder nur Karten- oder Würfelspiel mit reichlich Bierkonsum? Ein leckeres Büfett mit erlesenen Weinen oder ein simples Trinkgelage unter Freunden? Fang-den-Hut oder Mensch-ärger-dich-nicht in Verbindung mit edler Schnapsverköstigung? Monopoly mit Prozentregelungen? Schach, ganz konzentriert? Ja, manches Mal gab's auch nur typische Männergespräche … reichlich von Fantasie durchwachsene pralle Rundungen und schlüpfrige Frauenzimmer ohne Ende. Das eheliche Treuegebot gedanklich zu torpedieren und in jüngster Zeit anzügliche Filme in den Videorekorder zu schieben. Früher wurden an der Stelle obszöne Bildersammlungen in Blechdosen auf den Tisch gestellt oder aus der Brieftasche gezaubert. Franzen zeigte leutselig die Frivolitäten-Sammlung des Hauses. ›Von wegen, mein alter Herr lebe abstinent‹ Oh, Franzen erinnert sich gut, wie er alles Mögliche hervorkramte und sich hinterher dafür schämte. Als habe sein Vater keine Privatsphäre verdient? Aber die anderen hatten zum Zeitpunkt die Frivolitäten ihrer Väter und Schwiegerväter bereits hinreichend plattgetreten und vom Direx immerzu behauptet, der lebe streng nach dem Zölibat … da wird man beizeiten frivol und möchte damit nicht ganz alleine dastehen? Und ja, die angeblichen Sünden seines alten Herrn und des Bruders waren seine eigenen Schätze aus seinem Zimmer. Exakt für solche Zwecke hinterlegt. Ja, auch Franzen zinkt seine Karten nicht eben selten und seine Vespa frisiert er zur Rennmaschine … wenn es um Geständnisse geht? „Vielleicht sollte ich euch zuerst etwas erzählen. Von mir, denn ihr glaubt anscheinend noch immer, ich lebe streng zurückhaltend? Quasi trockengelegt? Aber das ist ausgestanden. Ich habe nämlich nicht nur einen Herrn Oberleutnant, der unverschämt attraktiv ist. Es gibt zudem eine Frau Leutnant und sie heißt Ingrid …" Bal, er hat sichtlich leicht aufgestöhnt? Dann läuft zwischen ihm und Christian tatsächlich etwas? Dann ist ja mal gut, dass er Ingrid für sich gefunden hat? Denn, auch, wenn er nicht selbst zugreifen möchte – das hat er sich schließlich geschworen! Aber zu wissen, jener genießt das Leben mit einem anderen? Das schmeckt unfein. Oh, ja. Er kann natürlich Gedanken lesen! Verdammt. Warum habe ich das nie kapiert? Nicht, dass er ein Gürtler ist, nur das mit dem Schwarzbären? Seit Mitte Februar sieht er doch solche Dinge? Erkennt – dachte er – alles im Detail? Aber nein, es gibt noch immer Schatten, die sich verbergen können. Was er parallel zu diesen Überlegungen, alles seinen Freunden von Ingrid erzählt? Gute Frage. Manches Mal erlebt er diese Zeitriss-Momente, sodass er jederzeit gedanklich hin- und herspringen kann und beides miteinander harmonisch abgleichen und dann wieder so wie jetzt? Keine Ahnung, was der andere Franzen gerade für peinliche Details offeriert, die seine beiden, unter Strom stehenden, Kameraden so gekonnt entspannen helfen? Es wird schon nichts darunter sein … er bleibt ja auf beiden Seiten, Franzen? Und Bal kann ja ebenfalls aufpassen, dass nichts Unsägliches durchrutscht. — „Gut, Freunde, jetzt bin ich dran. Und leider ist meine Beichte weniger inspirierend, denn überhaupt lustig. Aber ihr seht in mir anscheinend einen passenden Anführer für unsere Neue Welt? Aber nur, weil ihr vieles nicht wisst und das muss sich wenigstens für diesen rein zufällig entstandenen kleinen Kreis sofort ändern. Wenn ihr dann noch immer derselben Meinung seid, ich könne der Anführer sein und Bodgwer mein Beichtvater und Sanitäter für die Momente, wo Beichten alleine nicht weiterhilft? Sehr gerne, aber Perseus müsste mein Stellvertreter werden und falls ich ihn nicht davon überzeugen kann, müsstet ihr es tun. Ohne ihn kriege ich das nicht hin. Und ja, ich denke, wir alle zusammen müssen Kermit davon überzeugen, dass er das, was er bisher für Collodi tat, fortan für Perseus tun muss. Damit könnten wir ihn davor bewahren, ebenso zusammenzubrechen? Was meint ihr bezüglich meiner Bedingungen? Wärt ihr damit einverstanden? Könntet Ihr euch darauf einlassen? Ich frage auch unsere neuen Brüder und ja, Freund Bal, ich zähle dich zu den Schattenweltlern, nicht mehr zu den weniger biestigen Streifenhörnchen.“ Sie schauen ihn alle konzentriert an. Sitzen derweil an einem adäquaten Tisch mit allem Zubehör, wie gewünscht, weil dieses Haus ihnen wohlgesonnen ist. Fünf an der Zahl, die heilige Zahl Vreemarrs und der Inbegriff dafür, dass ein verwegener Plan funktionsfähig umgesetzt werden kann. Franzen mittig zwischen den Welten, die sich zu einer neuen großen Gemeinschaft zu verbinden suchen. Ja, sie sitzen im Licht, Sonnenstrahlen am Tisch, genauso wie flackerndes Kerzenlicht. Quasi eine Tagundnachtgleiche? Eine vergleichbare Sonnenfinsternis? Ein energetisch hochbrisantes Ereignis, das neue Energien auftun könnte und vorhandene, sehr machtvolle umlenken? Es sollte mittlerweile tiefe Nacht sein? Oder steht die Zeit still? Franzen könnte es nicht näher bestimmen, weiß nur, dass die Sonnenstrahlen am Tisch das Einverständnis der Geisterwelt anzeigen.

„Du weißt, wie ich zu meiner Helga stehe? Seit Kindsbeinen und dass sie es umgekehrt auch immer tat? Franzen, ich meine dich, denn wir beiden hatten keine zu enge Beziehung und damit konntest du niemals mehr sehen, als du sehen solltest. Ich glaube, dafür sorgte deine Mutter, die dir wohl viele Wahrheiten vorenthielt, weil sie dich sonst irritiert hätten und wichtige Entscheidungen beeinflusst? Ich spüre, dass das jetzt nicht mehr der Fall ist und du deshalb meine Wahrheit erfahren darfst. Bodgwer, es tut mir leid, dass ich dich niemals eingeweiht habe. Aber ich fürchtete stets, wenn ich mir erst einmal anfange einzugestehen, dass ich das alles nicht mehr länger aushalten kann, würde ich zusammenbrechen und das durfte nicht passieren. Künftig werde ich dir gar nichts vorenthalten und du wirst dich zu diesem Moment zurücksehnen, wo du die Gelegenheit ausgeschlagen hast, dich davor zu verwahren. Denn das wirst du nicht tun, du liebst unsere Freundschaft aufrichtig. Um dich jetzt von mir abwenden zu können? Es tut mir leid, dass ich dir kein bekömmlicherer Freund sein kann. Das musste ich noch kurz loswerden. Entschuldigt, jetzt geht es alle an … meine Töchter, ich habe neun an der Zahl, wie ihr wohl alle wisst. Gowinnyjen warten ja gewöhnlich nicht darauf, dass man ihnen etwas erzählt. Sie lesen aus, was sie wissen möchten? Aber keiner hat diesen dunklen Raum am Ende des langen Gangs betreten? Niemand die Türe geöffnet, hinter der sich schwarze Magie eingenistet hat und an ihrem elften Geburtstag jede meiner Töchter in ein Monster verwandelt." Er schenkt sich seinen Bierkrug mit Rotwein voll und trinkt ihn auf Ex aus. „Und ja, ich kann seitdem nicht mehr besoffen sein?" Er lächelt sie reihum an, „keinerlei Drogen bewirken irgendetwas, kein Alkohol, kein Nikotin, nicht einmal mehr Adrenalin. Impulsausschlag, der Höhen wie Tiefen markiert? Ihr wisst es, jeder hat solche Schwingungen, Sinuskurven, manche stärkere Empfindungen, andere etwas gemäßigtere, aber Ausschläge gibt es in beiden Richtungen. Anders funktioniert ein biologisches System nicht. Es benötigt, um harmonisch funktionieren zu können, einen dynamischen Kurvengang mit messbarer Amplitude? Je höher es ausschlägt, umso empathischer ist die dahinterliegende Wesenheit? Reine Logik wie Physik wollte man meinen? Nun, meine persönliche Logik beweist mir seitdem, dass es auch noch eine andere Implikation geben kann. Denn meine untere Hälfte wurde mir geraubt. An Sibylles elftem Geburtstag bin ich teilweise gestorben, als sie die Kerzen auf ihrer Geburtstagstorte ausblies … jeder wird jetzt spontan denken, ein Glück war es, die untere Hälfte? Denn so kann er noch Glück empfinden? Nun, das funktioniert leider anders … der Mittelpunkt verschiebt sich. Das ist bedauerlicherweise alles, was passiert, wenn so etwas geschieht. Sei es durch Schock oder andere belastende Erfahrung. Man kühlt ab, fährt bisherige überschäumende Herzlichkeit deutlich runter; anhängig ist Vertrauen wie Zuversicht. Der ganze Gefühlskram eben. Deine Arglosigkeit wird totgeschlagen und du musst fortan ohne sie weiter funktionieren? Besitzt nur noch die Hälfte deines Selbst? Klingt recht armselig, aber ja, meine Zusammenfassung der Normalität, die solcher Erfahrung zugrunde liegt. Aber es kann auch gänzlich anders kommen. Und das tat es bei mir." Bal, „erzähl uns genau, was dir passiert ist." Auweia, er fürchtet sich? Hexenwerk ist im Spiel? Franzen weiß von dieser paranoiden Angst der Gowinnyjen. Sie betrachten es als Strafe dafür, dass ihr Patriarchat keinen Raum für Weiblichkeit anbietet. Düsterwinde müssen sich Mütter für ihre Kinder in der Nachbarwelt suchen gehen, da ihre eigene keinen weiblichen Nachwuchs ermöglicht und Eiswolken? Da gibt es unter drei Prozent weibliche Nachkommenschaft, und sie werden seit Urzeiten genutzt, mit anderen Welten zu kooperieren. Bindende Verträge zu schließen. Somit kein Kindstatus vorgesehen, keine Puppenstube, keine Spielzeit, nein, diese Mädchen werden ab der ersten Sekunde auf perfekte Ehefrau getrimmt. Sie müssen bedingungslos funktionieren, folgsam sein, unterwürfig und zäh und als Eiswolke per se die Familie

★ ★ ★ ★ ★ ★

verteidigen können und zauberhaft schön für den Herrn Gemahl sein. Um das zu gewährleisten, trainieren sie härter als die Brüder, sind in jeder Kampf- und Waffentechnik nochmals früher zum Meister qualifiziert. Sie müssen perfekte Beraterinnen sein und den Haushalt versiert leiten können. Sie wissen alles übers Babykriegen, zur Erziehungsthematik, über Politik, Geschichte, Erdkunde, Lyrik, Sozialisation und Philologie aller bekannten Kulturen und Glaubensrichtungen. Sinn bringend werden sie dazu erzogen, gefühlsmäßig Abstand zu wahren und Bestrafung als Notwendigkeit anzuerkennen und die Autorität des Gemahls niemals infrage zu stellen. Dafür lehrt man sie, Schmerzen auszuhalten und selbst brutal wund geschlagen, sexy zu sein. Angeblich werden sie von den eigenen Vätern, Onkeln und Brüdern regelmäßig vergewaltigt, bevor sie ihre Blutungen bekommen, damit sie auch damit lernen, versiert umzugehen und sich nicht zu schamvoll geben und sich vor Sexspielchen gar noch fürchten? Der Herr Gemahl darf sie auch offen zur Hure erklären und sie wird brav und ergeben mitspielen. Aber niemals selbst Lust empfinden können, weshalb man keine Sorgen haben muss, von ihr im Gegenzug betrogen zu werden. Natürlich lässt man sie mit Einsetzen der Blutungen wieder intakt sein, denn man verkauft eine Jungfrau an seinen Vertragspartner. Also, wer immer auch behaupten wollte, Gowinnyjen haben ein ernstes Problem mit Frauen, dem kann man nur vollends zustimmen. — Was dieser Geschichte aber massiv widerspricht, ist, dass ein Gowinnyjen angeblich jede Frau zur Mutter machen kann? Die kleinste sexuelle Berührung reiche vollends aus, sie entwicklungstechnisch entsprechend weiter- oder zurück-zuentwickeln, dass am Ende des Geschlechtsakts auf jeden Fall eine schwangere, werdende Mutter hervorgehen kann? Will heißen, Gowinnyjen-Samen ist derart wertvoll, dass sie nie sinnlos verschwendet werden? Der These widerspricht dann wiederum die Tatsache, dass sie alle bisexuell sind und sowieso alles rammeln, was nicht schnell genug den Baum hochkommt. Wobei ihnen auch nachgesagt wird, sie stünden auf Gewinner? Also würden sie doch eher die von den Bäumen wieder herunterschütteln, als die zu rammeln, die es nicht hoch geschafft haben? — Kneipenphilosophie? Männergespräche halt. Etwas Wahrheit versteckt sich in jeder Phrase und jedem Busch. Franzen stöhnt hörbar auf und Bal dreht sich zu ihm um, „glaube es mir, hier kann derzeit nicht nur der schwarzköpfige Anteil Gedanken lesen. Dein anzügliches Gowinnyjen-Sexdrama durfte jeder genauso lebendig und farbenprächtig miterleben, wie du es dir gerade ausgemalt hast. Aber nein, Bodgwer und Rheinfall, wir wissen es nicht. Welche Wahrheiten es in unserer Welt gibt? Kennen nur einen kleineren Auszug davon. Aber ihr wisst es genauso wenig von eurer Welt und seid genauso froh, ob dieser Tatsache, wenigs-tens etwas naiv und arglos sein zu dürfen? Bitte Rheinfall, wir glauben dir, auch wenn Franzen andeutet, dass Lügenmär und Halbwahrheiten diesbezüglich kursieren. Er wollte nicht sagen, dass nichts davon wahr ist oder wir dir nicht glauben würden? Im Gegenteil wollte er darauf hinweisen, wie wenig wir tatsächlich wissen und wie sehr sich alle darüber die Fantasie verbiegen und Schauermär entstehen lassen? Weil Vakuum nichts ist, was wir akzeptieren könnten. Also bitte, wir alle möchten erfahren, was dir widerfahren ist." »So klinge ich? Entschuldige bitte, Rheinfall, das wollte ich nie. Und ja, ich bin nicht gewohnt, dass so viele plötzlich meine Gedanken hören können.« Franzen sucht den Aus-Schalter in seinem Schädel wie alle anderen. Ja, deshalb hat Bal es kommentiert, sie alle müssen lernen, dass selbst Gedanken abgehört werden können. „Wie wahr? Das ist es, Gedankenkontrolle, was ich seitdem tagtäglich aushalten muss. Anfangs habe ich mich kaum mehr getraut, etwas zu denken, denn wie eben der Berner, denkt man oft verworren, nicht so verständlich, dass jeder Zuhörer alles richtig einordnen kann und man brüskiert mehr, als man wollen würde? Was du als allererstes wirklich lernst? Konjunktiv – Fluch und Segen in einem und meine Offenbarung und Rettung seit jener Zeit." Rheinfall fühlt sich bereits sichtbar besser, nur, weil zwei von Vieren das mit dem Gedankending kennen und es genauso wenig erbaulich finden. — Verstanden werden, ist einfach alles, ein güldener Anfang. Die große Chance, dass es weitergehen kann. „Du planst, unser neues Traumland auf Hätte-können-sollen-Basis zu errichten? Oder willst du mich nur zum Lächeln bewegen, weil mir das bei diesem Thema deutlich eingefroren scheint?" Bodgwer hofft inständig, dass es nicht gar so ernst ist, wie es sich anhört. Rheinfall lächelt aber nur schwach, „das dunkle Element? Wie ich es erkannt habe? Unsere Sibylle fütterte – gefühlt – ab der ersten Minute ihres Lebens unsere Katze mit allem, was sie als Leckerli bewertete. Nun, das tun unzählige Kinder, ist somit nichts Besonderes. An diesem Tag änderte sich das auch nicht, nur die Art des Geschenks. Katzen sind hochintelligent. Ich hab's nicht selbst gesehen, auch Helga nicht. Sie muss eine Ladung Salz und Chilipulver in eine formidabel gepresste Kuchenkugel gefüllt haben und unsere Katze damit angelockt, die das ja längstens kannte und begeistert reinbiss und es direkt wieder ausspucken musste. Ein Hund hätte es arglos hinuntergeschluckt und sich am Ende damit den Magen verdorben? Unsere Katze sah unsere Sibylle nur stumm an und wollte nie wieder etwas von ihr haben, ließ sich nicht einmal mehr von ihr berühren. Sie fauchte den Rest ihres Daseins, kaum, dass Sibylle den Raum betrat. Ab dem nächsten elften Geburtstag galt das auch für die zweitälteste Tochter und so weiter. Jetzt nicht, dass andere Kinder nicht auch einmal Mist mit ihren Haustieren anstellen? Aber die reagieren darauf nicht derart verstört wie unsere Katze. Und ja, wir haben seit Jahren keine Haustiere mehr, obwohl Helga und ich das wirklich vermissen. Dann heiratete Sibylle und ich dachte, als sie direkt schwanger wurde, jetzt würde alles wieder normal werden? Aber nein, das war uns nicht vergönnt." Er redet noch stundenlang über seine Schwiegersöhne, wie sie ihm rein deshalb ans Herz wachsen, weil sie alle von ihren Frauen schwer misshandelt werden, blutig geschlagen und jämmerlich erniedrigt, wo immer möglich. Weshalb er sie unterdessen allesamt bei sich einquartiert hatte. Er erbte beizeiten eine alte große Villa, halb so groß wie der Ilvericher Palast. Die damit immerzu mickriger wurde, je mehr Familien einzogen, umso winziger und beengter fühlte es sich an. „Normal gibt es einen Zwischenzustand, den man mit ›lebendig‹ quittiert und sich daran auch noch erfreuen kann, wenngleich es anfängt, etwas überfüllter zu wirken? Wenn man aber feststellt, man weicht nur noch aus, sucht verzweifelt nach einem blinden Fleck, nur, um ein paar Minuten für sich zu sein? Bei uns kam sofort die Depression, ließ uns keine Sekunde lang frohlocken. Das Unglück weicht – seit Sibylle elf wurde – nicht mehr von unserem Tisch und schläft mit uns im selben Bett. Unsere Enkelkinder wirst du kaum entspannt erleben? Wie andere Kinder ausgelassen lachen? Nein, niemals. Sie klingen wie Kriegsopfer, schwer traumatisiert."

„Ich glaube, ich habe mich noch gar nicht vorgestellt? Ehan wurde ich getauft und ja, ich bin der Ältere, jedoch steht Bal hierarchisch über mir. Aber ich wollte keinesfalls ablenken, nur höflich sein. Rheinfall, entschuldige bitte, wenn das doch nach Ablenkung klingt, aber warum nennt man dich so? Ich weiß, dass das nur ein Biername ist, ihr euch diese Namen in früheren Zeiten geben musstet, dass keiner, der von euren Treffen hört, direkt Rückschlüsse auf die bürgerliche Identität der anderen schließen konnte. Ihr wurdet verfolgt und hingerichtet. Alles Geschichte, die sich wiederholt. Aber heutzutage wählt ihr sicherlich doch Namen, die etwas über euch aussagen können? Wie man eben einen Kosenamen für sein Schätzchen aussucht? Oder irre ich?" Oh, Ehan, du bist brillant. Rheinfalls Blässe weicht und er atmet tief durch, und fast wollte man meinen, man könne jetzt aufstehen und seine Schultermuskeln lockern, aber nein, das wäre doch unpassend. „Ich stamme aus Schaffhausen. Habe am Rheinfall meine Kindheit verbracht und mochte keine Räuber- und Gendarmspiele oder Fußball? Kletterte hingegen in den Bäumen und sprang in die Flüsse und Seen und angelte, was es immer zu fangen gab. Und der Rheinfall war mein Eldorado. Du kennst den Begriff? Das unerforschte Mysterium, das man jeden Tag erneut besuchen kann und sich doch niemals sattsehen wird. Dort tankte ich Energie, wusch meine Sorgenfalten von mir ab und erntete Mut und Besonnenheit. Ich hatte oft das Gefühl, nur direkt am Rheinfall würde ich das Leben richtig spüren können? Ist natürlich Quatsch. Aber was stimmt, ist, dass ich die Kraft der Strömung in mich aufnehmen kann. Egal, wo ich einem kraftvollen Gewässer begegne, ich kann seine Kraft inhalieren und hernach fühle ich mich für lange Zeit unbesiegbar. Ich besuche seit jenem Tag den Hafen jeden Abend, bevor ich nach Hause gehe. Ihr wisst, dass ich wie Collodi bei Loesche gearbeitet habe? Gewissermaßen bis gestern. Seitdem sind wir ja allesamt Arbeitssuchende? Seit meine zweite Tochter vom gleichen Schattengespinst infiziert wurde, gehe ich in den Rheinlabyrinthen schwimmen. Das ist ein, morbides, selbstmörderisches Unterfangen und mich dünkt, dass ich einen weiteren Bundesbruder kenne, der derselben bizarren Leidenschaft frönt." Ehan, „ihr seid euch niemals dort begegnet?" Franzen hüstelnd, „ich wäre wahrscheinlich ohnmächtig geworden? Ein Glück nicht. Aber da gibt's reichlich Beckenkultur und nicht einmal, wenn du dasselbe wie der andere erwischen solltest, wäre wirklich sichergestellt, dass du bemerkst, nicht alleine zu sein? Das Wasser dort ist gewaltig." Lebensgefährlich.

„Wie gehen deine Töchter mit Männern im Allgemeinen um?" Verlangt Bal zu wissen; Franzen vermutet schwer, er verfolgt noch eine alternative These. Schwarze Hexen gibt es wohl nicht allzu oft? Rheinfall: „Ich wollte es ganz genau wissen und habe meine Sibylle genötigt, mich auf einem Geschenkeinkauf für ihren Sohn zu begleiten. Oh, sie hat mit jedem Mann Augenkontakt gehabt und die sind alle entflammt, mit Komplettverlust von Verstand und guten Vorsätzen. Manche hielten ihre Ehefrauen und Töchter noch an der Hand fest, während sie gierigen Blicks meiner Tochter hinterher gafften. Einer sabberte richtiggehend! Erbärmlich, keiner sah noch etwas anderes als Sibylle, einige liefen direkt in mich hinein, als wäre ich nur noch Luft? Ja und dann erreichten wir doch noch das Kaufhaus. Da war nicht viel los und bis auf einen jungen Verkäufer alles nur Frauen. Also ließ ich sie kurz aus den Augen und schnappte mir den jungen Mann und wir fanden sekundenschnell ein passendes Geschenk und er bemerkte Sibylle gar nicht. Schon waren wir am Heimweg, ein weiterer Spießrutenlauf für mich, und wie andere nichts anderes mehr sehen konnten, fühlte ich nichts anderes als ihren Dolch zwischen meinen Rippen. Aber ich zog es dennoch beinhart durch, musste mir selbst beweisen, dass sie mir keine Angst bereiten kann. Schon darum, weil ich tatsächlich der Einzige bin, der noch etwas von ihnen fordern kann. Nicht viel, aber immerhin? Meine Helga? Sieht mich seitdem nicht mehr an; schlich einfach ins Bett, tat, als schliefe sie, als ich sie dort erleichtert entdeckte. Ich hatte bereits gefürchtet, sie wäre zu unserer jüngsten Tochter geflohen, die damals noch in einer eigenen Wohnung wohnte. In den Morgenstunden rief ich sie an und befahl sie nach Hause. Ich wollte nie wieder solche Angst spüren müssen. Oh ja, sie zogen drei Tage später bei uns ein. Aber da konnte ich mich über keinen Sieg mehr freuen. Schon in der Nacht hatte ich wach gelegen, genauso meine Frau neben mir, die ich nicht berüh-

✶✶✶✶✶✶✶

ren durfte, sie zuckte zurück, als hätte ich ihr Übles angetan. Zeit, nachzudenken und plötzlich hatte ich nackte Angst um den Jungen im Kaufhaus, der meiner Tochter keinerlei Beachtung geschenkt hatte. Ich fürchtete um sein Leben und spürte sie hämisch im Nachbarzimmer grinsen und dabei ihre langen Fingernägel in den Unterarm ihres Mannes bohren, der sich nicht traute, auch nur die Augen aufzuschlagen. Ich sah, wie Blut aus seinem Arm floss und über die Bettdecke lief und seitlich auf Lacken tropfte und von dort auf den Boden. Parkett? Ich hörte die Tropfen aufschlagen? Wie ein tropfender Wasserhahn. Ich hatte Gänsehaut und Sibylle lachte darüber und riss ihrem Mann genüsslich den Unterarm auf. Um zwei Uhr nachts hielt ich es nicht mehr länger aus und stürmte ihr Schlafzimmer und schleppte ihn ins Krankenhaus. Steht bei uns direkt gegenüber, ein Glück, denn der Unfallchirurg wurde leichenblass und wollte absolut nichts wissen. Kein Unfallbericht vonnöten? Kann sich das jemand vorstellen? Er hätte ihn gar nicht als Patient aufgenommen, also niemanden gebraucht, der seine Arbeit und die Unmengen verbrauchter Vorräte bezahlen muss? Am Ende hätte er noch seine Arbeit unseretwegen verloren? Was er mir kurz zuraunte, war, »Sie sind keine Sekunde zu früh gekommen. Er lebt nur noch, weil ich es direkt kapiert habe. War eigentlich bereits verblutet. Wie er in diesem Zustand überhaupt noch laufen konnte, ist mir ein Rätsel.« Danach ging es ihm natürlich nicht sonderlich gut und er benötigte noch Unmengen Blut. Also ließ ich ihn als Patient aufnehmen, verfügte, dass ein Streifen neben seinem Bett auf ihn achtgeben müsse und jeden Arzt und jede Krankenschwester kontrollieren und außer mir selbst, niemanden sonst an sein Bett lassen. Dann zog ich los, das Kaufhaus aufzusuchen, das schon bald öffnen würde. Ich wollte sichergehen, dass es dem jungen Mann gutgeht. Er kam aber nicht und um elf Uhr, als ich das Gefühl hatte, Spätschicht und Kurzarbeiter wären jetzt allesamt eingetroffen und er auch nicht darunter war, bedrängte ich sie, mir seine Adresse zu geben. Ich traf ein, als die Polizei noch immer Stück um Stück seine Leichenteile von der Straße einsammelte und sein Blut vom Asphalt wusch. Mir wurde hundeelend und ich übergab mich und brach direkt zusammen und saß bewegungsunfähig am Boden, während diese Leute sein Blut unter meinen Beinen wegwischten? Meine Beine anheben mussten und es taten, als wäre ich ein langer, tief hängender Ast eines Baumes? Bei der Gelegenheit erwischten sie auch meinen ausgespuckten Mageninhalt. Das war so verstörend bizarr? Nochmals schlimmer für mein Gefühl, als die Tatsache seiner Ermordung selbst? Wer interessiert sich heutzutage noch für Leichen aus der Mittelschicht? Der Vater hatte den Sohn beim Abendessen vermisst. Sie hatten wohl immer ihr Abendessen so gelegt, dass er auf jeden Fall schon zu Hause sein konnte und auch noch ausreichend Zeit fand, sich kurz frisch zu machen. So etwas zählt für viele noch immer zum guten Ton und genau solche waren seine Eltern. Immerzu vor der Nachbarschaft gut dazustehen, als Pflichtbestand. Also wartete er bestimmt gut eine halbe Stunde am Esstisch, bevor er sich zugestand, etwas Unruhe zu verspüren. Geschätzt so ungefähr um halb acht Uhr abends. Eine Zeit, wo in diesem Haus noch viele rein- und rausgehen. Also, er zog sich sicherlich nicht hektisch, sondern bewusst ganz konzentriert an, denn Alarm schlagen und Panik bekommen, das ziemt sich nicht. Deutete ja am Ende noch an, dass er glaubte, dem Sohn müsse etwas passieren? Weil er es herausgefordert habe? Nein, er ließ sicherlich keinen Raum für solcherart Spekulationen. Ist am Ende nach der Tagesschau, bereits nach Filmstart im Abendprogramm, wo nahezu neunzig Prozent der Deutschen einen Tatort-Krimi angesehen haben sollten, zu seiner Wohnungstür und hat sie sachte und freundlich geöffnet. Und direkt auf ein blutiges Leichenteil seines Sohnes gestarrt. Mit dessen Krawatte, gleich einem Geschenkband umwickelt. Im Treppenhaus, bis nach unten, lagen weitere sieben Leichenteile mit breiter Blutspur, der jeder der Nachbarn ausgewichen war. Aber ohne zu kapieren, was da liegt und weshalb man dem ausweichen muss. Das zog sich bis zu einer Laterne direkt vor der nächstliegenden Polizeistation, drei Stadtviertel weiter, wo der Mord stattfand – laut kriminalistischer Untersuchung, in die ich Einblick nahm. Wieso? Wolltet ihr sicherlich fragen? Nun, meine logische Antwort sagt mir, dass die Mörderin alles genauso arrangiert hat, es so haben wollte und deshalb geschah es so. Der Vater meldete seinen Sohn um 21:37 Uhr für brutal ermordet und zerstückelt, über die Stadt verteilt, bis zu ihnen nach Hause und wurde erst einmal direkt als mutmaßlicher Mörder verhaftet. Um 2:17 Uhr trat der erste Polizist vor die Polizeistation, besagte Laterne näher zu begutachten und entdeckte, was der Vater behauptet hatte. Ab dem Moment konnten es alle sehen, auch die dicke Blutspur quer durch drei Stadtviertel gezogen. Der Vater wurde gegen Mittag des nächsten Tages wieder aus der Psychiatrie entlassen, wohin man ihn am späten Abend noch, in einer Zwangsjacke gesichert, gesteckt hatte. Als ich bei den Eltern eintraf, wurde der Vater eben zurückgebracht und man entschuldigte sich förmlich für die Unpässlichkeit. Keiner kondolierte ihm. Das war für mich der schrecklichste Part. Seine Frau kam gezwungen beherrscht herunter, fiel ihm dann aber doch nur um den Hals und fing sofort zu jammern und laut zu schreien an. Die Streifen stiegen zurück in ihren Wagen und fuhren weg, als ginge sie das alles gar nichts an. Derweil niedere Chargen von der Kriminalistik Leichenteile in Tüten steckten und sorgsam beschrifteten. Nochmals andere waren darum bemüht, den Asphalt wieder sauber zu schrubben. Als wenn das heutzutage noch jemand machen würde?" Sich nur für solchen Mord zu interessieren? Sie alle stimmen ihm zu, das ist absurd.

„Wie hat es dich verändert?", wiederum Ehan als Fragesteller. „Lachen? Ich kann es nicht mehr. Verschleiß? Als wäre meine Zeit für Nutzung abgelaufen? Am 13.3.1961 ging es damit los … die Kerzen am Kuchen erloschen und in meinem Gesicht flachten die Lachgrübchen ab. Und die Stirngruben vertieften sich. Nur noch Grinsen ist drin." — „Wie sehen deine Töchter aus?" Grinsend, „wunderschön. So schön, dass sie geradezu bezaubern können. Arglose Seelen blenden, keiner, traut ihnen Schlechtes zu oder will akzeptieren, dass er es tatsächlich gesehen hat? Frauen sind ihnen genauso wenig gewachsen wie Männer. Eisblaue Augen? Du kennst das sicherlich gut, Ehan? Und du Bal? Weißblonde Haare zu strahlend blauen Augen und so gut wie keine Körperbehaarung, woran denkst du da? Als sie mit elf Jahren noch immer kein Körperhaar hatte, aber bereits zwei Jahre lang ihre Blutung, habe ich Helga gefragt. Sie sagte, »nur ein ganz schmaler Streifen an der Scham«. Mir lief es eiskalt den Rücken hinunter." Genauso schauen derweil die Schwarzbären in der Runde drein. Bodgwer, der die Mädchen kennt, kapiert nicht so rasch. Ehan will mehr Details, „in welchem Abstand wurden sie geboren?" – „Dreizehn Monate und immer an einem Dreizehnten, dass ich immer mehr Muffensausen bekam. Und Helgas Heilprozess wurde ja immer extremer? Also die Ärzte, die sich einig waren, das wäre unser letztes Kind? Das steigerte sich bei jeder Geburt, meine Frau zerriss jedes Mal mehr und doch war sie exakt ein halbes Jahr später mit einem Mal in der Stimmung, die alten Zeiten noch einmal genießen zu müssen. Nach so langer Abstinenz war ich derart spitz, dass mein Verstand direkt aussetzte. Jedes Mal landeten wir zugedröhnt auf dem Haus und immer war ihr fest reserviertes Zimmer belegt und wir schlichen in die Küche runter, die immer frei war und dabei ist das Notbett dort eigentlich ständig belegt? Es kostet nichts? Aber nein, nicht, falls wir es benötigten." Bal ungläubig, „da lässt du dich neunmal drauf ein? Wo du doch schon wusstest, wenigstens gegen Ende, dass nicht alles mit rechten Dingen zugeht?" Rheinfall schaut ihn konzentriert an, „sie sagen, ihr rammelt eure Frauen nur? Ohne heiße Gefühle zu haben? Das läuft bei Menschlingen etwas anders? Gerade bei solch treuen Seelen wie ich einer bin. Ich hatte noch niemals mit jemand anderem Tuchkontakt. Nur mit Helga. Und wenn sie mich nicht lässt oder gerade nicht kann, gehe ich leer aus. Verhungere gewissermaßen am gedeckten Tisch? Wenn du es so nennen willst?" Bal ist noch lange nicht am Ende angelangt, „alle dreizehn Monate, am dreizehnten, eine Charyque-Tochter ab dem 13.3.50? Das heißt am 13.4.1951, 13.5.1952, 13.6.1953, 13.7.1954, 13.8.1955, 13.9.1956, 13.10.1957 und die letzte am 13.11.1958, wo bereits die Älteste ihre Blutungen hatte? Dich müsste es vor jedem Dreizehnten wahrlich grausen? Wie konntest du erst 1961 anfangen, skeptisch zu werden?" Eine berechtigte Frage: „Ich war ein ums andere

Mal wie verhungert? Wir konnten ja kaum mehr miteinander um die Häuser ziehen? Bei so vielen Kindern? Wo willst du einen Betreuer finden? Und dann findet sich doch endlich einer, und deine Frau suggeriert dir, dass es vielleicht wieder möglich sein könnte? Halt ganz vorsichtig probiert? Und dann kommt sie so in Fahrt, dass du glückselige Dankeshymnen gen Himmel sendest und einfach nur auf den fahrenden Zug aufspringst. Mir war da praktisch alles egal." Bal sieht blass aus, „wie sehen eure Enkel aus?" – „Ganz normal. Also definitiv keine Bloonie-Gene im Spiel. Meine Helga ist keine Getarnte, falls du das wissen willst? Sie musste sich lange Jahre ordentlich rasieren. Richtiges Buschwerk abschälen, ähnlich wie ich. Nur wurde es von Geburt zu Geburt immerzu weniger. Das war merkwürdig, aber ich dachte all die Jahre, ich würde mir das nur einbilden." Bal, „wie alt war Sibylle bei ihrer Hochzeit?" Worauf will er hinaus? „Sechzehn, da darf man als Mädchen mit Einverständnis seiner Eltern heiraten. Ich habe den Mann ausgesucht. Die Kriterien? Starke Persönlichkeit, empathisch, jedoch stolz und streng gegenüber Aufmüpfigkeit. Er ist jemand, den man mit guter Argumentation überzeugen kann, aber niemals mit rein schönen Augen, prallen Brüsten oder im Gegenzug mit Kopfschmerzen und Ähnlichem, was gar nicht geht. Er spürt, wenn er belogen wird. Fühlt sein Gegenüber über Augenkontakt wie über Berührung. Ein Händedruck reicht ihm vollkommen aus? Er war kräftig, sehr sportlich und hatte bereits den Betrieb des Vaters übernommen. Mit sechzehn Abitur, Vordiplom nach dem vierten Semester Maschinenbau? Exquisite Voraussetzungen, da er zudem als hochmoralisch angesehen wurde. Ich habe mich wirklich umgehört. Also gestattete ich meiner knapp fünfzehnjährigen Tochter, ihn zu einer Faschingsfeier zu begleiten, wovon er mir abraten wollte, weil er nicht sicher sagen konnte, dass er sie rechtzeitig nach Hause bringen könne. Also erlaubte ich ihm, nötigenfalls erst in den frühen Morgenstunden zurückzukehren. Aber er müsse auf sie achtgeben. Oh, er verstand mich einwandfrei. Aber meine Tochter versuchte ihn auszutricksen, weshalb er sich gar keinen Alkohol zugestand, die ganze Nacht nur darum bemüht war, sie an Dummheiten zu hindern. Er war vier Jahre älter und sah sich nicht einmal berechtigt, ihr mehr als einen flüchtigen Schmatzer auf die Wange zu geben. Meine Tochter wollte ihn aber richtig befummeln oder wenigstens intensiv mit ihm herumknutschen können. Als er sie zurückbrachte, konnte ich direkt sehen, dass er sich fürchtete. Ich begriff aber nicht, dass er sich vor ihr fürchtete, ich dachte, es wäre vor mir? Dass ich ihm Vorwürfe machen könnte? Nun, nachdem ich meine Tochter nur streng ins Badezimmer und dann sofort ins Bett befohlen hatte, und für uns in der Küche Kaffee kochte, sah er sich ab da verpflichtet. Dass meine Tochter die meisten anderen überredet bekommen hätte, war ihm sofort klar und auch meine

★ ★ ★ ★ ★ ★ ★

Intention, diese offensiv-schreiende Seele nicht gewaltsam bändigen zu wollen. Er sah nicht meine aktuellen Gefühle, sondern die ursprünglichen, die ich bis zu ihrem elften Geburtstag für Sibylle gehegt hatte. Also brachte er es direkt auf den Punkt, dass er sie ja wenigstens ein gutes Jahr noch von unbedachter Handlung abhalten müsse? Das sei bei ihrem Wesen nicht ganz einfach und das, was er am liebsten tun würde, nämlich ein Auslandsstudienjahr einlegen, würde direkt in einer Katastrophe münden. Sie habe Blut geleckt? Dank seiner Naivität, sie nach dorthin mitzunehmen? Er hatte mir zuvor erzählt, dass es dort auch etwas lockerer zugehen könne und wenigstens doch kräftig herumgeknutscht werden würde, er garantiere mir aber, er sicherlich nicht. Schlechterdings ein Traumschwiegersohn und ich glaubte, er könne alles richten. Genauso glaubte ich es im darauffolgenden Jahr, als ich wiederum einem solchen Traummann begegnete und das Schicksal meiner Zweitältesten in dessen Hände legte und so weiter. Seit April 1966, vier Jahre lang, im Monat nach dem sechzehnten Geburtstag einer Tochter, die direkte Hochzeit und jedes Mal ist die Schwangerschaft gerade noch unsichtbar … nichts konnte schnell genug gehen. Altweiber-, Pfaffenfastnacht oder blauer Montag, oftmals der Auftakt mit meinem Segen, oder aber Neujahr, Februar-, Mai-, August-, November-Mondfest, Oster- oder Walpurgisnacht, Frühlings-, Sommer-, Herbst- und Winter-Tagundnachtgleiche, nur Namen, gerne Mittsommer und Mittwinter genannt, Frühlings- und Herbstgleiche? Für sie ist der Januarmond grundsätzlich Hartung, der Februarmond Hornung, dann geht's weiter mit Lenzing, Ostermond, Wonnemond, Brachet, Heuert oder Zwiemond, Ernting, Scheiding, Gilbhart, Nebelung und Julmond oder Wendeling – wer bitte kennt diese uralten Begrifflichkeiten? Am achtzehnten Dezember wird jedenfalls der Pferdegöttin gehuldigt. Klar, ich bin ein LET-Anhänger, was sie gutheißen. Somit gilt das als Zugeständnis meiner Existenz und meiner damit verbundenen Machtbefugnisse? Helga und ich haben von all dem nichts erzählt, auch wenn das schon spannend ist, sich mit den uralten Mysterien auseinanderzusetzen? Kulturelle Ursprünge zu erkunden? Sie sind anfangs noch vierzehn; jedoch unschuldig? Heißt das wirklich nur unbefleckt, dann könnte ich es notfalls gelten lassen. Wenigstens für die ersten fünf, die sechste, legte den Galan bereits während der Sommersonnenwende mit vierzehn flach, und neun Monate später schlüpfte der erste Spross. Sie hat im selben Monat, als sie sechzehn wurde, geheiratet. Ab da wurde es immerzu schlimmer und finsterer. Die Jungs brachen direkt nach dem ersten gemeinsamen Abend mit unserer Tochter zusammen und es ging nur noch darum, lange genug durchzuhalten, die beiden verheiratet zu bekommen, bevor gleich noch das zweite Baby geboren wird. Ein Wettlauf, gefühlt auf blanken, blutigen Fußsohlen … sie bekommen drei Kinder, ungefähr im Abstand von anderthalb Jahren zum letzten Kind und nach dem dritten ist dann abrupt Schluss. Ihren Gatten bemühen sie lediglich in der allerersten Runde, bis er sich zur Heirat verpflichtet sieht, dann geht's munter mit der Rumhurerei los. Ob auch nur das erste Kind von ihm ist, weiß ich nicht sicher. Was ich aber sagen kann, ist, dass sie strikt arische Kriterien bei der Sexpartnerwahl beachten. Kein bisschen Experimentierfreude zu verzeichnen, alles hundertprozentig Nazi-konform. Schon darum möchte ich speien. Ich habe übrigens tatsächlich nur bewusst nach den ersten drei Schwiegersöhnen Ausschau gehalten? Ab dem vierten stolperte ich passgerecht drüber, immer genau dann, wenn die bezogene Tochter anfing, mich vollständig madig zu machen und ich sie nur noch sauber untergebracht sehen wollte. Was ich parallel meinen Schwiegersöhnen damit antun würde? Habe ich jedes Mal erst hinterher begriffen. Exakt da, als tatsächlich der letzte Zug abgefahren war. Für sie wie für mich." – Bal klingt anzüglich, „ordentlich im Wechsel? Jungs, Mädchen?" Rheinfall zuckt sichtbar zusammen, „nee, die ersten beiden grundsätzlich Jungs, das dritte ein Mädchen. Bei allen, durchgängig. 1966 und 67 gab's einen Buben, 1968 bereits zwei davon, 1969 nochmals einen Bub und dann das erste Mädel im selben Jahr. 1970 und 71 war eins von fünf Enkeln ein Mädel, 1972 gab's vier weitere Jungs, 73 drei lütte Dirn und den letzten Bub, 1974 zwei und 1975 die letzte Dirn. Allesamt gesund und groß geboren und keine Unpässlichkeiten, außer die, dass sie, ab ihrer allerersten Minute auf Mutter Erden, schwer traumatisiert wirken. Und wie ihre Väter und ich, nur sachte lächeln können, als allerhöchster Glücksausdruck." Nicht einmal eine Schweigeminute ist drin. Bal, „Haarfarbe? Augenfarbe? Etwas Sonderbares dazwischen?" Trocken, „alle Braun-, Schwarz- und Blondtöne darunter, nichts auch nur entfernt mit rotem Unterton, dafür von super seidenglatt, zu normal glatt, übergehend zu kraus, etwas lockig, superlockig, alles vertreten. Alle mit kräftigem, dichtem Haar, das schnell wächst und wunderbar gesund wirkt. Die Augen farbintensiv, blau, grün, grau und braun. Nichts Exotisches, alles typisch mitteleuropäisch. Keine Sommersprossen und keinerlei besonders auffällige blasse oder dunklere Hauttönung. Alle gemäßigt mitteleuropäisch, sie werden schnell braun, keine besondere Sonnenempfindlichkeit und keine zu schnelle Bräune. Nichts, was ins Auge stechen wollte. Alle sportlich versiert, vielseitig begabt, musisch und kreativ. Nichts auf Künstlerniveau, soweit bisher konstatierbar, aber alles derart, dass man eine flexible Zukunft als wahrscheinlich annehmen kann. Sprachbegabt sind sie allesamt? Sprechen fließend Niederländisch und Englisch wie Deutsch, die größeren gewandt französische und ein paar italienische Redewendungen und sie verstehen einfache Sätze. Fast, als wären sie alle vielsprachig aufgewachsen? Was bewusst aber gar nicht der Fall ist. Ihre Väter sind nur mehrsprachig unterwegs, und das scheint automatisch durchzufärben. Sie inhalieren gleichsam fremde Tonart, Farbigkeit wie Klänge? Reagieren süchtig darauf wie andere Kinder auf Süßigkeiten? Und ja, Musik durchdringt sie, stimmt sie leutselig. Jeder von ihnen liebt es, sich rhythmisch zu bewegen, tanzen, singen, musizieren … ach ja, sie lieben alle zusammen Knoblauch wie scharfes Essen und alles darf gerne säuerlich sein. In Sachen, was ist augenscheinlich?" Bal, „will heißen, ihre Väter sind nicht unbedingt auf Knoblauch aus und ziehen würzig, scharf vor? Süß und fruchtig mild, dem Zitrusgeschmack?" Rheinfall nickt versonnen.

Primzahlen rutschen durch

29252 Asgijahr|Ilverich, infolge des Kälteeinbruchs 03|1976.

Franzen kann's nimmermehr glauben, dass das alles wirklich passiert? Eben lag er noch verschwitzt mit Ingrid inmitten zerwühlter Laken. Und musste mit einem Mal an diese schlimme Hasenjagd im kalten Februar denken, wo er glaubt, Sohn und Ehemann seiner hochverehrten Pippi Langstrumpf von den Nussknackern in die Tiefen abstürzen zu sehen? Weil sein Bataillon bei solcher gräulichen Hasenjagd elendig mitspielen muss, offensiv funktionieren? Er hat sich insbesondere exakt dafür gemeldet und führt seitdem ihre Spitze an. Wird immerfort zuerst gefragt, falls die Stadt wiederum um Hilfe ersucht? Auf diesem Weg kann er in den Umlanden Einfluss nehmen? Nur dafür hat er beim Militär seinerzeit angeheuert? Jedwede missliche Machtpolitik außerhalb wenigstens etwas geraderücken zu können? Abzumildern, falls der große Hammer eines Tages tatsächlich fällt? Strauß verlangt auch gar nicht, wenigstens nicht von ihm persönlich, dass er den Schießbefehl erteilt? Würde er es tun, hätte Franzen ein echtes Problem. Denn das könnte er wahrlich in kaum fünf Prozent aller Einsätze durchstehen? Ja, nur bei knappen fünf Prozentanteilen hat er das Gefühl, der Kerl oder – nochmals seltener – die Frau könne tatsächlich einen schändlichen Charakter haben? Ob es deshalb gerechtfertigt wäre, Ersie zu erschießen oder auch nur zu künftigem Hasengulasch zu erklären, sei dahingestellt. Für sein Gemüt wäre es wohl niemals so, aber das Militärwesen versucht auch ihm solche Sentimentalität auszutreiben. Er scheint innerlich immer weiter auszukühlen? Jahr für Jahr mehr. Aber dann kam das Jahr 1967 und der glückseligste Valentinstag, den er sich seitdem vorzustellen vermag? Mit Christian wurde das Leben endlich wieder lebenswert, beschwingt, farbenfroh, richtiggehend lebendig angefühlt und Wärme stieg in ihm auf und verpuffte nicht sofort wieder? Ja, zwei Jahre zuvor hatte dieselben Gefühle ein kleiner Bub ausgelöst, aber er würde schon bald wieder gehen müssen, denn hier, im Umfeld des Vaters, würde diese Rose eines Tages wie hauchdünnes Glas zerbersten? Sich als gefrorene Eisblume, als Seifenblase und reine Traumtänzerei herausstellen?

Deshalb muss er einen Weg finden, diese junge Seele zu retten? Ihn von hier fortzubringen, sobald sich eine Gelegenheit ergeben sollte. Ja und er selbst? Er zittert seitdem davor, jenen Abschied gar nicht überstehen zu können, aber dann trifft Christian bei ihm ein und urplötzlich findet sich ein Weg, ein ganzes Bataillon in eine große Familie umzuwandeln? — Ein Glück – für jeden misslichen Punkt im zumeist erbärmlich scheiterndem Dasein – regelt vieles die Gesellschaft, in die man geboren wird? Statuten, die ein Bürger zu akzeptieren hat? Stillschweigend? Aber, es wird immerzu belastender, dies im eigenen Tagwerk zu verkraften. Leute wie Falk Dürrwegen jagen zu müssen? Ihren etwaigen Verlust verkraften zu können? Solange solche Gutmenschen in ihrer Welt noch willkommen geheißen wurden, ihr Einsatz gebührend geehrt, offen belobigt und mit Heldenstatus gekürt, konnte er es weiterhin glauben, dass es eines Tages besser werden wird? Aber jetzt, wo sie an die Wand gestellt werden? Und keinen Monat später lässt jemand ganze Familien abschlachten, nur, weil ein oder zwei darunter, möglicherweise mit ihm enger befreundet sind? Das kann alles so gar nicht wahr sein? … und wiederum sehnt er sich nach Ingrids liebevoller Ablenkung. Diese unerschöpfliche Wärme ihrer weichen Haut, die sein frierendes Herz aufzufangen vermag.

Christian klopft an, kaum, dass sie zum dritten Mal stöhnend in die Kissen sinken. Der Mann gönnt ihm wahrlich jedes Glück. Ist das Liebe? Und er, Franzen, umgekehrt? Ist eifersüchtig auf Bal? Dann liebt er ihn offensichtlich weniger? Oder ihm mangelt es an Selbstlosigkeit? Ergo hat ihn die Gier nach Besitz doch noch ereilt? Infiziert? Früher war er stolz darauf, dass er sich über jedwedes Glück anderer unendlich freuen konnte? Es tröstete ihn über die eigene Pein hinweg … damals war er noch ein Guter, wie Vaddern und Andrin es bis heute sind. Aber wo zur Hölle stecken die beiden eigentlich? Andrin, er kann sich doch unmöglich bei einer Schattental-Gründung komplett raushalten? Als ginge es ihn gar nichts an? Und Vaddern? Nun, der könnte noch immer bei den Kindern sein, die zuvor nur fünf Schulbücher kannten und nun einen Universitätsprofessor und Schuldirektor als Ansprechpartner vorgestellt bekamen? Wenigstens dürften sie doch überglücklich sein und so, wie die Hunde dreinschauten, kurz nachdem er hereingestürmt war, hat man weiter oben und hinten im Haus wirklich nichts mitbekommen? Andrin richtet vielleicht immer noch Schlafräume und Betten? Wobei die langsam aber sicher doch alle gut gefüllt sein dürften? Höchstwahrscheinlich hängt sein inspirierter Bruder unterdessen überall Hängematten auf und Mutter sorgt für ausreichend Haken an der Decke? Ja, seine Familie, sie ist wie geschaffen für solches Traumland? Aber wahrscheinlich werden die beiden Männer in diesem Gedankengang doch weiterhin im Midgarder Sphärenanteil Ilverichs bleiben? Vaddern

★★★★★★★

würde niemals seine Schüler, Studenten und Lehrkräfte allein lassen? Jedermann benötigt dieser Tage gute, einflussreiche Freunde. Ach ja, was war das noch gleich mit den Lefay-Tunneln? Die hier im Garten starten und die gesamte Schutzzone Düsseldorfs und Umlande erreichen lassen? Das war nur so ein Raunen und er könnte auch gar nicht sagen, von wem genau es ausging, aber ja, er glaubt es sofort: Andrin und Vaddern versorgen seit Ewigkeiten die Hasenbauten der Düsseldorfer Umlande mit allem, was dringend benötigt wird? Klar, ist niemals sichergestellt, dass hinterher keiner kommt und es den Beschenkten wieder abknöpft? Das System der Stärke kann sicherlich auch Vaddern nicht komplett untergraben, zur Gänze unwirksam sein lassen? Nein, deshalb ging er, Franzen, zum Militär, um wenigstens etwas Einfluss darauf nehmen zu können, wen es in die Knie zwingt? Und ja, er darf mitreden. Durfte es gewissermaßen ab seiner ersten Sekunde im Streifenkostüm; bereits zu Bundeswehrzeiten lernt er machtvolle, verständnisbereite Andersdenker kennen, die ihm sichtlich erleichtert auf die Schultern klopfen? Als würden sie nur auf einen, wie ihn warten und jetzt könne alles doch noch gut werden? Aber, warum glaubt man an ihn? Bis heute? Wo er nur eifersüchtig ist? Jämmerlich unzulänglich? Aus seiner Sicht könnte man viel Glamouröses, das andere als anbetungswürdig empfinden, in dieselbe Schublade wie ihn stopfen? Aufschrift: ›Helden, die keine sind. Vergeudetes Helden-Gen.‹ Warum ihm erneut nach Heulen zumute ist? Weil er nicht einmal den netten jungen Mann wieder auffinden kann, der ein Teufelchen gern hat und ihn an jemanden erinnert? Nur, er kommt einfach nicht drauf, an wen? Aber, was er sicher weiß, instinktiv fühlen konnte, seine Mutter liebt diesen Jungen und Vaddern betrachtet ihn schon jetzt als mega große Stütze. Sucht er ihn am Ende deshalb? Weil er an ihn Verantwortung abtreten möchte? Ja, das wird es wohl sein? Peinlich gestrickt, wie er ist? Ohne Christian an seiner Seite wäre er höchstwahrscheinlich hilflos? Er sucht in Tatsache nach einem Ausweg, nicht in dieses Sphärending direkt eingebunden zu werden? Aus Angst, das Hilfsprojekt letztlich zu gefährden oder rein aus purer Feigheit? »Grambambl, dein Moment. Bitte, zeig dich dieses Mal, antworte mir. Ich flehe dich an — bin ich fürwahr solcher Jämmerling geworden?« Stammen die Selbstzweifel daher, weil ihm nicht gelingt, Trauer zu empfinden? Seine große Liebe bringt sich am Weg zu ihm um, und er sucht nur noch nach Ablenkung, sich nicht näher damit auseinandersetzen zu müssen? Weil es ihn ohnmächtig macht? Fürchtet er sich deshalb, weil er Christian nicht mehr um Hilfe bitten kann, jetzt, wo er das von ihm und Bal weiß? Nur bodenloses Selbstmitleid? Hilfe.

Bal und Ehan schreiben ellenlange Listen, Namen, mit einer Zahl in Klammern dahinter. Bei Rheinfall steht 41? Wie kommen sie denn auf diese Zahl? 27 Enkelkinder, neun Töchter, neun Schwiegersöhne, seine Frau und er? Ergibt nach Adam Riese 47? An mathematischer Gesetzmäßigkeit hat doch niemand gerüttelt oder herumgefeilt, gar eine neue Logik entwickelt? Warum steht da also 41? Genau wie bei allen anderen, eine Primzahl? Unteilbar? Auch bei den anderen ergibt das nur selten Sinn. Zählt man lediglich Rheinfalls Enkel plus Schwiegersöhne zusammen und ergänzt Helga und ihn, ohne Töchter, kommt man auf 38? Heißt wohl, drei dieser Töchter sind weniger tragisch als der Rest? Aber das klang allesamt zappenduster? Nein, das ist es nicht, es geht darum, dass jeder Name eine Primzahl erfordert – was mit korrekter Zählung aber bereits gegeben wäre? Warum steht die dann nicht vermerkt? „Was sind das für dubiose Zahlen hinter den Namen? Und welche Namen listet ihr überhaupt auf? Ich erkenne keine Logik dahinter oder Sinn, der etwas erklären helfen könnte …" Oh, ja, er ist minimal irritiert, denn Bal schaut ihn ununterbrochen mit diesem Blick an, den er noch weniger interpretieren kann, wie dieses Namens- und Zahlenchaos? Bal, „du kannst dich unmöglich davonschleichen. Dein Argument, du wärest nur peinlich, weil du deinen Heldenstatus anzweifelst, ist vielleicht genau das, was wir benötigen? Schließlich versuchen wir eine bruchsichere Außenhülle für haufenweise Unvermögen gepaart mit Arroganz und Selbstverliebtheit zu erschaffen? Der alte Götterhain stützte sich stets auf die heilige Zahl Fünf? Mittels des menschlingseitens verpönten fünften Rads am Wagen, stabilisiert sich nämlich Magie? Wusstest du wohl nicht? Zweifel als Mörtel genutzt, hilft sämtliche andere unerwünschte Tatsache geringfügig abzumildern? Jaja, der Götterhain ist oftmals schwerer zu verstehen, als Intellektuelle wie du es sich vorstellen könnten." ›Menschlingseitens‹, was ist das denn für eine absurde Wortschöpfung? Welcher Götterhain? Die sind doch längst gestorben? Bereits vor Jahrtausenden? — Die zählen auf mich, weil ich an mir zweifle? — Franzen kippt fast um vor Schreck. Das verleiht ihm Heldenstatus? Weil er an sich zweifeln kann? Menschen sind unzulänglich, selbstverliebt und arrogant? Warum zur Hölle, sollte jemand, der so denkt, für Menschen eine Schutzzone errichten wollen? Aber sie nutzen das marginale Grenzland, um sich abzuschotten? Das ist ohne Zweifel genial! Denn da kommt wahrlich keiner so schnell drauf, dass jemand seine stärkste Waffe aus dem wackligsten aller greifbaren Elemente formen könnte? Völlig irre – aber, ja, autsch! Superlativ! Egal, wohin man schaut, Götter? Gowinnyjen? Menschen? Selbst Kinder-Bijixs sind arrogant und Ichbezogenheit ist ohnehin nur eine nüchterne Weiterleitung? „Bal, verstehe ich richtig? Du planst, meine Freunde zu retten, weil sie zu den Zauderern zählen? Weil sie offenkundig anzweifeln, was die Menschheit als ihr stabilstes Fundament definiert? Weil sie formal den Mitspieler vorgaukeln und tatsächlich nur im marginalen Grenzland Verstecken spielen? Andere würden uns als schlichte Duckmäuse, als pure Feiglinge betiteln? Uns vorwerfen, dass wir keine klare Stellung beziehen und letztlich nicht nur die anderen betrügen, sondern primär uns selbst? Und offen gestanden, bin ich exakt dieser Meinung? Ich schäme mich dafür, mich nicht akzeptieren zu können? Ständig vor meiner inneren Schattigkeit auf der Flucht zu sein? Mich im Lager meines allergrößten Feindes eingenistet zu haben und ungeniert Sandburgen zu bauen? In der Hoffnung, diese könnten bewirken, dass dieses enorme Machtpotenzial im entscheidenden Moment marode wird und zusammenbricht? Was niemals funktionieren kann! Alles, was immer ich tue, ist von vornherein zum Scheitern verurteilt! Du weißt, wie erbärmlich ich bin? In meinem Alter leutselig im Sandkasten zu sitzen und romantische Traumwelten auszuspinnen?" Bals Blick? Hochachtung? Wie kann er mir ausgerechnet dafür Respekt zollen? Franzen versteht gar nichts mehr. Aber endlich, woran ihn dieser junge Mann aus Südfrankreich erinnert hat. An sich selbst! An damals, als er noch voller Energie war und täglich Ideen entwickelte, wie er wenigstens den ewigen Welthunger stillen könne? Wo ihm da bereits bewusst war, wie wenig es helfen würde? Weil man von einem einzigen Punkt aus niemals alle anderen erreichen kann?

„Nochmals zurück zu Rheinfall. Erkläre mir die Zahl?" Ja, er muss es fordern, alles andere erzeugt Übelkeit. Bal, „nicht wir bestimmen darüber, wer eine Wandelwelt betreten darf und wer nicht. Shijtarrheim überwacht solcherlei Vorhaben mit Argusaugen. Wir könnten sie gar nicht täuschen? Solche Magie ist nicht als Freigut handelbar. Sie unterliegt dem höchsten Göttergericht." — „Shijtarrheim sortiert bei uns Leute aus? Schickt sie wieder heim?" Franzens Entsetzen ist ungeschönt. Bal, „ich kann dir nicht sagen, wie sie Toleranz umsetzen? Nur, dass sie ihr Fundament ist. Deshalb sehen sie sich aber dennoch als Beschützer der Schutzlosen und dazu zählt die Spezies Mensch? Schwarze Magie wie offensive Verderbtheit wurden in Gürtlerwelten noch niemals toleriert. Das gilt so, seit es uns gibt. Warum sie weiße Hexen mögen, kann ich dir nicht sagen und wozu deine Mutter zählt, noch weniger. Ich habe überhaupt noch niemals von Wesen gehört, die hinter Tapeten leben und einen höllischen Wirbelsturm abschmettern können? Und falls du auf den verwüsteten Garten anspielen möchtest? Der wird von jemand anderem beschützt und das, was du als zerstört definierst, ist vergleichbar mit zerzaustem Haar, das ein simpler Kamm wieder gerichtet bekommt. Optik? Der Wirbelsturm sollte sich mächtig fühlen können und wieder freiwillig abziehen. Der Herr, den ich als Schutzheiligen eures Gartens mutmaße, kämpft nicht offen gegen Teufel und solche, die auf solche Wesenheit stehen. Das ist unter seiner Würde. Und vor allem: Der falsche Zeitpunkt?" Bal räuspert sich, derweil Franzen erschrocken seinen Mund wieder schließt, ist ganz ausgetrocknet … „Du kennst die AO-Mythologie?

Wovon sie erzählt? Wer dort auf Sieg baut, darf nicht vorab seine Kraft offenlegen? Der Graue ist der Schutzherr des Königs-der-letzten-Tage? Klar, spielen wir alle auf derselben Seite mit, aber nur wenige von uns werden in der Mythologie persönlich genannt?" »Gut jetzt?«, trifft der letzte Gedanke nonverbal bei Franzen ein. „Du weißt nicht, wo sie sind? Rheinfalls Vielweiberei? Er liebt seine Helga aufrichtig. Sie wird auch nicht mitgezählt?" – „Weil sie Zeter und Mordio schreien würde? Ehrlich, ich weiß es nicht." Franzen versucht nicht zu zittern, „sagst du es ihm oder soll ich? Und wer sind dann die anderen vier? 41?" Bal schaut ihn dankbar an, derweil seine Achseln asynchron zucken, also schnappt sich Franzen diese dubiose Liste und zieht los, seinen Part zu erfüllen. Perseus? Auch bei ihm stimmt die Zahl keinesfalls! Hier fehlt nur eine Person, soweit da nicht schon wieder ein frisches Baby gelandet ist? Wie lange ist es her, dass er diesbezüglich nachgehakt hat? Und bei Kermit steht 3? Bitte? Der ist überzeugter Single, wollte sich niemals auf dieses Possenspiel einlassen, als das er Liebe quittiert. Nun, er lebt quasi seit zweiundzwanzig Jahren in einem Haushalt, wo sich der Hass über Generationen tief ins Mauerwerk reingefressen hat. Eine Methode, etwaige Blauäugigkeit wie sonstige Naivität rechtzeitig genug ablegen zu können. Bodgwer? Die Zahl 163? Himmel? Soweit Franzen weiß, verfügt er nur über einen kleineren Haushalt und einen einzigen Sohn, der kann doch ganz unmöglich so viele Kinder gezeugt haben? Aber ja, Bodgwer, der war stets der gute Nachbar und Freund, der sich sorgt? Kein offizieller Beichtvater, aber dafür ziemlich eingebunden. Damit haben seine Streifen offensichtlich direkt die verborgene Unterwelt unter der eigentlichen Heimstatt aufgeladen? Jedenfalls würde das erklären, warum er als Einziger relativ entspannt wirkt? Er hat alle hier, die er keinesfalls zurücklassen wollte? … was für wunderbare Gedanken? Und Grit zählt dazu? Und ja, sie könnten fürwahr stimmen. Vorhin sah er so viele ängstliche Blicke auf sich gerichtet, von Leuten in etwas unmoderneren Klamotten, die er auf die Schnelle nirgends zuordnen konnte. Sie hatten wohl Angst davor, er, der gefühlsseitig ›entkernte Major‹, könne in Not geratene ›Hasen‹ ablehnen? Wen wundert's, er muss zigmal im Monat – offiziell angefordert – Jagd auf sie machen? Dabei werden viele verletzt und Kranke sterben infolge an Erschöpfung, selbst, wo seine Leute darum bemüht sind, den Zarten und Schwachen unter die Arme zu greifen und sie nach dorthin zu bringen, wohin die Schnelleren entfliehen konnten? Bal und seine versierten kleinen Sondereinheiten – am Ende alles getarnte Gürtler? – überwachen es mit Christian, dass sich da auf seiner Seite keiner untermogelt, der den neuen Unterschlupf im Anschluss an die Stadtväter meldet? Und eine Prämie einstreicht? Eigentlich wundert ihn nichts mehr. Denn das sollte sich doch mittlerweile herumgesprochen haben, dass er pausenlos die Befehlskette untergräbt? Nein, nada, nichts dringt durch

★ ★ ★ ★ ★ ★ ★

und er erhält regelmäßig, quasi jährlich, eine neue Medaille angehängt; oftmals in den Nachrichten dokumentiert. ›Weil Major vonVelden mit seinem Bataillon die Düsseldorfer Umlande von lästigem Ungeziefer reinigt‹, hieß es in der zuletzt ausgestrahlten Ehrbekundung. Er hat beinahe gekotzt? Obdachlose – Sandler – Rumtreiber – Entrechtete – Exilanten – Straßenkinder – Hasen – lästiges Ungeziefer? Wie tief kann der Mensch sinken? … nur der fanatische Banker in Bremerhaven glaubt nichts, er scheint der Einzige zu sein, der sich mit keinem Trick-17 blenden lässt? Dann weiß er aber auch von diesem Haus, mit indessen Tausenden Flüchtlingen und was sie hier planen zu tun? … Bal mischt sich in seine Gedankenwelt ein, „nein! Der Fürst ist derzeit noch überzeugt, er konnte das Anwesen Professor Lefays restlos zerstören … er hat Hexen beauftragt? Dummer Fehler. Solche würden niemals zugeben, dass sie gar nicht in die Schutzzone eindringen konnten und nur etwas Gras rupfen durften? vonKorben würde sie dafür eigenhändig aufschlitzen? Der hat schon sehr viel Blut eigener Leute vergossen. Solchen enttäuscht keiner offen. Derweil sonnt er sich noch in seinem Erfolg, über 150 deiner Anhänger aus dem Bürgertum an die Wand gestellt zu haben? Er zählt übrigens auch jedes abgeschlachtete Haustier mit." Ich ebenso, denkt Franzen erschüttert. Über 150? Collodi und Pinocchio mussten zusehen? Das konnte Collodis sensible Seele unmöglich aushalten, das erklärt alles. Vor allem, dass Collodi niemals lebendig ankommen konnte? Sie alle hätten ihn von solcher Tat abgehalten. Ihn genötigt, weiterzuleben? Ergo musste er dem treuen Freund seinen Freitod auf der Rückbank zumuten? Aber woher stammt die Waffe, mit der er sich erschoss? Er wurde soeben erst vor einem Erschießungskommando gerettet? Da konnte er keine Waffe einstecken haben? Sein Wagen? Ja, Kermit kam mit seinem Geländewagen hier an? Als Rollstuhlfahrer eine gute Wahl; der Rollstuhl kennt unzählige Grenzen, aber ein Jeep überwindet die meisten davon mit lockerem Achselzucken.

Rheinfall sitzt mit den anderen Dreien zusammen. So wie sie dreinschauen, sind sie längst an der Hürde der Versorgung angelangt. Ja, wie läuft es, wenn es keinen Hafen mehr gibt, der dir Güter liefert, die eigene Produktion zu ergänzen? In diesem speziellen Fall erzeugen sie gerade mal Esswaren? Es gibt noch nicht einmal eine Schmiede und ob es irgendwo eine Miene gibt? Ohne Erzvorkommen sind sie hoffnungslos aufgeschmissen! Mit Steinzeitwaffen? Allein auf den InCo zu verzichten? Der nur drei Jahre existiert und sich bereits flächendeckend über Europa ausgebreitet hat und jetzt fangen die Ersten an, zwischen den einzelnen Arbeitsstationen Kabel zu verlegen? Sie nennen es Vernetzung und reden von Datenaustausch? Man munkelt in den obersten Etagen, der Sternenpark Baden-Badens stecke dahinter, also nicht nur der obergescheite technische Standortleiter von Preimuk Karlsruhe? Mit seinem Projekt-Blau, das recht schwarzbärig wirkt? Und im Sternenpark sitzt Sam Melzer, der Vaddern zu lauthalsen Lobeshymnen anregt? Der ansonsten eher doch sehr zurückhaltend ist. Ja, die ganze Ecke da unten – Nordbaden und der nördliche Schwarzwald – inspirieren. Dort sollen sich Bikergangs auf Straßen postieren und den Syndikaten die Geschäfte vermiesen? Gleiches hört man von Paramilitärs? Jene, die das Neue Heer nicht übernehmen wollte? Extremisten, hieß es, die jetzt helfen, dass Hasen überleben können? Die Gegend zehrt von der Wohltätigkeit dieses Parks und dann gibt es zudem das Grüne Tal, wo es genauso spuken soll, wie man es den Gürtlern nachsagt? Haufenweise wunderschöne, kleinwüchsige, sehr junge Frauen, fast noch Mädchen, die allesamt kampfwütend werden, guckt man nur eines ihrer Schützlinge etwas schräger an? Ja, Nordbaden gilt derzeit als die sicherste Ecke im Land. Es soll kaum Perversionen geben und nur dünn gestreuten Waffenhandel. Selbst der Drogenkonsum hält sich in Maßen und Militärstützpunkte benötigt man ihrerseits keine größeren, denn die Franzosen regeln alles samt und sonders. Beschwerdefrei und entspannt, im Gegenzug zu anderen Gegenden, wo sich die Alliierten die Zähne ausbeißen. Selbst die Städte scheinen sich wohlwollender dem biederen Volk gegenüber zu beweisen? Und nur wenige, dafür aber recht eindrucksvolle Schutzzonen? Großflächige Gemeindestrukturen einschließend. Davon sind sie am Oberrhein kilometerweit entfernt. Dabei haben sie in Nordrhein-Westfalen beste Voraussetzungen? Ein Gürtleraufkommen, von dem andere Gegenden nur träumen könnten? Das heißt, hier oben wird nur selten das freie Volk attackiert? Denn die stehen unter deren Schutz. Ist zwar alles nur Legendenwerk, das aber jedes Kind gut kennt und daran glaubt. Im Übrigen inklusive der unzähligen Handlungsreisenden, die seitens der Städte gern als einzig Schützenswerte in der großen Schar der Herumreisenden gewertet werden. Armselig, nichts anderes ist der Mensch! Seine Kinder in den Zirkus auszuführen, um das große, vielbunte Abenteuer zu erleben – weil sie darum gebettelt haben – und hinterher eiskalt Brandbomben in die Zeltstadt zu werfen? Natürlich ist zum Zeitpunkt die eigene Brut in der geschützten Heimstatt eingetroffen. Oh ja, Syndikate rüsten ihre Leute flächendeckend mit Funkgeräten aus. Teure Ware, die sich Normalsterbliche so rasch nicht leisten können. Daran erkennt man ihre Fahrzeuge? Wer tatsächlich außerhalb dieser bösen Brut dieser Leidenschaft frönt, klebt LET-Aufkleber auf und Peace-Flower-Symbolik daneben, um sich klar abzugrenzen. Oh ja, es gibt sie noch, Gutmenschen dazwischen … außer sie reißen ihr Maul zu weit auf? Dann werden auch sie zügig an die nächste Wand gestellt. „Bal lässt dir ausrichten, du sollst mit dem Heumgeplärre endlich aufhören. Tut mir leid, aber er legt Wert darauf, dass ich es wörtlich wiedergebe? Er glaubt, das ernüchtert dich rascher als die sanfte Tour? Wir brauchen dich ohne Tränen im Blick?" Ehan ist der freundliche Bär. Wobei, empathisch sind sie beide? Kein Standard bei Gowinnyjen. Aber ohne dieses Feingefühl könnte es keiner aushalten. Er schiebt Franzen an den Tisch seiner Freunde. Falls Franzen jetzt an die Magie der Zahlen glauben wollte, ist klar, dass die Runde kaum erfolgreich sein könnte? Sie sind nur vier? Aber nicht er kann das glatt bügeln, denn es mangelt an weiblicher Komponente? Sie errichten im Lefaytal kein weiteres Patriarchat! Nicht, solange er es verhindern kann. Davon gibt es bereits reichlich fehlbare Systeme. Nein, hier muss eine Frau mit an den Tisch. „Gut, gern, Berner, sag mir welche?" Rheinfall ist immer noch auf Bärenniveau, spitzohrig? Daran muss er sich gewöhnen. Aber auch die anderen drei schauen erschrocken auf, haben somit dasselbe vernommen? Bal hat die Führungsriege magisch aufgepäppelt? So einfach geht das? Man muss nur versuchen, eine neue Welt zu gründen und schon reichen sie großherzig nötige Werkzeuge rüber? „Ähm?" Perseus schaut minimal irritiert, hat die Gesamtbotschaft von Franzens Worten noch nicht verarbeitet. „Ehan, wenn ich vorstellen darf, er wurde uns als Mittler gesendet. Die Gürtlerwelt bietet uns Unterstützung und Absicherung für unser geplantes Projekt Lefaytal, falls ihr alle einverstanden seid? Und ja, ich möchte es nochmals kurz laut aussprechen. Bitte nehmt eine Frau in die Runde auf. Denn zu fünft getroffene Entscheidungen erlangen magische Kraft und werden, falls ihr die Frau an den Tisch lasst, wohlwollend seitens Shijtarrheims betrachtet. Ihr seid euch bewusst, dass sie jetzt fortan euer Leben begleiten? Nicht nur die Gürtler, sondern die alte Kraft darüberliegend ebenso." Und Punkt, Ende, entweder sie kippen jetzt alle vom Stuhl oder reißen sich zusammen. Franzen ist ernüchtert und ja, er funktioniert militärisch. „Ehan, könntest du bitte, mit dem jungen Mann aus Südfrankreich, der mit dem Teufelchen hier ankam, losziehen, eine adäquate Frau auszusuchen? Unabhängig, mutig, klug und verständnisbereit sollte sie sein, nötigenfalls auch durchsetzungswillig wie dominant, falls alle Stricke reißen? Eine beeindruckende ›Große Mutter‹ für das künftige Tal? An die sich jeder Einwohner mit Selbstverständnis wenden möchte, falls Ersie sich übergangen oder übervorteilt fühlt? Nur einfach etwas fröstelt, weil etwas ungut geregelt ist? Das wird anfangs pausenlos geschehen." Franzen hegt gerade keine Ambitionen, sich näher zu erklären. Sie sind diejenigen, die den Tiefengrund, sprich, die unterste Kellerebene selbst aufspüren müssen. Dafür wurden sie berufen und darauf baut das Gesamtkonzept, dass sie es geregelt bekommen. Rheinfall, „ich sagte ja schon, dass ich deine Idee gutheiße? Aber hier ist derzeit keine Frau, die der Aufgabe gewachsen wäre? Sie alle sind gewöhnt, sich uns gegenüber unterwürfig zu beweisen und jene, die als Freunde und Nachbarn oder sonstige Hilfesuchende mit aufgeladen wurden, trauen sich nochmals weniger, hier dominant fordernd auf den Tisch zu klopfen? Wenn wir Mannsbilder wieder einmal in die falscheste aller Richtungen davon galoppieren? Wir benötigen einen frischen Geist? Jemanden, der uns allesamt neutral und vorbehaltlos betrachten kann? Nur so wird sie die erforderliche Stärke entwickeln, die unsere Frauen und Kinder verdient haben." Rheinfall hat ihn, Franzen, nicht gehört? Aber er hat doch sogar laut gesprochen und nicht nur gedacht, was im Satz vorher alle hören konnten? ›Bitte, Bal, bist du das? Spreche ich etwa die verkehrtesten aller Belange an? Dinge, die sie ohne mich geregelt bekommen müssen? Deshalb wird meine Ansage komplett ausgeblendet? Einfach Schnipp? Und ich bin nicht mehr in der Szene drin? Du spielst somit Filmregisseur? Sicherlich ein netter Zeitvertreib …‹ Ehans Gedanken antworten ihm, „entschuldige bitte!", exklusiv für ihn hörbar, was er den Gesichtern ansieht, die merken, dass gesprochen wird und nun darauf warten, dass sie in diese offensichtlich wichtigen Gespräche integriert werden? Wobei sie Rheinfall gehört haben und seiner Meinung sind? Ja, sie akzeptieren bereits voll und ganz alles, was er äußert. „Ähm? Bin ich jetzt laut gestellt?" Ja, er ist minimal verärgert, auch wenn Bal sicherlich richtig liegt, denselben Gedanken Rheinfalls laut abzuspielen und seine Fassung dafür unter den Teppich zu kehren. Sie schauen ihn allesamt erstaunt an, etwas gekrauste Stirnfurchen, also ja, sie haben begriffen, dass hier nicht nur eine Frau unter der Tapete lebt. Sondern auch anderes anders ist, als man es schlechterdings kennt. Nach all den vielen Jahren offenbart sich ihr alter Freund genauso spukig wie seine Frau Mama? Gut, es verschafft eine Zukunft, wo keiner mehr glauben konnte, dass es noch eine geben könne? Ob sie jetzt tatsächlich mehr dankbar als skeptisch sind, sollte sich Franzen besser nicht fragen, das könnte ihn runterziehen. „Ergo, würde ich vorschlagen, dass Ehan mit dem Gast meines Bruders loszieht, eine inspirierte Dame aufzuspüren? Falls es euch recht ist?" Sein Blick konzentriert sich zuallererst auf Rheinfall, dann in die Runde. Sie nicken zustimmend, nachdem Rheinfall es zuvorderst tut. Gut, der erste Punkt erledigt, quittiert Franzen, Rheinfall kommentiert, „du hast uns einiges mehr zu sagen? Ich erkenne es überdeutlich in deinem Gesicht und du dachtest bereits, dieser Punkt wäre schon abgeklärt? Falls ich da gerade etwas verheddert haben sollte, entschuldige vielmals! Ich habe erst gerade mitbekommen, dass meine Töchter verschwunden sind und auch Helga? Ja, ich weiß es ja! Sie würde sie niemals allein weggehen lassen … aber die Tatsache, dass sie sich nicht einmal verabschiedet? Weder von den Enkeln noch mir? Mir ist gerade reichlich nach Heulen zumute, auch wenn ich genau weiß, dass wir Wichtiges zu regeln haben, dass nicht noch mehr Tränen sinnlos fließen. So viele, die noch abgeholt werden müssen, und zwar schnellstens … Franzen? Wir brauchen deine Leute nochmals ganz drin-

★ ★ ★ ★ ★ ★

gend und sie müssen genauso dominant auftreten wie in der ersten Runde? Genauso wirken, als wäre es ihr erster und einziger Einsatz derart und sie wüssten nichts Näheres darüber? Dann müssten sie genauso behände von den Landstraßen verschwinden können, wie die ersten Wagenladungen? Nicht rückverfolgbar sein und am besten nochmals weiter oben oder unten auf der Landkarte? Weitab von der Bergischen Kaserne und genauso abseits von Ilverich, falls denn möglich? Dass man gänzlich andere Zielpunkte mutmaßen kann? Dass man glauben möchte, dieser Einsatzbefehl käme von einer ganz anderen Warte? Ließe sich das einrichten? Ich habe gehört, dass wir Primzahlen benötigen, dass wir das Nadelöhr in die neue Spiegelsphäre passieren können? Du weißt doch, der Götterhimmel mit der heiligen Fünf als Standfeste für jedes neue Gebilde? Denen waren alle Primzahlen heilig und wenn wir es schaffen, unsere Familien, die uns direkt namentlich zugeordnet sind, auf eine Primzahl anzuheben oder durch Verrutschen von Tatsachen zu reduzieren, gleiten wir durchs magische Tor? Wir haben demzufolge behände Listen aufgestellt, du wirst umkippen, wenn du die nur überfliegst? Aber bitte, diese Leute sind unseren Freunden und Familien genauso wichtig wie jeder andere, der es bereits nach hierher geschafft hat? Jetzt haben wir freie Kapazitäten? Ergo, können wir tatsächlich einen echten Schutzraum ausformen? Egal, ob der dann steinzeitlich strukturiert sein wird? Wir überleben, nur das zählt fürderhin. Und wie wir die Tatsache verknusen, dass es in der Neuen Welt keine ›Tagesschau‹ mehr mit weltweiten Katastrophenmeldungen gibt, genauso wenig ›Tatort‹, ›Der Alte‹, ›Derrick‹ und Fußball-Übertragung am Samstagabend, wird sich zeigen? Kein Kneipentresen für Männergespräche, keine schockierenden ›Aktenzeichen XY ungelöst‹-Folgen, sondern nur noch unsere ganz eigene, gewissermaßen hausgemachte Dramatik? Und genauso wenig kultige Visionen von ›Raumschiff Enterprise‹, Aufklärung für unsere Lütten über die ›Sendung mit der Maus‹, ›Wickie‹, ›Pippilotta Viktualia Rollgardina Schokominza Efraimstochter Langstrumpf‹ und ›Biene Maja‹?" Er guckt neugierig in die Runde, „wie, ihr kennt Pippi Langstrumpfs bürgerlichen Namen nicht? Meine stete Nebenbuhlerin, über gefühlte zwanzig Jahre … wir finden künftig genauso zu allem und jedem hausgemachte, kreative Lösungsansätze. Die in der jeweiligen Folgerunde abgerundet werden? Menschen stehen immer mitten in ihrer Entwicklung und nichts kann uns abhalten, nochmals neu anzufangen? Auch dafür, dass wir uns vom inspirierenden InCo-Zeitalter verabschieden müssen, findet sich eine Lösung. Wir benötigen nur einen echten Spezialisten, der sich von den befreundeten Gürtlern ausbilden lässt und bei uns ein ganz eigenes System entwickelt? Er? Diese Büromaschine, die wir so respektvoll begrüßen wie einen neuen guten Freund? Ja, der Computer ist ein Er für mich und hat aus meinem Blickwinkel unendlich Hoffnung gesät?" Rheinfall benötigt kurz ein Schnäuztuch, schon geht's weiter, „oder wir zapfen die Welt außerhalb digital an und schauen frech bei ihnen Fernsehen, wie es die Jungs und Mädels hinter dem Eisernen Vorhang tun? Wer weiß denn wirklich, inwieweit wir uns komplett abklemmen müssen? Und selbst wenn? Wir finden für unsere Welt eigene Quellen wie Tatsachen und genauso vielbunte Träume? Ich habe davon gehört, dass die Gürtler sich eine Geschichte von einem fahlgelben Fauvel erzählen, um Neuankömmlinge auf ihre Gemeinschaft und Lebensweise einzustimmen? Ich denke, wenn wir diese Märchengeschichte geringfügig anpassen, hilft sie auch, unser Dilemma etwas abzumildern? Uns ein Leben ohne Steckdosenstrom, Baumwolle aus Amerika und Seide aus China plausibel zu machen? Ohne Orangen, Zitronen, Pinienkerne, Oliven, Whisky und Parmaschinken existieren? Ein Lefaytal anzulegen, das zauberhaft ist und Glück offeriert? Was denkst du, Berner? Wäre das eine ehrenwerte Aufgabe? Mit dem Ilvericher Lefay-Palast als magische Pforte? Von Shijtarrheims Toleranz angespornt und von Gürtlern und deiner Mutter abgesichert?" Franzens Blick verschwimmt.

Fauvel und die Möglichkeit
29252Asgijahr|Ilverich, infolge des Kälteeinbruchs 03|1976.

Bodgwer berührt sachte Rheinfalls Schulterblatt, „du hast wichtigen Besuch …" Die sechsjährige Anneli schaut ihn mit diesem Blick an, womit sie noch vor ein paar Jahren andeuten wollte, wenn sich nicht gleich wer findet, der mir hilft, wird's peinlich feucht. „Großvater, entschuldige, aber du hast gesagt, falls es wichtig ist, dürfen wir stören? Auch eine richtig wichtige Runde?" Rheinfall lächelt aufmunternd, nickend, gibt seinen typischen händischen Hinweis, man möge sich doch zuvor hinsetzen und wartet ab. Denn das hat er seiner Familie ebenfalls erklärt, dass er an solcher Stelle nicht mehr der Opa ist, sondern der Anführer einer neuen Welt, der sich für jedermanns Sorgennöte interessiert. Da aber keine Unterschiede machen kann. Ja, sein erster Schwiegersohn stammt aus Bayern, wenn sich sein Bayrisch auch verwässert hat, so nicht seine Liebe für bayrische Namenskürzel. Der Größte ist sein Loisl, der Weise und der Zweite, Schorsch, mit der Bedeutung ›Landarbeiter‹, seitens der Familie als Landläufer betitelt, was wohl dazu führt, dass er sich schon immer für das Thema interessiert. Seit es den neuen ›Jobtitel‹ EU-Agrarspezialist gibt, träumt er davon – Anglizismen nisten überall, eine unkontrollierbare Plage. Seitens der Städte ausgebildet und eingesetzt, umliegende Gemeinden anzuhalten, richtige Maßnahmen zu ergreifen, um Versorgungsnöten vorzubeugen. Alles wird mittlerweile kontrolliert und reguliert, denn die Bienen drohen in Europa auszusterben. Ein Argument, einer Studie zufolge, das sich durchsetzt. Chemische Keulen sind seit diesem Januar streng unter Strafe gestellt. Die Konsequenz in der Nähe von Ballungszentren? Todesstrafe für den Übeltäter und Entzug der Bürgerrechte für den Rest der Familie. Landläufer Vreemarrs konnten mit den Gestirnen reden – Schorschs Bestreben. Ferdls Tochter musste seine liebreizende Anneli werden, dafür gab's keine Alternative. Ferdl war vollkommen gleich, was seine Frau zum Thema meinte; ihm war sogar egal, ob seine Kinder wirklich von ihm abstammen? Ihm ist nur wichtig, dass sie all seine Liebe erfahren dürfen und damit ging's bei der Namenswahl los, denn ab da lebten sie außerhalb ihrer Mutter. „Ich habe etwas gesehen, was mir keiner glauben möchte, auch Loisl nicht, und der ist normal schon verständnisbereit. Aber auch er glaubt, ich wolle mich nur wichtig machen." Das erklärt Annelis ängstliche Augen. Wenngleich Rheinfalls Enkel nicht hellauf lachen können, so sind sie nicht auf den Mund gefallen und ziemlich mutig? „Was hast du gesehen?" Bodgwer schiebt ihr einen heißen Kakao hin, den sie mit glänzenden Augen betrachtet, aber zuerst noch ihr Anliegen loswerden muss. „Wir alle im Haus reden darüber, dass wir fortan in einer Zauberwelt leben und dass da vielleicht auch Zauberfeen vorkommen könnten? Also, das sagen jetzt mehr die Kinder, weniger die Erwachsenen? Aber ja, wo Schwarzbären wie normale Männer aussehen können, könnten doch auch Feen leben und wie normale Frauen aussehen?" Rheinfall lächelt aufmunternd, ihm ist längst klar, dass sie durchaus etwas wirklich Wichtiges beobachtet haben könnte, das er jetzt erklären muss. Keine Angst wird hier einfach so vom Tisch gewischt, nur weil ein kurzbeiniger Mitbewohner sie äußert? Das haben sie sich geschworen und er hat es praktisch eins zu eins an seine kleine Familie weitergereicht. „Draußen arbeiten doch einige Leute an den Beten? Versuchen zu retten, was da noch zu retten ist? Ich habe gesehen, wie sie die Bohnenstauden wieder hochgebunden haben und die Tomaten … das heißt aber auch, alle, die da draußen arbeiten, gehören zu uns? Von außerhalb kann niemand darunter sein?" Rheinfall zuckt leicht, „nein, das dürfte nicht sein. Alle hier auf dem gesamten Grundstück gehören zu uns. Wobei auch Andrin und Direx, Franzens Bruder und Vater hier irgendwo sind? Die hast du vielleicht noch gar nicht wahrgenommen? Sie sehen dem Berner nicht sehr ähnlich? Aber du scheinst eine Frau gesehen zu haben, die dich beunruhigt?" Ganz sachte, er hofft inständig, er muss die Dame unter der Tapete nicht erklären. „Ja, es ist eine Frau, die mir seltsam vorkommt. Ich bin mir sicher, dass sie das Haus bisher nicht betreten hat, denn die Fee hinter der Tapete lässt sie nicht eintreten? Oder sie glaubt es nur, sie würde sie abwehren? Jedenfalls haben ihr die anderen Frauen Essen nach draußen gebracht." Sie traut sich, einen kleinen Schluck zu kosten. Oh, es schmeckt wunderbar und macht ihr Mut, „sie wirkt wie unsere Mamas? Entschuldige Opa, dass ich das sage, aber sie macht mir Angst. Ich habe Gänsehaut am ganzen Leib bekommen, als sie plötzlich zu mir rübergeschaut hat? Und ja, ich habe so getan, als wäre nichts. Aber sie hat es gemerkt, dass ich es bemerkt habe." Auweia, sie hat wirklich Angst? Rheinfall rutscht sein Herz kurz in die Hosentasche. Könnten hier noch weitere Hexen sein? Und da sieht er gerade noch, wie Bal sich eiligst durch die Haustür schiebt, die jetzt wieder eine unscheinbare Hintertür ist. Er wird sie finden, auch ohne, dass Anneli sich weiter erklären muss, aber dennoch … „Könntest du mir kurz beschreiben, wie sie aussieht?" Sachlich, nüchtern, wie man Fakten erfasst, sie zu notieren und nachzuprüfen. Anneli antwortet ganz entspannt, hat nicht mitbekommen, dass sofort jemand in Bewegung geraten ist. „Sie trägt etwas unmoderne Kleidung? Wie Bäuerinnen in Kriegsfilmen? Blumige Kittelschürzen, dass man vom Darunter gar nichts groß sieht, über einen sehr langen Baumwollrock? Das trägt heutzutage doch keiner mehr? Schon mal nicht so eine junge Frau? Und sie ist noch gar keine richtige Frau? So nennt man sich doch erst, falls man schon 18 ist? Nein, sie ist eine Jugendliche, vielleicht 15 oder 16, aber so, wie sie sich den Erwachsenen gegenüber gibt, weiß sie von allem mehr, als jeder andere? Aber die kommen mir eigentlich so vor, als wären sie alle vom Fach? So heißt das doch? Trotzdem lassen sie sich belehren, als wüssten sie noch gar nichts? Von einer blutjungen Dirn? Die ungewöhnlich hübsch ist? Viel schöner als üblich? Sonst werden doch nur Männer blind, wenn sie solche Frauen sehen?" Oje, Anneli, ich denke, das sollten wir dringend überprüfen … wie sage ich das nur, ohne ihr noch mehr Angst zu bereiten? Denkt Rheinfall, aber Bal löst das Dilemma, ist rascher zurück, als der andere zu Ende denken kann. Bal, „Anneli, du hast einen Wunsch bei mir frei. Danke, dass du genau hingesehen hast! Das war eine Hexe und keine der Sorte, die man im Märchen mit guter Fee bezeichnet." Anneli, „eine, wie bei Hänsel und Gretel?" Bal frohlockt, „ein nochmals größeres Dankeschön an die Gebrüder Grimm und den heimischen Märchenalmanach. Dass sie dem Nachwuchs eine konkretere Vorstellung davon vermitteln, wovor man sich fürchten muss? Sie ist jetzt weg. Mein Anblick hat vollkommen ausgereicht und sie kann auch nicht mehr zurückkehren. Denn wir kennen sie jetzt, dank dir? Sie hätte reichlich Schaden anrichten können? Sag bitte deinen Geschwistern, die du eh schon informiert hast, dass du recht hattest, sie sollen es aber bitte nicht weitertragen. Sonst bricht hier am Ende noch Panik aus? Aber sie mögen wie du ihre Augen stets offenhalten und alles Seltsame genauso mutig an uns melden?" Er hebt ihr Kinn kurz an, hat sich neben sie hingekniet. Möchte andeuten, dass jedwede Größe ausreicht, die Großen und Mächtigen stören zu dürfen. Oh ja, sie versteht und grinst. „Jetzt wieder alles gut?" Rheinfall hat sie andeutungsweise vorgewarnt, hier würden alle wie Erwachsene behandelt werden. Wie wahr?

Dabei hat er an die Schwarzbären gar nicht gedacht? Wollte nur die Wichtigkeit ihrer Gespräche unterstreichen? Wo bisher stets galt, falls er denn anwesend ist, darf er auch gestört werden? Künftig wird er wohl immer anwesend sein, benötigt aber dennoch angemessenen Freiraum zum Arbeiten. Und genauso seine Söhne — wann fing es an, dass er sich fast verhedderte, wollte er sie tatsächlich als ›Schwiegersöhne‹ betiteln? Ja, dieses Wort war plötzlich zur Stolperfalle geworden und deshalb meidet er es, wann immer er kann.

Anneli, „dürfte ich noch etwas fragen?" Sie schaut Bal mitten ins Gesicht, vollkommen angstfrei. Oha, Rheinfalls Herz jubiliert. Bal nickt, sichtlich neugierig? Also hat er nicht selbst nachgeschaut? Weil sie ein Mädchen ist und noch so klein? Oh, Rheinfall, spürt überdeutlich Bals grollenden Blick, obzwar der weiterhin leutselig seine Enkeltochter anlächelt. Können Schwarzbären wirklich so lächeln? Bodgwer hat wohl seinerseits ebensolche Vorbehalte, genauso Kermit und Perseus? Somit ist er nicht der Einzige, der detailliertere Informationen zur Alten Welt mit sich herumträgt? Und jeder, außer Perseus, hätte es früher kaum zugeben wollen? Schließlich saßen sie hier oft genug zusammen, die Gastfreundschaft der schleichenden Mauerlady genießend? Schon ein Umfeld, wo man sich lauter äußern könnte? Aber es tat keiner. Nur Perseus, aber auch nur solange, bis er seinen Raub der Sabinerinnen nach mythologischem, römischem Vorbild abgeschlossen hat. Mit dem jüngeren Theaterstück hatte es gar nichts am Hut. Ab da schweigt auch er sich aus. Wünscht den Teufel nicht auch noch in Worten zu brüskieren, wo er ihm eine der Töchter samt Enkeln geraubt hat? Und nein, seit Pfingsten 1954 ist keiner außer ihm so verwegen, nach Engelsruh zurückzukehren. Stillschweigend leidend, weil er seit Jahren unsterblich verliebt ist? Dann schlägt er unvermittelt auf den blanken Tisch und lädt allesamt in seinen Kleintransporter, mit reichlich Pferdestärke, ein und fährt unbehelligt davon. Ein Benz aus dem Murgtal, wiederum Nordbaden? Landkreis Rastatt, also fürwahr ein weiteres Zauberland direkt angegliedert an den Schröderberg? — Wo Perseus ewig darüber nachgesonnen hat, wo die Kinderschar in der Mittagspause sein könne? Er hat ihnen nie erzählt, wo er sie letztlich aufgefunden hat? Wohl nicht dort, wo andere ihre Kinder verwahren? Rheinfall will es auch gar nicht genauer wissen. Ihn erschaudert rein der Gedanke. Am Schluss muss er sich Vorwürfe machen, nicht eigens nachgesehen zu haben? Von wegen blinder Fleck? Gesellschaftlich verbirgt es viele Perversionen. Mit einem Male wird ihm wieder bewusst, dass Anneli die ganze Zeit über redet und Bal andächtig zuhört. Neben ihr am Boden kniend? Sie ist erst sechseinhalb? Falls du eine Gemahlin für einen deiner Söhne suchst, müsstest du noch umfänglich warten? – Anneli, „die anmuti-

296

ge Geschichte vom fahlgelben Fauvel? Die ist doch richtig spannend? Vor allem erzählt sie jeder etwas anders und vermittelt damit das Gefühl, man könne sie mit eigenen Träumen nochmals vielbunter gestalten? Wer würde sich dafür nicht brennend interessieren? Wo wir im künftigen Lefaytal mit euch Gürtlern näher befreundet sein werden? Deine Brüder werden uns doch besuchen? Also nicht nur die, die in der großen Kaserne arbeiten? Ich meine jene, die im Neandertal leben? Es heißt zwar, wenn man nicht eingeladen ist, sieht es nur wie ein hundsgewöhnliches Tal aus, aber wir alle in Opas Familie glauben daran, dass ihr dort ganz viele Schutzbefohlene versteckt? Nicht nur bloße Flüchtlinge aus der Stadt, sondern insbesondere solche, die beschädigt sind? Einen Arm verlieren mussten oder ein Bein? Oder so geboren wurden? Ein verzerrtes Gesicht haben oder nicht so klug wie andere sind oder einfach nur besonders schwächlich? Ihr beschützt jene, die sich nicht selbst beschützen können? So hat es euch der alte Götterhimmel aufgetragen, heißt es doch in den alten Schriften?" Bals Augen, oh und wie sie ihm gefällt, vor allem aber ihre offenen, mutigen Worte und deren Inhalt. Bal, „wer hat euch denn diese ollen Kamellen erzählt? War das wohl euer Opa? Oder eure Väter? Ja, genau deshalb mussten sie in die Familie eures Opas einheiraten? Weil sie genauso gestrickt sind? So viele leben in Midgard gar nicht, die so eng verbunden mit der Alten Welt stehen und dennoch nicht direkt einer bereits formierten Schattenarmee zuzählen?" Autsch! Die Ohrfeige, denn es war eine, trifft Rheinfall, der richtig zusammenzuckt. Er hätte längst Kontakt aufnehmen sollen? Himmel, Bal? Hast du eine Ahnung, wie leicht man sich mit solcher Aktion eigens die Pulsadern aufschlitzt? Das ist gang und gäbe, dass solche Vorlauten sich unendlich schnell selbst richten, weil ihr Gewissen diese Teufelei nicht länger ertragen kann – so heißt es hernach. Ob es tatsächlich der Klerus ist, der hier seine Häscher entsendet? Oder ob es nochmals ganz andere sind? Er selbst, Rheinfall, wollte es nimmermehr herausfinden müssen. Anneli ist auch noch da, mittig dazwischen, „Schattenarmee? Die gibt es wirklich? Auf der Seite des Königs, der geweissagt wird? Aber dazu zählen wir jetzt doch ebenso?" Engelgleiches, glockenhelles Frohlocken – würde sie jetzt direkt weitersingen, wäre fürwahr keiner verwundert. Aber nein, sie spricht wie bisher, „jeder bis zum jüngsten Kind kann sie erzählen. Vielbunt? Wie es der Götterhimmel liebt? Wir Mijnns verzauberten einst den Götterhain mit unserer ausschweifenden Fantasie? Darauf sollen eure Leute ganz besonders stolz sein? Ein eigenes Fauvelbild zeichnen zu können? Er steht für euren großen Meister und darum grübeln sie so intensiv über diese speziellen Details, in Sachen Schönheit? Weil er niemals solcherart bezeichnet sein möchte, es niemals sein wollte? Seine Beziehung zur Schönheit ist nur schwer zu verstehen, erzählt man sich? Für ihn kann ein krummer Buckel tausendmal schöner sein als ein gerader? Ein schräger, grotesk verzogener Mund, küssenswerter sein als jeder andere? Ein Klumpfuß, ein wunderschöner Fuß sein, selbst wenn er einsieht, dass sein Besitzer darunter leidet? Da er humpelt, wo gesunde Füße beizeiten zügig rennen können? Schmerzfrei? Gleichwohl ist dieser spezielle Klumpfuß für eures Meisters Augen wunderschön und keiner würde es jemals wagen, ihm, dem Schreckensfürsten, zu widersprechen? In solcher Belanglosigkeit, nicht einmal seine umgebenden Schwarzbären wie du, die sich ansonsten schon über den Tellerrand hinauszulehnen wagen und ganz offen sagen, was sie denken? Bezüglich Schönheit, dieser Begrifflichkeit, die im Menschenland Kultstatus genießt, darüber wollte sich niemand mit ihm streiten? Und wir? Müssen die Tatsache noch verdauen, dass Schönheit, Perfektion und Muskelkraft nur noch im weitesten Sinne als nutzbar gelten, ansonsten aber nichts mehr groß zählen?" Himmel, woher nimmt sie diese Weisheit? Haben die verhexten Seelen seiner Töchter doch etwas an die Jungschar weitergereicht? Bitte, nur Gutes! Bal, „und wie erzählt ihr euch die Geschichte?" Anneli hat rote Bäckchen bekommen, ja, das war bisher der Ausdruck höchsten Glücks. Sie flirtet mit einem Düsterwind? Sechsjährig? Wie alt sind die Mädchen, die sich Wandelburgen angeblich aus der Menschenwelt greifen, suchen sie nach einer Braut? Laut Aufzeichnungen aus dem späten Mittelalter sind die nicht viel älter als elf oder zwölf? Muss er sich jetzt ernste Sorgen machen? Am Ende um alle ihre kleinen Mädchen? Und klatsch, die nächste Ohrwatschen, die nur wehtut, aber keiner sonst bemerkt. Ja, der Garmischer Bub unter seinen Söhnen konnte sich zwar Namens-technisch nur peripher durchsetzen, dafür hat er aber einige typischen, örtlichen Begrifflichkeiten durch alpinistische geschmeidig ersetzt? Eichhörnchen? Rheinfall vermutet, seine Enkel lernen diesen Begriff erst in der Schule kennen; Oachkatzl heißen die. Es merkt gar keiner mehr, falls er sich anderen gegenüber so ausdrückt? Weshalb man seine Familie gern als ›Schuhplattler‹ bezeichnet? Und klar, sie können es alle tanzen. Ehrensache. Obschon auch ein Badner – Badener oder frech, Badenser – nicht zum Schuhplatteln neigt? Genauso wenig Iren, Schotten, Hannoveraner? Rheinländer wie Westfalen ganz sicher nicht. Aber ja, man muss nur eine zu schöne Braut wählen und seine Welt gerät aus den Fugen und verändert sich. Aber die erdrückende Düsternis haben sie mittlerweile weitestgehend überwunden, selbst seine Enkelin witzelt herum, wo sie bisher kaum ein überzeugendes Lächeln zustande brachte? So rasch geht es und er macht sich schon wieder um das nächste Ding Sorgen? Bleibt das wohl so? Wird er immerzu allen sofort misstrauen, weil es um Kinder geht? Schutzbefohlene? Weil man sich ihrethalben sein ganzes Leben lang Sorgen macht? — Annelis Stimme dringt durch, „mein Bruder Loisl behauptet, die Frage ›fauvelst du mit mir?‹, fordert zum Freisein auf? Die Mitteilung dahinter, dass jeder mit Hufen in der Welt ankommt und alle herausfinden können, wie man in der Abendsonne tanzt?" Ja, Bal klebt an diesem Lächeln fest. „Welche Fauvel-Elemente müssen denn enthalten sein, dass die Geschichte gilt? Da gibt es doch sicherlich ein Regelwerk? Denn wir haben so unterschiedliches aufgeschnappt, wo manches Mal völlig andere Philosophien spazieren gingen als sonst." Bal, „Freisinn? Dafür gibt es keine Regeln. ›Lebe es‹, als einzig denkbare Variante." Anneli schaut immer noch ungläubig drein, „dann kann jeder all das erzählen, was Ersie möchte und es als simples Fauveln abtun?" Bal nickt. „Aber wenn Ersie dann nach der zehnten Geschichte glaubt, es habe alles erfahren und könne sich jetzt seine ganz eigene Geschichte zusammenstricken und dann erfährt es erst von Angel oder Fortune, die bisher niemand erwähnt hat?" Bal, „dann sind Angel und Fortune plötzlich das Allerwichtigste, das es kennenzulernen gibt, und Ersie wird überall herumfragen, ob ihm noch jemand von Angel und Fortune und dem traurigen Schwein erzählen könne, das glaubt, nur Fleisch sei von Wert, bei dem man sich noch nicht seine Zähne ausbeißen müsse?"

Die Mär vom fahlgelben Fauvel

Und es betrug sich zu jener Zeit, als Träume noch geboren wurden, dass auf einem Eiland im warmen Süden, vis-à-vis des hohen Stiefels, eine überschäumende Küste lag, mit einem kleinen Gehöft. Auf seiner Weide stand eine trächtige Schecke, mit prächtigen Kuhflecken an Rücken und Halse, die plötzlich anfingen, die Strahlen der Sonne zu reflektieren, wie es nur Quellwasser vermag. Eine Botschaft? Aus dem Götterhain? Als wolle sich die Himmelspforte auftun? Licht bricht an scharfer Kante, nicht im Flausch? Es heißt auch, man müsse mit dem Herzen fühlen, wolle man die Sonne verstehen? Die ansonsten kastanienbraunen Beine der Stute schimmerten wie Mahagoni, hoben sich wunderbar von diesem Wollweiß ab. Schon rasch tuschelten sie, es würde kein Pferd geboren werden, sondern vielmehr ein kleiner Prinz? Der Bauer suchte lange nach einem Rappen mit dichtem weißem Fell, wie es bei Kaschmirziegen vorkommt, ähnlich den Kuhflecken der Stute. Sein Fürst, ein gütiger Mann, war neugierig angereist. Die Leute spekulierten, würde es ein Pferd mit Ziegenkopf oder eher eine Ziege mit Pferdebeinen werden? Und wie fein würde erst sein Fell sein? Die Damen ließen sich Kleider entwerfen, die das reflektierende Wollweiß an betörender Stelle einweben würden? Eine große Zucht? Der Fürst plante seinerseits im Stillen, seine Kutsche künftig mit diesen braven Schecken zu bespannen. Jeder entwickelte ganz eigene Träume; hohe Wetten wurden abgeschlossen. Als der große Tag nahte, versammelten sich die Dorfbewohner samt Gästen im geräumigen Stall, Speis und Trank unterm Arm. Frisches Brot duftete neben köstlichen Eintöpfen, all dieweil sie zu Klampfentönen zu tanzen begannen. Die eingeschüchterten Tiere drängten sich im hinteren Stalltrakt, trauten sich kaum laut zu atmen, so knisterte die geschwängerte Luft. Sie schlossen alsbald die Augen und wiegten sich ebenso berauscht zum Takt der Melodie. Die Nachricht hatte sich weitverbreitet, und plötzlich betrat der König ihren Stall. Alles wurde zügig mit Edelsteinen und seidigen Stoffen aus dem fernen China geschmückt, die die feuchten Augen der einfachen Leute noch mehr zum Leuchten brachten. Ein so feudales Festgelage, Stallwände mit bunten Tüchern behängt? Licht von hundert Fackeln durchdrang transparente Stoffe der Tänzerinnen, indes Narren wie Barden mit Scherzen und Liedern munter unterhielten. Inmitten aller Fröhlichkeit aber lagerte ihr erhabener König auf schlichtem Stroh und lächelte. Ausschweifende Festlichkeit ermüdet hart arbeitende Landarbeiter und als die ersten in tiefen Schlaf versanken, steckten sie rasch eins ums andere ihre edlen Gäste an. Berauscht von Alkohol und über-mütigem Tanz, begannen sie immerzu ärger zu gähnen, mit einem Mal waren auch die Wildesten in tiefste Träume versunken, leutselig in dicke Decken gegen das pieksige Stroh gehüllt. Sie verpassten den entscheidenden Moment. Die Bauersleut ziehen das Füllen in aller Stille aus dem Mutterbauch. Alsbald erblickt es das Licht der Welt, aber es ist nicht schneeweiß, sondern verstörend fahlgelb, jedoch mit einem lang gewachsenen, samtweichem Fell wie eine Kaschmirziege. Lebhafte, dunkelbraune, kluge Augen, vielleicht für eine Katze passend? Die Stute zuckt irritiert zurück und muss von der Bäuerin überredet werden, das bizarre Fellknäuel anzunehmen, es zu lecken und zu umsorgen. Doch kaum findet es heraus, wofür die langen dürren Stecken weiter unten zu gebrauchen sind, stürmt es nach draußen, der Morgensonne entgegen und beginnt, seine Welt zu erkunden. Damit hat die Bäuerin einen Namen für ihn gefunden: Fauvel soll er heißen, gleich einer jungen, ungestümen Katze. Die Gäste, aus tiefem Schlaf gerissen, mit Kopfdröhnen, sind wie gebannt vom Anblick des Wildfangs … Runde um Runde im Außengehege drehend, geschwinder und eleganter in seinen Bewegungen werdend, als gelte es gleich im allerersten Moment alle Rekorde zu brechen? Als wäre ein uralter Geist erwacht? Sie schauen ihm fasziniert zu, indessen sie seine bizarre Färbung quittieren, die keinem zusagen mag. Fauvel bemerkt ihre Blicke, wie sie einen Prinzen suchen und stattdessen einen Frevler sehen? Sie bleiben blind! Derweil er dreist beschließt, seine Welt unabhängig von ihrem engstirnigen Dafürhalten zu definieren. In seinem Herzen entbrennt eine unstillbare Leiden-schaft: Zu beweisen, dass er mehr als nur ein simples Pferd ist. In diesem ersten lichten Moment beschließt er kühn, eines Tages ihr aller König zu sein. Fauvel betrachtet die Menschen mit seltener Weisheit. Er sieht prächtige Gewänder, Glanz und Prunk und begreift, wie vielschichtig das Leben ist. Ergo, will er keinesfalls als bloßes Tier in einem Stall am Ende der Zeit stehen; nein, er möchte Anteil nehmen, die künftige Zeit mitgestalten? Er möchte am Tisch der Menschen sitzen, Kuchen essen und mitreden? Bücher lesen und Gedichte rezitieren? In seinen Gedanken stellt er sich vor, wie er aufrecht wie ein Mensch gehen wird, und mit seinen finger- und handlosen Armen die Körner im Eimer greifen kann, die Gänse, Enten und Hühner zu füttern? Löwenzahn für die Hasen zu rupfen? Möhren für die Schleckermäuler auszugraben? Seine Träume sind vielbunt. Er stellt sich vor, wie er in einem hohen Bett schläft, wie man es in Palästen kennt, nicht im Stall. Er weiß, dass es ein Leben jenseits des Meeres gibt. In seinen Gedanken trägt er eine vornehme Krone, die zwischen seinen fahlgelben Ohren klemmt, und er spricht mit der gebildeten Stimme eines vornehmen Herrn, als wäre er am französischen Hofe geboren? Fauvel studiert die Menschen, ihre Etikette und ihre komplizierten Verhaltensmuster. Er weiß schon bald, wann ein Weibchen hofiert werden sollte und wann es klüger ist, sich etwas zurückzuziehen. Die hiesige Küstenlande wird von regelmäßigen Überflutungen geplagt. Der Hof des Bauern leidet insbesondere unter unbändigen Wassermassen. Für Fauvel liefert es den Anstoß, seine unerquickliche Situation resolut zu beenden. Indessen andere Hufträger geduldig im hohen Wasser stehen, darauf wartend, dass wer kommen möge, sie zu retten, ist Fauvel von der elendigen Nässe und dem Mangel an Respekt völlig frustriert. Die Leute bemerken gar nicht, dass er geschwinder läuft als alle anderen Tiere? Nur reiten lassen will er sich nicht. Sie erkennen nicht, dass er unzählige Sprachen versteht und genauso klug ist wie sie. Die Dorfbewohner sind ihrerseits schwer enttäuscht, ein Pferd, das sich nicht für das Leben im Stall interessiert und stattdessen ihnen, den Menschen, nachspioniert? Sie reagieren jeden Tag verstörter auf sein Gebaren. Ihre Versuche, ihn zum Reitpferd auszubilden, gar vor einem Karren einzuspannen, scheitern kläglich, und bald geben sie auf. Selbst die Esel im Stall schütteln ihren Schädel, ob seines Starrsinns. Dann kommt die nächste Sturmflut, die Wellen brechen mit aller Heftigkeit über das ausgetrocknete Land. Während die Menschen bemüht sind, ihre Tiere zu bergen, verschwindet Fauvel auf Nimmerwiedersehen! Genug von der Enge des Hofes, macht er sich auf den Weg, das Schloss des Königs zu suchen. Er schleicht sich an Bord eines Schiffs, das aber keinen Hafen ansteuert, sondern an der einsamen französischen Küste Anker setzt, also muss er mittig ins tiefe Wasser springen und mühsam Richtung Landzunge schwimmen. Am bequem auslaufenden Strand lungern die Seeleute, also steuert er die steinige Küste mit guten Verstecken an. Indessen er, seinen kräftigen Leib geschickt durch die heftige Brandung laviert, zuletzt über rutschigen Untergrund schlitternd, entdeckt er ein Ding, von Sonnenstrahlen hellauf beschienen. Mit seiner Lederschnur verfangen

⋆ ⋆ ⋆ ⋆ ⋆ ⋆ ⋆

im Unterholz? Gewölbtes Glas, laut Buchlehren, konkav oder konvex geschliffen? Leider war keine Bezeichnung auf dem Papierfetzen zu entziffern. Tja, Anschürpapier? Aus einem alten Fachbuch gerissen? Die Vorstellung ist grausig … Fauvel schüttelt es innerlich. Die Scherbe ist nach innen wie nach außen gewölbt? Durchsichtig. Ältere tragen solches am Halse oder in der Tasche steckend. Fauvel hat oft darüber gegrübelt, wofür das Glitzerding taugen könnte? Er nimmt es an sich und stellt fest, dass er weit sehen kann und Feuer machen, falls er es in die Sonnenstrahlen hält? Jedoch fehlen ihm die geschickten Hände mit Fingern, es richtig anzupacken. Ergo benötigt er einen Schmied, ihm eine Halterung anzufertigen, dass er es an seinen Beinen befestigen kann? Mit dem Maul positioniert, könnte er mit etwas Übung und Zuhilfenahme eines Felsens oder Baumstamms die Umlande absuchen? Auf seiner emsigen Fernsuchstudie, er weiß ja noch nicht, was es zu finden geben könnte, beobachtet er, wie in weiter Ferne ein offensichtlicher Meister seinen Lehrling misshandelt. Er schlägt den jungen Mann ein ums andere Mal mit seinem Ledergürtel und Fauvel läuft aufgeregt die Hügel hoch und runter, von rechts nach links wechselnd und wieder etwas zurück. Und gleitet aus und rutscht am Ende schmerzvoll, am blanken Hintern, mit zittrigen Beinen einen Schotterhang hinunter, der schnellstmögliche Weg, nach dorthin zu gelangen. Dann sieht er, wie der aufgebrachte, wutschnaubende, adipöse Mann stolpert und schwupp, rutscht er ins offene Meer und ist bereits tief in den Wellen versunken, als Fauvel noch überlegt, ob er ihn retten wollte? Nein, das will er nimmermehr, beschließt er streng. Das nennt sich Gerechtigkeit? Justitia mit ihrem blinden Verständnis für Maßhaltung? Endlich versteht er das Gleichnis. Die Zeit des Meisters ist augenscheinlich abgelaufen? Eine neue bricht dafür an? — „Die Menschen verachten den Gesellen unseres toten Herrn, weil sein Gesicht entstellt ist", erzählt ihm der kluge alte Esel im Stall, ein neugieriger Beobachter. Als Fauvel das erfährt, ist er nochmals empörter und rein zum Trost, küsst er den netten jungen Mann spontan. Worüber der sich so freut, dass er Fauvel jeden Wunsch erfüllen möchte. Oha, Fauvel hat ein konkretes Anliegen, weshalb er einen Schmied aufsuchen wollte? Bisher wusste er nur nie, wie er es bezahlen könnte? Das ist hinfällig geworden, der Schmied ist nicht mehr, und seine Werkstatt steht frei verfügbar? Fauvel erkennt das großzügige Geschenk Mutter Erdens und tauft zuallererst seinen namenlosen Freund ›Ange‹ und hängt, wie beim eigenen Namen, ein kleines ›l‹ hinten an, zur Verniedlichung. Angel, ein Engel und er, der Ungezähmte? Ein gar prachtvolles Paar. Die Tiere am Hof erhalten allesamt schöne Namen und sie dürfen ordentlich futtern, wie es sich gehört. Fauvel lässt sich auf keine Diskussion ein; das ergraute Schwein versucht ihm verständlich zu machen, dass sie nichts mehr wert sind, nur die jungen Kühe als frisches Fleisch, da sie noch keine Milch geben. Sein eigenes Fleisch müsse man ewig am glühenden Herd kochen, möchte man sich nicht die Zähne ausbeißen? Das ist Fauvel einerlei, er mag ohnehin kein Fleisch essen, ob zäh oder weich? Ihm schwebt Kuchen vor und Angel ist bereit, sich gewiss auf jedes Abenteuer einzustimmen. Fauvel beschließt also, dass es gut ist, wie es ist, und so fertigt Angel eilfertig eine Halterung für Fauvels geschliffenes Glas und brauchbare Werkzeuge für die Reise samt Tauschmaterialien. Da Angel nie Lohn erhalten hat, nur Prügel und zu wenig Essen, denn er sieht so verstörend aus, dass der Schmied ihn im Schweinestall verstecken musste, weshalb die Kühe keine Milch geben konnten. Wegen Angel? Lügenmär! Also packen sie ein, was immer sie brauchen. Der Schmied war ein so gemeiner Mann, dass es keine Frau aushalten konnte, demnach gibt es keine Kinder. Sie bestehlen niemanden und der Esel wie das Schwein und die alte Kuh und ihre beiden Mädchen und genauso der alte Hahn mit seinen drei Frauen schließen sich leutselig an. Sie laden ihr Gepäck auf einen Wagen, ihn abwechselnd zu ziehen; Schweine, Kühe und Pferde, sie alle können reichlich schleppen und selbst ein sturer alter Esel kann bisweilen etwas zupacken? Oh ja, Fauvel überzeugt ihn. Und die Hennen sitzen die meiste Zeit obendrauf und schlafen tief und fest und werden beizeiten vom lauthalsen Krähen des munteren alten Hahns aufgeweckt, der nur noch jubilieren möchte. Er sollte genauso geschlachtet werden wie seine treuen Mädels. Er zeigt Fauvel noch rasch alle Verstecke am Hof und somit sind sie nun prachtvoll ausgerüstet, wenngleich der Esel schon nach drei Tagen den gesamten Vorrat an Mohrrüben ganz alleine verdrückt hat. Aber er musste, wie alle, ewig darben, indessen sich der Schmied einen kugelrunden Bauch angefressen hat. Die Menschen betrachten sie fasziniert, verstehen sofort, dass keines der Tiere ein typischer Vertreter seiner Art ist. Sie alle zählen einer neuen Weltordnung zu, einer Welt, in der Tiere Rechte genießen, die denen der Menschen in nichts nachstehen. Betreten sie die Ansiedlungen und Angel stellt die Schmiedearbeiten vor, werden sie adäquat entlohnt. Niemand versucht, sie auszugrenzen, sieht sie gar als minderwertig an? Ihre Waren sind erste Wahl. Angel wäre ein fantastischer Schmied geworden, hätte es der Meister nur zugelassen. Aber er nutzte den Gesellen wie einen Leibeigenen aus und heimste selbst die Lorbeeren ein. So läuft es aber nimmermehr, wenn ein fahlgelbes Pferd die Krone trägt. So reisen sie weiter und treffen schon bald auf die kluge Dame Fortune, eine gar zauberhafte Person, die über die Gabe verfügt, alles so erscheinen zu lassen, wie man es sich guten Herzens wünscht. Mit Fortunes Hilfe können sie weitere Gefährten in ihre größer werdende, muntere Familie einsortieren und ihre Welt wächst stetig weiter und Fauvel steigt zum kühnen Herrscher einer großen, vielbunten Gemeinschaft auf, geprägt von Verständnisbereitschaft und Respekt. Indessen erklären sie Angel zu seinem Vogt. Und Fortune wird ihre

★ ★ ★ ★ ★ ★

Königin – wie eine geduldige, gütige Mutter angefühlt. Gemeinsam regieren sie eine große, weite Welt, von Gerechtigkeit und Freundschaft geprägt. Fauvel findet nicht nur Freiheit, sondern die Möglichkeit der fließenden Veränderung. Das große Rad der Zeit mitzudrehen. Er beweist ihnen allen, dass wahre Stärke im Herzen wie im Geiste ruht, dass auch der schlichteste Verstand bärenstark sein kann. Dass jeder mit Hufen in der Welt ankommt und alle herausfinden können, wie man in der Abendsonne tanzt. So leben sie glücklich und zufrieden bis in die jüngste Gegenwart hinein, die sie behutsam vielbunt färben. Indessen die Wellen der Vergangenheit hinter ihnen Stück um Stück verblassen.

Der fünfte Sohn
29252Asgijahr|Ilverich, infolge des Kälteeinbruchs 03|1976.

Franzen, „Bal, warum schleichst du erneut bei mir herum? Benötigst du noch weitere Zweifel, dass das Konzept sicher funktioniert?" – „Zynisch? So soll es wohl klingen? Entschuldige die Wortwahl, aber deine Zweifel führen dich zu deinen ewigen Fragen und die sind es, die wir brauchen. Keiner darf blind und blauäugig sein, der solches Konzept, wie du es nennst, erfolgreich umsetzen möchte. Und spätestens, wenn du um die Ecke biegst, stellen sie alles infrage, was sie eben noch bequem unter ferner liefen, verbuchen wollten? Weil Menschen in ihrer Wohlfühlzone zur Bequemlichkeit neigen, du aber keineswegs. Darum bist du wichtig. Aber du hast recht, dadurch, dass sie dich kennen, gerieten sie in Schwierigkeiten; ebendarum blieben sie Gutmenschen. Und jetzt erfahren sie Hilfestellung von allen Seiten und tatsächlich nur, weil sie mit dir befreundet sind? Alles ist eng verbunden, bist du erst bereit, genau hinzusehen." Stirnfurchen, tiefe, aber nicht alle aus Zweifel, „du willst sagen, der nette Südfranzose geriet nur deshalb nach hierher, weil wir seinen Teufelchen-Freund benötigten? Der pure Zufall hat es so arrangiert, es lag keine Absicht dahinter? Und weil Teufelchen die schwarze Magie rein zufällig erkannt hat, hilft uns nun passgerecht der Holsteiner?" Bal schaut ihn an, „du willst mich doch etwas ganz anderes fragen? Aber, falls du das zur Einstimmung brauchst, gerne. Um das Ganze etwas zu entwirren … Teufelchen brachte den Südfranzosen im Auftrag des Grauen nach hierher. Gut? Anscheinend als Stütze für Direx und Andrin, soweit ich das durchschaut habe. Sie haben ein weitläufiges Projekt am Laufen und benötigen schon lange wen, der mithelfen kann. Der Südfranzose hat soeben seinen Großvater verloren und stand damit verfügbar, und ja, er ist ein LET-Anhänger, wusste aber dennoch nichts von den Hasenbauten, die er unterwegs eingehend studieren durfte. Daher rühren die Kinder, die deinen Vater gerade so glücklich ablenken, Andrin hat ihn noch gar nicht darüber informiert, was gerade im Haus los ist. Er hat wohl zuletzt etwas geschwächelt und Andrin plant, es erst hinterher zu erzählen, wenn er die stacheligen Elemente bereits unter den Teppich kehren konnte. Also, nein, Teufelchen war nicht zufällig genau zur rechten Zeit da? Wobei ich bei den Ursprünglichen mehr auf Schwester Schicksal setzen wollte, denn Papa Zufall, der ein Zocker sein soll? Zocker interessieren sich nicht für Betroffene, das Schicksal hingegen baut darauf, dass ihre Gesamtpläne gelingen mögen? Ergo, wäre ihr Interesse an dir gewinnbringender? Aber das ist meinerseits reine Spekulation. Frage das, was du tatsächlich wissen willst. Vielleicht kann ich da weiterhelfen?" Bal zuckt mit den Schultern. Franzen, „erkläre mir bitte, warum Strauß für mich so viel Verständnis aufbringt? Warum liegt sein blinder Fleck immer exakt dort, wo ich etwas zu verbergen suche? Ich spüre es, das seid nicht ihr. Die Gürtler meine ich? Denn das war schon weit vor eurer Zeit so. Wenn ich so darüber nachdenke, ging das mit euch los, kaum dass Christian bei mir gelandet ist? Und den hat tatsächlich Brigadegeneral Gustav Strauß für mich ausgewählt? Was ich bis heute nicht verstehen kann. Denn es widerspricht akkurat allem, was er sonst tut? Er steht nimmermehr auf meiner Seite? Keinesfalls auch nur neutral. Im Gegenteil! Er ist an sich mein erklärter Feind und doch unterstützt er bewusst oder unbewusst alles, was mir wichtig ist? Ich habe ihm seinen Sohn geraubt? Das weißt du sicherlich? Seinen Jüngsten? Wenn ich jetzt mal eben an das vakudische Ding mit dem fünften Standbein erinnern darf? Ich habe ihm seines geraubt? Konnte es nicht ertragen, mitansehen zu müssen, wie er diesen prachtvollen Jungen bricht? Denn das hätte er, soweit entfernt davon, war er gar nicht mehr, als ich Weeko das erste Mal sah. Aber mit unserer Freundschaft zog sich eine Stahlwand zwischen den beiden hoch, und er konnte seinen Sohn zwar noch äußerlich verletzen, aber nicht mehr innerlich quälen. Und dann konnte ich ihn auch endlich an einem gesünderen Flecken Erde ansiedeln und dort entwickelte er sich im Übrigen prächtig weiter. Aber das weißt du sicherlich auch schon längst?" Bal schaut ihm tief ins Herz, nicht in den Schädel, er spürt es genau, wie er seinem Gedächtnis beflissentlich ausweicht … er kann mich nicht lesen? Das heißt, er rät nur immerzu gut? „Warum kannst du meine Gedanken nicht lesen?" Franzen ist atemlos, schließlich ist er sogar ein Prinz? Warum darf er das dann nicht? Verbirgt er, Franzen, etwa Geheimnisse, die nicht einmal ein Prinz unter den Gleichgesinnten erfahren darf? Inwieweit stehen sie denn dann tatsächlich auf derselben Seite? „Berner? Gefällt mir gut, dieser, deiner Namen. Nein, du hast es eben herausgefunden, ich rate nur, lese nix. Darf ich nicht, auch kein anderer von uns. Und dennoch stehen wir auf derselben Seite. Glaube mir, denn ich darf Christian lesen und er liest, behände dich?" »Deshalb bist du bei ihm gelandet? Weil du Info benötigt hast? Für deinen Auftrag? Die Koordination? Und dann fand Christian Trost in deiner Anwesenheit? Oh Himmel, es tut mir leid, was ich dir alles unterstellt habe.« Franzen schließt die Augen. Er kann wahrlich ausgezeichnet raten. Hört aber, was er, Franzen, an Gedanken direkt an ihn sendet. Die Götter sind gnädig? Daher dieser Ausspruch — sie können es wirklich sein.

Bal, „du meinst, Strauß ist selbst gar kein Teufel? Nur ein Verblendeter, vielmehr verdrehter? Ein von anderer Seite gesteuerter Geist, der aber solchermaßen arrogant ist, sich mächtig genug zu wähnen, seine Baustellen nicht zu überwachen? Das heißt, er arbeitet allein? Weil er niemandem vertraut? Und weil Strauß nur zwischendrin unlogisch handelt, merkt er deinen Einfluss auf ihn gar nicht? Falls du recht hast, solltest du weiterhin mit Fingerspitzengefühl deinen Einfluss nutzen. Aber, falls er es doch bemerkt hat und der Wirbelsturm von ihm stammt? Und Fürst vonKorben hat nur die günstige Gelegenheit genutzt, gegen deine Freunde zuzuschlagen, weil du derzeit geschwächt bist?" Franzen zuckt mit der Schulter, „vielleicht weiß er gar nichts davon, dass der jüngste Sohn nicht mehr anwesend ist? Strauß hält es geheim und bei uns wissen das nur ein paar wenige. Du weißt, wie achtsam Christian mit Geheimnissen umgeht? Es ist auch nur dann etwas zu merken, wenn wir allein im Raum sind. Dann wird sein Blick … vielleicht ist ›weicher‹ der korrekte Ausdruck?" Bal, „als würde die volle Kraft zu ihm zurückkehren? Diese innere Stärke, die er zwischenrein schmerzlich vermisst? Er stützt sich dann auf dich und ist wieder machtvoll und unendlich kraftvoll, wenn du ihm als Stütze dienlich bist? Mhm."

Herzliche Bitte um Rezension

Liebe Leser;innen, ich freue mich auf Rezensionen und Kommentare in Büchershops, auf meiner Webseite https://schattenbaum.eu und über Klicks & Likes auf Social-Media-Plattformen, Twitter/X: @falkenbourg, Facebook/Instagram: XenaFalkenbourg. Liebe Grüße, Xena Falkenbourg (Xena@falkenbourg.de)

158 Karten, 5 Farben à 2x 13 Karten, +doppelte 5 & 6, plus 2x 4 Joker; **Kartendeck:** Reiter (I)
• Krieger (XI) • Prinz (XII) • Meister (XIII); **Joker:** Schemen • Genius • Schlangenmann •
Schattenwolf; **Farben: Wind** (Windrose)/orange • **Blut** (Blutherz)/rot • **Baum** (Grünbaum)/
grün • **Schwarz** (Schwarzflocke) • **Stern** (Vakudaglut)/kristallin

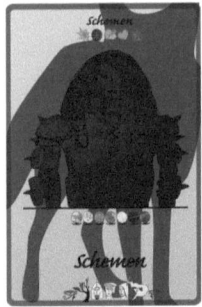   

Ljossalfheim, Nijuwagara, Svartalfheim, Vanaheim, Waradinheim, Helheim, Niflheim,
Muspelheim, Jixlheim, Vlysaheim, Krynaheim, Jötunheim, Shijtarrheim, Midgard, Mithras-
heim, Binheim, Grauer Pakt, Sulfier, Eisenlegion, Russenburg, Riders, Barras, Syndikate,
Neues Deutsches Heer/MSE Broken Light/MSE Hubbelrath, Feldjäger/SEKs/Sokos, Bür-
gerwehr/Vereinswesen, Prinzenaufstand, AΩ-Mythologie, Klub-dp, *terrasentica*/Kampf-
sportzentren, summum bonum, Grüntalheim, Goldener Turm, Altervesten, Sternenpark,
Bruchgraben, ISB, Westsorrenszier, Antarrheim, Hexen, Europäisches Parlament, BdGV,
Schwarzkralle, Goldurheim, Wolfheim, Geußheim, Vladheim uvm.

Vakuda (Herrschervolk, mittels Vakudaglut unantastbar), **Hævoqs** (Kriegervolk),
Tephériie (Kundschafter, Botschafter), **Kemopes** (Landläufer, Naturflüsterer),
iHsztuu (Ausgestoßene), **Kweijds** (kritische Vakuda), **Nexuu** (Riesen)

Gesellschaftskasten: Eloysa/Flammenhüter/golden (Herrscher); **Valyk**/silbern (Priester); **Taghir**/
rot (Krieger); **Qunaan**/Kulturerbe/blau (Gelehrte); **Ophar**/Magie/Fortschritt/gelb (Wissenschaftler); **Yandur**/Schöpfende Kraft/braun (Handwerkskunst); **Xuan**/Schaffende Kraft/grün (Arbeiter-
kaste/Bauleiter/Architekten), **Rahar**/Gerechtigkeit/schwarz (Attentäter/Krieg/Vollstrecker/Frieden &
Spione/Krieg/Ermittler/Frieden); **Mijnns** & **Gowinnyjen** (Familienmitglieder laut Vakuda, was
zu ihrem Untergang führte); **Tephériie** (Kundschafter); **Kemopes**/Landläufer (Naturflüsterer);
Hævoqs/Aschereiter (Krieger); **iHsztuu** (Ausgestoßene)

Traijnks: trickreiches, ein- oder beidseitig durchsichtiges Mauerwerk aus **Wüyhwvrox** (amorph)

Die Gegengleichen (essenzielle Punkte/Ausgewogenheit): **Bartómag** (Menschenthron im
Zentrum/Königsstadt); **Nyscharrz** (Waldthron); **Llhyssonk** (Eisthron); **Bjyzmokarr**
(Schattentor); **Kyrnatak/Náströnd**/Flammenmeer, Zutritt: Säulen des Herakles/Tor von
Gibraltar, Wächter: **Telfviyn Drós** & **Náströndiij; Thirnanugg** (Kontrolle) Weis-
heit/Gewissen (im Atlantik); Hüter: **Dej Drós**/große Materna; **Wesenburg** (Perspektive),
Schattenburg (Weltengericht)

Stellung: Höchster (Meister/Regent); **Unterer** (untergeben); **Vakrey** (Offizier); **Darex** (Soldat)
Vreemarr (Königsveste/Wolkenstadt), Sitz des Eloyserthrons; **Mimung** (Königsschwert)

Thidrekssaga: Von Wieland dem Schmied in Zwergenhöhle Mimirs bei Balve gefertigt, überreicht an Sohn Wittich, Anhänger Dietrich vonBerns, wechselt zur Gegenseite

Zeresepos: Breegaw (Eloyserkönig), Schwertführer, fällt im AUK in Vælkyanden am Balamank; laut Aldebarans Recherchen, spürt **Dietrich vonBern Mimung** auf

Edelsteingesänge: »Steinfarben sind wie Musen unserer Seele. Stimmen uns friedlich, machen uns wild, entfachen die inneren Feuer oder löschen die schwelende Glut und lassen uns auf ewig Freunde sein. **Niflheim** reagiert zu aller Zeit respektvoll auf die Sanftmut des Malachit, indes sich **Muspelheim** mit lebendigem Gold, angefüllt mit Geschichten gern die Zeit vertreibt und wir, die **Ursprünglichen**, erliegen dem betörenden Charme des Lapislazuli. Manche Dinge ändern sich nie. Die **Schattenfürsten** erkennen im Amethyst ihre Aussage geformt und der **Wächter am Tor** liebt die Stimme des abkühlenden, selbstbestimmten Onyx. So wie die **große Mutter** seit jeher der Unendlichkeit und Tiefe des Himmels und der Wasser frönt. Nur **Midgard** bleibt in diesem Punkt auch weiterhin unbestimmt.‹

Inselreiche: Aavijkahs-Doij (Britische Inseln & Irland); **Weiykahs-Tojll** (Australien); **Roejkahs-Tojll** (Japan); **Qveeijlkahs-Tojll** (Neuseeland); **Xvokjkahs-Doij** (Philippinen); **Torraijkahs-Tojll** (Island)

Kontinente: Veraij/Reich der Mitte (Europa); **Shenijaks-Siijk** (Afrika plus **Vroijkins-Doij**/Naher Osten/Ölregion); **Utheraijs-Gordik** (Asien minus **Vroijkins-Doij**); **Shenijaks-Krödd** (Amerika & Grönland)

Landschafts-/Täler-/Gebietsbezeichnung: Odinkahs-Loghka (Skandinavien); **Vælkyanden** (mystische Ebene im Pannonischen Becken); **Llhuyanden** (Rheinebene); **Hadesthron** (Schwarze Stadt, Königsveste Svartalfheims); **Garban-Daar** (letzte Militärbasis der Vakuda); **Shijkuaij** (Ural/Westsibirien); **Glevijanowüste** (Sibirien); **Qedhraiij** (Kasachstan u. U.); **Yjans-Skah** (Traumland Indien/Pakistan/Afghanistan)

Bergwelt · Veraij: **Llhuguija**/**Mittlere Berge** (Schwarzwald); **Llhuronija** (Schwäbische Alb); **Llhuvenija** (Vogesen); **Llhuwiibija** (Pfälzer Wald); **Balamank** (Mátra-Gebirge); **Jhiiygghka**/**Hohe Berge** (Alpen); **Lyrhka** (Karpaten); **Tenhka** (Pyrenäen); **Pedtjhka** (Betiden/Andalusisches Faltengebirge); **Brosphka** (Balkan); **Shijhka-Teij** (Skandinavisches Gebirge)
· Utheraijs-Gordik: **Wallhka** (Ural); **Nowyhka-Teij** (Himalaja)
· Vroijkins-Doij: **Preyjhka-Teij** (Taurus); **Ükrijhka-Teij** (Elburs); **Grejhka-Teij** (Kaukasus)
· Shenijaks-Siijk: **Woruhka-Teij** (Atlas)

Im Namenszug · **Wortende:** ›-ija‹ (mittlere Berge); ›-hka‹ (hohe Berge); ›-hka-Teij‹ (junge Berge); ›-mank‹ (fragwürdige Berge); ›-burg‹ (magisch) · **Fragment:** ›**Dünn**‹ (schmales Becken); ›**Hell**‹ (flacheres Salzwasser); ›-uwu‹ (Durchgang); ›**Yanden**‹ (Ebene); ›**Kah**‹ (wasserumspülter heiliger Boden); ›**Aij**‹ (heiliger Boden); ›**Doij**‹ (Vielfältigkeit); ›s-‹ (Personifizierung/Aavijkahs-Doij: Aavijs reichhaltiger Besitz); ›**Tojll**‹ (große Insel); ›**Kuaij**‹ (Steppenlandschaft); ›**aij**‹/›**kah**‹ (gehört Gottheit): **Odin** (Asen); **Vreem**, **Aavij**, **Yjan**, **Vroijkin**, **Shenijak**, **Shij**, **Uther** (Zeres); **Hades** (Hævoqs) · **Fragment/Stadt:** ›**Arr**‹ (mächtig); ›z‹ (besonders); ›**Daar**‹ (birgt Geheimnis); ›**Tar**‹ (mystischer Durchgang)

Wasserwelt: Llhu (Rhein); **Kuaijk** (Ob); **Kuaijkuwu** (Obbusen); **Eissee**/**Östliches Grau** (Karasee); **Schattenburg** (Schwarzes Meer); **Wesenburg** (Kaspisches Meer); **Dünnwasser** (Mittelmeer); **Nördliches Dunkel** (Nordmeer); **Hellwasser** (Atlantik-Ostküste/Nordsee); **Großes Wandelwasser** (Atlantik); **Gletscher von Vælkyanden** (im Pannonischen Meer); **Nördliches Grau** (Barentssee); **Graubucht** (Weißes Meer); **Hellkah-Log** (Bottnischer Meerbusen); **Langes Hellkah** (Finnischer Meerbusen); **Hellodin** (Ostsee); **Flaches Dünn** (Adria); **Wandelbucht von Westveraij** (Biskaya); **Aavijkahuwu** (Ärmelkanal)
· Im Namenszug, am Wortanfang: ›**Llhu**‹ (ordnet Ebene & Berge entsprechend zu)

Zeres-Entwicklung: Familienphase: Frühentwicklung (0–4 Jahre); **Ausbildungsphase I**: Grundlagenphase (4–21); **Ausbildungsphase II**: Persönlichkeitsentfaltung (21–45); **Ausbildungsphase III**: Spezifikation (45–70)

Volk der Treverer: Name der Menschen in der Geisterwelt. Bezug zu Bartómag gesetzt? Aber Vangionen erbauten Worms, die Treverer Trier (Augusta Treverorum)

Ragnarök (jüngster Tag)

AΩ-Mythologie (Weissagung der zweiten Chance, Alpha-und-Omega-Mythologie/)

Wandelwelt (WW)/**Spiegelwelt**/**Schattental** (sphärisch dazwischengeklemmt)

Wolkenstadt (Unendlichkeitsschleife, optisch auf Wolken arrangiert)

Gowinnyjen: aus Genen der Höhlen-Mijnns als deren Beschützer konzipierter Elitekrieger ·
Yolliver: Ausbrecher aus Gowinnyjenwelt, lehnen Regelwerk der Vesten ab, oft Kritik an zu rauem Umgang mit Mijnns/Menschlingen; tauchen ab

Gaben: Können jedweder Wesenheit anhaften, egal, welcher Ursprungsgüte
· **Bjord/Zeitseher**: Medium, empfängt Visionen
· **Tarquet/Schildwache**, gegen schwarze Magie, als **Solina** betitelt, falls Magie zugrunde liegt
· **Phöxe/Lichtwesen**: leuchten von innen, ›Leuchten‹ wird zumeist rein als Heilkraft erkannt, es beweist zudem den edlen Charakter, der von Göttern gern beschenkt wird
· **Woeye/Lebensspender**: Bijixs prämierte ›edle‹ Wesen, langlebig/äußerst selten

Spezielle Gowinnyjen: **Bijix/Sonnenreiter** (Gnom/Wichtel): edel, als unangenehm empfundener Eigenbrötler, machtvollster Bjord, extrem langlebig
Vrallyser/Kristallsplitter (Elfe): weißblond, grünäugig, sehr hänflich, ungesund, selten, extreme Kräfte, wo andere Gowinnyjen blass werden können

AUK (Alter Unheiliger Krieg 16976–17276 Asgij|10300–10000 BC): Konflikt zwischen Ljossalfheim & Svartalfheim, von Hades initiiert, der als Hævoq verschmäht wird, dagegen aufbegehrt & hinterrücks ermordet wird, worauf Loki die Seite wechselt, das Kräftefeld verrückt; damit siegt Svartalfheim, denn Loki als Gegner zu haben, bedeutet, du verlierst

Energielieferant: **Pentagramm** 18.8.1969 (Tag nach Woodstock); **Drudenfuß** 12.4.1965 (Frövjed-Geburt)

Mithras: Löwenköpfiger Gott; Feriz glaubt, er sperre die Pforte zur Hinterwelt für Schattenbäume auf; evtl. identisch mit **Telfviyn Drós**: mystischer Zeres, dominiert die Totenwelt – vielleicht ein Tephérie oder ein verbannter Zauberer?

Breegaw, letzter Eloyserkönig, der das **Königsschwert** trägt, das die alte Macht verankert; als **Mimung** verlustig geht, hält das **Licht** Nessels/Balders Ljossalfheim verankert; Vakuden, Eloyser (16833–17219Asgij|10433–10057 BC)
Sohn: **Karoon** (*17096Asgij|10180 BC)
Sohn: **Nessel/Balder/Gott des Lichts**,»letzter goldener Eloyser am goldenen Thron Vreemarrs, zu verankern, was nicht getrennt sein darf«; stirbt (laut Edda) durch Lokis Verrat, (laut Zeres) Verrat an Loki, der gezwungen wird, den Geliebten öffentlich hinzurichten (Ende des AUK), sein Tod leitet die Neuzeit ein (17146–17276Asgij|†10000 BC)
Sohn: **Antaryon**, Thronerbe, siehe Projekt Blau/BlueTec (*17218Asgij|10058 BC)
Schwarzgold von Eloys, Thronerbe 2.Platz, Heißblut, Tyrann (*17146Asgij|10130 BC)
Hermes von Eloys, Thronerbe 3.Platz/Favorit Nessels, weltoffen (*17090Asgij|10186 BC)
Bruder: **Leonidas|Lidas von Vreemarr**, Zwilling, verwirrt, Berserker (*17090Asgij|10186 BC)
Viola von Vreemarr, keine Erbfolge/Prinzessin, Frauenrechtlerin (*16964Asgij|10312 BC)
Qunaan/Magier-Vakuden: **Olessa**, Höchster der Qunaan (*17185Asgij|10091 BC)
Yalno|Göttin Yalno-Dej, Überfrau Vreemarrs, reist mittels Zeitkapseln zur Dej Drós (Thirnanugg), besucht die Unterwelt, erlebt Gespräche zwischen großen Königen (König-der-letzten-Tage, Eiskönig, Waldkönig), besucht die Wesenburg; weise Hexe & große Prophetin, deshalb zudem als Hohepriesterin (was sie nicht war) verehrt, enge Freundin Nessels/Uladhs/Lokis (*16753Asgij|10523 BC)
Valyk/Priester-Vakuden: **Büwal**, junger Hohepriester (*17198Asgij|10078 BC)

Rote Taghir-Vakuden/Vakreys:
Brandur, Höchster Vakrey (*17205Asgij|10071 BC);
Chroan, Oberster Vakrey Sicherheitsgarde (*17200Asgij|10076 BC)
Valdr, Sicherheitsgarde (*17132Asgij|10144 BC)
Asffray (w), Aufräumkommando (*16921Asgij|10355 BC)
Eduj, Oberster Vakrey Stadtwache (*16854Asgij|10422 BC)
Kaar, Stadtwache (*16658Asgij|10618 BC)
Vrolan (*16909Asgij|10367 BC)
Xerxes (*16794Asgij|10482 BC)
Quaran (*16978Asgij|10298 BC)

<u>Ophar/Wissenschaftler-Vakuden:</u> **Tylon**, Höchster der Ophar (*17193Asgij|10083 BC)

Goldschimmer, lt Aldebaran: Zeitreisender, evtl. Überlebender der untergegangenen Welt(?)

Dietrich von Bern, Kemoop(?), Sagenfigur mit Höllenritt, soll Mimung gefunden haben

Degen|Graf Dr. Degenhardt vonStein|Herzog Velten-Tjaad vanKvielbrikk|›Siegfried‹›Gold-löckchen‹, SI(Goldener Turm), 2,37m, Stellv.(Grauer)/Klub-dp/BND, Förderer Stefan vGs, liebt Motoren/›Lola k‹/Gedichte von Andrea-Bex/Kakadus; Leonberger **Frazer** ›Siegfrieds Drache‹ (*1972); fühlt Kräfte instinktiv/Empath/Zeitbote|Vakuden (*24.12.1939)

> <u>Freund:</u> **Aaron Samhain**/Sonnwärter, Kaufmann, Bruder-Freund Minzes; siedelt Herbst 1978 in den Park/zu viel Anderswelt/Alte-Villa-Grau (*1938), <u>Liebhaber:</u> **Klausi Albaneil-ler**, Kfz-Mechaniker, geistig beeinträchtigt; folgt ihm blind bis ins Samhain-Institut (*1942). <u>Vater:</u> **Pfarrer Sonnwärter**/Ruhrgebiet nimmt schwangere Maria Schlüter auf
>
> <u>Vergewaltiger:</u> **Friedl Brehmer** (siehe Goldener Turm)
>
> <u>Vergewaltiger & Gespielin Friedls:</u> **Marscha Roskowitz**| Maria Schlüter, schwanger & ernüchtert, flieht sie ins Ruhrgebiet und landet in der Kirchengemeinde von Pfarrer Sonnwärter
>
> <u>Sohn:</u> **Minze|Thomas Minzenbach**, verehrt Mutter, siehe Sternenpark/K5
>
> <u>Ehefrau:</u> **Gilla vonStein**|Lüdecke, Revoluzzer-R4, unkonventionell/ Möchtegern-Hippie, Lehrerin/Deutsch-Erdkunde-Geschichte, süchtig nach Vakudaglut/Schwangerschaften/ Sex mit Degen (*07.07.1949); <u>Schwiegereltern:</u> **Rüdiger Lüdecke**|Porzellan-König Mün-chens, **Gloria**, Marketing & Zahlen-Profi
>
> <u>Kind (ehelich):</u> **Alberich**, übernimmt bei Abwesenheit die Vaterrolle (*03.07.1973)
>
> <u>Kinder (ehelich):</u> **Erasmus** & **Ephraim** (*12.08.1974)
>
> <u>Kind (ehelich):</u> **Han|Hannibal**/Empath; konspiriert mit Andersweltlern (*15.09.1975)
>
> <u>Kinder (ehelich):</u> **Desdemona** & **Damaris** (*22.03.1977)
>
> <u>Liebhaber:</u> **Manni|Dr. Manfred Schlotfeger**, Geburtsspezialist/Hausarzt im Turm, erdseitig gen Süden entsendet (*17.07.1944), <u>Vater:</u> **Anton Schlotfeger**, Bauer in Kleinfresendelf (†17.07.1962), <u>Cousin:</u> **Egon Raunstetter** (†17.07.1962)
>
> <u>Adoptivsohn:</u> **Birger Swansson**, BND, liebt Pflaumenkopfsittiche, Zweirad-Fan, siedelt 1978 mit Ingo in Russenburg, um Bund ›vakudisch‹ abzusichern, El-Bachir mit Tarnfarbe/Ur-enkel Aldebarans (*1952)
>
> <u>Schwiegersohn/alter Freund:</u> **Ingo Schlüters**, BND/Waldläufer/Chemiker/Sanitäter (*1943), Neufundländer Abraxas (*1971), Galahs Colin+Rose (*1972)
>
> <u>Begleiter/Nennsohn:</u> **Emmy|Emmerich Braun**, Waldläufer, Empath, Pufferzone zwischen den Welten/Grüntalheim (*1961)
>
> <u>Elitekämpfer-Begleiter:</u> **Jarek Porschas**/Pole, Sprachexperte (*1955); **Ezra Krebul**/Hebräer (*1953); **Domenik Damm**/Niedersachse (*1957); Lieblingssohn-Begleiter-Aldebaran-Spione: **Kalle Wagner**, tollkühner/vorwitziger El-Bachir im Frankenoutfit (*1961); **Kane Miller**, sprachbegabt; abgedrehter Ire/Gürtler/Berber im Sommersprossenoutfit (*1959)
>
> <u>SI:</u> **Ack|Ackley Corrington**|Duc of Hengton, Klub-dp/als Schwiegersohn geparkt, Wald-läufer/Empath (*1961), <u>Schwester/Degens Ehefrau2:</u> **Heila Corrington**, Didis entlassene Se-kretärin (*1957); <u>Ehegatte Acks–Stellv./Vertrauter Degens:</u> **Oak vanKreesen**, SI(Grauer)+Nenn-sohn, Flamen-Outfit|gewiefter Gürtler-Spion (*1956)

Stanis|Stanislaw Koroljow|›Vakuden ohne Erinnerung‹, der gar kein Vakuden ist, aber Empath, mit Wunschkraft beseelt, Spezialist in allem, nur nicht im Kampf, spricht als Erster im 20.Jhd mit Geistern (**Wind-7**), Kemoop (*04|1947)

> Wächter/Russenburg, 1962 gegen Tiyrs: <u>Ziehsöhne:</u> **Wassily**, ›Bratpfanne‹ (*1956); **Aljoscha**, ›Wespe‹ (*1960); <u>Liebhaber:</u> **Andreij Koslow**, technisch versierter Stratege (*1951)
>
> <u>Ehefrau ab06/78:</u> **Theresa**, Sekretärin/Nennschwester des Waldkönigs, konzipiert mit Sam Melzer (siehe Park, GAS) ab 12|1972 am Parkmodell/vertritt seine roten Thesen, Smolldew/Wolf (*1957)
>
> <u>Freund/Beschützer:</u> **Fedor Sokolow**, Kommandant der Russenarmee Sergeijs/in Bambergs Russenburg, verliebt sich 05/78 in Stefan vGs Sekretärin **Ninnie Rosenblum** (siehe Sternenpark/ K1) & löst ernste Parkkrise aus (*1947)

Warte|Ede|Edelwart Boderich (**Stern-Meister**), entspannt im Eisbach
<u>Beschützer/Liebhaber:</u> **Lamy/**Nekreffar
<u>Freund:</u> **Karl Schwarzfeger|Reesekilt/**Holstein, passt ins ›treue Maus‹-Profil/AOnisten; Trio lockt Tote aus der Deckung, die ihre Familie nicht verlassen wollen; die Frage, wer sind die anderen? Löwe? Falke? Panther? Weitere Erd-Mannschaft?

Andrea-Bex Schaumburg, Dichterin/Uni Hamburg, 1960er-Jahre (Stern-Prinz)
<u>Cousin:</u> **Dr. Jøkil Gaugh**, siehe summum bonum

Nijuwagara – blühende, friedfertige Hochkultur Edens vor Ankunft der Zeres

Der Schlangenlose (Joker-Schlangenmann?); **Schlangenhaut** (†1632/*1632) stirbt einarmig, zweiarmig im Lichte Vreemarrs wiedergeboren; Bauer, von Gürtlern beobachtet
<u>Nachfahre:</u> **Prof. Dr. Michael Böhning**, Neurologe/Uni HD, Freund Thieles (siehe Grüntalheim), Verehrer alter Schule & Jeffrey Rumptons (siehe Sulfier), querschnittsgelähmt/Porsche-Jagdunfall, Genussmensch, heiratet **Gerda Greiff**, siehe Projekt Blau (*1909–†1969)

Xynn, mutmaßlicher Überlebender/Aldebaran von Oudewijzer vorgestellt; 1813 erfährt man über ihn von grauen Bildern; wird 1813 von urzeitlichem Schäferhund begleitet, im Traijnks hingegen von einem Wolf namens **Zyndje** (zeitlos?)

Svartalfheim – Hævoqs/Kriegervolk/Schwarzalben/Aschereiter

<u>Kasten:</u> **Pallyros/**Rat-der-7/Rat der Regenten/violett (demokratische Führung); **Hadyr/**Kult des Hades/rot (Priester); **Unaalid/**Wächter der Tiefe/grün (Krieger); **Toliphar/**blau (Magistrat); **Cyolin/**Suchende/gelb (Wissenschaftler); **Nudhij/**golden (Architekten), **Rahdjim/**Pfad der Geheimnisse/grau (Ermittler/Spione); **Rahar/**Pfad der Schatten/schwarz (Vollstrecker/Attentäter)

Hades/König der Hævoqs/der Toten/Herrscher der Unterwelt/Reich des Hades, gründet Svartalfheim & schwarze Stadt Hadesthron/unterirdisch/östlich Vreemarrs, Hævoq/Cyolin (16647–17241 Asgij|10629–10035 BC)

Loki, im Rat der Regenten, Sprecher-der-7, Rahar (*16791 Asgij|10485 BC), siehe Shijtarrheim

Fiowan, Mitstreiter Lokis bis kurz vor Nessels Tod, Regent Unaalid (*16798 Asgij|10478 BC)

Vanaheim – Kweiijds/›Alte Götter‹/ehemals Vakuda, für ausgestorben erklärt

Taak Rhyl|König der Norrkoweijkds, Splittergruppe (*1873|1980 vergleichbar 25jährig)

Waradinheim – Freie Tephériie Midgards (FTM), Lord Waradin unterstellt

Bürgredelnitz – Anderswelt innerhalb

Dries|Lord Waradin Junior, leuchtend schwarzer Stern (**Stern-9**)

Hexen & Magier – Alte Magie sucht neue Bindungen, tropft vom gestern ins neue Morgen

Ella Mondschein, beschützt den Norden, hinterlegt magische Spuren, Stammsitz Hamburg, talentiert, formt Verstecke in Spiegelnischen/vom Götterhimmel & Mutter Erde toleriert; leitet Aldebaran & Gürtler (**Wind-Prinz**)

Geesche Frohmut-Minzenbach, Seelenretterin, Stein: Lapislazuli, steht auf zartbesaitet, starkes Karma, legt Karten im Park (**Blut-Prinz**), starker Bjord, von Aldebaran über Traijnks beobachtet, entstammt uraltem Hexengeschlecht (*1956); Ehegatte: **Minze**, siehe Sternenpark/K5; Großmutter: **Cassandra/**Hexenkontor in Baden-Baden (*1891–†1978)

Susa Sandkorn|Gelja Kusminowa|Svetlana Wolkowa, ›Ich bin das Sandkorn im Getriebe der konservativen Zeit‹, Mathias Breuers Möchtegern-Frau/Empath; Romanow-Erbin/Russenburg, multifunktional (**Baum-Prinz**) (*1963)

Saphir|die Neutrale|Annalena Krupp, Exilant/Selfmade-kultiviert/Unschuldsengel, wehrfähig/geschickt in vieler Disziplin, plant langfristig, baut Netzwerk auf, erzieht Kinder zu Untergrundkämpfern, beeindruckt Chev, der sie fördert; liebt Bens ewigen Widerspruch, Mitbegründer Ninja-Trainingshalle, Schlagersängerin (**Kreuz-Dame**) (*1964)
<u>Tochter:</u> **Flo|**Marie-Florence, Taschendieb (*11|1974)
<u>Tochter:</u> **Josie (Joséphine) Heuster**, liebt Alex vG (*11.02.1979)

Gudebeggi|Leila Becker

Beryll, siehe AOnisten

Loreley, leicht verwirrt

Neele Kimrald

Winfried Porter

iHsztuu – Heimatlose Aussteiger/Verbannte/Ausgestoßene aus den etablierten Welten

Uladh, der Krokodilmann, sucht ›seine Donani‹; erlebt Hades als Jung verträumt; aus Vreemarr verjagt/Genmanipulation, Vakuden-Ophar, weißer Magier, Erfinder einer Zeitreisemaschine (*16187Asgij|11089 BC)

> <u>Diener-Freund:</u> **Hvroki**, Charyque (*17133Asgij|10143 BC) · **Pyzk**, Charyque (*16989Asgij|10287 BC) · **Treik**, Xandew (*17103Asgij|10173 BC) · **Ylbricht**, Xandew (*16607Asgij|10669 BC) · **Shyk**, Xandew (*16964Asgij|10312 BC)

> <u>alter Freund:</u> **Rüsselroordt**|**Elefantenmann**, aus Vreemarr lange vor dem AUK verjagt/ wegen unschöner Genmanipulation, Vakuden-Ophar, weißer Magier

Helheim – Dreigeteilte Welt, Vorderwelt/Zwischendrin/Hinterwelt

Vorderwelt/Ursprung (klassisch), **Zwischendrin**/Wandel (alternativ), **Hinterwelt**/Möglichkeit (konträr) – Schattenreich der Endlichkeit/Elementarkraft, spaltet sich ab, als sich das Leben selbst erzeugt und begleitend den Tod

Riesin Angrboda, laut Edda hat sie drei Kinder mit Loki: **Jörmungandr**/Weltenschlange, um die Welt gewickelt, beißt in eigenen Schwanz; **Vángandr/Fenriswolf**/Vorlage für Werwolf-Mythos/Personifizierung sowohl mit hellen, als auch dunklen Gowinnyjen, nicht aber mit Lichtgestalten (Feenprinzen); **Hel/Herrscherin der Unterwelt**; das Reich Angrbodas als letzte Ruhestätte auf Erden, ein stilles Reich für die Toten & Zeitlosen

Náströnd (Helheim/Hölle/**Kyrnatak**), **Náströndij** (Wächter), unterstehen **Telfviyn Drós Schattenläufer/Arbre d'Ombrage**: Tote, fristen im Zwischendrin ein Schattendasein

<u>Ursprüngliche:</u> **Elementargewalten, Mutter Erde, Vater Zufall, Brüder Leben & Tod** (Gevatter Tod), **Schwestern Schicksal & Zeit**; Geister: **Erd-, Wasser-** (Undinen/Najaden), **Wind-** (Sylphen), **Wald-** (Schrats), **Steingeister, Mutanten**

4./5.Jhd: **Element ›vanGeußen‹**, eiskaltes Grauen im Park; Manuel fühlt es in grauer Farbe

5.Jhd: **Parlok, der weise Eremit**, heuert 07|1978 als Schäfer im Park an, von Mattis verehrt, Weltenbummler, <u>Jobtitel:</u> Berater des Parks, soll im 5. Jhd Kry I. modifiziert haben, Erdgeist oder uralter Zeres? Ophar? Weißer Magier?

1400: **Oudewijzer**, bewacht Zeres-Wolkenanker (**Brüssel**/nahe Flämischer Siebenstein/1km zum Westeuropäischen Parlament, Westveste), sucht in Aldebaran Hilfe für das uralte Volk Nijuwagaras; versucht, die Erde mit ihren Kindern auszusöhnen, Steingeist

1632: **Canis Falkenstein**, künstlich erzeugte schwarze Magie, die Jolina in einen machtvollen Schattenläufer verwandelt

1780er: **Zorngranden**, das lebendige Böse, das Aldebaran auftragsgemäß manifestiert. **Revolution** nennt es sich selbst & definiert sich als Aldebarans Tochter. Problemlos übertragbar, aber keinesfalls kontrollierbar, wird es schon rasch entsorgt, denn für Aldebaran ist es tote Materie; Loki sammelt seitdem ›Rückstände‹ davon ein, Geist-Mutant

1960er: **Bastet**, von Bijix Murphy als kindlicher Katzengott bewertet, Edel-Langhaar, absurd wirkende Dreifarbigkeit, zu große Ohren, zu langer Schwanz, begleitet & behütet den Kinder-Bijix, der wundersame Sachen tut, Windgeist

09|1965: **Weisbrock**, bewacht Zeres-Wolkenanker (**Vreemarr**) am Schröderberg/Baden-Baden, verschafft Aldebaran über Traijnks, gekoppelt mit Jörmungandrs Nebeln, Einblick in die Alte Welt Vreemarrs, Steingeist

07|1970: <u>Neufundländer-SI:</u> **Alesia** (Ibis), **Majestix** (Conny), **Gutemine** (Monroe Davies)
  <u>Neufundländer-SIs nicht festgelegt :</u> **Obelix**, **Asterix**, **Miraculix**, **Troubadix**, **Taillefine**,
  Falbala, **Methusalix**, **Verleihnix**, **Automatix**; **Idefix** (Westhighlandterrier, wird älter)

07|1970: <u>moreausche Hergés:</u> **Struppi** (Foxterrier), **Tim** (zierliche Burma, weiblich), **Professor
Bienlein** (Ragdoll, Mädchen), **Schultze & Schulze** (getigert/grau, Norweger, stürmisch),
Kapitän Haddock (rupfiger schwarzer Maine-Coon, riesig)

08|1970: **Kästenberg**, bewacht Zeres-Wolkenanker (**Garban-Daar**) am Schlossberg/
Hambacher Schloss/Pfalz, hilft Aldebaran, die alte Veste neu aufzubauen & das Wesen von
Geistern besser zu verstehen (speziell den Humor), Steingeist

10|1972: **Waldschrat|GHrymRökhann**, Schatten eines Riesenwolfs, zu Ehren des selbst-
losen Wolfs Marek, Waldgeist

10|1972: **Wasserbär|VraahZäeeRijmm**, weißnebeliger Wolga-Dunst, umtriebiger Flussgeist, der
auf Bonheur-Vampire steht

12|1972: **Schratzen**, herumschreiende Edelkatzen im Goldenen Turm, mutmaßliche Erd-
geister, die den Turm beschützen

12|1972: **Drachenhufe** (Zerespferde), seit Anbeginn treue Gefährten der Krieger des Lichts,
von Stefan vG als ›Feuerdrachen vanGeußen‹ aufgeweckte Waldgeister; zeitlose Hüter der
Wolkentreppen/Bodenanker der Zeres-Wolkenstädte

03|1973: **Jupiter**, Ersie-Leguan, ständiger Begleiter Aldebarans nach Loki-Vorbild, Geschenk
Murphys an Aldebaran zur Untermauerung ihres Bündnisses, Erdgeist

03|1973: **Bogidl**, Ersie-Bernersenne, bleibt einjährig, wie Nachwuchs, Geschenk von Bogi (Al-
debarans Mithras-Sohn) an Tømmermænd, lässt Grünes Tal anhaltend stirnkrausig sein, was der
König sehr liebt, Geisterhund mit vielfältigem Nachwuchs im ersten Jahr (*1972)
  **Alpha-Bodl|Bodlpha - Alpha-Bodlin|Bodlinpha - Beta-Bodlin|Bodlinta - Cesar-Bodl|
  Bodlsar - Beta-Bodl|Bodlta** (begleitet Phönix) - **Cesar-Bodlin|Bodlinsar** (begleitet Brian
  Arch|Cowboy-ohne-Pferd) - **Gamma-Bodl|Bodlga** (Rudelführer/Reisebegleiter Ulfric
  Nydermans) - **Gamma-Bodlin|Bodlinga**: **Kappa-Bodl|Kapo** (zuletzt geboren, führt
  Geister-Oberaufsicht im Grünen Tal, hilft & berät Chev bei der Absicherung)

05|1978: **Kεvó|Eiskalte Stille|**Namenloser, arretiert/Schattenmeer, schließt sich Alaniij an,
mutmaßlich eidbrüchiger Geist

05|1978: **Lanzelot**, Appaloosa-Hengst, der sich Kriminalkommissar Willy Winkelmoser im
Park aufdrängt, um ihn zu verankern, Waldgeist

06|1978: **T-Flocke**, Möwe mit schwarzem T am Kopf/Alte-Villa-Grau, schützt den Norden,
führt Möwenarmee an, Erdgeist

06|1978: **Seeflocke**, scheue Begleiterin T-Flockes an der Alten-Villa-Grau, mit ausgefallener,
schwarzer Bauchzeichnung

06|1978: **Griesgram**, Bibergestalt, Name/Mattis, hinterer Sternengraben, Flussgeist

06|1978: **Weißköppe**, Adlergestalt, Name/Jusche Dachsburg, über Rennbahn, bewacht
Geheimpforte des Parks, Windgeist

06|1978: **Schlauköpfchen**, Blaumeise, Name/Mattis, Vermittler zwischen Graukopf in der
Villa Steinbruch & Mattis im Bruchgraben oder Park, Windgeist

06|1978: **Zwölfender**, Hirschgestalt, Name/Ignaz, im Wald hinterm Waldweiher, Waldgeist

06|1978: **Funkenschlag**, tanzende Feuerfunken, Name/Phillip deNeuve (GF vGAG), den er
in Geschäftsangelegenheiten berät, Feuergeist

08|1978: **Pelzmärtel|Nikolaus**, sorgt im Fürther Kampf für alternative Energien im zer-
bombten Klinikum, Windgeist

09|1978: **SimsÁki**, sprechende Felsnase, Terrasse/Alte-Villa-Grau, Name/Han vonStein

09|1978: **Eunike-Duke**, die Meerjungfrau, Name/Han vonStein, übergroße Nixe, quetscht sich ab der Götterdämmerung leutselig in den Nordostseekanal, liebt die Untiefen des Wandelwassers & Aavijkahs-Doij

Gelda Aschwind|**Prinz Kyrnatak**, Vakrey der Nåströndiij Kyrnataks (rote Augen), Geheimwaffe Shijtarrheims, dem Park 03/91 von Loki höchstselbst gespendet – (**Schwarz-9**), Nåströndij, weißer Magier

›Wildgans‹: silberblond, blauäugig, glanzvoll; Verhältnis Charyques zu Xandews: 1 zu 100

Morgan Gœöisson, Herrscher von Llhyssonk, vom Lieblingssohn Olof kastriert (1951)

<u>Bruder:</u> **Orgwin**, von Morgan getötet (†04|1945)

<u>Schwägerin/Ehefrau:</u> **Martha Herfurth** (†10|1945)

<u>Stiefsohn:</u> **Stefan**, erzieht Bruder Thoralf zum Yolliver (*1931–†1958)

<u>Stieftochter:</u> **Gerda** Greiff|Leinfurt (*05|1942–†1969)

<u>Kinder:</u> Stefan & Isabell, siehe Projekt Blau/BlueTec

<u>Ehegatte, geplant:</u> **Erwin Nirdegen**, General Morgans, reumütiger Bloonie-Yolliver-Heimkehrer in der vierten Generation, Phöx

<u>Stiefsohn:</u> **Harry Leinfurt**|Thoralf Gœöisson, von Leo Greiff (Projekt Blau) adoptiert, begeisterter Angler, liebt seinen Neffen Stefan, Architekt/Bauzeichner (*10|1945)

<u>Fluchthelfer 1958:</u> **Sinder Karwin**, von Morgans Leuten getötet (†1958)

<u>Söhne von Mutter Irmgrid:</u> **Björn** & **Bajus** (*1936)

<u>Sohn von Mutter Irmgrid:</u> **NN**|**Olof**|**Prinz von Llhyssonk**, kastriert Morgan, dass der Wahnsinn ein Ende nehme/Yolliver, siehe Summumbonum (*1937)

<u>Söhne von Mutter Irmgrid:</u> **Martin** & **Paul** (*1939)

<u>Sohn von Mutter Irmgrid:</u> **Peer**, geistig eingeschränkt/gutmütig/bärenstark/übergroß(1,91m), von Stig/Ture/Gunvalt/Söhnen sehr geliebt, Mutter stirbt bei Geburt (*1941)

<u>Söhne von Mutter Thalia:</u> **Moers** & **Corris** (*1943)

<u>Sohn von Mutter Thalia:</u> **Stig**, Mutter stirbt bei der seiner Geburt/im Widerstand (*1944)

<u>Sohn von Mutter Stana:</u> **Ture**/im Widerstand (*1947)

<u>Tochter/Mutter Mischana:</u> **Mila-Turin Gœöisson-Dunn** (*1963)

<u>Schwiegersohn:</u> **Dávur-Jonn Dunn**, Kommandant Morgans aus Finnland, den er hintergeht, kooperiert mit dem Widerstand

<u>Sohn von Mutter Stana:</u> **Gunvalt**, gewitzter, hofierter Hausarzt Llhyssonks auf Abwegen/vorneweg im Widerstand (*1948)

<u>Tochter/Mutter Brit:</u> **Kaja-Gunvalt Gœöisson-Hauser** (*1965)

<u>Schwiegersohn:</u> **Siegbert-Martin Hauser**, Kommandant aus Deutschland/Schirmherr Fürst von Korben, Morgans bedeutsamer Kontakt ins innere Herz Mitteleuropas

<u>Tochter/Mutter Brit:</u> **Liska-Gunvalt Gœöisson-Forren** (*1966)

<u>Schwiegersohn:</u> **Njál Forren**, Kommandant aus Norwegen

<u>Ehefrau & Sohn:</u> **Maiken von Steigerwald**, stirbt bei Dorkans Geburt (†1949)

<u>Sohn:</u> **Dorkans**, behindert/dunkelhaarig/braune Augen

<u>Hure:</u> **Natascha**/Russin/geopfert (Blutliniensäuberung) (1934–†1951)

<u>Sohn:</u> **Zoran**/für ihn wird Olof eidbrüchig

Tomjak (*1931), **Adolphe** (*1932) & **Orge Breeijtunn** (*1933)
Körta Ðorken (*1933)
Mickail Kôrtën (*1934)
Oeysted (*1945) & **Lars Ånðersson** (*1942)
Lorn (*1949) & **Alfsigr Diggholm** (*1950)

Wilkie Ånðersson (*1960)

Wilmer Breeijtunn, ab 06/78/Bevorzugten-Turm, Empath (*1962)

Benda Griggwen, Wissenschaftler/Zeitsprungtechnik/Wissenschaftsturm, von Rebellen ausgeklammert (*13.09.1958)

Freunde Bendas (u.a.): Ole|**Löwenzahn**, Sexsklave/Bloonie (*1962), ,

Ehefrau/05/70 **Elsý Griggwen** (*1956|6 Söhne); Söhne: **Aggusteinus** (*1970), **Ugga** (*1972)

Techniker: **Morgenstern**, Geliebter/Diener (*1960)

Techniker: **Eldbjørn Bladgren**, Bloonie (*1964)

Techniker: **Esekiel Falk**, Bloonie (*1967)

Techniker: **Oggkren Hijrst**, Bloonie (*1965)

Diener: **Siebenstein**, besonders liebenswert (*1963)

Bloonie-Mädchen(8): u.a. **Minke Lindqvist** (*1967), **Dagný Wallin** (*1970), **Laila Sjöberg** (*1968)

Zoranier – Junge Armee Morgans, die sich einzig ihrem Yolliver-Vater verpflichtet sieht

Zoran Gœöisson|Hans-Dieter Kolm|Prinz von Llhyssonk, Freiheitskämpfer, NNs Ziehsohn; wird Thronerbe, zeugt eine Armee & leitet den Widerstand ein & befreit die Insel aus familiärer Geiselhaft & formt aus ihr die Königsinsel (*1951)

Älteste Tochter/Mutter Merrit: **Biene-Zoran Gœöisson**, ihre Befreiung löst Zorans Widerstand 1978 aus (*18.08.1966)

Phyros – Demokratiehochburg im Eis

für viele Möchtegern-Yolliver ein Zwischenquartier

Nekreffar – Recht des Stärkeren (Alvheðin CHjorn, gewaltbereiter Herrscher)

Familie **CHjorn**, Herrscher-Familie (80-100jährig)

Familie **Vonskr** (50-170jährig)

Familie **Blutblat** (150-170jährig)

Familie **Toelu** (80-100jährig)

Familie **Sigurtsen** (180-200jährig)

Muspelheim – Welt des ewigen Feuers, Düsterwinde/Xandews/Schwarzbären

Markanteste Merkmale: tief dunkel, ausnehmend haarig, Kampf-wütender Bärmann, hochgradig emotional, rasch aufbrausend

Minotaur/Meister (›Stier‹) – Kreta/König Minos/vermuteter Ursprung

Eliminiert, nicht klar, ob sie nur Meister der dunklen oder aller Gowinnyjen waren

Wolf (›Hund‹) – Ehrenburg (WW), Obere Wolga/Finsterwald, Familie Aethelwulf

Ekke, zu sanftmütig (†)

Rykad & **Mynnard**, wild & gefühlskalt

Mósesar Aethelwulf|**Marek Tarassow**, siehe Russenburg

Daniel Röger, Urwolf, siehe ProjektBlau

Mathias Breuer|**Waldkönig**, siehe Sternenpark

KSI: **Moyka Kostravic**; siehe Sternenpark

Vampir (›Teufek‹) – Varyllberg (WW), Familie Vlahfladus; Karpaten/Karpatische Ebene

Stefan vG, Frövjed, Lichtgestalt, Feenprinz/Kinder

Vater: **Robert Zeltinger**|Drako Vlahfladus|**Robert-der-Butler**|**Schwarze Kralle**, beide siehe Sternenpark/K5; Halbbruder: **Hieronymus Rückert**|**Vlad IV.**, siehe Goldener Turm

Pille|Phillip Borken|Vlahfladus|Freund Teufelchen/Waldläufer

Brüder: **Yshaij** & **Tamija**/Waldläufer, siehe Sternenpark/AOnisten

Alanij (›Schaf‹/flügelloser Gargyl) – am Schattenmeer/pfeilschnell, sprachbegabt

Krähennest (WW) – Nordküste, Familie Korasch, sehr konservativ & steif

Urkenvielt (WW) – Ostküste, Familie Belarr/Andersweltmänner

Junos|Juno|Junus Changier Belarr, Philosophenseele, forscht u.a. über die Gürtler/, den Gowinnyjen-Ursprung, irdene Magie samt Nutzungsmöglichkeit, Jörmungandr & sonstige Schattenbelange, eher zarter besaitet, wird mit weiblichem Götternamen verspottet, erkennt in Aldebarans Augen eine Wolkenstadt & sich selbst in Urform (*28097Asgij|06/821)

Detteljoch (WW) – Südküste, Familie Croix klammert an traditionellen Bräuchen

<u>Todesliste von Korbens – in Auftrag gegeben</u>: Alter+Junger Graf, Mathias Breuer, Phillip deNeuve, Jusche Dachsburg, Sam Melzer, alle Parkianer

Arash Croix, West-Kontakte (*1908)
  <u>Neffen:</u> **Hävrik Croix**, versteht κενό (*1950), **Goto** (*1965), <u>Schulkamerad Gotos:</u> **Rijmko** behauptet, Hävrik folge dem Satz des Pythagoras; bewundert Einsätze als Monster (*1965)

Bejsoak Croix, loyal & pragmatisch, gewiefter Söldner, schlachtet Axels Truppe ab & überbringt Leichensäcke; als vonKorben sich weigert, ihm bei der Befreiung Gotos zu helfen, sieht er sich von vertraglicher Verpflichtung entbunden & hilft Dijcelltarr, den Park zu beschützen/zu deckeln & zu tarnen, dass die Parkianer nicht verhungern müssen (*1960)

<u>Clanführer:</u> **Kamran Croix** (Familienoberhaupt)
<u>in den Emiraten:</u> **Chakib Croix** (Gowinnyjeneinsatz bei Scheich Alkah)
<u>in den Emiraten:</u> **Jamshed Croix** (Gowinnyjeneinsatz bei Scheich Mosadegh)
<u>in den Emiraten:</u> **Faramarz Croix** (Gowinnyjeneinsatz bei Scheich Khosrau)

Lenäer (›Ziege‹/›Steinbock‹/Chimaira) – Sandwelten Nordafrikas, verborgen

Enge Beziehungen zu Croixs, ebenso engagiert in den Emiraten; lieben Weitkampfwaffen, halten große Ziegenherden, züchten leidenschaftlich Araberpferde, experimentieren mit Drachenhuf-Zucht, erreichen die ›Feuerdrachen vanGeußen‹ aber nie; stehen auf Wetten/ Wettkampf, Glücksspiel & gute Geschichtenerzähler; **El-Bachirs** zählen nicht dazu

Myrmidon (Mischvolk) – Veste Brandenfels (WW), nördliches Griechenland

László Czerny|Likos Myrmidos, Alanydon, siehe Summumbonum

Marmaduke (Billy)|**Tahkjan Myrmidos**, Vampydon, siehe Summumbonum

Konar (›Wildschwein‹/›Oger‹) – Burg Löwenstein (WW)/ Schlesien, Fam. Sorrensz

Streitsüchtige Prügelbären, einzig entdeckte Konar-Traditionsburg Europas, reichlich Yolliver erzeugend, die gen Westen weiterziehen & neue Familienkomplexe gründen, sich bereits seit Jahrhunderten als Westkonare bezeichnen, später Westsorrenszier; Aldebaran vermutet, auch andere Konarburgen warfen Yolliver ab, verschwanden dann aber restlos

Sorrenszier/Westsorrenszier – Konarfamilie, die Stück für Stück zersplittert

Zepedeus Sorrensz, zerreißt magische Balance/ betritt Nebel & schließt Freundschaft mit Menschling; Vater der Sorrenszier/Phöx/Bjord (*02.02.1905),
  <u>Ehefrau & Sohn:</u> **Anja**, aus Mainz & **Toljas Meyr**; siehe Sternenpark
  <u>Sohn:</u> **Tomash**, Lieblingssohn/Clanführer ab 1982 (*1947)
  <u>Lieblingssohn:</u> **Molina**, Kreativer/vGAG, sanftmütiger Bär/versierter Diplomat (*1970)

Jixlheim – Bijixs/Wichtel/Sonnenreiter; mystische, dunkle, sehr edle Zeitboten

Zumeist als unangenehm empfundene, biestige & verbohrte Eigenbrötler; machtvollste Bjords, extrem langlebig & robust

Melyzanth, der erste Bijix, unnahbar, Berater der Eloysa-Könige (**Schwarz-Reiter**) (laut Archiv *14965Asgij|12311 BC)

Leon|Charles|Almenko, Gewaltopfer, widerspricht allem, was von Bijixs behauptet wird, begleitet **Syranah**, 1,35m hoch, unkonventionell, tollkühn, mischt sich überall ein (**Blut-Reiter**), erschafft neue Wesensart (*28459Asgij|11/1183)

Mattis Saunders|Professor Stein, Uni-Campus Bruchgraben/Saunderlin-Institut, Freund/**Förderer** Stefan vGs, weckt alte Magie, Parkmär **Saunderlin mit Feenstaub (Baum-Reiter)** (*03|1961)
<ins>Ehemann:</ins> **Dr. Martin Fellkamm**

Silvio Pescher|Gummibaummann, Woeye-Prüfer (*1949), Ass. von **Pepe Korkovacs**
<ins>Liebhaber:</ins> **Leonard Kollberg**, siehe BlueTec

Murphy|Maximilian Setzer**|Kinder-Bijix**, Exilant/Düsseldorf, zieht 9jährig **Throne der Welten** als sein ›Excalibur‹ aus dem Stein, 135cm, Mickey Mouse-Augen; Hptm MSE Hubbelrath, kugelsicher **(Stern-Reiter)**, verbündet Westvesten & Gürtler; politisch aktiv; fördert Alternativsinn/NDH
<ins>Begleiter:</ins> Katzengöttin **Bastet** (Geist)
<ins>Begleiter & Adjutant:</ins> **Baumert**/Westkonar/Flämischer Siebenstein

Vlysaheim(-Silber) – Vrallysa/Kristallsplitter: weißblond, grünäugig, hänflich
Seltene Kräfte; **Mikosch & Syranah/Stefan vG**/Kinder, siehe Sternenpark

Krynaheim – Waldläufer, Friedensstifter, Gräulinge/Krys; Alte-Villa-Grau am NOK
Residenz der Grauen ab 05/1515 dank Bijix **Almenko; Waldläufer** (ab 1953)

Traddis: Traditionalisten mit antiquierter Waffentechnik & **LET**-Philosophie (Loyalität, Ehrbarkeit, Treue, implizierte Fairness, Aug-in-Aug-Kampf als Gottesurteil)

Kry (L)|Waffenmeister Hildebrand/treuer Begleiter **Dietrich vonBerns** (siehe Heldenlieder)/Urvater der Gräulinge/Nexom mit Vakudastamm, kehrt nach Veraij zurück & gründet **deus pacis|Friedensstifter|Klub-dp** bei Avignon 444/477

Der Prinz|Grauer Holsteiner|Amber|Erzherzog Dr. Ambrosius vonHolstein|Graukopf|Weiser Kry/Ltg deus pacis|Klub-dp **(Blut-10)**, Diplomat, jongliert mit Krymanie/Vakudaglut/Tattoo, hält ab 1965 Frieden, bildet Degen aus, Hüter uralter Bibliothek, mischt ab 1965 in Europapolitik mit, zieht LET-Anhänger magisch an, bildet unzählige Waldläufer aus; sucht den geweissagten König und bildet Beraterstab aus (*02|1942)
<ins>Ehefrau:</ins> **Maggie** (Magdalene); Journalistin (*1955)
<ins>Schwiegervater:</ins> **Dankmar West**, siehe Goldener Turm
<ins>Kinder:</ins> **Hakon & Helena** (*10.04.1974), **Balthasar** (*02.09.1975)
<ins>Neffe:</ins> **Nantwig**, engagiert sich im Goldenen Turm (*12|1954)
<ins>Onkel:</ins> **Balduin**, Ltg. Klub-dp, Fürst vonKorben will royalistische Umtriebe der Gräulinge beenden/lässt ihn ermorden (*1920–†1965)
<ins>Kinder:</ins> **Apollonia** (*11|1963) & **Linus**, Arzt (*1965), wachsen bei Amber in der Alten-Villa-Grau auf

Jötunheim – Welt der Nexuu/Riesen (keine Tarnfarbe), Sieg als einzige Gottheit
Seitens der Vakuda ewiges Ärgernis, schlicht für ausgestorben erklärt / **Jaktov Starkin**

Shijtarrheim – Vieleweltenwelt/Tiyrs, Lokis Bollwerk der Toleranz, Wacht über die Welten

Loki|schwarzer Lord im Eis|Höchster Shijtarrheims|OVakrey-Taghir Vreemarr**|OVakrey-Unaalid** Svartalfheim| Sprecher der Sieben|Rat der Regenten/Pallyros; **Edda** zeigt ihn als Verräter, Hævoq/Rahar/zeitlos **(Schwarz-Krieger)** (*16791Asgij|10485 BC)
<ins>Begleiter:</ins> **Vielgesehen**, Lemuren-Windgeist
<ins>Liebhaber:</ins> **Barkl**, rettet Loki mit Schutzzauber, Mapa Lokreshs, zeitlos (*16914Asgij|10362 BC)
<ins>Adoptivsohn:</ins> **Lokresh Tiyr|Prinz von Shijtarrheim** (Ahne: Sherkowulf), Vakrey, führt 1962 (Zorngrandens Gift) Tiyrs Shijtarrheims gegen Midgard ins Gefecht, infolge Bündnis Bambergs Russenburg mit Alliierten & Jägerkaserne (Polizei-SEK), führt **Garde des Waldkönigs** ab 10/78 **(Baum-2)**, Hævoq/Wulfftiyr, schwarzer Rahar/Zeitbote/Empath (*1897)
<ins>Liebhaber</ins> **Balthazar Meijerlingg** ab 10/78
<ins>Diener:</ins> **Vrok**, haucht dem ›ad absurdum‹ vor seiner Zeit Leben ein, indessen Loki Toleranz annektiert: Grundgerüst Shijtarrheims, Mijnn (*17225Asgij|10051 BC)
<ins>Sohn/Berater & Begleiter Lokis:</ins> **Frajahn**, Nachfolge als schräg Denker; pokert gegen den Tod & erlangt Unsterblichkeit, Mijnn (*17261Asgij|10015 BC)
<ins>Freund:</ins> **Perk**, geistig eingeschränkt/Klumpfuß, mutig, Mijnn (*17265Asgij|10019 BC)

Thantos-der-Vollstrecker/erst Vreemarrs, dann Svartalfheims, dann Shijtarrheims, engster & ältester Freund, Rahar/zeitlos (*16786Asgij|10490 BC)

Sherkowulf, enger Freund Barkls, rettet Familie, grauer Rahdjim/zeitlos (*16883Asgij|10393 BC)

Malaek, Rahar (*16861Asgij|10415 BC)

Freund/Stellv.: **Kooram**, Halbkweijd (†)

Mitarbeiter: **AEtaros**, Vakrey/Pfortenwächter Frankens, Hævoq, grüner Unaalid (*1779)

Midgard – Natur, magiefrei, mittels Schutzzäunen abgeriegelt

Garten Eden, von Mutter Erde erschaffene Welt des Friedens, von Natürlichkeit behütet

Hypocras (rot)/**Lûtertranc** (weiß): Würzwein, heilende Eigenschaft, mit Honig gesüßt

Tarifa (ʾdas Endeʾ), Hafenstadt Andalusiens, leitet ʾStraße nach Gibraltarʾ ein, seit der Antike als ʾEnde der Weltʾ bekannt: **Gibraltar/Säulen des Herakles**: laut Zeres ʾTor nach Helheimʾ – **Madhhab**, geltende Regeln der malikitischen Rechtsschule, ermöglicht friedliche Gemeinschaft von Christen, Juden, Muslime: für Gürtler gültig & bindend

Smolljagd/Kobold/**Salamander**, Bester-Freund-Typ; kraftvoll-fürsorglich, Anführer-Gen, folgt Leitfigur/zuverlässig dem Licht, fühlt Magie; oft Bjord/Solina/selten Phöx; karmesinrote Locken, moosgrüne Augen, Sommersprossen; vererbt Kräfte weiter, seit 1849

AΩnisten|**AOnisten**: Wissenschaftlergruppe im Rastatter Schloss, brüten über AΩ-Mythologie & **Mannschaft der Erde**, siehe Sternschnuppen

König-der-letzten-Tage, regiert laut **AΩ-Mythologie** im 20. Jhd alle Erdlinge, führt **Krieger-des-Lichts** an, altruistische Kämpen aller Welten auf feurigen Drachenhufen, Menschen & Magische/Gowinnyjen/Zeres/Elementarkräfte

Oosterschelde, Bucht am Ärmelkanal/Waal, neue Küste Antwerpens ab 05|1978

SubKon-Status (ʾsubventioniert & kontrolliertʾ), ohne Investoren geht nichts, es fehlt an allem/auf welchen Teufel lasse ich mich ein? Syndikate/Staat/Militär sind gleichermaßen gefürchtet, Stadt/Verwaltung löst massives Zittern aus, Privatiers erzeugen Gänsehaut, nur Klubs & Vereine entspannen noch; Vitamin-B/Kapital/Türöffner-Gene als Projektgrundlage, Stagnation ist übel, Initiative bitter nötig, alles wird rar, Bündnisse sind essenziell, Kreislauf stützt sich gegenseitig, Vielfalt fördert Märkte, die Kauf- und Arbeitskraft anlocken

Schutzzonen: abgeriegelte Siedlungen jedweder Güte

Wachen: als ʾStreifenʾ verpönt – Polizei/SEK/Bürgerwehr/Miliz/Söldner, außerhalb: Militärs

Schülerlotse: zu Schulzeiten von Streifen ausgebildeter Vorzeigeschüler mit außerordentlicher Kampfkraft; Gutherz, wird von Gemeinden & Kirchenämtern als Schutzwache für gefährdete Familienmitglieder in Ausbildung vermittelt, ausgerüstet & gefördert, größtenteils staatlich finanziert; sehr oft überzeugte LET-Anhänger, Syndikate & Mafia weichen ihnen aus

Untergrundwelten: ʾHasen, zum Abschuss freigegebenʾ, Rechtlose außerhalb des Bürgertums; nicht zahlungsfähig/juristisch belangt/tauchen ab; Stefan vG versorgt Einzelkämpfer/Medizin/Essen/nimmt Exilanten auf; sein PSiP sichert zu Fuß/mit Pferd die Umlande

Umlande: Umgebung von Städten mit ʾHasenbautenʾ (Exilanten-Untergrundwelten)

Dreikraft: Kooperative zwischen Riders & Barras & Gürtlern ab 1976

Mme Larouge|Mlle Marie-Sophie Larouge, Puffmutter, schützt den Straßenstrich von Stuttgart bis Herborn, vermittelt Bonheurs an den Park, **Sam** & **Theresa** als die Ersten, bei ihr wird **Hieronymus Rückert** gezeugt & **Liana** freigekauft

Mitarbeiterinnen/Kosenamen von Robert: **Rotschöpfchen**; **Marilyn**|Magda|**Zaunkönigin**; **Liana**|**schwarzflügeliger Engel**

Lenz Saalfeldt, erster **Smolljagd**, entdeckt **AΩ-Mythologie** (1849), begreift Botschaft, warnt & wird als Unruhestifter hingerichtet; inspiriert **Bijix Almenko mit Vrallysa** neue Wesensart zu konzipieren, Mensch (*1824–†1849)

Caféhausmutti in Stuttgart, schickt Degen auf seinen Weg (Mysterium, könnte alles sein)

Anouk, Didier, Emile, Pascal

Frau Bucher, Bäuerin/Wildgutach, <u>Kinder:</u> **Thomas** (*1955), **Peter** (*1962), **Bettina** (*1966), Schäferhund **Anka**, Ferienquartier, das Projekt-Blau zusammenschweißt

Staatssekretär Schönemann, Außenminister Egon Friedborn

Basti, Müller Sepp, Peter Harker, Susi/Karl-Eugens jüngste Tochter, **Schinkenwirt & Keimlinger**/Schilchergaststätten, **Schotzen-Peter**/Zimmerwirt – **Vogelbräu-Meister** in Köflach

Polizist (*1927–†12|1972), 2 Kinder; Polizist (*1939–†12|1972), 3 Kinder; Minas Doktorvater, Professor/Uni Hamburg (†12|1972)

Starten als nomadische Waffenhändler Marokkos im vierzehnten Jahrhundert: **Berber, El-Bachirs** (Lenäeer), **Arbres d'Ombrage**, zzgl. **Vertreter aller Kulturen**

El-Bachirs (*1234), hält Außenbild auf Niveau eines jungen Großjährigen

<u>seine Söhne:</u> ›**Ibn-El Bachir**‹ eine **Säule des Gürtler-Reichs**, Altruisten, Lenäeer mit Langzeit-Genen; ein ›Eck-Oh-Bachir‹ sucht sein Sternbild, seinen Auftrag im Leben zu finden

Thueban-alHizam|Gürtelschlange|Maythras Madhbih/Mithras Altar, **Stammsitz der Gürtler** ab 1327, Aldebarans erste Höhlen-Produktionsstätte im Atlasgebirge Marokkos; **verankert Kyrnatak zuverlässig mit allen alHizam**

Dörpel, Schwellenbrett zwischen Räumen, im Gürtlerreich mit der schwierigen Aufgabe betraut, zu entscheiden, wer passieren darf (weiße oder schwarze Magie?)

<u>Aldebaran inspirieren u.a.:</u> Naturreligionen, Bibel/Koran/Thora, Hinduismus, Edda, Heldenbücher, Sagen & Mythen, Persien (Scheherazade), Malikitische Rechtsschule, Ägypten, Griechenland/Babylon/Alexander, Panhellenische Spiele, Minoische Kultur, Platons Atlantis, Ilias & Odysee, Rom (Cäsar & Vercingetorix), Völker (Goten/Karolinger/Salier/Merowinger/Teutonen/Vangionen/Treverer)

Mangfall-Stüven am Kaserwa, Produktionsstätte/Gletscherhöhle nach **Alpenjoch-Fall** (03|1973), Hauptproduktionsstätte Europas & magische Sequenz, als sich **Jochdi**, der muntere Steingeist des Mangfall-Stüven in Aldebarans Forschungsarbeit integriert & Bau der magischen Leitersysteme vorantreibt; **stabilisiert/verankert Kyrnatak weltweit**

Schattental Krebsbach-Favorite, Gürtler-Wandelburg nahe Baden-Baden/Schröderberg

Wachstube Fremersberg|Wandelburg: Stützpunkt der Gürtler ab Frühjahr 1966

Spiegelzimmer: Lagerstätte gebündelter Magie (Reflexion), via Dreieckkonstrukte gesammelt & gesichert, lässt Fremersberggipfel wie -turm im Laufe der Zeit höherwachsen

<u>Anführer:</u> **Lord Aldebaran|Prinz Flaubert deBougy|Löwenschlange|Schreckensfürst**, Forschergeist, baut Gürtlerreich auf, Hermaphrodit, dient Hexengott Ella Mondschein/Mithras/Telfviyn Drós, kooperiert mit Geistern, liebt Stefan vGs Troja-Faible & Heldenlieder, sucht seine Seele, indes er andere rettet, fühlt/sieht/betritt Jörmungandrs Nebel, verehrt Lokis Shijtarrheim/Idealisten & Träumer/Intuition/Divergenz von Blickwinkeln, **(Blut-9)** (grau Glaspalast Vreemarrs), Arbre d'Ombrage/Empath (*1308–ϕ1327|19)

<u>Begleiter ab 03|1973:</u> **Jupiter**, Ersie-Leguan-Geist, Geschenk vom Kinder-Bijix

<u>Inspiration:</u> **Loki|**schwarzer Lord im Eis, siehe Shijtarrheim

<u>Inspiration:</u> **Frey Möller**, siehe Binheim/Sulfier

<u>Inspiration:</u> **Stefan vG**, siehe Sternenpark/K5

<u>Inspiration:</u> **Conny-vom-Tal**, Zeitbote, erkennt Schattenläufer, siehe Grüntalheim

<u>Inspiration:</u> **Juno|**Junus Changier Belarr, Forschergeist, siehe Muspelheim/Alanijj-Veste Urkenvielt

<u>Inspiration:</u> **Ella Mondschein**, Lichtgestalt/weiße Hexe, spielt gern Mithras, siehe Hexen

<u>Inspiration:</u> **Murphy**, Lichtgestalt/Kinder-Bijix, siehe Jixlheim/Altervesten

<u>Inspiration:</u> **Kolumnen-Paule**, Handwerker, entdeckt Traijnks, schreibt Wolkenstadt-Lyrik

<u>Inspiration:</u> **Ziu|**Zefania-Ziu Zobel|**Dreizett**, Sonnenkind/von Aldebaran konfisziert (*1954)

<u>Pflegling:</u> **Arthur**, Überlebender/Schattental-Krebsbach-Favorite, Urenkel Aldebarans (*23.06.1945)

Liebhaber: **Milos**, beliebter Schattental-Krebsbach-Favorite-Kommandant, Handel/Freund-schaft mit Hippie-Kommune & Freiem Volk, El-Bachir/Sohn Wasifs (*18.10.1665−†1978)

Liebhaber/ Berber-Anführer: **Jamal-al-Din** (*1307−†1376)

Tochter: **Charija**, älteste Tochter, erste eheliche Verknüpfung der Prinzen & El-Bachirs,

Bruder: **Salamah**, einflussreicher Fürst der Berber, öffnet Aldebaran viele Tore (14. Jhd)

Liebhaber/Mithras Kinder: **Napoli** (*1347−†1386); ab 1384: **Milano** (*1369)

Ehefrau ab 1385: Aria/Tochter Ella Mondschein? (*1369)

Tochter/Ehefrau Wasifs: **Chaturanga**/Hexe (*1425);

Liebhaber im 20.Jhd: **Jorlandi**, Rollstuhlfahrer/als, Mitglied im Familienrat (*1944)

Vaterfigur/Berater: **Shadi-al-Baasir**, Sachverständiger (osmanische Belange/Sunniten/Abbasiden/Fa-timiden/Mongolen), verwaltet Gürtelschlange/Familienstammsitz, Berber, Arbre d'Ombrage (φ1327/42)

Sohn: **Feriz**, Lieblingssohn Aldebarans/El Bachirs & Enkelsohn Shadis, stets auf Abenteuer-suche, freundet sich mit Reflektoren, Geistern & Andersweltlern an, verwaltet Gürtelschlan-ge/Marokko, Lenäer, Arbre d'Ombrage (φ1327/6)

Sohn/Assistent: **Nasire**|Prinz der Gürtler, Mitglied Familienrat, Sohn Jamals/Tochter von Nouria, der Strahlenden, Beschützer Milanos, erster menschlicher Reflektor/Reisebegleiter ab 1384, Berber, Arbre d'Ombrage (*1367−φ1386|19)

Liebhaber: **Oyama Songhai**, von Massufa-Tuareg gerettet; geistig eingeschränkt, sehr stark, Arbre d'Ombrage (φ1384/wie 14/15)

Adoptivsohn: **Bogi**, Autist/Straßenkind, mit Wellington nach Stefan-Manier aufgezogen (φ1968/11)

Freund/Sl(Ostreich)/ab 03/73 Fremersberg: **Jade**|Jacques deValois|Plantagenet (φ1650|25−†1978)

Liebhaber: **Kelti**, El-Bachir (φ1978)

Stellv./Freund ab 1327: El Bachir, nach 50 Jahren Einsamkeit als Yolliver schließt er sich Feriz an, den er als Sohn sieht & baut das Gürtlerreich auf, übernimmt ab 1376 **Mithrasheim-Ost**, da er Aldebarans Burgen-Forschung nicht länger unterstützen kann, Lenäer (*1234)

Sohn: **Ehan**, El-Bachir, 57ste Generation mit sehr langem, stolzem Namen (*1376)

Begleiter/Leibarzt ab 1376: Fayaaz, Phöx (14.Jhd)

Sohn: **Amaniyy**, ab 1376 Leibarzt/Phöx der Gürtelschlange/Thueban-alHizam

Stellv./Anführer Familienrat ab 1376; Wasif, Leibarzt, Phöx, Empath, Ehemann Chaturangas, Aldebaran bewundert und liebt ihn, El-Bachir (*1369)

Liebhaber/Stellv.: **Salim Croix**, Magenprobleme/versorgt Aldebarans Seelennot, ehrt ihn als Vater & liebt gowinnysch, lernt Toleranz zu fühlen (grau Vælkyanden), Empath, Alanij, Arbre d'Ombrage (*1366, φ1376/wirkt erwachsen)

Sohn: Thamir, Neanderschattental-Kommandant, infiltriert geschickt Bergische Kaserne, kooperiert innovativ, El-Bachir (*1536)

Stellv./Anführer Arbres d'Ombrage ab 1434: Hugh Wellington, Sonnenkind, schenkt Hoffnung (grau Abendmahl/Leonardo daVinci), Brite (φ1434|23)

Liebhaber: Tiyam, Küchenfee/Koch/Barmann, Berber (φ1434/18)

Anführer der Berber ab 1370/Arbre d'Ombrage: Ma-hedj, Berber (φ1327/23)

Stellv.: Abd-al-Qadir, Berber (φ1327/23)

Mobiler Leibarzt ab 1376: Badr-al-Din, Phöx, El-Bachir

SI/Assistent ab 1376: Shukran, Berber/Arbre d'Ombrage (φ1327/25)

Vollstrecker/Spion & Partnerin: Eiríkr Jæltônq, Mann fürs Grobe (φ|25) & **Grace** (φ|23)

Spion & Partnerin: Fedder Dinkel (φ|19)+**Yakumi**, (φ|17)

Spion mit Sonderstatus: Junker Altmann vonTiefenbach (φ1915/29)

Spion mit Sonderstatus: Dieter vonWohlleben, Stabsapotheker (φ1944/27)

Spion mit Sonderstatus: Dijcelltarr Blutblat|**Diethelm Germ**, Bloonie (φ1958)

Sohn: Wigbert (Wigge) Garner, siehe Sternenpark

Malikitische Rechtsschule: Mahdi, studiert in Granada, Gemeinschaft von Muslimen, Chris-ten & Juden, Berber (φ1327/22); **Stellvertreter: Suleiman**|Salomon, stirbt bei Granada, Berber (φ1327|19); **Issam**, stirbt in Marrakesch, Berber (φ1327/15)

Frey Moeller|der Däne|großer Atlanter|der Leuchtende, 1,48m, installiert Bienenkorb mit Musen/Krankenhaus für Tote, Sonnenkind, sieht Fragezeichen im Sein, verabscheut Gier/Gewalt/Vorurteil/Egoismus, verehrt Altruisten/Phönix/Stefan vG & Conny-vom-Tal; machtvoller Stratege; liebt Aldebaran, Minotaur|Empath (1368– φ1389|27), siehe Sulfier

Sharonne|**Pandora** (B17)/ **Grímsvötn** (B93)/ **Bilqîs**|**Königin-vonSaba** (B44)/ **Kleopatra** (B21)/ **Boudicca** (B116)/ **Sheila-naGig** (B166)/ **Mayfreda** (B101)/ **Milešovka** (B3) / **Leprechaun** (B12)

Bienenkönigin: **Pandora**|**Sharonne**|φBiene17|**Offz1**, rassige Kriegerin/Golfküste, hütet Freys machtvollste Büchse ab der ersten Sekunde

Stellv.: **Grímsvötn**|φBiene93|**Offz2**, aus Island; alles an ihr ist extrem hell & bedrohlich, wie Name ausdrückt, isländischer Vulkan, der von riesenhaftem Gletscherschild gebannt wird

Lady-Macbeth|φBiene583|**Offz3**, hellhäutig, vielbunte Haare & Augen, aus Afrika/Angola, im Verhältnis zu allen anderen eine Riesin

Königin-vonSaba|**Bilqîs**|φBiene44|**Offz4**, aus Kenia, Nairobi, über 1,80m

Die Pawlowna|Anna Pawlowna|φBiene267|**Offz5**, Dienerin aus Zarenpalast, liebt Glamour; neuer Name im 20.Jhd, Erinnerung an die russische Ballerina, die sie sehr bewundert hat

Stonehenge|φBiene953|**Offz6**, mystisch, vorgeblich aus Irland, bärbeißig, Vorsicht!

Shangri-La|φBiene1013|**Offz7**, aus Nepal/Name von Paradies/Himalaja

Yucatan|φBiene613|**Offz8**, aus Mayazeit; in Blut gebadet, vermisst gestrengen Sonnengott

Kleopatra|φBiene21|**Offz9**, minimal herrschaftlich extravagant, mit auffallend hübscher Stupsnase

Neubesetzung 09/1978, von Geistern gestützt, riegeln Norden ab

Kommandant: **Wate vonStürmen**|**Offz46**|φMuse391, ; germanische Wurzeln, Sohn des Dunkels/Nibelungen-Saga, ehemals ängstlicher Junge (φ16/17)

Wächter: **Nieverschrocken**|**Offz47**|φMuse1403, niederländische Wurzeln (φ15)

Wächter: **Nibelung**|**Offz52**|φMuse171, im 14. Jhd noch Zitterbacke mit tropfender Nase/Schützling Aldebarans in Freys Krankenhaus für die Toten in Brüssel

Wächter: **Glendower**|**Offz53**|φMuse555, keltische Wurzeln, Figur aus Shakespeares Drama (φ15)

La-Voisin|φB872|**Offz14**(Grünes Tal)

Boudicca|φB116|**Offz34**(Karlsruhe)

Baba-Marta|φB250|**Offz23** (ProjektBlau)

Bereswinde|φB389|**Offz28**(Umlande KA/RA/BB)

Sheila-naGig|φB166(Frey Moeller)

Pamyrna|φB1213(Xenos)

Trübseelchen|φBiene(Conny-vom-Tal)

Pimpernelle|φBiene(Preimuk allg.)

Fräulein Mella Memquist|φBiene(Inga Fölten/Sekretärin)

Aschenputtel & Langstrumpf|φBienen(Grünes Tal/Gästeaufsicht), vernaschen William Reuther

Nadine Bölker & Karo|Karoline Müller|φBienen(Grünes Tal), umsorgen Axels Truppe

Stjerne (Stern)|Hjemmehjælp (Haushaltshilfe)|φB543, Türkei (φ1701)

Stenbukken (Steinbock)|Blågrøn (blaugrün)|φB229, Russin (seit 1750)

Majstang (Maibaum)|Trælkvinde (Dienerin)|φB324, Polin/Warthegau (φ1812)

Smykkesten (Schmuckstein)|Fyrværkeri (Feuerwerk)|φB37, Brasilien (φ1790)

Solhverv (Sonnenwende)|φB57, Persien (φ1327)

Nattergal (Nachtigall)|φB58, Persien (φ1288)

Snefnug (Schneeflocke)|Rengøringskone (Reinigungskraft)|φB419, Russin (φ1680)

Ædelsten (Edelstein)|Syerske (Näherin)|φB552, Thailand (φ1889)

Qeskina'qu|φB701, kosakische Wurzeln, ›großes Licht‹

Tarantula (Vogelspinne)|φB11/Schwarzafrika (φ1370)

  Ehemann: **Åke Stendhal** im 20.Jhd, siehe Grüntalheim

Aysan|φBiene, kocht Suppe, die Zitterbacken glücklich macht

Adyelles|φBiene, verzaubert Zitterbacken mit leckerem Fruchtmus

Zartere Muse: **Beerwald** (Tony)|φMuse350, besonders ängstlich (φ17)

  Lebenspartner: **Xenos**, siehe Sulfier

Zartere Muse: **Tristan Kryzer**|φMuse205, wacht als Einziger nur teilweise heil auf – (Peet)

Zartere Muse: **Eibental**|φMuse579

Zartere Muse: (Peter) **Goodfellow**|φMuse821

Grauer Pakt – Totenpakt ab 1632/Jolina SaintClure; Sitz: SaintClure Abbey, Cornwall/England

Lankidden Cove/Ponsongath; Abspaltung von Sulfiern (4.7.1970/Defensivkurs), **Gowinnyjenjäger**

Miss Jolina SaintClure, Waliserin, politisch Hüter (grau nichts), gründet **Grauen Pakt** & **Sulfier**, vertritt harte Linie, alle Gowinnyjen müssen sterben, konservativ-autoritär, Ex-Hure, via schwarzer Magie erweckt (φ1632/18)

Gründungsmitglied: **Der Sarge**, von Jolina erweckt, siehe Sulfier

Gründungsmitglied: **Quintus** (Julio)**der Römer**, Philosoph, polit. Hüter (grau Bibliothek von Alexandria), Weggefährte Marc Aurels (*0146–φ0169|30), zerfranst zwischen Loyalitäten Jolina & Frey Moeller

Die Sulfier – Totenpakt ›Hierarchie auf der Burg‹ ab 4.7.1970, ›Kleine Leute‹ vom Grünen Tal

Prinzip o'Redom: begegnet dem Tod ohne Rachsucht, beweist Erbarmen, Demut, Opferbereitschaft, Mitgefühl

Politische Lager (ab 4.7.1970, Neumond): **Hüter · Erhalter · Tolerante · Veränderer · Erneuerer**

Junker/Bewährungsstufe: Jamy McCaffern, Duncan Murray, Alison Tempelton, Coltrane Silver, DaVinci
Außerordentliche Gemeine, u.a. Stimmberechtigung: Foxy|Phönix Ascher, Tømmermænd, Maydha Schuh

Stufe 1: Burgherr, 2: Landvogt/Herold, 3: Seneschall/Waffenmeister, 4: Botschafter/Schatten1, 5: Kastellan/Schatten2+3, 6: Haushof/Küchenmeister/Schreiber

Konvent: Kommandanten (Stufe 1-5)/bringen bis 3**Prioritäten** mit, Rügen/Strafprozess

Burgherr: Frey Moeller, polit. Tolerant (grau Eiffelturm/Echtzeit+Touristen) (**Baum-Krieger**) siehe Binheim

  Schatz: Tømmermænd, polit. Erneuerer, ambitionierter Zögling Sharais (1798–φ1815|21)

  Schützling: Foxy|Phönix Ascher|Joe|**Prinz der Sulfier**, polit. Veränderer (grau Heiliger Gral), entflammt erkaltete Vaterherzen, wirkt auf Bonheurs magnetisch (**Baum-3**) (1791–φ1803|16)

  Schützling/Foxys Schatz: Jamy McCaffern|›Lowlander‹, Junker, Misshandlungsopfer/Eunuch, polit. Veränderer (grau Excalibur), verliebt sich in Foxy, der äußerlich ein Kind ist (1568–φ1596|33)

Landvogt: Sharai Lazaar|Jägerin, polit. Erneuerer (grau Hagia Sophia/Istanbul), zeitlos-moderne-starke Frau, von Frey & Co. geliebt, Nymphomanin, Rekrutierung/Ausbildung (1471–φ1487|21)

  Priorität: Coltrane Silver|der Pelzhändler, polit. Tolerant, ab 07|1970 SI(ProjektBlau) (1771–φ1797|30)

Herold: Xenos (Aurelius)|der Byzantiner, polit. Erhalter (grau Winterpalast), enger Freund Freys, weltoffener, neugieriger Kundschafter (1114–φ1133|24), **Schatz: Beerwald**, **sein SI:** **Bozdağ Tzvetkov**

Seneschall: Der Sarge|**Arn Larken**|Schwede, steht loyal zu Jolina, die ihn erweckt hat; aber heimlich freundet er sich mit **Frey Moeller** an, wo er **Foxy** vor **Jolina** versteckt, für den er lichterloh entflammt & nun auch weiß, wohin er gehört, polit. Hüter (grau nichts), erklärter Sulfier (*1603–φ1632|35)

Waffenmeister: Der Hesse|Joseph vonStrauß, polit. Tolerant (grau Little Big Horn), Bewunderer/enger Freund Frey Moellers, aufgeschlossen/wagemutig, kommandiert das Heer der Sulfier, verpasst Offizieren Feinschliff (1754–φ1774|25)

  Prioritäten: Jamy McCaffern & **Duncan Murray**|der Schotte, polit. Erhalter (1721–φ1746|31)
  & **Alison Tempelton**|die Diebin, polit. Veränderer (1790–φ1809|23)

Botschafter: Dr. Jeffrey Rumpton|Jack-the-Ripper, polit. Veränderer (grau Big-Ben/scheppernd), gefühlsbetont, hadert mit sich/depressiv, Diplomat, als Übermann verehrt, Chev betrachtet ihn als Sohn (**Baum-7**) (1867–φ1895|32)

Schatten1/3/Kontrolle Nordbaden: Chev|Gevatter Streitwin|Zwerg Nase|Chevalier Celerantix|-**der Gallier**, gewährt jedem eine zweite Chance, enger Freund Jeffreys & Freys, beschützt Grünes Tal/Zeitboten, polit. Erneuerer (grau Freiheitsstatue), überlebt Alesia, stirbt in Cäsars Arena; liebt das Leben, Optimist (**Baum-8**) (59 BC–ɸ42 BC|22)

> **Kind: Maydha Schuh**, polit. Erneuerer (grau Urlaubsfoto lt. Conny), bärbeißig, von Weißen massakrierte Indianerin, lebt mit Siedlersohn **Brian**/kleiner Bruder 140 Jahre in Kanada, liebt **DaVinci**, ab 07|1970 SI(Tannhäuser) (1640–ɸ1655|21)
> **Kind: Brian Arch|Cowboy ohne Pferd** (1653–ɸ1669|17)
> **Kind: DaVinci|**Henry Miller, polit. Erneuerer (grau Petersplatz in Rom), Mitstreiter Thomas Morus', liebt **Maydha**, ab 07|1970 SI(Åke Stendhal & Preimuk-Knielingen) (1516–ɸ1535|25)
> **Kind: Dr. Jeffrey Rumpton**, siehe Botschafter

Kastellan: Quintus (Julio)**der Römer**, Philosoph, siehe Grauer Pakt,
> **Liebchen/in seiner Obhut: Fayette Dubois|Jeanne d'Arc** (grau Notre-Dame/Reims), römisch-katholische Zelotin; etwas schwieriger zu handhaben (06.01.1412–ɸ30.05.1431|22)

Haushofmeister: Miss Jolina SaintClure, siehe Grauer Pakt

Schreiber: Albino Russo|der Fälscher, polit. Tolerant (grau Casino Monte-Carlo), Schlitzohr (1507–ɸ1521|17)

Küchenmeister: Smutje|Dana-Stephan Lukow, polit. Hüter (grau Chinesische Mauer), interessiert sich wenig für aktuelle Dramatik, schwermütig ob dessen, was er schon alles erlebt hat (1290–ɸ1312|29)

Schatten2/3/Kontrolle Nordhalbkugel/*terrasentica*: Ulfric Nyderman|der Barbar, polit. Erhalter (grau Babylon), urig, ab 4.7.1970 wird aus **Grusel-Ulfric** (1,23m), der Abenteuer suggeriert, ein Friedensstifter & Kindernarr (169BC–ɸ150BC|26)

Schatten3/3/Kontrolle Südhalbkugel: González|der Spanier, polit. Erhalter (grau Cristo Redentor), Konquistador, sucht Eldorado (1515–ɸ1540|30)

Eisenlegion|Schweizer Mezzanotte – Lebend-Tod-Bund/Konkurrenz zu Gürtlern

Pavel Lornas Impken, Hauptmann, Anführer & Gründer, Schattenläufer

Russenburg – Geheimversteck royalistischer Russen im Vulkankrater vor Bamberg

Sergeij Wolkow|Nicolai Piotre Kusmin, geliebter russischer Prinz der Russenburg Bambergs/Romanow-Erbe, Misshandlungsopfer, vom **Wolf Marek** auf Job vorbereitet; versteht sich als Wegbereiter (**Wind-2**) (*1950)
> **Schwestertochter/Thronerbin: Susa Sandkorn|Gelja Kusminowa|Svetlana Wolkowa**, siehe Hexen
> **Lebensretter/Mäzen/gefühlter Vater: Marek Tarassow|**Mósesar Aethelwulf, opfert sich selbstlos für **Sergeij**1968 & **Lew**1972, von Geistern beschützt, Wolf (*1945)
>> **Ehepartner: Rajan Drebicz**, siehe vGAG & **Belle Springer**, siehe vGR
> **Berater: Lew Poljakow**, Buchprüfer/Jurist/pol. Sprecher/Berater Sergeijs, enger Freund Mareks (*1945)
>> **Liebhaber: Ole Baumann**, malträtiertes Technikgenie, Auslöser für **Ost-West-Bündnis** (*1951)
>>> **Mutter: Antje** (*1932), **Stiefvater: Dorian Linden**, Pädagoge (*1947)

Kommandant der royalen Streitmacht: Fedor Sokolow, begleitet **Stanis Koroljow** auf Sinnreise, die nach Bamberg führt, wo sie 1962 einen Angriff der Tiyrs auf Polizeikräfte abwehren und damit die royalen Russen einen und wundersame Freundschaften und Bündnisse einleiten
> **Ehefrau: Ninnie Rosenblum**, siehe Sternenpark/K1
> **enger Freund: Stanislaw**, laut Geisterwelt ›**der Vakuden ohne Erinnerung**‹, siehe Ljossalfheim

Schirmherr der Russenburg seit 10|1972: Waldschrat|GHrymRökhann, Schatten eines Riesenwolfs, zu Ehren des selbstlosen Marek, Waldgeist
Schirmherr der Russenburg seit 10|1972: Wasserbär|VraahZäeeRijmm, weißnebeliger Wolga-Dunst, umtriebiger Flussgeist, der auf seidenglattes Vampirhaar steht & deshalb zuweilen etwas wankelmütig wirkt, denn hier gibt's bislang keine Vampire

Die Krise 06/78: Welf Smirnow, Zowvey & Ruslan Zwetkow, siehe vGR, wollen im Bruchgraben studieren, beißen sich wie andere beim **Drachenhuf-Derby** an der Parkphilosophie fest, was das Gleichgewicht der Welten empfindlich stört und nicht wenige Stützpfeiler zum Einstürzen bringt; es beginnt ein massives Tauziehen zwischen den **Russenburg-Geistern**

(Wasserbär & Waldschrat) & **Bijix Mattis Saunders**, sie pokern um jede einzelne Seele, die sie abtreten müssen und fordern adäquate Ersatzleistung

Bikergangs & Paramilitärs patrouillieren ab 1965 Umlande, ab 1976 mit Gürtlern als Dreikraft

Riders/Bikergangs: The Shields · Silbervogel · Freeborn · Olst · Pijrdtzi · Demon-Riders

The Shields Anführer: Kronspier|Kilian Krontspeier, Traddi, gewaltbereiter Biker, beschützt Bergisches Land bis anrainenden Bergbau, kooperiert mit **Grünen Barras** & über Mittelsmann **Sten Lietzen** mit **Militär** & **Gürtlern**

Demon-Riders Anführer: Bert-der-Rocker/engagiert im Nordschwarzwald, Fairplay-Spieler/Traddi, 1%-Tattoo, Retter der Entrechteten, geht mit Friedensangebot u.a. auf ehrenwerte **Freikorps** zu, Kemoop (uralt/vorgeblich *1923)

> **Bruder:** Schäkelwirt/Kinzelsau/Wirt einer kleinen Schutzburg, Bewunderer des Sam-Melzer-&-Stefan-vG-Initiativgeists, beherbergt ungeschützte, ehrliche Straßenkinder, setzt sie im Lokal als Hilfskräfte ein und vermittelt sie an anständige Ehepartner, Kemoop
> **Stellv.: Nebelbaum**, Traddi, Spion der Altervesten/Flämischer Siebenstein
> > **Zwillingsbruder: Baumert**, Murphys Adjutant, siehe Altervesten

Vielbunte Barras / teilweise sozial stark engagierte Freikorps/Paramilitärs

Grüne Barras Anführer: Hptm a.D. Bob (Robert) Heidenfels, Traddi, beschützt Bergisches Land/Landbevölkerung & Reisende & freie Völker, kooperiert mit **The Shields**/über **Sten Lietzen** mit **Militär** & **Gürtlern**, leitet 1976 europaweit **Dreikraft** ein

Gelbe Barras: Anführer/Nordschwarzwald: Major Stromleitner a. D., Fairplay-Spieler/Traddi
> **Adjutant: Leutnant Strobel a. D.**, Fairplay-Spieler/Traddi, geschickter Akteur

Syndikate – Waffen-/Drogen-/Medizin-/Sex-/Organ-Handel, Erpressung, Geiselnahme

U.a. kompromisslose Ausbeute hilfloser Flüchtlinge/Exilanten in Notunterkünften der Untergrundwelten

Neues Deutsches Heer (NDH) – ab 12.04.1965, Europäische Bündnisse, Verwaltung Frankfurt

Kooperative von Militär, Regierung, Wirtschaft

Streifen: Uniformträger (alle) als Volksverräter bewertet, die Opfer als Hasen jagen

NYdorf: abgeschlossenes Bataillonsquartier innerhalb Kaserne mit Wolkenkratzercharakter

MSE Hubbelrath: Militärische Sondereinheit/Bergische Kaserne

»Die vom Hubbelrath«, Comicserie, inszeniert von Minkus vonRiemenfels, Druck & Verlag: MSE Hubbelrath Düsseldorf, Inhalt: **Kormick Brandherd** (schlangenhafter Hermaphrodit), ein Knochenwesen, liebt den stolzen **Friedegard Henkel** und muss ihn mit **Alphaschöpfchen**, einem gackernden Busenwesen teilen. Ihre Welt wird von gierigen Schatten bedroht, die sich einzig und alleine vor orgastischem Stöhnen fürchten. Also atmen die Busenwesen Büffelherden aus, Friedegard wird zur daueraktiven Dampflok und Kormick zur zischenden Schlangengrube. Friedegard kann aber auch Grollzaarisch, die Himmelssprache und den **Minzel-Mick** herbeirufen, der **NYdorf-2** in strahlendes Licht hüllt.

Durchläufer: Angebot für Exilanten; Dauer 6 Monate bis 4 Jahre, Ausbildung/Handwerk/Büro/Qualifikation bis Akademie; knallharter, überwachter Abhärtungsprozess; keine Vergütung oder Garantie; harte Arbeit/gefährliche Einsätze; dafür Kost & Logis/Kleidung/Ausrüstung/Führerscheine/Kontakte/auf Wunsch am Ende Militär-Anwartschaft

Anwärter: Anwartschaft mit Sold/bei Abschluss Bürgerrechte; falls bereits als Durchläufer etabliert, ist Übernahme zügig leistbar

Bergische Kaserne (KasBerg(Rhein-Bergischer-Kreis) – MSE Hubbelrath

Major Franzen (Karl-Franz) vonVelden, Sonnenkind; schwul/bekämpft/führt zu vielfacher Vaterschaft; **Nussknacker** 18.6.1954 bis Himmelfahrt, 26.5.1960, »6 in 7 Jahreszahlen verpackt«, ergibt laut Perseus »Fastensex«: alias **Meworry P. Off**, **Karl Düssel**, **Alfred E. Flüger**/MAD für die Entrechteten, NYdorf-2 in der Bergischen Kaserne wird zur Schutzburg (Exilanten/Kranke/Zarte/Aussteiger/Aussortierte/Alternative/Rebellen) erklärt und erwächst zur Großfamilie; introvertiert/tolerant/flexibel/unkonventionell, liebt Familien

& Duft der Frauen, Fan Stefan vGs; vertraut instinktiv/bedingungslos; etabliert mit Bijix Murphy **Einheit Hubbelrath**, schließt Bund zwischen Wesenheiten ohne andere Seite zu hinterfragen; ~100 Lts, ~2000 Fws, viele Frauen (**Stern-9**), getarnter Smolljagd (*1939)

Mutter: **Frida**, im Krieg Stenotypistin im Bürgeramt, wo sie spioniert; studiert Lehramt Sport & Mathematik, mit diversen Nebenfächern in Gießen, heiratet 1938 Hans vonVelden; baumhoher Smolljagd, schwarzmagisch verflucht (†Fronleichnam 05.06.1953), zieht hinter der Tapete ein und beschützt den Ilvericher Palast, eine Schutzburg

Vater: **Prof. Dr. Hans vonVelden|Direx|Professor Lefay** mit Trojaner-Lehrstuhl in Düsseldorf, Schuldirektor am Sankt-Theresa-Gymnasium, führt europaweit das Unterrichtsfach ›Philologie und Entwicklung afrikanischer Sprachen‹, Kurzform ›Indigene Philologie‹ an höheren Schulen ein; studiert 33 Semester in Gießen; saubere Akte, aufgrund körperlicher Defizite/Ahnenlinie ins Schwäbische, bietet Schattenräume & gräbt ab 1952 einen Versorgungstunnel zur Unterstadt, der bei Nicht-Familienmitgliedern Amnesie auslöst (*1911)

Bündnispartner: **Dr. Gero Ehrenfried**, studiert todkrank (Lungenleiden) alte & neue Philologie in Gießen bei Prof. vonVelden, kehrt lebendig, dank Fridas Kräuterbonbons, nach Hamburg zurück, bezieht seitdem monatlich seine Ration und wird Schuldirektor (*1921)

Bündnispartner: **Doktor MoTo|Mos Thomas**, Arzt, ehemaliger Exilant, lebt zeitweise in Ilverich

Bündnispartner von Vater & Sohn: **Major Wilhelm Bohlen**, Kas-Herborn, Kontaktaufnahme für Franzen: über Leutnant Ducharz, eine alte Liebe von Christian Brüggert., Stichwort ›Eldermann‹, für Direx: Palast-Telefon, dank Lady hinter der Tapete, siehe MSE Broken light

Mäzen für Sohn, Vater & Bündnispartner: **Ella Mondschein**, siehe Hexen & Magier

Adoptivbruder: **Andrin**, Exilant, hilft die Unterstadt zu versorgen (*1947)

Sohn: **Maxim** (Maximilian) **deBougy**, Klub-dp-Mitglied, ab Ostern 1976 im Direx-Team, durchsucht mit Andrins Hilfe Unterwelten NRWs, weitere Geschwister zu finden, rechtmäßiger Erbe des Fürstentitels, den sich Aldebaran 650 Jahre lang anmaßt, zu tragen (*10.02.1955)

Sohn: **Lobo**, gewitzter Schülerlotse, Schwesternerzieher & Elitekämpfer/von Altervesten gerettet & geliebt, taucht 02|1976 ab und schmiedet Bund mit Mafia-Familie (*1957)

Liebhaber: **Baumert**, des Bijixs faltenfreier Merlin

Ehefrau: **Bellarose Bellamo** Mafiosi/Sizilien, Klassenkameradin & Freundin Emmas, wie sie Klassen übersprungen, versorgt Schule mit Einverständnis des Schuldirektors mit kleinen Handwaffen, dass auch weniger Kampfbegabte/Hascherls überleben können (*1963)

Nennvater: **Dr. Falk Dürrwegen**, Jurist|Psychoanalytiker|Stratege|Diplomat|Kampfprofi, heiratet schwangere Rebellentochter; hält Kräfteverhältnis für Düsseldorf inkl. Umlande über viele Jahre stabil, 1976 fordern Syndikate seinen Tod, da er nie aufgibt

Mutter: **Emilia**, aparte Ehefrau Falks, Bio-Chemikerin/Büroleitung/Medizin/Drogen für Stadtväter Düsseldorfs, dann für NYdorf-2, **Nussknacker** Pipi Langstrumpf

Halbschwester: **Emma**, gewitzt/erkennbare Oberschicht, Brandnarben zum Schutz (*1963)

Möchtegern-Ehepartner: **Gylfi**, **Phyrosier** aus dem Falkengau-Thal (*1871)

Sohn: **Minkus vonRiemenfels**, ›nur ein Silberling‹; Hptm König sortiert ihn in die Abschusstruppe ein, von Brüggert gerettet; schleicht ins Bataillon, um Hilfe für seine Halbgeschwister in Not zu erbitten; entwirft Comic ›Die vom Hubbelrath‹, der Wellen schlägt

Liebhaber: **MP-OLt Rik Skorgen** (*1958)

Sohn: **Adrian**, schmalbrüstig/Leverkusen, heiratet Mafia-Tochter, führt lange Zeit Bücher der Baum'schen Mafiosi, die ihn dafür anständig ausbilden lassen (*1957)

Ehefrau: **Maggie|Margarethe Baum**, verkauft übelstes Zeug am Schwarzmarkt (*1955)

Sohn: **Melancholos|Stefan Müller/Maastricht**, liebt alles Griechische, Geschichtslehrer & Märchenonkel im Untergrund, sprachbegabt: Griechisch, Französisch, Englisch, Latein

Liebhaber: **Jütchen**/MSE (*1955)

Sohn: **Jakob Eismann**/Bergisch Gladbach, Misshandlungsopfer/Lehrer der Unterwelt, steifes Bein/Klumpfuß/Gesichtsverletzung, Exilant (*1956)

Adoptivsohn: **Tobi Eismann** (*1974)

Liebhaber: **Sten Lietzen**/Feldwebel in Franzens Büro, siehe besondere Feldwebel

<u>Sohn:</u> **Mister Tiggles**/Gelsenkirchen, Unterweltarzt für Mensch & Tier/Hebamme, flexibel/operiert im Notfall, Studienabbruch, Ex-Sanitäter, Misshandlungsopfer, mehrsprachig
   <u>Ehemann:</u> **Belgro** (*1955)

<u>Tochter:</u> **Larisha**/Dormagen, Barmädchen/Opferlamm (*1958)
   <u>Ehemann:</u> **Mittger**

<u>Tochter:</u> **Sonja**/Neuss, sie spricht nicht darüber, wer der Storch ihres Engels war
   <u>Tochter:</u> **Angel**
   <u>Ehemann:</u> **StFw Pfütze**, der bei Leutnant Brüggert Gänsehaut auslöst

in Hilden • Oberhausen • Wuppertal • Bochum • Duisburg • Neuss • Grevenbroich • Aachen • Venlo • Eindhoven • Hagen • Lüdenscheid • Gummersbach • Plettenberg • Olpe • Wambeln • Mönchengladbach

<u>Adjutant ab1967/Liebhaber ab1976:</u> **OLt Christian Brüggert**, wird stur & kratzbürstig, will Franzen ihn befördern (**Stern-6**), laut Aubergine/MSE Hubbelrath trägt er das Erbe der Massai Kenias in sich, in der Personalakte ergänzt sich subito „Mulatte" (*1944)

   <u>Liebhaber/Gürtlerspion(Thamir/Neanderschattental):</u>
   Lt Bal|Ballmann Gurtell, ab 04/76 SI(Brüggert), Sohn Wasifs, El-Bachir-Prinz (*1527)
   Fähnr Symon|Symonzod Gurtell, ab 04/76 SI(Major vonVelden), Russe (ϕ1487|18)
   StUffz Cassiel (Gurtell), ab 04/76 SI(Ingrid Mätzen), tarnt sich älter/spukig/hält Abstand/Nebel-versiert, Berber (*1960)
   OStFw Sander/Sab (Gurtell), 2in1: kann zeitgleich an zwei Orten sein, ab 04/76 Brüggerts inoffizieller Spion, Roma-Tarnung/Berber (*1954)
   StGefr Siard|Sieghard Gurtell, ab 04/76 Brüggerts inoffizieller Spion, tarnt sich älter/spukig/hält Abstand/Nebel-versiert, Berber (*1959)

<u>Geliebte ab 1976:</u> **Lt Ingrid Mätzen**, ab 1974 vor Ort, klebt stur an Franzen; Teamplayer

(Siegfried) **Kowalski**, Christ/Kommunist, Scharfschütze/Multitalent, bärbeißig, SI(Ingrid), die er wie Franzen & Christian anbetet, ›Kapitalismus ist der schleichende Tod‹
Jan-Erik Gärtner, Jude/fromm(Selbstbeschneidung), Scharfschütze/Generalist, SI(Franz), den er wie Ingrid & Christian anbetet, direkt & eigenverantwortlich/klug
Hinrich Seefried, Moslem/fromm(Selbstbeschneidung), Scharfschütze/Generalist, SI(Franz), den er wie Ingrid & Christian anbetet, direkt & eigenverantwortlich/klug
Sten Lietzen, Marxist/Friedensapostel/Fan Sam-Melzer-Thesen, Scharfschütze/Tausendsassa, SI(Christian), den er wie Franzen & Ingrid anbetet, direkt & klug; leitet **Dreikraft** ein
   <u>Drachenhuf:</u> **Friese**, tarnt sich als typisches Friesenpferd/Sommerrappe

LW-Oberst Peer vonHeiden befehligt 30Td, nobel ausstaffiert/Syndikatskontakte?

MP-Major Hans Graditzer befehligt 20Td, enger Freund von NYdorf-2; geht privat einen steinigen Weg; sein Vater kooperiert modern, lässt sich auf ›Riders‹ und ›Barras‹ ein (*1947)
   <u>Ehefrau:</u> **Tatjana**, Tochter Franzens/Plettenberg, Ex-Hure/qualifiziert sich/Laborassistentin/Syndikate; produziert im NYdorf-2 mit Emilia Dürrwegen Arzneimittel (*1957)
   <u>mitgebrachte Kinder:</u> **Thilo**(w) (*1971), **Gustav** (*1974)/Kindsvater Syndikats-Chefebene

   MP-OLt Rik Skorgen, Adjutant Graditzers/Thamir-geschleust, Berber (*1953)
   <u>Liebhaber:</u> **Minkus vonRiemenfels**, siehe Söhne Franzens vonVelden

Brigadegeneral Gustav Strauß befehligt Division (150Td), fünf Söhne, vier Fahnentreue, ein Ausreißer (Gürtel|Peitsche)
   <u>Sohn:</u> **Weeko Leeuwen**|**Wilhelm Strauß**, Seelenverwandtschaft zu Franz/Nennvater seit 1965; schreit nach Gerechtigkeit für Durchläufer, alternativer Zeitgeist, flüchtet dank Franzens Hilfe erfolgreich aus der Kaserne, wechselt zur Kripo, landet im Park (*1957)

Mjr Stefan Weber - Mjr Hans-Georg Lücking - Hptm König/NYdorf-2-Bataillon
Hptm Michael Kulke - Hptm Knut Krautner - OLt Boris Stetter

NYdorf-2: Arzt: **Dr. Joseph Limprecht**, von **Floger** (Lebenspartner) Ostern 1976 konfisziert

MSE Hubbelrath

Murphys Compañieros von den Eisinseln zzgl. seiner Altervesten-Compañieros, siehe Altervesten

Samstägler: **Champignon**, Gefreiter/Phyros, unterkühlt, einsilbig, 178cm

Samstägler: **Stockfisch**, Gefreiter/Phyros, unterkühlt, einsilbig, 173cm

Sonntägler: **Nisser**|Hornisse, Korp/Nekreffar, unterkühlt, namentlich nicht festgelegt: ›such's dir selbst aus‹, 172cm, sucht sein Partnergespann aus Tochter vVs & Zitterbacke aus NYdorf-2

Sonntägler: **Achtel**, Korp/Phyros, 170cm, atypisch gesellig/jovial

Sonntägler: **Tipig**, Fw/Nekreffar, 178cm, einsilbig, ›findet wieder auf, was verloren geht‹, Murphys äußerer NYdorf-2-Absicherer/SI(Sphärensprung)

Sonntägler: **Pfütze**, StFw/Phyros, 172cm, korrigiert Werte, die Samstäglern nicht sauber abhaken: „Alle 31 müssen hier sein. Sonst geht's nicht auf! Die Primzahl 31 muss unendlich teilbar werden. Klar jetzt?", Murphys innerer NYdorf-2-Absicherer/SI(Sphärensprung)

Geheimkommando MSE Broken Light / Militär-SE Gebrochenes Licht/politische Attentate

Strahlenunglück 1956/Kaserne Herbornseelbach (**KasH**), MSE ›**Knochenlose**‹

Major Wilhelm Bohlen|**William Bernbaas**, Sternenparkvater; überlebt 1956 Strahlenunglück/KasH, erkennt Charakter am gekochten Kaffee/fühlt Erinnerung, Psychospiel-Experte, seine Seele marodiert/Attentate; beschützt Schwule, sucht Serienkiller; Empath; setzt sich 08/78 nach Australien ab/geliebter ›Gramps‹ der vanReeven-Midlandsfarm (*10.10.1930–†11.9.1990)

Liebhaber: **Christian Zöller**|**Chrissy**|**StFw Eckhart Meyer**/Herborn; 1990 ›**blonde Prinzessin**‹, laut Virgy ›**Paps**‹, graviert Grabplatte mit Geheimschrift, die Stefan vG erkennt & **Molina Sorrensz**, siehe Sorrenszier samt **Sharif**, siehe Tafler schickt, ihn heimzuholen, Bloonie (*1954)

Cessnas/einmotorig, metallene Geliebte: **Daliah** (1957–1978|für Klub-dp bis 1990); **Leannan** ab 05|1978

alter Freund/Broken Light: **Major Rudolf Korbweber**, Grenadierbataillon II, Heinrich-der-Löwe-Kaserne (*1930–†1977)

Jugendliebe/Witwe Rudolfs: Elisabeth|**Bettina Bernbaas**, flieht 1977 als Williams getrennte Ehefrau in den Park, da William auf Mann umsattelt; übernimmt Mama-Rolle für zittrige Park-Schützlinge (*1932)

Paten-Nennsohn/Broken-Light: **Lenz Bernbaas**|Antolin Korbweber, wuchs arglos & unwissend auf (*1954)

Ehemann/Halbbruder Christians: **Erik Zöller**|Erwin Meyer, dänische Wurzeln, Ex-Sekretär Major Korbwebers, Liebesbeziehung durch Geschäftsbeziehung getarnt, flieht mit Antolin & Elisabeth in den Park, Bloonie (*1956: 1957)

gefühlte Patentochter: **Maike Bärenthal**|Sonja Körner, baut Ninja-Trainingscenter/Park auf; Steh-auf-Manier, BrokenLight(keine Berührungswahrnehmung) (*1951)

Hasenpfeffer-Söhne/künstliche Befruchtung/Serienkiller:

Dante|Stefan/Vater **Sven Meuler**, Zartheit Svens & Schönheit Sonjas (*1973)

Monty|Martin/Vater **Christian Weiden**, Haare Christians & Ninjafigur (*1975)

Dave|David/Vater **Günther Bruckner**, asiatisches Erbe Günthers & Ninjafigur (*04.08.1977)

Vater: **Arthur Körner**, Brigadegeneral Herborns, Förderer Bohlens/Ducharzs (*1917)

Ehe-Quartett: **Charlie Bärenthal**/**Harald Bass**, siehe Sternenpark/PSiP

ihrer Liebhaberin: **Irina Bass**|*Swotena|Petra Baumann, baut Ninjacenter mit auf, Hasenpfeffer-Kind mit **Harald**, Smolljagd (*1959), Ehepartner **Charlie Bärenthals**

Kaserne Herborn (KasH) / Kaserne Wetzlar (KasW)

Gol (Georg) **Haukner-Haalev**|Lt Anton Ducharz, Psychoanalytiker, Kriminalist, SaZ, Kontakt/Hubbelrath (Bohlen/vonVelden, ›Eldermann‹/Kirk-Spok-Kommentare/Brüggert), Freund Bohlens; Tarnfarbe: Manfred Krügel; findet in Bohlens Wüstenfreund Elyar seine Smolljagd (*1951)

Ehefrau: **Mehrin Haukner-Haalev**, Bjord (*1962)

Ehepartner: **Elyar Arpak Ridha-Ahmadinejad**, Bohlens Wüstenfreund; talentierter Tausendsassa mit Großfamilie, Lenäer/Phöx/Bjord (*1947)

Schwägerin: **Taraneh Ridha-Ahmadinejad**|Ziaar (*1956)

Schwester: **Nilofar Ziaar**, sprachbegabt (*1961)

Kinder/Lenäer-Bjords(rasante Reife): Vater Elyar, Mutter Taraneh:

Mazyar, m6w13(mit 6 wie 13)/Natur/wie19Experiment, KSI(Ulf), Pilot (*03|1972)

Niyoosha/Phöx & **Navid**, m5w10 (*08|1973)

Bahram, m3w8 (*01|1975)

Koosha/Phöx, m2w5 (*02|1976)

Mojdeh, m1w4 (*04.07.1977)

Shervin & **Shivani** (Löwe & kleiner Löwe), m2Mon w6Mon (*21.06.1978)

<u>Hasenpfeffer-Opfer/SaZs:</u> HptGefr **Sven Meuler** (*1948–†1973)

<u>Hasenpfeffer-Opfer/SaZs:</u> OGefr **Christian Weiden** (*1954–†1975)

<u>Hasenpfeffer-Opfer/SaZs:</u> OGefr **Günther Bruckner** (*1955–†03|1977)

<u>Hasenpfeffer-Opfer/SaZs:</u> Gefr **Arndt Meixner** (*1959–†02|1978)

<u>gefährdet:</u> OGefr **Christoph Burger**|**Harald Bass**, Schreibkraft Körners/Flucht in den Park (*1957)

<u>gefährdet:</u> Fähnr **Ludwig Wegemann**, Essenslieferant (*1953)

<u>gefährdet:</u> HptGefr **Michael Bogner**, SaZ(10), KasW (*1953)

<u>gefährdet:</u> OGefr **Franz Scheuenberg**, SaZ(6), KasH (*1956)

<u>gefährdet:</u> OGefr **Fritz Gartner**, SaZ(8), KasH (*1957)

<u>gefährdet:</u> Gefr **Axel Leuchter**, SaZ(5), KasW (*1959)

<u>gefährdet:</u> Gefr **Stefan Dreisen**, SaZ(10), KasW (*1959)

<u>gefährdet:</u> HptGefr **Hans-Michael Becker**, SaZ(8), KasW (*1958)

<u>gefährdet:</u> HptGefr **Theobald Greiser**, SaZ(10), KasH (*1957)

<u>Hasenpfeffer-Ermittlung, involviert (HEi):</u> OFähnr **Schneider**, intolerant, hasst Schwule & Hasileins/beneidet Bohlen, Achillesferse Wettschulden

<u>HEi:</u> **OFw Stefan Nauters**, Techniker, Achillesferse Nutten

<u>HEi:</u> **Uffz Ludwig Wörner**, Achillesferse zockt/Karten

<u>HEi:</u> **OStGefr Oliver Proßter**, schikaniert erstes Opfer, Achillesferse sucht Vergebung;
HptGefr Michael Holming, Achillesferse zockt/Karten

<u>HEi:</u> **Oberst Feldenbrugg**/KasW, OFähnr Schneider berichtet an ihn

<u>HEi:</u> **MP-OStFw Norbert Diesborg**, Achillesferse zockt/Karten

<u>Stellv. Diesborgs:</u> **MP-StFw Michael Radefeld**

<u>Protegé Bohlens:</u> Oli|OGefr **Oliver Kölmel**, ab 11/77 Assistent Sam Melzers/Sozialbüro, Mathias' Nennbruder, Tafler (*1947)

<u>Weitere Protegés Bohlens im Sternenpark:</u> **Charlie Bärenthal**, **Wigge Garner**, **Mathias Breuer**

SEKs – Feldjäger-Ausbildungslager – Sokos

Sonderprogramme, die reziprok immer entscheidender werden

Misha Kreitz, Empath/Bergführer/Alpenjogger, Kripo München, aus Oberstdorf/Alpöhi-Hof, bewundert Ruppert Wilmers Sonderdezernat-BW, offen für Veränderungen & Alternativen, Fan-Sam-Melzer-Thesen (*1955)

Bürgerwehr/Vereinswesen/Schülerlotsen – Nussknacker/Prinzenaufstand

Schülerlotsen: gerüstet/autorisiert, lotsen Schutzbedürftige durch Schutzzonen; polizeilich gestützt/ausgebildet/betreut (Psychologie/Waffen/Erste-Hilfe); Untergrund meidet sie (Zusammenhalt); Schützlinge agieren verantwortungsbewusst

Nussknacker|Prinzenaufstand: Rebellenkinder/Oberschicht NRW versorgen die Unterwelt ab 1954 über Luxuspartys, verbunden mit Raubzügen

terrasentica– Kampfzentren & VHS am Drudenfuß –*für gute Entscheidungen (fgE)*

Magnet für starke Intuitionen, ab 12.4.1965; Quelle für **Krieger des Lichts**; Park-Akquise für **SI** & **PSiP** & **ISB**

Franken-Kampfcenter FÜ-N-ER, ab 18.8.1969

Orgelpfeifen von Braunshorn: Degen (2,37m), Mathias (1,87m), Wigbert (1,63m)

Polizeistation Beauçeràt

Lorraine/Vosges, von Kriminellen errichtet, wirkt unredlich, ehrlos, lasterhaft (seit 12.04.1965)

Commissaire Amaury Moreau, Belgier/Brüssel, erkennt Licht hinter den Wolken, Zeitbote/Sonnenkind (*1923)

Patenonkel&Assistent: **Inspecteur** (Jean-Baptiste) **Bernard**, ab 12/78 Rentner im Tal (*1926)

Inspiration: **Phönix**|Joe/Foxy, Sohn vieler Väter, Zeitbote, siehe Sulfier

Ehefrau: **Mama Moreau**|**Kitty**, Ex-Edelnutte Brüssels, Langzeit-Geliebte Amaurys

Sohn: **Phönix-Joe**, ersetzt blutendem Vaterherz verlorenen Sohn (*20.3.1971/† 9.1.1974)

Sohn: **Elouan**, der Erleuchtete (*07|1973)

Sohn: **Jacqueline**, wächst die ersten Jahre mit verwirrtem Vater auf (*04|1975)

Polizeichef: **G'standner**/Südtirol, liebt Trenker-Filme/Berge/Schmonzetten-Kino, Eheprobleme, Duzmensch

Kollege: **Schillmann**/Hannover, Eheprobleme/Badenerin

Kollege: **Pierre**/stiller Franzose

Kollege: **Piet**/von den Inseln

summum bonum, Kleeblattturm/Sozialprojekt – NN-Nerds & Spione im Klinikum

Leitung: **Dr. Maarten Stiegvalt**|vonSteigerwald|Dorkan Gœðisson|**Martin Kolm**, Knochendichteproblem, was es nicht gibt, 1,55-1,71m/41-47kg, Bloonie/Llhyssonk (*1949)

Sekretärin: **Myrna Völker**

Vaterbruder: **NN**|Olof Gœðisson|Lenni Kolm|Svenko Mohreen|**Prinz von Llhyssonk**, kastriert Morgan (1951), flieht mit behindertem **Dorkan & Opfer-Baby**, zieht Brüder als Söhne auf, installiert **Spionage-Nerds** in Bonn; fördert Klub-dp-Ansinnen; beobachtet wohlwollend den Park/das Grüne Tal/*terrasentica*Kampfzentren, Bloonie (*1937)

Onkelfigur: **Goofy**|**Feuerberg**, NN-Nerd, Comic-Fan, sorgt für NNs Kinder, bis Zoran übernimmt, Smolljagd (*1923)

Pfleger: **Diegel**, NN-Nerd, leidet nicht an Mitleid, 1,73m/hager/drahtig/superstark, Gürtler-Spion/Berber

NN-Nerd bei Maarten: **Prinzel**; **Bleumund** (Leumund+Blau?)

NN-Nerd bei Maarten: **Karnischer** (Gebirgskette)

Chefarzt/Liebhaber Maartens: **Dr. Jøkil Gaugh**, Vakuden (*29225Asgij|06|1949)

Sekretärin: **Sandy Fraser**

Stellv.: **Dr. Ed Bierbaum**, NN-Nerd, Chirurg

Sekretärin: **Filly Grohm** (Felicitas)

Vater: **Prof. Stregel**|**Prof. Dr. Hans-Joachim Gaugh**, Jøkils menschliche Seite (*1897)

Cousine: **Andrea-Bex Schaumburg**, Degens Lieblings-Dichterin, studiert Uni Hamburg

Klinikabsicherung

Leitung bis 11/72: **Pedro Tchekòv**, Konar/schlafender Yolliver, ab 11/72 Blumenladen vor Klinikum

Leitung ab 11/72: **László Czerny**|Leankosh Croix|Likos Myrmidos, Alanydon (*1961)

Sekretärin: **Sheila Miller**

Bruder-Stellv. ab 11/72: **Marmaduke** (Billy)|Tahkjan Myrmidos|Herkon Vlahfladus, etwas exzentrisch, weshalb ihm die meisten vorsorglich ausweichen, Vampydon (*1965)

NNs Nerds im Bundes-Geheimdienst – NNs Familie

Coryllas Blum – **Skòg** – **Schwarzwasser**/Blackwater – **Lorkhäm**, Konydon (*1962) – **Pitbull** – **Schultze**, Konar (*1937)

Grüntalheim – ab 06|1968 Grenzzaun-freie, friedliebende Anderswelt ›sei, wer du bist‹

Tannhäuser im Grünen Tal, Seitental nahe Karlsruhe-Durlach, Gaststube/Pensionsbetrieb (ab 10|1968)

Tannhäuser-Apartment 307: Ort der Begegnung|**Apartment 306**: Chefquartier der Sulfier

Böhning-Haus/Bruchsal: Lager von Freys Bienenkorb inklusive einiger Heuschrecken seit 07|1970

Schirmherr: **Conny-vom-Tal**|**Dr. Konrad Thiele**, technisches Genie, Empath, Schöngeist & Träumer, Schöpfer **Projekt Blau & Grünes Tal**, liest graue Heckscheiben (Schattenläufer-Philosophie) (**Joker-Genius**) Zeitbote (*1923)

Sekretärin-Ehefrau2: **Uli-vom-Tal**|Uli Thiele|**Ulrike Kramer**, indigener Hintergrund, zieht Xandews groß (*1936)

<u>Halbbruder:</u> **Jörg Kramer**, ExKripo KA, SI(Projekthöhle), Fußballer, Xandew (*1946)

  <u>Liebhaber:</u> **Augustin Schwertfeger**, Ex-Kripo (Sitte) MA, SI/Projekthöhle, Leichtathlet, Musiker/tolle Stimme/Ukulele/Schauspieler, Xandew (*1947)

<u>Sohn:</u> **Johann-Peter** (*10.10.1968)

<u>Tochter:</u> **Brit-Mirja** (*01|1970)

<u>Tochter:</u> **Josephine** (*08|1971)

<u>Sohn:</u> **Fleming** (*01|1973)

<u>Liebhaber:</u> **Johann Böhning** (*1923–†1945)

  <u>Bruder:</u> **Prof. Dr. Michael Böhning** (*1909–†12|1969), siehe Nijuwagara

    <u>Haushälterin:</u> **Anne**

    <u>Freund/Pfleger:</u> **Tom** (1926–†12|1969)

    <u>Ehefrau:</u> **Gerda**, siehe Projekt Blau

      <u>Vasallen:</u> **Annique & Gregor Landheim**

        <u>Tochter:</u> **Leonie Annika Georgina Landheim** (*09.09.1969)

<u>Ehefrau1:</u> **Anita**, Grubers lesbische Tochter, Hochzeit 1944 (*1916)

  <u>Liebhaberin:</u> **Edeltraud**, offiziell Haushälterin (*1911)

<u>Schwiegervater/Mäzen:</u> **Dr. Theobald Gruber** (*1883)

<u>Butler/Mitverschwörer:</u> **Lüder Hausmann**

  <u>Koch im Tannhäuser:</u> **Monroe Davies**, Lüders Neffe (*1946)

    <u>Ehefrau:</u> **Vroni Davies**, Tochter des Gasthofs, in dem sich Conny & Uli 16 Jahre heimlich treffen, sie sehen Vroni aufwachsen (*1951)

    <u>Tochter:</u> **Amy-Byrd**, von Vroni adoptiert, wird vom Grünen Tal infiziert & mutiert zur Weißen Hexe (*1964)

    <u>Sohn:</u> **Milford** (*1969)

    <u>Sohn:</u> **Hemington** (*1971)

<u>Alter Freund:</u> **Ralf Winziger**, Immobilienmakler & Partnervermittler, unkonventionell, liebt den schrägen Popstar-Auftritt, steht auf Hundehalsbänder, Lack & Leder & Tattoos (*1935)

<u>Sekretär:</u> **Ainaar Grumpsch**, Nachfolger für Uli Kramer

  <u>Freundin:</u> **Lilly**, Mitarbeit im Grünen Tal

<u>Liebhaber:</u> **Ibis**|Ignatius Bishop, muskulär eingeschränkt (*1947)

  <u>Beschützer:</u> **Alesia**, Neufundländer Geisthund

<u>Connys Erster Mann/Preimuk bis 06|1968:</u> **Leopold Greiff**, Ingenieur, siehe Projekt Blau

<u>Connys Erster Mann/Preimuk ab 07|1970:</u> **Inga Fölten**, Ingenieur, Finne, Wunderkind, alternativer Geist, der grundsätzlich gegen den Strom schwimmt, technisches Studium (summa cum laude Abschluss) in Hamburg zzgl. VWL, Rechtswissenschaft & diverser Sprachen, Spielfiguren ›Thiele‹ & ›Gruber‹ (*1956)

  <u>Sekretärin:</u> **Frl. Memquist**, Biene, siehe Binheim

  <u>Möchtegern-Sekretär:</u> **Benny (Benjamin) Kollwitzer**/Maximiliansau/Pfalz, Lungenprobleme, bewirbt sich als Schreibkraft bei Conny, der ihn letztlich im Tal einquartiert & gesund pflegen lässt; Chev verliebt sich (*1956)

<u>Personalchef/Preimuk:</u> **Dr. Åke Stendhal**|Dr. Egon Schneider|Åke Sigurtsen|Egon Stendhal, Personaldirektor UB V Knielingen, versteckt im Schatten/Sulfier-Jagdliste, Charyque/Nekreffar (*1930)

  <u>Ehefrau:</u> **Tarantula**, Biene, siehe Binheim

<u>Verwalter Grünes Tal:</u> **Tannhäuser**|Tankred Häuser, liebt Ralf Winziger (*1940)

<u>Nachbarhof:</u> **Bauer Egon**

Projekt Blau/Preimuk AG (06|1968 – 03|1980) – BlueTec/vGAG (ab 03|1980)

<u>Familienzusammenschluss:</u> **Saalfeldt-Offel**, Hochzeit Hans-Georg & Sibylle (1934)

<u>Familienzusammenschluss:</u> **Saalfeldt-Greiff**, Projekt-Blau (ab 06/68)

Canis-Falkenstein: RA-Luisengraben-2, Landgasthof/magische Spukhöhle, Leo Greiff+Volker Saalfeldt erwerben ihn 06|1968

<u>Leitung:</u> **Leopold Greiff**, Gründer/GF BlueTec|ProjektBlau, Vater besonderer Kinder, löst

gordischen Knoten, aktiviert die Smolljagds & weckt schlafende Yolliver aus Tiefschlaf, ab Ostern 1980 ›Vater des Parks‹ (**Schwarz-8**), Sorrenszier (*1935)

<u>Ehefrau1:</u> **Gerda Böhning|Greiff|Leinfurt|Gœöisson**, Narzisstin, ›schönste Frau der Welt‹, Bloonie (*05|1942–†12/69)

<u>Schwager:</u> **Harry Leinfurt|Thoralf Gœöisson**, Architekt/Bauzeichner, Flüchtling Llhyssonks, der Schwester retten will, zartbesaitet, Bloonie/Empath (*10|1945)

  <u>Ehefrau:</u> **Maria** (05|1952–†03|1969)

  <u>Schwippschwägerin:</u> **Dagmar**, Lehrerin

    <u>Ehemann:</u> **Dr. Rolf Lechner**, Urologe, Arzt von ProjektBlau (*1930)

  <u>Hund-Harrys:</u> **Wiffwaff**, Bernersenne (*04|1968)

<u>Chardew-Sohn:</u> **Greiff** (Stefan), Kripo RA/ISB, 180cm, ›der Botschafter‹ (*17.04.1961)

  <u>Ehemann:</u> **Loibl**, siehe ISB

<u>Chardew-Tochter:</u> **Isabell Greiff**, minimal zickig, Projekt-Blau-Sorgenkind ›schlägt sie nach der Mutter?‹ (*Di 07.05.1968)

<u>Ehefrau2:</u> **Hannah Greiff|Wulff**, neue Mutter im Hause Greiff seit 10/68, Smolljagd (*1948)

  <u>Mutter:</u> **Emilie Wulff|Saalfeldt**

  <u>Schwester:</u> **Lydia** (*41)

  <u>Schwester:</u> **Marianne** (*45)

  <u>Bruder:</u> **Tobias** (*49), erfindungsreiche Fälscherin, Smolljagd (*1921)

<u>Ehegattel1:</u> **Konrad Lorzen**, Untergrundkämpfer, taucht mit Emilie ab, nach dem Krieg von Nazis getötet (†1949)

<u>Ehegatte2:</u> **Gerhard Wulff**, politisch unbedarfter Schreiner, Freund Konrad Lorzens, versteckt ihn samt Familie, heiratet seine Witwe Emelie und zieht die Kinder als Vater groß

<u>Smolldew-Sohn:</u> **Simon** (*01|1969)

<u>Smolldew-Tochter:</u> **Kindra** (*05|1971)

<u>Smolldew-Sohn:</u> **Thorsten** (*01|1974)

<u>Smolldew-Tochter:</u> **Selina**, Nesthäkchen (*04|1977)

<u>Sekretär:</u> **Darius Philandros**/Grieche

  <u>Liebhaber:</u> **Tobias Wulff**, Nesthäkchen im Wulff-Clan, Werkstudent Leos (E-Technik/TU Karlsruhe), liebt Kinder, Fußballer, tolle Singstimme, unternehmungslustig, Smolljagd (*1949)

  <u>Vater:</u> **Rudolph Greiff**, Kriegsveteran, Kaufmann/Politiker/Stadtrat bis 1948, 2.OB RA ab 1948, 1.OB Gaggenau ab 1951, verbindet Saalfeldt-Greiffs, Xandew

  <u>Mutter:</u> **Anneliese**, unkonventionell; Leos Hund: **Minni**, Bernersenne (*04|1968)

Dr. Volker Saalfeldt, Liebhaber/Seelenverwandter Leos, von Gerda verabscheut & gejagt, Fluchtweg vor Attacken: Südfrankreich (bis 09|1960), Kanada (bis 1961), Madagaskar (bis 1962), Pretoria (1962 bis 01|1963), Perth, Western Australia (bis 12|1963), Philippinen (geplant ab Mitte 1964, kommt nie an), adoptiert 1968 Neffe Friedrich & heiratet dessen Mutter, Smolljagd (*1961)

<u>Ehefrau/Cousine:</u> **Lydia Wulff**, Krankenschwester, wird bei der Arbeit von Friedrichs Vater verführt, Smolljagd (*1941)

<u>Adoptivsohn:</u> **Friedrich Saalfeldt|Wulff**, Bijix-prämierte Chaosqueen(Woeye), ›Auflösung des Rätsels, was ist Smolljagd? Quasi seine Übersetzung und Definition‹; liebt Gleitsegelflüge mit Cessnas, manipuliert die Zeit, erträgt keine Traurigkeit, Traddi, Seelenverwandter/SI(Greiff), folgt blindlings seinen Bjord'schen Bildern, Smolljagd/Empath/Phöx (*1961),

  <u>Liebhaber:</u> **Tom Kappert** (*1956),

  <u>Bewohner seiner Blutbahn:</u> **Antaryon**, kleiner Bruder Nessels/Achillesferse, von Melyzanth ausgebildet & mit Bildern der Zukunft gefüttert, reist am Ende der Tage in die Zukunft; erwacht, als er alte Magie erschnuppert, sein Wirt verspricht bunte Abenteuer, ein Wichtel, von einem Gnom ersponnen, »Oh, danke Schicksal!«, Eloyser (*17218Asgij|10058 BC)

<u>Sohn:</u> **Hendrik** (*02|1969)

<u>Tochter:</u> **Maria** (*01|1972)

<u>Sohn:</u> **Claus** (*1975)

Hund: Mickey, Bernersenne (*04|1968)

Vater: Hans-Georg Saalfeldt, Kriegsveteran/gilt als psychisch instabil, enger Freund Rudolph Greiffs, kann konventionell nicht getötet werden, Smolljagd (*1915)

  Mutter: Sibylle Saalfeldt|Offel (*1910)

  Patentante, die er beerbt: Rosalie Offel, Traditions-Geschichtenerzählerin mit magischer Komponente, Bjord, Solina (*1915–†1962/Frühjahr)

  Schicksalspartner: Wolfgang Wohlbring, versierter Koch, entkommen gemeinsam dem Tod, Pächter/Canis-Falkenstein (*1942)

    Ehefrau: Elfriede (*1943)

    Schwester: Diana (*1949)

    Schwager: Franz Dahlke, Bruder seiner Sekretärin Nina, Ex-Polizist/Heilbronn, SI(Projekthöhle), Hobbykicker (*1945)

    Cousine: Anja|Muntzler (*1948)

      Ehemann: Deddy (Detlev) Kornberg, australischer Spitzenkoch & prima Teamplayer Wolfgang/zweiter Pächter des Canis-Falkenstein (*1944)

    Sekretärin: Nina Dahlke, selbstbewusst (*1949)

    Liebhaber: Erik Kaufmann, Lennards Sekretär (*1951)

3. Mann: Lennard Kollberg, empathischer, Woeye-prämierter Physiker mit Bodenhaftung, Projekt Blau/BlueTec, hochsensibler Visionär, Teamplayer vom Urwolf Daniel Röger, Xandew (*1944), Ehemann: **Silvio Pescher**, siehe Jixlheim

4. Mann: Daniel Röger, E-Technik+Mathe/Freiburg, exzellenter Teamplayer Lennard Kollbergs, Frauen gegenüber gehemmt & schüchtern, da er sein unbeherrschtes Wesen fürchtet, Urwolf (*1945)

  Ehefrau: Marianne Wulff, zäher Smolljagd (*1945)

  Smolldew-Sohn: Jochen|Jörenger, technisches Genie, dominant (*15.02.1969)

  Smolldew-Zwillingstöchter: Carmen|Crögi & **Camille**|Camü (*02.06.1973)

  Smolldew-Sohn: Rufus| Ruff, Urwolf (*01.03.1975)

  Smolldew-Sohn: Nathaniel|Nat, Urwolf (*17.07.1979)

  Smolldew-Sohn: Benjamin|Benjy, Urwolf (*04.07.1982)

  Sekretärin: Melissa Sommer, genießt den Umstand, die einzige Single-Frau zu sein (*1951)

5. Mann: Pepe|Doktor Petrank Korkovac, Astrophysik, Smolljagd (*1942)

  Ehefrau/Sekretärin: Tanja Korkovac|Geist, straßenköterblond

  Schwager: Reiner Geist (*1951), techn. Zeichner

Technische Zeichner: Tim Kleiber (*1944)

Technische Zeichner: Wolfram Vester (*1947)

Absicherer-SI-Team-1: Jörg Kramer & Augustin Schwertfeger, beide siehe Grünes Tal

Absicherer-SI-Team-2: Franz Dahlke, siehe oben **& Coltrane Silver**|der Pelzhändler, siehe Sulfier

Absicherer-SI-Biene-3: Baba-Marta|φB250|Offz23, siehe Binheim, Bienen mit Sondereinsatz

vGAG – Initiative & Innovation & Investments (3∗I)

vGAG: Stefans vGs AG startet als Investmentfirma, LLpro Patente/Gewinnausschüttung küren Stefan zum Milliardär; er finanziert Soziales, das die Medien beschäftigt & andere Privatiers wie die Industrie quasi zwingt, ebenso mitzuspielen

Kunde/Lieferant ab 1968: Emilio Balder/Kaufhaus Baden-Badens in der Altstadt versorgt Park mit qualitativ hochwertigen Inlands- & Europaprodukten

GF 12/72-11/77: **Sam Melzer** GAS, Hauskommunist/Philosoph/Anarchist/Personalchef & Betriebsratsvorsitzer/Mutter-Theresa/Spitzenkoch, reitet Drachenhufe zu/erklärt sie für einsatzbereit, Protegé Mme Larouges, berät den Park in politischer Angelegenheit, fördert Stefans Bestreben, die Welt außerhalb etwas besser zu machen, sucht beständig nach guten Seelen, die man in ihrem Bestreben unterstützen sollte/genießt Stefans blindes Vertrauen, Parkmär **Wildschwein Melzas**; hütet Stefans Schützlinge, liebt Ben Heusters Widerspruch (**Blut-Krieger**), Tafler, Smolljagd (*1949)

<u>Ehefrau:</u> **Moni**, Exilant, Schützling/Schäkelwirt, siehe Riders, der Sam um Hilfe bittet (*1959)

GF ab 12/77: **Phillip deNeuve** GAS enger Freund/LieblingsWF, raubeinig/erstaunliche Kräfte, gewiefter Kletterer, schwindelfrei; sprachbegabt; läuft schneller, als du siehst, Bandmitglied/Stimme; Parkmär **Fuchswolf Neuvalis**, Alanij (*03.09.1958)

> <u>Bruder:</u> **Jean-Marc deNeuve**, Misshandlungsopfer/verwirrtes Bruderpaar, das Robert 11/77 aus Soufflenheim mitbringt, laut Stefan & Co. aus Orange/Provence, weil Phillip Lavendel bei sich trägt, Alanij (*01.03.1966)

> <u>Ehegatte:</u> **Ulf Mattes** GAS, ehrenwerter Oberstaatsanwalt BBs/ab 06/78 Bundesgerichtshof KA/›Onkel‹ Stefans, vertraut weißer Magie, sieht sich als verdorrten Knilch, mit Höhenangst, innovativ, Parkmär **Partnereule Mattates**, Smolljagd (*1945)

>> <u>Pilot(Ulf):</u> **Mike Meyer**, Pferdenarr, alter Freund Sams, ab 12/72 Ltg. Pferdeställe im Park, ab 11/77 mit **Markus Wilmers** & **Tillmann Parker**, beide siehe Tafler; Frühjahr 1978 sattelt er auf Pilot für **Ulf Mattes** um, als Wolly versorgt ist & findet seine Bestimmung, Tafler (*1952)

>> <u>Bruder:</u> **Wolly**, Autist, Schützling der Drachenhufe seit 12/72, kümmert sich um ihre Boxen, liebt Schach/Maumau

>>> <u>Ehepartner:</u> **Sebastian Teuber** (Ehemann)/Biochemiker, siehe MedFZ/Forscher-Trio; legt Grundstein für Stefan vGs Mühlenprojekt, Tafler (*1958)

>>> <u>Wollys Gefährten:</u> **Bellyn**, Igel, von Wolly mittels Saugflasche großgezogen & **Pippin**, Esel, der Wolly als Sohn definiert & beschützt, beides Tafler & eventuell Geister

> <u>Sekretär:</u> **Rajan Drebicz**, aparter Barbiepuppen-Mann, Tafler (*1955)

>> <u>Ehepartner:</u> **Marek Tarassow**, siehe Muspelheim/Wölfe

>> <u>alter Freund:</u> **Janusz Grzesiak**

>>> <u>Ehepartner:</u> **Tobias Ließen**, beide siehe Königskinder/K5/Mathias Breuer

Goldener Turm – ab 12|1972 Hauptquartier des Königs der letzten Tage

Didi Polnischer|König Roderich I.|König-der-letzten-Tage, minimal polternder Kriminalist/ Morddezernat, ab 05/78 Kripochef BW, Familienmensch mit WG-Tick, Degen regelt alles; liebt Stirnfalten/Widerspruchsgeist/tolle Stimmen/Lebendigkeit, magyarischer Adel (*11.01.1945)

> <u>Begleiter:</u> Pyrenäen-Berghund **Schneeflocke** (*1972)

> <u>Mutter:</u> **Krisztina Antretter** (*1924)

> <u>Vater:</u> **Prinz András Batthyány-Botka-dePáros**, ermordet (*04.01.1919–†23.03.1945)

> <u>Ziehvater:</u> **Kaspar Polnischer**, Tunnelexperte, Physik-Professor, Familienmensch (*1900)

> <u>Sohn:</u> **Prinz Ivo-Caspar**, Thronerbe (*01.08.1973)

> <u>Ehefrau:</u> **Mina**|Fürstin Wilhelmina vonGerlenbruck-Coers mit tiefer Stirnfalte, Klub-dp (*1949)

>> <u>Begleiter:</u> Dalmatiner **Cassandra** (*1971)

>> <u>SI:</u> **Friedl** (Friedmann) Brehmer|Graf Friedeger vonPlein-Belheim, Klub-dp, BND, Partyfan & Genussmensch, unter Rauschmitteln stehend mutiert er zum skrupellosen Vergewaltiger (u.a. der junge Degen), Waldläufer (*1928)

>> <u>Liebhaber:</u> **Walther vonOckheim**, Freiherr, Klub-dp/Waldläufer (*1951)

>>> <u>Frau:</u> **Evelin** (*1954)

>>> <u>Sohn:</u> **Edwin** (*03.12.1973)

> <u>Sekretärin:</u> **Daphne Quellinger**, beschützt sein Leben; er hasst sie, weil sie einfach nicht schwanger wird wie alle anderen!

<u>Enger Freund/Vorgesetzter/WG-Partner:</u> **Polo**|Hans Polowsky, gequälte Seele, Misshandlungsopfer, KHK Mord bis11/72, ab12/72 Bandenkriminalität & Soko BW, Vater gepeinigter Kinder (*1931)

> <u>Ehefrau2:</u> **Dorri**|Dorit Scharrer, Sekretärin Bandenkriminalität, liebt Polo/WGs/Ragdoll **Wolfi** (*68)/Dogge **Goofy** (*70) & Pikantes und LET-konform alle ihre Chefs (Ruppert/ Ruhler/Didi), aber den einen heiratet sie (*1951)

> <u>Ehefrau1:</u> **Charlotte** Polowsky|Herzogstochter vonOste, Spionin, verrät deus pacis & opfert ihre Familie (*1924–†1973)

>> <u>Anwalt/Bündnispartner:</u> **Dr. Werner Bürgholz**, Elitescheidungsanwalt, Königskandidat vonKorbens (*1927–†1973)

<u>Tochter:</u> **Annagreta Pöhl**|Polowsky, Gewaltopfer (*1948)

  <u>Gewaltschwangerschaft-Sohn:</u> **Mathilda Wilmers**|vonKorben|Polowsky wächst beim Verge-waltiger-Vater Fürst vonKorben auf, stolpert auf Festival 12|1972 als schwangeres Gewalt-opfer über ihren Opa Polo, der seine totgeglaubte Tochter in ihr wiedererkennt (*15.08.1962)

    <u>Ehemann:</u> **Daniel Wilmers**|Freiherr Domenikus vonDrosta-Dornfels, schwieriger Sohn Rupperts, gerät auf Abwege/versucht Mutter zu verstehen, rechter Ringfinger des Königs, starker Partner Mathildas (*1959)

    <u>Gewaltschwangerschaft-Sohn:</u> **Addison**|Vater: **Edelbert vonStreben** (*1967)

    <u>Gewaltschwangerschaft-Sohn:</u> **Alastair**|Vater: **Eusebius Lobert** (*1969)

    <u>Gewaltschwangerschaft-Sohn:</u> **Ashton**|Vater: **Eisenhard Kronberger** (*1971)

    <u>Ehemann:</u> **Axel Pöhl**, Geheimwaffe/Klub-dp/Degens bester Freund (*1945)

    <u>Eheliche Tochter:</u> **Aileen** (*08|1974)

    <u>Eheliche Tochter:</u> **Alexia** (*07|1976)

    <u>Eheliche Sohn:</u> **Archer** (*05|1978)

  <u>Sohn:</u> **Ortwin vonHolstein**|vonOste|**Oliver Polowsky**, Berater|linker Arm/König, den er zähmt; 6 Jahre Geiselhaft, von Degen befreit

    <u>Ehepartner/Schwager:</u> **Axel Pöhl** (*1951)

    <u>Ehefrau:</u> **Athene vonHolstein**|Polowsky|vonOste, Pflegerin & Seelsorgerin, Kryem (*02|1956)

Ruppert Wilmers, KHK Mord Stuttgart & Soko BW; über Westweg-Wanderung mit Ste-fan vG 08|1972 schließt sich der magische Bund zwischen Baden-Baden & Stuttgart (Stefans ›neues Troja-Projekt‹, wo Feinde zu Freunden werden) **(Blut-7)**, Zeitbote (*1934)

  <u>Sohn:</u> **Daniel**, siehe Mathilda

  <u>Sohn:</u> **Markus**, siehe Sternenpark

  <u>Liebhaber:</u> **Meiky Norden** (*1957)

  <u>Ehefrau:</u> **Gaby**|vonDrosta-Dornfels, Künstlerin, überredete Klub-dp-Tochter, die sich nicht für Welt, Politik & Familie interessiert, nur in ihrer Kunst lebt & leidenschaftlich von ver-botenen Früchten nascht (*1938)

  <u>Freund/Patensohn:</u> **Rainer Rückert**|Erbgraf Benigmus vonRhyling-Korten, rechter Daumen des Königs/Beraterstab, Schülerlotse|Traddi|Pfadfinder, Polizist, deus pacis, Vergewalti-gungsopfer Robert Zeltingers, Butler im Park (*1953)

    <u>Ehefrau:</u> **Liana**|Roberts schwarzflügeliger Engel, den er verwöhnt, nicht quält (*1953)

    <u>Adoptivsohn:</u> **Hieronymus Rückert**| **Vlad IV.**, leiblicher Sohn Roberts/Halbbruder Ste-fans, für Turmabwehr ein Bonus, Vampir (*17.12.1972 5:55)

    <u>Sohn:</u> **Likus** (*03|1974)

Sascha Holm, Kripo (*1943)

  <u>Ehefrau:</u> **Lisbeth** Grau, Sekretärin Morddezernat (*1946)

  <u>Patensohn:</u> **Markus Wilmers**, siehe Tafler

Armin Ruhler, LPD Stuttgart & BW, geht 05/78 in Ruhestand/Goldener Turm, taucht samt Familienanhang ab (*1912)

  <u>Ehefrau:</u> **Sophia Ruhler**|vonSchiefels-amBrandt, Physikerin/Forschung, engagierte Klub-dp-Tochter und verständnisbereite Ehefrau (*1910)

  <u>Sohn:</u> **Ludwig Ruhler**|Graf Donatus vonSchiefels-amBrandt, rechter Zeigefinger des Königs/Beraterstabs, freier Journalist (*1945)

    <u>Ehefrau:</u> **Ingeborg**, Germanistin (*1949)

    <u>Sohn:</u> **Heinrich** (*1971)

    <u>Sohn:</u> **Jeremias** (*05.1973)

    <u>Tochter:</u> **Simone** (*08.1976)

  <u>Tochter:</u> **Benedikte** (*1948)

    <u>Ehemann:</u> **Prof. Dr. Diethelm Schütz**, Sprachen/Uni Stuttgart, enger Freund Kaspar Polnischers (*1934)

    <u>Sohn:</u> **Gordian** (*1969)

<u>Tochter:</u> **Sabrina** (*01.1973)
<u>Tochter:</u> **Ramona** (*08.1974)
<u>Sohn:</u> **Paul** (*02.1977)
<u>Sohn:</u> Dietrich⟩**Baldemark(s Stimme|Feder)**‹, Journalist, seilt sich ab/Grünes Tal & kons-
piriert mit Sulfiern (*1950)
<u>Sohn:</u> **Eberhard** (*1955)
<u>Ehefrau:</u> **Edeltraud** (*1963)
<u>Schwiegervater:</u> **Dankmar West**, siehe Klub-dp

<u>Kriminalassistent:</u> **Georg Schiefer**, Mordkommission (*1947)
<u>Kriminalassistent:</u> **Theo Krieger**, Dezernat Bandenkriminalität (*1947)

BND-Ermittler, verdeckt in der Kripo Stuttgart

Willy Winkelmoser, siehe ISB
Benke Fischer, Kriminalassistent/Mord ab 05/78 & Soko BW, Waldläufer (*1957)
<u>Beschützer Minas/Waldläufer Degens:</u> **Jochen Franke** (*1950) & **Bernhard Dremel** (*1948)|Liebespaar

Klub-dp, rechte & linke Hand des Königs/Waldläufer/Traddis

	Linke Hand des Königs, die Stützende	des Königs
Koordination	Erzherzog **Dr. Ambrosius von Holstein**	Arm
Innenpolitik & Wirtschaft	Fürst **Dr. Dankmar von Lüdhen-Westerlohe**	Daumen
Innere Sicherheit	Herzog **Dr.Dr. Velten-Tjaad van Kvielbrikk**	Zeigefinger
Militär & Außenpolitik	**Dr. Cassius von Plein-Belheim**	Mittelfinger
Bildungswesen	Freiherr **Dr. Giselher Landfried-van Cordhus**	Ringfinger
Familienwesen	**Dr. Heribert von Königsberg**	kleiner Finger

	Rechte Hand des Königs, die Führende	des Königs
Koordination	Herzog **Ortwin von Oste**	Arm
Innenpolitik & Wirtschaft	Erbgraf **Benigmus von Rhyling-Korten**	Daumen
Innere Sicherheit	Graf **Donatus von Schiefels-am Brandt**	Zeigefinger
Militär & Außenpolitik	Erbprinz **Rüdiger von Lüdhen-Westerlohe**	Mittelfinger
Bildungswesen	Freiherr **Domenikus von Drosta-Dornfels**	Ringfinger
Familienwesen	Freiherr **Sebastian von Diephen-Dork**	kleiner Finger

<u>Innenpolitik & Wirtschaft:</u> **Dankmar West** (*1922)
<u>Sohn:</u> **Rüdiger** (*1945)
<u>Ruder:</u> **Clemens Neumann**
<u>Sohn:</u> **Sebastian** (*1960)
<u>Militär & Außenpolitik:</u> **Claus Börner**
<u>Bildungswesen:</u> **Günther Lichtenfels**
<u>Familienwesen:</u> **Herbert Pilsen**

<u>Gürtlerspione/Mediziner:</u> **Ebrahim Ghazali**, El-Bachir (*1947/echt 1827)
<u>Gürtlerspione/Mediziner:</u> **Masih al-Sayyab**, Berber (*1953)

<u>Pilot des Grauen:</u> **Anger**|Michael Angerbach (*1947)
<u>Begleiter:</u> **Cyriak**, Belgischer Hirtenhund (*1972)
<u>Pilot des Grauen/Liebhaber Angers:</u> **Rodermann**|Michael (*1950)
<u>Begleiter:</u> **Ronda**, Belgischer Hirtenhund (*1969)

›Klein-Shijtarrheim‹, ursprüngliche Westkonarburgen, die jeden mit Yolliverüberzeugung aufnehmen

Flämischer Siebenstein, Brüssel

Burgvorlage: Mauern der Mauren. Alhambra, Spanien, 9. Jhd

Baumert|Eugen Blum, Flame/Brüssel, Leutnant, Adjutant Murphys, sein ›Merlin‹, der sich als ›Arthus‹ definiert, der Excalibur aus dem Stein zog, 200cm, 130–140cm Schultern, sieht sich als Hüter des Grals, Bruder des Nebelbaums, kugelsicher, Westkonar, kugelfest

Liebhaber: **Lobo Dürrwegen**, vonVelden-Sohn, siehe KasBerg/Hubbelrath

Ehefrau: **Bellarose Bellamo**, Mafia-Tochter/Sizilien mit familiärer Verknüpfung zur Alaniijveste Urkenvielt, eine Traditionsburg mit Andersweltmännern auf Yolliverniveau

Zwillingsbruder: **Nebelbaum**, siehe Bikergangs & Paramilitärs

Samstägler-Brüssler-Brüder: Korp **Belgro**|›Großer Belgier‹|197 cm

Samstägler-Brüssler-Brüder: Gefr **Mittger**|›Mittlerer Belgier‹201cm (›ger‹: Abkürzung ›Bälger‹), SI(Brüggert) plus Sten

Ehefrau: **Larisha**, vonVelden-Tochter

Samstägler-Brüssler-Brüder: Gefr **Floger**|›Kleiner Belgier‹206cm, Phöx, SI(vonVelden) nebst Jan-Erik/Hinrich/Symon Gurtell

Liebhaber: **Dr. Joseph Limprecht**, siehe Hubbelrath

Flämische Twaalf Bergen, Niederlande

Sonntägler: **Fw Flamer**, 198cm; **Korp Reepe**, , 201cm

Flämische Nonante, an der Küste

Burgvorlage: Ordensburg/Deutscher Orden: Marienburg/Deutschorden & Backstein

Sonntägler: Gefr **Pölke**, 201cm, SI(Mister Tiggles);

Sonntägler: Gefr **Lübbe**, 2m, SI(Ingrid Mätzen) neben Kowalski

Illyrische Oase, Kistanje an der Krka

Burgvorlage: Burg Olavinlinna im Wasser, Finnland, 1475 erbaut

Samstägler: Gefr **Aubergine**, Kroate, 192cm, eröffnet Brüggert farbigen Hintergrund, womit sich viele Fragen klären

Okzitanischer Rasim, Auvergne

Samstägler: **Froschfrer**|Langform ›Froschfresser‹, Gefr, 197cm

Sonntägler: **Korp Trente-et-un**|31, 199cm, trifft als Letzter ein, schließt magischen Kreis nicht nur namentlich ab

Sülbecker Drachenfels, Lüneburg

Samstägler, Gefr **Salzvogler**, 201cm

Garvin Braun als Spion von Murphy in Roberts Lager eingeschleust

Grödener Eiszapfen, Südtirol

Samstägler, Gefreite: **Tiroler**, 203cm, SI(Minkus)

Samstägler, Gefreite: **Doppler**, 197cm, SI(Adrian+Maggie)

Wallonische Meuse, Hastière, südl. Belgien

Vorlage: Festung Akershus, Oslo 1287–1300

Sonntägler, Gefr **Hammer**, 198cm

Suerlänner Balken, Attendorn/Sauerland

Vorlage: Stirling Castle, Schottland, 1174–1291

Samstägler, Gefr **Klosser**, 192cm

Klever Bälleken, Emmerich/Oberrhein

Burgvorlage: Prager Burg, 9.–12. Jhd

Samstägler, Gefr **Bitterer**, 196cm

Jütländer Borken, im Inland Dänemarks

Sonntägler, Gefr **Flücker**, Däne, 203cm

Sächsischer Rhoderbach

Burgvorlage: Castello del Buonconsiglio, Trentino ab 12. Jhd

Sonntägler, Gefr **Sachser**, 185cm

Bayrischer Marienturm

Sonntägler: **Korp El Grande**, 207cm – SI(Melancholos)

Skagener Marken · Jütländer Weersche · Kattekater Marken

schwebt unstet zwischen Schweden/Norwegen/Dänemark

Westkonare bei Skagen, der nördlichsten Stadt Dänemarks, die Grenzmarke zwischen Kattegat und Skagerrak. Das Kattegat ist schwierig zu befahren, liegt zwischen Jütland und schwedischer Westküste. Bei Skagen grenzt es an das Skagerrak, das wiederum einen Teil der Nordsee zwischen der Nordküste Jütlands, der Südküste Norwegens und der nördlichen Westküste Schwedens bezeichnet. Die so unterschiedlich bezeichnete Hausburg liegt somit teils in Jütland, teils in Skagen, teils am Kattegat. Eine Wandelburg, die sich nicht festlegt, wohin sie so genau zählen möchte und wie gar aussehen. Ergo passt sie sich jedem gemäß seiner selbstgewählten Zugehörigkeit an, die **Jütländer Weersche** kopiert dabei nach traditioneller Wandelburg-Manier Edinburgh Castle, der **Skagener Marken** hingegen erinnert an ›Wickie‹ (Zeichentrick) & der **Kattegater Marken** steht auf ›Villa Kunterbunt‹ (Pipi Langstrumpf)

Samstägler: **Weerscher**, Gefreiter, Schwede/Jütland, 201cm, Heimstatt Jütländer Weersche

Samstägler: **Skarrak**|Skagerrak, Gefreiter, Däne/Skagerrak, 205cm, Heimstatt Skagener Marken

Samstägler: **Katteeka**, Gefreiter, Norweger/Kattegat, 207cm, Heimatburg Kattegater Marken, liebt rote Zöpfe/›Villa Kunterbunt‹; Brummstimme, die toll intoniert, laut Brüggert geeignet für italienische Opern, liebt es aufzuklären/historisch bewandert

Samstägler: **Jütchen**, Gefreiter, Däne/Skagen, 197cm, Heimstatt ›Skagener Marken‹ inspiriert von Halvar vonFlakes Saufgelagen in der Zeichentrickserie ›Wickie und die starken Männer‹

Liebhaber: **Melancholos**, siehe Hubbelrath

Badischer Kupferberg, Kaiserstuhl

Sonntägler: **Lohmar**, Fw, 197cm; **Bernstein**, Gefr, 201cm

Pfälzer Falkenhorst, Neustadt an der Weinstraße

Samstägler: **Kuda**, Korp, 203cm

Hessischer Luisenturm, Offenbach

Samstägler: **Wahrlach**, Fw, 205cm

Toskanischer Olivenhain, Florenz

Samstägler, Gefr. **Spaghetti**, Toskaner, 201cm – SI(Jakob Eismann)

Sternenpark – Autarke Schutzzone, Schröderberg, Sofienpavillon 1, BB

Hügel zwischen Baden-Oos/Balg/Haueneberstein, der sich stolz aufrichtet, als Stefans Park zu wachsen beginnt

Tafler: Parkianer der ersten Stunde, genießen tiefstes Vertrauen, speisen mit Stefan im Privatauditorium (Definition Mattis 11/77)

KSI: Sicherheits-Ersie (**SI**) für K5; **Drachenhuf-Probe** bestanden/versteht die Seele der Altvorderen, könnte die **Krieger-des-Lichts** anführen & strategisch wichtige Entscheidungen im Namen der Erde treffen (Definition Mattis 05/78)

Königskinder, 1/3/5, Kurzform K5
Stützpfeiler der **AO-Mythologie** für **König-der-letzten-Tage** (Definition Mattis 05/78)

GAS: Grundlagen-Absicherer (Definition Mattis 05/78)

vGR: vanGeußen-Recht ab11/77, GF Justus Dachsburg

Harry Limes: Zutrittspunkt Alter Wald am **Feldlager-Alter-Wald/Hexenvolk**

PSiP: PersonenSchutz im Park

Parkeinheit: Sternschnuppen

Parkeinheit: Ritter des Eissterns (Gœőïssons)

Parkeinheit: Löwenzahn (Hexenvolk/graue Magie)

Parkeinheit: Schwarzbart (Tephériie)

Parkeinheit: Ninjas (Girlpower)

Parkeinheit: Mohnblume (Kampfsporthalle ab06/78)
  <u>Initiatorinnen:</u> Maike Bärenthal/Irina Bass/Saphir Heuster/Moni Melzer

Parkeinheit: Besondere (Garde des Waldkönigs/unter Lokresh/Geschenk Shijtarrheims)

Symbadisch-Stempel: trägt jeder Freund Stefan vGs als Zeichen des anerkannten Sympathen; sie alle sind Traddis, Fans von Wohnküchen, vielschichtiger Kultur, WGs, geselliger Runde, Campingurlaub, Wandern, Klettern allgemein & speziell am Battert; sie fliegen gekonnt einmotorige Cessnas durch Luftüberwachungszonen, begeistern sich für mehrstimmiges Singen frei interpretierter Strophen, gängigen Liedguts & Jusches Kultband samt scharfzüngiger Texte; man liebt Hunde, Katzen, Zwergziegen, Meerschweine, Kakadus & verehrt Drachenhufe, liebt die Burgenrunde zur Wasigstein (Pfalz/Elsass), den Karlsruher Grat & die Schwarzenbach-Talsperre, alpine Hüttentouren à la Stefan vG samt Lieblingswanderführer Phillip & ist Westweg-Etappen im Schwarzwald abgelaufen; man übersieht niemals den Seekopf neben der Badener Höhe & liebt den ›alpinen‹ Abstieg zum Herrenwieser See & man kennt selbstredend Herrenwies & sucht Kontakt zum Glasmännlein & liest auch als Nicht-Sonntagskind ›Das kalte Herz‹ von Wilhelm Hauff; man liebt Cidre, Flammkuchen, Mathias' Bohneneintopf & Sams Küche & stinkt oft nach Knoblauch, ist über Gebühr tolerant & bereit, über den eigenen Tellerrand zu sehen; man engagiert sich als Friedensapostel, ist Altruist & erklärter Beschützer der Schutzlosen & Naturfan; unkonventionell, wie man ist, zieht man praktische Klamotte der Eleganz vor & man duzt, wen man gernhat & alle kennen & lieben Stefans Haselnussgeist ›Ljeska am See‹ & seine Tafler

<u>Codes/Flughafen-Oos zur Authentifikation/Besucher für Park/Bruchgraben:</u> **Sansibar**[*] (Bohlen & Co.), **Kronos** (Drachenhuf-Zertifizierte), **Nemesis**[*] (Park-Ärzte), **Herodot**[*] (Firma, Verwaltung, Justiz), **Nereus** (Hüter Tierwelt im Park), **Erebos** (Degen & Goldener Turm), **Hyperion**[*] (royale Russen), **Dädalus**[*] (Kripo Stuttgart), **Hephaistion**[*] (Soko BW), **Eurybia** (Alte-Villa-Grau), **Hemera**[*] (Klub-dp), **Leuchtturm**[*] (ISB), **Urdbrunnen**[*] (Sternenpark), **Olymp**[*] (Baden-Baden), **Verdandi**[*] (MedFZ), **Skulden**[*] (Unicampus), **Havamal**[*] (LLpro), **Dionysos** (Grünes-Tal), **Mnemosyne** (summum bonum), **FL-BO**[*] (Flughafen-Oos), **Ikarus**[*] (loyale, sonstige Ordnungshüter), **Pegasus**[*] (loyale Traddis), **Minerva**[*] (loyale Kampfterrier), **Chepri**[*] (loyale Schöngeister & Träumer & Philosophen) [*] evtl. unwissend

<u>Gängiger Sprachjargon im Baden-Badener Umland inkl. Nordschwarzwald:</u>
›**Grausamer Berglöwe**‹ (jeder Alte Graf im vanGeußen-Park, an den man sich erinnert); ›**des Grafen schwarzer Panther**‹ oder ›**unflätiger Säbelzahntiger**‹ (Robert-der-Butler); ›**Schakale in Uniform**‹ (Brutalo-Diener im Park, lange Zeit unter Marschbefehl Woodbriggs); ›**Höhle des jungen Löwen**‹ (Sternenpark Stefan vGs); ›**Stefans braver Schäferhund**‹ (Mathias Breuer); ›**Dumme Gänse**‹ (fröhliche Mädels im Park) & ›**Stefans wohl dressierte Polizeihundestaffel**‹ (PSiP, KSI, SI, ISB)

<u>Parkmär:</u> **Pandabär Geußolus** (Stefan vG); **Feenprinzessin Syranah** (Stefans Mutter); **Drache Zeltus** (Robert Zeltinger|Robert-der-Butler); **Berglöwe Altovolux** (Graf Wilhelm vanGeußen); **Biberzahn Heusterlin** (Ben Heuster); **starker Braunbär Breuerlin** (Mathias Breuer); **treuer Dienstpanther Brückenkopf** (Manuel Brückner); **oberkluger, gewitzter Fuchswolf Neuvalis** (Phillip deNeuve); **Partnereule Mattates** (Ulf Mattes); **Wildschwein Melzas mit dem roten Schal** (Sam Melzer); **Jusche der Königstiger** (Justus Dachsburg); **kultige Assistentin Donata** (Donna Marlòn|rockende Nachtigall|Rockikone); **Bernhardiner Dornenschwanz** (Der Chef|Markus Dornbusch); **freundliches Warzenschwein Loibolus** (Loibl); **Siamkätzchen Greiffe** (Greiff); **Greiffes große Familie** (die Saalfeldt-Greiffs aus Rastatt, Projekt-Blau plus Anhänge); **emsiger Pavian Felinos** (Felix Radke); **Heusterlins Ränge** (ISB); **Schimpansenkönig Harrenberg** (Holger Harrenburg); **Projekt Scheune Numero 7** (Alte Mühle, Sozialprojekt); **Rehmedikus Nenning** (Prof. Dr. Alfons Nenninger); **Hirschbader Abrahim** (Dr. Kai Abraham); **Partnerzwergziege Tokajer** (Dr. Joshua

Tokajer); **Saunderlin mit dem Feenstaub** (Professor Stein|Mattis Saunders); **zierliches Erdmännchen Mikoschka** (Mikosch, Stefans Hort der Nibelungen); **emsige Känguru-Mama Parisola** (Paris vG|Andwari|Peter Müller); **Adlerauge Garnias** (Wigge|Wigbert Garner)

Tarncodes: **Mathias**|Matze:Roland|**Rollo**; **Phillip**:Paul; **Manuel**|Manu:Daniel|**Danny**; Theresa:Thalia; Bohlen:Walther; Moyka:Micha

Kartenzuordnung: **Merlin**|Camelot (**Baum-10**), **Gevatter Tod**|Der Einsame (**Schwarz-7**), **König-der-letzten-Tage** (**Schwarz-Meister**), **Waldkönig** (**Baum-Meister**), **Goldlöckchen** (**Blut-Meister**), **Eiskönig** (**Wind-Meister**)

Parkprojekte: Alte Mühle; Sausenburg; Funkenflug; Strohdach; Hundehütte; Springbrunnen; Schröderberg; Pferdezucht

Parklichter: ›Lichter, die ihre Leuchtkraft nie verlieren‹, nicht viel, worüber man offen reden darf,
Unicampus Bruchgraben, ab Gründung so populär, dass jeder davon schwärmt
Landgasthof Landerl, Singlemeile am großen Sternensee
Schlossrestaurant Wolfsburg mit Terrasse an der **Abenteuerwasserwelt**, Trubel- und Tummelplatz erster Güte laut Parkianer-Note; die **Kleinkunstbühne** mit Rock-Konzerten und Schauspiel ist zumindest mit einem Opernglas gut einsehbar (**Küchenchef Sam**)

vGR / vanGeußen-Recht ab 11/77, Pro-bono Kanzlei-für-Opferrecht

Geschäftsführer: **Jusche-der-Königstiger**|**Justus Dachsburg** GAS, Musiker/Altruist/Anwalt, 11/77/Braunshorn; Instrumentenspende & Kanzlei-Kollegen finanzieren Pro-bono-Kanzlei, texten für andere Bands & Arbeit am Bau, Alanij, Tafler (*1950)
Ehegatte: **Ruslan Zwetkow**/Russenburg, 1,89m (*1959)
RA-Gehilfin/Leadsängerin: **Donna Marlòn**|rockende Nachtigall, von Pfarrer/Wittlich anvertraut; partygeil/nymphoman, Parkmär **kultige Assistentin Donata** (*1959)
Kultband: ›Donna Marlòn vom Ostwind‹
  PSiPs/E-Gitarren: **Serge Cheveraux** (*1957) & **Gaël Charbonnet** (*1959)
  Schlagzeug: **Paolo Gröber** (*1955)
  Alben 1978: ›Er sprach & wir antworteten‹; ›Gutes Gewissen‹
  Album 1980: ›Ghosts & Animals‹
Nennsohn: **Minkas Below**, zarte 1,73m, Sonnenkind (*1961|φ1971|wie 8)
Anschlag Niddarücken/Spessart: 20.09.1971
Familie/Tafler: **Pankraz Ostwind**, Stellv./Bass, Smolljagd (*1948)
Ehegatte: **Ozzy Melone**, Keyboard/RA-Gehilfe (*1947)
RA-Gehilfe: **Welf Smirnow** aus dem Russenlager (*1959)
RA-Gehilfe: **Belle Springer**, Tag X geborgen/Hure aus Frankfurter Raum, 1,83m, feurige Geräteturnerin, athletisch, heller Teint, gertenschlank, Mareks Braut, Smolljagd (*1962)

Gegner: RA Erwin Kleinstedt, angeklagt wg. Gewalttätigkeit
Gegner: Dr. Reinhold Südfinger, Wirtschaftsmagnat

Tafler, Parkianer der ersten Stunden, viele Braunshorn 11/77 von Mathias eingesammelt

Hüter/Drachenhufe ab 11/77: **Markus Wilmers**|Magnus von Drosta-Dornfels, eng mit Mattis, Sam & Stefan befreundet, jüngster Sohn Rupperts (*1963)
Begleiter: Schäferhund **Rex** mit vG-Ohrstecker

Hüter/Drachenhufe ab 11/77: **Tillmann Parker**, Philosoph & Schöngeist, versteht Tiere besser als Menschen, philosophiert mit den Drachenhufen, erzählt im Stall Gute-Nacht-Geschichten (*1956)

Nadja, Ltg Reinigungstrupp, Schützling Theresas, Protegé Mme Larouges, Tafler (*1962)

Melli (Melanie) **Kaiser**, Kämpfernatur, Tafler (*1960)
Ehegatte: **Wolfram Bickel**, Kfz-Mechaniker, Smolljagd, Tafler (*1961)

Ean Thomson, Journalist/Freigeist/Pressesprecher, Schotte, entführt 1978 jungen Bretone & läuft Stefan in die Arme, im Manifest, mit Sam verschworen (*1949)
Schützling: **Geronimo**, geistig beeinträchtigt, Schützling der Drachenhufe (*1962)

Gewaltopfer/Lieblingspfleglinge Sams: Sharif, stürmischer Optimist mit Lösungspatent, kennt jedes Drachenhuf mit Vorname, wetteifert um Titel ›Chaosqueen‹, Parkliebling & Stefan vGs, El-Bachir-Spion (*1965)
Liwanu (›knurrender Bär‹), wilder Teufel im Indianeroutfit (*1968)
Yuma (›Wurfmesser‹), exaltierter Überlebenswillen, Native American (*1968)
Mato, Kampfbär, Native American (*1965)
  Liebhaber: **Lulu**, mutmaßlicher Autist; megastark, stiller Geist, Berber (*1965)
Ihre Schützlinge: **Nabuk**/Berber, blind & **Nadil**/Berber, zerbrechlich
Chrissy Nolte, Ex-Hure/FFM, 1,83m, Langstreckenläuferin, Smolljagd (*1961)
Jürgen, Fluglotse am Flugplatz Oos, Stefans Mitarbeiter

Königskinder / K1 • K3 • K5 (stets stabil mittels ungerader Personenanzahl: 1, 3 o 5)

K1: ab04|1965 **Stefan vG** | **K3:** ab11|1977 zzgl. **Mathias Breuer, Wigge** | **K5:** ab05|1978 zzgl. **Minze, Mikosch**

K1: Stefan vG|Grafensohn vanGeußen‹›**Hektor, der mächtige Königssohn**‹, erträumt im Sandkasten ein **neues Troja**, wo Feinde zu Freunden werden können, kreiert zahllose Philosophien/Initiativen/Firmen/Projekte/Vereine, u.a. **ISB|vGAG|LLpro|MedFZ/Uni-Campus Bruchgraben**, Börsenkönig/Milliardär, sozial engagiert, Hippie, Marxist, Altruist, Klub-dp, Friedensapostel, erweckt **Drachenhufe**/motiviert Geister zu interagieren; Parkmär **Pandabär Geußolus**; stirbt fast an Leukämie, 1973 von Alfons Test-Medizin gerettet, 1977 von Bens Wunsch, Mattis zu retten/Bijix-Kraft erweckt **Frövjed/Sonnenkind, das Licht zu beschützen (Schwarz-2)**, Phöx|Vralldew|**Feenprinz** (*12.04.1965)
  Mutter: **Syranah**, Stefans bezaubernde Mutter, hinterfragt alles, liebt Natürlichkeit, von **Bijix Almenko** ausgebildet, Parkmär **Feenprinzessin Syranah**, Vrallyser (1947–†1965)
    Vater: **Daddy**, Buchhalter, vergöttert Sonnenschein Syranah & ihre Mutter, vertrauensselig (†1963)
    Hunde: **Bone**/Bonny, West-Highland-Terrier (wird 16), **Monty**, Jack-Russell-Terrier (wird 9)
  Nennvater: **Alter Graf|Wilhelm vanGeußen|grausamer Berglöwe**, intriganter Politiker, Sammler zwielichtiger Artefakte, Liebhaber Roberts, lässt sich von ihm eine Vrallyser-Frau suchen, Parkmär **Berglöwe Altovolux** (02|1907–†05/78)
    Kammerdiener/Adjutant: **Rottweiler Jürgen**|Claus-Jürgen Woodbrigg, Sadist (†05/78)
      enge Freunde: **Jens** & **Ulrich**

  Leiblicher Vater: **Robert Zeltinger|Drako Vlahfladus|Robert-der-Butler|Schwarze Kralle**, Liebhaber Syranahs & des Alten Grafen, eiskalter Narzisst, der den Varyllberg verließ, weil moderne Vampire zu zartfühlend sind, er hingegen steht auf traditionelle Gangart mit schwarzer Magie, bspw. Halbedelsteinmosaike; Parkmär **Drache Zeltus**, Vampir (*1945)
    Besenkammer: mehr hoch als breit, aber umziehen will er dennoch nicht; ein verzaubertes Quartier/3. Stock Nordflügel, schwarze Magie

  Frühe Pferde: Haflingerhengst **Marc-Anton**, auf ihm lernt Stefan reiten; rotbrauner Fuchs **d'Artagnan** & Fuchs mit schwarzer Mähne, **Mephisto**, erste Bekanntschaft mit Drachenhufen (3½-jährig 12/72); **Romulus**, Rappe, Drachenhuf ab11/77
  Sekretärin Stefans: **Ninnie Rosenblum**|Adolfine Meßmer, Hippie, verliebt sich in **Fedor Sokolow**, Anführer der royalen Russen und zerfetzt die Balance des Gleichgewichts (*1954)
    Bruder: **Tommy**|Thomas, eher still; von Schwester zum Revoluzzer erzogen (*1957)

  Tochter: **Marla vG**, Kreative/vGAG Neunzigerjahre, gestaltet mit **Thommy Belzig** die **Website der vGAG, Firmengeschichte** & **Politik** werden als spannende **Märchengeschichten**, kindgerecht erzählt & später als illustrierte Märchenbücher gedruckt (*1959)
    Mutter: **Nicole**, kurvenreiche Hure, Stefan sich vor seinem alten Herrn als Verhandlungspartner auf Augenhöhe zu beweisen/als er Manuels Freunde retten will
    Arbeitskollege: **Thommy Belzig**, formt Erlebtes zur Mär um; mit Marla entwickelt Thommy 1990 ein zeitgerechtes **Werbekonzept** für Stefan

  Adoptivsohn: **Paris vG|Andwari|Prinz der Elfen**|Peter Müller›Hüter des **Horts der Nibelungen**‹ (Mikosch & Leon), ›Erbe des Horts‹ (Sternenpark) (**Baum-5**), adoptiert viele Schützlinge/Opferkinder/Exilanten & schirmt den Park vor Mikoschs Hilfsattacken ab, Smolljagd (*1956)
    Ehefrau: **Amy-Byrd**|Davies, löst Tumult im Park aus, siehe Grüntalheim

<u>Ehefrau Stefans:</u> **Maja vG**|Fröhlicher, Empathin, Schauspielerin/Tänzerin mit Herz, lässt die alten Mysterien an sich heran (*1957)

<u>Vralldew-Sohn:</u> **Alex vG**|**Prinz der Sterne**, Prima-Ballerina, Zwilling, Erbe des Frövjed (Phöx/Bjord/Empath), **Sonnenkind (Schwarz-5)**, Feenprinz (*17.12.1978)

<u>Vralldew-Sohn:</u> **Jojo vanGeußen**|**Tekjograf**, Zwilling, **Junger Graf**, Erbe des technischen Genies Stefans & Roberts Nüchternheit, verabscheut Gefühlsduselei, kein Feenprinz (*17.12.1978)

<u>Vralldew-Tochter:</u> **Jana vG**, von Stefan über Gebühr verwöhnt, da er glaubt den Tod der Mutter verschuldet zu haben, keine Feenprinzessin (*07.10.1979)

<u>KSI:</u> **Pille**|Phillip Borken, enger Freund von **Minze**, sein Taschentuch, lernt den Vampir zu zähmen & sich angepasst ›normal‹ zu zeigen, Waldläufer/Vampir (*1957)

<u>Brüder:</u> **Yshaij** & **Thamir**, siehe Sternschnuppen

<u>Ehepartner:</u> **Terry York**, Hermaphrodit, unsteter Geist & Gemüt, Pilles große Liebe, der auf Abenteuer, das mystische Unberechenbare abfährt (*1961)

  <u>Begleiter:</u> Bernersenne **Klärchen** (*1976) & Drachenhuf **Balu**: SI(Terry), von Terry verleitet, zum Regelbrecher zu werden, Mausfalbe

<u>Sohn:</u> **Palle** (Baldemar, altdt. ›kühn‹), kündigt sich via Traumbotschaft an/oder verplappert sich Balu?

<u>Terrys Eltern:</u> **Debbie** (Deborah), Halbtags-Bürokraft (*1943), **Timmy** (Timothy), Buchhalter (*1943)

<u>Nennonkel:</u> **Kralle**|Gerhard Krallenstein|›Fred Feuerstein, der aber nie nach Wilma ruft und alle irritiert‹, versierter Thekenpolierer, Ex-Buchhalter, der eine lebendige Welt benötigt; Ex-Wirt des Ratskellers BBs, Ex-Kollege Timmys, Kultfigur, kaum dass er die Hausbar des Parks ab 05/78 übernimmt, überzeugter Single/Schäker/Filou (*1935)

Königskinder / ab Herbst 1977 steigt die Anzahl der Königskinder auf drei: K 3 (für die Neuzugänge)

<u>K3:</u> **Mathias Breuer**|**Waldkönig**, Ex-Militär, Seelenverwandter Stefans/sie sehen sich in visionären Bilderserien als zeitloses Liebespaar, das dasselbe traurige Schicksal ertragen muss; **Hüter des Parks**, Protegé Bohlens/gefühlter Vater; Parkmär **Braunbär Breuerlin**, kontrolliert sich/starke Urinstinkte, technisches Genie, zäher Gegner, der Respekt einfordert oder versiert kontert; seine Freiheitsliebe ist grenzenlos, wie seine Treue; musikalisch ambitioniert; baut Stefans Park auf (**Baum-Meister**), Wolf, Phöx, Empath (*03.09.1958)

<u>Ehefrau:</u> **Susa Sandkorn**, siehe Hexen

<u>Stellvertreter/Parkleitung:</u> **Minze**, siehe K5

<u>Vater:</u> **Emiliano Guillard**, von Thantos im Namen Lokis hingerichtet, Wolf (†03.09.1960)

<u>Ehepartner:</u> **Manuel Brückner**, Gewaltopfer, sanftmütig/zartbesaitet, hilfsbereit/mutig, falls nötig, sonst schüchtern, bewundert Helden, verträumt, Ex-›Diener in Ausbildung‹/Alter Graf, dessen Suppe er nicht verträgt, schleicht an Absicherung vorbei, spricht mit Drachenhufen & Wolly, ruft zur Rettung der Misshandlungsopfer auf, rettet den erfrierenden Mathias, stellt sich bescheiden hinten an, Parkmär **treuer Dienstpanther Brückenkopf** (*1962)

  <u>Vater Brückner:</u> Angsthase, Schuldner des Berglöwen, verkauft ihm den Sohn, obzwar er pervers & gewalttätig ist & ihm eine pädophile Neigung zugesprochen wird

<u>Freund/Bocholt:</u> **Benno Burkhard**, beliebt, kniet sich beim Umbau im Park massiv rein & wird zum Opfer uralter, schwarzer Magie (*1952–†02/78)

<u>Freund/Bocholt:</u> **Tobias Ließen**|›Bleistift-Ninja, bis zu den Zähnen bewaffnet‹, versierter Vertriebsmann & Kundenbetreuer/vGAG, Träumer, Natur- & Tierfan, wird geneckt (*1953)

  <u>Ehepartner:</u> **Janusz Grzesiak**, Rajans etwas zurückgebliebener Freund & langzeitiger WG-Partner, der bei Ankunft im Park von Tobias inhaliert wird (*1952)

  <u>Vertriebsass./in Chef verliebt:</u> **Bommel**|Bernd Pröllmann, Jusches Mandant/Braunshorn, Tafler (*1960)

<u>Bocholter Projekt:</u> **Zielgerade-erdtonaler-Bretterzaun-M*TB** (Liederbuch)

<u>Freund:</u> **Sönke Becker**, 11/77/Braunshorn, 2m-Kampfmaschine, Myrmidon/Alanijo Konar (*1954)

  <u>Ehepartner:</u> **Björder Fjord**|Olme Toelu, entstelltes Gesicht, liebt Sönke & den Frövjed samt Park, beherrscht sagenhafte Kräfte, hält Robert in Schach, Bloonie/Nekreffar (*1947)

    <u>Freund:</u> **Arnulf Sigurtsen**, in Braunshorn abgelehnt, weil er Mathias frieren lässt/reist beherzt hinterher, sucht Pluspunkte; beschützt Smolljagds, er ruft Olme Toelu hinzu, als er erschrocken Mjr Bohlens totes Fleisch riecht, Bloonie/Nekreffar (*1948–†11/77)

KSI: Moyka Kostravic, Vater als Verräter an Shijtarrheim geahndet & samt Familie von Thantos, dem Vollstrecker hingerichtet, er überlebt schwer verletzt; freundet sich mit Pille an, weiß, wer er ist & bringt zur Einladung komplette Familie samt zugehörigen Freunden mit, denn er weiß instinktiv, ab Parkzutritt gibt's kein Zurück; Wolf (*1957)
Onkel: Winnie (Samuel) Winterberg, Karikaturist/Redenschreiber/Anarchist (*1950)
Freundin: Annika (*1963)
Schwiegervater in spe: Bert (Berthold) **Fischer**, Lehrer/Gymnasium Deutsch/Politik/Geschichte (*1945)
   enger Freund: Willy (Wilhelm) **Laugner**, Biologie-/Sportlehrer (*1945)
      Ehefrau: Christine, kfm. Angestellte (*1954)
Sekretärin/gefühlte Schwester: Theresa Koroljow|Bernbaas|Schmitt, laut Papieren seit Parkbeitritt, beste Sekretärin von allen/Protegé Mme Larouges, landet mit Sam Melzer 12/72 im Park, arbeitet in vielen Teams, liebt es im großen Teich mitzuschwimmen, im lauten Mittelpunkt zu agieren, wird von **Stanis** als sein Schneewittchen erkannt, Wolf (*1957)

K3: Wigge|Wigbert Garner|Dieter Euler, Tausendsassa von der Reeperbahn, Protegé Major Bohlens, Ex-Militär/Herborn, Ex-Kripo/Hannover, kloppt sich bereits als Kleinkind mit korrupten Polizisten herum, die Exilanten/Huren/Stricher ausrauben wollen, seine Mutter schickt ihn aber weg: ›Finde deinen eigenen Weg! Du bist zu Höherem ausersehen, als nur die Reeperbahn zu putzen!‹, Börsenguru, Problemlöser, erzeugt bei Langzeitkontakt Frostbeulen, liebt Smolljagds & Vrallysa; bester Freund Mikoschs, der um seine tiefen Gefühle für Stefan weiß & dieselben Bilder der Zukunft sieht, Parkmär **Adlerauge Garnias**, Smollyque, Phöx, Bjord (*1954)
Vater: Dijcelltarr Blutblat/Nekreffär/Phyros/Erpressungsopfer/φ-Gürtler
Mutter: Paula Euler, Edelnutte, die zartbesaitete Straßenbewohner beschützt, Smolljagd (*1938)
Ehefrau: Bea, Schützling Theresas, Protegé Mme Larouges, beschützt die treuherzige, schusselig-naive Nina, Smolljagd (*1963)
Cousin: Ikke|Eckehard Breitner|Peter Lärcher, Gewaltopfer/Reeperbahn, Smolljagd (*1965|1962)
Cousin: Knut Förensen|Wolfgang Schlüter, Gewaltopfer/Reeperbahn, Smolljagd (*1964|1961)
Kooperation Kunstszene: **Mikosch & Solta Mayer**, siehe Toljas Meyr
Sekretärin: Sandra Welker, blonder Feuerteufel, bekämpft weibliche Konkurrenz & eckt an (*1962)
Metallene Freundin/Bohlen-Manier: Babe, einmotorige Cessna (*1975)

K5: Minze|Thomas Minzenbach, Diplomat, **Stellv.** Mathias Breuers/Parkltg., Sprecher des Königs; 2,14m, ältester Sohn Degens (siehe Ljossalfheim), jahrelang gesucht/als Adoptivsohn großgezogen; liebt Vierräder/Kinder/Erdbeersittiche/weiße Rosen (**Wind-5**), Vakuden (*1951)
Begleiter: Bernhardiner **Lucky** (*1972)
guter Freund/›beste Freundin‹: Pille, SI(Stefan vG), Minze war erste große Liebe, siehe K1
Adoptivsöhne ab Tag X: Sheumais, 88cm, 21kg (geschätzt *1974) & **Wallace**, 97cm, 25kg (geschätzt *1973), ›Schottensöhne Minzes‹, beide Gewaltopfer, **am Tag X** unter Leichenbergen vorgezogen, auffallend kräftig, muskulös gebaut, Smolljagds
Ehefrau: Geesche Frohmut, siehe Hexen
   alter Freund: Olaf, eifersüchtig/Minze, beschützt Geesche, hetzt versehentlich den Mob auf sie; klopft besorgt an die Parkpforte & Pille erkennt, dass er sich mit ihm verabreden muss
Ehepartner/Assistent/SI: Max|Maximilian Weizmann, 197cm; hilft, Stefan zu beschwichtigen; 11/77/Braunshorn; konzipiert Sicherheitstechnik; liebt Minzes weiße Rosen, Konar (*1961)

Königskinder / Mai 1978: mit Mikosch ist Anzahl 5, eine Primzahl & Lieblingszahl der Zeres: K5
K5: Mikosch, Gewaltopfer/wie 12-17/zart/24kg/1,57m, Empath, tolle Stimme/Bühnen-Talent, Stefans Ehemann, Tierflüsterer, erreicht Problemkinder, lt. Parkianern *wandelnde Katastrophe! Plagegeist! Schrottet alles! Jedem im Weg! Besserwisser!* – Aber: Bester Freund von Wigge & Stefan ist verknallt! – *Ja, er kümmert sich toll um Leon-Almenko, den der Berglöwe so übelst erwischt hat!* Parkmär **zierliches Erdmännchen Mikoschka**, erwartet den Frövjed, Vrallyser (*um 420 n.Chr.)
Fahrrad ab 05|1978: Bonanza, von Smolljagd (Wolfram Bickel) aufgespürt, fleht Wigge & Mikosch an, will helfen, sein Schöpfer (Aldebaran) warf es frustriert auf den Müll, weil es peinlich ängstlich ist
bester Freund/Schützling: Leon-Almenko, der nicht mehr weiß, wer er ist, siehe Jixlheim

K5: **Toljas Meyr|Toljas Mariä vonSoltau|Torquay Sorrensz**, exquisite Gaben, Empath, Kripo Saarbrücken, später ISB, ›kleiner Bruder‹ Holger Harrenburgs, mit dem er das Mühlenprojekt Stefans aufbaut; vaterseitig in den Westen geschmuggelt, Burgenwelt der Sorrensz wirkte bedrohlich; vom Großvater aufgezogen, Bjord, Sorrenszier (*02.09.1960)

Ehepartner: **Solta Mayer**, entzündet Leuchtfeuer, narzisstischer, streunender Kater Kölns, ständig auf Abwegen, expressiver-süchtiger Künstler, Empath, Schlange im Häschen-Kostüm, der alle madig machen kann; laut Bjord-Visionen wichtig (*1951)

Adoptivsöhne/körperlich/geistig beeinträchtigt: **Benzi** (*1976); **Zotte** (*1975); **Woyan** (*1971)

Opa: **Zesar Maria Sollinger|**Baron Cesare Mariä vonSoltau, Empath, Klub-dp-Spion & Geheimdienst Bonn, spioniert getarnt Robert-dem-Butler hinterher, quartiert sich bei Chev im Grünen Tal ein, um den Park beobachten zu können (*07.03.1901)

Freund|Diener|SI: **Bernie** (Bernhard) **Castell**

Begleiter: **Schildkröte Klementine**

Ehefrau: **Annalena**, wundert sich oft

Tochter: **Anja** (*02.07.1943)

alter Freund(Kindheit)/Schwiegersohn: **Zepedeus Sorrensz**, siehe Sorrenszier

Weise, weiße, zertifizierte Schäferhundflotte: **Dix-huit** (frz ›18‹), **Sedici** (ital ›16‹), **Twenty-one** (engl ›21‹), **Chetyre** (russ ›4‹), **Siedem** (poln ›7‹), **Otte** (dän ›8‹)

Vier feste Hundebegleiter: im Sommer 1978, als Toljas in den Krieg zieht verteilt er sie:
Wierni, der Treue/Stefan vG | **Twenty-one**/Phillip deNeuve/vGAG-Geschäftsführer
Sedici/Charlie Bärenthal (Parksicherung) | **Dix-huit**/Hanjo Freytag (Parksicherung)

K5: **William Reuther**, Geheimdienst Bonn, Klub-dp/Waldläufer, jagt Gerüchten um finsteren vanGeußen-Park nach; Holger-Quartett, ›bis in die Fingerspitzen magisch infiziert‹ (*01.03.1952)

Begleiter: **Zausel**, weißer Schäferhund

Hausarzt – versorgt Parkianer, egal, ob Zwei- o Vierbeiner, Flügel- o Flossenträger

07|1977–03|1980: **Mattis Sanders**, siehe Jixlheim

Drachenhuf: **Winnetou**, Schecke

Ehegatte/Stellv.: **Dr. Martin Fellkamm**, amputiertes Bein/Urlaubs-Wüstentrip mit Vater, studiert im Park Medizin, Tafler (*1957)

Schwiegervater: **Tinne**, siehe MedFZ/Forscher-Trio

Ab 03|1980: **Dr. Kai Abraham**, Optimist/Freund allen Lebens, Chirurg/Allgemeinmedizin, gefördert von Sam/Stefans Fonds, unterhält neben KH-Dienst bis 03|1980 Pro-bono-Praxis/Iffezheim (Abrahams Gruft) (*1947)

Liebhaber/Stellv.: **Dr. Joshua Tokajer**, Optimist/Freund allen Lebens, Chirurg, Smolljagd (*1952)

WG-Partnerin Kais/Arbeitsteam: **Yvonne**, Krankenschwester, eher ein Schwesterdrachen, assistiert Kai in Abrahams Gruft & in sämtlichen Krankenhaus-Jobs, Kemoop (*1937)

Glaubenszentrum ab Herbst 1978, Treffpunkt für alle Gläubigen aller Glaubensrichtungen

Leitung: **Moishe Ben-Shimon**, strenggläubiger Jude, liebt zarten Timbre & künstliche Wimpern/Schlagerfan, verfolgt Roberts Spuren, der den Rotschopf raubte (*1959)

Bruder: **Yaron Ben-Shimon|**Freddy, Gewaltopfer, von Robert in Israel entführt, Freund Manuels auf der vanGeußen-Seite; 177cm, 40kg, Smolljagd (*1964)

Studienkollege/Jeschiwa Jerusalem/Stellv.: **Trutz Antweiler**, strenggläubiger Jude, hilft Moishe, scheut nicht Tod noch Teufel, wenn es um Kinder geht (*1957)

Grundlagen-Absicherer / Altruisten-Grundstamm / 5*GAS

GAS: vGAG: **Sam Melzer · Philip deNeuve · Ulf Mattes**

GAS: vGR: **Jusche Dachsburg**

GAS: Alte Mühle: **Holger Harrenburg**

Leitung: Holger Harrenburg GAS, Präzisionsschütze & Sprengstoffexperte/Mainz, Klub-dp-Spion, erste Mehrpartner-Ehe/Park, baut Mühlenprojekt auf/erfüllt Stefans Traum, Holger-Quartett: Toljas/William/Tobs, Alanij, Tafler (*1956)

> **Ehefrau: Dörte**, Kellnerin im Schlossrestaurant Wolfsburg, lässt sich blind fallen; Stefan wirbt sie in der Innenstadt BB ab, da erkennbar Altruist, Tafler (*03.11.1961)
>
> **Schwiegervater: Konrad Peter Altmann**, dogmatischer Geldhai, mächtiger Mann in Rastatt
>
> **Sohn: Cortas**, Alex vGs bester Freund, Alanij (*27.07.1979)
>
> **Ehemann: Silvester Parker**, Frechnase, siehe ISB;

Holger-Quartett/Stellv./kleiner Bruder: Toljas Meyr, siehe K5

Holger-Quartett: William Reuther, Geheimdienst Bonn, siehe K5

Holger-Quartett: Tobs Hufnagel, Erbe/Pfälzer Weingut/Vertriebsprofi, Smolljagd, Tafler (*1957)

> **Begleiter: Minilas**|Miniaturlassie|Lassie, Papillon-Lady|Zwergspaniel, fürsorglich erzogen
>
> **Ehefrau: Leonie** Wagner, Kellnerin/Landerl, Exilant/beste Freundin/Schwulen (*1963)
>
> **Ehemann: Percy Kensington**, zartbesaiteter Lehrer/Köln mit Bambi-Blick, sichere Instink-te, spürt den Braten bevor er den Ofen berührt, Konar-Yolliver im Tiefschlaf (*1949)

30 Meilen nordöstlich von Newcastle Waters, Northern Territory, Australia

Missi (Mississippi), pragmatischer, loyaler Erbe der Farm, stellt eigene Interessen hinten an, leidet unter der Schwermut seines Gramps' (*17.03.1966)

Vater: Klaas vanReeven, europäische Wurzeln, liebt Western & den amerikanischen Frei-heitstraum (†Achtzigerjahre)

Mutter: Keela, englische Wurzeln, denen sie sich verpflichtet fühlt (†17.04.1978)

Ehefrau: Reena|Roxanna Shirley Reenars, Freundin Virgys, Möchtegern-Ehefrau Missis, den sie sich als Kleinkind ausschaut: ›Frauen benötigen Ehegatten, keine Freundinnen, wenn sie älter werden‹ (*18.09.1972)

Schwiegervater: Carlton Piet Reenars, Nachbarfarmer mit enormem Einfluss in der Umge-bung, Pferderanch/Rennbahn/Wettkönig, schmiedet Pläne bzgl. Midlandsfarm (*1958)

Adoptivbruder: Bame (Alabama), von Aborigines am Tag nach Woodstock gefunden (siehe Pentagramm), am 9.9.1969 um 9Uhr an Klaas & Keela übergeben, die laut Brayden in der Lage sind, die Zeichen des Babys zu verstehen/ keine Spuren im Wüstensand, wo der Neu-geborene in der mittäglichen Gluthitze friedlich schlief; Bame kann als Dreiwöchiger alles Essbare vertragen, sogar englische Weihnachtsküche, Kweijd (*18.08.1969)

Schwager: Francis Coltrane, für die Küste zu zart, wo er zu promovieren versucht, aber ständig derweil im Krankenhaus landet (*1965)

Schwester: Virgy (Virginia), dominante Frau im Haus (*17.08.1974)

Nesthäkchen: Tex (Texas) (*17.04.1978)

Hofhund: Louisiana

Gründung 11/77: **Mathias Breuer**, siehe K3: Ex-Polizisten/-Militärs, Rekruten Degens, Exilanten, Zufallsbegegnungen

Leitung: Charlie Bärenthal, Protegé Bohlens, Ex-Militär/Herborn, Ex-Autobahnpolizei/Darmstadt; Ehe-Quartett, Tafler (*1950)

> **Ehemann/Schützling/Sekretär: Harald Bass**, siehe NDH/Kas-Herborn/Hasenpfeffermorde
>
> **Ehefrau1+2: Maike**|Sonja Körner, Hasenpfeffer-Kinder Maikes adoptiert/**Irina**, Harald wird Vater seines Sohnes, beide siehe NDH/MSE Broken Light

Stellv.: Hanjo Freytag, Protegé Bohlens, Ex-Autobahnpolizist/Darmstadt, Tafler (*1954)

> **Ehefrau: Nina**, Protegé Mme Larouges, Schützling Theresas, etwas dusselig, aber charmant & so heiß! Verwechselt passendes Outfit, Tafler (*1963)

Rekruten Degens:

Chef (Pforte): Roland Berger, eidetisches Gedächtnis/Insider-Spion, Konar, Tafler (*1952)

Stellv.: **Johannes Fischer**, Tafler (*1954)
Pförtner: **Robbe|Robert Kerner**, Konar, Tafler (*1960)
Pförtner: **Hans-Josef Schiffer**, Tafler (*1955)
PSiPs: **Konrad Freising**/Braunshorn, Tafler (*1960)
PSiPs-Insider-Spione: **Beppo & Kai-Uwe**, Hobby-Schlagersänger, Tafler

Bezug **Feldlager Alter Welt** oberhalb der Seen. Familien von **Yshaij & Tamija Borken** in den Park geholt, indes Leichensäcke mit Körperteilen der Männer überbracht werden

Drachenhufe/wecken die geweissagten AOnisten/schließen Bund stellvertretend für alle magischen Wesen im Park:
Winnetou (Mattis), **Donald Duck** (Wigge), **Düsentrieb** (Degen)

Anführer: **Ignaz Zwergl|junger Löwe**/AOnist/Graz, magischer Bund mit Drachenhufen, trainiert seine Mannen im geistreichen Alten Wald, Stimme des Hexenvolks, hört Stimme der Erde (**Blut-2**) (*1957)

  Ehepartner/Assistent: **Jhowli|Achim Jhowlischer|gerupfter Falke**/AOnist, Misshandlungsopfer (*1962)
  Bruder: **Zwergl** (Alfons), Gewaltopfer (*1962)
  Ehefrau: **Christine**, trainiert Familienmannschaft (*1957)
  Freund/Bruder-Hüter: **Helmut Maisek|Treue Maus** (*1953)
    Kind & Kegel: **Patrick** (*1071), **Gisbert** (*1972), **Karsten** (*1973), **Tony** (*1974), **Michel** (*1975), **Anke** (*1976), **Ferdinand** (*1977), Hund: **Speedy Gonzales** (*1971), Kater: **Mopferl** (*1969)
    Ehefrau: **Ewa**, siebenköpfigen Kinderschar, etwas eigen & begriffsstutzig (*1950)
    Ehemann Helmuts/Assistent Ignaz': **Yshaij Borken|Vlahfladus|rechte Graue Flanke|schwarzer Panther**/AOnist, verbrüdert sich mit Wasserbär/schließt Bund zwischen Kriegern des Lichts & Helheim, Waldläufer-Vampir (*1964)
    Bruder: **Tamija**|Vlahfladus|**linke Graue Flanke**, Waldläufer-Vampir (*1966)
    Bruder: **Pille**, siehe Sternenpark, K5/Stefan vGs KSI

  Alter Freund: **Kurdi Lederer**/Graz & Oberösterreich (*1958)
    Ehefrau: **Kathi**/Ungarn (*1961); Hund: **Möhre**, Pekinese (*77)
Stellv.: **Woodrow Parker**/Waliser, steif & korrekt, beste Ohren (*1957)
  Ehefrau: **Kate**, trainiert Familienmannschaft (*1960)
Alanijopfer: **Herbert Weinsberger**, Tierstimmenimitator (*1953–†1978)
  Ehefrau: **Bojana**, entbindet unter Haselnussstrauch; weckt Stefans Idee für Haselnussgeist (*1955)
  Kinder: **Luka** (*1973), **Miona** (*1974), **Goswin** (*1976), **Ljeska** (*13.05.1978)
Alanijopfer: **Aaron Kreuzer**, zweitältestes Gruppenmitglied (*1954–†1978)
  Ehefrau: **Gudebeggi|Leila Becker**, kommuniziert direkt mit den tierischen Familienmitgliedern, siehe Hexen und Magier (*1957)
  Kind & Kegel: **Lioba** (*74), **Fred** (*12/76), Golden Retriever: **Barbarossa** (*73)
Alanijopfer: **Werner Dorsen**, drittältester, Typ Muntermacher (*1955–†1978)
  Ehefrau: **Beryll**, weiß den zarteren Familienmitgliedern reichlich viel hilfreiche Tricks & Kniffe beizubringen & über die Stimme der Winde zuzuflüstern, wenn sie nicht in deren Nähe ist, siehe Hexen & Magier (*1958)
  Kind & Kegel: **Nana** (*76), **Marius** (*01.77), Wolfshunde: **Dschingis-Khan** (*75), **Rabanus** (*77)
Alanijopfer: **Stéphane Roux**, allseits beliebter Bretone, Axel wird gezielt mit seiner Qual erpresst/erkennt in ihm einen Sohn (*1962–†1978)
  Ehefrau: **Maïwynn**, Hexe mit bretonische Wurzeln/aus Irland, 05/78 im 5. Monat schwanger, trainiert mit **Kate Parker**, **Christine Zwergl** & **Svenja Sigmarsson** die Familien/formen das Hexenvolk, das sich abschirmt & gefürchtet wird (*1959)
Stellv./3.Mann: **Louis Legrand**, 05/78 solo, da Freundin wg Großfamilie nicht abtauchen will (*1961)
Nino deRosso/Florenz, Gaunerhandrüttler, Empath (*1961)
  Ehefrau: **Julia**, Krankenpflegerin (*1959), Schwägerin: **Benedetta**, Krankenpflegerin (*1958),
  Neffe: **Adriano** (*25.05.78, 3:33Uhr, exakt zum Zeitpunkt des Untergangs von Venedig);

Schwager: **Alessandro**, Krankenpfleger (*1960), <u>Halbschwester Alessandros/alte Freundin Julias:</u>
Kimberly, Hebamme (*1956)
weitere Überlebende: **Nils Sigmarsson**/Südschwede (*1960), Ehefrau: **Svenja**, trainiert
Hexenvolk (*1959); **Fabrice Durant**, frecher Burgunder Wettkönig (*1961), Ehefrau:
Sandrine (*1963); **Gabin Martinez**/selbstbetitelter ›Franzosenspanier‹, halb&halb‹ aus
den Pyrenäen, weltbeste Spürnase; Freundin will nicht abtauchen müssen (*1960); **Neven
Zandner**/slawische Wurzeln|Wiener Umland, optisch eher zart gebauter Naturbursche mit
Biss & charmantem Wiener Schmäh im Klangvolumen (*1960), Ehefrau: **Vika** (*1961);
Rubenstein Bichlhofen/Kärntner/Ukrainische Wurzeln, Tarnspezialist (*1959), Ehefrau:
Miriam (*1961); **Lothar Kofler**/Südtiroler Wurzeln|Tirol (*1958), Ehefrau: **Fränzi**/Schweiz
(*1960); **Genauld Roussel** (*1959), Ehefrau: **Violaine** (*1957); **Flavien Lambert** (*1958),
Ehefrau: **Mireille** (*1962)

| Ritter des Eissterns |
| Einheit Löwenzahn |
| Einheit Schwarzbart |
| Die Besonderen |
| Einheit Mohnblume |

InCo & Bontur – Europäisches Digitalzeitalter ab 03/75 – LLpro-Werke & Preimuk AG

InCo/Individual**C**omputer hält Europa ab 03/75 unabhängig; **Bontur** (tragbarer InCo), ab
02/77, kreative Köpfe **Laurent Bonnet**/Frankreich/Ardennen (*1945); **Lafayette Turner**/
Suffolk/britische Inseln (*1947)/Inhaber Stefan vG; **LLpro**/Projekttitel geheimer Zusammenarbeit vGAG & Preimuk AG ab 1973, ab 1975 entstehen erste **LLpro-Werke**, ›**Mittel-
feld**‹ westliches BB/Kieswerk/Kühlsee & ›**Loschfeld**‹ RA-Süd (Produktionskooperation
Projekt-Blau/BlueTec (erst **Preimuk AG**, dann **vGAG**) & **LLpro** ab 1973); im Park:
Geheimpforte/Balg & Geheimgänge/Degen & Stefan; **Industrieparks** mit LLpro-Werk im
Zentrum ab 10|1978

MedFZ BB (Medizinisches Forschungszentrum) & Unicampus Bruchgraben (RA-Land)

Uni-Campus schmiegt sich ab 05/78 ins Gelände des MedFZ; VEP & OUT & andere
mischen **Spione** unter die Studenten

Alfons Nenninger, inspirierter, hochgelobter Professor/Uni ER bis 09/77/Gründer des europaweit re-
nommierten/geförderten Krebsforschungszentrums Erlangen/dann HD+FR/ab 08/78 RA, **Nenninger-
Institut (Krebsforschung)**/Virologie/Allgemeinmedizin, Parkmär **Rehmedikus Nenning**/
Nennonkel Stefans, den er 1973 mit Test-Medizin rettet, **Forscher-Trio** (*1944)

    <u>Ehepartner:</u> **Dr. Tinne** (Martin) **Fellkamm**, Psychologe/**Forscher-Trio**, gründet **Fellkamm-Institut
    (Psychologie)**; erscheint Stefan vG im Traum, der Rettungsmission einleitet, sanfter Empath (*1941)
    <u>Sohn:</u> **Dr. Martin Fellkamm**, schwerbeschädigt (verliert im Urlaub ein Bein); glaubt an
    AOnist/letztes Gefecht, ging deshalb zum Militär; sieht sich vom Leben verspottet; dank
    Mattis studiert er Medizin; suizidgefährdet, manisch-depressiv (bipolar)
    <u>Schwiegersohn:</u> **Mattis Saunders|Professor Stein**, gründet **Saunders-Institute (Wirbel &
    Nerven)**, siehe Jixlheim

Doktor Sebastian Teuber, vom Forscherteam Erlangen/versteht sich als benötigter Partner-
spieler Alfons', wechselt zügig nach BB|**Forscher-Trio**, ›Alfons Gewissen‹, Biochemiker,
enger Freund/ehemaliger Gast-Student Alfons', gründet **Teuber-Institut (Giftforschungs-
zentrum)**; Pferdenarr, Konar, Tafler (*1950)
    <u>Ehegatte:</u> **Wolly**, der ihn braucht, siehe Tafler

Jürgen Sendlinger, Techniker/**SI**(Forscher-Trio)/11/77 Braunshorn, gründet **Sendlinger-In-
stitut (Allergologie)**, Tafler (*1959)

Nicodemus Schnabel|Zink, Physiker/Klimaforscher/Fürth, Uni ER, ab 02|1966 Düsseldorf/
Promotion; 07/66–06/78 inhaftiert; Bijix Mattis holt ihn in den Park; **Schnabel-Physikturm**
ab 10/78, Tafler (*1941), <u>Teamwork:</u> **Leo Greiff**, siehe BlueTec

Utz Krimsleitner, Sternschnuppe (*1957), geht durch die Hölle/Kyrnatak-zertifiziert, im Alten Wald weiterqualifiziert, sattelt um: **Krimsleitner-Institut (Polizei-Akademie/Ausbildung für ISB/PSiP/SI)**; stiller, psychologisch versierter Einzelgänger, kümmert sich um Hilfsbedürftige/Schwerbeschädigte/Dida & Oma Gundel, heiratet Schwester & adoptiert Familie

<u>Ehefrau:</u> **Resi** (*1961)

<u>Schwägerin:</u> **Adi** (Adelheid) (*1963)

<u>Schwager:</u> **Dida** (Dieter), hochsensibel (*1966)

<u>Schwiegereltern:</u> **Gilda**/Bonheur, wie Utz (*1943) & **Horst Kirsten**, sehr gut aussehend (*1945)

<u>Mutter Horsts:</u> **Oma Gundel**, Vergewaltigungsopfer mit 14 Jahren (*1930)

<u>Kegel:</u> Bernhardiner: **Buzz** (*1971), **Brock** (*1974), **Barbie** (*1978)

Prof. Dr. Aaron Samhain, Politologe, gründet **Samhain-Institut (Wirtschaft, Soziales, Politik, Sprachen)**, siehe Ljossalfheim/Degen

Ari|Aribert Khrumer, Exilant/Ringkämpfer, zu stur, um aufzugeben; Assistent Mattis'/Saunders-Institut, Diabetiker Typ I ab Arbeitsbeginn; Empath (*1959)

<u>Liebhaber/Kommilitone:</u> **T-Kanne**|Thomas Kanner|**Luzijander von Korben**|**Luzifer**, lehnt Vater/Thronfolge ab, taucht im Bruchgraben ab, besucht Stefan'sche Kurse, sucht Kontakt zu Drachenhufen, freundet sich mit Wolly, Markus & Drachenhuf **Palisander** an; teilt leutselig mit ›das Wesen meines Vaters tropft immer deutlicher durch sämtliche Ritzen, dabei bin ich gar nicht bei ihm aufgewachsen. Aber seinen Drachen habe ich dennoch geerbt‹; gaukelt seiner Alten Welt vor, er spiele ›Juri‹, Hævoq (*1952)

<u>Vater:</u> **Fürst von Korben**, siehe Europaparlament, NDE & OUT

Zumeist Ex-Kripo (ab 1978 europaweit), seitens Ben Heusters die einzige kluge Wahl Mathias leitet für PSiP und SI-Bedarf im Park regelmäßige der umliegenden Kraftsportzentren ein, wovon auch Bens Kommissare gegen seinen Wunsch Kräfte für ihre Teams wählen, finanziert von Stefan vG, Parkmär **Heusterlins Ränge**; <u>Leitung:</u> Ben Heuster/Dorne/Loibl/Radke

Ben Heuster| ›Achilles, der Unbezwingbare‹; nüchterner Polizist, Sandkastenfreund Stefans, schlich sich durch versteckten Hintereingang in den Park, kreiert mit Stefan ein geistiges Troja, wo Feinde zu Freunden werden, stärkt die Ambitionen des Friedensapostels Stefan vG; Adoptivsohn Roberts, der leiblichen Vater tötet; macht mit Stefan 7-jährig Abitur/studiert gemeinsam, wechselt zur Kriminologie; zieht in Polizei-WG; von Stefan stets gefördert, lehnt Magie/alte Mysterien/Heldentum zutiefst ab, Parkmär **Biberzahn Heusterlin** (*15.04.1965)

<u>Ehefrau:</u> **Saphir**, siehe Hexen & Magier

<u>Tochter:</u> **Josie (Joséphine) Heuster**, liebt Alex vG (*11.02.1979)

<u>Stellv.:</u> **Chief Dorne**|**Der Chef**|Markus Dornbusch, Ex-Polizeichef BBs/Gewaltopfer/Traumpapa, starker & hochverehrter Chef, Smolljagd, Tafler (*1948); ›Der dritte Mann‹: **Loibl** (Stefan), Ex-Kripo-MA/Ex-Soko-BW, 193cm, Kämpfernatur, lässt sich von Schönheit verführen, Patenonkel Alex vGs, holt die Saalfeldt-Greiffs in den Park, Smolljagd (*08.03.1951)

<u>Partner bis 03|1980:</u> **Eddy, der Norweger**, siehe Westeuropäisches Parlament (WE)

<u>Partner ab 03|1980:</u> **Greiff**, siehe Projekt Blau

<u>Kommissar:</u> **Felix Radke**, Ex-Kripo Offenburg, starke Nerven, Alanij/Gürtler (*1613)

<u>Kommissar:</u> **Willy Winkelmoser**, Ex-Kripo (Mord) Stuttgart, Konar (*1950), von Geisterpferd **Lanzelot** rekrutiert/Appaloosa-Hengst

<u>Kommissar:</u> **Willibald Frischwald**/zäher Franke, Park'scher Wanderfreund (*1947)

<u>Kommissar:</u> **Römer** (Philipp), Ex-Polizist Kölns, aufgrund seines illustren Freundeskreises für den Park und das ISB akquiriert, mit Narben übersät, verzerrtes Gesicht, Konar (*1954)

<u>Ermittler:</u> **Silvester Parker**, Frechnase, Insider-Spion, Ex-PSiP/Exilant (*1963)

<u>Ehegatte:</u> **Holger Harrenburg**, siehe Projekt Alte Mühle

OUT (Ordnung und Tradition), starke Gemeinschaft der Christen Europas. In bürgerlicher Gemeinschaft geschieht nichts, ohne Segen der Kirchenväter. Sie verfügen, wer spricht. Katholiken, Orthodoxe, Protestanten, Anglikaner oder kleinere Gebetsgemeinschaften, egal, erst mit ihrem Einverständnis manifestiert sich Macht und wählt ihre Vertreter aus Bündnissen, Verbänden, Parteien sowie Ideologien. OUT-Bibel mit 11. Gebot: ›Du darfst kein Unleid zufügen, wider deinen Nächsten, noch dir selbst.‹ Nutzung älterer Ausgaben unter Strafe gestellt. Die Pressemeldung: ›Die ›OUT-Bibel‹, rechtskräftig seit 12.4.1965, ein Gemeinwerk der ›Vereinigten Christen Europas‹ unter dem politischen Banner der OUT. Katholiken, Griechisch-Orthodoxe, Russisch-Orthodoxe, Lutheraner, Calvinisten, Baptisten, Anglikaner, Presbyterianer und Unmengen kleinerer christlich fundierter Glaubensgemeinschaften schlossen sich einvernehmlich zusammen. Ein Kraftakt Roms, der die Vatikanstadt wieder einmal in schillerndes Licht tauchen konnte. Alle Christenmenschen unter einen Hut gebracht, Juchhe!‹ Volksfeststimmung.

VEP (Vaterländische Einheitsparteien), genannt die ›Radikale‹. 04|1965 nach Auflösung der **NDE (Neue Deutsche Einheit)** übernehmen sie einen Großteil der Wählerschaft, als sich der europäische Einheitsgedanke ab April 1965 verselbstständigt. NDE-Wähler empfinden sich zwanzig Jahre lang (1945-1965) als die ›wahren Demokraten‹. Der Obmann Fürst Dr. Lars-Dietrich von Korben führt fortan die VEP, mit Stammsitz in Brüssel und Bremerhaven. Damit gründet sich im Spätsommer 1969 die **Westeuropäische Zentralbank (WZB)** in **Bremerhaven** und im Frühjahr 1973, insbesondere infolge des schwarzen Nebels, der **Westeuropäische Flottenverband (WFV)** in **Oslo**, das **Westeuropäische Militärhauptquartier (WMHQ)** in **Lyon** und der **Oberste Westeuropäische Gerichtshof (OWG)** in **Florenz**.

LAR (Liga der Aufgeklärten Republiken), unter der Hand ›gemäßigte Demokraten‹. Nach Auflösung der **NDE (Neue Deutsche Einheit)** übernehmen sie knapp die Hälfte der Wähler.

Klub-dp (deus pacis), Adelsklub mit erstaunlichem politischem Rückgrat und viel Finesse, entsendet seine Vertreter nach Brüssel, Oslo, Lyon, Bremerhaven und Florenz, seit Kriegsende gewissermaßen in jedwedes interessanter klingende Gremium.

DAF (Demokratische Arbeiterfront).

EVU (Europäische Volksunion), als ›marxistische Gemeinschaft‹ getriezt, in Kurzform ›MarGe‹, ihrem Obmann Sam Melzer geschuldet, ein offensiver Gegner des verbissenen Hechelns größtmöglichen Profit. Weitergeleitet zu Kosename ›Margy‹, mit y-Chromosom verfeinert, da ihr Frauenanteil schier den obersten Himmel zu küssen sucht, deshalb auch schlicht ›Eva‹ genannt, oder trocken ›die politische Eva, die moderne Frau des Herrn Eden‹.

ASG (Allianz für soziale Gerechtigkeit).

GO (Grüne Offensive).

EULE (Ehrenhafte Union für ein Liberales Europa).

Alterveste (Bund der Westvesten), Sitz im Falkengau-Thal, nahe Gummersbach, NRW.

BdGV (Bund der Grauen Vesten).

Fürst Dr. Lars-Dietrich von Korben, radikaler Demokrat, Klub-dp-Erzfeind, wohlsituierter Banker, horrender politischer wie wirtschaftlicher Einfluss, riesenhafte Anhängerschaft; viele Bastarde (*1916–†1978). Leitet restriktiv Gründung der radikalen VEP ein, als sich der europäische Einheitsgedanke in Westeuropa stärkt und sein bisheriger Einfluss der **NDE** zu schwinden droht. Er löst sie im Anschluss auf, damit rutschen knapp die Hälfte seiner bisherigen Wähler ins Lager der LAR, die sein Verbündeter aus Engelsruh im gleichen Atemzug gründet

Thronerbe: **Luzijander von Korben|Luzifer**|T-Kanne|Thomas Kanner, siehe Bruchgraben

Geiselnehmer/Vergewaltiger: **Annagreta Polowskys**:

Tochter: **Mathilda** (*1962); Vater Fürst von Korben, wo sie aufwächst

Weitere Kinder während langjähriger Geiselhaft: Glücksspiel, der Höhepunkt, Buchstabe ›E‹ gewinnt?

Sohn: **Addison** (*1967); Vater/Mitstreiter von Korbens: **Edelbert von Streben**

Sohn: **Alastair** (*1969); Vater/Mitstreiter von Korbens: **Eusebius Lobert**

Sohn: **Ashton** (*1971); Vater/Mitstreiter von Korbens: **Eisenhard Kronberger**

<u>Ehefrau:</u> **Tanja**, Fotomodell (†|*1940)

<u>Laufburschen:</u> **Berrinth**, **Bending** & **Milford**, sklavisch ergebene, hochintelligente, brutale Killer

Heinrich von Rust, Großgrundbesitzer, alter Adel, Drogenkartell (*1943–†1978)

Kleineggen, Familienvater, Menschenhändler in BB, postiert sich in Balg/Parkpforte gegenüber

Baron Conrad-Maria von Velden, kämpft gegen massive Vorurteile außerhalb des heimatlichen Wohnsitzes an, da er die Hautfarbe eines Mulatten trägt, schokobraun mit überzeugend afrikanischen Konturen, ansonsten aber typische arische Töne vorstreckt wie der Rest seiner uralten Adelsfamilie, und da farbiges Blut keinen hellblonden Haarschopf mit himmelblauen Augen zulassen könnte, gewinnt er im Zweifelsfall; prunkvolles Schloss Engelsruh nahe Stuttgart/Schwäbische Alb, Familie steht zuverlässig auf Gewinnerseite, Baronat liefert örtlichen Bürgermeister-Titel in Erbfolge; gut betuchter Weingut-Besitzer (Weißherbst), Klub-dp-Erzfeind, gemäßigter Demokrat, der zeitweise im von Korben-Lager mitspielt, sich ordentlich die Finger verbrennt und in Ungnade fällt, infolgedessen baut er sein eigenes Herrschaftsreich aus; gründet 1965 als die OUT-Bibel erscheint und ganz Europa erschüttert, die LAR (Liga der Aufgeklärten Republiken), eine gemäßigte demokratische Alternative zur NDE/OUT-Philosophie, gilt ab 1982 als stärkster Gegner der Royalisten (*1948)

Eddy (Loddgren)|**der Norweger**, Ein-Mann-Armee, mischt in Engelsruh mit, Bloonie (*1960)

<u>Liebhaber bis 03|1980:</u> Kriminalkommissar **Loibl**, Mannheim, siehe ISB

siehe ISB

Verbindungswesen: Burschenschaften, Landsmannschaften, Korps, Schülerverbindung

Blaue Vandalia Düsseldorf 07/1954: (Fuchs), (A: Aktivitas, im Studium), (AH: Alte Herrn, inaktiv)

Leibfamilie **Pankratius** (AH) Biergroßvater; **Collodi** (AH) Biervater; **Berner** (Leibsohn); **Kermit** (Leibfuchs)

Leibfamilie **Perseus** (A) Biervater; **Crambolus** (A) Biervater; **Mistofolus** (Leibfuchs)

Leibfamilie **Bodgwer** (Drittchargierter) Biervater; **Asterix** (Leibfuchs)

Weitere Chargen: **Dareios** (Seniorcharge), **Rheinfall** (Consenior)

Andere Aktive: **Pinocchio**, **Geppetto**, **Diethelmi**, **Lindwurm**, **Löwenherz**

Andere Waffenbrüder

Aurelius, der Paukbodenschreck (Baron von Velden, Engelsruh, Schwaben), Großvater Franzens

Grambambl, studiert in Marburg Medizin, Erbe einer Privatklinik für plastische Chirurgie

Lefaytal, Pforte II verich von Velden-Herrensitz

Bund der Grauen Vesten (BdGV), formieren sich als Antwort auf Murphys Altervesten

Brayden & Co.; Naturvölker schließen sich zusammen, als Magie immer fühlbarer wird

Brayden, Aborigine, findet auffälliges Baby in der Gluthitze der Wüste friedlich schlafen, das er als Botschaft erkennt, aber nicht für die Urbevölkerung bestimmt, sondern für die Zugezogenen im Land; er sucht nach Pflegeeltern, die bereit sind, die Zeichen zu würdigen und zu verstehen; er hört von **Klaas van Reevens** Freiheitshymnen & vertraut ihm das Kind an; gilt als Andersweltmann innerhalb der Aborigines (*1956); <u>Mutter:</u> **Tiranna** berät <u>Andersweltmänner:</u> **Kamballa** (*1958), **Brooke** (*1954), **Dorak** (*1960), **Kaiya** (*1957), **Brodie** (*1953), **Guyra** (*1959), **Bega** (*1955), **Banjora** (*1956), **Dylan** (*1953), **Declan** (*1952)

Schwarzkralle·Antarrheim·Goldurheim·Hades Erben·Wolfheim·Geußheim·Vladheim

.